KNAUR

Über die Autorin:
Christiane Lind hat in Sozialwissenschaften promoviert und neben zahlreichen Kurzgeschichten einen historischen Roman und ein Jugendbuch veröffentlicht.
Reisen ist ihre große Leidenschaft, die sie nach Cornwall und auf die Blumeninsel Madeira führte. Sie war sofort fasziniert von der Farbenpracht und Atmosphäre der Insel und hat sich davon für ihren Roman inspirieren lassen.

CHRISTIANE LIND

Das Haus auf der Blumeninsel

ROMAN

KNAUR

Besuchen Sie uns im Internet:
www.knaur.de

FSC
www.fsc.org
MIX
Papier aus verantwortungsvollen Quellen
FSC® C083411

Originalausgabe Juni 2013
Knaur Taschenbuch

Ein Unternehmen der Droemerschen Verlagsanstalt
Th. Knaur Nachf. GmbH & Co. KG, München

Redaktion: Bettina Traub
Umschlaggestaltung: ZERO Werbeagentur, München
Umschlagabbildung: © Robert Harding Images / Masterfile; © Gettyimages / Holger Leue; © FinePic®, München
Satz: Adobe InDesign im Verlag
Druck und Bindung: CPI – Clausen & Bosse, Leck
Printed in Germany
ISBN 978-3-426-51333-0

2 4 5 3 1

Kapitel 1

Madeira, Ponta do Pargo, Frühling 1929

Die blauen Stunden. Das sanfte Licht der Dämmerung, bevor der Tag begann. Amelia setzte sich auf die Kante des Bettes und erhob sich mühsam. Auf bloßen Füßen tapste sie zum Fenster, um hinauszuschauen. Mit einem Lächeln begrüßte sie den Morgen. Nur wenig Grün breitete sich vor ihren Augen aus; überwiegend Gras und ein paar Kakteen, die typisch für die Insel waren, wuchsen auf dem Hochplateau. Sie betrachtete das tiefe Blau des Meeres und das sanftere Blau des Himmels, das vom Weiß einzelner zarter Wolken durchzogen war. Ihr Blick fiel auf den rot-weißen Leuchtturm, der über den steil abfallenden Klippen aufragte und sie an ihr Zuhause erinnerte. Amelia schauderte, was nicht der Morgenkühle geschuldet war, sondern dem Gedanken an ihre Familie. Ihre Mutter und ihre Schwester sollten gestern auf der Insel angekommen sein, wo sie sich standesgemäß eine Suite im Reid's Palace genommen hatten. Einen Tag Aufschub. Heute würde sie es nicht mehr vermeiden können, ihnen gegenüberzutreten.

Amelia seufzte und wandte sich vom Fenster ab. Mit vorsichtigen Schritten ging sie in die Küche, um sich einen Tee zuzubereiten. Ihre Schwester würde sicher spotten, dass nicht einmal eine Köchin oder eine Zofe ihr in ihrem Exil auf Madeira Gesellschaft leisteten. Die Begegnung würde auf einen Streit hinauslaufen. Einen Wortwechsel, wie sie ihn seit den Tagen ihrer Kindheit führten. Immer hatte die Jüngere haben wollen, was der Älteren lieb und teuer war. Jedes Mal hatte sie gewonnen. Nur dieses Mal würde Amelia nicht nachgeben, würde sich nicht dem Diktat von Familie und Konventionen beugen.

Mehr als die Bosheit ihrer Schwester fürchtete sie die Kühle ihrer Mutter. Niemals würde diese so weit die Fassung verlieren, dass sie im Streit laut würde. Niemals von den Regeln des Anstands abweichen, die so stark in ihr verankert waren. Unter keinen Umständen. Auf dem Gesicht ihrer Mutter würde Amelia jedoch ablesen können, welche Enttäuschung sie, die älteste Tochter, für sie war. Niemals hatte Amelia ihrer Mutter etwas recht machen können, und schon als Kind hatte sie sich stets gefragt, warum ihre Mutter sie ablehnte. Vielleicht, weil sie nicht ihre richtige Mutter war.

Amelia schüttelte den Kopf, um die dunklen Gedanken auf einen späteren Augenblick zu verschieben. Es täte ihrem Kind nicht gut, wenn ihre Stimmung bereits in der blauen Stunde so düster war. Mit einer dampfenden Tasse Tee in der Hand setzte sie sich an den Sekretär und öffnete die Schublade. Voller Bewunderung strich sie über die Intarsien, mit denen ein wahrer Meister der Tischlerkunst das Schreibmöbel verziert hatte. Neben den Stunden, die sie mit Malen und Zeichnen verbrachte, war ihr die morgendliche Zeit am Sekretär die liebste. Die Zeit, in der sie Briefe an ihr Kind schrieb. Jeden Tag

einen. Dreißig waren es inzwischen, die in der Schublade darauf warteten, dass ihr Kind geboren wurde und dass sie ihm die Briefe eines Tages vorlesen konnte.
Jeden Morgen folgte Amelia ihrem Ritual. Sie nahm einen Bogen blassblaues Papier aus der Kassette und strich ihn glatt. Vorsichtig schraubte sie die Kappe vom Füllfederhalter, säuberte die Feder mit einem spitzenumsäumten Taschentuch und nahm einen tiefen Atemzug, bevor sie die silberne Spitze aufs Papier setzte.
Mein liebes Kind, begann sie und hielt inne. Heute Nacht hatte sie von ihm geträumt und war sich nun sicher. Ein Lächeln glitt über ihr Gesicht und ihre rechte Hand, die, die den Füllfederhalter nicht hielt, legte sich auf ihren gerundeten Bauch. Sie strich die drei Worte aus und schrieb weiter.
Meine liebe Tochter, erneut hielt sie inne. Nein, sie würde einen Brief an ihr Kind nicht damit beginnen, dass sie die Anrede ausstrich. Schließlich sollte ihre Tochter die Briefe später auch einmal selbst lesen. Mit einem Seufzer nahm Amelia das Blatt und zerriss es. Sie hievte sich vom Stuhl und ging zum Fenster, lehnte sich hinaus, öffnete die Hand und beobachtete, wie der Morgenwind das Papier davontrug. Vielleicht bis zum Meer, das die Klippen umtoste. An windigen Tagen meinte Amelia, die Brandung zu hören. Ihr Blick folgte den Schnipseln, die wie zarte Blüten über das karge Gras des Hochlands flatterten. Dann ermahnte sie sich zur Eile. Ihr blieb nicht viel Zeit, den Brief zu beenden.

Meine liebe Tochter,
ich weiß, dass Du ein Mädchen wirst, weil ich mir so sehr ein Mädchen wünsche. Ich habe bereits einen Namen für Dich. Seit dem Tag, an dem ich erfuhr, dass ich schwan-

ger bin, habe ich den Namen gehegt und gepflegt und mit mir getragen. Tante Mabel und meine wenigen Freunde auf der Insel haben auf mich eingeredet, dass ich auch einen Namen für einen Jungen aussuchen sollte. Nein, nein, ich will Dir die Wahrheit sagen, auch wenn sie schmerzt. Selbst meine Freunde haben auf mich eingeredet, dass ich Dir keinen Namen geben soll, dass ich Dich vergessen soll.

»Wenn Du dem Kind einen Namen gibst, wirst Du es nicht weggeben wollen«, haben sie gesagt.

Selbst wenn Du ohne Namen bliebest, würde ich um Dich kämpfen. Das wusste ich vom ersten Augenblick an. Dich und mich kann nichts trennen. Meine Familie wird versuchen, Dich mir wegzunehmen. In ihren Augen bist Du ein Missgeschick, schlimmer noch: ein Ärgernis, das sie vergessen möchten, wenn sie es schon nicht ungeschehen machen können.

Doch glaub ihnen nicht, meine geliebte Kleine. Für mich bist Du der Sonnenschein, der meine tägliche Düsternis erhellt. Mir ist es egal, was sie sagen; egal, ob es sich nicht gehört; egal, ob ich nie einen angemessenen Ehemann finden werde. Für Dich nehme ich alles in Kauf. Eine Zukunft mit Dir kann nur golden werden, auch wenn ich hier allein mit Dir leben werde. Es bedrückt mich nicht – nicht so wie meine Mutter –, dass ich nie mehr zur guten Gesellschaft gehören kann. Zu jenen, die nur dem Schein nachjagen und alle Gefühle hinter Konventionen versperren. Auf sie kann ich verzichten, wenn ich Dich nur bei mir habe. Gemeinsam mit Dir werde ich nie einsam sein. Ich zähle die Tage, bis ich Dich endlich in die Arme schließen kann.

Ich freue mich schon darauf, gemeinsam mit Dir die Sonnenuntergänge am Leuchtturm zu erleben. Zu beobachten, wie sich die Felsen in Rottöne färben, die mein Pinsel niemals einfangen kann, obwohl ich es jeden Tag aufs Neue versuche. Die verschiedenen Jahreszeiten zu erleben, die auf diesem Juwel im Meer überirdisch erscheinen.
Fast über Nacht hat eine Blütenpracht eingesetzt, die selbst der gehegte und gepflegte Garten meiner Familie niemals erreichen wird. Ich liebe das Blau der Jacarandabäume, das beinahe lilafarben leuchtet. Seit Tagen male ich und male und male die Pflanzen, die mir João, ein Junge aus dem Dorf, jeden Morgen vorbeibringt. Ich bedauere jede Minute, die ich für Essen und Schlafen vergeuden muss.
Ich könnte stundenlang von den Blumen schwärmen, die ich auf meinen langen Spaziergängen entdeckt habe. Obwohl ich mich wuchtig fühle und mir das Laufen von Tag zu Tag schwererfällt, zieht mich die Schönheit der Inselwelt hinaus. Die Dorfbewohner haben sich an meinen Anblick gewöhnt und schütteln nicht mehr den Kopf, wenn ich an ihnen vorbeistapfe – den Bauch vorgestreckt, die Staffelei auf dem Rücken. Inzwischen nennen sie mich die Blumenmalerin. Einige von ihnen haben mich sogar schon zu versteckten Schätzen geführt. Erst gestern hat mich João, der wohl ein wenig verliebt in mich ist, zu einer versteckten Stelle in den Felsen geführt. Vor Dankbarkeit habe ich ihn umarmt. Die Farbenpracht, die mir entgegenfunkelte, ließ mich alles vergessen. Ich werde Dir das Bild zeigen, in Erinnerung an einen der glücklichsten Tage hier auf der Insel. Graue Felswände, vor

denen Ginster in einem leuchtenden Gelb erstrahlte – fast zu früh für die Jahreszeit. Und als ob ein begnadeter Künstler seinen Farbtopf ausgeschüttet hätte, erblühte mittendrin der Natternkopf, der erste Vorbote des Frühlings. Was für ein bedrohlicher Name für die fragilen violetten Blüten. Ich nenne ihn lieber den Stolz Madeiras, so tauften ihn die Menschen hier.

Meine geliebte Tochter, ich hoffe, dass Du meine Liebe zu den Blumen und der Malerei erben wirst. Ich kann es kaum erwarten, gemeinsam mit Dir die Insel zu erkunden. Hier will ich bleiben und leben. Tristyans Manor soll für mich nur eine Erinnerung an eine dunkle Zeit sein. Eine Zeit, die wir beide hinter uns lassen. Obwohl ich meinen Vater vermissen werde.

Vor meinem Fenster wächst eine Strelitzie, die Blume, die unserem Gärtner auf Tristyans Manor so viel Unbehagen bereitete, weil das Klima in Cornwall nicht das passende für sie war. Ihren Beinamen Paradiesvogelblume hat sie wahrlich verdient, denn sie sieht genauso aus: Als hätte ein ungewöhnlicher Vogel mit schimmerndem blauem und orangefarbenem Gefieder sich für eine kurze Rast auf dem schlichten Grün niedergelassen.

Meine Tochter, Du merkst, ich schweife ab. Lieber schreibe ich Dir von Blumen und Bäumen als von meiner Familie, die ich heute erwarte. Wie freundlich von ihnen, wirst Du denken, dass sie mir in der schweren Stunde der Geburt beistehen wollen. Aber Du irrst. Sie wollen mir nicht helfen. Sie wollen, dass ich mich ihren Wünschen beuge, und hoffen, dass ich zu erschöpft sein werde, mich gegen sie zu wehren.

Ein Klopfen an der Tür schreckte Amelia auf. War es bereits so spät? Hastig legte sie den Füllfederhalter zur Seite und rief: »Ich bin gleich da.« Sie pustete auf das Papier, bevor sie es eilig in einer verborgenen Schublade des Sekretärs versteckte. Das Lächeln wich einer besorgten Miene, und sie knetete die Unterlippe mit den Zähnen. Ein letzter Blick suchte nach verräterischen Spuren im Zimmer, bevor sie sich zur Tür wandte.
Sie war sich ihrer Entscheidung sicher. Ihre Mutter und ihre Schwester konnten sagen, was sie wollten. Amelia würde ihre Tochter niemals aufgeben. Sie würde für ihr Kind kämpfen, kostete es, was es wollte.

Kapitel 2

Tristyans Manor, Cornwall, 1956

Du musst artig sein. Bitte, Schatz, versprich es mir.« Ihre Mutter kniete sich vor Grace auf den dunklen Boden, so dass sie einander in die Augen sehen konnten. Grün-grau wie das Meer leuchteten sie normalerweise, aber heute wirkten die Augen ihrer Mutter verhangen wie der Himmel an einem Herbsttag. »Es ist wirklich wichtig für mich, Schatz.«

Grace trommelte mit den Füßen gegen den Sitz und streckte die Hand aus. Sanft berührte sie die dunklen Locken ihrer Mutter, die Emma in einem verzweifelten Versuch hochgesteckt hatte. Doch die Fülle ihrer Haare widersetzte sich allen Bestrebungen nach Ordnung, und einige Strähnen hatten sich bereits wieder gelöst. Grace liebte ihre Mutter und beugte sich nach vorn, um sie auf die Wange zu küssen.

»Ja, Mum. Ich werde brav sein. Versprochen.« Ein wenig wunderte es Grace, dass ihre Mutter seit kurzem so viel Wert auf Etikette legte und ihr ein elegantes neues Kleid gekauft hatte. Eines, das kratzte und sie einschnürte. Eines, in dem sie sich kaum bewegen konnte. Auch die schwarzen Lackschuhe mit den silbernen Schnallen fühlten sich zu eng an, und Grace hätte sie am liebsten von den Füßen geschleudert. Aber ihre Mutter hatte ihr erklärt, dass sich das für eine Lady nicht gehörte und dass sie nun mal eine Lady sei. Lady Grace. Wie schön und vornehm das klang. Dafür ertrug Grace gern das ungewohnte Kleid und die drückenden Schuhe. »Sind wir bald da?«

»Schau, Liebes, das Meer. Wie zu Hause.« Emma blickte aus dem Zugfenster und sah eine Landschaft an sich vorbeiziehen, wie sie sie aus Märchenbüchern kannte. Grace horchte auf, weil die Stimme ihrer Mutter seltsam klang, beinahe ängstlich. »Es ist nicht mehr weit. Tristyans Manor, es … es wird dir gefallen.«

Grace rutschte auf dem unbequemen Sitz hin und her. Sie mochte nicht mehr aus dem Fenster schauen. Inzwischen fand sie die Zugfahrt langweilig. Gemeinsam mit ihrer Mutter hatte sie Sandwiches gegessen und Tee getrunken. Sie hatten gesungen, und Emma hatte ihr vorgelesen, aber die Reise schien einfach kein Ende finden zu wollen. Grace wollte endlich ankommen. Sie war schrecklich neugierig auf das sagenumwobene Tristyans Manor, von dem ihre Mutter ihr so viel erzählt hatte.

Andere Mütter lasen ihren Kindern vor dem Einschlafen Märchen vor. Emma schwärmte mit leuchtenden Augen von Gewächshäusern mit exotischen Pflanzen und farbenprächtigen Orchideen. Sie malte Aquarelle für Grace, auf denen ein wunderschönes Herrenhaus inmitten einer riesigen Parkanlage thronte, und im Hintergrund waren das Meer und Klippen angedeutet.

Doch jedes Mal, wenn Grace gefragt hatte, warum sie in dem kleinen Haus am Leuchtturm auf der Blumeninsel wohnten und nicht in Tristyans Manor, war Emma verstummt, hatte Grace einen Kuss gegeben und von etwas anderem erzählt.

Für eine längere Zeit hatte Emma dann Tristyans Manor in ihren Gute-Nacht-Geschichten nicht mehr erwähnt, bis Grace mit ihren Wachskreiden ein Bild des Gartens gemalt und ihre Mutter gefragt hatte, ob dort auch die blaublühenden Jacarandasträucher wuchsen, wie hier auf Madeira.

»Jacaranda und Orchideen und Orangen. Alles, was du dir vorstellen kannst, wächst in den Gewächshäusern von Tristyans Manor.« Der Blick ihrer Mutter war damals weit in die Ferne geschweift, als ob sie in der Zeit zurückreiste. »Leider gibt es in jedem Paradies einen Drachen, vor dem man sich fürchten muss und vor dem man nur davonlaufen kann.«

Ganz leise hatte Emma von dem Drachen gesprochen, damit er sie nicht hören könnte. Gemeinsam hatten sie an jenem Abend eine Höhle aus Decken gebaut, in der sie sich verstecken konnten. Grace hatte sich in die Küche geschlichen, um Proviant zu besorgen. Emma war im Zimmer zurückgeblieben, um den Drachen zu bekämpfen. So wie jede Mutter, die ihr Kind verteidigen würde, hatte sie Grace erklärt.

»Dich und mich, mein Schatz, kann nichts trennen.« Emma hatte Grace auf die Stirn geküsst, als diese mit Sandwiches beladen zurückkam. »Wir sind wie zwei Schwäne, die ein Leben lang zusammenbleiben.«

»Können wir den Drachen nicht besiegen?«, hatte Grace gefragt. »Wir beide zusammen?«

»Ach meine Kleine.« Emmas Gesicht hatte sich für einen Augenblick verdüstert, so dass Grace wünschte, sie hätte die Frage nicht gestellt. »Manchmal ist es klüger, einen Kampf zu meiden. Wenn du größer bist, vielleicht.«

So blieb Tristyans Manor für Grace ein verwunschener Ort, den sie eines Tages unbedingt kennenlernen wollte. Sie stellte

sich von diesem Abend an jeden Tag in den Türrahmen, damit Emma anzeichnen konnte, wie viel sie gewachsen war.
»Bin ich schon groß genug, um gegen den Drachen zu kämpfen?«
»Nein.« Ihre Mutter hatte lächelnd den Kopf geschüttelt, einen Pinsel in die rote Farbe getaucht und mit sicherer Hand einen Strich gezogen. »Wenn du so groß bist, überlegen wir, ob wir uns dem Ungeheuer stellen wollen.«
»Aber dann bin ich ja fast so groß wie du«, meinte Grace enttäuscht. Selbst wenn sie jeden Tag Spinat essen würde, würde es noch eine Ewigkeit dauern, bis sie den roten Strich erreichte.
So lange konnte und wollte Grace nicht warten. So gefährlich konnte der Drache nicht sein. Schließlich war ihre Mutter ihm auch entkommen, und zu zweit konnten sie jeden Drachen besiegen. Daher bettelte Grace immer wieder darum, endlich einmal das Zuhause ihrer Mutter kennenlernen zu dürfen. Doch Emma hatte stets abgewehrt und fadenscheinige Ausreden gefunden, warum sie bei all ihren Reisen niemals den Weg nach Cornwall einschlugen.
»Liebes, du bist noch zu klein.« Emma deutete auf den roten Strich am Türrahmen, lächelte und sagte nichts weiter. Doch je mehr Emma schwieg, desto größer wurde Grace' Neugier, und in ihrer Phantasie malte sie sich Tristyans Manor als das Paradies auf Erden aus. Ein Paradies, das sie wohl erst zu sehen bekommen würde, wenn sie erwachsen wäre. In unendlicher Ferne also.
Weil sie ein glückliches Kind war, das sich für vieles begeistern konnte, drängelte Grace nicht weiter, sondern stellte sich jeden Tag schweigend in den Türrahmen, um ihre Fortschritte zu messen. Langsam begann sie Tristyans Manor als etwas zu

betrachten, das sie aus einem Märchen kannte. Ein verzaubertes Schloss, um das sich Mythen und Legenden rankten. Ein Schloss voller Schönheit und Wunder, aber auch voller Gefahren für die, die es uneingeladen betreten wollten. Eine Einladung auf weißem Büttenpapier mit goldenen Lettern – so kannte sie es zumindest aus ihren Märchenbüchern – würde sie jedoch niemals erhalten, weil der Drache ihre Mutter für immer vertrieben hatte.

Daher hatte es sie vollkommen überrascht, als diese vor zehn Tagen einen Brief aus Tristyans Manor bekommen hatte. Schließlich war Grace erst neun Jahre alt und noch weit von dem roten Strich am Türrahmen entfernt. Während Grace gespannt ihre Mutter beobachtete, hatte Emma den Brief, der auf feinem weißem Papier geschrieben war, geöffnet und war ganz blass geworden. Sie hatte Grace auf ihren Schoss gezogen, das Gesicht in ihren Haaren verborgen und leise gemurmelt: »Oh Herr, lass mich das Richtige tun.«

Die Tage seit dem Eintreffen des Schreibens waren wie im Flug vergangen. Emma hatte Grace zu einer Schneiderin gezerrt, die ihr in stundenlangen Sitzungen vier Kleider angepasst hatte. Drei helle mit Spitze und ein blaues mit einem weißen Matrosenkragen. Doch damit nicht genug. Grace musste einen Friseurbesuch erdulden, dem ihre blonden Locken zum Opfer fielen und in eine brave Welle gezwungen wurden. Mit Mühe und um ihre Mutter nicht zu kränken, hatte Grace ihre Tränen zurückgehalten, als sie die Haare auf den Boden des Friseursalons fallen sah.

»Eine Schande«, hatte die Friseurin, eine stämmige Frau mit strohblonden Haaren, die sie in einer Dauerwelle trug, ihrer Kollegin zugeflüstert, bevor sie die Schere ansetzte. »So eine Pracht zu stutzen.«

Die freundlich gemeinten Worte hatten Grace bis ins Mark getroffen, und sie hatte sich das erste Mal gefragt, was für ein Mensch ihre Großmutter wohl war, dass man ihr die Locken opfern musste. Bangen Herzens wunderte sie sich, ob ihre Mutter und sie noch mehr Opfer bringen mussten, bis der Drache von Tristyans Manor zufriedengestellt wäre.
»Wir sind da.« Emma sprang von ihrem Sitz auf und zerrte die beiden Koffer von der Ablage. Sie drückte Grace ihre Handtasche in den Arm und versuchte, ermutigend zu lächeln. »Komm, beeil dich.«
Vor lauter Aufregung ließ Grace die Handtasche fallen und blieb mit ihrem Lackschuh am Türrahmen hängen. Ein tiefer Kratzer zog sich über das glänzende Schwarz. Grace schaute an sich herunter, und Tränen traten ihr in die Augen. Das Kleid war zerknittert, der Schuh zerstört. Was würde sie für einen Eindruck auf ihre Großmutter machen, die anscheinend sehr viel Wert auf Anstand und Sitte legte? Grace stellte sie sich immer ein wenig wie Frau Holle vor. Eine würdevolle, aber strenge alte Dame mit weißen Haaren und vielen Falten. Würde ihre Großmutter den Drachen loslassen, damit er die unordentliche Grace und ihre Mutter sofort wieder aus dem Paradies verjagte?
»Komm, Schatz. Trödel nicht.« Ihre Mutter, in jeder Hand einen Koffer, blickte über die Schulter. Emma, die in dem eleganten grauen Kostüm und den farblich passenden Handschuhen fremd und unnahbar wirkte, bemühte sich um ein Lächeln. »Mit dem Schuh, das ist nicht so schlimm.«
Grace drängte die Tränen zurück und folgte ihrer Mutter hinaus auf den kleinen Bahnhof. Wie anders er wirkte als Victoria Station – dort hatte sich Grace gefürchtet. Die vielen Menschen auf dem großen Londoner Bahnhof hatten ihr eine solche

Angst eingejagt, dass sie das Handgelenk ihrer Mutter mit beiden Händen festgehalten hatte, um nur ja nicht von der Menschenmenge fortgetragen zu werden und verloren zu gehen. Der Bahnhof von Perranporth hingegen sah überschaubar aus und freundlich mit seinem weißen Zaun und den kleinen Blumenrabatten, die mit flachen weißen Steinen umsäumt waren.
»Schau, da ist Michaels.« Ihre Mutter winkte einem älteren Herrn zu, der neben einem großen schwarzen Auto stand. Grace verspürte eine leichte Enttäuschung. Sie hatte auf eine Kutsche wie im Märchen gehofft. Gezogen von sechs edlen Schimmeln, die ihre Mutter und sie zu dem verwunschenen Schloss brächten. Ob Tristyans Manor auch von Dornengestrüpp verborgen wurde wie Dornröschens Schloss? Sie musterte den Mann, den ihre Mutter Michaels genannt hatte. Er trug eine Uniform und erschien Grace sehr aufrecht und förmlich. Ob er der Drache war, vor dem ihre Mutter geflohen war?
»Lady Emma, schön, Sie wieder zu Hause zu haben.« Michaels nickte ihrer Mutter zu, ehe er die beiden Koffer nahm. In seinen großen Händen wirkten sie wie Puppenspielzeug. Grace schluckte, als er sich zu ihr hinabbeugte. »Und du bist bestimmt die kleine Lady Grace, nicht wahr?«
»Guten Tag. Ich freue mich, Sie kennenzulernen.« Grace versuchte einen Knicks, der ihr allerdings vor Aufregung misslang, was Michaels ein Lächeln entlockte. »Aber ich bin noch keine Lady, ich bin Gracie.«
»Lady Galveston erwartet Sie bereits.« Obwohl Michaels freundlich klang, bemerkte Grace, wie sich ihre Mutter abstützen musste. »Ihre Ladyschaft hat Ihr altes Zimmer für Sie herrichten lassen, Lady Emma.«
»Danke«, flüsterte Emma und kletterte vorsichtig in den schwarzen Wagen.

»Danke«, flüsterte auch Grace und folgte ihrer Mutter. »Wie weit ist es noch?«
»Oh, in knapp zehn Minuten dürften wir da sein, kleine Lady.« Michaels zwinkerte ihr zu und schloss die Wagentür.
Grace rutschte aufgeregt auf dem Sitz hin und her, bis ihre Mutter ihr sanft die Hand auf den Unterarm legte. Von da an saß Grace still da und drehte nur noch den Kopf von einer Seite zur anderen, damit ihr auch ja nichts entging. Sie fuhren eine schmale Straße entlang, die von Hecken gesäumt und von Bäumen so weit überdacht war, dass nur wenig Licht in den Wagen fiel. Grace konnte es kaum erwarten, endlich Tristyans Manor zu sehen. Als sie am Ende des Hohlwegs angelangt waren, hielt Michaels an.
»Tristyans Manor, Lady Grace.« Er deutete mit der linken Hand nach vorn. »Es hat sich nicht sehr verändert, seitdem Sie weg sind, Lady Emma.«
Grace traute ihren Augen kaum. Sicher, ihre Mutter hatte von Tristyans Manor wunderschöne Bilder gemalt und spannende Geschichten erzählt, aber niemals hatte es sich Grace so überwältigend vorgestellt. Vor ihnen erstreckte sich eine weitläufige, sehr gepflegte Rasenfläche. Dahinter erhob sich ein riesengroßes graues Haus, ein zinnenbewehrtes Gebäude mit Türmen und Mauern, die von Efeu überwachsen schienen. Tristyans Manor sah so viel mehr nach verwunschenem Schloss aus, als es sich Grace je erträumt hatte.
»Wo … wo sind der Garten und die Gewächshäuser?«, fragte sie mit piepsender Stimme. Sie hatte sich so sehr auf die Orchideen und Orangenbäume gefreut.
»Hinter dem Haus«, antwortete Michaels und lachte dröhnend. »Die junge Lady hat bisher noch kein Herrenhaus gesehen, nicht wahr?«

Emma schwieg und starrte geradeaus. Ihre Fingerspitzen hatte sie aneinandergelegt und hob sie jetzt an die Stirn wie zum Gebet. Grace beugte sich zu ihrer Mutter und strich ihr über den Arm. Emma lächelte sie an. Ein Lächeln, das die Augen nicht erreichte.
»Ich hatte gehofft, ich würde sie nie wiedersehen«, flüsterte Emma so leise, dass Grace sie kaum verstehen konnte, und küsste sie auf den Haaransatz. »Und jetzt muss ich sie um Hilfe bitten.«
Emma sagte kein Wort mehr, bis Michaels den Wagen vor dem Herrenhaus zum Stehen brachte. Grace griff nach der Hand ihrer Mutter und drückte sie. Auf den Stufen einer breiten Steintreppe standen Menschen in einer Reihe nebeneinander. An der Spitze wartete ein älterer Herr mit schwarzem Anzug, weißem Hemd und ernstem Blick neben einer Dame in einem dunklen Kleid; an dritter Stelle stand ein jüngerer Mann, der Grace zuzwinkerte, als sie aus dem Auto stieg; dann waren da noch drei Mädchen, die graugrüne Kleider mit weißen Schürzen und weiße Hauben trugen und zu Boden blickten.
»Wer sind die beiden Älteren da? Sind das Großvater und Großmutter?«, flüsterte Grace, die sich hinter ihrer Mutter versteckte und sie am Ärmel zupfte. Die streng aussehenden Herrschaften schauten stur geradeaus und würdigten Grace keines Blickes.
»Nein, Schatz, das sind Hawkins, der Butler, und Dickens, die Hausdame. Daneben stehen der Diener und die Dienstmädchen. Wo nur die Köchin ist?« Ihre Mutter beugte sich zu ihr herab und seufzte. »Komm, lass uns deine Großmutter begrüßen.«
Während Grace sich fragte, wo sich ihre Großmutter wohl versteckt hielt und warum sie nicht mit den anderen auf sie wartete, zog ihre Mutter sie hinter sich her die Treppenstufen hinauf,

vorbei an der gesamten Dienerschaft, die Emma mit einem Nicken begrüßte. Grace tat es ihr nach und lächelte alle an.
Vor der hohen Tür, die zur Hälfte aus Glasfenstern bestand, blieb Emma stehen und holte tief Luft. Sie reckte den Kopf vor.
»Grace, Schatz, bitte benimm dich.« Ihre Mutter strich ihr über den Kopf, blieb stehen und wartete. Hawkins ging an ihnen vorbei und öffnete die Tür. »Und lass dir von deiner Großmutter keine Angst machen.«
Bevor Grace fragen konnte, warum sie sich vor ihrer Großmutter fürchten sollte, blieb ihr vor Staunen der Mund offen stehen. Was für eine Pracht! Allein die Eingangshalle des Herrenhauses erschien ihr so groß wie ihr gesamtes Häuschen auf Madeira. Ehrfürchtig schaute sich Grace um. Die schwarzweißen Muster des Fußbodens glänzten wie blankpoliert. Vor ihnen erhob sich eine weiße Steintreppe, breiter als der Wagen, in dem sie gekommen waren. Doch was Grace am meisten beeindruckte, war der Ausblick, der sich ihr bot. Lebensgroße Statuen, wie sie sie bisher nur in Museen gesehen hatte, hielten Wache neben der geöffneten Tür, die einen Blick in das nächste Zimmer und darüber hinaus ermöglichte. Dort war er, der Park, von dem ihre Mutter ihr so viel erzählt hatte. Hinter einem schimmernden Kiesweg sah Grace eine Rasenfläche, an die sich der Garten anschloss. Allerdings konnte sie nur die Hecken erkennen, die den Park umschlossen und vor neugierigen Blicken verbargen. Ein gewaltiger Brunnen mit einer hochaufragenden Frauenfigur versperrte ihr die Sicht. Sie zog an der Hand ihrer Mutter, um sich loszureißen und hinauszulaufen, doch Emma hielt Grace' Finger fest umklammert.
»Grace. Schatz. Das ist deine Großmutter. Lady Bethany Galveston, Marchioness of Henlys. Sag guten Tag.«

Kapitel 3

Deutschland 2012

Ein klirrend kalter Märzmorgen. Die Frühlingssonne schaffte es nicht, den Frost zu vertreiben, der sich durch das geöffnete Fenster in die Wohnung schlich. Aber nicht der eisige Wind trug die Schuld daran, dass Laura fröstelte. Sie beugte sich weit aus dem Fenster und warf die Papierschnipsel in die Luft. Der Wind griff danach und wirbelte einzelne von ihnen hoch hinauf, ehe er sie weitertrug. Der Großteil jedoch verteilte sich über den Bürgersteig vor dem Haus. Das würde ihr einen Rüffel von der Mieterin im Erdgeschoss einbringen, dachte Laura. Als gäbe es nichts Wichtigeres als die anstehende Hauswoche. Dieses deutsche Ritual hatte Laura nie begreifen können. Daran hatte sie stets gemerkt, dass sie eine Fremde in Fabians Land bleiben würde, so sehr sie sich auch bemühte, sich anzupassen. Alles aus Liebe zu ihrem Mann. Der Liebe ihres Lebens. Das hatte sie jedenfalls geglaubt. Mit der Zeit waren ihre Gefühle zwar ruhiger, vielleicht sogar ein bisschen langweilig geworden, aber dass sie ewig halten würden, stand für Laura außer Frage. Fabian war der Richtige. Auch wenn seine Eigenheiten sie manchmal zur Weißglut trieben und sie beide im Laufe der Jahre ihre eigenen Leben und ihre Berufe stärker in den Mittelpunkt gestellt hatten – es blieb das Gefühl der Verbundenheit. Sie hatte Fabian für seine kleinen Gesten geliebt, für die nahezu unleserlichen Zettel, die er ihr schrieb, bevor er auf eine Dienstreise fuhr. Für seine Verlässlichkeit und die Stabilität. Sie war sich sicher gewesen, dass sie alle Höhen und Tiefen gemeinsam durchleben würden, dass es nichts gab, was ihre Liebe zerstören könnte. Auch jetzt noch glaubte sie daran. Sie hätten es schaffen können, wenn sie nur eine Chance gehabt hätten.

Für immer und ewig. Sie schaute den letzten Papierschnipseln nach, die der Wind in eine kahle Baumkrone entführte. Wenn sich wenigstens der Frühling zeigen würde. Das aufblitzende Grün trüge die Illusion von Leben und Zukunft in sich. Das Hellgrau des Februars schien sich in diesem Jahr unendlich auszudehnen. Vielleicht lag es ja auch an ihr. Haarsträhnen wehten Laura ins Gesicht, die sie mit einer ungeduldigen Handbewegung zurückstrich. Heute Morgen hatte sie beim Blick in den Spiegel gesehen, dass der Schnitt ihres Pagenkopfes endgültig herausgewachsen war. Aber allein der Gedanke daran, zum Friseur zu gehen, sich über den Urlaub oder das Wetter unterhalten zu müssen, ermüdete Laura. Dann lasse ich meine Haare eben wachsen, hatte sie mit einem Anfall von Trotz gedacht. Jetzt, da Fabian nicht mehr darauf beharren konnte, dass ihr die halblangen Haare am besten stünden. *Freedom is just another word for nothing left to lose,* spukte der Songtext von Janis Joplin wieder einmal durch ihren Kopf. Mit einem Schaudern schloss sie das Fenster und drehte sich um. Alles im Wohnzimmer erinnerte sie an Fabian. Der blaue

Eisbären-Radiergummi, sein Weihnachtsgeschenk vom letzten Jahr, auf das er so stolz gewesen war. Weil er sich sicher sein konnte, dass der Eisbär Laura gefiel und dass sie ihn sich niemals selbst gekauft hätte.

Seine DVD-Sammlung der *Sopranos* lag noch unter dem Fernseher, als ob er gleich zur Tür hereinkäme, um seine Lieblingsfolge das fünfte Mal anzuschauen. Auf dem Großbildfernseher, den er unbedingt haben wollte, damit er alle *Star-Trek*-Folgen sehen konnte. Raumschiffe wirkten nur auf einem großen Bildschirm, hatte er Laura gegenüber den Spontankauf begründet.

»Lass es uns gemeinsam anschauen«, hatte Fabian ihr immer wieder vorgeschlagen. An den wenigen freien Tagen, die sein Beruf ihm ließ. »Wir nehmen uns zehn Tage Zeit und gucken alles von *Captain Kirk* bis *Voyager*. So lange, bis wir viereckige Auge haben.«

»Heute nicht. Ich muss erst noch einen Plan zu Ende zeichnen«, hatte Laura lachend geantwortet. Immer stand ein Auftrag an oder der Besuch in einer Gärtnerei oder eine Mail, die noch dringend geschrieben werden musste.

Sie liebten ihre Berufe, und viel zu oft kam es vor, dass einer von beiden die Zeit am Schreibtisch vergaß. Auf Wunsch ihrer Eltern hatte Laura erst Englisch und Geschichte studiert, aber dann noch ein Gartengestaltungsstudium am Writtle College angeschlossen. Sie hatte damit gerechnet, sich zu Beginn ihrer Selbständigkeit erst eine Weile mit Kellnern und anderen Jobs über Wasser halten zu müssen, doch schneller als erwartet konnte sie Gartenprojekte realisieren. Schweren Herzens hatte sie alles wieder aufgegeben, um mit Fabian nach Deutschland zu ziehen. Hier erwies es sich als schwieriger, Kunden zu gewinnen, aber nach und nach hatte sich Laura auch hier einen Namen gemacht. Fabian hatte stets darüber gewitzelt, dass ihr Studiengang MAGD hieß – Master Of Garden Design –, aber oft hatte er gegenüber Freunden und Kollegen voller Stolz über Lauras Gartenbauprojekte geredet.

»Wir schauen uns alles an, wenn wir in Rente sind.«

Bis fünfundfünfzig wollten sie beide arbeiten. Sich dann ein Haus kaufen. Am Meer, vielleicht in Frankreich oder Holland oder in England, Lauras Heimat. Hauptsache, dem Wasser nah. Das Meer hatte sie immer vermisst. Laura hatte nicht lange nachdenken müssen, ob sie Fabian nach Deutschland folgte, und hatte ihren Entschluss nie bereut. Nur nach dem Meer, das zu Hause in Cornwall einfach dazugehörte, hatte sie sich beinahe täglich gesehnt. So sehr, wie sie sich jetzt nach Fabian sehnte.

Nur nicht daran denken. Sie ging zum Bücherregel und nahm sein letztes Geschenk in die Hand. Das Pop-up-Buch vom kleinen Prinzen, so kostbar, dass sie kaum wagte, es aufzuschlagen, aus Angst, die fragilen Pappbilder zu zerstören. Sein Lächeln, als sie das Geschenkpapier geöffnet und vor Freude über das unerwartete Präsent Tränen in den Augen gehabt hatte. Sie legte das Buch wieder ins Regal und trat einen Schritt zurück.

Mit der Kniekehle prallte sie gegen den schwarzen Couchtisch, den sie gemeinsam ausgesucht hatten. Zu gut erinnerte sich Laura daran, wie Fabian das Tischchen fluchend aufgebaut hatte, bis sie ihm den Schraubendreher aus der Hand genommen hatte. Heimwerken war nicht seine Stärke gewesen.

Die Erinnerung drohte sie zu überwältigen, und sie floh aus dem Wohnzimmer in ihr Arbeitszimmer. Der einzige Ort in ihrer gemeinsamen Wohnung, aus dem sie alles verbannt hatte, was sie an Fabian erinnerte. Ihr Refugium. Der Ort, an

dem die Erinnerungen und die Schuld ihr nicht ins Auge sprangen.
Nur führte der Weg an seinem Arbeitszimmer vorbei. Die Tür ließ sich nicht schließen, weil eine zerbrechliche Konstruktion aus diversen Kabeln die Telefondose auf dem Flur mit dem Internetanschluss verband. Wie magisch angezogen blieb sie einen Moment an der Tür stehen, ehe sie schließlich eintrat. So wie jeden Morgen seit einem halben Jahr. Jeden Morgen wollte sie dieses Ritual durchbrechen, wollte einfach an seinem Arbeitszimmer vorbeigehen, und scheiterte jedes Mal.
Sie ließ sich auf das mintgrüne Sofa sinken, ein Designerstück, viel zu tief und unbequem. Aber es hatte Fabian sowieso nur als Ablage gedient. Daneben standen die gerahmten Bilder, Kunstdrucke von Monet und Marc und Hopper. Seit ihrem Einzug vor zwei Jahren lagerten sie auf dem Fußboden, weil Fabian immer wieder vergaß, sich eine Bohrmaschine auszuleihen. Absichtlich vergaß, so vermutete Laura, um sich nicht zu blamieren.
In der Mitte, direkt vor dem Fenster, stand der schwere dunkelbraune Tisch. Eigentlich ein Esstisch, aber Fabian hatte einen extrabreiten Schreibtisch gewollt, für die Papierstapel. Er war Anwalt von Beruf und hatte beinahe jeden Abend Akten mit nach Hause gebracht, die sich auf dem Schreibtisch anhäuften. Gegen Lauras Rat hatte Fabian sich für das Monstrum entschieden, neben dem alles andere winzig wirkte. Seit sechs Monaten war der Schreibtisch leer, was Laura jeden Morgen dazu brachte, auf ihre Lippe zu beißen, um die Tränen zurückzuhalten. Jeden Morgen nahm sie sich vor, ein Buch oder die Tageszeitung oder ein paar Stifte auf den Tisch zu legen, um die Leere zu durchbrechen. Jeden Morgen gelang es ihr nicht, weil es ihr verlogen erschien. Warum die Illusion erzeugen, dass Fabian zurückkäme? Sie wusste es besser.

Rechts reihten sich Regale auf, vollgestopft mit Büchern, Zeitschriften, Aktenordnern und Stempeln. Wie konnte ein Mensch nur so viel von den Dingern benötigen, hatte Laura gespottet, nachdem der Paketbote eine Woche lang jeden Tag einen neuen Stempel gebracht hatte. Auch heute noch kam Post für Fabian. Rechnungen, Werbung, Schreiben von Versicherungen. Laura brachte die Kraft nicht auf, Fremde anzuschreiben und sie zu benachrichtigen. Ihr Herz schlug schneller, und sie wünschte sich die Stärke, einfach alles zu nehmen und in Kisten und Kartons zu verpacken. So wie sie es damals mit den Sachen auf seinem Schreibtisch getan hatte. Nur zu gut erinnerte sie sich an den Tag. An das Klingeln. An die mitleidigen Blicke der Männer, die sie vorher nie gesehen hatte. Bevor nur ein Wort gefallen war, hatte sie gewusst, was geschehen war.
Nachdem die Männer gegangen waren, hatte Laura schweigend vor sich hin gestarrt und dann in einer Art Betäubung Fabians Schreibtisch leer geräumt und gründlich abgeschrubbt. Erst dann hatte sie ihre Familie angerufen und schließlich Fabians Eltern. Heute wünschte sie sich, sie hätte damals alles verpackt. Verpackt und vergessen. Aus den Augen, aus dem Sinn.
»Warum verkaufst du seine Sachen nicht?«, hatte eine Freundin vor ein paar Wochen gefragt. In diesem wohlmeinenden Ich-meine-es-doch-nur-gut-Ton, den Laura hassen gelernt hatte. »Oder spendest sie, wenn du kein Geld dafür willst?«
Laura hatte sie schweigend angeschaut, so lange, bis ihre Freundin rot angelaufen war und sich bald danach verabschiedet hatte. Laura konnte Fabians Sachen nicht weggeben. Sie musste sie behalten. Auch als Mahnmal und als Erinnerung an ihre Schuld. Laura schloss die Augen und atmete tief ein und aus.

»Das ist normal. Sie müssen diese Phase durchlaufen«, hatte der Leiter der Gruppe gesagt, zu der sie eine andere, ebenfalls wohlmeinende Freundin mitgeschleift hatte. »Aber Sie müssen an sich arbeiten, damit Sie die nächste Stufe erreichen.«
»Wer sagt Ihnen, dass ich die nächste Stufe erreichen will?« Mit diesen Worten war Laura aufgestanden und hatte den Raum verlassen, und die Gruppe und auch die Freundin.
Sie öffnete die Augen und starrte die Buchrücken an. Die Sammlung aller *Maigret*-Krimis, Kunstbände, Reiseführer zu den Reisen, die sie gemeinsam unternommen hatten. Toskana, Tunesien, London, Teneriffa, Portugal, Spanien, Niederlande, Madeira …
Auf dem Tischchen neben dem Sofa lagen die Reiseführer mit dem Ziel Australien. Ihre große Reise. In sechs Wochen hätten sie fliegen wollen. Heute waren die Tickets gekommen. Laura hatte sie genommen und in winzige Fetzen zerrissen und dem Wind geschenkt. Als ob sie damit der Erinnerung entrinnen könnte.
Das Telefon klingelte. Laura schaute auf das Display. Keine Rufnummer. Ihre Schwester. Hannah wollte sicher wissen, wie es ihr ging. Was sollte Laura antworten?
»Ich weiß es nicht. So wie jeden Tag seit einem halben Jahr. Nein, es ändert sich nicht.«
Sobald sie so etwas sagte, würde Hannah vorbeikommen wollen. Sich in den nächsten Flieger setzen und zur Rettung ihrer älteren Schwester herbeieilen. Mit Essen von daheim und tröstlichen Worten, die Laura in ein Gefühlswirrwarr stürzen würden. Zorn, weil sie keinen Trost wollte und auch keinen Trost empfinden konnte. Scham, weil Hannah versuchte, zu helfen, so wie ihre Freundinnen, die in den ersten Tagen und Wochen täglich angerufen oder sie mit Besuchen überrascht

hatten. Lauras harsche Worte oder ihr dumpfes Schweigen hatten schließlich selbst die treuesten vergrault. Hinterher hatte es Laura oft leidgetan, aber wie hätte sie reagieren sollen auf Plattitüden wie »Die Zeit heilt alle Wunden«? Was hätten die Freundinnen anderes sagen können? Laura wusste es nicht.

Nur Hannah war geblieben. Vier Wochen lang. Ihre Schwester hatte sich um Einkäufe gekümmert, die Blumen gegossen und Mails an Lauras Auftraggeber geschrieben, solange Laura im Bett lag und nichts und niemanden sehen wollte. Dafür schuldete Laura es ihr, ans Telefon zu gehen.

»Wie geht es dir? Kannst du schlafen?« Hannah hielt sich nicht mit Eröffnungsgeplänkel auf. »Nimmst du immer noch Tabletten?«

»Nein, schon länger nicht mehr«, log Laura und hoffte, dass ihre Schwester es ihr nicht anhörte. »Ich schlafe ganz gut. Den Umständen entsprechend.«

Sie wünschte, sie hätte Hannah nicht in einem Moment der Schwäche von den Träumen erzählt, die sie jede Nacht heimsuchten. Nur dann nicht, wenn sie Tabletten nahm. Träume, in denen Laura auf einem Hochhaus stand, an der äußersten Kante des Daches, wie magisch angezogen von der Tiefe. Nächte, in denen sie endlose Leitern hochkletterte, einem Schemen hinterher, der sie an Fabian erinnerte. Bis zu dem Moment, wo er sich auflöste und Laura nach unten sah. Paralysiert vom Abgrund, der sich unter ihr auftat. Sie fiel niemals in diesen Träumen, aber sie fürchtete jedes Mal, dass sie eines Nachts den letzten Schritt gehen würde. Fürchtete sie es, oder wünschte sie es sich?

»Kommst du nach Hause?« Hannahs Stimme zerrte Laura aus ihren Gedanken. »Wie lange willst du noch in der Wohnung bleiben?«

»Heute sind die Flugtickets für Australien gekommen.« Laura wollte nicht schon wieder darüber diskutieren, dass es für sie gleich war, wo sie lebte. Als ob die Erinnerung an Fabian ortsgebunden wäre. »Ich … ich hatte sie ganz vergessen.«
»Was willst du damit machen?«
»Ich habe sie zerrissen.« Das klang theatralisch und melodramatisch, musste Laura zugeben. Eben war es ihr noch als das einzig Richtige erschienen. »Blöd, ich weiß.«
Mit dem Telefon in der Hand verließ sie Fabians Zimmer und ging in ihr Arbeitszimmer. Auf ihrem Schreibtisch lagen die Gartenbaukataloge noch immer ungeöffnet neben ersten Entwürfen für ihre aktuellen Gartengestaltungsprojekte. Jeden Tag nahm sich Laura vor, heute mit der Arbeit zu beginnen, und jeden Tag starrte sie nur auf die Bücher oder auf den Bildschirm ihres Notebooks. Noch hatten ihre Kunden Geduld mit ihr. Aber langsam rückte die Pflanzzeit näher. Mit dem Frühling einher gingen erste Anfragen, wie lange Lauras Entwürfe noch auf sich warten ließen.
»Vielleicht solltest du einfach mal wegfahren. Für länger.« Hannah klang energisch. Laura wäre gern wie ihre Schwester, die sich jedem Problem stellte, es bekämpfte und besiegte. »Australien. Entschuldige, nein. Aber Neuseeland vielleicht.«
»Ich weiß nicht.« Fabian war der, der Fernreisen liebte. Laura zog es nicht in exotische Länder. In den Australienurlaub hatte sie nur seinetwegen eingewilligt. »Das ist zu weit weg.«
»Dann fahr nach Madeira. Da gibt's doch das Haus dieser alten Tante von uns.« Hannah war begeistert von ihrem Vorschlag. »Das käme nicht so teuer. Ich könnte dich besuchen, damit du nicht allein bist.«
»Ich weiß nicht.« Laura kam sich vor wie ein Papagei, der nur eine Antwort kannte.

»Ich finde heraus, ob das Haus frei ist, und rufe dich wieder an.« Hannahs Energie fühlte sich Laura nicht gewachsen. Sie wollte sich nicht mit ihrer Schwester streiten. Falls es ernst würde, könnte sie immer noch eine Krankheit vortäuschen.
»Du gibst auf jeden Fall die Tickets für Australien zurück und versuchst, das Geld zurückzubekommen.«
»Mach ich.« Laura schwieg einen Moment. Sie fühlte sich von ihrer Schwester überrollt, konnte sich aber Hannahs Argumenten nicht entziehen. »Du hast recht. Ich sollte mal eine Weile raus.«
»Was hältst du davon, wenn ich während deines Urlaubs Fabians Sachen sortiere?« Hannah war mit ihren Gedanken schon wieder einen Schritt weiter. »Ich wollte sowieso für eine Woche nach Deutschland kommen und könnte bei dir wohnen und mich um alles kümmern.«
Erst wollte Laura abwehren, erkannte dann aber ihre Chance. »Danke, aber …« Laura zögerte. Wie konnte sie sagen, was sie dachte? Sollte sie ihren Verdacht äußern, nur um sich hinterher für eine neurotische Ehefrau zu halten? Sollte sie schweigen und ihre Schwester möglicherweise mit etwas konfrontieren, was diese nicht wissen wollte? »Wenn dir etwas seltsam vorkommt, ruf mich an, okay.«
Hannah schwieg. So wie ihre Mutter geschwiegen hatte und jedes Geheimnis, und war es noch so klein, aus Laura herausgelockt hatte. Laura meinte zu spüren, dass ihre Schwester nachhaken wollte, was Laura meinte. Eine Frage, die sie nicht beantworten wollte. Daher sagte sie schnell: »Danke für alles. Ich muss los.«
Laura legte das Telefon weg und holte *Die Blumen Madeiras* aus dem Regal. Wie jedes Mal bewunderte sie die Gestaltung des Schutzumschlags. Vor einem weißen Hintergrund prangte

eine Paradiesvogelblume in den intensivsten Farben. *Amelia Woolf, Die Blumen Madeiras* – beinahe bescheiden wirkten die einfachen grauen Buchstaben. So, als ob sie nicht von der Pracht der Strelitzie ablenken sollten. *Amelia Woolf* war das Pseudonym einer entfernten Verwandten, wie Laura irgendwann herausgefunden hatte. Die schlichte, aber wirkungsvolle Gestaltung wurde im Innern des Buches beibehalten. Auf den großformatigen Seiten war jeweils eine Blume in kräftigen Farben abgebildet, begleitet von zarten Skizzen aus unterschiedlichen Perspektiven. Nur die botanische Bezeichnung und die gebräuchlichsten Namen hatte die Autorin dezent in eine Ecke geschrieben, damit die ganze Aufmerksamkeit auf die Blumen gelenkt wurde.

Laura liebte dieses Buch, seitdem sie es das erste Mal gesehen hatte. Dreizehn Jahre alt war sie damals gewesen. Vor einer langweiligen Familienfeier war sie in die große Bibliothek von Tristyans Manor geflüchtet, wo sie es entdeckt hatte.Bald hatten die ausdrucksstarken Bilder sie in Bann gezogen und alles andere verdrängt. Die Abbildung eines Natternkopfs, auch der Stolz Madeiras genannt, hatte sie vollkommen fasziniert. In der Zeichnung zeigte sich mehr Leben, als es ein Foto je vermocht hätte. Angeregt durch das Buch hatte Laura begonnen, sich intensiver für Blumen und Pflanzen zu interessieren, so dass auch ihr Berufswunsch in diese Richtung ging.

Mehr noch. Die Blumenbilder gaben ihr erstaunlicherweise Kraft und Halt, weil sie in ihnen versinken konnte. Wer war diese Verwandte, deren Zeichnungen sie auf eine solche Weise berührten? Warum hatte Laura eigentlich nie versucht, mehr über diese Amelia herauszufinden? Vielleicht sollte sie das tun und sich damit von allem ablenken. Laura setzte sich in den breiten Sessel, den Fabians Großmutter ihr vererbt hatte, blät-

terte wieder und wieder durch die Seiten und ließ sich von den Blumen Madeiras einfangen.
Madeira. Vielleicht eine gute Idee.

Kapitel 4

Tristyans Manor, Sommer 1925

»Wie konntest du das nur tun?« Amelia stand fassungslos vor ihrer jüngeren Schwester. Endlich hatte sie Bethany gefunden, die sich im Gewächshaus versteckt hatte. Suchend war Amelia die schmalen gepflasterten Wege auf und ab gegangen, hatte zwischen den mächtigen Farnen und ausladenden Palmen hindurchgespäht, aber niemanden entdecken können. Das Licht der Sonne glitzerte auf dem Glas und blendete sie. Die feuchte Schwüle des Glashauses raubte ihr den Atem, aber Amelia war nicht bereit, so schnell aufzugeben. Was Bethany sich dieses Mal zuschulden hatte kommen lassen, war wirklich unerhört. An Tagen wie diesen war Amelia froh, dass Bethany nur ihre Halbschwester war. Sie wünschte und hoffte, dass all das Dunkle in Bethany ein Erbe ihrer Mutter war und dass das Freundliche in ihnen von ihrem gemeinsamen Vater stammte. Die Härte und Bosheit, die Bethany oft zeigte, konnte nur ein Erbe von Lady Norah sein. Amelia schluckte, als sie an ihre hochmütige und kaltherzige Stiefmutter dachte. Oft fühlte sie sich wie eine Prinzessin im Märchen, die nur darauf wartete, dass ein Prinz sie aus den Fängen ihrer Familie befreite. Nur dass jeder Prinz, der etwas auf sich hielt, sich für die feengleiche Bethany entscheiden würde und nicht für die unscheinbare Amelia. Warum nur hatte sie nicht die milde Schönheit ihrer Mutter erben können? Eine Schönheit, die Amelia auf den wenigen Bildern, die im Haus an ihre Mutter erinnerten, wieder und wieder betrachtete. Sie suchte nach Ähnlichkeiten, als ob sie ihr auf diese Weise näher sein könnte. Wie bitter, dass sie überhaupt keine Erinnerungen an sie hatte. Ihr Vater, Lord Percy, den Amelia mehrfach nach ihr gefragt hatte, wurde jedes Mal so traurig, dass sie es nicht wagte, ihn weiter zu behelligen, obwohl es für sie ein ständiger Zweifel war, nichts über die Frau zu wissen, die sie geboren hatte und deren Namen sie trug. Als sie jünger gewesen war – nachdem ihr Vater Lady Norah geheiratet hatte und Bethany geboren wurde –, hatte Amelia Tage damit verbracht, sich auszumalen, wie glücklich sie drei mit ihrer richtigen Mutter hätten werden können. Eines Tages hatte die Gouvernante Amelia zur Seite genommen und mit ihr gesprochen.

»Ich weiß, mein Kleines, es ist nicht leicht, eine Stiefmutter und nun auch eine Stiefschwester zu haben, aber …« Die Gouvernante hatte Amelia durchs Haar gestrichen. Eine Geste voller Zärtlichkeit, die sich das Mädchen von ihrer Stiefmutter wünschte. »Aber es hilft dir nichts, dich in Träume zu flüchten.«

Danach hatte Amelia sich bemüht, alle Gedanken an ihre eigene Mutter zu verbannen und Lady Norah als ihre Mutter zu akzeptieren, so sehr es auch schmerzte. Doch an Tagen wie diesen wünschte sie sich verzweifelt, dass jemand gemeinsam mit ihr gegen das Unrecht kämpfte, das Bethany heraufbeschworen hatte. Amelia wollte ihre Schwester stellen, bevor sich diese in die Sicherheit des Herrenhauses flüchten konnte. In den Schutz von Lady Norah, die ihrer Lieblingstochter stets gegen Amelia beistand, egal, was Bethany auch angestellt hatte.

»Was willst du von mir?« Ihr Kichern hatte sie verraten, und Amelia hatte Bethany zwischen den Stechpalmen hervorgezerrt. Nun reckte sich Bethany zur Größe ihrer dreizehn Jahre und lächelte. In der sicheren Gewissheit, dass sie wieder einmal siegen würde. »Lass mich los, oder ich sage es Miss Roselily. Nein, Mutter werde ich es sagen.«

»Wie konntest du das nur tun?«, wiederholte Amelia und hob die Hand im Zorn, aber dann fielen ihr die Ermahnungen der Gouvernante ein, was eine Lady tun durfte und was nicht, und sie ließ den Arm sinken. Stattdessen musterte sie Bethany mit einem Blick voller Abscheu und Enttäuschung. »Der arme Bill. Er hat Frau und Kinder.«

»Er hat mich gestern reglementiert, dass ich Princess nicht so scharf reiten darf.« Bethany zog eine Schnute. Mit ihren blonden Locken und den großen dunkelblauen Augen wirkte sie wie ein Engel, der auf die Erde gekommen war. Die schmale Nase und die hohen Wangenknochen trugen zu dem ätherisch anmutenden Äußeren bei. Amelia allerdings wusste nur zu gut, was für ein Teufel sich hinter der schönen Fassade verbarg. Ein verwöhntes, verzogenes Kind, dem niemand Grenzen aufgezeigt hatte. »Wie kann er das wagen? Er ist nur ein Dienstbote.«

Princess, ihr wunderbares Reitpony. Amelia hatte auf der Fuchsstute reiten gelernt und sie mehr geliebt, als sie es jemals Bethany gegenüber zugegeben hätte. Dem Pferd hatte

sie all ihren Kummer anvertraut und oft in seine seidenweiche Mähne geweint. Umso mehr traf es sie, als Lady Norah ihr mitteilte, dass sie zu groß für ein Pony sei und Princess an Bethany abgeben müsse. Amelia hatte sich zum ersten Mal gegen die Wünsche ihrer Mutter gewehrt, aber den Kampf verloren. Was Bethany wollte, das bekam sie. Was Amelia wollte, interessierte nicht.
Als Amelia Bethany das erste Mal auf Princess davongaloppieren sah, gab sie das Reiten auf. Zu sehr schmerzte es, nicht mehr auf ihrer Stute durch den Park von Tristyans Manor reiten zu dürfen. Aber Amelia hielt Princess die Treue und besuchte ihr Pony heimlich. Princess wirkte genauso unglücklich wie Amelia. Die Stute magerte ab und hatte sogar schon einmal nach jemandem getreten. Amelia hoffte, durch ihre Besuche das Leid des Ponys zu mildern. Bill, der Stallbursche, kannte Amelias Geheimnis und hatte ihr schon oft dabei geholfen, nicht im Stall entdeckt zu werden. Vielleicht war das der Grund für Bethanys bösartige Lügengeschichte. Ohne rot zu werden, hatte ihre Schwester behauptet, dass Bill billiges Futter gekauft hätte, um das gesparte Geld für sich zu behalten.
»Aber … aber …« Amelia war verzweifelt. Bethany würde niemals nachgeben. Ihre Schwester würde das Leben eines treuen Dienstboten und seiner Familie ruinieren, nur weil der Stallbursche es gewagt hatte, sie in ihre Schranken zu weisen. Wie konnten Mutter und Vater Bethany nur in ihrem üblen Tun bestärken? Stets gaben sie der Jüngeren nach, sobald Bethany schmollte oder mit Tränen in den Augen bettelte. Beides beherrschte sie bis zur Perfektion. »Aber du hast die Beschuldigungen erfunden. Und Vater wird Bill deshalb sicher entlassen.«

»Du kannst nicht beweisen, dass ich gelogen habe.« Bethany schlug die Augen nieder. »Niemand wird dir glauben.«
Mit selbstsicherem Lächeln strich sie über ihr veilchenblaues Kleid, das makellos sauber aussah, obwohl sie den Nachmittag im Garten und im Gewächshaus verbracht hatte. Automatisch sah Amelia an sich herab und biss sich auf die Unterlippe. Der Aufenthalt im Gewächshaus hatte deutliche Spuren auf ihrem fliederfarbenen Kleid hinterlassen. Braune Streifen von Erde zogen sich über den Saum, und unterhalb der Taille zierten Farbsprenkel den Stoff, die Amelias Pinsel trotz aller Vorsicht hinterlassen hatte. Lady Norah Lanston hielt nicht viel davon, dass ihre älteste Tochter ihre Zeit mit Zeichnen und Malen verbrachte – vergeudete, wie sie es nannte. Noch weniger hielt Lady Norah von Töchtern, die Dreckspuren und Aquarellfarben an den Kleidern hatten.
»Bethany, bitte.« Amelia änderte ihre Taktik. Sie wusste, dass ihre kleine Schwester recht bekommen würde. Niemals würde Mutter oder Vater glauben, dass ihr kleiner blonder Engel sich eine böse Geschichte ausgedacht und den armen Bill zu Unrecht beschuldigt hatte. »Denk an Rose und Fred. Was soll aus ihnen werden, wenn ihr Vater keine Arbeit mehr hat?«
Damit musste sich selbst die kaltherzige Bethany erweichen lassen. Schließlich kannten die Lanston-Mädchen die Kinder des Stallburschen seit ihrer Geburt. Amelia und Bethany hatten oft mit Rose und Fred gespielt, bis Lady Norah zu der Ansicht gekommen war, dass die Kinder der Dienstboten kein angemessener Umgang für ihre ältesten Töchter wären. Während Bethany sich sofort dem Gebot ihrer Mutter gefügt hatte, war Amelia noch einige Male heimlich zum Spielen mit ihren Freunden hinausgelaufen, bis die Gouvernante sie ertappt hatte. Miss Roselily hatte Amelia einen langen Vortrag

über das Benehmen einer Lady gehalten, bevor sie ihr drohte, Lady Norah davon zu berichten. Da hatte Amelia schweren Herzens die Freundschaft aufgegeben und sich ganz in ihre Malerei und ihre Bücher vertieft.

»Was geht mich das Schicksal von Dienstboten an?« Bethany zuckte mit den Schultern. Ihre blauen Augen – Eisaugen nannte Amelia sie – leuchteten vor Vergnügen. Bethany schien immer dann besonders glücklich zu sein, wenn sie Unglück in das Leben anderer Menschen bringen konnte. »Auch du solltest dich lieber mit wichtigeren Dingen beschäftigen. Hast du schon für die Sommerfrische gepackt?«

Bevor Amelia antworten konnte, drehte sich Bethany auf den Zehenspitzen herum, wie die winzige Ballerina, die auf Amelias Spieldose kreiste. Elegant und voller Anmut waren ihre Bewegungen, so dass Amelia sich wie ein Trampel fühlte. Zu groß und zu schwer; ein Klotz, verglichen mit ihrer zwei Jahre jüngeren Schwester. Als ob sie Amelias Gedanken gelesen hätte, wandte Bethany den Kopf, streckte ihrer Schwester die Zunge heraus und eilte ins Haus.

Gefangen in Gefühlen aus Zorn und Neid auf die elfengleichen Bewegungen ihrer Halbschwester folgte Amelia ihr in Gedanken versunken. Wie konnte sie dem Stallburschen und seiner Familie nur beistehen? Es durfte einfach nicht sein, dass eine Lüge Bethanys deren Leben zerstörte. Niemand würde Bill eine Anstellung geben, wenn ihn das Gerücht begleitete, dass er ein Dieb wäre.

Amelia strich sich mit der Hand durch die brünetten Haare. Gab es keine Verbündete, an die sie sich wenden konnte? Amelia hatte Tränen in den Augen. Tränen darüber, dass ihre geliebte Großmutter Ada nicht mehr lebte. Seit ihrem Tod vor einem halben Jahr wirkte das dunkle Gemäuer von Tristyans Manor

in Amelias Augen noch düsterer. Ada Lanston war die Einzige gewesen, die Amelias Malerei unterstützt und ihr bei Auseinandersetzungen mit Bethany stets beigestanden hatte.
Von ihren jüngeren Halbgeschwistern hatte Amelia ebenfalls keine Unterstützung zu erwarten. Clifford und Diane fürchteten Bethanys Zorn. Niemals wagten sie es, die Streiche ihrer Schwester den Eltern oder der Gouvernante zu petzen.
Amelia zog die Unterlippe zwischen die Zähne und kaute darauf herum. Vielleicht könnte sie ihren Vater für sich gewinnen. Lord Percy Lanston, Earl of Porthpyran, mischte sich allerdings grundsätzlich nicht in die Streitigkeiten seiner Töchter ein, sondern verbrachte die Tage meist zurückgezogen in seiner Bibliothek oder seinem Forschungszimmer. Mit unnützen Experimenten, wie seine Gemahlin mit hochgezogenen Augenbrauen stets betonte. Aber Amelia wusste, dass ihr Vater eine Schwäche für sie hatte, weil sie ihm ähnelte. Mit ihrem Wissensdurst und ihrem Lesehunger – beides Interessen, die Lady Norah weder teilte noch schätzte.
Ein Lächeln glitt über Amelias Gesicht, als sie sich zur Bibliothek begab. Vorsichtig schaute sie sich um. Aber weder ihre Mutter noch Miss Roselily war zu sehen. Sie musste heimlich ins Haus gelangen, sonst bekäme sie heute keine Gelegenheit mehr, ihren Vater allein zu sprechen. Mit Schritten, so schnell, wie es die Etikette gerade noch erlaubte, eilte Amelia die weißen Kieswege entlang, die die offene Rasenfläche durchschnitten. Ihr Blick fiel auf die mächtigen Mauern, die Tristyans Manor von der Außenwelt abschirmten. Weißblühende Rosen rankten sich an den grauen Steinen empor und verliehen ihnen Lebendigkeit.
Der Gärtner, ein alter Mann, den Amelia nie ohne seine grüne Mütze und die braune Weste sah, stieß den Spaten tief in die

Erde. Grüßend hob er die Hand an den Mützenschirm, bevor er sich wieder seiner Arbeit widmete. Amelia erwiderte den Gruß. Sie lief an den großen, zu Kugeln gestutzten Bäumen vorbei, die aussahen, als ob Riesen hier Cricket gespielt und die Bälle liegengelassen hätten.

Endlich hatte sie die Marmortreppe erreicht, die ins Haus führte. Sie schaute an sich herab, versuchte, ihr Kleid ein wenig zu säubern, zog es zurecht, doch auch die Knitterfalten ließen sich nicht beseitigen.

Amelia hatte beim Malen wieder einmal die Zeit vergessen. Gleich nach dem Mittagessen war sie zu den Klippen aufgebrochen; die Staffelei hatte Maisie, das jüngste Dienstmädchen, für sie getragen. Amelia hatte sie nach Hause schicken wollen, doch das Mädchen saß lieber neben ihr im Gras, als in der Küche zu helfen. Also ließ Amelia sie bleiben und konzentrierte sich auf den Anblick vor ihren Augen. Sie konnte sich nicht sattsehen an den Farben der Klippen; am sanften Grün des Grases, das sich tief in den grauen Fels hineinzog; am dunklen Grün der Hecken und Wälder, die sich auf den Klippen verteilten, als ob sie ein begnadeterer Maler, als sie es je sein würde, mit kühnen Pinselstrichen aufgetragen hätte. Das weiche Türkis des Meeres, das sich in weißer Gischt am hellen Strand brach. Wie sehr sie ihre Heimat liebte.

»Ich möchte nirgendwo anders leben«, hatte sie im Überschwang der Gefühle zu Maisie gesagt. »Nirgendwo kann es so wunderschön sein wie in Cornwall.«

»Ja, so stelle ich mir den Himmel vor, wenn der Pastor davon spricht«, hatte Maisie mit leuchtenden Augen geantwortet.

Wenn nur Bethany nicht wäre. Die Schlange im Paradies, die Unglück und Zerstörung mit sich brachte, wenn Amelia sie nicht aufhielt. Amelia seufzte und schlich auf Zehenspitzen weiter. Sie

musste darauf vertrauen, dass ihr heute das Glück hold blieb. Ihren Vater würde der Schmutz an ihrem Kleid nicht stören. Amelia kicherte. Lord Percy würde es nicht einmal bemerken, wenn sie den Schlamm des Gartenteichs hinter sich herzöge.
Die Gedanken ihres Vaters schienen ständig in anderen Sphären zu schweben und richteten sich nur selten auf die profanen Dinge des Alltags. Für alle Fragen, die die Führung des herrschaftlichen Haushalts betrafen, wandte man sich an Lady Norah. Weder der Butler noch die Köchin käme je auf die Idee, Lord Percy mit derartigen Belanglosigkeiten zu belästigen. Sicher auch, weil sie wussten, dass von Amelias Vater keine hilfreiche Antwort zu erwarten war. Es blieb Lady Norah überlassen, von Zeit zu Zeit mit ihrem Gemahl über die Reihenfolge der dringend notwendigen Arbeiten und der damit einhergehenden finanziellen Aufwendungen zu verhandeln.
Obwohl ihre Eltern meinten, dass Amelia nichts davon ahnte, hatte sie mehr als genug über die Situation von Tristyans Manor erfahren. Bethany, der es stets gelang, Geheimnisse aufzuspüren, und der es ein Vergnügen war, sie gleich wieder auszuplaudern, hatte Amelia verraten, dass es nicht gut um ihr Zuhause stünde.
»Was soll das heißen, es steht nicht gut um Tristyans Manor?« Amelia hätte ihre Schwester am liebsten geschüttelt, nachdem diese ihr die Neuigkeit unter die Nase gerieben hatte. »Woher weißt du das?«
»Mutter und Vater streiten.« Zum ersten Mal spürte Amelia bei ihrer jüngeren Schwester eine Verunsicherung, was sie nahezu in Panik versetzt hatte.
»Es wird um Geld gehen«, hatte Amelia mehr zu sich als zu ihrer Schwester gesagt. »Die hohen Summen, die das Haus verschlingt.«

»Ach, wenn es nur das ist.« Sofort war Bethany wieder obenauf gewesen. »Dann muss ich mir ja keine Gedanken machen.«
»Da wäre ich mir nicht so sicher«, hatte Amelia geflüstert, tief in Sorge über die Zukunft von Tristyans Manor.
Sie schüttelte sich, um die unerfreulichen Gedanken zu vertreiben. Vorsichtig öffnete Amelia die Tür zur Bibliothek und schloss sie leise hinter sich. Ihr Herz schlug schneller, wie jedes Mal, wenn sie diesen verzauberten Ort aufsuchte. Ausnahmsweise waren die schweren dunklen Vorhänge vor den bodentiefen Fenstern heute einmal aufgezogen. Lord Percy hatte die Dienerschaft angewiesen, dafür zu sorgen, dass die Sonnenstrahlen nicht zu häufig in die Bibliothek fielen und die kostbaren, in Leder gebundenen Bücher ausblichen.
Jedes Mal wieder erlag Amelia der Magie des Ortes. Vom holzgetäfelten Boden bis zur weißen Decke, die mit Stuckarbeiten verziert war, erstreckten sich dunkle Bücherregale, in denen die Schätze ihres Vaters standen. Wer immer die Bibliothek eingerichtet hatte, musste Bücher genauso geliebt haben wie Lord Percy und sie. Die Bibliothek war zweigeschossig – das war das Besondere an ihr. In keinem der anderen Herrenhäuser, die Amelia mit ihren Eltern besucht hatte, hatte sie jemals Regale gesehen, die sich über zwei Ebenen erstreckten. Nur auf Tristyans Manor hatte ein begnadeter Architekt die Idee gehabt, einen über drei Wände laufenden Balkon einzuziehen, dessen Geländer so filigran gestaltet waren, dass sie dem Raum Leichtigkeit verliehen. Als sie kleiner war, hatte Amelia einmal versucht, vom Balkon aus nach dem Kristalllüster, der in der Mitte des Raumes glitzerte, zu greifen, und wäre beinahe hinabgestürzt. Lady Norah nutzte diesen einen Fehltritt als Begründung, Amelia die Bibliothek zu verbieten.

Sooft es ihr gelang, der Gouvernante zu entkommen, flüchtete sie sich in die Ruhe der Bibliothek, deren markanten Geruch Amelia überall erkannt hätte: eine Mischung aus dem Holz der Regale, dem Leder, in das die Bücher gebunden waren, und dem Papier, das teilweise schon sehr alt war, so dass es mit großer Vorsicht behandelt werden musste. Schon oft hatte Amelia vor den hohen Regalen gestanden und die Zeit vergessen, weil sie ein Buch holen wollte und sich wieder einmal nicht entscheiden konnte.

Sie entdeckte Lord Percy in seinem Lieblingssessel vor dem Kamin, die Brille tief auf der Nasenspitze, den Kopf über ein Buch geneigt. Ihr Vater war so vertieft in seine Studien, dass er nicht einmal bemerkte, dass das Radio hinter ihm seltsam knarzende Geräusche von sich gab. Amelia musste lächeln. Wie typisch für ihren Vater. Er hatte zu den Ersten gehört, die sich das neumodische Gerät angeschafft hatten – einfach, weil er sich für alles interessierte, was neu und technisch war. Nun allerdings nutzte er es nur selten, obwohl er immer wieder betonte, wie positiv es wäre, dass die BBC dafür sorgte, dass alle Menschen Großbritanniens ein gutes Englisch zu hören bekämen.

Wenn er derart in Gedanken versunken war, war es besser, ihn nicht anzusprechen. Also nutzte Amelia die Gunst des Augenblicks und setzte sich auf einen der Sessel, die einer breiten Couch gegenüberstanden. Sie nahm ein Buch aus dem Regal. *Robinson Crusoe.* Amelia duckte sich tief in den Sessel, weil sie fürchtete, dass selbst ihr Vater nichts davon hielte, dass seine Tochter sich mit einem Abenteuerbuch für Jungen beschäftigte. Sie begann zu lesen.

Ein Geräusch ließ sie aufhorchen. Hässlich ertönte das Geschrei eines Pfaus. Bethany hatte sich die Vögel gewünscht, nachdem sie ein Bild von ihnen entdeckt hatte, und Lord Percy hatte weder Kosten noch Mühen gescheut, ein Pfauenpärchen in Tristyans Manor anzusiedeln. Wie hätten sie auch wissen können, dass derartig schöne Vögel so unschöne Stimmen hatten. Doch Amelia schätzte die Pfauen, weil sie wunderbar exotische Farben in ihr Leben brachten. Sie hatte Stunden mit dem Versuch zugebracht, das strahlende Blau des Pfauengefieders auf Leinwand zu bannen, und hatte schließlich erkennen müssen, dass sie den Schimmer der Blautöne einfach nicht zu fassen bekam. Den zweiten Pfau zu malen, fiel ihr leichter, weil es ein weißer Vogel war. Hier lagen die Kunst und die Herausforderung darin, die Schattierungen zu treffen und das Spiel von Licht und Schatten einzufangen. Ihr erschien der weiße Pfau immer etwas geisterhaft. Er war zurückhaltender als sein bunter Spielgefährte, und häufig schien es Amelia, als ob er sich in anderen Sphären aufhielte. Als sie Bethany das einmal gesagt hatte, hatte ihre Schwester nur gelacht und geantwortet: »Wahrscheinlich ist der weiße nur noch dämlicher als der andere. Meinetwegen können die Vögel in der Pfanne landen.«

Amelia sah nach ihrem Vater, der gerade mit schnellen Strichen etwas in sein Notizbuch schrieb. Es erschien ihr klüger, ihn jetzt nicht zu stören, sondern noch ein wenig zu warten.

Als Amelia an einer besonders spannenden Stelle angelangt war, öffnete sich die Tür zur Bibliothek. Sie zuckte zusammen, legte das Buch zur Seite und rutschte tiefer in den Sessel. Sie erwartete, die Gouvernante zu sehen.

Doch es war ihre Mutter, die aus dem Park hereinkam und die Kälte des Frühlingstags mit sich brachte. Lord Percy bemerkte seine Frau nicht.

»Percy!« Lady Norahs Stimme klang kühl. Auf ihrem klaren Gesicht konnte man keine Emotion ablesen. Ihre Stiefmutter

erinnerte Amelia immer an die Bilder der Ahnen, die auf der Galerie im ersten Stock des Herrenhauses hingen. Dunkle Gemälde in schweren goldenen Rahmen. Vorfahren, die alle ernsthaft und bedeutsam aussahen. Menschen, die man respektieren musste, aber die man nicht lieben konnte. Lady Norah, Countess of Porthpyran, hielt anklagend einen Brief hoch. »Percy! Wir müssen reden.«
Amelias Vater schreckte zusammen und sah von seinem Buch auf. Er schob die Brille etwas höher und blinzelte. Neben ihm auf dem Holztischchen, das mit Intarsien verziert war, lagen sein Füllfederhalter und ein schwarzes Notizbuch. Womit er sich wohl beschäftigt hatte, fragte sich Amelia.
»Norah. Liebes. Was kann ich für dich tun?« Amelias Vater erhob sich und stand vor seiner Frau mit dem gleichen Gesichtsausdruck, den Clifford immer zeigte, wenn der Hauslehrer ihn wieder einmal mit unerledigten Hausaufgaben ertappt hatte. »Was kann nicht bis zur Abendstunde warten?«
Das durfte nicht sein, dachte Amelia. Sie hätte ihr Unbehagen nicht erklären können, zu wenig wusste sie von den Regeln der Erwachsenen, aber ihr Instinkt sagte ihr, dass etwas nicht stimmte.
»Percy, das ist ein Schreiben von der Bank.« Lady Norah reichte ihrem Mann den Brief mit einer schnellen Bewegung, die ihn zusammenzucken ließ. Sie strich sich mit der anderen Hand über die Wange und stieß einen Seufzer aus. »Wir können uns deine Erfindungen nicht mehr leisten. Wenn du nicht bald damit aufhörst, werden wir Tristyans Manor endgültig verlieren.«

Kapitel 5

Tristyans Manor, Cornwall, 1956

Grace schaute auf und blinzelte in einer Mischung aus Erstaunen und Bewunderung. Vor ihr stand die schönste Frau, die sie je gesehen hatte. Schöner selbst als ihre Mutter.

Die goldfarbenen Haare trug sie zu einer perfekten Welle aufgesteckt. Die Augenfarbe erinnerte Grace an Jacarandabäume, wenn sie in voller Blüte standen. Das Kleid hatte annähernd die gleiche Farbe und umschmeichelte den schlanken Körper ihrer Großmutter.

Grace fiel es schwer, von der schönen Frau als ihrer Großmutter zu denken. Sie hatte so gar nichts an sich, was an eine Oma erinnerte, an die man sich ankuscheln konnte, die einem vorlas, nachdem sie eine Tasse heiße Schokolade gekocht hatte. Lady Bethany wirkte wie eine Königin. Grace schauderte und schlug die Augen nieder. Nicht wie eine der guten Königinnen, sondern wie die Stiefmutter, die Schneewittchen den vergifteten Apfel gereicht hatte.

»Gracie. Bitte. Begrüße deine Großmutter.« Etwas in der Stimme ihrer Mutter ängstigte Grace noch mehr, und sie sah hoch und musterte Emmas Gesicht. Ihre Mutter war kreidebleich und starrte Lady Bethany an. So wie eine Maus die Katze beobachten würde. »Mutter, das … das ist –«

»Ich weiß, wer das ist«, unterbrach sie Lady Bethany. Ihr Gesicht wirkte wie eine Maske. Starr und unnahbar. Sie erinnerte Grace an Marmorstatuen, die ihre Mutter ihr so gern in Museen gezeigt hatte. Ausnehmend schön, aber ohne Leben und Wärme. Die kalte Frau beugte sich zu Grace hinab. »Hat die Katze deine Zunge gefressen?«

Grace schaute sie aufmerksam an. Sie musste einen Augenblick überlegen, bevor sie die Frage beantworten konnte. Schließlich wollte sie ihre Großmutter nicht verärgern.

»Guten Tag, Ihre Ladyschaft. Wir haben keine Katze«, sagte sie schließlich und knickste. Nicht elegant, aber gelungener als bei den ersten Versuchen. »Obwohl ich mir immer eine gewünscht habe.«

»Ist das Kind etwas zurückgeblieben?« Lady Bethany richtete sich auf und sprach über Grace hinweg mit Emma. So, als ob Grace' Antwort nicht von Bedeutung gewesen wäre. Warum aber hatte ihre Großmutter dann überhaupt die Frage gestellt?

»Hast du es mir deshalb noch nicht präsentiert? Ist das ein Erbe deines wunderbaren Ehemanns?«

»Mutter, bitte.« Emma klang gleichzeitig zornig und traurig. Sie drückte Grace' Hand so fest, dass diese einen kleinen Schrei ausstieß. »Wenn du die Sache nicht ruhen lassen kannst, gehen wir wieder.«

»Wohin denn?« Lady Bethany lachte. So, wie die dreizehnte Fee im Märchen lachen würden. Siegessicher und voller Niedertracht. Grace hätte sich am liebsten die Ohren zugehalten, aber sie hatte ihrer Mutter versprochen, sich anständig zu benehmen. »Bettler können nicht wählerisch sein, mein Kind.« Emma seufzte und sagte kein weiteres Wort mehr. Das Schweigen legte sich über sie wie eine schwere Wolke an einem Regentag. Irgendetwas sagte Grace, dass sie in Tristyans Manor keinen Sonnenstrahl finden würde, der die Wolke zerriss und den Regen vertrieb.

»Hawkins, bringen Sie meine Tochter und meine Enkelin auf ihre Zimmer.« Lady Bethany wandte sich ab. Bevor sie die Tür erreichte, blieb ihre Großmutter stehen und drehte sich zu ihnen um. »Dinner im roten Speisezimmer. Um sechs Uhr. Ich erwarte Pünktlichkeit, wie du weißt.«

Wieder drückte Emma Grace' Hand so fest, dass es schmerzte. Grace sah zu ihrer Mutter auf. Emma hatte die Augen geschlossen und knirschte mit den Zähnen. So kannte sie ihre Mutter nicht und drückte sich voller Furcht an ihren Körper. Mit einer schnellen Bewegung strich Emma Grace durch die Haare und flüsterte: »Alles wird gut, Schatz.«

»Lady Emma?« Hawkins sprach so gelassen, als ob er nicht bemerkte, in welchem Aufruhr sich Emma befand. Grace beobachtete den Mann voller Verwunderung. Später, wenn sie endlich allein waren, musste sie ihre Mutter fragen, was eigentlich ein Butler war. »Wenn Sie mir bitte folgen wollen.«

»Danke, Hawkins.« Ihre Mutter öffnete die Augen und versuchte ein Lächeln. Sie ließ Grace' Hand los und strich sich mit beiden Händen durch die Haare. »Komm, Liebes. Schauen wir uns unser neues Zuhause an.«

Der Butler führte sie schweigend durch die Halle bis in einen engen Gang aus kalten grauen Steinen mit einer Rundbogendecke. Dunkelbraune Regale voller Bücher raubten dem schmalen Flur viel Platz und erinnerten Grace an unerwünschte Gäste, die jemand hierhingeschoben hatte. Nur wenig Licht fiel durch die schmalen Fenster und ließ den Teppich, der mit braunen und rosafarbenen Phantasieblumen übersät war, blutrot aussehen. Jagdszenen hingen verteilt an den Wänden, ab und zu unterbrochen von ausgestopften Tieren. Grace erkannte einen Fasan, einen Marder und einen Fuchs, die sie aus Glasaugen beinahe anklagend anstarrten. Ihr lief ein kalter Schauder über den Rücken, und sie beeilte sich, damit sie Hawkins und ihre Mutter nicht aus den Augen verlor. Schon der bloße Gedanke, allein durch diese gruseligen Gänge zu irren, versetzte Grace in Panik.

Endlich hielt der Butler vor einer dunkeln Eichentür, höher als zwei Männer, und öffnete sie mit beiden Händen. Grace schwankte zwischen Furcht und Neugier und presste sich eng an ihre Mutter. Die Tür führte in ein dunkles Zimmer. Grace schluckte und spähte in die Finsternis.

»Einen Augenblick bitte, Lady Emma. Lady Grace.« Mit sicheren Schritten ging der Butler hinein und zog die Vorhänge zurück, so dass Sonnenlicht ins Zimmer hereinfallen konnte. »Wenn Sie mir bitte folgen.«

Grace bemühte sich, einen Überraschungsschrei zu unterdrücken. Sie musste den Kopf in den Nacken legen, um die schwindelerregend hohen Decken sehen zu können. Die Holzdielen des Fußbodens knarzten unter Hawkins' festen Schritten. Die hochhackigen Schuhe ihrer Mutter gaben klackernde Geräusche von sich, bis Emma auf einen der Orientteppiche trat, die im Zimmer verteilt waren. Doch etwas anderes zog Grace' Aufmerksamkeit auf sich. Verteilt im Raum standen Sessel, nur erkennbar an ihren Konturen, da sie unter weißen Tüchern verborgen waren. Auf Grace wirkten sie wie Ge-

spenster, die sich jederzeit unter ihren Laken erheben und einen Tanz beginnen könnten.
Aber Hawkins ließ ihr nicht viel Zeit zum Staunen, sondern ging schnurstracks weiter. Durch eine ebenso hohe Tür, in ein zweites, ebenso eindrucksvolles Zimmer mit ebenso verhüllten Möbeln.
Grace war froh, als sie die Räume hinter sich ließen und Hawkins sie über eine Wendeltreppe nach oben führte. Am Ende der Treppe erwartete sie ein weiterer Flur, von dem viele Türen abgingen. Wie viele Zimmer hatte das Herrenhaus? Wer brauchte so viele Räume?, fragte sich Grace im Stillen.
»Bitte schön, Lady Grace.« Endlich hielt Hawkins an und öffnete eine Tür. »Lady Emmas Zimmer ist nebenan. Es gibt eine Verbindungstür.«
»Vielen Dank.« Grace knickste mit wackeligen Knien.
»Gern geschehen.« Ein leichtes Lächeln glitt über Hawkins' ernste Miene, und er schloss die Tür hinter sich.
Grace drehte sich einmal um sich selbst und schaute sich in ihrem Zimmer um. Es enttäuschte sie ein wenig. Nach der riesigen Halle und den gewaltigen Räumen im Erdgeschoss hatte sie erwartet, dass ihr Zimmer groß und elegant, vielleicht auch ein wenig unheimlich wäre. Ein Gemach, wie es einer Lady entsprach. Stattdessen hatte Hawkins sie in einen Schlafraum geführt, der nur unwesentlich größer war als ihre Kammer auf Madeira. Ein Bett aus dunklem Holz stand an der einen Wand, eine Kommode und ein Schrank aus dem gleichen Holz an der anderen. Ihr Koffer stand neben einem Stuhl.
Ein buntgemusterter Teppich lag auf dem Fußboden, und an den Wänden hingen zwei Drucke, die galoppierende Pferde zeigten. Grace setzte sich auf das Bett und ließ die Beine baumeln. Sie stand auf, ging zum Fenster und schaute hinaus. Von

ihrem Zimmer aus konnte sie den Küchengarten sehen, von dem ihre Mutter ihr erzählt hatte, und den weitläufigen Park. Kein anderes Haus war zu sehen.
Grace schaute eine Weile hinaus, bis ihr langweilig wurde. Ein Geräusch, das aus dem Nebenzimmer kam, ließ sie aufhorchen. Grace klopfte an die Verbindungstür und öffnete sie. Emmas Schlafraum war viel, viel größer und deutlich eleganter als Grace' Zimmer. Die untere Hälfte der Wände war mit dunklem Holz vertäfelt; auf der oberen Hälfte spannten sich taubenblaue Tapeten mit silbernen Mustern. Emma lag auf einem Himmelbett aus dunklem Holz, dessen hellblaue Vorhänge das gleiche Blumenmuster wie die Tapeten zeigten. Ihre Mutter hatte Grace den Rücken zugedreht und ihre Schultern bebten.
»Mum. Mum, was ist mit dir?« Vorsichtig berührte Grace den Arm ihrer Mutter, nachdem sie eine Weile schweigend überlegt hatte, was sie sagen könnte. »Mum, habe ich etwas falsch gemacht?«
Wie ertappt drehte sich Emma um und setzte sich auf. Sie wischte sich mit dem Handrücken die Tränen ab, zog Grace zu sich auf das Bett und küsste ihren Scheitel.
»Nein, Liebes, du hast nichts falsch gemacht.« Ihre Mutter zog ein schlichtes rotkariertes Taschentuch hervor und schnaubte sich die Nase. »Es ist alles meine Schuld. Ich ... ich hätte nicht erwartet, dass ...«
Emma schwieg, und Grace schaute ihre Mutter fragend an. Aber deren Gesicht blieb starr wie eine Maske. Und so saßen sie beide eine Zeitlang auf dem breiten Bett, bis Emma einen Seufzer tat.
»Schatz, wasch dich und zieh dir ein frisches Kleid an.« Emma bemühte sich verzweifelt um ein zuversichtliches Lächeln. »Es gibt bald Essen.«

»Ich packe nur meinen Koffer aus.« Grace wollte sich ihre Sorgen nicht anmerken zu lassen und lächelte zurück. Ihre Kleider aufzuhängen würde sie sicher ablenken. »Soll ich das gelbe Kleid anziehen?«

»Unsere Kleider sind bereits verstaut, mein Schatz. Auf Tristyans Manor packt man seine Koffer nicht selbst aus.« Emmas Lachen klang hohl und bitter. Noch nie hatte Grace ihre Mutter so erlebt. Was hatte es nur mit Tristyans Manor auf sich?

»Es tut mir leid. Ich hätte dir viel früher erklären müssen, wie man hier lebt.«

Obwohl es in dem Zimmer warm war, schauderte Grace. Sie hätte es nicht erklären können, aber die Worte ihrer Mutter trugen einen bedrohlichen Klang mit sich. Grace warf sich in Emmas Arme und hielt ihre Mutter fest. Gemeinsam würden sie alle Hindernisse überwinden können. Bisher hatten sie das auch geschafft.

»Liebes, komm. Wir dürfen deine Großmutter nicht warten lassen.« Emma schob Grace ein Stückchen von sich, küsste sie sanft auf die Wange und erhob sich. »Zieh lieber das lindgrüne Kleid an. Deine Großmutter mag die Farbe.«

Ob ihre Mutter alle Kleider danach ausgewählt hatte, dass Lady Bethany sie schätzen würde, fragte sich Grace, aber folgte brav Emmas Worten und ging zurück in ihr Zimmer. Sie öffnete den Kleiderschrank. Ihre Kleider hingen ordentlich auf Bügeln, nach Farbe sortiert. Ordentlicher, als Grace oder Emma sie aufgehängt hätten. Trotzig griff Grace nach dem butterblumengelben Kleid. Sie zog es heraus, schaute es eine Weile an, ehe sie es wieder zurückhängte.

Mit gewaschenem Gesicht und gekämmten Haaren klopfte sie im lindgrünen Kleid an die Verbindungstür. Ihre Mutter öffnete und lächelte.

»Du siehst aus wie eine Prinzessin, mein Schatz.«
»Und du wie eine Königin«, sagte Grace voller Bewunderung. Das dunkelblaue Kleid mit dem weißen Spitzenkragen ließ die helle Haut ihrer Mutter leuchten. »Kommen viele Gäste zum Dinner?«
»Wie kommst du darauf?«
»Weil Großmutter sagte, dass wir im Speisezimmer essen, und da dachte ich ...« Grace kam sich ein wenig dumm vor, als ihre Mutter lachte. Kein freundliches Lachen, sondern ein spöttisches, eines, das weh tat. Eines, nach dem sich Grace klein fühlte. So, als ob sie eine Frage gestellt hätte, für die sie schon viel zu groß wäre. So unwirsch kannte sie ihre Mutter einfach nicht.
»Oh nein, mein Schatz. Die Familie isst immer in einem der Speisezimmer.« Emma nahm Grace' Hand und drückte sie, wohl auch, um sich für ihr Lachen zu entschuldigen. »Morgen erzähle ich dir, worauf man in Tristyans Manor Wert legt. Sei heute Abend einfach brav und sprich nur, wenn deine Großmutter dich etwas fragt.«
»Was ist mit Großvater?« Die Frage lag Grace schon lange auf der Zunge. Immer, wenn Emma von Tristyans Manor erzählt hatte, hatte sie nur von dem Drachen und von ihrer Großmutter gesprochen. Über ihren Großvater hatte sie nie ein Wort verloren. »Werde ich ihn heute Abend treffen?«
Über Emmas Gesicht glitt ein dunkler Schatten. Sie blinzelte, als ob sie gegen Tränen ankämpfte.
»Dein Großvater Zachary war ein tapferer Mann und hat gegen die Deutschen gekämpft.« Ihre Mutter schwieg einen Augenblick. Sie holte tief Luft. »Er ist im Großen Krieg gefallen.«
»Das tut mir leid.« Inzwischen war Grace alt genug, um zu verstehen, was es bedeutete, wenn Menschen im Krieg fielen.

Sie spürte ein leichtes Bedauern, dass sie ihren Großvater nie kennenlernen würde. »Kann ich einmal ein Bild von ihm sehen?«

»Bestimmt, aber nun komm.« Emma hatte auf ihre Armbanduhr gesehen und eilte zur Tür. »Wir wollen deine Großmutter am ersten Abend nicht gleich verärgern.«

Mit sicheren Schritten führte Emma Grace durch die verwinkelten Gänge und Wege, in denen sie sich allein niemals zurechtgefunden hätte, bis sie an einer hohen weißen Tür ankamen.

»Noch einmal Schatz: Bitte, sprich nur, wenn Lady Bethany dich dazu auffordert.« Ihre Mutter ging in die Knie und schaute Grace in die Augen. Ihr Gesicht war sehr ernst. »Versprich es mir.«

Grace nickte, und ihr Herz wurde schwer. Egal, wen sie bisher besucht hatten, niemals hatte Grace ihrer Mutter derartige Versprechen geben müssen. Zum ersten Mal in ihrem Leben freute sich Grace nicht auf etwas Neues, sondern fürchtete sich vor dem Abendessen.

Emma öffnete die Tür und stupste Grace an. Sie trat ein und bemühte sich, sich ihr Erstaunen nicht anmerken zu lassen. Das war also das rote Speisezimmer. Dunkles Holz nahm die Wände ein, etwa so hoch, wie Grace groß war. Darüber leuchteten kräftig rote Stofftapeten mit Blumenmustern in einem dunkleren Rotton. Auf dem Tisch, den ein weißes Tuch bedeckte, standen rote Kerzen in goldenen Haltern und tauchten den Raum in ein sanftes Licht. Die Blumen, die in Vasen verteilt im Zimmer standen, waren ebenfalls rot. Grace erkannte Rosen und Tulpen. Im Kamin knisterte ein Feuer.

»Wie schön«, flüsterte Grace und konnte sich nicht daran sattsehen, wie die Blumen auf den Tapeten im Flackern der Ker-

zen hervortraten oder in den Schatten verschwanden. »Was für ein wunderschönes Zimmer.«
»Immerhin seid ihr pünktlich.« Ihre Großmutter saß bereits am Tisch, in einem dunklen Stuhl mit hoher Lehne, so dass sie Grace an eine Königin erinnerte, die von ihrem Thron herab ihre Untertanen betrachtete. Mit äußerst missbilligender Miene. »Wenn das Kind genug geglotzt hat, setzt euch.«
Die spöttische Schärfe in Lady Bethanys Tonfall brachte Grace dazu, einen Platz an der gedeckten Tafel zu suchen und den Blick auf ihren Teller zu senken. Sie war froh, dass sie nur dann antworten sollte, wenn ihre Großmutter sie direkt ansprach. Jemand tippte ihr sanft auf die Schulter, und sie schaute auf.
Ein Diener in schwarzem Anzug und weißem Hemd hielt ihr ein Tablett hin, beladen mit Fleisch und Kartoffeln und Spinat. Erst auf den zweiten Blick erkannte Grace den jungen Mann, der ihr zugezwinkert hatte. Sie schaute ihn hilfesuchend an. Was sollte sie tun? Bisher hatte sie stets mit ihrer Mutter zusammen gegessen, die ihr die Teller gefüllt hatte.
»Nimm dir etwas, Liebes«, sagte Emma mit leiser Stimme. »Aber nur so viel, wie du essen möchtest. Für mich kein Fleisch bitte.«
»Was soll das?«, fragte Lady Bethany mit scharfer Stimme, aber erhielt keine Antwort von Emma.
Vorsichtig griff Grace nach dem Löffel, der ihren Fingern entglitt und auf das weiße Tischtuch fiel. Ein dunkler Fleck breitete sich darauf aus. Grace erstarrte und spürte Tränen aufsteigen. Oh nein, sie hatte sich so sehr bemüht, alles richtig zu machen, und jetzt dieses Malheur.
»Jones, bitte legen Sie dem Kind vor. Es scheint weder intellektuell noch physisch dazu in der Lage zu sein.« Die harschen

Worte ihrer Großmutter schmerzten Grace mehr als eine Ohrfeige. Auch wenn sie nicht genau verstanden hatte, was Lady Bethany meinte, spürte sie die Herablassung.
Ihre Tränen tropften auf Fleisch und Kartoffeln. Mechanisch führte sie die Gabel zum Mund, kaute und schluckte, ohne etwas zu schmecken. Sie wollte nur das Essen überstehen, ohne eine weitere Katastrophe hervorzurufen. Grace war so sehr auf sich konzentriert, dass sie den Streit zwischen ihrer Mutter und ihrer Großmutter erst bemerkte, als Emma so heftig aufsprang, dass ihr Stuhl umfiel.
»Mutter. Ich bin bereit, vieles zu ertragen. Aber ich werde nicht dulden, dass du schlecht über meinen Mann redest.« Emmas Augen glühten, und sie hielt die Hände zu Fäusten geballt. »Noch ein Wort – und wir reisen ab.«
Emma drehte sich um und verließ das Speisezimmer. Grace' Herz schlug laut, so laut, dass Lady Bethany es bestimmt hören konnte. Emma und Grace vermieden es, von Grace' Vater zu sprechen, weil jede Erinnerung an ihn nur schmerzte. Wie konnte ihre Großmutter es nur wagen, schlecht über ihn zu reden? Grace lächelte, als sie an ihren Vater dachte.
»Was grinst du so?«, fuhr Lady Bethany sie an. »Deine Mutter hat dir wahrlich kein Benehmen beigebracht.«
Grace senkte den Blick. Noch nie in ihrem Leben hatte sie sich so einsam gefühlt wie in diesem Augenblick, allein mit ihrer Großmutter in dem roten Zimmer.

Kapitel 6

Madeira 2012

Als das Flugzeug zum Landeanflug ansetzte, schloss Laura die Augen und umklammerte das Buch, das sie während des Fluges lesen wollte, mit den Händen. Ihr Nachbar interpretierte ihr Verhalten fälschlicherweise als Flugangst und sprach Laura Mut zu.

»Glauben Sie mir, fliegen ist viel sicherer als Auto fahren.« Seine Worte bohrten sich in Lauras Ohren. Warum konnte er sie nicht in Ruhe lassen? »Und wir sitzen günstig.«

»Bitte?« Laura öffnete die Augen, um ihn anzusehen. Sie hatte bereits fünf oder sechs Versuche des Mannes abgewehrt, der offensichtlich mit ihr ins Gespräch kommen wollte, und nun fehlte es ihr an Energie, noch ein weiteres Mal unhöflich zu sein. »Was meinen Sie damit?«

»Nah am Notausgang und im Bereich der Tragflächen. Da ist das Flugzeug am stabilsten.« Ihr Sitznachbar drehte sich zu Laura um und legte seine linke Hand so über die rechte, dass der Ringfinger mit dem auffallenden weißen Streifen nicht zu sehen war. Sie musste lächeln. Wirkte sie so naiv, dass er meinte, sie darüber hinwegtäuschen zu können, dass er verheiratet war? »Studien zeigen, dass fünfundneunzig Komma sieben Prozent bei einem Flugzeugunglück überleben. Wichtig ist der richtige Sitzplatz und das Verhalten im Notfall.«

»Aha.« Laura schüttelte den Kopf. »Sie haben sich wohl intensiv mit Flugsicherheit beschäftigt?«

»Man sollte die Risiken kennen.« Er nickte bedeutungsschwer. »Wissen Sie, wie viele Menschen pro Jahr auf den Straßen sterben?«

Laura schnürte es die Kehle zu. Sie meinte zu ersticken. Ihre Hände fühlten sich feucht an, und sie konnte nur noch an eines denken. Flucht. Sie musste hier weg. Sofort. So schnell wie möglich. Ihre Hand flog zum Hals, während sie verzweifelt nach Luft rang. Mit zitternden Fingern löste sie den Sicherheitsgurt, ehe sie panisch aufsprang.

»Entschuldigung, ich muss zur Toilette, bevor das Anschnallzeichen aufleuchtet«, stieß sie hervor und ignorierte seinen verwunderten Blick. Hektisch schob sie sich an ihrem Nachbarn vorbei und eilte in Richtung Bordtoilette. *Ich bin eingesperrt, in was weiß ich wie viel tausend Metern Höhe. Gefangen in einem Blechsarg,* schoss es ihr durch den Kopf. Sie konzentrierte sich auf das stumpfe Licht, das anzeigte, dass die Toilette frei war. Nur noch ein paar Schritte.

»Bitte setzen Sie sich wieder hin. Wir befinden uns bereits im Landeanflug.« Die Stewardess lächelte Laura an. Mit dem professionellen, aber unpersönlichen Lächeln, das Flugbegleiterinnen so perfekt beherrschten. »Es dauert nicht mehr lange. Bitte gehen Sie zu Ihrem Platz zurück.«

»Ich muss zur Toilette. Dringend«, krächzte Laura. Sie schloss die Augen und stieß den Atem hervor. Nachdem sie sich ein wenig gefangen hatte, öffnete sie die Augen und flüsterte: »Bitte. Bitte gehen Sie mir aus dem Weg.«

»Beeilen Sie sich.« Die Stewardess musterte Laura mit Besorgnis. »Möchten Sie eine Tablette gegen Reisekrankheit oder Nervosität?«

»Danke. Es geht schon.« Wenn es nur so einfach wäre. Wenn sich ihre Ängste mit Medikamenten in den Griff bekommen ließen. Endlich hatte sie die Toilette erreicht und zerrte an der Tür, die sich nicht öffnen wollte. Erst beim dritten Versuch gelang es ihr, die Falttür zur Seite zu schieben. Erleichtert trat Laura ein und schob den Riegel vor. Ihre Beine knickten ein. Schwer fiel sie auf den Toilettensitz. Tränen strömten über ihr Gesicht. Ihr Magen rebellierte. Sie sprang auf und drehte sich zum Waschbecken, erbrach das Frühstück. Ein übler Geschmack blieb im Mund zurück. Sie würgte noch einmal und hielt sich den Bauch mit den Händen.

»Alles in Ordnung?« Die Stewardess klopfte an die Tür. Freundlich, aber bestimmt. »Brauchen Sie Hilfe?«

»Einen Moment noch, bitte.« Laura spülte den Mund aus und schöpfte sich mit beiden Händen Wasser ins Gesicht. Der Blick in den Spiegel verhieß nichts Gutes. Ihre Augen waren aufgequollen, und ihre Haut hatte rote Flecken. Mit den Fingern kämmte sie ihre Haare zurecht. Noch immer hatte sie sich nicht an die Kurzhaarfrisur gewöhnt, die sie sich vorgestern hatte schneiden lassen. Einen Neuanfang sollte sie darstellen, aber sie führte nur dazu, dass Laura sich fremd fühlte. Mit hastigen Bewegungen trocknete sie das Gesicht mit einem Papierhandtuch und atmete konzentriert ein und aus. Endlich hatte sie sich wieder gefangen. Ob sie um einen anderen Sitzplatz bitten sollte? Nein. Das würde zu viel Aufmerksamkeit erregen, noch mehr, als sie ohnehin schon bekommen hatte.

Laura musterte sich ein letztes Mal im Spiegel, ehe sie die Tür öffnete.

»Könnte ich eine Cola bekommen«, bat sie und versuchte ein Lächeln. »Unterzuckerung, fürchte ich.«

Die Stewardess nickte und kramte in dem Getränkewagen. »Bitte sehr.«

»Danke.« Laura nickte ihr zu, drehte sich um und ging mit eiligen Schritten zu ihrem Platz zurück.

»Geht es wieder?« Ihr Nachbar sprang sofort auf, als er Laura sah. Auf seinem Gesicht zeichnete sich eine Mischung aus Verwunderung und schlechtem Gewissen ab. »Kann ich etwas tun?«

Ja, Sie können den Mund halten, hätte Laura am liebsten geantwortet.

»Danke, es geht schon. Nur etwas nervös wegen der Landung«, log sie. So weit war es noch nicht, dass sie einem Wildfremden ihre Sorgen und Nöte anvertraut hätte. Mit welchem Thema würde sie seine Aufmerksamkeit ablenken können? »Ich habe gelesen, die Landebahn sei zu kurz.«

Ein Lächeln glitt über sein schmales Gesicht. »Oh nein, das war früher einmal.« Er beugte sich zu ihr herüber. Automatisch zuckte sie ein wenig zurück, was er jedoch nicht bemerkte. »Santa Catarina war bis zur Jahrtausendwende gefürchtet. Wegen der Fallwinde und der kurzen Landebahn, da haben Sie recht, aber …«

Er legte eine bedeutungsvolle Pause ein und schaute Laura mit schiefgelegtem Kopf an. Er erinnerte sie an einen Hund, der unbedingt gefallen wollte. »Und ist es inzwischen sicher?« Ihre Erschöpfung ließ sie den leichteren Weg gehen und dem Mann die Aufmerksamkeit geben, nach der er verlangte. »Wie kommt das?«

»Schauen Sie.« Er beugte sich über sie und deutete aus dem Fenster. »Eine Landebahnerweiterung ins Meer hinein.«
Laura blickte nach unten. Sie erkannte nur grüne und braune Flächen, dazwischen Häuser, klein wie Spielzeug, und graue Straßen, die sich wie Adern durch die Umgebung zogen. Das Flugzeug flog in eine Kurve, und Laura sog überrascht die Luft ein. Vor ihr schimmerte das Meer in unterschiedlichen Blautönen. Eine lange Reihe von Betonsäulen, die Laura an ein römisches Aquädukt erinnerten, erstreckte sich vor sanften grünen Hügeln tief ins Wasser.
»Das … das ist die Landebahn?« Einen Moment lang staunte sie nur. »Im Meer?«
»Ja.« Ihr Nachbar klang so stolz, als ob er das Bauwerk selbst erstellt hätte. »Ein Triumph der Ingenieurskunst.«
Den Rest seiner Rede ließ Laura an sich abprallen, sagte ab und zu »ja« oder »oh« und hing ihren Gedanken nach. Hatte sie wirklich die richtige Entscheidung getroffen? Sechs Wochen Madeira. Ohne Freundinnen oder Familie in der Nähe. In den ersten Tagen nach der Entscheidung war sie euphorisch gewesen, hatte die zerrissenen Australientickets eintauschen können und kurzentschlossen für zehn Tage später den Flug nach Madeira gebucht. Endlich hatte sie den Mut aufgebracht, einen Handwerker kommen zu lassen, der die Kabel so verlegte, dass sie die Tür zu Fabians Zimmer abschließen konnte. Sie hatte es endlich geschafft, sich bei ihren Kunden zu melden und die anstehenden Projekte abzuschließen oder an Kolleginnen weiterzugeben.
Ihre Energie hatte sie auf die Vorbereitung des Urlaubs konzentriert und endlich wieder ohne Tabletten schlafen können. Die Zweifel, die sie überfielen, je näher der Abreisetermin rückte, hatte sie bewusst zur Seite geschoben und sich einge-

redet, dass ein Tapetenwechsel alles richten würde. Ihr Zusammenbruch vor wenigen Minuten hatte das Gegenteil bewiesen. Wie sollte sie es nur sechs Wochen allein mit sich in einem Häuschen am Ende der Welt aushalten?

»Ich wünsche Ihnen einen angenehmen Aufenthalt.« Ihr Nachbar reichte Laura die Hand. Sie lächelte ihn an und schüttelte verwundert den Kopf. Gedankenversunken hatte sie nicht einmal bemerkt, dass das Flugzeug aufgesetzt hatte und ausrollte. Um sie herum sprangen Passagiere auf, öffneten die Fächer für das Handgepäck und zerrten Taschen und Tüten heraus.

»Danke. Wünsche ich Ihnen auch.« Erleichtert beobachtete Laura, dass sich auch ihr Nachbar von der allgemeinen Hektik anstecken ließ und in die Schlange derjenigen einreihte, die unbedingt als Erste das Flugzeug verlassen wollten. Sie blieb sitzen, bis auch der Letzte gegangen war und eine Stewardess sie ansprach.

Ein Bus wartete und fuhr die letzten Passagiere die wenigen Meter bis zur Abfertigungshalle. Laura wartete geduldig, bis ihr schwarzer Koffer mit dem Hello-Kitty-Aufkleber, den Fabian ihr geschenkt hatte, auftauchte. Gut, angekommen war sie schon einmal. Laura holte die Sonnenbrille aus dem Handgepäck, setzte sie auf und trat hinaus in die madeirische Frühlingsluft. Der Himmel war bewölkt und nur für kurze Momente blitzte die Sonne durch. Was für ein passender Empfang, dachte Laura, während sie sich suchend umschaute. Sie hatte herausgefunden, dass ein Bus bis Ponta do Pargo fuhr, aber nach der Szene im Flugzeug brachte sie weder die Kraft noch die Geduld auf, sich anzustellen und zu warten. Sie winkte ein Taxi heran und nannte dem Fahrer die Adresse.

Seinen Versuchen, sie von den Sehenswürdigkeiten der Insel zu begeistern, entgegnete sie so einsilbig, dass er bald aufgab und das Radio lauter stellte. Dankbar lächelte sie ihm zu und lehnte ihren Kopf an das Polster. Sie schaute aus dem Fenster, um einen ersten Eindruck von der Blumeninsel, wie sie allgemein genannt wurde, zu gewinnen.

Ihr Weg führte sie vorbei an weißgetünchten Häusern mit ziegelroten Dächern. Palmen säumten die Straße, ab und zu begleitet von anderen Bäumen, deren Namen Laura nicht kannte. Sie würde sie im Internet recherchieren. An der linken Seite erstreckten sich Bananenplantagen. Das Grün der unreifen Früchte leuchtete intensiv zwischen den Palmwedeln hervor. Auch Avocado- und Mangobäume hatte sie bereits entdeckt. Laura bemerkte, dass sie Hunger bekam.

Und immer wieder Blumen und blühende Bäume, deren Pracht Laura bewunderte. Die gelb-orangefarbenen Blüten der Trompetenblumen, die tiefroten Blüten des Flammenbaums und das sanfte Blau des Bleiwurzes begleiteten ihren Weg, als wollten sie zeigen, warum man Madeira die Blumeninsel nannte. Obwohl sie sich immer noch erschöpft fühlte und erneut an ihrem Entschluss zweifelte, für sechs Wochen hier zu leben, begann Laura, sich darauf zu freuen, die Insel zu erkunden. All die Blumen zu finden, die ihre Vorfahrin in herrlich leuchtenden Farben abgebildet hatte. Sie freute sich heute schon darauf, dass in zwei Wochen die Jacarandabäume mit ihren blauvioletten Kronen in voller Blüte stehen würden.

»Wir sind da.« Der Taxifahrer klopfte an die Trennscheibe, um ihre Aufmerksamkeit zu erregen. Laura sah auf und nickte.

Sie zahlte und ließ sich von dem Mann den Koffer bis zur Haustür tragen. Vor dem Haus wuchsen Strelitzien, deren

orangefarbene Blüten mit den lilafarbenen Streifen sich aus dem Blattgrün streckten, als ob sie Laura willkommen heißen wollten. Der Anblick hellte Lauras Stimmung auf. Mit einem Lächeln schloss sie auf. Der typische Geruch einer unbewohnten Wohnung schlug ihr entgegen. Abgestandene Luft und Einsamkeit. Laura zerrte den schweren Koffer in den kleinen Flur und ließ ihn dort stehen. Erst einmal wollte sie sich das Haus ansehen und schauen, ob sie es hier aushalten könnte.
Der Flur führte direkt in die Küche, ebenfalls klein und eher funktional als gemütlich eingerichtet. Laura öffnete die Fenster und genoss die frische Luft, die hereinströmte. Sie zog Schubladen und Schranktüren auf und fand Besteck und Geschirr, Kaffeefilter und Gewürze.
»Also muss ich heute noch einkaufen, falls ich nicht hungern will«, sagte sie halblaut zu sich, um das Gefühl des Alleinseins zu durchbrechen. Sie kramte in ihrer Handtasche nach Zettel und Stift und schrieb eine Einkaufsliste. Die Alltäglichkeit der Handlung beruhigte sie. Etwas entspannter setzte sie ihren Weg durch das Haus fort. An der Tür, die von der Küche ins Wohnzimmer führte, entdeckte sie einen roten Strich, was ihr Herz einen Augenblick schneller schlagen ließ. Blut? Dann lachte sie auf. Nein, kein Blut, erkannte sie bei näherem Hinsehen. Hier hatte jemand die Größe eines Kindes angezeichnet. Laura lächelte und öffnete mit etwas leichterem Herzen die zweite Tür, die vom Flur abging.
Ein kleines Zimmer, in dem ein rotes Sofa und zwei farblich passende Sessel standen. Doch Lauras Blick verfing sich an einem alten Sekretär aus dunklem Holz, viel zu elegant und wertvoll, als dass sie ihn in einem Ferienhaus gelassen hätte. Sie trat näher und strich über die glänzende Oberfläche. Wer hatte wohl alles hier gesessen und Briefe oder Tagebuch ge-

schrieben? Sie setzte sich auf den Holzstuhl, ein modernes Möbel und überraschend bequem. Von ihrem Platz aus konnte sie den Leuchtturm und das Meer sehen. Laura trat ans Fenster. Sie erinnerte sich, dass sie über die atemberaubenden Sonnenuntergänge hier am westlichsten Ende der Insel gelesen hatte, und begann, sich auf ihre Zeit im Haus am Leuchtturm zu freuen.

Im Obergeschoss gab es zwei Räume, das Schlafzimmer mit einem breiten Bett, einem schlichten Schrank und einer ebenso einfachen Kommode, und eine Kammer, in der ein schmales Bett stand und in der sie ihren Koffer abstellen konnte.

Sie konnte später noch auspacken. Erst einmal musste sie sich Vorräte beschaffen. Tee, vielleicht ein paar Fertiggerichte, frisches Obst und Gemüse. Abwarten, was das Lädchen in Ponta do Pargo, von dem sie im Internet gelesen hatte, anbot. Laura warf sich den Rucksack über die Schulter und ging den ausgetretenen Pfad, der ins Dorf führte. Hoffentlich hatte das Lebensmittelgeschäft überhaupt geöffnet.

Sie wanderte an den graubraunen Klippen entlang, die steil ins Meer abfielen. Laura überkam das altbekannte Schwindelgefühl, als sie in die Tiefe blickte. Ihre Handflächen fühlten sich feucht an, und sie musste einen Schritt zurücktreten, gleichzeitig angezogen und abgestoßen von dem Abgrund, der sich vor ihr auftat. Wie viele Meter mochte es hier nach unten gehen? Eilig setzte sie ihren Weg ins Dorf fort.

Laura schaute auf ihre Einkaufsliste und sah sich in dem winzigen Geschäft um. Vollgestopft mit Lebensmitteln und Dingen des alltäglichen Bedarfs und Mittelpunkt und Verteilerstelle des Dorfklatsches. Eine stämmige Frau, wahrscheinlich in Lauras Alter, mit auffallend dunklen kräftigen Haaren, hat-

te nur kurz von ihrer Lektüre aufgeschaut, als Laura hereinkam.
Suchend ging Laura die Regale entlang, in denen sich Tütensuppen, Konservendosen, Nudeln und – überraschenderweise – Kerzen in den Farben des Regenbogens stapelten. Selbst nach dem dritten Durchgang konnte sie weder Tee noch Milch entdecken. Dafür hatte sie bestimmt zwölf Sorten Seife gefunden. Fasziniert hatte sie zwei Stückchen, die nach Nelken und exotischen Gewürzen dufteten, in ihren Korb gepackt.
»Entschuldigung«, wandte sie sich an die Verkäuferin. »Ich kann den Tee nicht finden.«
Die Frau schaute hoch und drehte ihr Buch aufgeschlagen um. Überrascht las Laura *Northanger Abbey* und schämte sich, weil sie der Frau nur Heftchenromane zugetraut hatte.
»Sie sind heute erst angekommen?«, fragte die Verkäuferin, die sich als die Ladenbesitzerin herausstellte. Sie begleitete ihre Worte mit einem freundlichen Lächeln. »Wohnen Sie im Haus der traurigen Frauen?«
»Das Haus der traurigen Frauen?« Laura schluckte. Sah man ihr die Niedergeschlagenheit immer noch an? »Heißt es so?«
»Nein, nein. Ich wollte Sie nicht erschrecken oder Ihnen den Urlaub verderben.« Die Frau hob entschuldigend die Hände. Sie schaute Laura mit zur Seite geneigtem Kopf an. »Mein Großvater hat das Haus so genannt.«
»Ach so.« Erleichterung durchfuhr Laura, und sie erwiderte das Lächeln. »Das klingt interessant. Kannte ihr Großvater das Haus oder seine Besitzer?«
Sollte sie der Frau sagen, dass das Haus ihrer Familie gehörte, oder sollte sie es einfach verschweigen, vielleicht um mehr darüber zu erfahren? Laura verzog den Mund. Typisch. Nachdem sie sich endlich dazu durchgerungen hatte, mit einer

Fremden zu sprechen, tauchten die ersten Probleme auf. Sie entschloss sich, die Wahrheit zu sagen.

»Das Haus gehört einer Tante von mir.« Sie reichte der Ladenbesitzerin die Hand. »Ich heiße Laura. Laura Marc.«

»Joana Mendes. Mein Großvater João, Sie merken schon, nach ihm bin ich benannt, kannte schon die erste der Lanston-Frauen, die dort wohnten.« Joana Mendes musterte Laura, als ob sie nach Ähnlichkeiten suchte. »Amelia Lanston hieß sie. Ich glaube, er war ein bisschen in sie verliebt.«

Amelia. Obwohl sie ihr Buch liebte, wusste sie so gut wie gar nichts von ihr. Was für eine Gelegenheit, mehr über die Blumenmalerin zu erfahren. »Lebt Ihr Großvater noch?«

»Nein. Er ist leider vor drei Jahren gestorben.« Joana strich sich eine dunkle Strähne aus dem Gesicht. »Das Herz.«

»Das tut mir leid.« Laura seufzte leise. »Schade. Ich hätte gern mehr über Amelia Lanston erfahren.«

»Immer, wenn meine Großmutter nicht da war, erzählte er von Amelia.« Joana zwinkerte Laura zu. Ihr Lächeln wirkte ansteckend. »Großmutter ist ziemlich temperamentvoll und sehr eifersüchtig. Hier ist übrigens die Milch.«

Joana bückte sich und krabbelte unter ein tiefhängendes Regal. »Vollmilch oder fettarm?«

»Äh, fettarm.« Laura holte tief Luft. »Was hat Ihr Großvater so alles erzählt? Gibt es etwa ein Gespenst in dem Haus?«

»Eine sehr schöne Frau soll Amelia Lanston gewesen sein«, meinte Joana, als sie wieder vor Laura stand. »Beutel oder lose?« Joana streckte sich auf die Zehenspitzen und tastete in einem Regal nach etwas.

»Teebeutel, bitte. Früchtetee und schwarz, wenn Sie haben.«

»Hier, bitte schön.« Joana reichte Laura zwei Päckchen Tee. »Schön, aber einsam und traurig – hat Großvater behauptet.

Vielleicht hat er sich das auch nur gewünscht. So einsam kann sie ja nun nicht gewesen sein. Hochschwanger, wie sie war.«
Bevor Laura sich von der Überraschung erholen konnte, war Joana schon weitergegangen und wühlte in der Tiefkühltruhe. Sie schaute kurz auf.
»Erbsen habe ich nur noch ein Päckchen, und Himbeeren sind aus.«
»Macht nichts.« Laura dachte nach. Joana musste etwas falsch verstanden haben. In ihrer Familie gab es nur Nachkommen auf ihrer Seite, die Kinder und Enkel von Diane Lanston, der jüngsten Tochter von Lady Norah und Lord Percy, und Tante Grace, die Enkelin von Lady Bethany. Großtante Amelia hatte kein Kind gehabt und Großonkel Clifford war im Krieg gefallen. »Hochschwanger? Hat das Kind denn überlebt?«
»Hm.« Joana kratzte sich am Kopf. »Das weiß ich gar nicht. Ich erinnere mich nur, dass Großvater erzählte, dass die Blumenmalerin lange Spaziergänge machte und Briefe schrieb. Aber ich kann meine Großmutter fragen, wenn Sie wollen. Sie weiß mehr, als Großvater ahnte.«
»Gern.« Laura bemühte sich um ein Lächeln, aber ihr schwirrte der Kopf. Eine Spur von Amelia, der Frau, deren Blumenbilder sie so beeindruckt hatten, dass Laura sich nie etwas anderes vorstellen konnte, als mit Pflanzen zu arbeiten. »Wenn es Ihnen nicht zu viel Mühe macht?«

Kapitel 7

Tristyans Manor 1944

Ich hasse sie.« Mit gesenktem Kopf kämpfte Emma gegen den Wind, der durch den Garten fegte. »Ich hasse sie so sehr.« Zornig ballte sie die Fäuste und schritt noch eifriger aus, um so schnell wie möglich Tristyans Manor und ihrer Mutter zu entkommen. Kurz wanderte ihr Blick durch den Garten, während sie den Kiesweg entlanghastete. Die Buchsbäume müssten geschnitten werden, und auch das Gras war viel zu hoch. Aber die Gärtner und die Stallburschen, die einige der gärtnerischen Aufgaben übernommen hatten, waren inzwischen alle eingezogen worden. Selbst die meisten Pferde hatten sie abgeben müssen. Tristyans Manor war ein Ort der Frauen, der Kinder und der alten Männer geworden, dachte Emma. Der Krieg hatte alles verändert – nur ihre Mutter war geblieben, wie sie war. Hart und ungerecht. Nie konnte Emma ihr etwas recht machen. Alles, was Emma begann, hatte in den Augen ihrer Mutter einen Makel. Heute war es wieder zu einem heftigen Streit gekommen, weil Emma während des Malens die

Zeit vergessen hatte. Emma hatte die Litanei der Vorwürfe, die ihr Lady Bethany entgegengebracht hatte, als so ungerecht empfunden, dass sie türenschlagend aus dem Salon geflohen war. Wohlwissend, wie sehr ihre Mutter sich über diesen Zornesausbruch ärgern würde.

Emma raffte den Rock ihres dunkelblauen Kleides und lief, endlich außer Sichtweite von Tristyans Manor, auf die Koppel zu. Neugierig hoben die beiden alten Pferde den Kopf und schauten ihr entgegen. Emma holte die Äpfel hervor, die sie aus dem Salon stibitzt hatte, und lockte die Pferde an. Langsam näherten sich der Grauschimmel und die Fuchsstute. Vorsichtig nahmen ihre weichen Lippen die Leckereien aus Emmas Händen, schnupperten noch ein wenig, wohl in der Hoffnung, mehr zu bekommen.

»Tut mir leid. Das ist alles.« Emma klopfte den Pferden die Hälse. Auf der Fuchsstute, die Duchess hieß, hatte sie reiten gelernt. »Morgen bringe ich mehr. Versprochen.«

»Glaubste, die verstehen dich?«

Emma schrak zusammen und drehte sich in einer fließenden Bewegung um. Wer störte sie? Hier an ihrem Rückzugsort. Ein paar Schritte von ihr entfernt stand ein Junge, höchstens ein oder zwei Jahre älter als sie und sicher nicht aus dem Dorf, wie Emma mit einem Blick erkannte. Er sah aus wie die anderen *Vaccies,* wie die Evakuierten genannt wurden, deutlich blasser als die Fischer und Bauern, die den ganzen Tag an der frischen Luft arbeiteten. Mager war er, und er hatte einen hungrigen Gesichtsausdruck. Die olivfarbene Jacke hing ihm viel zu weit über die schmalen Schultern. Hatte Emma sie nicht einmal an dem alten McKenzie gesehen? Sie erinnerte sich, dass vor einigen Wochen jemand nach Tristyans Manor gekommen war und um Kleiderspenden für Vaccies gebeten hatte. Ihre Mutter hatte einiges zusammengetragen, mit dem sie Michaels ins Dorf geschickt hatte.

»Was machst du hier?« Sie musterte den fremden Jungen, den sie bisher im Dorf noch nicht gesehen hatte. Allerdings waren durch den Krieg viele Fremde nach Perranporth gekommen, so dass sie nicht alle kennen konnte. Abgeschieden, wie ihre Mutter und sie lebten. Kinder aus London, ihren Familien entrissen, damit sie in Sicherheit vor deutschen Bomben waren. Ihre Mutter hatte Emma schon mehrfach gedroht, sie mit dem *Children's Overseas Reception Board* nach Übersee zu senden, wenn sie sich nicht folgsamer zeigte. Einige Augenblicke lang hatte Emma sich gewünscht, auf diesem Weg der Herrschaft ihrer Mutter entkommen zu können. Kanada, Australien, Südafrika oder Neuseeland – alles klang verheißungsvoll, wenn es nur weit genug von Lady Bethany entfernt läge. Aber sie wusste zu gut, dass ihre Mutter die Drohung niemals wahrmachen würde. Zu kostbar war Emma, die einzige Erbin von Tristyans Manor. Zorn rötete Emmas Wangen, und sie trat drohend auf den Jungen zu. »Also, wer bist du und was treibst du hier?«

Emma bemühte sich, einen Sicherheitsabstand zu wahren. Erst gestern hatte wieder ein Leserbrief in ihrer Dorfzeitung vor zu engem Kontakt mit den Londoner Kindern gewarnt, die Kopfläuse und Krätze im Gegenzug für Quartier und Essen mitbrächten, wie der Schreiber behauptete. Schon die ersten Kriegskinder, die von London aus auf Familien in Cornwall verteilt worden waren, hatten in den Dörfern und auf den Bauernhöfen für manche Überraschung gesorgt. Kinder, die nicht genügend Kleidung bei sich hatten, um länger als ein paar Tage zu bleiben. Kinder, für die es das erste Mal war, dass sie in einem eigenen Bett schliefen. Kinder, deren Husten sich

schlimmer anhörte als der der Männer, die ihr Leben lang in den Minen gearbeitet hatten.
Leserbriefe über die seltsamen Manieren der Londoner begannen Einzug in den regionalen Zeitungen zu halten und die Bevölkerung gegen die Kinder einzunehmen. Nachdem die meisten wieder nach Hause zurückgegangen waren, war Ruhe eingekehrt, bis die zweite Welle eingetroffen war. Gebetsmühlenartig wiederholten sich die Vorwürfe und Beschwerden, deren Wirkung sich auch Emma nicht entziehen konnte, obwohl sie bisher noch keinem Vaccie begegnet war. Sie wusste nicht, wie es ihrer Mutter gelungen war, sich der Zuteilung eines Kindes zu widersetzen, aber bisher war Tristyans Manor von unerwünschten Bewohnern verschont geblieben.
»Was geht's dich an?« Er musterte sie aus blassblauen Augen. Mit der linken Hand strich er sich das dunkle Haar aus der Stirn. Emma war sich sicher, dass der Junge sich bemühte, ein vornehmes Englisch zu sprechen, aber – so wie ihre Gouvernante es genannt hatte – bei den »h«s verraten sie sich immer. Sie versuchte, seinen Dialekt einzuordnen. London. Sicher, aber welcher Bezirk? Bestimmt keine der vornehmen Gegenden. Dafür zog er die Vokale zu breit und verschluckte die Enden der Worte. »Hältst dich wohl für was Besseres.«
»Ich bin Lady Emma Galveston.« Sie reckte sich und gab den Anschein, auf ihn herabzuschauen. Aber dafür war er einfach zu groß. »Meiner Familie gehört Tristyans Manor.«
»Und wenn schon.« Er griff in seine Jackentasche und holte ein Päckchen Zigaretten heraus. Mit gekonnter Eleganz schlug er eine Zigarette so heraus, dass sie in seinem Mundwinkel landete. »Willste auch eine?«
Emma überlegte einen Augenblick. Sie hatte noch nie geraucht. Ihre Mutter vertrat die Ansicht, dass sich das für eine

Lady nicht schickte, auch wenn es inzwischen selbst im verschlafenen Perranporth immer mehr rauchende Frauen gab. Verstohlen schaute sie sich um, ob jemand aus dem Dorf zu sehen war, der sie bei ihrer Mutter anschwärzen könnte.
»Klar. Danke.« Sie beugte sich zu dem Jungen hinüber und atmete seinen Geruch ein. Eine Mischung aus Zigarettenrauch, Schweiß und … Armut? Emma nahm eine Zigarette und wartete, bis er ein Streichholz für sie anriss. Vorsichtig nahm sie einen Zug und pustete aus, bemüht, nicht zu husten.
»Müsstest du nicht Soldat sein?«
»Machst das wohl zum ersten Mal.« Er grinste. »Nicht paffen. In die Lunge ziehen.«
Emma folgte seiner Anweisung und begann zu husten. Rauch kratzte in ihrer Kehle und raubte ihr den Atem. Er klopfte ihr auf den Rücken, was ein wenig Linderung brachte. Abwehrend hob sie die Hand. Es gehörte sich nicht, dass er ihr so nahe kam. Der Junge trat einen Schritt zurück, als ob er es gewöhnt war, zurückgestoßen zu werden.
»Kannst mir glauben, hab mich freiwillig gemeldet.« Er spuckte auf den Boden, nachdem auch er ausgiebig gehustet hatte. Sein Blick war kalt und gleichzeitig so voller Wut, dass Emma zurückwich. »Aber sie wollten mich nicht. Noch nicht.«
»Warum?«, flüsterte Emma und hoffte, dass ihre Frage ihn nicht noch zorniger werden ließ. Aber etwas an ihm reizte sie, ihm Fragen zu stellen. Fragen, die ihre Mutter nur mit einem Kopfschütteln abgewehrt hätte. »Warum wollten sie dich nicht?«
»Zu schwache Lungen. Die Luft in London hat mir nicht gutgetan.« Er strich sich mit der Hand durchs Haar und zog dann mit einer wütenden Intensität an der Zigarette. »Und du?

Warum sitzt du hier rum und machst nix Vernünftiges? Krankenschwester oder so?«
Sein Vorwurf, der sich nur schlecht als Frage tarnte, traf sie unvermittelt. Sie hatte bisher noch nie darüber nachgedacht, ob sie einen Beitrag zum Gewinn des Krieges leistete. Reichten die Spenden nicht, die ihre Mutter und sie regelmäßig zusammenstellten? Krankenschwester? Blut und Schmerzen und Schreie. Emma schluckte.
»Ich … ich habe keine Ausbildung dafür«, antwortete sie schließlich und leckte sich die trockenen Lippen. Wie konnte es nur sein, dass sie diesem Jungen plötzlich Rede und Antwort stehen musste? Dass sie sich klein und egoistisch fühlte. Nein, das durfte sie nicht zulassen. Schließlich war sie Lady Emma Galveston und einem dahergelaufenen Vaccie keinerlei Rechenschaft schuldig.
»Du könntest am Flugplatz arbeiten.« Er zuckte mit den Schultern, als ob er nicht wirklich daran glaubte, dass sie sich mit kriegswichtiger Arbeit beschäftigen würde.
Emma biss sich auf die Wange. Sie wollte nicht mit dem fremden Jungen darüber reden, dass es ihre Mutter niemals zulassen würde, dass sie Zeit auf dem Flugplatz verbrächte.
»Warum bist du hier? Alle Vacc… alle von euch sind doch schon lange wieder nach London zurückgekehrt?«
»Das war vor der V2.« Er zuckte mit den Schultern. Die Jacke rutschte ihm auf den Oberarm, und mit einer achtlosen Geste schob er sie wieder hoch. »Churchill fürchtet, dass die Krauts London dem Erdboden gleichmachen. Obwohl er das nie zugeben würde.«
»V2?« Emma fühlte sich wie eine Landpomeranze, naiv und unwissend, und merkte, wie ihre Wangen unter seinem forschenden Blick heiß wurden. »Was … was ist das?«

»Die neue Superwaffe vom Fritz.« Der Junge musterte sie spöttisch. Sein rechter Mundwinkel, in dem die Zigarette klebte, zog sich ein wenig nach oben. Emma erwiderte seinen Blick und reckte ihr Kinn vor. »Hier unten wisst ihr wohl nicht viel vom Krieg.«
»Ich lese Zeitung.« Emma kniff die Lippen zusammen und streckte den Rücken. Was bildete sich der arrogante Kerl nur ein? »Wir leben hier nicht hinterm Mond.«
»Schon gut, wollt dich nich ärgern«, lenkte er ein und lächelte. Er warf die Zigarette auf den Boden und trat sie aus. »Also, du wohnst in dem großen Haus. Bist du reich?«
Emma blieb die Sprache weg. Hatte der Junge überhaupt keine Erziehung genossen. Er hatte ihr weder seinen Namen genannt noch gesagt, woher er kam. Sie schüttelte den Kopf, während sie überlegte, mit welchen Worten ihre Mutter den impertinenten Kerl abgekanzelt hätte.
»Hey, war nur ein Spaß«, kam er ihr zuvor und zwinkerte ihr zu. »Ich heiße übrigens Charles Watson. Meine Freunde nennen mich Charlie.«
»Erfreut, dich kennenzulernen, Charles Watson.« Emma betonte seinen Vornamen, um ihm deutlich zu machen, dass sie niemals vorhatte, freundschaftlichen Umgang mit ihm zu pflegen. »Wo wohnst du?«
»Bei so 'nem alten Knacker. James Tremaine. Hustet den ganzen Tag und erzählt von seinen glorreichen Zeiten im Großen Krieg. Dem Ersten.« Er verzog den Mund und kratzte sich am Kopf. »Wenn er nicht redet, geht er aufs Feld und will, dass ich mitkomme und Bauernzeugs mache. Da hab ich mir freigenommen. Und du?«
»Ich?« Emma überlegte einen Augenblick. Wäre es nicht zu vertraulich, wenn sie Charles von ihrer Flucht berichtete?

Nein, wenn sie ehrlich zu sich war, fürchtete sie seinen Spott. Für jemanden wie ihn mussten ihre kleinen Widerstände lächerlich wirken. »Ich bin auch abgehauen. Hatte keine Lust mehr, immer zu tun, was meine Mutter und meine Gouvernante sagen.«
Er schaute sie forschend an.
»Meine Lehrerin …«, schob sie nach, falls er das Wort Gouvernante nicht kennen sollte.
Dass sie das Falsche gesagt hatte, erkannte sie an der Art, wie Charles die Augenbrauen hob und sie schweigend von oben bis unten betrachtete.
»Ihr habt eine Schule in Tristyans Manor?«
»Nein … nein … also …«, stotterte Emma und spürte, wie Röte ihr Gesicht überzog. Was hatte der Junge nur an sich, dass sie sich ihm unterlegen fühlte, obwohl er so abgerissen aussah? »Ich habe eine Hauslehrerin.«
»Ich dachte immer, das gibt es nur in Büchern«, spottete er. »Hauslehrerin. Hast du auch eine Zofe und einen Butler?«
Emma ballte die Hände zu Fäusten und starrte ihn kampfeslustig an. Niemals würde sie zugeben, wie viel Personal ihre Mutter beschäftigte.
»Kannst du lesen?«, parierte sie mit einem Angriff und hoffte, ihn damit aus der Fassung zu bringen. »Ach, ich vergaß die Schulpflicht.«
»Du wirst es nicht glauben, verehrte Lady, aber ich lese sogar ausgesprochen gern.« Charles hob die Schultern, wobei ihm die Jacke wieder herunterrutschte. Ohne zu überlegen, beugte sich Emma vor und schob die Jacke hoch. Da fasste er auch schon zu und packte ihr Handgelenk. Er zog sie ein wenig näher zu sich heran und musterte sie schweigend. Seine Augen hatten die Farbe des Flusses an einem sonnigen Tag.

»Wolltest du dir ein Pferd schnappen und abhauen, Lady Emma?«

»Ich wollte nur eine Weile allein sein«, entgegnete sie und riss ihren Arm zur Seite. Doch Charles war stärker, als er auf den ersten Blick wirkte. Er hielt Emmas Handgelenk fest, während sein Grinsen breiter wurde. »Außerdem, was geht es dich an?«

»Ich kenn das Gefühl, abhauen zu wollen.« Überraschend ließ er Emmas Hand los, und sie stolperte ein paar Schritte zurück. Ungläubig starrte sie ihn an. Wieder raubte ihr seine Frechheit den Atem. Waren alle Londoner so? Nein, das konnte nicht sein. Emma erinnerte sich an die wenigen Ausflüge in die Stadt, die sie mit ihrer Großmutter unternommen hatte. Die Londoner, die Lady Norah besucht hatte, hatten sich alle als wohlerzogen, wenn auch etwas langweilig erwiesen.

»Ich ... ich ... ich muss zurück. Meine Mutter wartet auf mich«, stieß Emma schließlich hervor und hoffte, dass er ihr damenhaftes Erröten nicht falsch verstand. Trotzig streckte sie das Kinn vor. »Auf Wiedersehen, Charles Watson.«

»Wenn du eine Lady bist, was ist deine Mutter dann? Eine Prinzessin?« Wieder musterte er sie mit diesem irritierenden Blick. Emma konnte beim besten Willen nicht erkennen, ob er sich über sie lustig machte oder ob er seine Frage ernst meinte. »Wie muss ich dich anreden, wenn ich dich wiedersehe?«

»Ich denke nicht, dass wir uns wiedersehen werden, Charles Watson«, antwortete Emma und versuchte, so kühl wie möglich zu klingen. Nur ein kurzes Verhaspeln deutete an, dass der fremde Junge sie mehr und mehr verwirrte. »Ich gehe nur selten ins Dorf.«

Sie drehte sich um und ging mit durchgestrecktem Rücken in Richtung Tristyans Manor.
»Sei dir nicht zu sicher, Lady Emma Galveston!«, rief er ihr nach. Sie konnte das Lachen in seiner Stimme hören und musste sich nicht einmal umdrehen, um sein spöttisches Grinsen zu sehen. »Wir werden uns wiedersehen.«

Kapitel 8

Tristyans Manor 1928

Was soll das heißen, wir können nicht die gesamte Saison in London verbringen?« Empört wandte sich Bethany an Lady Norah. »Bitte, Mutter, du …«

»Bethany, bitte.« Obwohl Lady Norahs Stimme gelassen wirkte, kannte Lord Percy seine Ehefrau gut genug, um zu wissen, wie verärgert sie über das Benehmen ihrer Tochter war. »Mäßige dich.«

»Nein.« Bethany warf ihre Serviette auf den Tisch und sprang auf, ein klarer Affront gegen ihre Eltern. »Ich werde niemals einen passenden Ehemann finden, wenn wir die Saison auslassen.«

»Setz dich, bitte«, sagte Lady Norah kühl.

»Nein!« Wie ein verwöhntes Kleinkind stampfte Bethany mit dem Fuß auf, bevor sie aus dem roten Salon stürmte und die Tür hinter sich zuschlug.

Keiner der Dienstboten ließ sich etwas anmerken, aber Lord Percy wusste, dass das äußerst unschickliche Verhalten seiner

Tochter heute für viel Gesprächsstoff in der Küche sorgen würde. Warum nur konnte sich das Mädchen nicht angemessen benehmen? Wie einfach war das Leben für ihn gewesen, als die Kinder noch separat gegessen hatten, in ihrem eigenen Speisezimmer, so dass den Eltern Zeit und Muße für Gespräche geblieben war. Auch wenn er Lady Norah nie viel zu sagen gehabt hatte.

Lord Percy schaute seine Ehefrau an, die seinem Blick auswich. Amelia hingegen zwinkerte ihrem Vater zu, was Lord Percy zu einem Lächeln bewegte. Auch wenn er es Lady Norah gegenüber stets bestritt, stand ihm seine erste Tochter näher als die anderen Kinder, auch näher als sein Sohn Clifford, der Erbe Tristyans Manors. Amelia erinnerte ihn stets an ihre Mutter.

Das weitere Abendessen verbrachte die Familie schweigend. Obwohl sich die Köchin wieder übertroffen hatte, stocherte Lady Norah nur auf ihrem Teller herum, und auch Lord Percy war der Appetit vergangen. Bethanys Benehmen musste Konsequenzen nach sich ziehen, das war ihm nur zu bewusst, aber er scheute die Auseinandersetzung mit seiner Ehefrau, die sich sicher wieder um das leidige Thema Finanzen drehen würde. Daher nutzte Lord Percy die Gelegenheit, als Diane ihre Mutter schüchtern um Reitstunden bat, und verabschiedete sich, um den Abend in der Bibliothek zu verbringen. Wahrscheinlich würde er der Diskussion mit Norah nicht ausweichen können, aber er hoffte, dass seine Ehefrau durch die Kinder abgelenkt würde und ihm noch ein Weilchen für seine Gedanken blieb.

Doch schon nach kurzer Zeit öffnete sich die Tür zur Bibliothek. Während Lord Percy sich innerlich für eine Auseinandersetzung wappnete, schlüpfte Amelia in den Raum und stellte ein Buch zurück ins Regal.

»Gute Nacht.« Sie beugte sich vor und hauchte ihrem Vater einen Kuss auf die Wange. »Ich finde es nicht schlimm, auf die Saison zu verzichten.«

»Gute Nacht. Danke.« Lord Percy schaute Amelia nach, bis sie leise die Tür hinter sich schloss. Er seufzte.

Amelia. Vielleicht hätte er seiner ältesten Tochter nicht ihren Namen geben sollen, aber er wollte die Erinnerung an seine große Liebe am Leben erhalten. Auch wenn Lord Percy so gut wie nie über Amelias Mutter sprach, war er sich sicher, dass Lady Norah mehr ahnte, als ihm lieb war. Obwohl Erziehung und Konventionen es ihr nicht erlaubten und beinahe unmöglich machten, mit ihm über Gefühle zu sprechen, meinte Lord Percy häufig die unausgesprochene Frage zu erkennen, warum er Amelias Mutter nicht vergessen konnte. Wie hätte er Lady Norah begreiflich machen können, wie tief die Gefühle waren, die ihn immer noch banden? Wie verzweifelt er über den Tod seiner ersten Frau war.

Warum nur hatte das Schicksal ihm so einen grausamen Streich spielen müssen? Erst hatte das Leben ihm in Amelia die große Liebe geschenkt, die seinen Heiratsantrag erhört hatte. Dass Amelia bald nach ihrer Heirat schwanger wurde, hatte ihr Glück vollkommen gemacht. Voller Schmerz stöhnte Lord Percy auf, auch wenn es sich nicht schickte, derart viel Gefühl zu zeigen. Nach all den Jahren sah er immer noch das vor Glück leuchtende Gesicht seiner Frau vor sich, als sie ihm zuflüsterte, dass sie ein Kind erwartete. Damals hatte er sich für einen Mann gehalten, der vom Schicksal reich beschenkt worden war. Niemals hätte er geahnt, wie zerbrechlich sein Glück war.

Niemand hatte es kommen sehen. Von Tag zu Tag war Amelia schöner und glücklicher geworden. Der Arzt, ein alter Freund der Familie, hatte sich – natürlich sehr höflich und dezent –

äußerst zufrieden mit dem Verlauf der Schwangerschaft gezeigt. Nichts hatte darauf hingedeutet, wie schwer die Geburt werden würde.
Diesen Tag würde Lord Percy nie vergessen. Selbst nach all den Jahren erinnerte er sich mit entsetzlicher Deutlichkeit an jede Einzelheit des Tages und der Nacht, die ihm sein Glück geraubt hatten. Den verzweifelten Kampf seiner Frau um das Leben des Kindes. Wie ein gefangenes Tier war Lord Percy auf dem Flur vor dem Schlafzimmer von Lady Amelia auf und ab gelaufen, hatte immer wieder innegehalten, wenn er einen der furchtbaren Schreie gehört hatte. Niemand hatte ihn darauf vorbereitet, dass eine Geburt mit derartigen Schmerzen verbunden war.
»Kann ich gar nichts tun?«, hatte er die Hebamme flehend gefragt. »Bitte, es muss doch etwas geben …«
»Sie können für Ihre Frau beten.« Nie zuvor hatte ihn etwas so erschreckt wie die Worte der Frau, die schon so vielen Kindern auf die Welt geholfen hatte.
Hilflos hatte er zusehen müssen, wie sie die Tür zu Lady Amelias Zimmer hinter sich schloss. Hilflos hatte er den Schreien lauschen müssen, die durch die geschlossene Tür drangen.
»Gibt es Neuigkeiten?«, hatte er mit angehaltenem Atem das Dienstmädchen gefragt, das an ihm vorbei ins Zimmer gehuscht war und eben wieder herauskam, blutbefleckte Handtücher in den Armen.
Die Kleine hatte nur den Kopf geschüttelt und ihn voller Mitleid angesehen, was Lord Percy so sehr in Angst versetzt hatte, dass er die Tür zum Zimmer seiner geliebten Frau aufreißen wollte. Nur mit Mühe hielt er sich zurück.
»Nie wieder sollst du so leiden, meine Liebste«, schwor er sich. »Nie wieder werde ich dich solchen Qualen aussetzen.«

Lord Percy hatte in jener Nacht keinen Gedanken darauf verwenden wollen, dass er niemals mehr die Wahl haben würde. Erst, nachdem die Hebamme zu ihm gekommen war und ihn mit bebender Stimme in Lady Amelias Zimmer gerufen hatte, war Lord Percy bewusst geworden, welche Bürde das Schicksal ihm auferlegt hatte. Die Hebamme hielt ihm ein winziges, verschrumpeltes Wesen entgegen, das rot im Gesicht war, während es seinen Zorn in die Welt hinausschrie. Aber Lord Percy hatte keinen Blick für seine Tochter übriggehabt. Er war an das Bett seiner geliebten Amelia geeilt, deren schönes Gesicht entsetzlich bleich gewesen war. Es bedurfte nicht des bedauernden Kopfschüttelns des Arztes, dass Lord Percy wusste, welcher Verlust ihm drohte. Mit ihren dunkelbraunen Augen hatte seine Frau ihn bittend angeschaut und versucht zu lächeln. Schweißfeucht klebte ihr das braune Haar im Gesicht, wirkte beinahe schwarz, und breitete sich auf dem Kissen aus wie ein Trauerschleier. Lord Percy hatte alle Menschen aus dem Zimmer geschickt, mit barscher Stimme, getragen von einer ohnmächtigen Wut, die er gegen niemanden richten konnte.

»Bitte, Liebster«, hatte Lady Amelia mit letzter Kraft geflüstert. Sie war so schwach, dass er den Druck ihrer Hand in seiner kaum wahrnahm. »Versprich mir, dass du unsere Tochter lieben wirst. Such eine gute Mutter für sie. Bitte.«

»Verlass mich nicht, Geliebte«, hatte Lord Percy gefleht. Sein Kopf war wie von selbst auf das Kissen gesunken, und er hatte sich seiner Tränen nicht geschämt. »Bitte. Wie soll ich je ohne dich leben können? Ich … ich kann nicht atmen ohne dich.«

»Gib mir dein Wort, dass du alles für unser Kind tun wirst. Bitte.«

Wie hätte er den letzten Wunsch einer Sterbenden abschlagen können? Also hatte Lord Percy seiner Ehefrau versprochen, ihre Tochter zu lieben, auch wenn ein Teil von ihm dem Mädchen die Schuld am Tod seiner geliebten Frau gab. Aber an eine neue Ehe hatte er nicht denken wollen, bis seine Mutter ihn zu sich rufen ließ. Lady Ada verlangte, dass ihr Sohn sich eine Frau nahm – als Stiefmutter für seine Tochter und als Mutter für einen zukünftigen Erben für Tristyans Manor. Wutentbrannt hatte Lord Percy sich seiner Mutter entgegengestellt, obwohl er wusste, dass Lady Ada recht hatte. Aber er hatte es nicht über sich bringen können, an eine andere Frau überhaupt nur zu denken. Selbst der Anblick seiner winzigen Tochter brachte ihm nur Schmerz und Traurigkeit. Doch seine Mutter hatte ihn nicht aus der Pflicht entlassen, so dass er sich schließlich gefügt hatte. Für den guten Namen der Familie. Für Tristyans Manor.

Nach Ablauf eines Trauerjahres, in dem sich Ammen und eine Nanny um die kleine Amelia gekümmert hatten, waren Lady Amelias Eltern an Lord Percy herangetreten und hatten ihm die Hand ihrer jüngeren Tochter Norah angetragen. Auf den ersten Blick eine sinnvolle Wahl – zwei alte Familien erneuerten ihre Verwandtschaft, und Amelias Tante würde zu ihrer Stiefmutter werden. Trotz dieser guten Gründe hatte Lord Percy gezögert. Er erinnerte sich an Norah als die kleine Schwester seiner Frau, Lady Amelia im Äußeren unähnlich, aber ihr in so vielen Gesten gleich, dass ihr Anblick jedes Mal an den tiefen Schmerz rührte, den Lady Amelias Tod hinterlassen hatte.

Aber letztlich hatte er den guten Gründen und dem Zureden seiner Mutter nachgegeben und Norah geheiratet, drei Kinder mit ihr gezeugt, eines davon der männliche Erbe für Tristyans

Manor, so wie seine Mutter es wünschte und die Gesellschaft es von ihm erwartete. Aber Liebe vermochte er beim besten Willen nicht für seine zweite Frau zu empfinden. Lady Norah war eine Schönheit, mit vollendeten Manieren und stets bemüht, ihrem Ehemann zu gefallen. Aber Lord Percy dachte nur jedes Mal, wenn er sie ansah, dass sie nicht Lady Amelia wäre. Freundlich, wie es seine Natur war, schmerzte es ihn, seiner Gemahlin gegenüber so ungerecht zu sein, aber die große Liebe, die er für Lady Amelia empfunden hatte, ließ nicht zu, dass er einer anderen Frau eine Bedeutung in seinem Leben einräumte. Mehr als Höflichkeit konnte er Lady Norah nicht gewähren, obwohl er vermutete, dass sie sich mehr wünschte. Allerdings war sie zu sehr Dame, um ihn mit Forderungen oder Vorwürfen zu behelligen.

Zu seiner Schande musste sich Lord Percy eingestehen, dass er Lady Norahs gute Erziehung gegen sie nutzte. Nach der Geburt des dritten gemeinsamen Kindes hatte er sich ganz aus dem Schlafzimmer seiner Frau zurückgezogen, wohl wissend, dass Lady Norah niemals ein Wort darüber verlieren würde. Beinahe fieberhaft hatte Lord Percy sich in Studien und Erfindungen geflüchtet und darin so etwas wie ein stilles Glück gefunden. Kein großes Glück wie mit Lady Amelia. Ihre gemeinsame Tochter erinnerte ihn in so vielen Kleinigkeiten an Lady Amelia, dass er sich manchmal versucht fühlte, das Mädchen zu Verwandten weit entfernt zu schicken. Doch mit der Zeit empfand er den Schmerz als bittersüß und lernte zu schätzen, dass seine Tochter die Gärten und Gewächshäuser ebenso sehr liebte wie ihre Mutter. So viel von Lady Amelia entdeckte er in seiner Tochter, dass er begann, seinen Frieden mit dem Schicksal zu schließen. Aber dennoch vermisste er Lady Amelia, ihr warmherziges Lachen, ihre Be-

geisterungsfähigkeit, ihre Zufriedenheit mit dem ruhigen Leben auf Tristyans Manor.
Nicht wie Lady Norah, die es bedauerte, dass sie nicht in London oder Paris oder Rom lebten. Lady Norah, die ihn heimlich dafür verachtete, dass er weder politische noch gesellschaftliche Ambitionen hegte. Da war Lord Percy sich sicher, auch wenn seine Gemahlin ihm niemals Anlass zur Klage geboten hätte. Lady Norah verstand es perfekt, nach innen und außen die Fassade zu wahren und ihrer Rolle als Lady und Herrin eines großen Hauses nachzukommen. Nach all den Jahren hatte Lord Percy noch immer nicht das Gefühl, dass er wusste, wie seine Frau dachte und welche Gefühle sie hegte. Zu einem nicht unerheblichen Teil trug er sicher auch Schuld daran, dass Lady Norah ihre Maske niemals fallenließ. Aus einem schlechten Gewissen heraus hatte er ab und zu versucht, seiner Ehefrau näherzukommen, aber immer schien es die falsche Zeit oder der falsche Ort zu sein. Also hatte er sich damit abgefunden, ein lausiger Ehemann und ein schlechter Vater zu sein, der seiner Familie nur das Nötigste bot.
Lord Percy sprang auf. Mit großen Schritten ging er in der Bibliothek auf und ab. Es gefiel ihm nicht, über seine Ehe und seine Familie nachdenken zu müssen. Es hatte ihm noch nie gefallen. Familie war die Aufgabe der Frauen. Seine Aufgabe war es, dafür zu sorgen, dass Tristyans Manor florierte und dass seinen Kindern eine goldene Zukunft offenstand. Eine Aufgabe, bei der er kläglich versagt hatte, wie ihm die leidige Szene beim heutigen Abendessen nur zu deutlich vor Augen geführt hatte.
»Percy.«
In seiner ohnmächtigen Wut auf sich selbst und auf das Schicksal hatte er nicht bemerkt, dass Lady Norah in die Bi-

bliothek gekommen war. Keine Gefühlsregung zeichnete sich auf ihrem schönen, aber kalten Gesicht ab. Lady Amelia war nicht so klassisch schön gewesen wie ihre Schwester, was sie durch ihre Lebendigkeit und Liebenswürdigkeit jedoch mehr als wettgemacht hatte.

»Norah.« Hilflos schaute er seine Frau an. Warum wollten ihm nie die richtigen Worte einfallen, mit denen er die Maske kühler Höflichkeit durchdringen konnte, um sich in ihrer Gegenwart nicht so unwohl zu fühlen. Wie so oft, rettete sich Lord Percy in das Einzige, das seine Frau und ihn verband. »Hast du mit Bethany gesprochen?«

»Ihr Benehmen ist nicht hinzunehmen«, antwortete sie, als spräche sie über einen der Spaniel, der sich ungehörigerweise danebenbenommen hatte. »Aber wir können nicht darüber hinwegsehen, dass sie recht hat.«

Ihm blieb nur ein Nicken. Zu gut kannte er Lady Norahs Argumente, denen er nichts entgegenhalten konnte, weil sie in so vielen Punkten wahr waren, und doch gleichzeitig nicht. Aber um ihr das erklären zu können, hätte er mit ihr reden müssen, was ihm einfach nicht gelingen wollte. Mit Lady Amelia war es so einfach gewesen, die richtigen Worte zu finden.

»Wenn wir die Mädchen nicht gut verheiraten, verlieren wir Tristyans Manor«, führte Lady Norah weiter aus. Sie klang geschäftsmäßig, als ginge es nicht um das Lebensglück ihrer Töchter. »Wenn wir uns die Saison nicht leisten können, müssen wir an einem anderen Ort nach einem Mann suchen, der rettet, was zu retten ist.«

»Der rettet, was ich gefährde, meinst du«, antwortete Lord Percy mit einem Seufzer. Inzwischen war er das Reden um das Offensichtliche herum so müde. Sie wusste, und er wusste,

dass er Tristyans Manor beinahe in den Ruin getrieben hatte.
»Was schlägst du vor?«
»Sommerfrische auf Madeira.« Die Antwort kam zu schnell, als dass sie nicht bis ins Detail durchdacht gewesen wäre. Wie so oft fühlte sich Lord Percy nicht gewachsen, die Strategien und Winkelzüge seiner Ehefrau zu durchschauen, deshalb hatte er es schon seit längerem aufgegeben. »Wir werden Zimmer im Reid's nehmen.«
Bevor er einwenden konnte, dass sie sich das Reid's kaum leisten könnten, hatte sie schon die Hand gehoben.
»Wir können es uns nicht leisten, uns das Reid's nicht leisten zu können«, sagte sie mit einem feinen Lächeln, das wohl ihre Überlegenheit zum Ausdruck bringen sollte. »Eine angemessene Partie findet sich nur dort. Du solltest auf Tristyans Manor bleiben und die Gläubiger vertrösten.«
Was blieb ihm übrig? Lord Percy konnte dem Plan seiner Ehefrau nur zustimmen und hoffen, dass sich aus Lady Norahs Überlegungen wirklich eine Rettung für Tristyans Manor ergeben würde. Normalerweise hätten sie den Sommer in London verbracht, in ihrem Stadthaus in Mayfair. Von dort aus wären Lady Norah, Amelia und Bethany einer Vielzahl von Einladungen gefolgt, die alle nur einem Ziel gedient hätten – die passenden Ehemänner zu finden. Doch das Leben in London war teuer, zu teuer, wie Lord Percy zugeben musste. Für ihn blieb es unverständlich, warum Frauen so viele Kleider brauchten. Von Schuhen und Hüten ganz zu schweigen. Eine Saison in London bedeutete eine komplette Garderobe für beide Mädchen, natürlich auf dem neuesten Stand der Mode.
Da erschien Lady Norahs Vorschlag klüger, mit ihren Töchtern in die Sommerfrische nach Madeira zu reisen und dort

unter den Sommergästen nach einem passenden Ehemann zu suchen. Bethany würde sicher Erfolg haben, aber Amelia … Lord Percy seufzte.

»Also gut.« Er nickte. »Alles wird so geschehen, wie du es geplant hast. Wollen wir hoffen, dass die Reise auch den Erfolg zeitigt, den du dir wünschst.«

Kapitel 9

Tristyans Manor 2012

Langsam zog Grace die Beine auf das Sofa. Ihre Knie knackten hörbar, was sie mit einem Lächeln quittierte. Sie setzte die Lesebrille auf. Ein weiterer Tribut an das Alter, dachte sie. Mit fünfundsechzig Jahren hat man eben wacklige Knie und sieht gut in die Ferne.

Meine liebe Tochter,
schon vor deiner Geburt habe ich Dir viele Briefe geschrieben, um Dir meine Liebe zu zeigen. Welche Liebe?, wirst Du sicher fragen, genauso wie Du Dich fragen wirst, wer ich bin und wie ich es wagen kann, Dich als meine Tochter anzureden.
Ach mein Kind, ich werde sie Dir sobald wie möglich geben, meine Briefe, die ich in der glücklichen Zeit in unserem Haus auf der Blumeninsel an Dich geschrieben habe. Wie leicht ist es mir damals gefallen, die richtigen Worte zu finden. Voller Vorfreude darauf, Dich bald in meinen

Armen halten zu können, flossen die Sätze aus meiner Feder.
Wie schwer es mir jetzt fällt, meine Gedanken in eine Form zu bringen. Seitdem ich erfahren habe, dass Du noch lebst, habe ich meine Tage damit verbracht, mich auf unser Wiedersehen zu freuen. Du kannst Dir nicht vorstellen, wie es mich gequält hat, Dich zu sehen, Dich zu umarmen, aber mich zu verleugnen. Wie viele bittere Tränen habe ich geweint auf dem Weg zurück in mein selbstgewähltes Exil.
Noch viel weniger vermagst Du Dir meinen Zorn vorstellen, als ich die Wahrheit erfahren habe. Erfahren habe, dass ich wieder Opfer einer Intrige geworden war. Einer Intrige, so perfide und skrupellos, dass sie mir beinahe das Herz gebrochen hätte. Aber nein, ich will nicht von Vergangenem reden. Ich möchte unsere Zukunft planen, möchte Dir schreiben, wie viel Du mir bedeutest, wie sehr ich mich nach Dir sehne, wie viele Tränen ich um Dich geweint habe.
Glaube mir, Liebes, ich habe so viele Briefe an Dich begonnen und verworfen. Ich fand keinen Anfang. Wie sollte ich Dich ansprechen? Bei Deinem Namen, den nicht ich für Dich ausgewählt habe. Sondern sie. Sie, die Dich mir entrissen hat. Die uns beide belogen und uns unser gemeinsames Leben geraubt hat. Ich konnte nicht glauben, nicht fassen, wie abgrundtief ihre Bosheit …

Grace ließ den Brief sinken. Zu ärgerlich, dass die zweite, möglicherweise auch dritte Seite fehlte und sich nicht auffinden lassen wollte. Nachdem ihr das Schreiben vor wenigen Tagen in die Hände gefallen war, hatte sie alle Schubladen des

Sekretärs ihrer Großmutter durchsucht – jedoch ohne Erfolg. Nur diese Seite hatte in dem Geheimfach gesteckt, an einer Ecke festgeklemmt, als ob der Brief sich an das Holz klammerte, um sein Geheimnis nicht preisgeben zu müssen. Oder um nicht wie seine verschwundenen Leidensgenossen dem Feuer und der Vernichtung preisgegeben zu werden. Grace schauderte. Obwohl so viel Zeit vergangen war, fühlte sie sich immer noch schuldig.

Beim besten Willen konnte sie sich nicht erklären, warum ihr der Brief so wichtig war, warum es sie quälte, nicht zu wissen, wer Absender und Adressat des sehnsuchtsvollen Schreibens waren. Warum sie so viele Stunden mit der Suche nach den fehlenden Seiten verbracht hatte und warum sie den Brief wieder und wieder gelesen hatte.

Vielleicht hoffte Grace – auch wenn sie es besser wusste –, dass es sich um einen Brief ihrer Mutter an sie handelte. Vielleicht lag es an der Liebe, die aus den wenigen Zeilen schimmerte. An der Liebe und auch an der Traurigkeit. An dem Verrat, den eine Frau – vielleicht Grace' Großmutter – an der Briefschreiberin und deren Kind begangen hatte. Wie – wenn überhaupt – war Bethany in die ganze Angelegenheit verwickelt? Hatte ihre Großmutter das Schreiben aufgehoben, um jemanden damit zu erpressen, oder war es – für Grace nahezu undenkbar – sogar an sie gerichtet?

Sie würde es wohl niemals erfahren. Der Brief trug keinen Absender, nur ein Monogramm im Papier. Zwei Buchstaben. AP, die alles bedeuten konnten. Schon daran hatte Grace erkennen können, dass es kein Schreiben ihrer Mutter gewesen war, aber sie hatte die Hoffnung nicht aufgeben wollen, doch noch einen Brief von Emma zu finden. Wieder eine enttäuschte Hoffnung.

Grace wickelte sich eine Strähne ihres aschblonden Haares um einen Finger. Was stimmte hier nicht? Gab es Geheimnisse, von denen sie nichts ahnte? Der Brief einer Mutter – niemals war Grace der Gedanke gekommen, dass ein Vater derart liebevolle Worte schreiben würde – an ihre verlorene Tochter. Warum hatte Emma nicht so eine liebevolle Mutter sein können? Was hatte Grace falsch gemacht, dass ihre Mutter sie bei Bethany zurückgelassen hatte und einfach verschwunden blieb?

»Ihre Ladyschaft.« Middleford war in die Bibliothek geschlichen. Oder sie war so sehr in das Schreiben vertieft gewesen, dass sie das dezente Räuspern ihres Butlers überhört hatte. »Ihre Ladyschaft.«

»Ja, Middleford?« Grace sah von dem Brief auf. Wie gern wäre sie noch länger bei ihren Fragen verblieben, hätte sich nicht dem gestellt, was sie erwartete. Aber sie konnte sich ihrer Pflicht nicht entziehen. Beinahe meinte sie die Stimme ihrer Großmutter zu hören. Die Worte, die Lady Bethany ihr wieder und wieder vorgebetet hatte.

»Schlimm genug, dass deine Mutter Tristyans Manor und dich im Stich gelassen hat. Von dir erwarte ich, dass du stets deine Pflicht erfüllst. Zeige niemals Schwäche und sei niemals wankelmütig.« Lady Bethany hatte ihr schönes Gesicht ganz nahe an das von Grace herangebracht und ihrer Enkelin kaltherzig in die Augen geblickt. »Wirst du deine Pflicht erfüllen? Wirst du den Lanstons keine Schande machen und die Schmach ausgleichen, die deine Mutter über uns brachte?«

»Ja, Großmutter«, hatte Grace geflüstert und vor Angst gezittert, obwohl sie wusste, wie sehr Lady Bethany jedes Zeichen von Schwäche hasste. Aber sie war erst neun Jahre alt gewesen, und da durfte man sich doch noch vor Drachen fürchten, nicht wahr? »Ich werde alles tun, damit Tristyans Manor stolz auf mich ist.«

»Dummes Ding.« Lady Bethany hatte sich aufgerichtet und den Kopf geschüttelt. Keine Strähne hatte sich aus ihrer makellos gesteckten Frisur gelöst. Grace' Großmutter hatte sich eine winzige Falte aus ihrem beigefarbenen Seidenkleid gestrichen, bevor sie sich abwandte. »Ich erwarte, dass deine schulischen Leistungen besser werden.«

»Ihre Ladyschaft.« Middleford räusperte sich vernehmlich. Er hatte Hawkins ersetzt, nachdem dieser zu alt für die Tätigkeit geworden war, und war schon ewig in ihren Diensten. Lady Bethany hatte ihn ausgesucht, und er schien es nur unter Mühen über sich zu bringen, Grace als Herrin von Tristyans Manor anzuerkennen. An kleinen Gesten merkte sie, dass Middleford sie nicht einmal halb so sehr respektierte wie ihre Großmutter. Aber sie war zu erschöpft und zu mutlos, um sich gegen den Butler durchzusetzen. Wenn sie Middleford entließe, müsste sie sich jemanden Neuen suchen und in der Zwischenzeit mit der Köchin und den Mädchen verhandeln. Der Gedanke daran ließ Grace schaudern. »Ihre Ladyschaft. Der Gentleman wartet im roten Salon.« Ausgerechnet der rote Salon. Grace bemühte sich, den Raum möglichst zu meiden. Zu viele negative Erinnerungen verbanden sich damit.

»Danke, Middleford. Sagen Sie ihm, ich bin gleich da.« Grace legte den Brief mit einem kleinen Seufzer zurück in das Buch, in dem sie ihn aufbewahrt hatte – *Die Blumen Madeiras*, eines ihrer Lieblingsbücher, das sie immer griffbereit auf dem dunklen Holztischchen neben dem Sofa liegen hatte. Sie versuchte, unauffällig nach ihren blauen Slippern zu angeln, die sie vorhin ausgezogen hatte, damit sie bequem sitzen und lesen konnte. Sie war sicher, dass Middleford ihre Bemühungen mit einer Mischung aus Erstaunen und Abneigung betrachtete. Ihre Großmutter hätte sich niemals so vor den Dienstboten gezeigt. Sie war stets perfekt gekleidet und frisiert gewesen. Und sie hätte sich niemals vor einer Herausforderung gescheut und sie hinausgezögert.

Immer wieder Lady Bethany. Wie ein dunkler Schatten lag die Erinnerung an ihre Großmutter über ihr, obwohl sie vor zwei Jahren gestorben war und Grace Tristyans Manor hinterlassen hatte. Norman hatte sich sehr darüber gefreut und hatte nicht verstehen können, warum sich seine Frau so wenig begeistert von der Idee zeigte, auch den Rest ihrer Tage in dem Herrenhaus ihrer Kindheit zu verbringen. Norman. Wie immer, wenn sie an ihn dachte, fühlte sie sich geborgen und beschützt. Daraus zog sie die Kraft, dem Mann gegenüberzutreten, den Middleford angekündigt hatte.

Endlich fanden ihre tastenden Füße die Schuhe und schlüpften hinein. Grace stand auf und streckte die schmerzenden Gelenke. Sie spürte ihr Alter mit jedem Tag deutlicher, was sicher auch an den kalten Räumen von Tristyans Manor lag. Das Herrenhaus war das letzte Mal vor dreißig Jahren vorsichtig modernisiert worden. Es benötigte dringend eine stärkere Heizung und wärmegedämmte Fenster. Von einem neuen Dach und funktionierenden Stromleitungen ganz zu schweigen. Grace ging in ihr Büro und holte die Aktenmappe mit dem Kostenvoranschlag heraus. Kostenvoranschlag. Was für ein harmloses Wort für ein vernichtendes Urteil.

Grace fühlte sich hin- und hergerissen. Der Gedanke, Tristyans Manor zu verlieren, schmerzte. Bis auf die ersten Jahre ihrer Kindheit hatte sie ihr ganzes Leben hier verbracht, umgeben von Erinnerungen an ihre Vorfahren. Möbel, Bilder, Teppiche, Vasen – von Reisen in ferne Länder mitgebracht; all

das gehörte zu ihrem Leben. Sie kannte nichts anderes. Bis auf das Haus auf der Blumeninsel; aber das hatte ihre Großmutter ihr verweigert.
So war Tristyans Manor Grace' Zuhause geblieben, in dem sie später auch als verheiratete Frau gewohnt hatte, weil Lady Bethany es so verlangte. Aber – jetzt wo ihre Großmutter gestorben war, wagte Grace es sich endlich einzugestehen – all die Erinnerungen und das Haus hatten sie auch in einem Bann gehalten. Stets fühlte sie sich klein und unbedeutend, wenn sie durch die langen Gänge schritt, vorbei an den dunklen Bildern ihrer Vorfahren. Die Zeit hatte den ohnehin ernsthaft wirkenden Gemälden eine Patina verliehen, die sie bedrohlich aussehen ließ. Die schweren Goldrahmen erdrückten Grace und gaben ihr stets das Gefühl, den hohen Ansprüchen ihrer Familie niemals gerecht werden zu können.

»Sir Joshua. Schön, Sie zu sehen.« Bei jedem Treffen wunderte sich Grace erneut darüber, wie jung er wirkte. Joshua Austen, der Experte für die Restaurierung maroder Herrenhäuser und heruntergekommener Schlösser. Der Architekt sah aus wie Ende vierzig, obwohl er den fünfzigsten Geburtstag bereits vor mehreren Jahren gefeiert hatte, wie Grace dem Internet entnommen hatte. Ja, sie hatte nach Informationen über den Mann gesucht. Über den Mann, nicht über den Architekten.
Vom ersten Augenblick an, nachdem Joshua Austen ihre Hand ergriffen hatte, hatte Grace sich zu ihm hingezogen gefühlt. In einer Intensität, die sie niemals zuvor erlebt hatte. Ihre Großmutter hatte Norman für sie ausgewählt, und Grace hatte ihn brav geheiratet, obwohl sie ihn auf den ersten Blick langweilig und nichtssagend fand. Im Laufe ihrer Ehe hatte Grace ihren

Mann schätzen gelernt und die ehelichen Pflichten, wie Großmutter Bethany es nannte, eher als Freude denn als Last erlebt. Aber Liebe, rauschhafte, alles vergessende Liebe, wie sie es in Romanen oder Filmen vorgeführt bekam – nein, davon waren Norman und sie weit entfernt gewesen.

»Vielleicht gelten romantische Ideale nicht für uns Briten«, hatte Norman sanft gespöttelt, als sie ihn einmal gefragt hatte, wie sehr er sie liebte. »Selbst Shakespeare hat Romeo und Julia tunlichst in Italien angesiedelt.«

Und nun dies. Herzklopfen, so laut, dass auch Joshua Austen es hören musste. Stammeln, sobald er sie aus diesen tiefbraunen Augen ansah. Erröten wie ein Schulmädchen. Und das in ihrem Alter. Grace schämte sich zutiefst für ihr Benehmen und nahm sich vor jedem Treffen mit dem Architekten vor, dieses Mal nicht ihren Gefühlen nachzugeben, sondern sich an ihre Erziehung zu erinnern und höflich, aber distanziert zu antworten. Jedes Mal war sie gescheitert und das, wo so viel auf dem Spiel stand. Wie sollte sie Tristyans Manor retten, wenn sie ihre Gedanken nicht auf die Pläne und Zahlen, die der Architekt ihr vorgelegt hatte, konzentrieren konnte? Die Zahlen, die Grace schlaflose Nächte bereitet hatten und sie verzweifelt nach einer Lösung suchen ließen. Doch alle Sorgen über ihre Zukunft verblassten, wenn Joshua Austen sie anlächelte. Ein Lächeln, das sein markantes Gesicht leuchten ließ. Joshua Austen war kein attraktiver Mann in herkömmlichem Sinne, aber sein Charisma verlieh ihm eine Wirkung, der Grace sich nicht entziehen konnte. Wenn er ihr in die Augen sah oder ihre Hand hielt, einen Augenblick länger, als es sich gehörte – dann hatte Grace gehofft, dass sie sein Interesse geweckt hatte. Manchmal war es ihr vorgekommen, als ob er ihren Treffen genauso entgegenfieberte wie sie, als ob auch er

mehr in ihr sah als eine Geschäftspartnerin. Dann jedoch wirkte er wieder ganz geschäftsmäßig, was Grace in tiefe Verwirrung gestürzt hatte.
Grace musste lächeln. Wie konnte sie, zehn Jahre älter als er und brave Witwe, nur erwarten, dass ein weltgewandter, interessanter Mann wie Joshua Austen, nein, Sir Joshua Austen – die Queen hatte ihn vor wenigen Wochen geadelt –, ihr mehr als rein berufliches Interesse entgegenbrächte. Sicher bildete sie sich das alles nur ein.
»Sir Joshua«, wiederholte Grace. »Ich gratuliere Ihnen zum Ritterschlag.«
»Danke, Lady Mainer.« Joshua Austen verneigte sich und wartete, bis Grace auf einem der schmalen Empire-Stühle Platz genommen hatte, ehe er sich setzte. »Eine unverdiente Ehre, falls ich Ihnen nicht helfen kann, Tristyans Manor zu retten.«
»Etwas Tee?«, fragte Grace. Sie hatte Middleford angewiesen, Tee, Scones und Gurkensandwiches zu bringen, sich aber dann zurückzuziehen. Sie wünschte sich einige Momente der Zweisamkeit. Bewusst zögerte Grace den Augenblick hinaus, an dem sie dem Architekten das unerfreuliche Ergebnis ihrer Überlegungen und Berechnungen mitteilen musste. »Ein Sandwich?«
»Danke, ich würde ein Scone bevorzugen.« Joshua Austen zwinkerte ihr zu, und Grace verschüttete etwas Tee. Hoffentlich bemerkte er nicht, dass ihre Hand zitterte. »Ich habe die seltsame Vorliebe unserer Landsleute für Gurkensandwiches nie verstehen können. Oh, ich hoffe, ich habe Sie damit nicht beleidigt?«
»Auf keinen Fall.« Grace erwiderte sein Zwinkern, und ihr Herz fühlte sich gleichzeitig unendlich leicht und unsagbar

schwer an. »Ich lasse die Sandwiches auch nur aus Traditionsgründen servieren und bete, dass sie meinen Gästen mehr zusagen als mir.«

Sie lachten gemeinsam, und wieder spürte Grace eine starke Anziehung, die sie nie zuvor erlebt hatte. Sie stellte sich vor, wie es wohl wäre, wenn seine eleganten Finger über ihren Körper strichen. Nein, sie durfte sich nicht länger derartigen Tagträumen hingeben.

»Es tut mir leid.« Grace ertrug das Versteckspiel nicht mehr. Sosehr sie die Anwesenheit von Joshua Austen genoss und sich wünschte, dass sie einen Zauber fände, mit dem sie ihn auf Tristyans Manor halten könnte, sowenig entsprach es ihrem Wesen, unerfreulichen Situationen auszuweichen. »Dies wird unser letztes Treffen bleiben müssen.«

»Oh«, sagte er und griff nach ihrer Hand. Grace war so verdutzt, dass sie sich nicht rührte. Mit warmen festen Fingern hielt er sie und atmete tief ein. »Oh. Das habe ich nicht erwartet.«

»Es tut mir wirklich leid.« Grace entzog ihm ihre Hand. Sanft, aber bestimmt. »Selbstverständlich werde ich Sie für die Arbeit bezahlen, die Sie bereits investierten.«

Sie sagte das leichthin, obwohl sie sich nicht sicher war, ob sie es sich wirklich leisten konnte, ihm die sechs Treffen zu vergüten, die diesem hier vorausgegangen waren.

»Darum geht es mir nicht«, antwortete er mit einem kleinen Lächeln. Er fuhr sich mit der Hand durch die dunkelbraunen Haare, in die sich einzelne graue Strähnen mischten. Warum, dachte Grace mit einem Anflug von Bitterkeit, warum alterten Männer so viel attraktiver als Frauen? »Ich hatte mich auf das Projekt gefreut und … auf unsere Zusammenarbeit. Ich dachte, dass es Ihnen ähnlich ginge?«

»Glauben Sie mir …« Grace sprang über den Schatten ihrer Erziehung – sie würde Joshua Austen nie wiedersehen, da konnte sie es sich leisten, ehrlich zu sein. »Ich würde liebend gern ein Projekt mit Ihnen bearbeiten. Aber ich weiß beim besten Willen nicht, woher ich das Geld nehmen soll.«

»Wenn es um mein Honorar geht, da finden wir sicher eine Lösung.« Wieder griff er nach ihrer Hand und drückte sie sanft. »Bitte, schicken Sie mich nicht einfach so weg.«

»Ich … ich kann nicht.« Grace sprang auf. »Ich danke Ihnen. Mein Butler wird sie hinausbegleiten.«

Fluchtartig rannte sie aus dem Salon. Draußen atmete sie tief durch, bevor sie nach Middleford läutete. Sie meinte, Schritte im Salon zu hören. Nein, sie konnte sich Joshua Austen nicht stellen. Grace zog ihre Schuhe aus und floh auf Strümpfen durch die Eingangshalle in die Bibliothek. Middleford würde schon wissen, was zu tun wäre.

Kapitel 10

Madeira 2012

Ein leises Geräusch, kaum hörbar bei dem Wind, der über die Ebene fegte, weckte Lauras Aufmerksamkeit. Sie wandte dem Wind ihren Rücken zu, schloss die Augen und lauschte. Sie hatte sich nicht getäuscht. Ganz sanft, ein Hauch nur, ertönte ein Miauen. Laura schaute sich um. Vor ihr erstreckte sich die Ebene. Kein Baum, nicht einmal ein Strauch, auf den ein neugieriges Kätzchen hätte klettern können, nur um dann festzustellen, dass es sich zu hoch hinausgewagt hatte. Wieder schloss sie die Augen und konzentrierte sich auf das feine Mauzen. Es klang nach einem jungen Tier. Es würde nicht lange in der Kühle des Frühlings überleben können. In den Nächten wurde es empfindlich kalt, so dass sie froh war, dass die Heizung in dem alten Häuschen so gut funktionierte.

Nein, konnte es wirklich sein? Vorsichtig näherte sich Laura der Klippe. Ja, von dort vorn kam das Miauen. Ihr Herz schlug schnell. Ihre Handflächen fühlten sich mit einem Mal feucht an. Sie schluckte. Panik schnürte ihre Kehle zu und ließ ihre

Schritte kleiner werden. Höhenangst griff mit eisigen Fingern nach ihr. Vielleicht konnte sie jemanden im Dorf um Hilfe bitten. Aber das Miauen klang so verzweifelt, als ob das Tierchen kurz vor dem Ende stand. Laura zog ihre Unterlippe durch die Zähne und verharrte. Sie holte tief Luft und ließ sich dann auf die Knie fallen. Sie robbte sich an die Klippe heran, stützte sich auf die Ellenbogen und spähte nach unten.

Ihre schlimmsten Befürchtungen bewahrheiteten sich. Dort, direkt unter ihr, kauerte ein graugestreiftes, struppiges Kätzchen auf einem Felsvorsprung und schrie sich die Seele aus dem Leib. Vorsichtig krabbelte Laura noch ein wenig näher, streckte Kopf und Arm über den Klippenrand.

»Ganz ruhig, Kleines. Rettung ist da«, flüsterte sie und hoffte, dass der Wind ihre Worte nicht davonriss und das Kätzchen ihren guten Willen spürte. »Bleib ganz ruhig.«

Nur noch wenige Zentimeter trennten ihre ausgestreckten Finger und das Köpfchen der Katze. Der Abgrund unter dem Felsvorsprung schien Laura zu sich zu rufen. Mit großen Augen starrte sie in die Tiefe. Unter ihr toste das dunkle Meer um spitze Felsen; Brandungswellen schlugen hoch, die weiße Gischt brodelte. Laura musste die Augen schließen. Sie zog ihren Arm zurück und krabbelte rückwärts. Heftig atmend ließ sie sich auf den Rücken fallen.

Ich schaffe das. Ich kann das schaffen. Ich kann meine Angst besiegen. Wieder und wieder schossen ihr die Worte durch den Kopf.

»Es ist nur ein kleines Stückchen. Ich werde nicht abstürzen. Ich bin seine einzige Hoffnung«, murmelte sie wie ein Mantra vor sich hin. Mit bebenden Händen wischte sie sich den Angstschweiß ab, holte tief Luft und drehte sich um. Langsam, Zentimeter für Zentimeter robbte sie sich wieder nach vorn. Trotz

ihrer Panik musste sie lächeln, als sie das erwartungsvoll hochgereckte Gesichtchen der Katze sah.
»Nicht zappeln. Bloß nicht zappeln«, sprach sie auf das Tierchen ein. »Mach jetzt bloß keinen Quatsch.«
Vorsichtig rutschte sie noch etwas nach vorn. Ihre Fingerspitzen tasteten über weiches Fell. Nur noch ein bisschen. Als ob das Kätzchen ihr helfen wollte, erhob es sich auf seine Pfoten und reckte sich ihr entgegen. Gerade, als sie nach ihm greifen wollte, tauchte ein Sonnenstrahl den Felsvorsprung in helles Licht und ließ etwas in der Felsspalte aufblinken. Laura war einen Augenblick abgelenkt, so dass ihre Hand ins Leere griff. Nur mühsam hielt sie das Gleichgewicht.
»Hab dich.« Sie fasste das Kätzchen um den Bauch, spürte das winzige Herz schlagen und zog den Arm langsam und vorsichtig nach oben. »Alles wird gut.«
Eine Windbö zerrte an ihr, und Panik drohte Laura zu überwältigen. Zu allem Überfluss stieß die Katze ein wildes Fauchen aus und biss Laura in die weiche Stelle zwischen Daumen und Zeigefinger. Sie stieß einen Schmerzensschrei aus, verlor das Gleichgewicht und rutschte die Böschung hinab. Mit aufgerissenen Augen sah sie die Leere auf sich zukommen, bis sie hart auf dem Vorsprung aufschlug, auf dem das Kätzchen gesessen hatte. Sie landete auf der Seite und stieß sich die Hüfte an einem Stein. Typisch. Nur ein Stein auf weiter Flur, und ihre Hüfte musste ihn treffen. Der Schmerz half ihr, die Angst zu überwinden. Sie rang nach Luft, ehe sie sich aufsetzte, die Hand mit dem Kätzchen vor die Brust gepresst.
Laura versuchte, sich zu beruhigen und sich einen Überblick über ihre Lage zu verschaffen. Ziemlich schmal war ihr Standort. Vorsichtig erhob sie sich. Als sie den rechten Fuß aufsetz-

te, durchzuckte sie ein Schmerz. Vorsichtig tastete sie nach ihrem Knöchel. Die Berührung tat so weh, dass sie scharf die Luft einsog. Wie sollte sie mit einem verknacksten Fuß die Klippe hinaufklettern?

»Du bleibst jetzt brav hier sitzen!«, befahl sie der Katze und setzte sie ab. Vorsichtig auf dem linken Bein balancierend tastete sie den Felsen ab, ob sie dort Halt finden könnte, um sich hochzuziehen.

Nichts.

Laura biss sich auf die Lippe, um gegen Enttäuschungstränen anzukämpfen. Nur ein kurzes Stück über ihr wäre sie in Sicherheit, aber wie konnte sie dorthingelangen? Langsam rutschte sie zu Boden, nahm das Kätzchen in den Arm und überlegte, was sie tun könnte. Um Hilfe zu schreien wäre sinnlos. Wer sollte sie hören?

Sie hüpfte auf einem Bein an den hinteren Rand des Vorsprungs, tastete nach irgendetwas, das ihr Halt geben könnte. Da war ein Spalt im Fels, in den sie ihre Hand stecken konnte. Zu ihrer Überraschung stießen ihre Finger nicht auf Fels, sondern auf etwas Metallenes. Es schien ein Kästchen zu sein. Hatte sie das vorhin blitzen sehen? Neugier verdrängte für einen Moment die Panik, während sich Laura streckte und bemühte, die kleine Kiste herauszuziehen. Vergeblich.

Mit einem Seufzer gab sie auf. Wenn sie wenigstens ihr Handy dabeihätte. Niemand würde sie vermissen. Wie lange konnte ein Mensch ohne Essen und Trinken überleben? Warum hatte sie nicht Hilfe geholt, sondern versucht, trotz ihrer Höhenangst das Kätzchen zu retten?

»Hinterher ist man immer schlauer.« Automatisch streichelte sie die Katze, die ihr auf den Schoss geklettert war. Kurz wanderte ihr Blick nach unten. Nein. Laura schloss die Augen, versuchte, sich nur auf das Schnurren des Kätzchens zu konzentrieren. Trotz ihrer Jacke fror sie. Wie sollten sie nur die Nacht überstehen?

»Versuchen Sie, meine Hand zu erreichen.«

War sie eingeschlafen und hatte die Worte geträumt? Laura schreckte hoch.

»Hören Sie mich?« Die Stimme, die gegen den Wind ankämpfte, klang zornig. »Verflucht. Stehen Sie auf und nehmen Sie meine Hand.«

Laura hob den Kopf. Bäuchlings lag ein Fremder oben auf der Klippe und hielt ihr seine Hand entgegen.

»Nun kommen Sie schon!«, rief er, immer noch mit einem Unterton von Ärger.

»Ich habe meinen Fuß verstaucht«, schrie Laura zurück, während sie langsam aufstand und das protestierende Kätzchen in die Tasche ihrer Jacke stopfte. »Ich weiß nicht, ob ich das schaffe.«

»Ich ziehe Sie hoch. Nehmen Sie meine Hand.« Er rutschte noch ein Stück näher, bis Laura seine Hand ergreifen konnte. Während sie sich mit dem linken Bein abstieß, kämpfte sie gegen den Schmerz, der ihren rechten Fuß durchzuckte, und irgendwie gelang es ihnen am Ende gemeinsam, die Klippe zu überwinden.

»Was hatten Sie da unten zu suchen?«, herrschte er sie an. »Sie hatten Glück, dass ich Sie gesehen habe.«

»Danke«, stieß sie hervor und betrachtete ihren Retter. Sie war sich sicher, ihn bisher weder im Dorf noch auf den Wegen entlang der Klippen gesehen zu haben. Andererseits war sie ja erst eine Woche auf der Insel und konnte nicht jeden hier kennen. Doch so ein Mann fiel auf. Hager und hochgewachsen, bestimmt einen Kopf größer als sie. Mit dunkelbraunen, etwas zu langen Haaren, die der Wind ihm ins Gesicht wehte. In seinen auffallend hellgrauen Augen hielten sich Misstrauen und Zorn die Waage.

»Noch einmal: Sind Sie verrückt? Was hatten Sie dort zu suchen?« Er starrte sie an, als ob er sie für eine von den Touristinnen hielt, die für eine blaue Blume ihr Leben riskierten. »Die Klippen sind abschüssig.«

»Ich … ich weiß.« Laura stammelte und spürte, wie sich ihre Wangen unter seinem kritischen Blick röteten. »Aber … hier, es brauchte Hilfe.«

Sie hielt ihm das Kätzchen entgegen. Es hatte die Rettungsaktion gut überstanden und schmiegte sich in ihre Hand. Es war kaum größer als ihre Handfläche, struppig und mager. Das Fell klebte an seinem Körper.

»Jemand muss es die Klippe hinabgeworfen haben«, sagte sie anklagend und hoffte, dass sie ihn damit von seinem Zorn ablenken konnte. »Ich … ich musste doch etwas tun.«

Sein Gesicht wurde weicher. Er schaute die Katze an und schüttelte dann den Kopf. »Es hätte dem Tier nichts genützt, wenn Sie dort gemeinsam gesessen hätten, oder?«

»Sie haben recht«, musste Laura zugeben. »Ich habe nicht groß nachgedacht. Ich wollte das Kätzchen nur retten.«

»Und jetzt?« Er fragte mit echtem Interesse.

Laura überlegte kurz. Ob es ein Tierheim auf Madeira gab? Aber eigentlich wollte sie das Tierchen nicht abgeben. Sie hatte sich immer eine Katze oder einen Hund gewünscht. Fabian hatte sie stets vertröstet.

»Erst müssen wir den richtigen Platz für uns finden.« Wie oft hatte er das gesagt. Wie oft hatten sie wichtige Entscheidungen hinausgeschoben, weil sie noch kein Zuhause hatten oder beruflich noch nicht gefestigt waren oder … Irgendetwas war

immer gewesen, was sie ihr Leben aufschieben ließ. Bis zu dem verhängnisvollen Tag.
Schnell traf sie einen Entschluss. Sie konnte das Kleine immer noch ins Tierheim bringen, wenn sie es erst aufgepäppelt hatte. Aber die verbleibenden Wochen auf Madeira wäre es ihre Katze oder ihr Kater. Sie musterte es mit prüfendem Blick.
»Ein Männchen.« Sie lächelte ihren Begleiter an. Hoffentlich mochte er Katzen. Sonst würde er sie für eine komplette Idiotin halten. Aus irgendeinem Grund war ihr wichtig, was ihr Retter von ihr dachte. »Ich habe ein Haus. Also, ich habe es gemietet. Das einsame Haus beim Leuchtturm. Mein Name ist Laura Marc.«
»Ich bin Matthew Nelson.« Er schüttelte den Kopf, aber erwiderte ihr Lächeln. »Mein Auto steht dort hinten. Ich fahre Sie nach Hause und dann ins Dorf. Sicher hat Joana Katzenfutter im Angebot.«
Laura blieb einen Moment unschlüssig stehen. Sie kannte den Mann nicht, hatte ihn noch nie zuvor gesehen. Aber er hatte sie gerettet, und er wusste, wie die Ladenbesitzerin hieß. Aber trotzdem. Einfach so einem Fremden zu vertrauen …
»Aber … ich bin ganz dreckig«, sagte sie schließlich. »Ich werde Ihr Auto schmutzig machen.«
»Es ist ein Auto.« Er zuckte mit den Schultern.
»Danke.« Laura öffnete ihre Jacke und schob das Kätzchen hinein. Es maunzte einmal schwach und drückte sich eng an sie. Sie folgte Matthew, der mit großen Schritten voranging und sie zu seinem Wagen führte. Etwas ließ ihr keine Ruhe.
»Wie haben Sie mich gefunden?«
»Ihre Jacke.« Laura schaute an sich herunter. Sie hatte vorhin einfach eine Jacke vom Haken genommen, die ihr winddicht erschien. Erstaunlicherweise war ihr das kräftige Orange

nicht weiter aufgefallen. Er nickte. »Sie waren nicht zu übersehen. Ich war auf der anderen Seite und habe Sie leuchten sehen.«
»Was machen Sie hier?« Laura schnallte sich vorsichtig an. »Touristen sieht man hier eher selten.«
Sein Gesicht verdüsterte sich, und Laura spürte, wie ihre Handflächen feucht wurden. Wie konnte jemand von einem Moment auf den anderen nur so unnahbar, beinahe bedrohlich wirken. Sie hatte nur etwas höflichen Smalltalk machen wollen.
»Entschuldigung, ich wollte nicht neugierig sein«, flüsterte sie und befeuchtete ihre trockenen Lippen mit der Zunge. »Ich dachte, ich kenne inzwischen alle Menschen, die hier wohnen.«
»Ich bin Fotograf und lebe in den Midlands, in Stoke-on-Trent, genau gesagt. Wollen Sie noch etwas über meine Hobbys wissen?«, antwortete er und starrte geradeaus durch die Windschutzscheibe, während er den Motor anließ. Seine Stimme klang seltsam flach, als ob er jedes Wort abwägen müsste, bevor er es in die Welt hinaussandte. »Ich fotografiere die Pflanzenwelt Madeiras. Für ein Buch.«
»Ich habe ein Buch mit wunderschönen Zeichnungen von den Blumen Madeiras.« Laura war froh, ein unverfängliches Thema gefunden zu haben. Mechanisch streichelte sie den Kater. »Wenn Sie wollen, kann ich es Ihnen gern einmal zeigen.«
»Ich kenne es wahrscheinlich«, lautete seine schroffe Antwort. »Es wird neu aufgelegt. Ich soll die Zeichnungen als Fotos nachstellen, sozusagen.«
Laura schwieg. Hatte sie schon wieder etwas Falsches gesagt, dass er dermaßen kurz angebunden war?
»Da vorn links.« Der kurze Weg kam ihr ewig lang vor, bei dem drückenden Schweigen, das zwischen ihnen herrschte. »Dann sind wir gleich am Haus.«

»Ich weiß.« Wieder eine geknurrte Antwort. »Ich kenne das Lanston-Haus.«
»Vielen Dank fürs Mitnehmen.« Laura sprang aus dem Auto, sobald er den Wagen angehalten hatte. Keine Minute länger wollte sie mit dem Ekel verbringen, selbst wenn er sie gerettet hatte. »Auf Wiedersehen.«
»Wollen Sie jetzt doch kein Katzenfutter?« Er beugte sich aus dem Fenster. Auf seinen spöttischen Tonfall hin hätte sie ihm gern eine passende Antwort gegeben. Aber das hatte Zeit. Jetzt ging es erst einmal darum, den Kater zu versorgen.
»Doch, bitte«, antwortete sie und bemühte sich um ein freundliches Lächeln. »Und Katzenmilch, wenn es das gibt. Bitte.«
»Katzenmilch. Nun gut.« Er schüttelte den Kopf. »Ich werde mein Bestes tun. Bis gleich.«
Sie schaute dem Wagen verdutzt hinterher. Was für ein seltsamer Mensch dieser Matthew Nelson doch war. Sie zuckte mit den Schultern, schloss die Haustür auf und suchte nach einem Ort, an dem der kleine Kater schlafen könnte. Schließlich nahm sie einen Bücherkarton, legte eine weiche Decke hinein und stellte ihn dem Katerchen hin. Der Kleine hob den Kopf und schaute sie aus müden Augen an. Sein Magen knurrte vernehmlich.
»Warte mal, vielleicht finde ich doch noch etwas.« Laura durchsuchte ihre Vorräte und entdeckte eine Dose Thunfisch. Konnte das Katerchen schon feste Nahrung vertragen? »Wer weiß, ob der unfreundliche Herr Nelson sein Versprechen hält?«
Laura öffnete die Dose. Thunfischgeruch breitete sich in der Küche aus und weckte die Lebensgeister des Kleinen. Eben noch konnte er kaum die Augen offen halten, schon machte er aus dem Stand einen Satz auf die Spüle und versuchte, sein Näschen in die Thunfischdose zu versenken.

»Nicht so hastig.« Laura hob ihn hoch und setzte ihn wieder auf den Boden. Während sie nach einer Untertasse suchte, war er bereits wieder auf die Arbeitsplatte gesprungen und schmatzte. »An deinen Manieren müssen wir noch arbeiten, junger Mann. Nimm dir nur kein Beispiel an Mr. Nelson.«
»Woran soll er sich kein Beispiel nehmen?« Laura sprang erschreckt zur Seite. Sie hatte den Mann nicht kommen hören und schon gar nicht so schnell wieder mit ihm gerechnet. »Hier, dreimal Dosenfutter und einmal Katzenmilch.«
»Was bekommen Sie dafür?«, fragte Laura, nachdem sie ihre Stimme wiedergefunden hatte.
»Das kann ich mir gerade noch leisten.« Er stellte die Papiertüte auf den Tisch, als ob er sich in dem Haus gut auskannte. »Versprechen Sie mir nur, dass Sie demnächst keine Rettungsaktionen mehr unternehmen.«
»Vielen Dank.« Laura fasste sich mit beiden Händen an die Wangen, die sich glühendheiß anfühlten. Warum stand dieser Matthew Nelson immer noch da und musterte sie von oben bis unten, ohne ein Wort zu sagen. »Wie wär's, wenn Sie zum Essen vorbeikommen. Als Dank für unsere Rettung.«
Warum hatte sie das gesagt? Sicher würde er ihre Einladung missverstehen, und es gäbe eine furchtbar peinliche Situation. Laura biss sich auf die Unterlippe, zählte bis zehn und wandte sich wieder an ihren ungebetenen Gast.
»Danke. Sehr gern.« Matthew Nelson kam zwei Schritte auf sie zu. »Wäre Ihnen übermorgen recht? Ich bringe Wein mit.«
»Gern … danke.« Bevor sie einen klaren Gedanken fassen konnte, war er gegangen. Wirklich – ein seltsamer Mensch.

Kapitel 11

Madeira 1928

Amelia raffte die Röcke und stemmte die Hacken ihrer Schnürstiefel in den Sand. Vom Reid's Palace aus hatte der Weg auf die Klippen so leicht ausgesehen, aber nun, beladen mit Staffelei und Farben, musste sie sich anstrengen. Aber sie war sich sicher, dass der Ausblick es wert wäre. Schon von ihrem Hotelzimmer aus hatte Amelia das Spiel der Farben in der Sonne bewundert und war versucht gewesen, sich mit einem Skizzenblock auf den Balkon zu setzen. Nur die Angst, dass ihre Mutter sie maßregeln würde, hatte Amelia davon abgehalten, die Schönheit der Blumeninsel in Bildern einzufangen. Und Kohle erschien ihr nicht das passende Medium für die Szenerie, die sie dort erwartete. Also hatte sie sich in Geduld geübt, bis Lady Norah und Bethany gemeinsam zur Teestunde gingen. Amelia hatte Kopfschmerzen vorgeschützt, gewartet, bis Mutter und Schwester endlich gegangen waren, und in fliegender Eile ihre Aquarellutensilien zusammengepackt.

Sie rechnete fest damit, dass Lady Norah und Bethany nicht so bald zurückkommen würden. Schließlich galt es, Ausschau nach potenziellen Ehemännern zu halten. Junggesellen, die nicht nur aus guter Familie stammten, sondern auch über ein Vermögen verfügten, das Tristyans Manor retten könnte. Amelia schauderte, obwohl sie schon eine geraume Weile marschiert war. Die Vorstellung, wie eine Zuchtstute angepriesen zu werden und sich einem Fremden hingeben zu müssen, nur damit ihre Familie das Herrenhaus halten könnte, versetzte sie in Schrecken.

In den Romanen, die sie gelesen hatte, sparte man die Erlebnisse zwischen Ehegatten stets aus. Ihre Mutter wagte Amelia nach so einem heiklen Thema nicht zu fragen. Der Gedanke, Miss Roselily, die hagere Gouvernante mit derartigen Fragen zu behelligen, brachte Amelia zum Lachen. Sicher würde Miss Roselily in Ohnmacht fallen oder nach Riechsalz rufen, sollte Amelia je der Vermessenheit verfallen, sie nach den Geschehnissen in der Hochzeitsnacht zu fragen. Und überhaupt – weshalb sollte *Miss* Roselily mehr über das Geschehen zwischen Frau und Mann wissen als sie?

Aber Amelia brauchte sich nicht in Gedanken an eine Ehe zu verlieren. Sie galt nur als zweite Wahl für den Heiratsmarkt der diesjährigen Sommerfrische auf Madeira. Lady Norah und – wie Amelia fürchtete – auch Lord Percy setzten alle Hoffnungen in Bethany. Und die Erfahrungen gaben ihnen recht. Auf dem Afternoon Tea, den Amelia gemeinsam mit Bethany und Lady Norah besucht hatte, hatten die jungen Männer die jüngere Lanston-Schwester umschwärmt wie Falter einen Schmetterlingsflieder. Amelia hatten selbst die höflich abgewiesenen Herren kaum eines Blickes gewürdigt, so dass sie am liebsten vor Scham im Erdboden versunken wäre.

Als sich einer der Gentlemen dazu herabließ, mit ihr zu plaudern, stellte er ihr nur Fragen über Bethanys Vorlieben.
»Kann man die Aufmerksamkeit ihrer bezaubernden Schwester mit Pralinen gewinnen? Oder interessiert sich Lady Bethany eher für Blumen?«, hatte der Tölpel sie allen Ernstes gefragt und schien sich keinerlei Gedanken darüber zu machen, wie sie sich fühlte, wenn er sie derart missachtete.
»Oh, Sie können meiner Schwester sicher eine Freude machen, wenn Sie ihr Bananen schenken«, hatte Amelia geantwortet, wohlwissend, dass Bethany diese Frucht verabscheute. Sie hatte nur einen Augenblick überlegen müssen, um all das aufzuzählen, was ihre Schwester hasste. »Bethany ist so tiefgründig, dass Sie ihr mit Pralinen oder Schmuck sicherlich keinen Gefallen tun. Wie wäre es mit Gedichten oder einem Buch mit Aquarellen.«
Nachdem der Jüngling ihr überschwenglich gedankt hatte, war Amelias schlechtes Gewissen zum Vorschein gekommen, und sie hatte ihm schließlich doch zu Pralinen geraten. Damit lag man bei Bethany nie falsch, auch wenn ihre Schwester die Süßigkeiten so gut wie nie aß, sondern ihre Freude daran hatte, sie zu horten, so dass auch niemand anderes sich daran erfreuen konnte. Warum nur durchschaute sie keiner ihrer zahlreichen Verehrer?
Amelia schüttelte den Kopf, um die trüben Gedanken zu verdrängen. Vielleicht war sie ja wirklich nur eifersüchtig auf Bethany, so wie Lady Norah es ihr stets vorwarf. Amelia hatte immer gewusst, dass sich kein Mann aufgrund ihres Äußeren in sie verlieben würde, und sie wünschte sich auch keinen, der nur auf Äußerlichkeiten achtete, aber nichtsdestotrotz hatte die deutliche Ablehnung sie geschmerzt. Daher hatte sie die heutige Teatime versäumt und sich auf den Weg zu den Klip-

pen gemacht. Lieber in freiwilliger Einsamkeit die Schönheit des Meeres genießen als unfreiwillige Zeugin von Bethanys Erfolgen zu werden.

Sosehr Amelia die Blumeninsel liebte, ein Hauch von Bedauern blieb, dass sie in diesem Jahr nicht nach London reisen würden. Im letzten Jahr hatten Bethany und Amelia die Filmtheater der Stadt für sich entdeckt und sich schnell zu begeisterten Kinogängerinnen entwickelt. Zu Amelias Überraschung schuf die gemeinsame Liebe zu Filmen erstmals so etwas wie ein freundschaftliches Band zwischen ihnen. Ein zartes Pflänzchen der gegenseitigen Zuneigung, das jedoch die Rückkehr nach Tristyans Manor nicht überlebt hatte. Und hier auf Madeira war der letzte Anschein einer Gemeinsamkeit hinter der erbitterten Konkurrenz um einen als passend angesehenen Ehemann verschwunden.

Nur noch ein kurzes Stück, und sie würde ihr Ziel erreichen. Amelia holte tief Luft und ging mit raumgreifenden Schritten voran. Endlich. Sie war am höchsten Punkt der Klippe angekommen, und vor ihren Augen eröffnete sich ein Anblick, der all ihren Kummer vertrieb, wie Sonnenstrahlen den Nebel, der morgens über den Gärten lag. Vom Hotel aus führte ein schmaler Weg über die Klippen bis hinunter zu einer Terrasse, auf der Liegestühle und Sonnenschirme für die Badegäste aufgestellt waren. Von einer weißen Badeplattform führte eine schlichte Leiter ins grünblau schimmernde Wasser. Amelia stand regungslos da. Sie nahm die Farben, das Spiel von Licht und Schatten in sich auf. Die nahezu schwarzen Klippen, das Weiß der Terrasse mit den leuchtenden Sonnenschirmen, das türkisfarbene Meer mit einzelnen weißen Schaumkronen. Und immer wieder dieses Grün. Farne, die selbst auf den Klippen wuchsen. Palmen, deren Wedel sich in den tiefblauen

Himmel erstreckten. Oh, hätte sie nur ihre Ölfarben mitgenommen. Jetzt, wo sie das Meer in der Abendsonne glitzern sah, erschienen ihr die sanften Aquarellfarben zu schwach, um es in seiner Kraft abbilden zu können.
Sollte sie zurücklaufen, um Farben und Palette zu holen? Nein, so viel Zeit blieb ihr nicht. Amelia stellte die Staffelei auf und legte den Aquarellblock darauf. Sie öffnete das Schraubglas mit Wasser, das sie mitgebracht hatte, und feuchtete das Papier mit einem Schwämmchen an. Eilig, bevor das Papier getrocknet war, trug sie das dunkle Blau mit einem großen Pinsel auf. Amelia eiferte den Malern nach, die sich ihre Farben aus den Primärfarben mischten. Nicht, weil sie eine Puristin war, sondern der Not gehorchend. Töpfchen mit Rot, Gelb und Blau konnte sie jederzeit bei sich tragen, und sie ließen sich im Notfall auch an den gestrengen Augen von Miss Roselily und Lady Norah vorbeischmuggeln.
Amelia wechselte Pinsel und Farbe und versuchte, das Grünblau des Wassers zu mischen. Sie schob die Zungenspitze zwischen den Lippen hervor, was sie immer tat, wenn sie sich konzentrierte.
»Wenn Sie nicht aufpassen, schnappt sich eine Möwe Ihre Zunge.«
Amelia unterdrückte einen Aufschrei. Sie war so in ihre Malerei vertieft gewesen und hatte nicht bemerkt, dass sich ihr ein junger Mann genähert hatte. Wie peinlich. Was musste er nur von ihr denken? Ihre Hände mit Farbe besprenkelt, ihr Gesicht sicher gerötet. Selbst der große Strohhut spendete nur begrenzt Schutz vor den Strahlen der Sommersonne. »Entschuldigung, ich wollte Sie nicht erschrecken.«
»Das haben Sie aber«, rutschte es ihr, ohne nachzudenken, heraus. Oh nein, jetzt musste er sie endgültig für verschroben

halten, oder schlimmer noch, für einen Blaustrumpf. Warum konnte sie nicht mit einem Lächeln antworten, so wie es Bethany sicher gelungen wäre? »Verzeihen Sie. Ich hatte nicht damit gerechnet, dass es noch jemanden außer mir auf die Klippe zieht.«

Sie schlug die Augen nieder und musterte ihn heimlich. Seine Kleidung verriet ihn, ebenso wie seine klare Aussprache. Beides untrügliche Zeichen, dass er zu ihren Kreisen gehörte. Hochaufgeschossen und hager – nur wenig älter als ich, dachte sich Amelia –, trug er ein beigefarbenes Hemd, eine farblich passende weitgeschnittene Hose mit Bundfalten und einen ebenfalls beigefarbenen Pullover über den Schultern, die Ärmel vor dem Hals locker zusammengeknotet. Seine dunklen Haare und die auffallend grünen Augen bildeten einen starken Kontrast zu der eigentümlichen Farblosigkeit seiner Kleidung. Man konnte ihn nicht schön nennen, dafür war seine Nase zu groß und das Kinn zu kantig, aber er strahlte eine Selbstsicherheit aus, die ihn attraktiv wirken ließ. Amelias Herz schlug schneller, und sie spürte, dass sie unter seinem forschenden Blick errötete.

»Nein, bitte, Sie müssen mir verzeihen. Ich hätte mich nicht anschleichen dürfen.« Er verbeugte sich formvollendet. Als ob sie sich auf einem Ball begegnet wären, begleitet von Müttern und Tanten, die als Anstandsdamen fungierten. »Meine Manieren sind der Insel zum Opfer gefallen. Gestatten, mein Name ist Zachary Galveston. Mit wem habe ich die Ehre?«

Sie zögerte. Was würde ihre Mutter sagen, sollte sie je davon erfahren, dass Amelia nicht nur ihren zarten Teint der Sonne ausgesetzt hatte, sondern darüber hinaus auch noch mit einem jungen Mann gesprochen hatte, ohne dass sie ihm offiziell vorgestellt worden war. Und schlimmer noch, ohne dass

Lady Norah die Eignung des jungen Mannes für ihre Tochter geprüft hatte.

»Amelia Lanston.« Hastig suchte Amelia ihre Malutensilien zusammen und wollte sie in die Tragetasche packen, als Zachary Galveston sie sanft am Arm berührte. Amelia erstarrte. Das gehörte sich ganz und gar nicht. Vielleicht in London, dort, wo Frauen die Haare und die Kleider kurz trugen und rauchten, aber nicht bei ihnen auf dem Land. *Flappers* nannte man diese freigeistigen Frauen, hatte Amelia eine Freundin ihrer Mutter sagen hören.

»Stell dir vor, liebe Norah. Rotgeschminkte Lippen und schwarzumrandete Augen«, hatte die Dame im Brustton der Empörung von sich gegeben. »Flach wie Jungen hüpfen sie in seltsamen Tänzen herum. Schockierend.«

Diese Beschreibung hatte in Amelia den Wunsch geweckt, einen Flapper kennenzulernen, aber auf Tristyans Manor legte ihre Familie großen Wert auf Etikette und Konventionen und vermied es, sich mit Menschen zu umgeben, die dem nicht entsprachen.

Manchmal bedauerte Amelia, dass sie so spät geboren war. All die wichtigen politischen Ereignisse hatte sie verpasst. Den großen Generalstreik von 1926, über den ihr Großvater mütterlicherseits sich jedes Weihnachten erneut echauffieren konnte. Die Kämpfe der Suffragetten um das Frauenwahlrecht, die in diesem Jahr endlich Erfolg gezeitigt hatten, obwohl Amelia niemals verstehen konnte, was am Wahlrecht so wichtig war. Über diese Frauen konnte ihr Großvater sich noch mehr ereifern als über die streikenden Arbeiter.

»Da waren sogar Damen von Adel dabei«, sagte Großvater jedes Mal mit deutlichem Abscheu in der Stimme. Als wäre es besonders verwerflich für eine Dame der guten Gesellschaft, sich für etwas derartig Unschickliches wie eine Demonstration herzugeben. »Ich hätte Norah enterbt, wenn sie sich diesen Mannweibern angeschlossen hätte. Enterbt und nie wieder als meine Tochter aufgenommen.«

Das war der Moment, in dem ihm seine Frau sanft tadelnd auf die Hand klopfte. »Unsere Tochter wäre niemals zu so etwas fähig gewesen. Genauso wenig wie unsere Enkelinnen. Nicht wahr?«

Brav nickte Amelia jedes Mal, aber später, auf ihrem Zimmer, fragte sie sich, ob sie nicht doch den Mut aufgebracht hätte, Seite an Seite mit anderen Frauen für das Wahlrecht zu kämpfen. Aber sie musste sich schließlich eingestehen, dass ihre Großmutter recht hatte. Amelia war viel zu gut erzogen – und leider auch viel zu ängstlich, als dass sie für politische Forderungen auf die Straße gehen würde. Sie war ja selbst zu zaghaft, um jemandem wie Zachary Galveston, der sich ihr ungefragt näherte, angemessen entgegenzutreten. Ein derart freches Benehmen würde niemals Lady Norahs Wohlwollen finden. Das wiederum machte Zachary Galveston für Amelia interessant.

»Bitte, ich möchte Sie nicht vertreiben.« Er lächelte. Schüchtern, wie es ihr schien und was sie wunderte, da er eben noch selbstbewusst und stark gewirkt hatte. Er hatte seine Hand sofort zurückgezogen, nachdem sie erstarrt war. »Ich kam nur hierher, um Ihr Bild zu bewundern. Sie sind Malerin?«

»Das. Ach, das ist nichts. Nur eine Übung.« Amelia senkte erneut den Blick, aber ihr Gesicht glühte. Zachary Galveston hielt sie für eine Künstlerin – wie wunderbar. »Nein. Nein. Ich wünschte, ich könnte wirklich malen, so wie … so wie August Macke, der Deutsche. Kennen Sie die Aquarelle seiner Tunis-Reise?«

Amelia schaute ihn direkt an. Wie immer, wenn sie von ihrem Lieblingsmaler sprechen konnte, verlor sie jegliche Contenance und Scheu.
»Nein, tut mir leid.« Zachary Galveston wirkte traurig, dass er sie enttäuschen musste. Amelia spürte ein warmes Gefühl in sich aufsteigen, eine tiefe Zuneigung zu diesem schlaksigen jungen Mann, der gleichzeitig selbstsicher und schüchtern sein konnte. »Aber ich würde gern gemeinsam mit Ihnen seine Gemälde entdecken. Obwohl ich nicht glaube, dass mir seine Bilder besser gefallen als ihres. Es ist so … so lebendig.«
»Danke schön.« Amelia schaute auf. Zachary Galveston stand vor der Staffelei, hielt sein kantiges Kinn mit Daumen und Zeigefinger der linken Hand und betrachtete das Bild mit Kennermiene. Amelia trat neben ihn. Er roch gut. Nach einem teuren Rasierwasser wahrscheinlich. »Meinen Sie wirklich? Es … es gefällt Ihnen?«
»Nicht ganz so gut wie die Malerin.« Er lächelte sie an. »Aber ja, es gefällt mir. Es ist Ihnen gelungen, die Wildheit des Meeres einzufangen.«
Amelia legte eine Hand auf ihr Herz. Konnte es wirklich sein? Hatte sie endlich jemanden gefunden, der ihre Malerei verstand, der sich für ihre Bilder interessierte und das Gefühl sah, das sie in ihren Gemälden ausdrücken wollte? Sie wollte, nein, sie musste diesen Mann besser kennenlernen.
»Wohnen … wohnen Sie auch im Reid's?«, brachte sie schließlich heraus. Die Aufregung drohte ihr die Sprache zu verschlagen und versetzte sie in Angst, dass Zachary gehen würde, wenn sie ihn nicht mit klugen Fragen oder wohlgesetzten Worten halten würde. »Wie lange sind Sie schon auf Madeira?«
Zu ihrem Schrecken verdüsterte sich sein Gesicht. Amelia hob erschrocken die Hand vor den Mund und hätte ihre Worte nur

zu gern zurückgeholt. Aber hatte ihre Mutter ihr nicht stets gepredigt, wie sehr Männer es schätzten, wenn man sie nach ihrem Leben fragte.

»Rede nicht von dir, Kind«, lautete Lady Norahs Credo für gelungene Konversation. »Lass dein Gegenüber sich im besten Licht darstellen.«

Warum also musterte Zachary Galveston sie mit zusammengezogenen Brauen? Amelia starrte auf die Falten, die sich an seiner Nasenwurzel gebildet hatten, und wünschte, dass sie über die Leichtigkeit ihrer Schwester im Umgang mit Gentlemen verfügte. Warum nur war Bethany mit Charme und Schönheit gesegnet und Amelia mit Schwere und Ernsthaftigkeit geschlagen?

»Entschuldigung. Es tut mir leid.« Kaum hatte sie die Worte ausgesprochen, spürte Amelia erneut ein Bedauern und wünschte sich, unsichtbar zu werden. Egal, was sie unternahm, es wurde nur noch schlimmer.

»Nein.« Zacharys Lächeln erlöste sie aus ihren Zweifeln. »Ich muss mich entschuldigen. Ihre Frage hat … eine unangenehme Erinnerung geweckt. Das konnten Sie nicht wissen.«

Das Läuten der Glocken, die die Gläubigen in die Kirche riefen, ließ Amelia zusammenzucken. War es etwa schon so spät? Sie warf ihre Malutensilien in die Tasche und drehte sich um. »Ich werde erwartet. Entschuldigung.« Schon wieder dieses Wort. Zachary Galveston musste sie inzwischen für naiv halten. Hastig schob sie ein »Auf Wiedersehen« nach.

»Darf ich Sie begleiten?« Sein Lächeln war so charmant, dass sie ihm die Bitte nicht abschlagen konnte. Sie war sich seiner Gegenwart sehr bewusst, als sie nebeneinander über die schmalen Wege gingen und sich ab und zu ihre Arme berührten.

»Lassen Sie uns durch den Garten gehen«, schlug er vor.
Sie konnte nur nicken und folgte ihm in den Park, der das Reid's Palace umschloss. Die Pracht der Pflanzen und Bäume verschlug ihr jedes Mal erneut den Atem. Jetzt, zu Beginn des Juli, wetteiferten die leuchtend gelben Blüten des Tipubaums mit den zarteren Pastelltönen der Trompetenbäume um die Aufmerksamkeit der Gartenbesucher. Dazwischen leuchtete das helle Violett der wunderschönen Pflanze mit dem so unscheinbaren Namen Bleiwurz. Und über allem schwebten die ätherisch anmutenden Blüten des Hibiskus.
»Am liebsten möchte ich bleiben«, sagte Amelia, nachdem sie all ihren Mut zusammengenommen hatte. »Es ist so wunderschön hier.«
»Nur durch Sie.« Zachary Galveston musterte sie derart intensiv, dass Amelia spürte, wie sich ihr Hals und ihre Wangen röteten. Sie schlug züchtig die Augen nieder. »Ihre Anwesenheit lässt den Garten strahlen.«
»Oh, sehen Sie nur. Salbei.« Um eine passende Antwort verlegen, wich sie dem Gespräch aus. Sie pflückte ein Blatt, das sie zwischen den Fingern zerrieb, bevor sie daran roch. Der würzige Duft des Salbeis lenkte sie so weit ab, dass sie Zachary Galveston anschauen konnte, ohne dass er ihr die Aufregung anmerkte, in die sie seine Worte versetzt hatten. Er hielt sie für schön. »Auf Tristyans Manor habe ich Salbei im Gewächshaus gezogen.«
»Sie sollten sich nicht mit Kräutern umgeben, sondern nur mit den schönsten Blüten.« Wie von Zauberhand tauchte eine Orchideenblüte in seiner Hand auf. Zachary Galveston beugte sich zu Amelia herab. »Darf ich?«
Sie konnte nur nicken. Seine Nähe, sein Geruch nach Rasierwasser und Zigaretten verwirrten sie so sehr, dass sie ihrer Stimme nicht traute.

Vorsichtig strich Zachary Galveston Amelias Haar zur Seite. Sie erschauerte unter seiner Berührung, als er ihr sanft die Blüte hinters Ohr steckte.
»Perfekt. Die schönste Blüte für die schönste Frau der Blumeninsel.« Spielerisch verneigte er sich vor ihr, was sie mit einem huldvollen Kopfnicken und einem ebenso huldvollen »Danke« erwiderte.
»Ich hoffe, Sie morgen wieder hier zu treffen?« Sein Abschiedsgruß ließ sie lächeln und den kommenden Tagen und Wochen mit Freude entgegensehen.

Kapitel 12

Madeira 2012

»Wie komme ich sicher die Klippen hinunter?« Laura schaute Matthew fragend an. Er hatte sie schon wieder überraschend besucht unter dem Vorwand, dem Katerchen ein Spielzeug zu bringen. Interessierte er sich für sie, oder war er nur genauso einsam wie sie? Oder mochte er einfach nur das Katerchen, das sie beim letzten Treffen gemeinsam Oliver Twist, genannt Twisty, getauft hatten? Oder fühlte er sich für sie beide verantwortlich? Gab es nicht ein chinesisches Sprichwort, dass man für die Leben derjenigen verantwortlich war, die man gerettet hatte?

»Warum wollen Sie das?« Matthew runzelte die Stirn und bedachte sie wieder mit dem kritischen Blick. Obwohl er sie – oder Oliver Twist – jeden Tag besucht hatte, blieb er Laura fremd, und sie konnte ihn oft nicht einschätzen, was sie verwirrte und ärgerte. Vielleicht auch, weil sie beide weiterhin förmlich miteinander umgingen. »Hat Ihnen Ihr letzter Ausflug nicht gereicht?«

»Es mag komisch klingen.« Laura zögerte. Würde er sie für komplett verrückt halten, wenn sie ihm ihre Beweggründe nannte? Was hatte sie schon zu verlieren. »Als ich nach einer Möglichkeit suchte, wieder die Klippen hochzukommen, habe ich eine kleine Metallkiste in einer Höhlung gefunden. Aber ich konnte sie nicht herausziehen.«

»Suchen Sie einen Schatz?« Spöttisch zog Matthew einen Mundwinkel nach oben, was Laura dazu brachte, dass sie bedauerte, ihm überhaupt davon erzählt zu haben. »Oder wollen Sie die herrenlosen Katzen der Insel einsammeln?«

Laura verzog den Mund. Einen Moment überlegte sie, einfach das Thema zu wechseln und sich ohne seine Hilfe auf die Suche nach der Kiste zu begeben. Aber ihre Höhenangst hielt sie davon ab, sich auf ein solches Wagnis einzulassen. So konnte Matthew mal beweisen, ob mehr als ein Besserwisser in ihm steckte.

»Ich habe Ihnen doch von Amelia erzählt.«

»Der Blumenmalerin.«

Laura nickte. »Joanas Großmutter hat gesagt, dass Amelia unglaublich viele Bilder gemalt hat, viel mehr, als letztlich im Buch veröffentlicht sind …«

»Und Sie hoffen, dass sie die Bilder in einer Schatztruhe in den Klippen verborgen hat, die Sie nun zufällig gefunden haben?«

Jetzt, da Matthew Lauras Gedanken in Worte fasste, musste sie schweren Herzens zugeben, dass das Ganze doch etwas weit hergeholt klang. Gestern Abend war es ihr noch als die einzig sinnvolle Erklärung erschienen.

»Irgendwo müssen die Bilder ja sein«, verteidigte sich Laura mit mehr Sicherheit, als sie selbst spürte. »Amelia war bestimmt nicht der Typ, der Skizzen einfach verbrannt hat.«

»Woher wollen Sie das wissen? Kannten Sie sie?«

»Nein. Ich wusste nur, dass sie eine entfernte Verwandte ist.« Laura hob die Schultern. Seitdem sie auf Madeira angekommen war und in dem Haus wohnte, in dem auch Amelia gewohnt hatte, hatte sie sich gefragt, warum sie sich bisher nicht für ihre Verwandte interessiert hatte. Schließlich gehörte *Die Blumen Madeiras* schon lange zu ihren Lieblingsbüchern. Aber in ihrer Familie legte man nicht sehr viel Wert auf die Verwandten, so dass Laura sich darauf beschränkt hatte, das Buch zu schätzen und die Autorin zu vernachlässigen.

»Wissen Sie mehr über sie?«, fragte sie Matthew. »Wenn Sie schon an einer Neuausgabe mitarbeiten …«

»Tut mir leid.« Matthew schüttelte den Kopf. »Ich habe nur den Auftrag bekommen, die Blumen zu fotografieren. Es wird eine Jubiläumsausgabe. Vielleicht sollten Sie sich mit dem Verlag in Verbindung setzen.«

»Also, was ist? Spielen Sie mit mir Schatzsuche?«, fragte sie. »Oder haben Sie etwas Besseres vor?«

»Es ist Ihnen auf jeden Fall gelungen, mich neugierig zu machen. Aber ich besorge uns erst ein Seil und ein paar Haken. Die Klippen sind nicht ganz ungefährlich.«

Gemeinsam mit Twisty, der sich auf ihrem Schoß zum Schlafen niedergelassen hatte, wartete Laura darauf, dass Matthew zurückkehrte. Das Katerchen sah inzwischen gesünder aus und deutlich runder, da er alles vertilgte, was Laura nicht schnell genug wegstellte. Ein Besuch beim Tierarzt hatte Laura beruhigen können – das Tier hatte keine Krankheiten und war sogar kastriert. Da der Kater weder einen Chip noch eine Tätowierung hatte, ließ sich sein Besitzer jedoch nicht ausfindig machen. »Sie können ja Suchzettel aushängen«, hatte der Tierarzt vorgeschlagen.

»Hm«, hatte Laura geantwortet, weil sie den Kater inzwischen als den ihren betrachtete und sich bereits erkundigt hatte, ob sie ihn mit nach Deutschland oder England – wohin sie ihr Weg auch führen würde – nehmen könnte.
Auch Twisty schien sich nicht nach seinem Besitzer zu sehnen. Er hatte Laura und das Häuschen mit einer Katzen eigenen Selbstverständlichkeit in Besitz genommen. Am liebsten brachte er den ganzen Tag auf Lauras Bett zu. Ihn schien wenig nach draußen zu ziehen, was Laura sehr angenehm war, weil sie sich sonst Sorgen gemacht hätte, dass er wieder irgendwo hinunterfallen würde.
»Von mir aus kann es losgehen.« Matthew trat in die Küche. Das Licht der Sonne, das durch die Fenster schien, zauberte Glanzpunkte auf seine Haare. Warum war ihr vorher nicht aufgefallen, wie attraktiv er war. »Sind Sie so weit?«
»An mir liegt es nicht.« Lächelnd deutete Laura auf den Kater, der ein empörtes Maunzen von sich gab, als sie ihn hochhob. Vorsichtig trug sie ihn ins Schlafzimmer und setzte ihn aufs Bett.
»Ich ziehe mir nur feste Schuhe an«, rief Laura über die Schulter und suchte in ihrem Koffer nach den Wanderstiefeln. Mit guten Vorsätzen, jeden Tag eine Wanderung an den *Levadas*, den Wasserwegen, die die Insel durchzogen, zu unternehmen, war Laura zu dieser Reise aufgebrochen … und hatte bisher nicht einmal die Wanderstiefel ausgepackt. Na ja, ihr blieben ja noch ein paar Tage, um die guten Vorsätze in die Tat umzusetzen.
»Was würden Sie machen, wenn wir wirklich Skizzen dort finden?«, fragte Matthew, als sie gemeinsam den Weg zu den Klippen entlanggingen.
»Ich weiß es nicht«, musste Laura zugeben. Bisher hatte sie nur die Neugier geplagt und die Hoffnung, dass sich in der Kiste etwas verbergen könnte, das der Suche wert war.

»Verwandte von Amelia suchen. Die Bilder wären wohl deren Erbe«, sagte sie leichthin, obwohl sie es besser wusste, und musterte Matthew von der Seite. Was würde er wohl von der Idee halten, die sie im Sinn hatte? »Vielleicht mit dem Verlag reden. Oder ein eigenes Buch herausgeben.«

»Ich könnte Fotos dazu beisteuern«, antwortete er und wandte sich ihr zu.

Sein Lächeln ließ ihr Herz höherschlagen, und sie wusste nichts mehr zu sagen. Laura war froh, als sie die Klippen erreicht hatten und sich mit den Vorbereitungen ihres Abenteuers beschäftigen mussten, so dass es Matthew hoffentlich nicht auffiel, wie wortkarg sie plötzlich war.

Mit geschickten Bewegungen verankerte er das Seil an mehreren Haken im Boden, bevor er es sich um die Hüfte schlang.

»Auf welcher Höhe ungefähr haben Sie die Felsspalte entdeckt?« Matthew wirkte konzentriert. Laura schaute ihn forschend an, aber er ließ mit keiner Regung erkennen, ob er ihre plötzliche Nervosität mitbekommen hatte.

»Da. Da vorn. Wenn Sie den Kopf etwas schieflegen, müssten Sie es sehen können.«

Matthew trat an Laura heran, um der Linie zu folgen, die ihr ausgestreckter Finger bildete. Als sie sich seiner Nähe bewusst wurde, musste sie schlucken. Unbewusst atmete sie tief ein, sog seinen Geruch nach Limone und etwas Holzigem, wohl Zeder, ein. Ich sollte ihn fragen, was er für ein Rasierwasser nimmt, schoss es ihr durch den Kopf.

»Ja, ich glaube, ich kann etwas erkennen.«

Vorsichtig seilte er sich vom Rand der Klippen auf den Vorsprung ab, tastete sich am Stein entlang, bis er mit den Händen in die Felsspalte greifen konnte. Das Seil spannte sich stark an – hatte er es womöglich zu knapp bemessen?

»Kann ich etwas tun?« Laura ging ein wenig näher an die Klippen heran. Sie wagte es nicht, einen Blick nach unten zu werfen. »Brauchen Sie mehr Seil?«

»Nein. Ich habe es gleich.«

Einen Augenblick lang sah es so aus, als ob er das Gleichgewicht verlieren und das glitzernde Ding aus seinen Händen ins Meer rutschen würde. Laura hielt den Atem an. Mühsam unterdrückte sie einen Schrei. Mit angehaltenem Atem beobachtete sie, wie er nach dem Kästchen griff und es vor dem Absturz in die Tiefe bewahren konnte. Vorsichtig zog er sich hoch, stand auf und kam mit breitem Grinsen im Gesicht auf Laura zu.

»Ich muss mich wohl bei Ihnen entschuldigen.« Er überreichte ihr das Fundstück, eine buntbemalte, etwa DIN-A4-große Metallkiste, die den Schriftzug einer Teefirma trug. Rostige Stellen zeigten sich unter der Farbe, als ob das Kästchen eine lange Zeit Wind und Wetter ausgesetzt gewesen wäre.

Lauras Neugier war geweckt, und sie rüttelte an dem Deckel, der sich jedoch nicht öffnen ließ.

»Darf ich?« Auch Matthew versuchte sein Glück, aber scheiterte genau wie sie. Er drehte die Kiste und betrachtete sie forschend von allen Seiten. »Wahrscheinlich hat sie sich verzogen. Wer weiß, wie viele Jahre sie schon dort gelegen hat.«

»Ich habe ein Taschenmesser mit Schraubenzieher im Haus.« Laura wandte sich zum Gehen. Jetzt wollte sie endlich wissen, ob sich ihr Abenteuer gelohnt hatte.

»Sie sind eine Frau, die immer für Überraschungen gut ist«, hörte sie Matthew murmeln, aber würdigte ihn keiner Antwort.

Im Haus angekommen, lief Laura sofort nach oben und suchte in ihrem Koffer nach dem Taschenmesser. Endlich fand sie es

und ging in die Küche, wo Matthew die Kiste auf den Tisch gestellt hatte und gerade dabei war, Tee zu kochen.
»Lassen Sie es mich noch einmal versuchen.« Geschickt setzte Laura den Schraubenzieher an und hebelte den Deckel auf. Sie stieß einen Seufzer der Erleichterung aus. Auch wenn die Kiste darunter gelitten hatte, dass sie auf den Klippen gelegen hatte, ihr Inhalt war unversehrt geblieben.
»Was ist es?«, fragte Matthew, während er das kochende Wasser über die Teebeutel goss. »Sind es die Bilder, die Sie gesucht haben?«
»Nein. Es sind Papiere, wohl Briefe.« Sehr vorsichtig nahm Laura das erste Blatt heraus. War es immer schon so blassblau gewesen oder war es in der Zwischenzeit ausgeblichen? Da fing die Datumsangabe ihren Blick. »Von 1929.«
Sie hielt den Atem an, schloss kurz die Augen, bevor sie das Blatt umdrehte. Erleichterung durchströmte sie in einer warmen Woge. Ja, sie hatte recht gehabt. Der Brief war von Amelia.
»Lesen Sie ihn mir vor, bitte?« Matthew schob ihr einen Becher Tee hin. »Oder können Sie die Schrift nicht entziffern?«
»Doch, doch, geht schon«, murmelte Laura gedankenverloren. Ihre Augen waren über die ersten Zeilen gehuscht und nun fragte sie sich, ob sie sie wirklich lesen durfte, nur weil sie die Briefe durch einen eigenartigen Zufall entdeckt hatte. »Haben wir überhaupt das Recht dazu?«
»Sind es Liebesbriefe?« Matthew trat so nahe an Laura heran, dass sie die Wärme seiner Haut spüren konnte. »Eine heimliche Affäre etwa?«
»Ja, Briefe voller Liebe.« Laura legte das Blatt zurück zu den anderen. »Aber nicht für einen Mann, sondern für ihr Kind.«
»Wenn Sie sich damit besserfühlen, können wir Amelias Er-

ben suchen und ihnen die Briefe geben. Sollen sie entscheiden, ob Sie sie lesen dürfen.«

»Das ist es ja, was mich so …« Laura fand kein Wort, das ihre Stimmung treffend beschrieben hätte. »Amelia hatte keine Kinder, soweit ich weiß. Sie war die Stiefschwester meiner Urgroßmutter, die angeblich irgendwann verschollen ist. Aber es gibt keine lebenden Verwandten. Also nicht, dass sich meine Familie viel aus Verwandtschaft macht, aber das wüsste ich …« Energisch klappte sie die Kiste wieder zu.

»Die Briefe haben mehr als achtzig Jahre da gelegen, da können sie auch noch etwas länger warten, bis ich mich entschieden habe.«

»Wenn Sie meinen«, antwortete Matthew, deutlichen Spott in Stimme und Augen. Aber er wirkte auch verletzt, als ob sie ihn zurückgestoßen hätte. »Ich habe ja nur mein Leben riskiert, den Schatz zu heben. *Adeus.*«

»*Até à vista*«, antwortete Laura. Sie würde diesen Mann niemals verstehen. Aber wenn er das nächste Mal käme, hätte sie Besseres zu tun, als Zeit mit ihm zu verbringen.

Kapitel 13

Madeira 1928

»Heute nehmen wir den Nachmittagstee auf der Terrasse ein«, sagte Lady Norah in einem Ton, der keinen Widerspruch duldete. »Dort kann man euch besser sehen.«
Wie Ware, die in einer Auslage zum Verkauf steht, dachte Amelia, aber sie wollte sich nicht mit ihrer Mutter streiten. Ihr war es vollkommen gleichgültig, wann und wo sie den Tee trinken würden, solange sie nur eine Gelegenheit fand, sich heimlich davonzustehlen, um Zachary zu treffen.
»Gut, so bist du präsentabel.« Prüfend ließ Lady Norah ihren Blick über Amelia wandern, zupfte noch einmal an deren Rock, bevor sie mit einem Nicken ihren Segen erteilte.
Bethany wartete bereits an der Tür. Obwohl es ein warmer Tag war, wirkte Amelias Stiefschwester kühl wie ein Bergbach. Neben Bethanys Eleganz kam sich Amelia wieder einmal plump und bedeutungslos vor. Kein Wunder, dass die jungen Männer sich alle von Bethany angezogen fühlten. Nur ihr Zachary nicht. Möglicherweise nur deshalb nicht, weil es

Amelia bisher gelungen war, ihre Bekanntschaft vor Mutter und Schwester geheimzuhalten. Wenn es nach Amelia ginge, würde sie auch weiterhin alles dafür tun, dass Zachary und ihre Familie sich niemals träfen.

»Miss Lanston.« Freudestrahlend kam Zachary Galveston durch die elegante Eingangshalle des Hotels auf Amelia, Bethany und Lady Norah zu. »Wie erfreulich, Sie hier zu treffen.«

Sein Lächeln ließ Amelias Herz höherschlagen. Gleichzeitig fürchtete sie sich davor, wie ihre Stiefmutter wohl reagieren würde. Lady Norah hatte sich bisher nicht dafür interessiert, wie Amelia ihre Nachmittage verbrachte, sondern ihre Zeit und Energie darauf konzentriert, eine standesgemäße Partie für Bethany zu suchen. Ein schneller Seitenblick zeigte Amelia zu deren Überraschung, dass Lady Norah Zacharys Lächeln erwiderte und ihm hoheitsvoll die Hand entgegenstreckte.

»Lord Galveston.« Lady Norah nickte. »Wie schön, Sie hier zu sehen. Meine Tochter Amelia kennen Sie ja bereits.«

Nur ihre Stiefmutter brachte es fertig, in dem einen Satz eine Vielzahl von Fragen und Vorwürfen mitschwingen zu lassen. Nervös kaute Amelia auf ihrer Unterlippe. Sie fürchtete sich vor dem Moment, wenn sie Lady Norah Rede und Antwort stehen müsste. Doch erst einmal freute sie sich, Zachary wiederzusehen, obwohl sie sich fragte, woher ihre Mutter ihn kannte.

»Das ist meine Tochter Bethany.«

Bethany reichte Zachary ihre Hand und knickste, jeder Zoll eine wohlerzogene junge Lady. Der intensive Blick, mit dem Zachary ihre Schwester betrachtete, führte dazu, dass Amelia sich noch fester auf die Unterlippe biss, was ihr einen strafenden Blick von Lady Norah einbrachte.

»Sehr erfreut«, hauchte Bethany.
In der ihr eigenen Art, die sie – so vermutete Amelia – vor dem Spiegel zur Perfektion gebracht hatte, senkte sie die Augenlider und schaute Zachary mit einem gekonnten Augenaufschlag an. Dabei strich sie ihre blonden Haare zurück und öffnete die Lippen. Sie zog die Aufmerksamkeit aller Männer in der Hotelhalle auf sich. Auch Zachary schien in ihrem Bann gefangen.
Nicht auch noch Zachary! Reichte es Bethany nicht, dass sich alle anderen Männer um sie rissen? Mit einem kleinen Schrei drehte sich Amelia um, raffte die Röcke und eilte die breite Treppe hinauf, so schnell es ihr schweres Kleid zuließ. Sollte Lady Norah ihr doch später eine Predigt über Contenance und das adäquate Benehmen einer Lady halten. Nichts mehr konnte sie jetzt noch verletzen, da war sich Amelia sicher. Ihr Herz schlug so wild, dass sie fürchtete, es würde bersten. Blind vor Tränen lief sie den Flur entlang, stieß gegen ein Tischchen, von dem eine Vase herunterfiel. Unbeirrt hastete sie weiter. Sollte doch jemand anderes den Schaden beseitigen.
Endlich hatte sie ihre Zimmertür erreicht. Während sie nach Atem rang, nestelte sie in ihrer Handtasche nach dem Zimmerschlüssel. Vor Aufregung entglitt er ihren zitternden Fingern und fiel zu Boden.
»Brauchen Sie Hilfe?«
Amelia blinzelte die Tränen weg. Vor ihr stand ein Zimmermädchen, das sie fragend anschaute. Das dürre Ding hielt ihren Schlüssel in der Hand. Amelia war so in ihrer Verzweiflung versunken gewesen, dass sie das Mädchen weder gehört noch gesehen hatte.
»Danke, es geht schon«, flüsterte Amelia und nahm den Schlüssel mit einem Kopfnicken entgegen. Mit immer noch

bebenden Fingern versuchte sie ihr Glück erneut, aber wieder entglitt ihr der Schlüssel.
»Einen Moment.« Das Zimmermädchen beugte sich herunter und schloss die Tür für Amelia auf. »Kann ich Ihnen ein Glas Wasser bringen?«
»Nein, vielen Dank.« Amelia suchte in ihrer Tasche nach etwas Kleingeld, das sie dem Mädchen in die Hand drückte. »Hier, bitte. Ich … da hinten … eine Vase.«
»Schon gut.« Das Mädchen musterte sie mit einem fragenden Blick. »Brauchen Sie wirklich nichts?«
»Nein, nein. Alles … schon gut.« Amelia wollte nur die Tür hinter sich schließen, um ihren Tränen freien Lauf zu lassen. Sie stolperte durch die Suite, bis sie endlich ihr Schlafzimmer erreicht hatte. Dort warf sie sich mit einer – wie sie sich trotz ihres ohnmächtigen Zorns eingestehen musste – höchst theatralischen Geste aufs Bett, schlug auf die Kissen ein und schluchzte lauthals auf.
Nach einer Weile richtete sich Amelia auf, weil ihr die Nase lief. Sie betrachtete sich in dem großen Spiegel, der über der Frisierkommode hing. Ihr Anblick war so elend, dass es ihr einen Stich versetzte. Warum konnte sie nicht zu den Frauen gehören, die selbst unter Tränen attraktiv aussahen? Warum nur musste sie ihrem Vater ähneln und nicht ihrer schönen Mutter? Kein Wunder, dass auch ihr Zachary sich von Bethany angezogen fühlte. Selbst ein wohlmeinender Betrachter musste zugeben, dass Bethany einfach die Hübschere von ihnen war.
Neben ihrer Schwester fühlte sich Amelia stets wie Aschenputtel. Aber Aschenputtel hatte wenigstens eine gute Fee zur Seite gestanden und zum Prinzen verholfen. Amelia hingegen war nur mit der bösen Stiefmutter und der schönen Stiefschwester gestraft – an die sie ihren Prinzen verlieren

würde. Nein! Dieses Mal nicht. Dieses Mal würde sich Amelia nicht geschlagen geben. Dieses Mal würde sie nicht nachgeben und das verlieren, was ihr lieb und teuer war. Sie stand auf, schniefte ein letztes Mal und setzte sich vor den Spiegel. Nein, so würde das nicht funktionieren. Erst einmal müsste sie ihr Gesicht mit kaltem Wasser abspülen, damit die roten Schwellungen um Augen und Nase zurückgingen.

Das kalte Wasser fühlte sich gut an. Die äußerliche Abkühlung kühlte auch Amelias Gemüt und gab ihr die Ruhe und die Kraft, einen Plan zu schmieden, wie sie ihre Schwester ausstechen konnte. Schließlich kannte sie Zachary Galveston bereits länger als Bethany. Amelia holte tief Luft. War sie bereit, alles auf eine Karte zu setzen und jeden Einsatz zu wagen?

Ja! Für Zachary. Er war der erste Mann, der sich ernsthaft für ihre Malerei interessiert hatte und ihre Bilder nicht als Spielerei einer gelangweilten Tochter aus gutem Hause abqualifiziert hatte. Sollte Bethany alle anderen Männer, die im Reid's Palace residierten, für sich beanspruchen. Zachary Galveston gehörte Amelia – sie würde um ihn kämpfen, wie Bethany sie noch nie hatte kämpfen sehen.

Amelia trommelte ungeduldig mit den Fingern auf dem polierten Holz der Frisierkommode. Wo nur war Lady Norahs Zofe abgeblieben? Alle Versuche Amelias, ihr Haar in eine ansprechende Frisur zu bändigen, waren tragisch gescheitert. Ohne Hilfe war sie dazu verdammt, in der Suite zu sitzen und zu warten.

Nach einer Zeit, die Amelia unendlich vorkam, öffnete sich plötzlich die Tür. Erwartungsvoll drehte sie den Kopf, doch es war nur das Zimmermädchen.

»Oh, verzeihen Sie.« Die Kleine knickste. »Ich hatte vergessen, dass Sie hier sind. Ich komme später wieder.«

»Warte bitte. Kannst du Haare frisieren?«
»Entschuldigung?«
Das Zimmermädchen schaute Amelia an, als hätte diese es gefragt, ob sie ihre Seele verkaufen würde. Ungeduldig wedelte Amelia mit der Hand und schämte sich gleich darauf für diese herrische Geste, die eher Bethany angemessen wäre.
»Meine Zofe ist nicht da, und meine Haare …« Amelia deutete mit spitzen Fingern auf das Durcheinander auf ihrem Kopf. »Wenn du mir helfen könntest …«
»Ich kann keine Frisurn für edle Damen«, sagte das Mädchen schließlich. Sie trat hinter Amelia. »Aber ich hab meinen kleinen Schwestern immer die Haare geflochten.«
»Schlimmer als das, was ich angerichtet habe, kann es kaum werden, nicht wahr.« Amelias Blick traf sich mit dem des Zimmermädchens im Spiegel. »Du würdest mir sehr helfen. Wie heißt du überhaupt?«
»Olive, My Lady.« Mit vorsichtigen Strichen führte das Zimmermädchen Amelias silberne Bürste durch die Haare.
Schneller, als die ungeduldige Amelia es erwartet hatte, hatte Olive ihr die braunen Strähnen durchgekämmt und sie zu einer schlichten, aber wirkungsvollen Frisur aufgesteckt.
»Wunderbar. Vielen, vielen Dank.« Amelia drehte ihren Kopf nach rechts und links, um das Kunstwerk zu bewundern, das Olive mit wenigen geschickten Handgriffen hergestellt hatte. »Du solltest Zofe werden.«
»My Lady …« Das Mädchen senkte den Blick. Hektische rote Flecken erblühten auf seinen Wangen. »Wenn ich Ihnen etwas raten darf?«
»Ja?« Amelia bemühte sich, durch ihr Lächeln Olive die Scheu zu nehmen. »Sprich einfach frei heraus.«

»Sie sollten Ihre Augen betonen. Mit violett. Und eine andere Farbe für den Lippenstift. Das Rot ist zu … zu grell für Ihre Haut.«

»Kennst du dich aus?«

»Ich … ich hab mir immer gewünscht, am Theater zu arbeiten«, antwortete Olive, die vor Aufregung leicht lispelte. »Aber meine Eltern, meine Mutter konnte es sich nicht leisten.«

»Am Theater? Hier auf Madeira?«

»Nein, ich bin aus London, aber da gab es keine Arbeit, wie meine Mutter es sich für mich wünschte …« Natürlich, dachte Amelia, der Dialekt hätte es ihr verraten müssen. Das Zimmermädchen seufzte. »Also hat sie mich hierhergeschickt. Für den Sommer. Meine Tante arbeitet hier.«

»Ich wollte immer Malerin werden, aber meine Eltern würden das nie zulassen«, vertraute sich Amelia Olive an. Sie fühlte sich ihr nahe wie selten jemandem. Ihnen beiden hatte das Schicksal verwehrt, ihre Wünsche zu erfüllen. Sie würde sich weiterhin den Konventionen und dem Willen ihrer Familie beugen müssen, aber vielleicht konnte sie dem Mädchen helfen.

»Olive, wenn du zurück in London bist, schreibst du mir.« Amelia zwinkerte dem Mädchen zu, das ihr mit einem Hauch Rouge Schatten auf die Wangen zauberte. »Ich glaube, wir bekommen dich ins Theater.«

»Ihre Ladyschaft, das … das … das wäre wunderbar.« Olives Lispeln verstärkte sich. Sie knickste ein paarmal, bis sie sich wieder gefangen hatte.

Auf dem Weg in die Hotelhalle überzeugte sich Amelia durch einen Blick in den Fahrstuhlspiegel, dass sie gerüstet war, gegen Bethany in den Kampf zu ziehen. Zwar würde sie niemals die feenhafte Schönheit ihrer Schwester ihr Eigen nennen, aber dank Olives Hilfe wirkte sie eleganter, erwachsener und auch ein bisschen geheimnisvoll. Mit Hilfe des Zimmermädchens hatte sie sich noch ein Kleid aus dem großen Fundus ihrer Schwester ausgesucht, wohl wissend, dass sich Bethany sehr darüber ärgern würde.

»Das ist genau Ihre Farbe«, hatte Olive insistiert, bis Amelia nachgegeben und das weinrote Kleid angezogen hatte. Sie musste zugeben, dass Olive ein gutes Auge für Farben hatte. Das dunkle Rot betonte Amelias Augen und ließ ihre Haare glänzen. Sie sah interessanter und lebendiger aus als jemals zuvor, was auch der bewundernde Blick des Pagen bestätigte, der den Fahrstuhl fuhr. Amelia nickte ihrem Spiegelbild zu, streckte den Rücken gerade und holte tief Luft. Vorsichtig lockerte sie eine Haarsträhne, so wie Olive es ihr geraten hatte, und trat in die Hotelhalle.

Zum ersten Mal, solange sie sich erinnern konnte, fühlte sie, wie ihr die Blicke folgten. Offen starrten ihr die Pagen nach, etwas verborgener die Gäste, selbst die, die Frauen an ihrer Seite hatten. Amelia reckte den Kopf etwas höher; mühsam verkniff sie sich ein Lächeln. Ihr suchender Blick entdeckte Lady Norah, Bethany und Zachary im Tea Room. Zachary und Bethany hatten die Köpfe nahe beinander, schienen in ein inniges Gespräch vertieft zu sein, während Lady Norah etwas zurückgelehnt saß, auf dem schönen Gesicht ein Ausdruck tiefer Zufriedenheit. Amelia sackte in sich zusammen. Alles in ihr riet ihr zu fliehen, aber nein, sie war bereit zu kämpfen. Zachary würde Bethany nicht bekommen.

Sie ging – bewusst langsam – durch die Halle und betrat den Tea Room, so dass Zacharys Blick auf sie fallen musste. Er sah sie an und ihm blieb ihm wahrsten Sinne des Wortes der

Mund offen stehen. Ohne Bethany weiter zu beachten, erhob er sich und ging Amelia mit ausgestreckten Armen entgegen.

»Mr. Galveston, bitte entschuldigen Sie meinen überstürzten Aufbruch.« Amelia neigte den Kopf zum Gruß. Nur mühsam konnte sie ein triumphierendes Lächeln ihrer Schwester gegenüber verbergen.

Kapitel 14

Madeira 2012

Seien Sie vorsichtig. Sie kennen ihn nicht.« Inês, der der Ruf vorauseilte, die Klatschtante des Dorfes zu sein, hatte schon mehrfach versucht, Laura auszufragen, als sie jetzt plötzlich neben ihr stand. Ihr Englisch war für Laura nur schwer zu verstehen. »Matthew Nelson ist ein gefährlicher Mann.«

»Wie bitte?« Laura schaute von den beiden Dosen auf, deren Inhaltsstoffe sie beim besten Willen nicht herausfinden konnte. Ärgerlicherweise zeigten sie nur das Gesicht einer zufrieden lächelnden Katze. Andererseits war es völlig egal, ob sie Twisty Fleisch oder Fisch anbot. Der Kleine fraß dankbar alles, was sie ihm hinstellte, und – wenn sie nicht aufpasste – auch alles, was auf dem Küchentisch stand. Ein echter Straßenräuber. Beim Gedanken an ihren neuen Mitbewohner musste Laura lächeln. Dann konzentrierte sie sich auf Inês, auch wenn sie wenig Interesse an einem Gespräch mit ihr hatte. »Entschuldigung, ich war in Gedanken.«

»Der Mann, der Sie so oft besucht. Matthew Nelson.« Inês beugte sich verschwörerisch vor und flüsterte Laura zu, allerdings so laut, dass es sicher alle um sie herum mitbekamen. Außer ihnen beiden waren am frühen Nachmittag noch fünf weitere Kunden im Laden, die allerdings nicht viel einkauften – so wie meistens. Der kleine Laden fungierte vielmehr als Informationsquelle und Treffpunkt, um auf dem neuesten Stand zu bleiben, was die Gerüchteküche betraf. »Ihr neuer Freund. Er hat seine Frau getötet.«
»Wie bitte?« Nach einem Moment des Unglaubens war Laura fassungslos. Wie kam diese Frau dazu, sie überhaupt anzusprechen. Ganz zu schweigen davon, Derartiges zu behaupten. Das grenzte ja an üble Nachrede, um nicht zu sagen Rufmord. Laura trat einen Schritt zurück und sah Inês zornig an. Sie schüttelte demonstrativ den Kopf. »Ich möchte nichts davon hören. Sie sollten sich schämen, so etwas ohne hinreichende Beweise einfach in den Raum zu stellen.«
Durch ihre formal gewählten Worte hoffte Laura diese Person zum Schweigen zu bringen, aber da kannte sie Inês schlecht.
»Das ist kein Gerücht«, sagte diese im Brustton der Überzeugung. Sie schien nicht bereit zu sein, so schnell aufzugeben. Besitzergreifend trat sie an Laura heran, um ihre breite Hand auf deren Arm zu legen. »Das ist die Wahrheit.«
Laura konnte ihr Gegenüber nur entgeistert anstarren. Alles an Inês war breit. Ihr Körper, ihr Gesicht, aber vor allem ihre Hände, in deren Griff Lauras Unterarm gefangen war. Sie erinnerten sie an den Schlachter, vor dem sie sich als Kind gefürchtet hatte.
»Lassen Sie mich bitte los.« Obwohl sich Laura bemühte, weiterhin höflich zu bleiben, schien Inês ihre unterdrückte Wut

zu erkennen. Schnell zog sie ihre Hand zurück, nur um im Gegenzug noch näher an Laura heranzutreten, die spürte, wie sich ihre Nackenhaare aufrichteten. Aber sie war keinesfalls gewillt, sich zurückzuziehen und Inês kampflos das Feld zu überlassen. Nicht, wenn es um Matthew ging.

»Wir alle hier wissen es. Fragen Sie, wen Sie wollen. Los, fragen Sie schon.« Triumphierend schaute sie sich um. Die anderen Kunden wichen ihrem Blick aus und konnten sich gar nicht schnell genug an die Kasse stellen, nur um nicht in einen Streit hineingezogen zu werden. Aber niemand stand auf, um Inês den Mund zu verbieten oder dieser schrecklichen Unterstellung zu widersprechen.

»Erzählen Sie doch keinen Unsinn.« Laura beugte sich drohend zu Inês herab. »Wenn auch nur ein Fünkchen Wahrheit in Ihren Behauptungen läge, säße er doch im Gefängnis, oder etwa nicht?«

»Der Mann ist böse, aber nicht dumm.« Inês schaute über ihre Schulter, als fürchtete sie, dass Matthew Nelson mit einem Messer in der Hand hinter ihr stünde, um sie für ihre Worte zur Rechenschaft zu ziehen oder um eine lästige Zeugin zu beseitigen. »Ihre Leiche wurde nie gefunden. Dafür hat er schon gesorgt.«

»Was soll das heißen?« Gegen ihren Willen war Laura nun neugierig geworden. Konnte es sein, dass Matthew ein düsteres Geheimnis hütete? Als ob sie selbst ohne Schuld wäre. »Was erzählen Sie da?«

»Vor einem Jahr.« Inês musterte Laura und lächelte. Gemein. Sie schwieg einen Moment, genoss die Gewissheit, dass sich die Aufmerksamkeit aller in dem Lädchen auf sie – und auf Laura – konzentrierte. »Er und seine Frau hatten einen Streit. Dann gingen sie spazieren, und nur er kam zurück.«

»Das ist alles. Mehr haben Sie nicht.« Lauthals lachte Laura Inês aus. Allerdings klang das Lachen selbst in ihren Ohren hohl und falsch. Nein, sie konnte und wollte nicht glauben, dass Matthew … Nein, sie wollte es nicht einmal denken. Andererseits hatte er ihr nicht erzählt, dass er verheiratet war. »Sicher nur ein Streit. Das kommt vor unter Eheleuten. Ab und zu verlässt einer den anderen. Habe ich jedenfalls gehört. Selbst hier auf Madeira.«

Diese Spitze konnte sich Laura nicht verkneifen, wusste sie doch von Joana, dass Inês' Mann nach sechsundzwanzig Jahren Ehe vor kurzem die Koffer gepackt hatte und nach Funchal gezogen war. Was Laura ihm nicht verdenken konnte. Eher verwunderte es sie, warum und vor allem wie der Mann es so lange mit dieser Giftspritze aushalten konnte.

Obwohl Inês sich nur mit einem Augenzucken anmerken ließ, dass Lauras Worte sie getroffen hatten, bedauerte Laura ihre Gemeinheit sofort. Es gehörte sich nicht, jemanden anzugreifen, der am Boden lag. Das hatte ihre Mutter ihr beigebracht, eine Maxime, an die sich Laura aus voller Überzeugung hielt. Warum also reagierte sie heute so bösartig auf Klatsch und Tratsch? Musste sie sich etwa eingestehen, dass Matthew ihr mehr bedeutete, als sie es zulassen wollte?

»Sie kam nie wieder«, fuhr Inês ungerührt fort. »Später kam die Polizei, aber man konnte ihm nichts nachweisen.«

»Es gibt sicher eine einfache und vernünftige Erklärung.« Selbst in Lauras Ohren klangen die Worte lahm und nach einem vergeblichen Versuch, Matthew Nelson in Schutz zu nehmen. Sie fühlte sich hin- und hergerissen zwischen dem Wunsch, ihn hier und jetzt zu verteidigen, und dem Wunsch davonzulaufen. Denn mit ihrer Geschichte brauchte sie auf gar keinen Fall auch noch einen Mann, der Ballast aus der Vergangenheit mit sich herumschleppte. »Sonst wäre er, wie gesagt, bestimmt verhaftet worden.«

»Man hat sie zanken sehen. Bei den Klippen.« Inês senkte ihre Stimme zu einem dramatischen Flüstern, wobei sie sich umschaute, ob sie auch die Aufmerksamkeit aller hier genoss. Gegen ihren Willen beugte sich Laura vor, um die Frau verstehen zu können. Mit Inês zu reden, ähnelte einem Unfall auf der Autobahn: Man wollte nicht hinsehen, fühlte sich aber gleichzeitig magisch davon angezogen. »Wer dort ins Meer gestoßen wird, den zieht die Strömung hinaus. Ein nasses Grab. Ein dunkles, einsames Grab.«

Laura schauderte. Bildhaft sah sie die Szene vor sich. Ein Mann und eine Frau, die sich stritten, hasserfüllt miteinander rangen. Am Rande der Klippen. Immer näher kamen sie dem Abgrund. Nur einer von ihnen überlebte. Lauras Hand flog an ihre Kehle, und sie rang nach Luft. Wenn jemand so etwas über sie und Fabian sagen würde …

»Sie sollten sich wirklich schämen.« Anklagend deutete sie mit einem Finger auf Inês. Wenn schon sonst niemand im Laden Partei für Matthew ergriff, musste sie eben in die Bresche springen. Auch wenn sie selbst noch nicht wusste, was sich zwischen dem Mann und ihr entwickeln würde, ob sich überhaupt etwas entwickeln würde. »Der arme Mensch hat seine Frau verloren, und Sie … Sie erzählen bösartige Lügen über ihn.«

Demonstrativ schüttelte Laura den Kopf, nahm vier Dosen Katzenfutter aus dem Regal, mit denen sie hocherhobenen Hauptes zur Kasse ging. Wie kam es nur, dass Menschen in Dörfern in ihren Gefühlen extremer waren als Menschen in Städten? Wesentlich freundlicher, wenn sie freundlich waren, aber auch deutlich bösartiger, wenn sie bösartig waren? Oder kam ihr das nur so vor, weil sie hier mit viel mehr Menschen Kontakt hatte als zu Hause?

»Hör nicht hin. Inês kann es nicht ertragen, andere Menschen glücklich zu sehen«, sagte Joana, als Laura ihren Einkauf bezahlte, und verpackte das Dosenfutter in eine braune Papiertüte. Die Tomaten, das Brot und den Käse, die Laura für sich gekauft hatte, verstaute sie in einer zweiten Tüte. »Fütterst du wilde Katzen?«

»Nein, ich habe ein Kätzchen bei den Klippen gefunden.« Laura lächelte. »Vielleicht will es ja bei mir bleiben.«

Bevor Laura Joana, auf deren Meinung sie mehr Wert legte als auf die Gerüchte, die Inês streute, mehr erzählen konnte, war Inês schon wieder neben ihr aufgetaucht. Sie schien nicht bereit zu sein, das Thema so schnell fallenzulassen.

»Fragen Sie ihn.« Inês zerrte vehement an Lauras Ärmel, bis diese ihren Arm mit einer harschen Bewegung wegzog. »Fragen Sie Ihren Freund, was mit seiner Frau geschehen ist. Vor einem Jahr. Genau vor einem Jahr. Sie werden ja sehen, was er dazu meint. Und sagen Sie nicht, ich hätte Sie nicht gewarnt.«

»Danke Joana. *Até amanhã.*« Laura griff nach den beiden Papiertüten und stürzte aus dem Laden. Aber sie konnte nicht umhin, darüber nachzugrübeln, dass niemand von den anderen Kunden ein Wort zugunsten Matthews eingelegt hatte. Sollte in der Geschichte doch ein Körnchen Wahrheit stecken? Warum hatte er ihr bisher nichts von seiner Frau erzählt? Zeit genug wäre ja gewesen. Schließlich hatte er bisher beinahe jeden Abend seit ihrem Kennenlernen bei ihr verbracht. Und gestern, nachdem sie die Briefe gefunden hatten, hatte Laura wirklich gedacht, dass er mit ihr geflirtet hatte. Andererseits, sie hatte ihm ja bisher auch nichts von Fabian erzählt. Es hätte

Laura sicher abgeschreckt, wenn Matthew ihr bereits beim zweiten oder dritten Treffen etwas derart Privates mitgeteilt hätte. Ach verflucht, warum musste das Leben nur so kompliziert sein?

»Laura. Warte.«

Zu Lauras Überraschung war Joana ihr nachgelaufen und stand nun atmenlos vor ihr. Mit der Hand strich sie sich eine Haarsträhne, die ihr immer wieder vor die Augen rutschte, aus dem Gesicht.

»Entschuldige, ich musste erst alle aus dem Laden treiben«, sagte Joana mit einem Lächeln. Sie holte tief Luft. »Dein Leben geht mich genauso wenig etwas an wie Inês, aber ... Aber ich wollte dir sagen, dass du nichts auf die Gerüchte geben solltest.«

»Danke dir. Aber warum hat niemand Partei für Matthew ergriffen?« Die Frage ließ Laura einfach keine Ruhe. Diese impertinente Person hatte so selbstsicher gewirkt, so überzeugt davon, dass sie im Recht war, dass sie Zweifel an Matthews Ehrlichkeit gesät hatte. Nun, zumindest an seiner Offenheit – einer Lüge konnte ihn Laura nicht bezichtigen, schließlich hatte er ihr seine Ehefrau bisher verschwiegen.

»Weil ein Körnchen Wahrheit in der Geschichte liegt.« Joana seufzte, als hätte sie schon mehr als genug mit Inês und deren Klatschsucht zu kämpfen gehabt. »Das ist das Problem. Davon lebt Inês. Daraus zieht sie ihr Vergnügen und ihre Befriedigung.«

»Im Ernst? Was stimmt denn daran?«, fragte Laura und ärgerte sich über sich selbst. Warum fragte sie Joana? Wenn es sie wirklich interessierte, was mit Matthews Ehefrau geschehen war, dann gab es nur einen Menschen, den sie danach fragen sollte – Matthew. Zu spät!

»Matthews Frau ist tatsächlich verschwunden, aber wann und warum, das weiß niemand.« Joana schüttelte empört den Kopf. »Den Spaziergang an den Klippen hat sich Inês einfach ausgedacht. Ich habe sie die Geschichte auch schon mit einem Segelboot erzählen hören.«
»Danke, dass du mir das gesagt hast. Aber ich denke, es geht nur Matthew etwas an. Wenn er mir etwas dazu zu sagen hat, dann wird er es tun.« So kühl hatte sie nicht klingen wollen. »Tut mir leid. War nicht so gemeint.« Entschuldigend hob Laura die Hände. »Inês hat mich kalt erwischt.«
»Ihre Spezialität.« Joana lächelte schief. »Ich erkläre es mir damit, dass Inês sehr unglücklich sein muss, wenn sie anderen ihr Glück so neidet.«
»Dass ihr Mann sie verlassen hat, kann ich gut verstehen«, antwortete Laura und schüttelte sich. »Ach, ich will nicht mehr über Inês nachdenken. *Obrigada* – danke für alles. *Até à vista.*«
»*Até à vista.* Grüß deinen Kater von mir«, sagte Joana. »Oh schau nur.« Mit einem Lachen deutete sie nach links.
Neben dem Ladengeschäft, im Schatten eines Baumes, lagen drei Hunde, madeirische Mischlinge mit kurzen Beinen und gedrungenem Körper. Bei dem Wort »Kater« hoben sie unisono ihre Köpfe, schauten sich suchend um und schlossen wieder die Augen, sichtlich enttäuscht. Ihre Schnauzen waren grau, und jedes Mal, wenn Laura sie sah, schliefen sie den Schlaf der Gerechten. Bis zu dem Moment, wenn eines der seltenen Autos oder Motorräder die schmale Gasse entlangkam. Da sprangen die drei verschlafenen Hunde auf, um laut kläffend den Fahrzeugen nachzujagen. Erschöpft von der erfolglosen Hatz, zogen sich die Grauschnauzen wieder unter ihren Baum zurück, bis sich das nächste Fahrzeug näherte, und das Spiel von vorn losging.

Kapitel 15

Tristyans Manor 1956

Wie jedes Jahr am zweiten Juni lud Lady Bethany auch in diesem Jahr zu einer Feier anlässlich der Krönung Elisabeths II ein. Emma hatte ihrer Tochter gegenüber den Verdacht geäußert, dass sie beide als Paradepferde auf der Gartenparty auftreten sollten, was Grace ziemlich verwirrte. Sie sah sich und ihre Mutter, geschmückt mit einem Federbusch und einer roten Schabracke mit Goldstickerei, Kunststückchen im Garten vorführen und fragte sich, wann sie wohl beginnen würden, ihre Vorführung zu proben. Als sie ihre Mutter danach fragte, nahm Emma sie lachend in den Arm.

»Ach meine Kleine, das war nur ein Bild. Ich meinte, dass meine …«, hier stockte Emmas Stimme, »… Mutter uns beide vorführen will, um allen Gästen zu zeigen, was für wunderbare Nachkommen sie hat.«

Vor Erleichterung, dass sie keinen seltsamen Kopfschmuck tragen musste, hatte Grace ihre Mutter nicht gefragt, warum es sie nicht glücklich machte, dass Lady Bethany stolz auf sie war. Obwohl es Grace äußerst schwerfiel zu glauben, dass ihre Großmutter wirklich stolz auf sie wäre. Bisher hatte sie eigentlich immer nur Vorhaltungen und Maßregelungen von Lady Bethany zu hören bekommen. Egal, wie sehr sich Grace bemühte, in den Augen ihrer Großmutter schien sie nichts recht machen zu können.

Lauf nicht so schnell. Eine Lady rennt nicht.

Sprich nicht so laut. Eine Lady schreit nicht.

Mach dich nicht dreckig. Eine Lady ist immer sauber.

»Dann will ich keine Lady sein«, hatte Grace einmal gewagt, ihrer Großmutter zu antworten, was zu einem langen Gespräch zwischen ihrer Mutter und Lady Bethany geführt hatte.

Einem lautstarken Gespräch, wie Grace mit hochrotem Kopf verfolgt hatte. Sie hatte ihr rechtes Ohr an die Tür zum roten Salon gepresst, weil sie wissen wollte, welche Folgen ihre Widerworte nach sich ziehen würden. Mit dem linken Ohr horchte sie, ob jemand von der Dienerschaft sie entdeckte. *Eine Lady lauscht nicht.*

»Sie ist ein Kind, verdammt noch mal.« So zornig hatte sich die Stimme ihrer Mutter noch nie angehört. Grace zerkaute sich vor Angst die Unterlippe. Wo sollten sie nur hingehen, wenn Lady Bethany sie beide des Hauses verweisen würde? Schwer lastete die Schuld auf ihr. Wäre ihr Benehmen besser, würden sich ihre Mutter und ihre Großmutter nicht streiten.

»Eine Lady flucht nicht. Kein Wunder, dass sich deine Tochter nicht an die grundlegenden Regeln guten Benehmens hält.«

»Willst du mir wirklich etwas über richtig und falsch erzählen, *Mutter?*«

In dem unheilvollen Schweigen, das Emmas Worten folgte, hörte Grace, dass sich dem roten Salon Schritte näherten, und sie beeilte sich davonzulaufen, bevor Hawkins sie entdecken konnte. Der Butler würde sie auf jeden Fall bei Lady Bethany anschwärzen, das hatte Grace in den Wochen und Monaten, die sie auf Tristyans Manor verbracht hatten, bereits herausgefunden. Auch die Stubenmädchen fürchteten sich vor ihrer Großmutter und petzten jede kleine Verfehlung. Nur Maisie konnte sie vertrauen, aber Lady Bethany schien das zu wissen und sorgte dafür, dass Maisie und Grace nur selten miteinander allein waren.

Nach dem verhängnisvollen Gespräch hatte sich Grace noch mehr angestrengt, den Anforderungen ihrer Großmutter gerecht zu werden oder ihr aus dem Weg zu gehen. Aber trotzdem war die Stimmung zwischen Lady Bethany und Emma so düster, dass man sie förmlich mit den Fingern greifen konnte. Grace fühlte sich schuldig, aber sie konnte ihrer Mutter nichts sagen, weil sie dann zugeben musste, dass sie vor der Tür gelauscht hatte. Nicht nur, dass sie Lady Bethany nie genügen konnte, Grace sorgte sich auch um ihre Mutter. Seit ihrer Ankunft vor drei Monaten hatte Emma weniger und weniger gegessen und schien immer blasser zu werden, verglichen mit Lady Bethany, die nach jedem Streit an Stärke zu gewinnen schien. Grace bemühte sich, unauffällig durch die Tage zu schleichen, und war glücklich, als das Herrenhaus von den Vorbereitungen für das bevorstehende Fest beherrscht wurde und sie ein wenig aus dem Blickfeld geriet. Grace zählte die Stunden, bis es endlich so weit war. Je mehr sich die Feierlichkeiten abzeichneten, desto nervöser wurde sie. Würde Lady Bethany sie davonjagen, falls sie nicht ihren hohen Ansprüchen genügte? Weder Maisie noch Emma ahnten, wie sehr sich Grace vor dem Sommerfest fürchtete, weil sie meinte, nicht gut genug zu sein, um eingeladen zu werden. Grace bemühte sich, ihre Sorgen hinter einem fröhlichen Gesicht zu verstecken, um ihre Mutter nicht noch mehr zu belasten, da Emma seit Tagen geistesabwesend wirkte, weshalb sich Grace wiederum schuldig fühlte. Um sich abzulenken, versuchte das Mädchen tatkräftig bei den Vorbereitungen für das große Ereignis zu helfen, obwohl sich das – nach Lady Bethanys Ansicht – für eine Lady nicht schickte.

Von Tag zu Tag nahm das Sommerfest mehr Formen an. Die Gärtner hatten den Rasen hinter dem Haus noch einmal geschnitten, so dass er in kräftigem Grün leuchtete. Das weiße Zelt, das fremde Männer an einem Vormittag aufgebaut hatten, bildete dazu einen reizvollen Kontrast. Das Zelt sollte Schutz bieten, wenn das wechselhafte Wetter Cornwalls der Feier einen Strich durch die Rechnung zu machen drohte.

»Drück die Daumen, dass die Sonne scheint«, hatte Maisie Grace zugeraunt, als sie einander auf dem Flur begegnet waren. »Bei schönem Wetter verteilen wir überall im Garten Laternen und Lampions. Das sieht so hübsch aus.«

»Was gibt es noch?«, hatte Grace aufgeregt gefragt. Inzwischen hatte sich leichte Vorfreude zwischen ihre Sorgen gemischt, und sie sah dem Fest mit einer Mischung aus Anspannung und Aufregung entgegen. »Ein Feuerwerk?« Grace schaute Maisie mit großen Augen an. Diese hatte ja schon einige Sommerfeste auf Tristyans Manor mitgemacht, während es selbst für ihre Mutter das erste dieser Art sein würde.

»Musik, leckeres Essen, so viel, dass sich die Tische biegen, und das Beste –« Maisie legte eine kunstvolle Pause ein. Sie ging in die Knie, damit sie Grace das letzte Geheimnis ins Ohr flüstern konnte. »Genau. Ein Feuerwerk. So schön, wie du bestimmt noch keins gesehen hast.«

Heute endlich war der Tag gekommen, auf den sich Grace schon so lange freute und den sie gleichzeitig so fürchtete. In den Tagen vorher hatte sie sich noch einmal mehr bemüht, sich wie eine Lady zu benehmen, damit Lady Bethany auf keinen Fall einen Anlass fand, Grace von der Feierlichkeit auszuschließen. Heute Morgen hatte ihr Maisie gesagt, dass sie sie für das Fest anziehen und frisieren sollte. Obwohl Grace gebettelt hatte, hatte ihr Maisie das schöne Kleid nur gezeigt, es sie aber noch nicht anziehen lassen.
»Warte ab, bis es den Tee gegeben hat«, hatte Maisie mit einem Kopfschütteln wiederholt. »Stell dir nur vor, du kleckerst Erdbeermarmelade auf das schöne Kleid.«
Also hatte Grace brav abgewartet, bis sie endlich ihr normales Kleid gegen das schöne Festgewand austauschen durfte. Sie fühlte sich wie eine Prinzessin, die auf ihren ersten Ball gehen durfte. Passend zu ihrem schimmernden beigefarbenen Kleid mit kurzen Ärmeln hatte Maisie Grace einen runden Strohhut und weiße Stoffhandschuhe herausgesucht. Der Stoff der Handschuhe glich dem des breiten Kragens, der aussah, als ob ihr jemand eine Stoffserviette über den Halsausschnitt gelegt hätte.
»Perfekt. Eine elegante junge Lady bist du«, hatte Maisie gesagt, bevor sie Grace zum wiederholten Male dazu anhielt, sich vorsichtig zu bewegen, um das schöne Kleid nicht zu beschmutzen.
Mit zierlichen Schritten trippelte Grace daher hinaus in den Garten und blieb mit staunenden Augen stehen. Einige der jungen Frauen trugen Kleider, wie sie sie nur aus dem Kino kannte. Schwarz mit weißen Tupfen. Knalliges Rot mit einem Lochmuster am Ausschnitt. Sicher nichts, was vor den gestrengen Augen ihrer Großmutter Gnade finden würde, aber

das schien diesen Frauen auch nicht wichtig zu sein. Die Form nannte man A-Linie, hatte Maisie ihr erklärt, die Modezeitschriften liebte und immer auf dem neuesten Stand war, wenn es um Trends ging.

Mit großen Augen bestaunte Grace die Vielfalt der Kleider und mehr noch der Schuhe. Sandalen in Gold und Silber fingen ihren Blick, ebenso wie schlichte elegante schwarze Pumps. Sogar – Grace hob fasziniert die Hand vor den Mund – ein Schuh in der Farbe von Gardenien, mit einer Schleife vorn.

»Glotz nicht wie ein Schaf«, erklang Lady Bethanys Stimme hinter ihr, und Grace zuckte zusammen. »Du willst doch wohl nicht eines dieser oberflächlichen Mädchen sein, die sich nur für Schuhe oder Kleider interessieren. Eine Lady ist zeitlos gekleidet.«

»Ja«, flüsterte Grace, während sie das elegante eisblaue Kleid ihrer Großmutter bewunderte.

Wahrscheinlich hatte Lady Bethany recht: Nur Menschen ohne Stil unterwarfen sich dem Diktat der Mode, aber das rote Kleid mit den dazupassenden Schuhen hatte es Grace wirklich angetan. Vielleicht bot sich später eine Gelegenheit, die Frau kennenzulernen, die es wagte, mit derart verwegenen Farben auf der Gartenparty von Lady Bethany aufzutauchen. Zuerst jedoch suchte sie ihre Mutter, weil sie von ihr wissen wollte, ob es sich für eine Lady wirklich nicht schickte, Rot zu tragen. Doch bevor sie Emma entdeckte, wurde sie von einer großen Frau angesprochen, die einen gewaltigen Busen wie ein Tablett vor sich her schob.

»Du musst Grace sein. Ich bin deine Großtante Diane«, sagte die Dame, die einen grauen Hut trug, der aus dem gleichen Stoff war wie ihr elegantes, schmalgeschnittenes Kostüm. Dazu trug sie einen toten Fuchs um den Hals, was Grace so

faszinierte, dass sie kein Wort herausbrachte. Die Glasaugen des Tieres schienen sie zu hypnotisieren. Die Dame beugte sich zu ihr herab und flüsterte: »Ist er nicht furchtbar – das arme Tier. Aber es war ein Geschenk meines Mannes.«
Mit der Hand deutete sie auf einen kleinen Herrn mit kugeligem Bauch und rotem Gesicht, der am Buffettisch stand und einen großen Teller mit allerlei Essen belud.
Endlich besann sich Grace auf ihre Erziehung und knickste.
»Guten Tag. Ja, ich bin Grace.« Sie lächelte ihre Großtante an.
»Haben Sie meine Mutter gesehen?«
»Dort hinten. Schau. Neben meiner Tochter Irene, die junge Frau ganz in Rot.« Tante Diane beugte sich vor und tätschelte ihr die Wange, was Erwachsene gern taten und Grace furchtbar fand. »Armes Schätzchen.«
Auf diese Worte konnte sich Grace keinen Reim machen, knickste zum Abschied und ging in die Richtung, in die Diane gedeutet hatte.
Emma sah in ihrem hellen Sommerkleid mit dem orangefarbenen Gürtel jung und fröhlich aus und war inzwischen in ein Gespräch mit einem fremden Mann vertieft. Beide standen neben den langen Tischen mit den weißen Tischdecken, auf denen sich eine Vielzahl von Köstlichkeiten befand. Keiner von ihnen aß davon, was erklärte, warum ihre Mutter so schlank war. Seit sie auf Tristyans Manor waren, schien Emma von Monat zu Monat dünner zu werden, als ob sie sich unsichtbar machen wollte. Heute hörte Grace ihre Mutter zum ersten Mal seit langer Zeit lauthals lachen. Neugierig trat Grace etwas näher.
»Sie sind Amerikaner – in welcher Stadt leben Sie?«, hörte sie ihre Mutter fragen. Seit wann interessierte sich Emma für Amerika? Hatte das möglicherweise mit den Telefonanrufen

zu tun, die sie im Kaufladen im Dorf flüsternd geführt hatte und von denen Lady Bethany auf keinen Fall etwas erfahren durfte, wie Emma Grace mehrfach eingeschärft hatte. Auf Grace' Nachfrage hatte ihre Mutter gelächelt, ihr jedoch erklärt, dass sie noch zu klein wäre, um alles zu erfahren.

»Mein Schatz, wenn ich Gewissheit habe, werde ich es dir sagen, aber vorher musst du dich in Geduld üben.« Mit den Worten war sie Grace durch die wohlfrisierten Haare gewuschelt und hatte ihr einen schnellen Kuss auf die Wange gedrückt.

Also ging Grace noch etwas näher heran und gab vor, sich nicht zwischen den Süßigkeiten entscheiden zu können, die auf einem silbernen Tablett direkt vor ihr standen. Während sie ihren Teller in der Hand balancierte und sich nach vorn über das Buffet beugte, lauschte sie gespannt der Antwort des Fremden.

»New York. Die tollste Stadt der Welt.« Grace musste an sich halten, um nicht zu kichern. Gar zu seltsam hörte sich der breite Akzent des Mannes an. »Waren Sie schon einmal dort?«

»Noch nicht«, antwortete ihre Mutter, und Grace horchte auf. »Aber ich wünsche mir schon lange, die Ostküste zu bereisen. Boston soll ja auch sehr schön sein, nicht wahr?«

Nur zu gut erinnerte sich Grace an diesen Tonfall ihrer Mutter. So hatte Emma immer mit Grace' Vater gesprochen, an den sie sich kaum noch erinnerte. Aber die Wärme in der Stimme ihrer Mutter weckte Bilder. Grace schüttelte sich, um die Erinnerungen zu vertreiben.

»Boston brüstet sich mit der Geschichte. Die Tea Party, wissen Sie.« Der Amerikaner zuckte mit den Schultern. »Aber glauben Sie mir, in New York finden Sie das Leben. Ich würde Ihnen gerne meine Stadt zeigen.«

»Grace, was machst du denn da?« Maisies Schrei schreckte sie auf.
Grace sah an sich herunter. Versunken in das Gespräch, hatte sie nicht auf ihren Teller geachtet und sich Pudding über ihr schönes Kleid gegossen. Eine breite Spur zog sich über den Stoff. Auch Emma war durch Maisies Worte aufgeschreckt. Sie entschuldigte sich bei dem Herrn und eilte an die Seite ihrer Tochter. Grace hatte Tränen in den Augen. Sicher würde Lady Bethany sie auf ihr Zimmer schicken, und sie könnte das Feuerwerk nur von dort aus sehen.
»Ach Schatz, so schlimm ist das doch nicht.« Ihre Mutter ging vor Grace in die Knie und rieb mit einem blütenweißen Taschentuch an dem Puddingfleck herum. »Komm, wir ziehen dir ein anderes Kleid an.«
»Kann das Kind nicht einmal eine Stunde ordentlich gekleidet bleiben?« Wie es Grace befürchtet hatte, war ihrer Großmutter das Missgeschick nicht verborgen geblieben. Lady Bethany ragte vor ihr auf und schaute auf Grace herunter, einen deutlichen Ausdruck von Abscheu auf dem Gesicht. »Maisie, bring das Kind auf sein Zimmer. Dort kann es darüber nachdenken, wie sich eine Lady zu benehmen hat.«
»Bethany«, antwortete Emma, deren Stimme vor unterdrücktem Zorn bebte. »Lass meine Tochter in Ruhe. Du hast kein Recht, Grace so zu behandeln. Das weißt du.«
»Nicht hier und heute.« Irrte sich Grace, oder klang ihre Großmutter etwas verängstigt? Was mochte ihre Mutter nur gemeint haben? »Wir reden morgen.«
»Wenn ich dann noch hier bin«, flüsterte Emma.

Kapitel 16

Madeira 1928

Der Duft des Oleanders umschmeichelte Amelia ebenso wie Zacharys Worte, die er ihr zärtlich ins Ohr flüsterte. Beinahe jeden Nachmittag während der vergangenen vier Wochen hatte sie sich davongestohlen, um Zeit mit ihrem Geliebten zu verbringen. Immer neue Ausreden hatte sie sich einfallen lassen, um den Argusaugen ihrer Mutter zu entkommen. Schon mehrmals war Amelia sich sicher gewesen, dass sie Bethanys hellen Haarschopf gesehen hatte, hatte aber ihre Schwester niemals erwischt. Aber die Befürchtung blieb, dass ihre Familie entdecken würde, wie und mit wem Amelia ihre Nachmittage verbrachte. Nicht auszudenken, was für einen Skandal das nach sich ziehen könnte.

Hatte sie eben Schritte gehört? Amelia setzte sich auf, rückte ein Stück von Zachary ab und strich ihr Kleid glatt. Er wollte etwas sagen, aber sie hob abwehrend die Hand und lauschte. Wie jeden Tag hatte sich Amelia mit Zachary auf den Klippen getroffen, wo sie einander das erste Mal begegnet waren. Auf irgendeine Weise, die er ihr nicht verraten wollte, war es Zachary gelungen, den Schlüssel zu einem Häuschen zu bekommen, in dem die Gärtner ihre Werkzeuge lagerten. Es war klein und eng und wirklich nicht das, was man sich unter einem romantischen Ort vorstellte, aber es verschaffte ihnen die Möglichkeit, allein und ungesehen miteinander Zeit zu verbringen.

Allerdings fürchtete Amelia jedes Mal, wenn sie sich dort trafen, dass einer der Gärtner sie ertappen würde. Oder – und diese Alternative erschien ihr auch nicht attraktiver – dass die Nachmittage deutliche Spuren auf ihrem Kleid hinterließen, die ihrer aufmerksamen Stiefmutter nicht entgehen würden. Amelia verbrachte die gemeinsamen Stunden in einer Mischung aus Glück, weil sie Zacharys Küsse dahinschmelzen ließen, und Angst, weil sie die Entdeckung fürchtete. Wenn sie jedoch ehrlich war, erhöhte dies den Reiz ihrer nachmittäglichen Rendezvous noch mehr.

In den letzten Tagen beschränkte sich Zacharys Bedürfnis nach Zärtlichkeiten nicht mehr nur auf Küsse, sondern er ließ seine Hände wandern. Äußerst kundig, wie es Amelia schien, streichelte er ihren Hals und tastete sich von dort aus vor. Bisher war sie ihm jedes Mal ausgewichen, so auch heute, als sie Zachary zur Seite schob, um zu lauschen. Er schaute sie mit zur Seite geneigtem Kopf liebevoll an und rückte langsam näher.

»Bitte.« Zacharys Stimme klang einschmeichelnd und sanft. Seine gehauchten Küsse versetzten Amelia einen Schauer der Erregung nach dem anderen. Trotzdem schob sie ihn erneut sanft von sich. »Wir werden heiraten. Warum noch warten?«

»Weil es schicklich ist«, antwortete Amelia und kicherte. Selbst für sie klangen die Worte auswendig gelernt. Obwohl sie sie mit einem Lachen begleitete, musste Amelia sich eingestehen, dass in ihnen ein Hauch Wahrheit lag. Sie konnte und wollte sich Zachary nicht hingeben, weil sie seine Achtung nicht verlieren wollte. Und weil sie sein Interesse anfachen und nicht erlöschen wollte.

In ihrem Hinterkopf hörte sie die mahnenden Sätze, die Lady Norah ihren Töchtern wieder und wieder gepredigt hatte: »Gebt euch niemals zu früh einem Mann hin. Wenn ein Mann hat, was er von euch will, interessiert er sich nicht mehr für euch.«

Amelia hatte sich stets gefragt, was im Leben ihrer Stiefmutter schiefgelaufen war, dass diese ein derartig schlechtes Bild von Männern zeichnete. Ob Lady Norah Lord Percy in ihre Ermahnungen mit einschloss, darüber hatte sie nie nachdenken wollen. Sie hatte Lady Norah wohlweislich nie widersprochen, aber sich heimlich gedacht, dass es auch bessere Männer gäbe. Männer, auf die man sich verlassen konnte, die in einer Frau eine gleichwertige Partnerin sahen und nicht nur das eine wollten.

Wobei, wie Amelia mit einem wohligen Schauder dachte, die körperliche Seite der Liebe ihr immer interessanter erschien, seitdem sie Zachary Galveston kennen- und lieben gelernt hatte. Aber – das fragte sie sich, seitdem Zachary sie das erste Mal gebeten hatte, mit ihm zu schlafen – würde er sie noch respektieren, wenn sie sich ihm vor der Ehe hingeben würde? Andererseits hatte sie gehört, dass die jungen Frauen in London sich benahmen wie Männer und sich ebenso dem unverbindlichen Sex hingaben wie diese. Amelia hatte es kaum glauben können, als sie Bethany davon reden hörte, aber auch ihre Mutter und deren Freundinnen hatten davon gesprochen, es allerdings als Verrohung der Sitten bezeichnet.

»Wo kommen wir denn da hin?«, hatte sich eine von Lady Norahs Freundinnen echauffiert. »Zu Zeiten unserer ehrbaren Queen wäre das nicht möglich gewesen.«
Amelia hatte sich versucht gefühlt, die Damen zu fragen, warum sie sich dann überhaupt mit dem Thema beschäftigten, wenn es Queen Victoria verpönt hatte, aber sie war klug genug zu schweigen.
»Vertraust du mir nicht?«, unterbrach Zachary ihre Gedanken. Er hatte sich aufgesetzt und schaute sie geradewegs an. Ihr Herz schlug so laut, dass sie Zacharys geflüsterte Worte kaum verstehen konnte. »Du hast gesagt, du liebst mich.«
»Aber …«, begann sie, konnte den Satz jedoch nicht beenden. Seine Traurigkeit traf sie so unvermittelt, dass Amelia Tränen aufsteigen spürte. Wie konnte sie nur so grausam sein und den geliebten Mann durch ihr Misstrauen derartig verletzen? Hatte Zachary nicht seine Liebe zu ihr bewiesen, als er sich für sie entschieden hatte? Obwohl Bethany keine Gelegenheit ausgelassen hatte, mit ihm zu flirten. Obwohl ihre Schwester all ihre Verführungskünste eingesetzt hatte, war Zachary nicht von Amelias Seite gewichen. Was musste er noch unternehmen, bis sie endlich merkte, dass er der einzig Richtige für sie war?
Nein! Amelia atmete tief ein. Sie würde Lady Norah nicht recht geben und ihr Lebensglück aufs Spiel setzen, nur weil ihre Stiefmutter einem viktorianischen Weltbild anhing. Amelia lächelte Zachary unter Tränen an. »Natürlich liebe ich dich. Natürlich vertraue ich dir. Aber …« Sie beugte sich vor und hauchte die Worte in sein Ohr. »Aber ich wünsche mir einen angemesseneren Ort als dieses Gartenhäuschen.«
»Wie recht du hast. Wie klug du bist.« Zu Amelias Überraschung ging Zachary gleich auf ihren Wunsch ein. Sie ver-

spürte einen Hauch von Enttäuschung, dass er nicht weiter darauf beharrte, dass sie ihm ihre Liebe zeigte. Er stand auf und hielt ihr die Hand entgegen. »Komm mit.«

»Wohin?«

»Schließ die Augen. Ich werde dich führen.«

Amelia schluckte. Sicher, sie liebte und vertraute Zachary, aber vertraute sie ihm wirklich blind? Was, wenn er sie auf die Probe stellen und die Tiefe ihrer Liebe erforschen wollte? Aber auf keinen Fall wollte sie Zachary verlieren. Den ersten Mann, der sich für ihre Bilder interessierte. Den ersten Mann, der nicht auf Bethanys hübsches Gesicht hereingefallen war, sondern dahintergeblickt hatte. Den ersten Mann, der sie ihrer Schwester vorgezogen hatte. Ja, sie würde ihm folgen – notfalls auch blind.

»Willst du mir die Augen verbinden wie einem störrischen Pferd?«, fragte sie und bemühte sich, ihre Stimme fröhlich klingen zu lassen, auch wenn ihr etwas mulmig zumute war.

»Nein, ich vertraue dir, dass du die Augen erst dann öffnest, wenn ich es dir sage.« Zachary klang sehr ernst, und wieder gewann Amelia den Eindruck, als ob sie und die Tiefe ihrer Gefühle geprüft würden. »Komm, gib mir deine Hand.«

Sie lächelte ihn an, wartete, bis er ihr Lächeln erwiderte, und schloss dann die Augen. Zachary nahm Amelia an die Hand. Sicher und vorsichtig führte er sie durch den Garten. Da sie nichts sah, konzentrierte sie sich auf ihre anderen Sinne, spürte den Kies der Gartenwege unter den Schuhen, roch die betäubende Süße der Lilien, die in voller Blüte standen, und hörte einzelne Vogelrufe. Seltsam, dass ihr vorher nie aufgefallen war, wie ruhig es auf der Blumeninsel war. Das Geräusch unter ihren Schuhen änderte sich plötzlich. Sie waren von Kies auf eine gepflasterte Straße gewechselt. Amelia hätte nicht

sagen können, wie lange sie bereits an Zacharys Arm blind durch die Gegend lief.
»Jetzt darfst du die Augen öffnen. Schau.« Zachary griff nach einer blauen Blütenkugel, die er mit einer geschickten Bewegung abknickte und Amelia mit einem Lächeln überreichte. »Eine afrikanische Lilie. Du kennst den botanischen Namen?«
»Ja«, hauchte Amelia, den Blick zu Boden gesenkt, weil sie nicht wagte, ihn anzuschauen. Sie spürte Röte, die sich auf ihrem Hals und ihren Wangen ausbreitete. Er würde es nicht wagen, oder?
»*Agapanthus*«, sagte Zachary, als hätte er ihre Gedanken gelesen. Amelia meinte, ein Lächeln in seiner Stimme zu erkennen. »Liebesblume, aus dem Griechischen. *Agapé* für Liebe und *anthos* für Blume.«
Bevor Amelia eine Antwort eingefallen war, bat Zachary sie erneut, die Augen zu schließen und sich seiner Führung anzuvertrauen.
»Vorsicht, Stufen«, sagte er und führte sie sicher über eine kleine Treppe.
Amelia versuchte sich zu erinnern, ob und wo sie eine Treppe gesehen hatte. Im Garten des Hotels gab es einige Treppchen, aus Fels gehauen, aber sie waren Amelia stets kleiner vorgekommen. Wie anders die Welt wirkte, wenn man sie nicht mit den Augen aufnehmen konnte.
Zachary öffnete eine Tür und geleitete sie in ein Haus. Amelia meinte, einen Teppich unter ihren Schuhen zu spüren, der die Geräusche ihrer Schritte dumpf erscheinen ließ. Angenehm kühl war es in dem Haus, oder war es das Hotel? Konzentriert schnupperte Amelia, suchte nach weiteren Spuren, die ihr etwas über ihren Standort verraten könnten.
»Ist es noch weit?«, brach sie schließlich das Schweigen, das

zwischen ihnen herrschte. Langsam war ihr unbehaglich zumute, und sie fürchtete, Zacharys Vertrauen enttäuschen zu müssen, weil sie die Augen nicht länger geschlossen halten konnte. »Wohin führst du mich?«

Anstatt ihr zu antworten, blieb Zachary stehen und gab ihr einen sanften Kuss auf die Lippen. So zart, dass er sich anfühlte wie ein Hauch und Amelia sich fragte, ob er Wirklichkeit gewesen war.

»Es dauert nicht mehr lange, meine Schöne«, flüsterte Zachary schließlich. »Aber wir müssen uns ruhig verhalten.«

Sie nickte. Ihre Liebe zu ihm war so groß, dass sie ihm den ganzen Tag gefolgt wäre, ohne die Augen zu öffnen oder ihn mit weiteren Fragen zu bedrängen, wenn er nur den Glauben an ihre Liebe nicht verlor.

»Einen Augenblick. Ich muss die Tür aufschließen.« Zachary ließ ihre Hand los.

Einen Moment lang verspürte sie Panik, obwohl sie hören konnte, wie er den Schlüssel im Schloss drehte, obwohl sie sein Rasierwasser riechen konnte. Endlich nahm er wieder ihre Hand und zog sie sanft nach vorn.

»Du warst sehr tapfer«, flüsterte er und küsste sie, dieses Mal voller Leidenschaft. Amelia musste sich an seine Schulter lehnen, weil ihre Beine sie nicht mehr zu tragen schienen. Dann drehte er sie von sich weg. »Jetzt öffne die Augen.«

Amelia gehorchte und musste blinzeln, als das Sonnenlicht, das durch die weit geöffneten Fenster fiel, ihre Augen traf. Die weißen Vorhänge bauschten sich im Wind. Nachdem ihre Augen sich an das Licht gewöhnt hatten, sah Amelia sich neugierig in dem Zimmer um, das Zachary – wie ihr plötzlich klarwurde – speziell für diesen Moment vorbereitet haben musste. Auf dem breiten Bett lagen Rosenblätter, deren Duft sie bereits bemerkt hatte, als sie das Zimmer betreten hatte. In

einem Weinkühler stand eine Flasche Champagner. Das Eis darin war fast vollständig geschmolzen. Auf einem Tischchen entdeckte sie Teller und Besteck sowie eine silberne Glocke, unter der sicher Leckereien auf sie warteten.
Alles wirkte stilvoll und angenehm, und dennoch verspürte Amelia ein seltsames Gefühl, gemischt aus Enttäuschung und Bitterkeit. Zachary musste sich ihrer sehr sicher gewesen sein, dass er dieses Zimmer für eine Liebesnacht, nein, für einen Liebesnachmittag hatte zurechtmachen lassen.
»Wundere dich nicht«, flüsterte Zachary in Amelias Ohr, während seine Finger über ihren Hals strichen. »Den Champagner musste ich in den letzten Tagen allein trinken, und ich könnte eine ganze Badewanne mit Rosenblättern füllen. Aber ich habe die Hoffnung nicht aufgegeben, dass wir beide einander unsere Liebe hier beweisen können.«
Seine Worte zerstreuten Amelias Bedenken, und sie fühlte sich schuldig, dass sie an ihrem Geliebten gezweifelt hatte. Mit der ihm eigenen Eleganz hatte Zachary inzwischen begonnen, die Champagnerflasche zu öffnen. Er goss die beiden Gläser voll und reichte Amelia eines.
»Auf uns. Auf die Liebe.«
»Auf uns«, flüsterte sie. Der Champagner schmeckte leicht säuerlich. Seine Perlen verursachten ihr einen Hustenreiz, den sie jedoch unterdrückte. Sie trank zu schnell, so dass sie sich räuspern musste. Dezent, um dem Nachmittag nicht seinen Zauber zu nehmen.
»Komm her«, flüsterte Zachary. Seine Stimme klang etwas heiserer als sonst. Seine Augen leuchteten, als er sie von oben bis unten betrachtete.
Amelia gehorchte. Ihr Geliebter stellte sein Champagnerglas ab und knöpfte mit geschickten Fingern ihr Kleid auf. Sie sog

die Luft ein, als seine Finger ihre nackte Haut berührten. Panik übermannte sie, und mit einer schnellen Handbewegung schubste sie ihn weg.

»Es ist gut. Wenn du nicht willst, …« Sein Lächeln war so voller Liebe, dass Amelia all ihren Mut zusammennahm, auf Zachary zuging und ihn umarmte.

»Doch, ich will«, flüsterte sie, während ihre Finger durch seine Haare wühlten.

Sie schloss die Augen, während er langsam ihr Kleid auszog. Wieder spürte sie seine Finger, die an ihrem Unterkleid nestelten. Wie geschickt er ist, dachte sie. Dann konzentrierte sie sich ganz auf die ungewohnten Gefühle, die sie zu überwältigen drohten.

»Wie schön du bist. Wie wunderschön«, flüsterte er und schien sie mit den Augen verschlingen zu wollen. »Noch schöner, als ich es mir erträumte.«

Amelia, die sich ihrer Nacktheit schämte, wollte an Zachary vorbei unter die Bettdecke schlüpfen, aber er hielt sie fest. Sanft zog er sie in seine Arme und küsste sie, während seine Finger ihren Rücken streichelten.

»Schließ die Augen, meine Schöne. Ich möchte sehen, wie das Licht des Nachmittags Muster auf deinen Körper malt.«

Amelia gehorchte. Der Wind, der vom Fenster kam, ließ sie erschauern. Was würde Lady Norah wohl denken, wenn sie Amelia so sehen könnte. Nackt und schamlos im hellen Licht des Nachmittags, durch zarte weiße Vorhänge, mit denen der Wind sein Spiel trieb, kaum vor Blicken geschützt.

»Dir ist kalt, meine Liebste«, murmelte Zachary. Mit mehr Kraft, als sie ihm es zugetraut hätte, hob er sie auf seine Arme und trug sie zum Bett. Vorsichtig, als wäre sie aus feinstem Porzellan, ließ er sie auf die Rosenblüten sinken.

Kapitel 17

Madeira 2012

Guten Tag.«

Laura musterte die zierliche Frau vor sich misstrauisch, obwohl sie nicht wie eine von denen wirkte, die einem an der Tür Seelenrettung versprachen. Klassisch zeitlos gekleidet, mit einer etwas zu biederen Frisur passte sie gut ins Bild einer Bridge-Gesellschaft. Allerdings hatten diese Damen normalerweise keinen Koffer dabei, der so aussah, als wollte die Person bei Laura einziehen. »Guten Tag. Aber, danke, ich kaufe nichts.«

Kaum hatte sie die Worte ausgesprochen, spürte sie, wie sie rot anlief, weil sie die Frau erst auf den zweiten Blick erkannt hatte. Grace. Lady Grace Mainer. Ihre Tante oder Cousine oder Großcousine – in jedem Fall aber die Eigentümerin des Hauses, in dem Laura sich gemütlich eingerichtet hatte.

»Entschuldige, Grace. Ich habe dich überhaupt nicht erkannt«, schob Laura schnell nach und hoffte, dass ihre Verwandte sich durch ein gequältes Lächeln besänftigen lassen würde. Das einzig Beruhigende an der peinlichen Situation war, dass Grace Laura ähnlich verwirrt anschaute. Laura hatte nicht mit Besuch hier auf Madeira gerechnet. Schon gar nicht mit unangekündigten Gästen. Vor allem nicht mit einer Verwandten, die sie vor ewigen Zeiten das letzte Mal gesehen hatte.

»Das macht nichts.« Ein Lächeln erhellte Grace' Gesicht. Wenn sie lächelt, ist sie richtig hübsch, dachte Laura. »Es ist auch schon eine Zeit her, dass wir uns gesehen haben. Ich habe dich auch erst nach einigem Überlegen einordnen können.«

»Lady Bethanys Beerdigung.« Laura rechnete im Kopf nach, wie viel Zeit inzwischen vergangen war. Kaum zu glauben. Seit mehr als zwei Jahren hatten Grace und sie sich nicht gesehen. Auch auf der Beerdigung hatten sie nicht viele Worte miteinander gewechselt. Zu vieles trennte sie: Alter, Wohnort und vor allem die Familiengeschichte. Lauras Vater James hielt genauso wenig von den Verwandten, die auf Tristyans Manor lebten, wie seine Mutter Irene und deren Mutter Diane, die Lady Bethanys jüngere Schwester gewesen war. Das machte Grace also zu Lauras Großtante. Nein, Tante. Nein, Cousine. Ach, eigentlich war das ja auch egal. Wichtiger war die Frage, was Grace hier wollte.

»Möchtest du reinkommen? Ich habe gerade Tee gekocht.« Typisch britisch, dachte Laura mit einem Lächeln. In Krisensituationen immer Tee trinken. Das hatte ihre Zeit in Deutschland nicht ändern können. »Scones könnte ich auftauen.«

»Danke schön.« Grace ging an Laura vorbei ins Haus und stellte ihren Koffer in dem kleinen Flur ab. Mit einer derartigen Selbstverständlichkeit, dass Laura sich etwas irritiert fühlte. Sicher, es war Grace' Haus, aber Laura hatte einen ord-

nungsgemäßen Vertrag mit der Verwaltung abgeschlossen. Ob Grace das nicht wusste? Wurde sie vielleicht schon langsam tüddelig?
»Planst du, länger zu bleiben?«, versuchte Laura leichthin zu fragen, aber ihre Stimme klang etwa schrill. Sie hatte beabsichtigt, in dem Haus am Leuchtturm mit sich und ihrem Leben wenigstens ansatzweise ins Reine zu kommen. Dafür musste sie allein sein. Eine Tante, die Urlaub hier machen wollte, fehlte ihr gerade noch. Gerade jetzt, wo sie Matthew Nelson etwas nähergekommen war.
»Ich wusste nicht, dass das Haus vermietet ist.«
Grace war in die Küche gegangen und hatte sich – wieder mit größter Selbstverständlichkeit – an den Tisch gesetzt. Laura nahm eine Tasse aus dem Schränkchen. Sie stellte sie vor Grace auf den Tisch und goss Tee ein. Was konnte sie schon antworten? Im Kopf überschlug sie ihre Finanzen. Ja, sie konnte sich ein Hotel – zwar nicht gerade das Reid's Palace – oder eine Pension auf jeden Fall leisten, vielleicht eine andere Ferienwohnung. Sicher, sie konnte sich auch ein anderes Haus mieten, aber … sie brachte nicht die Energie auf, die für diese Schritte notwendig war. Die Vorstellung, das Häuschen verlassen zu müssen, schnürte ihr die Kehle zu. Und was würde aus Twisty? Oh, verflucht. Hoffentlich tauchte das Katerchen nicht jetzt auf. Laura war sich sicher, dass Haustierhaltung in ihrem Mietvertrag nicht erlaubt war. Unauffällig schloss sie die Tür zum Wohnzimmer.
»Schau mal.« Unerwartet sprang Grace auf, ging zum Türrahmen und deutete auf den roten Streifen. »Hier hat meine Mutter immer angezeichnet, wie viel ich gewachsen war.«
Ihre Stimme klang weich und Laura meinte, Tränen in Grace' Augen glitzern zu sehen. Das fehlte ihr noch – eine sentimen-

tale Tante, die nichts Besseres zu tun hatte, als die ganze Zeit Geschichten aus der Vergangenheit aufzuwärmen. Obwohl – vielleicht brachte der Überraschungsbesuch ja Antworten auf einige Fragen, die sich Laura seit ihrer Ankunft auf der Blumeninsel gestellt hatten.

»Willst du hier wohnen?«, insistierte sie daher. Innerlich betete sie, dass Grace nicht vollkommen durcheinander war, so abrupt, wie sie eben aufgesprungen war. »Ich habe einen Mietvertrag. Für länger …«

»Mein Fehler. Ich möchte dich auf keinen Fall vertreiben.« Grace schaute von ihrem Tee auf, in den sie langsam Milch eingegossen hatte. »Ich bin … etwas überstürzt von Tristyans Manor aufgebrochen.«

Laura hob den Kopf und lächelte. Was sollte sie antworten? Seltsamerweise fand sie es schwieriger, Smalltalk mit ihrer Verwandten zu machen als mit jemand Fremdem. Irgendwie wollte ihr überhaupt nichts einfallen, über das sie reden konnte, vor allem nicht, weil ihr das Bild von Grace' Koffer, der wartend im Flur stand, nicht aus dem Kopf gehen wollte. Grace zu fragen, warum sie Tristyans Manor Hals über Kopf verlassen hatte – das erschien ihr zu … zu intim.

»Tja, was machen wir jetzt?«, fragte Grace. Sie rieb sich mit dem Finger die Nasenwurzel. »Wie lange hast du das Haus gemietet?«

»Sechs Wochen insgesamt. Etwas mehr als vier Wochen bleiben noch.«

Bevor Grace antworten konnte, ertönte ein vernehmliches Scharren an der verschlossenen Tür. Einen Moment lang überlegte Laura, ob sie Twisty durch lautes Sprechen übertönen könnte, aber die Idee erschien ihr zu albern. Also blieb nur eines – die Tür zu öffnen. Kaum war sie einen Spalt offen, galoppierte der kleine Kater mit hochgerecktem Schwänzchen in die Küche, um dann so abrupt abzubremsen, als er Grace entdeckte, dass er auf die Nase fiel.

»Na, elegant sieht anders aus«, sagte Laura, um ihre Verlegenheit zu überspielen, während sie nur denken konnte: Das war's dann wohl mit unserem Häuschen hier. Vielen Dank, Twisty.

»Wer bist du denn?« Grace beugte sich zu dem Katerchen hinunter, der sich inzwischen wieder aufgerappelt hatte. Sie hielt Oliver Twist ihren Finger hin, den dieser ausgiebig beschnupperte, um sich dann mit Schwung gegen Grace' Beine zu werfen, als erwartete er etwas Leckeres zu fressen.

»Das ist Oliver Twist, genannt Twisty. Ich habe ihm das Leben gerettet, bevor er die Klippen hinuntergestürzt wäre.« Laura erwartete nicht, dass Grace sie verstehen würde. Soweit sie sich erinnerte, hatte es auf Tristyans Manor keine Haustiere gegeben, was sie immer gewundert hatte. In Lauras Vorstellungswelt, die von Kinderbüchern geprägt war, gehörten mindestens Jagdhunde und Pferde zum Haushalt des Landadels. Als Kind hatte sie es bedauert, dass nicht einmal Wellensittiche oder Kaninchen die langweiligen Besuche bei Bethany und Grace versüßten. Vor Bethany hatte Laura eine Heidenangst gehabt. Die weißhaarige Dame, die sich sehr gerade hielt und ihre Augen überall zu haben schien, sprach kaum mit Laura und ihren Geschwistern. Wenn überhaupt, dann beschränkte sie sich auf eine Auflistung von Verboten: *Nicht in der Halle rennen. Nicht in die verschlossenen Zimmer gehen. Nicht den Flügel anfassen.*

Kein Wunder, dass die Kinder froh gewesen waren, dass sich der Kontakt zu ihren hochherrschaftlich Verwandten auf ein Minimum beschränkte.

»Ich weiß, dass keine Hausiere erlaubt sind. Ich wollte ihn ins Tierheim bringen, aber …«, begann Laura. Sie hatte für Grace die ideale Gelegenheit geschaffen, sie fristlos vor die Tür zu setzen.
»Wirklich?« Überrascht schaute Grace auf. Inzwischen war Twisty an ihrem Rock hochgeklettert, nicht ohne einige Fäden zu ziehen, und hatte sich auf ihrem Schoß zusammengerollt. Er schnurrte lautstark, als wollte er Grace davon überzeugen, dass er ein ausnehmend angenehmer Kater wäre. »Ich habe den Vertrag nie gelesen. Unser Anwalt hat ihn aufgesetzt.«
»Aha.«
Schweigen folgte Lauras Worten. Also rührte sie in ihrem Tee und wartete ab, was Grace noch sagen würde. Immerhin mochte ihre Großtante Katzen, das war ein eindeutiger Pluspunkt.
»Danke für den Tee.« Vorsichtig hob Grace Twisty hoch und setzte ihn dann auf den Boden, was der Kater mit einem empörten Maunzen quittierte. Grace stand auf. »Würdest du mir ein Taxi rufen, bitte.«
»Warum?« Wie peinlich, dachte Laura. Was sollte Grace nur von ihr halten? Über ihre nächsten Worte wunderte sie sich allerdings, während sie sie aussprach. »Du musst nicht unbedingt fahren. Es gibt ein zweites Schlafzimmer.«
»Ich kenne das Haus«, antwortete Grace mit einem Lächeln. »Aber ich möchte dir deine Ferien nicht verderben.«
»Nein, ist schon in Ordnung, sonst würde ich es dir nicht anbieten.« Was war nur mit ihr los? Eben noch hatte sie die Situation verflucht, und jetzt lud sie ihre Cousine ein, um bei ihr zu wohnen. Dabei kannte sie Grace so gut wie gar nicht. Was, wenn sie schnarchte oder ein Kontrollfreak war wie ihre Großmutter oder von Laura erwartete, dass sie die gesamte

Hausarbeit leistete? Schließlich gab es auf Tristyans Manor Dienstboten, die sich um den Alltag kümmerten. »Ich habe alte Briefe gefunden. Von Amelia Lanston, glaube ich ... Der Frau, die angeblich hier auch mal gewohnt hat. Und die das Buch geschrieben hat, weißt du?«

Jetzt redete sie sich wirklich um Kopf und Kragen. Konnte Laura davon ausgehen, dass Grace das Buch überhaupt kannte? Wahrscheinlich hielt ihre Großtante – Laura hatte sich entschieden, Grace jetzt so zu nennen – sie für vollkommen schräg und sozial inkompetent. Eine Büchernärrin, die sich vertragswidrig mit einem Kater in ihrem Ferienhaus eingenistet hat. Und sich zielsicher mit einem Mann angefreundet hat, der von den Einheimischen – nein, das war ungerecht, von einigen Einheimischen – des Mordes an seiner Ehefrau bezichtigt wurde. Ganz zu schweigen von den Schuldgefühlen, die Laura mit sich herumtrug. Bevor sie ihre Einladung zurücknehmen konnte, sagte Grace mit einem offenen Lächeln: »Ich liebe *Die Blumen Madeiras.* Amelias Bilder wirken lebendiger als jede Fotografie. Ich finde, manchmal sogar lebendiger als die Blume in natura. Amelia muss Blumen sehr geliebt haben, wenn sie deren – fast würde ich sagen – Seele so einfangen konnte.«

Laura fiel ein Stein vom Herzen. Nach einem Moment der Unentschlossenheit entschied sie sich, es einfach mit Grace zu versuchen. Wenn ihre Großtante Lauras Lieblingsbuch genauso schätzte wie sie, würden sich sicher auch andere Gemeinsamkeiten finden lassen. Im Notfall konnte Laura vorschützen, dass sie wegen eines Auftrags nach Deutschland zurückmüsste. Der Kater hatte inzwischen alle notwendigen Impfungen, so dass er sie begleiten konnte. Weglaufen kannst du immer, hatte Hannah ihr mal gesagt. Bleiben und etwas durchstehen, das ist der harte Teil der Übung.

»Ich beziehe das Bett. Du kannst so lange noch einen Tee trinken oder mit Twisty spielen.« Laura deutete auf den Kater, der ihnen erwartungsvoll das Köpfchen entgegenreckte.
»Zeig mir nur das Zimmer. Mein Bett kann ich selbst beziehen.« Grace' Lächeln wirkte offen, aber Laura fühlte sich ertappt, weil sie ihre Tante für haushaltsuntauglich gehalten hatte. »Kochen kann ich auch, falls du dir Sorgen machst.«
Erst wollte Laura protestieren, doch dann brach sie in ein befreiendes Lachen aus. »Na ja, ich dachte, wegen deines Personals auf Tristyans Manor wärst du für die Hausarbeit verdorben. Hast du mir das angesehen?«
»Glaub mir, du bist nicht die Erste, die das von mir denkt.« Grace hob die Hände in einer hilflosen Geste. »Aber leider verschlingt Tristyans Manor so viel Geld, dass ich mir nur noch das absolut notwendige Personal leisten kann.«
Plötzlich fing auch Grace an zu lachen. Wahrscheinlich war ihr aufgegangen, wie sich ihre Worte für Laura anhören mussten. Sie wirkte jünger und irgendwie entspannter, wenn sie lachte. Nicht mehr wie eine alte Tante, sondern wie jemand, den man mögen konnte. Jemand, der eine gute Gesellschaft in einem alten Haus war, das die dumme Angewohnheit hatte, nachts bedrohlich zu knarzen.
»Ich habe nicht immer auf Tristyans Manor gelebt«, erklärte Grace, nachdem ihr Lachen verklungen war. »Norman, mein Mann, und ich sind erst dorthingezogen, als es … als es Lady Bethany gesundheitlich schlechterging.«
Seltsam, dass Grace von Lady Bethany nicht als ihrer Großmutter sprach, überlegte Laura, aber vielleicht war das im vornehmeren Zweig der Familie ja so. Sie hatte ihren Vater vor Jahren einmal gefragt, ob dieser sich nicht ärgerte, dass er weder Tristyans Manor noch den Titel geerbt hatte. Mit einem

Kopfschütteln hatte James abgewehrt. »Nein, überhaupt nicht. Die ganzen Unfreiheiten, die damit einhergehen. Dieser seltsame Ehrenkodex. Auf keinen Fall.«

»Gut, dann kümmere ich mich um den Kater und das Abendessen. In der Kommode ist Bettwäsche.« Laura ging voraus, um Grace das Schlafzimmer zu zeigen, das sie bisher nicht genutzt hatte. »Ist Käsetoast in Ordnung? Mit Salat.«

»Sehr gern.«

Kapitel 18

Tristyans Manor 1928

Bethany hat dich gesehen.« Auf Lady Norahs Gesicht zeichnete sich Abscheu ab, was Amelia tief ins Herz schnitt. Bereits als Lady Norah Amelia in den roten Salon hatte rufen lassen, hatte sie Unerfreuliches geahnt.

Mit gesenktem Haupt war sie durch die große Eingangshalle geschlichen und hatte nur einen kurzen Blick auf die riesengroße Tanne geworfen, die von der Dienerschaft geschmückt wurde. Weder den goldenen Lamettasträngen noch den roten Kugeln war es gelungen, Amelia so etwas wie Weihnachtsstimmung zu vermitteln. Zu sehr fürchtete sie die Vorwürfe ihrer Stiefmutter, obwohl sie beim besten Willen nicht wusste, womit sie Lady Norahs Verachtung verdient hätte. Schließlich hatte Amelia sich nach Kräften bemüht, ihr Geheimnis zu verbergen. Es konnte nicht sein, dass jemand etwas von ihrer Liebe zu Zachary wusste, oder?

Nachdem Amelia die Tür zum Salon geöffnet hatte, hatte sie als Erstes Bethany entdeckt, die mit einem selbstgefälligen Lä-

cheln auf dem Sofa saß, was Amelias Befürchtungen gesteigert hatte. So lächelte ihre Stiefschwester nur, wenn sie andere Menschen ins Unglück stürzen konnte.
Sie wissen wirklich von Zachary und mir, war Amelias erster Gedanke gewesen, so dass sie die Litanei ihrer Stiefmutter kaum wahrgenommen hatte. Aus Angst vor den Konsequenzen, die sich aus ihrer verbotenen Liebe ergeben würden, hatten Amelia die Beine gezittert. Sie hatte sich kaum auf Lady Norahs Worte konzentrieren können, die sie ihr entgegenschleuderte. Mit leiser Stimme, aber spitz und treffsicher wie Pfeile.
»Als … als du den Stallburschen umarmt hast.« So wie Lady Norah es aussprach, schien es, als hätte Amelia das Verwerflichste überhaupt getan. »Bethany sagt, dass sie schon länger von eurer … eurer schmutzigen kleinen Liaison weiß.«
Erst verspürte Amelia Erleichterung, weil weder ihre Stiefschwester noch ihre Stiefmutter etwas von der Liebe zwischen Zachary und ihr zu wissen schien, dann jedoch übermannten sie Traurigkeit und Sorge, weil sie sich einer bösartig falschen Anschuldigung stellen musste. Wie sollte sie beweisen, dass sie unschuldig war?
»Ich …« Amelia spürte, dass sie rot anlief. Ihr blieben die Worte im Halse stecken. Wie konnte Bethany nur derartige Lügen über sie verbreiten? Warum glaubten ihre Eltern Bethany mehr als ihr? Alles, was Amelia sagen konnte, würde sich wie eine Ausrede anhören und falsch klingen. Wer sich verteidigt, klagt sich an, hatte ihr Großmutter Ada stets gesagt. Daher konnte Amelia nur mit brechender Stimme beharren: »Das … das stimmt einfach nicht.«
»Hast du Bill umarmt oder nicht?« Lady Norah stand sehr aufrecht und blickte auf Amelia herab, die sich hatte setzen

müssen, weil sich ihre Beine zu schwach anfühlten, um ihrer Mutter entgegentreten zu können. Lady Norahs kühlem Zorn konnte Amelia nicht von Angesicht zu Angesicht begegnen.

»Sag mir die Wahrheit.«

»Ja«, musste Amelia zugeben. Zu lügen, selbst um sich zu schützen, lag nicht in ihrer Natur. Aber so wie Bethany die Situation dargestellt hatte, klang es sicher schmutzig und billig. Nicht so harmlos, wie es wirklich gewesen war. Amelia verdrängte die Angst, die sich aufgrund der harschen Worte Lady Norahs in ihr Herz geschlichen hatte, und suchte Kraft im Hass auf Bethany, deren Lügen und Intrigen immer wieder Erfolg zeigten. »Ja, ich habe Bill umarmt, aber …«

»Versuch nicht, eine Ausrede zu finden.« Lady Norah verzog die Lippen, als sähe sie etwas absolut Ekelhaftes vor sich. »Dein Verhalten ist durch nichts zu entschuldigen.«

»Doch«, begehrte Amelia auf. Nicht um sich zu retten, sondern um zu verhindern, dass dem Stallburschen erneut Konsequenzen wegen einer von Bethanys Lügen drohten. »Ich kann es erklären. Im Überschwang der Gefühle habe ich Bill gedankt, weil er durch seine aufopferungsvolle Pflege Princess das Leben gerettet hat. Nachdem Bethany sie zuschanden geritten hatte.«

»Pfff«, antwortete Bethany. Ihr Lächeln verblasste, während sie Amelia aus zusammengekniffenen Augen ansah. Sie wirkte überrascht, als könnte sie nicht glauben, dass Amelia sich gegen die Vorwürfe zur Wehr setzte. Aber sofort hatte Bethany eine Ausrede parat. »Ich habe die Stute nur etwas gefordert. Bill übertreibt es mit den Pferden, Mutter, das weißt du.«

»Das steht jetzt nicht zur Debatte«, schnitt Lady Norah ihr das Wort ab. »Für unsere Familie geht es um alles. Da können wir uns keinen Skandal erlauben. Keine Gerüchte, die ein

schlechtes Licht auf eines unserer Familienmitglieder werfen.«
Wie stets musste ihre Stiefmutter übertreiben, sobald es um den guten Ruf der Familie ging, dachte Amelia. Vielleicht sollte sich Lady Norah lieber darüber Gedanken machen, dass es Bethany ein Vergnügen war, andere Menschen durch Lügen und Intrigen unglücklich zu machen. Sicher, es gehörte sich nicht für ein Mitglied der Familie, einen Dienstboten zu umarmen. Aber wer sollte sie hier in der Einsamkeit Tristyans Manors schon beobachten und sein Wissen nach London tragen?
Als ob die Londoner Gesellschaft keine besseren Affären und Skandälchen fände als die Geschehnisse in der Provinz. Aber sobald es um das Ansehen der Familie Lanston ging, war Lady Norah keinerlei vernünftigen Argumenten mehr zugänglich. Nichts fürchtete ihre Stiefmutter mehr als auch nur den Hauch eines schlechten Rufs. Manchmal schien es Amelia, als ob Lady Norah noch im neunzehnten Jahrhundert lebte und den Wechsel ins zwanzigste noch nicht vollzogen hatte. Die Ansichten und Vorstellungen ihrer Mutter erschienen Amelia so furchtbar altmodisch, vor allem, seit sie durch Zachary erfahren hatte, wie die Londoner Gesellschaft lebte. Frauen, die kurze Kleider trugen, rauchten und sich anmaßten, genauso wie Männer die freie Liebe zu leben.
Amelia schaute zu Boden, damit Lady Norah nicht bemerken konnte, wie ein Lächeln über ihr Gesicht huschte. Sie konnte nicht gestehen, dass sie mit Zachary … Nein, niemals würde sie so etwas gegenüber Lady Norah zugeben können. Ihre Stiefmutter, die sich stets an die Gebote der Schicklichkeit hielt und sicher niemals in ihrem Leben der Liebe und Leidenschaft nachgegeben hatte. Die sicher nicht einmal wusste, was

es bedeutete, einen Mann von ganzem Herzen zu lieben. Wenn Lady Norah wüsste, was Zachary und Amelia verband, würde sie wahrscheinlich einen Schlaganfall erleiden. Liebe vor der Eheschließung kam in der Gedankenwelt ihrer Stiefmutter sicher einer Todsünde gleich. Zachary. Die Erinnerung an ihren Geliebten, an seine weiche Haut, an die Gefühle, die seine Berührungen in ihr auslösten, ließ Amelia schaudern, und sie musste sich zusammenreißen, damit Lady Norah dies nicht bemerkte.

»… zu Tante Mabel, wenn die Galvestons nach Weihnachten zu Besuch kommen«, horchte Amelia daher erst beim Sermon ihrer Mutter auf, als sie den Namen von Zacharys Familie nannte.

»Entschuldige?«, fragte Amelia ungläubig. Sie musste sich verhört haben, während ihre Gedanken zu Zachary gewandert waren. Das konnte Lady Norah nicht gesagt haben. Ihre Stiefmutter durfte sie nicht in die Verbannung schicken. Die Zeit, seit sie Zachary das letzte Mal in den Armen gehalten hatte, erschien ihr unendlich lang. Die heimlichen Momente ihrer Liebe vermochten kaum die Langeweile des Wartens aufwiegen. Sie wartete auf eine Nachricht von ihm und vor allem auf seinen Heiratsantrag, von dem er gesprochen hatte.

»Ich wiederhole mich ungern«, sagte ihre Stiefmutter spitz. Noch immer schaute sie auf Amelia herab. Bethany streckte ihr hinter Lady Norahs Rücken die Zunge heraus. »Damit du den guten Ruf unseres Hauses nicht gefährdest, wirst du zu Tante Mabel reisen, wenn die Galvestons kommen.«

»Nein!«, schrie Amelia auf. Aus dem Augenwinkel sah sie, wie ein triumphierendes Lächeln über Bethanys Gesicht glitt. Da erkannte sie die Wahrheit: Ihre Schwester hatte das alles hinterrücks eingefädelt, damit sie mit Zachary allein sein konnte. Mit der ihr beinahe unheimlichen Fähigkeit, die Gefühle anderer Menschen wahrzunehmen, musste Bethany herausgefunden haben, was zwischen Amelia und Zachary vorgefallen war. Und danach – so gut kannte sie das verdrehte Denken ihrer Schwester – hatte Bethany nur noch eines im Sinn: einen Plan zu entwerfen, um Amelia den Geliebten wegzunehmen.

»Nein!«, wiederholte Amelia. Ohnmächtige Wut durchdrang sie und drohte, ihr die Stimme zu rauben. »Bitte nicht.«

Sie hatte sich so sehr darauf gefreut, den Marquess und die Marchioness of Henlys kennenzulernen und Zacharys Eltern mit Charme und Freundlichkeit für sich zu gewinnen. Ganz zu schweigen davon, wie sehr sie ihren Geliebten vermisste und die Tage bis zu ihrem Wiedersehen zählte. Das konnte Lady Norah ihr nicht antun.

»Das hättest du dir vorher überlegen sollen«, lautete Lady Norahs harsche Antwort. In den Augen ihrer Stiefmutter konnte Amelia lesen, dass sie sich nicht umstimmen lassen würde. Lady Norah hatte beschlossen, dass Amelia Strafe verdiente, und würde dies umsetzen, egal, was Amelia einwendete. Und Lord Percy würde sich den Wünschen seiner Ehefrau unterwerfen, so wie er es immer tat.

»Bitte. Es ist doch nichts passiert«, flüsterte Amelia, obwohl sie nur wenig Hoffnung hatte, dass Lady Norah ihren Worten Gehör schenken würde. Nur die Gewissheit, dass Zachary sie liebte und sie heiraten wollte, ließ ihr aufgebrachtes Herz etwas ruhiger werden. Egal, welche Intrigen Bethany spinnen würde, niemals würde es ihrer Schwester gelingen, Amelia und Zachary auseinanderzubringen. Mit der Kraft der Verzweiflung spielte Amelia ihren letzten Trumpf aus. »Zachary Galveston ist eine gute Partie. Wenn ich nicht da bin … Bitte lass mich wenigstens die Weihnachtstage zu Hause verbringen.«

»Es ist beschlossen. Dein Vater hat Mabel bereits kontaktiert. Sie freut sich darauf, mit dir das Christfest zu feiern.« Lady Norah drehte Amelia den Rücken zu. Abwehrend hob sie die Hand, um deutlich zu machen, dass sie sich auf keinerlei Diskussionen einlassen würde. »Außerdem ist der junge Galveston auch für deine Schwester eine gute Partie.«

Zitternd vor ohnmächtigem Zorn schaute Amelia ihrer Mutter nach, wie diese hocherhobenen Hauptes den Salon verließ. Niemand, der Lady Norah sah, würde vermuten, dass sie gerade das Lebensglück ihrer Stieftochter auf dem Altar der Konventionen geopfert hatte. Oder sollte sich hinter der überraschenden Entscheidung, die so übereilt von ihr getroffen worden war, doch mehr verbergen?

»Du!«, wandte sich Amelia Bethany zu. »Du und deine Lügen! Ich wünsche dir, dass sie eines Tages auf dich zurückfallen werden.«

»Wie heißt es so schön: Im Krieg und in der Liebe sind alle Mittel erlaubt.« Bethany zuckte mit den Schultern. Mit einer eleganten Geste warf sie ihr goldblondes Haar zurück. Wie so oft fragte sich Amelia, ob ihre Schwester je etwas tat, ohne sich dessen Wirkung bewusst zu sein.

»Du liebst Zachary doch gar nicht«, stieß Amelia zwischen den Zähnen hervor. Nur ihre gute Erziehung hielt sie davon ab, ihrer Stiefschwester das Gesicht zu zerkratzen. »Du kannst niemanden lieben. Zachary willst du doch nur, weil ich ihn liebe.«

»Möge die Bessere gewinnen.« In einer elegant fließenden Bewegung stand Bethany auf und schob Amelia zur Seite. Ohne sich umzudrehen oder ein weiteres Wort zu verlieren, schloss sie die Tür hinter sich. Amelia kam es vor, als bliebe Bethanys Lachen noch einen Moment im Salon, auch nachdem sie ihn verlassen hatte. Sie holte tief Luft. Zu siegessicher hatte ihre Schwester geklungen. Sie musste handeln. Schnell. Bevor Bethanys Intrige Früchte zeigte und Zachary von Amelia entfernte. Das durfte nicht geschehen. Nicht jetzt. Nicht, wo sie …

Amelia wagte es nicht, den Gedanken zu beenden, zu schwer wogen die Folgen, die ihr drohten. Sie musste … Sie musste … Was konnte sie tun? Ohne Verbündete, auf sich allein gestellt, allein gegen Lady Norah und Bethany. Mit großen Schritten durchquerte Amelia die Bibliothek von einem Ende zum anderen und wieder zurück, strich sich nervös eine Haarsträhne aus der Stirn, während sich ihre Gedanken überschlugen und doch keine Lösung finden konnten. Endlich hatte sie eine Idee.

Ein Brief. Sie musste Zachary einen Brief schreiben und ihm erklären, warum sie nicht hier auf ihn wartete, warum sie ihn nicht begrüßen und lieben konnte. Er würde sie verstehen, schließlich hatte er ihr seine Liebe beteuert, nachdem sie … Die warnenden Worte ihrer Stiefmutter, dass Männer von Frauen stets nur das eine wollten und sie fallen ließen, wenn sie deren Drängen nachgaben, stiegen in Amelia hoch wie Luftblasen in einem Teich. Nein, vielleicht mochten manche Männer so sein, aber niemals Zachary. Er hatte ihr die ewige Liebe geschworen, als sie sich auf der Blumeninsel geliebt hatten, und jeder seiner Briefe war voller Leidenschaft und Sehnsucht. Wenn Amelia sich eines sicher sein konnte, dann dass Zacharys Gefühle für sie genauso tief waren wie ihre Liebe zu ihm. Niemals würde ihr Geliebter sie aufgeben, weil sie sich ihm hingegeben hatte. Und niemals würde er den Verführungskünsten ihrer Stiefschwester erliegen. Sie musste nur auf ihr Herz hören. Was war Liebe, wenn sie nicht auf Vertrauen aufbauen konnte?

»Ich kann es nicht erwarten, dich in Weiß zu sehen«, hatte Zachary ihr zum Abschied auf der Blumeninsel zugeflüstert. Heimlich hatte er sie zur Seite gezogen, damit weder Bethany noch Lady Norah seine Worte hören konnten. »Wenn du am Arm deines Vaters durch die Kapelle auf mich zuschreitest.«

Dieses Versprechen hatte Amelia nach Tristyans Manor begleitet und ließ sie jeden Tag aufs Neue vor Glück erstrahlen. Auch wenn die Sehnsucht sie an manchen Tagen zu übermannen drohte und ihr den Appetit raubte, so blieb ihr doch die Sicherheit seiner Liebe, in die sie sich einhüllen konnte wie in ein weiches Kleid aus feinster Seide. Ihre Gefühle überwältigten Amelia. Sie sprang auf und lief in ihr Zimmer, um dem Geliebten einen Brief zu schreiben, in dem sie ihm von ihrer Verbannung berichten und der Hoffnung Ausdruck geben würde, dass sie sich dennoch bald wiedersahen. Auch wenn er nur sporadisch antwortete, gaben ihre Briefe ihr das Gefühl, ihm nahe zu sein.

Kapitel 19

Madeira 2012

»Wie bist du an die Briefe gekommen? Waren sie auch im Sekretär versteckt?« Grace lehnte sich zurück, während Laura ihr noch ein Glas Rotwein einschenkte. Sie hob die Hand vor den Mund, um ein Gähnen zu verstecken. »Bist du sicher, dass sie von Amelia sind? Soweit ich weiß, hat sie nie ein Kind gehabt.«

»Die Briefe lagen in einem Versteck bei den Klippen. Alles sehr merkwürdig.« Laura strich sich mit zwei Fingern über die Stirn. Sollte sie Grace gleich am ersten Abend mit ihren Plänen überfallen? Ach warum nicht. »Von Joana – ihr gehört der Laden im Dorf – habe ich erfahren, dass Amelia hochschwanger hier lebte. Hat deine Großmutter mal von Amelia gesprochen?«

Grace schüttelte den Kopf. »Nicht, dass ich mich erinnere. Doch, warte, kurz vor ihrem Tod hat sie mich nicht mehr erkannt und mich mal Emma, mal Amelia genannt.«

»Was hat sie da gesagt?« Gespannt beugte Laura sich vor.

»Ich habe nicht alles verstanden.« Grace hob bedauernd die

Hände. »Lady Bethany … sie redete durcheinander. Aber auf jeden Fall bat sie mich, genauer gesagt Amelia, um Verzeihung.«

Wirklich hilfreich war das nicht. Laura fielen Dutzende von Gründen ein, warum man seine Schwester um Verzeihung bitten konnte. Das reichte von einer verlorenen Puppe über ausgeliehene und zerstörte Pumps bis hin zum Verschweigen von … Sie verbat es sich, dem Gedanken weiter zu folgen.

»Hätte nicht Amelia Tristyans Manor erben müssen?«, überlegte Laura laut. »Sie war doch die Älteste, oder? Spätestens, nachdem der arme Clifford im Krieg gefallen war.«

»Ich glaube, sie ist noch vor Clifford gestorben, aber sicher bin ich nicht. Niemand hat sie je erwähnt.«

Laura stand auf und räumte das Geschirr in die Spüle, abwaschen konnte sie auch noch morgen früh.

»Willst du nichts über Amelia erfahren?«

»Nein. Ich bemühe mich, die Vergangenheit hinter mir zu lassen.« Grace schüttelte den Kopf. »Was fasziniert dich so an Amelia?«

Bevor sie antwortete, schenkte sich Laura noch etwas Rotwein ein. Die Flasche war leer, was ihr die Möglichkeit gab, noch mehr Zeit zu gewinnen, und eine neue Flasche zu öffnen.

»Das Buch. Ich habe es immer schon geliebt. Wenn ich ehrlich bin, hat es mich entscheidend in meiner Berufswahl beeinflusst. Ohne dieses Buch hätte ich, glaube ich, nie Gartengestaltung studiert.« Nachdem sie einen großen Schluck getrunken hatte und langsam die Wirkung des Weins spürte, fand Laura den Mut, die Wahrheit zu sagen. Jedenfalls den ersten Schleier der Wahrheit zu lüften. »Und jetzt die Briefe. Dass sie versteckt waren. Und wie intensiv Amelia über ihre Gefühle schreibt. Das alles lenkt mich ab.«

Zu Lauras Überraschung schwieg Grace. Ihre Tante schien ganz versunken in die Betrachtung des Rotweins, den sie vor das Licht der Kerze hielt, so dass er tiefrot leuchtete. Endlich schaute Grace Laura an. Ihr Gesicht wirkte ernst.
»Wovon möchtest du dich denn ablenken? Nur, wenn du darüber reden willst.«
»Ich habe meinen Mann umgebracht«, platzte Laura heraus. Als sie das Entsetzen auf Grace' Gesicht sah, begann sie ihre Aussage zu relativieren. »Nicht wirklich, aber ... ich bin schuld an seinem Tod.«
Jetzt, da sie es endlich ausgesprochen hatte, fühlte sich Laura ein wenig erleichtert. Niemandem, nicht einmal Hannah, hatte sie eingestehen können, dass Fabian ihretwegen gestorben war. Aber hier, in der Ruhe und Einsamkeit des Hauses auf Madeira, war es Laura möglich gewesen, ihrer ihr nahezu fremden Großtante gegenüber die Worte zu finden, die sie nun schon so lange verfolgten und jetzt an die Oberfläche drängten.
Grace griff über den Tisch und legte ihre Hand auf die Lauras. Sie nickte ihr zu; auf ihrem Gesicht meinte Laura nur Freundlichkeit und Mitgefühl zu lesen. Grace' sanfte Geste gab ihr die Kraft, sich alles von der Seele zu reden. Sie stieß die Sätze hervor, so schnell, dass sie beinahe übereinanderpurzelten, als ob ihr nur eine begrenzte Zeit für ihre Beichte zur Verfügung stünde.
»Fabian, er ... er hatte einen Autounfall. An jenem Abend habe ich einen Streit angefangen, kaum, dass er zur Tür hereingekommen war, der heftiger und heftiger wurde, bis er türenknallend das Haus verließ. Ich war so wütend, dass ich seine Lieblingstasse zerschlagen habe und dann ...« Laura schwieg. Die Erinnerung an den Abend überwältigte sie, und sie begann zu weinen.

Grace stellte ihre große braune Handtasche auf den Tisch, kramte darin und reichte Laura ein Stofftaschentuch, das mit weißer Spitze umsäumt war. Selbst in ihrer Traurigkeit konnte Laura sich eines Lächelns nicht erwehren. Wer, außer ihrer Großtante, verwendete heutzutage noch Spitzentaschentücher?
»Danke«, schniefte sie und schnaubte sich die Nase. Mühsam rang sie um Fassung. Fabian. Der Wunsch, den Streit ungeschehen zu machen, ließ Laura keine Ruhe. Wie oft hatte sie sich seit jenem verhängnisvollen Abend mit Hätte-ich-nur-Fragen gequält. *Hätte ich nur gewartet ... Hätte ich Fabian nur den Autoschlüssel weggenommen ... Hätte ich nur Fragen gestellt, anstatt ihn anzugreifen ...*
Laura schluckte. Grace streichelte ihre Hand.
»Was ist dann geschehen?«, fragte Grace sanft. Sie drückte Lauras Hand, als wollte sie ihr sagen, dass sie alles verstehen könnte und Laura nicht verurteilen würde.
»Fabian hatte einen tödlichen Unfall.« Laura konnte die verhängnisvollen Worte nur flüstern. »Das Letzte, was ich zu ihm sagte, war, dass er mir gestohlen bleiben könnte.«
»Das Letzte, was ich zu meinem Mann gesagt habe, war: ›Vergiss nicht, die Rosen zu gießen.‹« Grace lächelte, als erinnerte sie sich gern an ihren verstorbenen Mann. »Obwohl wir vom Tod wissen, leben wir, als ob wir unsterblich wären. Nur wenigen gelingt es, sich ihrer Sterblichkeit bewusst zu sein.«
Laura schaute auf. Philosophische Gedanken hätte sie ihrer Großtante nicht zugetraut. Tante Grace galt in der Familie als das unauffällige Veilchen, das stets im Schatten der alles überragenden Bethany gestanden hatte und sich daher nie zur vollen Blüte entfalten konnte. Bei den wenigen Gelegenheiten, als sich Laura und Grace begegnet waren, hatten sie nur die

Worte gewechselt, wie sie unter entfernten Verwandten üblich waren. *Wie geht es dir?, Eine schöne Feier, nicht wahr!* und *Es wäre schön, wenn wir uns bald mal wiedersehen.*
»Ich hätte Norman noch so viel sagen wollen«, flüsterte Grace wie in Gedanken. »Aber das Schicksal wollte es anders. Dagegen sind wir machtlos. *The best laid plan of mice and men …*«
»Aber du hast deinen Mann nicht in den Tod getrieben«, begehrte Laura auf. Zu lange hatte sie an ihrer Schuld festgehalten. Sie konnte nicht einfach einem unbestimmten Schicksal die Verantwortung für ihre Taten überlassen. »Wenn ich Fabian an dem Abend nicht mit meinen Vorwürfen überschüttet hätte, wenn ich ihn dadurch nicht aus dem Haus getrieben hätte, wenn …«
Erneut liefen ihr die Tränen, und ihre Stimme versagte. Laura schniefte. Sie griff nach dem Wein, um sich zu beruhigen.
»Vielleicht hätte er am nächsten Tag einen Unfall gehabt. Vielleicht würde er noch leben.« Grace drückte erneut Lauras Hand. Ihre Stimme klang sehr sanft, aber auch sehr sicher. »Du wirst es nicht wissen. Aber, wenn du dir weiter die Schuld gibst, ändert das nichts.«
»Als ob ich mir das nicht selbst immer wieder gesagt hätte.« Laura sprang auf. Sie schlug mit der flachen Hand auf die Tischplatte. Ein Schmerz durchzuckte sie. Besser ein körperlicher Schmerz, der irgendwann nachlassen würde, als der bohrende Schmerz ihrer Schuld, der mit jedem vergehenden Tag nur zu wachsen schien. Fauchend sprang der Kater aus seinem Körbchen, drehte sich suchend um, bevor er sich wieder zum Schlafen niederlegte. »Als ob ich nicht nach Ausreden und Entschuldigungen gesucht hätte, um mich aus der Verantwortung zu stehlen, aber Fakt bleibt: Fabian ist meinetwegen wieder ins Auto gestiegen und deshalb meinetwegen gestorben.«

Sofort nachdem sie ihre Worte ausgesprochen hatte, bereute Laura ihren Ausbruch. Das gehörte sich nicht. Man gibt seinen Gefühlen nicht nach. Man verliert nicht die Contenance. Man riss sich zusammen – so hielt man es in ihrer Familie seit Generationen. Fabian hatte ihr mehrmals ihre britische Kühle vorgeworfen, was Laura mit den Worten quittiert hatte: »Du wusstest, wie ich bin. Wenn du eine Frau mit Temperament wolltest, hättest du eine Italienerin heiraten sollen.« Und nun dieser laute, überzogene Gefühlsausbruch vor einer Verwandten, von der sie kaum etwas wusste. Laura ließ sich schwer auf den Stuhl fallen und senkte den Kopf.
Grace schwieg.
Nach einer Weile schaute Laura auf und erwartete Abscheu und Entsetzen auf Grace' Gesicht. Doch ihre Großtante lächelte sie nur mitfühlend an.
»Was ist geschehen?«, fragte Grace schließlich.
»Ein Unfall. Mehr weiß ich nicht. Mehr wollte ich nicht wissen.«
»Es klingt albern und wie ein Klischee. Aber Unfälle passieren nun einmal.«
»Fabian war ein sehr guter Fahrer. Hätte ich ihn durch meine Vorwürfe nicht abgelenkt …«
Laura hasste es, dass sie nicht bereit war, von ihrer Meinung abzurücken. Warum konnte oder wollte es Grace nicht verstehen, dass Fabian nur wegen ihr viel zu früh zu Tode gekommen war? Warum hatte sie sich überhaupt auf die Diskussion mit ihr eingelassen? Das alles hatte doch keinen Sinn.
»Du hattest sicher einen Grund für deine Vorwürfe, oder?«, fragte Grace, als ob es das Selbstverständlichste der Welt wäre.
Laura schaute sie mit offenem Mund an. Diese Frage war ihr noch nie in den Sinn gekommen. Ab dem Moment, als ihr die

Polizisten von Fabians Unfall berichtet hatten, hatte sie sich mit Selbstvorwürfen zerfleischt und den Verlauf des Abends wieder und wieder in ihrem Kopf durchgespielt. Mit jedem Mal war ihre Schuld gewachsen, bis Laura sie kaum noch ertragen konnte.

»Ja«, antwortete sie nach einem Augenblick des Nachdenkens. »Nein. Vielleicht. Ich … ich weiß es nicht.«

Und werde es wohl nie erfahren, dachte sie. Der einzige Mensch, der ihr sagen könnte, wie sehr ihre Anschuldigungen berechtigt gewesen waren, war gestorben und hatte sein Geheimnis mit ins Grab genommen.

»Hast du gedacht, dass du im Recht warst?«

Wieder musste Laura überlegen. Zu lange hatten ihr die Selbstvorwürfe den Blick verstellt. Jedes Mal, wenn sie sich an den verhängnisvollen Abend erinnerte, sah sie die beiden Polizisten vor sich. Alles davor und danach erschien ihr vollkommen unbedeutend. Aber jetzt, angeregt durch Grace' Fragen, begann Laura das Geschehen in einem anderen Licht zu sehen.

»Ja«, flüsterte sie. »Ja. Ja.«

Mit jedem Ja wurde ihre Stimme lauter. Sie stieß einen Seufzer aus. Warum war sie so schnell bereit gewesen, die Schuld auf sich zu nehmen und Fabian von aller Schuld reinzuwaschen? Sprach ihn der Unfall frei und schob ihr die Verantwortung für alles zu?

Kapitel 20

Paris 1929

Was ist mit dir, Kind?« Die sorgenvoll klingende Stimme ihrer Tante holte Amelia aus der Ohnmacht zurück, in die sie der Brief gesandt hatte. Nachdem sie mit wachsender Bestürzung die wenigen Zeilen auf dem Papier gelesen hatte, war sie zusammengebrochen wie eine Marionette, deren Fäden man durchtrennt hatte. In eine freundliche Dunkelheit geflohen, die sie den Worten entkommen ließ, die ihr Leben zerstörten. Warum nur konnte Tante Mabel keine Ruhe geben? »Lass mich einmal sehen, Liebes.«
Amelia schlug die Augen auf und umklammerte das Schreiben. Niemals würde sie es hergeben, um keinen Preis der Welt. Sie fürchtete sich vor dem Ausdruck auf Tante Mabels Gesicht, wenn diese die Zeilen lesen würde. Sie fürchtete sich vor den tröstenden Worten ihrer Tante, mit der diese Amelia beistehen würde. Aber am meisten fürchtete sie sich davor, dass der Inhalt des Briefes an Wahrheit gewinnen würde, wenn sie ihn jemand anderem zeigte. Noch konnte sie flehen

und hoffen, dass sie nur schlecht träumte, dass sie gleich aufwachen würde, vom Lärm der Vögel, die sich auf Tante Mabels Balkon um die Brotkrumen und die Sonnenblumenkerne zankten, die ihre Tante ihnen dort jeden Morgen hinstellte, obwohl der Winter bereits vorbei war und die Frühlingssonne Blumen und Bäume zum Leben erweckte. Amelia würde die Augen öffnen, das Spiel der Sonnenstrahlen auf der bunten, mit Paradiesblumen geschmückten Tapete bewundern und anschließend gemeinsam mit ihrer Tante einen Café au Lait trinken, an dem sie während ihres Aufenthalts in Paris Geschmack gefunden hatte.

Doch der Schmerz in ihrem Ellenbogen, den sie sich am Tisch angeschlagen hatte, ließ Amelia wissen, dass sie nicht träumte, dass sie sich der bitteren Wahrheit stellen musste. Sie wollte allein sein, sich ihrer Trauer hingeben, so lange weinen, bis alle Tränen versiegt waren. Mühsam erhob sich Amelia, wankte wie in Trance und musste sich an der Tischkante festhalten. In der linken Hand hielt sie den Brief, krallte ihre Finger hinein, als könnte sie ihn damit ungeschehen machen.

»Kind. Amelia?« Besorgt schaute Tante Mabel sie an. Die runden Augen zusammengekniffen musterte sie mit kurzsichtigem Blinzeln ihre Nichte, die den Blick erwiderte. »Sag doch etwas, Liebes.«

Nein, sie wollte nichts sagen, konnte nichts sagen. Amelia hob abwehrend die Hand. Niemand würde verstehen, was sie gerade durchmachte. Oder? Sie hielt inne. Vielleicht konnte Mabel Amelia auch helfen, so wie sie ihr bisher beigestanden hatte. Schon bald, nachdem sich Amelias Zustand nicht mehr verbergen ließ, hatte Tante Mabel sie zu sich gerufen und die Wahrheit von ihr verlangt. Amelia hatte geweint, hielt die Lippen fest zusammengepresst, bereit, ihr Geheimnis für immer zu wahren, ungeachtet der Konsequenzen, die ihr drohten, aber ihre Tante hatte nicht nachgegeben, bis Amelia Zacharys Liebe und Bethanys Lüge gebeichtet hatte.

»Ach Kind.« Tante Mabel war aufgestanden und im Salon auf und ab gegangen wie der gefangene Tiger, den sie vor wenigen Tagen im Zoo gesehen hatten. »Zachary Galveston. Wusste deine Mutter es nicht besser?«

Amelia war zu erstaunt darüber gewesen, dass ihre Tante, die schon seit Jahren in Paris lebte, Zachary kannte, als dass sie nachgefragt hätte, was Lady Norah hätte wissen sollen. Zu groß war die Angst, dass ihre Tante sie in Schimpf und Schande nach Tristyans Manor zurückschicken würde. Zu Amelias Überraschung hatte sich Mabel nach einigen Minuten des Schweigens bereit erklärt, Amelias Geheimnis mitzutragen und es weder Lady Norah noch Lord Percy preiszugeben.

Erst viel später hatte Mabel, wenn auch sehr zögerlich, Amelia von den Gerüchten um Zachary Galveston berichtet. Die Zofe seiner Mutter sollte er geschwängert haben, was seine Eltern mit der Verbannung nach Madeira quittiert hatten.

»Nein, nein, nein«, hatte Amelia gemurmelt, zu Tode erschrocken. Nicht ihr Zachary. Er war kein Mann, der Frauen für sein Vergnügen nutzte. Wie oft hatte er ihr versichert, dass er nur mit ihr schliefe, weil er sie so sehr liebte. Das Gerücht – gewiss eine Böswilligkeit, hervorgebracht von gelangweilten Damen, die beim Tee miteinander klatschten. Ihr Zachary, nein, er war nicht so ein Mann. Er war treu und ehrenhaft – jedenfalls hatte Amelia das geglaubt, bis sie heute den Brief erhalten hatte.

»Aber was soll aus dir werden, mein liebes Kind?« In schierer Verzweiflung hatte Tante Mabel die Hände gerungen, nachdem Amelia ihr alles berichtet hatte. »So modern die Zeiten

auch sein mögen, ein uneheliches Kind … das verzeiht man nicht.«
»Mein Kind wird nicht unehelich geboren werden«, hatte Amelia mit einem kleinen Lachen geantwortet, voller Gewissheit, dass Zachary sein Versprechen erfüllen und sie heiraten würde. »Es wird den Namen Galveston tragen, wie sein Vater.«
Keine von ihnen hatte ja auch nur ahnen können, welche Ziele Bethany verfolgt hatte. In den wenigen Briefen, die Amelia aus Tristyans Manor erhalten hatte, hatte es keinen, nicht einmal einen winzigen Hinweis darauf gegeben, welchem Zweck Bethanys Lügen und Intrigen gedient hatten. Warum sie Amelia von Tristyans Manor nach Paris vertrieben hatte.
Amelia schüttelte den Kopf – noch immer fiel es ihr schwer zu glauben, dass ihre Stiefschwester wirklich derart skrupellos und hinterhältig sein konnte. Obwohl sie mehr als nur einmal Zeugin geworden war, wie diese bedenkenlos das Leben von Menschen oft aus nichtigen Gründen zerstörte. Aber Amelia hatte die Hoffnung nie aufgeben wollen, dass sie Bethany mehr bedeutete, dass sich deren Skrupellosigkeit nicht auf das Lebensglück der eigenen Familie erstreckte. Aber hier hielt sie den Beweis in Händen, wie rücksichtslos ihre Stiefschwester wirklich war – in dunkelblauer Tinte auf weißem Bütten mit Goldverzierungen. Unbewusst ballte Amelia ihre Hand zur Faust und zerknüllte den Brief.
»Kind, was ist mit dir?« Tante Mabels besorgte Miene tröstete Amelia nicht, sondern brachte die heißen Tränen, aus Verzweiflung und ohnmächtigem Zorn geboren, erneut zum Fließen.
Hilfesuchend schaute Amelia ihre Tante an. Vielleicht konnte Mabel dazu beitragen, dass sich Bethanys Intrige auflöste und

dass sich Amelias Leben nicht in eine entsetzlich falsche Richtung entwickelte. Die Gedanken rasten durch ihren Kopf und überschlugen sich, wie ein Fuchs auf der panischen Flucht vor einer Hundemeute. Konnte sie ihrer Tante vertrauen, dass diese ihr auch weiterhin beistehen würde, obwohl sich Amelias Fehler inzwischen – dank des verhängnisvollen Schreibens – zu einer wahrhaftigen Katastrophe ausgewachsen hatte? Zu ihrem Schrecken musste sich Amelia eingestehen, dass sie es nur zu gut verstehen könnte, wenn Tante Mabel sie ohne Umschweife nach Tristyans Manor zurückschickte, um nicht noch tiefer in die Irrungen und Wirrungen der Lanston-Familie hineingezogen zu werden.

Nein, das war ungerecht ihrer Tante gegenüber – Mabel hatte sich bisher als liebevolle Begleiterin erwiesen, die nach dem ersten Schrecken für Amelia da war. Ohne ein böses Wort hatte Tante Mabel ihre Nichte zum Arzt begleitet, hatte die Schwangerschaft auf Amelias Wunsch hin geheim gehalten und – wie Amelia durch Zufall entdeckt hatte – hortete bereits Kinderkleidchen, die sie wohl heimlich gekauft hatte. Nachdem sie die winzigen Kleidungsstücke in Rosa und Hellblau – Tante Mabel war kein Mensch, der unvorbereitet sein wollte – gesehen hatte, waren Amelia die Tränen in die Augen getreten, und sie hatte sich geschworen, ihre Tochter nach ihrer Tante zu nennen. Allerdings nicht Mabel, da Amelia diesen Namen zu sehr mit ihrer rundlichen Tante verknüpfte, sondern Eliza, den zweiten Namen ihrer Tante. Eliza Galveston, Tochter von Amelia und Zachary Galveston, ja das hatte einen guten Klang. Den Namen für einen Sohn zu wählen wollte Amelia ihrem geliebten Zachary überlassen. Sie war sich so sicher gewesen, dass er sich mit ihr über das unvermutete Geschenk eines Kindes gefreut hatte. Jedenfalls hatten seine

Briefe nie etwas anderes vermuten lassen. Sollte sie sich so in ihrem Geliebten getäuscht haben? Schlimmer noch, hatte er sie bewusst angelogen?

»Amelia.« Tante Mabel berührte sie sanft an der Schulter, was Amelia aus ihren Gedanken holte.

Entschuldigend schaute sie ihre Tante an. Amelia wollte nur zu gern daran glauben, dass sie weiterhin bei der älteren Schwester ihrer verstorbenen Mutter bleiben könnte, und wäre es nur, um Lady Norah zu ärgern, denn Tante Mabel hielt diese für eine äußerst unkluge Wahl ihres Schwagers. Aus dieser Meinung hatte Mabel noch nie einen Hehl gemacht, was Lady Norah ihr äußerst krummnahm, und ihre Schwester nur ungern nach Tristyans Manor eingeladen hatte.

Schließlich strich Amelia hastig das Papier glatt und überreichte ihrer Tante den verhängnisvollen Brief. Mabel las die wenigen Zeilen und runzelte die Stirn. Ihr Busen wogte, als sie mit einem deutlich vernehmbaren Schnauben die Luft ausstieß.

»Also war deine Stiefmutter endlich erfolgreich und hat einen gutsituierten Bräutigam für ihre wunderbare Bethany gefunden«, lautete ihr Kommentar, dessen Deutlichkeit Amelia verwunderte. Tante Mabel schüttelte den Kopf und bedachte ihre Nichte mit einem kritischen Blick. »Dumm nur, dass er der Vater deines Kindes ist.«

Die drastischen Worte verstärkten Amelias Weinen, zeigten sie ihr doch in aller Deutlichkeit die Misere, in die sie sich durch ihr übereiltes Handeln und den Glauben an die Liebe gebracht hatte. Amelia schluchzte. Wie konnte das nur geschehen sein? Ihr Zachary – der Mann, der ihr die ewige Liebe geschworen, der ihr Gedichte vorgelesen und der mit sanfter Beharrlichkeit um sie geworben hatte.

An dem Tag, an dem ihre Stiefmutter sie von Tristyans Manor verbannt hatte, hätte sie ihre Hand für Zachary ins Feuer gelegt. Niemals hätte sie an seiner Treue, an der Tiefe seiner Liebe gezweifelt – wie hatte sich das in nicht einmal drei Monaten ändern können? Zachary hatte ihr doch Briefe voller Sehnsucht und Versprechen geschrieben, in denen er sie beschwor, den Glauben an ihre Liebe nicht zu verlieren. Selbst wenn es nur wenige Schreiben gewesen waren – die auch von Mal zu Mal kürzer wurden.
Den letzten Brief hatte Amelia vor zehn Tagen erhalten und jeden Tag auf ein neues Schreiben ihres Geliebten gehofft. Schließlich hatte sie ihm in ihrem letzten Brief das süße Geheimnis mitgeteilt, das sie beide verband und noch enger aneinander binden würde. Warum nur hatte sie gezögert, ihm von den Folgen ihres Schäferstündchens im Reid's Palace zu schreiben? Ach, nur um der dummen Konventionen willen hatte sie es nicht über sich gebracht, dem geliebten Mann früher die Wahrheit zu sagen – nun musste sie einen hohen Preis dafür zahlen. Hätte er von dem Kind gewusst, hätte er sich sicher anders entschieden.
Bitterkeit stieg in Amelia auf. Wie naiv sie gewesen war. In ihrer Vorstellung hatte sie geplant, in ein oder zwei Monaten nach Tristyans Manor zurückzukehren, ihren Bauch als Beweis für Zachary Galvestons Liebe mit Stolz vor sich hertragend. Sie hatte eine große Hochzeit gesehen. Eine Hochzeit, zwar nicht in Weiß, weil sich ihre Schwangerschaft nicht mehr verbergen ließ, aber dennoch eine schöne Feier, bei der sie ihr Vater zum Altar führen würde. Ihr Traum zerbrach wie eine Glasvase, die auf dem harten Boden aufschlug.
»Wie stellst du dir vor, dass es weitergehen soll?« Tante Mabels Frage war nur zu berechtigt. Amelias ganze Zukunft hat-

te sich in Rauch aufgelöst. Und so einfach ließ sich keine neue bauen – eine Zukunft ohne den Mann, den sie liebte … Den Vater ihres Kindes.

Amelia zitterte und fühlte sich in ihrer Verzweiflung nicht in der Lage, einen klaren Gedanken zu fassen oder gar eine Lösung zu finden. Sie legte eine Hand auf ihren Bauch. Selbst die geschickt geschnittenen Kleider konnten ihren Zustand nicht länger verbergen. Was würde nun aus ihrem Kind werden? Ein vaterloser Bastard, ohne Chancen und ohne Familie, verachtet von der feinen Gesellschaft. Ihr blieb nur die eine Möglichkeit, die Frauen immer schon nutzten, um ihre Ehre wiederherzustellen. Amelia schluckte. Ihre Kehle, rauh vom Weinen, fühlte sich trocken an. Nein, was auch geschah, welche düsteren Vorzeichen ihr auch drohen mochten, niemals würde sie sich von ihrem Kind trennen.

Ohnmächtiger Zorn wallte in ihr auf. Was hatten ihre Eltern sich nur dabei gedacht, der überstürzten Heirat von Bethany und Zachary zuzustimmen? Selbst wenn man ihnen zugutehalten musste, dass sie von Amelias Schwangerschaft nichts wussten. Aber Lady Norah wusste von Amelias Liebe zu Zachary. Bethanay natürlich auch, doch von ihrer Schwester erwartete Amelia wenig Gutes. Der Verrat ihres Vaters schmerzte beinahe so sehr wie der ihres Geliebten. Und Zachary, er wusste doch, dass er Vater wurde – wie hatte er da Bethany einen Antrag machen können?

»Amelia, Liebes.« Tante Mabel bemühte sich, sanft zu sprechen. »Wie soll es nun für dich weitergehen?«

»Ich … ich weiß es nicht.« Ihre Stimme klang piepsend, so klein, wie sie sich fühlte. Warum nur hatte Zachary nicht auf ihren letzten Brief geantwortet? Er musste ihn doch erhalten haben, oder? Hatte Bethany etwa den Brief unterschlagen?

Wollte Zachary sie nicht mehr, nachdem er von ihrem gemeinsamen Kind wusste? Schlimmer noch, sollte Lady Norah mit ihren düsteren Prophezeiungen recht behalten haben, und Zachary interessierte sich nicht mehr für sie, nachdem er ihr die Unschuld genommen hatte? Antworten auf ihre Fragen würde sie nicht hier in Paris finden. Also blieb ihr nur eine Möglichkeit. »Ich muss nach Tristyans Manor zurückkehren.«

»Das denke ich auch.« Tante Mabel seufzte. Obwohl sie keineswegs ein Muster britischer Selbstbeherrschung war und in ihrer Familie dafür gefürchtet war, freimütig ihre Meinung zu äußern, konnte Amelia ihr ansehen, wie sehr es ihrer Tante widerstrebte, in diesen Familienstreit hineingezogen worden zu sein. »Weiß meine Schwester … davon?«

»Nein … nein.« Was würde ihre Stiefmutter sagen, wenn sie Amelias Schwangerschaft sähe? Wären ihre Eltern bereit, Amelia zu unterstützen und die notwendigen Konsequenzen zu ziehen? Nicht auszudenken, was das für einen Skandal zur Folge haben würde. Schließlich hatte Bethany die Einladungen zur Hochzeit bereits versandt. Amelia spürte, wie ein Lachen – ein böses Lachen – ihre Kehle heraufkroch. Was für eine bittere Ironie. Amelia stellte Lady Norah, die nichts so sehr fürchtete, wie ihren guten Ruf zu verlieren, vor eine Wahl, bei der diese nur verlieren konnte. Entweder musste eine geplante Hochzeit kurzfristig abgesagt werden oder – für alle überraschend – eine andere Braut vor den Altar treten. Eine Braut, der man ansehen würde, dass sie und der Bräutigam nicht mit dem Vollzug der Ehe gewartet, sondern sich unverheiratet ihrer Leidenschaft hingegeben hatten. In London mochte das möglich sein, mit einem lächelnden Augenzwinkern geduldet werden, aber in Cornwall – nicht auszu-

denken, so stark, wie sich der Landadel selbst elf Jahre nach dem Ende des Großen Krieges an Konventionen und Tradition klammerte.
Oder – Amelia glaubte zu ersticken, als der Gedanke sie mit der Wucht eines Schlages traf – Lady Norah beharrte darauf, dass Bethany und Zachary heiraten würden. Nein, Amelia wagte nicht, darüber nachzudenken, was für Folgen es hätte, wenn ihre Familie an der einmal getroffenen Entscheidung festhielt. Und Zachary? Wie würde er wohl reagieren, wenn er sie so sähe? Wie oft hatte Amelia sich ausgemalt, wie sie einander wiedersehen würden, wie er sie in seine Arme zöge und sie mit Küssen bedeckte, voller Glück darüber, dass sie ein gemeinsames Kind bekommen würden.
Nicht einmal in den einsamen Nächten, in denen sie in die Kissen geweint hatte, weil sie ihn so sehr vermisste, hatte sie daran gedacht, dass Zachary sie verraten könnte und ihre Schwester heiraten würde. Er hatte ihr doch versprochen, sie bis ans Ende ihrer Tage zu lieben. Amelia fühlte sich entsetzlich müde und wünschte sich nur noch ihre Ruhe. Schlafen und alles vergessen.
»Amelia. Setz dich«, erklang Tante Mabels befehlsgewohnte Stimme. Sie griff nach Amelias Arm und drückte sie auf einen Stuhl. »Ich lasse dir einen Tee bringen. Einen Whiskey solltest du besser nicht trinken, obwohl du ihn sicher brauchen könntest.«
»Danke«, antwortete Amelia. Sie sah Tante Mabel wie durch einen Nebelschleier; die Befehle ihrer Tante an die Dienstboten hörte sie wie durch Watte. Was geschah mit ihr? Sie versuchte, Tante Mabel um Hilfe zu bitten, doch ihre Stimme versagte den Dienst. Mit einem lauten Poltern fiel Amelia vom Stuhl.

Kapitel 21

Madeira 2012

Mein geliebtes Kind,

heute komme ich nicht umhin, von Deinem Vater zu schreiben. Ich verspreche, dass ich alles tun werde, um Dir Mutter und Vater zu sein, aber Du hast das Recht zu erfahren, warum er nicht mit uns leben wird.

Dein Vater war meine erste Liebe, obwohl ich heute fürchte, dass ich nicht ihn liebte, sondern dankbar dafür war, dass er mich meiner Schwester vorzog.

Ach, es ist alles so kompliziert, mein Liebes. Lange habe ich überlegt, ob ich Dir wirklich alles sagen soll, aber – glaube mir, mein Kind – ich musste lernen, dass totschweigen nichts hilft.

Also: Dein Vater.

Zachary ist ein freundlicher, aber schwacher Mann und leider auch nicht zuverlässig. Vielleicht hätten wir trotzdem eine gute Ehe führen können, aber das Schicksal wollte es nicht.

Wir beide – Du und ich – wir werden neu anfangen. Hier auf Madeira oder vielleicht in Amerika oder sogar in Australien. Es gibt so viele schöne Plätze auf dieser Welt, und gemeinsam werden wir sie erobern.
Ich freue mich, mein geliebtes Kind, Dir all das zu zeigen, was ich immer schon sehen wollte. Gemeinsam mit Dir zu reisen, gemeinsam mit Dir Abenteuer zu erleben oder einfach zu Hause zu sein. Egal, wo wir sein werden, wenn wir zusammen sind, werden wir unsere Heimat gefunden haben.
Ich freue mich auf den Tag, an dem wir uns endlich begegnen.
Deine Mutter

Grace legte den Brief zur Seite. Ihre Augen schimmerten feucht, und auch Laura blinzelte Tränen weg, angerührt durch Amelias Zeilen an ihr ungeborenes Kind.
Inzwischen hatte sich ein abendliches Ritual entwickelt. Gemeinsam brachten Laura und Grace den Abwasch hinter sich und setzten sich an den Küchentisch, von wo aus sie durchs Fenster auf die Klippen sehen konnten. Wenn dann langsam die Sonne sank und nur noch das Säuseln des Windes zu hören war, der den Geruch des Meeres mit sich brachte, dann lasen sie einander abwechselnd Amelias Briefe vor, und sie rätselten, was wohl aus der Blumenmalerin und ihrem Kind geworden war. Beinahe automatisch befanden sie sich danach immer in einer gefühlvollen Stimmung, in der sie sich ihre Geheimnisse anvertrauten.
»Jetzt ist es wohl an der Zeit für meine Beichte«, sagte Grace nach einem Augenblick des Schweigens.
Twisty hatte es sich auf Lauras Schoss bequem gemacht. Sein leises Schnarchen war wohl auf eine nicht ganz überwundene

Erkältung zurückzuführen, hatte der Tierarzt gemeint. Laura hatte einen Moment die Augen geschlossen, um den friedlichen Abend zu genießen. Grace' Worte trafen sie unerwartet. Beim besten Willen konnte sie sich nicht vorstellen, was ihre leicht bieder wirkende Großtante zu beichten hatte. Laura überlegte einen Augenblick. Sie wusste nur wenig über Grace. Erbin des Herrenhauses, seit zwei oder drei Jahren Witwe. Hatte Grace einen Beruf ausgeübt? War ihre Ehe glücklich gewesen? Gab es wirklich ein dunkles Geheimnis in ihrer Vergangenheit?

»Du hast meine volle Aufmerksamkeit«, sagte Laura mit einem Lächeln, mit dem sie Grace ermuntern wollte.

»Ich war immer vernünftig, man kann auch sagen: brav«, meinte Grace, so als hätte sie lange über ihre Worte nachgedacht und sie sorgfältig abgewogen. »Habe den Mann geheiratet, den meine Großmutter für richtig hielt. Habe alles getan, um unser Familienerbe zu erhalten. Habe immer versucht, allen Erwartungen gerecht zu werden … und jetzt …«

Sie hob die Hände, als ob sie sich bei Laura oder den Menschen, die große Erwartungen in sie gesetzt hatten, entschuldigen wollte.

»Und jetzt? Jetzt frage ich mich, ob es das alles wert war.« Grace gab einen Laut von sich, der unentschieden wirkte – es hätte ein Lachen oder ein Weinen sein können. »Wenn ich nicht irgendwo eine gewaltige Summe auftreiben kann, muss ich Tristyans Manor in die Obhut des National Trust geben, weil ich es mir nicht leisten kann, das Haus renovieren zu lassen. Entweder wohne ich weiter dort als eine Art Schlossgespenst, oder ich muss mir eine Wohnung suchen. Dabei sollte man alte Bäume nicht verpflanzen, nicht wahr?«

Das also war es, was auf Grace' Schultern lastete, dachte Laura und spürte Enttäuschung. Irgendwie hatte sie mehr von Grace erwartet, als dass ihre Tante so sehr am alten Herrenhaus hing, dass ihr der Gedanke, es zu verlieren, die Tränen in die Augen trieb. Für Laura, die in ihrem Leben häufig umgezogen und in den USA und Deutschland gelebt hatte, war es nur schwer nachvollziehbar, dass jemandem ein Haus, selbst wenn es so alt und ehrwürdig und mit Traditionen behaftet war wie Tristyans Manor, so viel bedeuten konnte.

»Hm«, antwortete sie daher, weil sie Grace zu sehr mochte, um ihr zu widersprechen, aber auch zu sehr schätzte, um sie zu belügen. »Wie lange bleibt dir noch?«

»Wenn ich mich weiter mit Regen in der Halle und eisigen Wintern arrangieren kann, könnte ich noch eine Weile auf Tristyans Manor wohnen.« Grace lächelte verschmitzt. »Das ist nicht so schlimm. Mich beschäftigen eher …«

Also gab es doch mehr als ein marodes Herrenhaus in Grace' Leben.

»… die Geheimnisse meiner Großmutter. Am Ende, als sie schon eher verwirrt war, hat sie mich um Verzeihung gebeten, aber nicht gesagt wofür.«

»Vielleicht helfen uns ja die Briefe weiter? Vielleicht hat es mit Amelia zu tun?« Noch immer konnte Laura sich nicht von dem Wunsch lösen, mehr über sie zu erfahren. Vielleicht sogar einmal deren Lebensgeschichte aufzuschreiben.

»Ich hatte gehofft, es geht um meine Mutter.« Grace schluckte. Sie rieb sich mit Daumen und Zeigefinger unter ihren Augen entlang. »Obwohl ich mich nur noch wenig an sie erinnere, wüsste ich gern, was aus Emma geworden ist.«

Laura schwieg. Was konnte man Tröstendes zu jemandem sagen, den die eigene Mutter verlassen hatte und auf Nimmerwiedersehen verschwunden war. Emmas Geschichte war in der ganzen Familie bekannt, obwohl man – selbstverständlich – auf Familienfeiern nie darüber sprach. Kein Wunder, dass Grace an Tristyans Manor hing, erkannte Laura mit plötzlicher Klarheit. Es war ihre Heimat und der Ort, an den ihre Mutter sie gebracht hatte. Schweigend goss sie Grace und sich noch etwas Wein ein.

»Ich habe irgendwo noch eine Tafel Schokolade. Jetzt ist – glaube ich – der passende Moment dafür.« Laura stand auf und durchsuchte die Schubladen des blauen Küchenschranks. »Oder möchtest du lieber einen Madeira trinken?«

»Danke, der Rotwein ist gut.« Zu Lauras Verwunderung lächelte Grace, beinahe spitzbübisch, was so gar nicht zu ihren traurigen Worten von vorher passen wollte. »Schokolade passt perfekt zu meinem letzten Geheimnis. Der Grund, warum ich von Tristyans Manor geflohen bin …«

»Oh«, konnte Laura nur sagen. »Ich dachte, es wäre wegen der drohenden Pleite.«

»Die droht schon so lange, dass ich mich daran gewöhnt habe.« Grace machte eine wegwerfende Geste. Sah Laura richtig? Im Schein der Kerzen wirkte es, als ob Grace' Gesicht leicht gerötet war, stärker als es durch den Wein hervorgerufen sein konnte. »Nein, schlimmer …«

Jetzt hörte Laura aufmerksam zu. Was konnte so schlimm sein, dass es ihre Tante völlig aus der Fassung brachte? War Grace etwa auf der Flucht?

»Ich habe mich verliebt.« Grace hüstelte. »Für jemanden deiner Generation wahrscheinlich nichts Besonderes, aber für eine alte Frau wie mich …«

»Ach komm, wird das jetzt ein *fishing for compliments?*«, fragte Laura. »So alt bist du ja nun auch wieder nicht.«

»Nein, aber vollkommen überfordert.« Wieder die Geste der Hilflosigkeit. »Ich … ich habe das noch nie erlebt. Derart star-

ke Gefühle. Ich kann nur an ihn denken, schlafe schlecht und habe keinen Hunger. Wie im Lehrbuch, aber eigentlich passiert so etwas doch nur Teenagern, oder?«
»Warum sollte es eine Altersgrenze für die Liebe geben?« Laura runzelte die Stirn. An die Frage hatte sie bisher noch keinen Gedanken verschwendet. Vielleicht, weil es für sie bisher in weiter Ferne lag, sich wieder zu verlieben. Nicht nach Fabian. Nicht nach … Nein, sie wollte ihm heute Abend keinen Raum einräumen. Warum nicht einfach einmal alles auf sich zukommen und sich vom Leben überraschen lassen. »Bisher habe ich noch nie gehört, dass es ein Verfallsdatum für Leidenschaft gibt.«
»Falls nicht, sollte man das einführen«, sagte Grace mit so finsterer Miene, dass Laura sich nicht sicher war, ob ihre Tante die Worte ernst meinte oder scherzte. »Ich fühle mich einfach nur lächerlich. Und es ist mir peinlich.«
»Was sagt er?«
»Er? Oh, er weiß selbstverständlich nichts davon.«
»Selbstverständlich?« Nun war der Moment gekommen, da Laura der Altersunterschied zwischen ihnen beiden bewusst wurde. »Das klingt jetzt definitiv nach Teenie, jemanden nur aus der Ferne anzuschmachten.«
»Du kennst ihn nicht«, verteidigte sich Grace. Ihre Finger flatterten nervös hin und her. »Er … ich … also …«
Laura fühlte mit ihrer Tante und bereute ihre harschen Worte. »Entschuldige. Ich meinte das nicht so.«
»Nein. Du hast schon recht. Wenn ich mich von außen betrachten könnte, würde ich wahrscheinlich auch nur den Kopf schütteln.«
»Was macht er?«
»Er ist Architekt. Der Architekt, der mich bei den geplanten Umbauten für Tristyans Manor beraten hat.« Grace lief noch

etwas dunkler an und senkte den Kopf. »Joshua Austen. Vielleicht hast du von ihm gelesen?«

Laura schüttelte den Kopf. Gartengestaltung und Architektur unterschieden sich deutlich, obwohl sie früher mit dem Gedanken gespielt hatte, diesen Berufsweg einzuschlagen. Architektur erschien ihr interessant, aber der Gedanke an Mathematik und Statik hatte sie abgeschreckt.

»Joshua ist sehr erfolgreich. Eine Koryphäe auf dem Gebiet der Restaurierung alter Herrenhäuser. Und zehn Jahre jünger als ich.« Den letzten Satz flüsterte Grace so verschämt, dass Laura die Worte beinahe nicht verstanden hätte.

»Das macht doch nichts. Inzwischen ist es doch an der Tagesordnung, dass auch Frauen jüngere Männer lieben.«

»Ach, wenn es nur das wäre.« Der Blick, mit dem Grace Laura ansah, war so traurig und hoffnungslos, dass Laura ihre Tante am liebsten in den Arm genommen und getröstet hätte. »Joshua ist … ist ein Künstler. Er ist interessant, bewegt sich überall souverän – und ich …?«

»Mach dich nicht selbst klein.« Laura knallte ihr Glas so heftig auf den Tisch, dass Grace zusammenschreckte und der Kater von ihrem Schoß sprang und sich empört einen ruhigeren Schlafplatz suchte. »Jeder Mann kann sich freuen, wenn sich eine so tolle Frau wie du für ihn interessiert.«

»Ach Liebes, es ist nett, dass du das sagst, aber ich bin Realistin.« In einer hilflosen Geste ließ Grace ihre Hand an ihrem Körper hinabgleiten. »Ich bin, wer ich bin. Und sehe aus, wie ich aussehe. Wie eine brave, britische Hausfrau.«

Das konnte Laura nicht unwidersprochen hinnehmen. Brav wirkte Garce auf keinen Fall, vielleicht etwas altmodisch, aber elegant. Nur die Frisur – da musste dringend etwas geschehen. So einfach wollte Laura Grace nicht davonkommen lassen. Ihrer Meinung nach machte es sich Grace zu leicht, wenn sie nicht einmal einen Versuch wagen wollte, das Interesse dieses Joshua zu wecken.

»Dein Äußeres aufzupeppen ist wohl eine der einfachsten Übungen.« Laura musterte ihre Tante; sie versuchte, sich Grace in stärkeren Farben und mit einer moderneren Frisur vorzustellen, und war mit dem Ergebnis sehr zufrieden. »Du hast wunderschöne Augen, wenig Falten und dichtes Haar, aber leider einen schlechten Friseur.«

»Das ist es nicht allein.« Grace schluckte. Sie griff nach dem Wein und goss sich ein weiteres Glas ein, aus dem sie einen großen Schluck trank, als ob sie ihre Zweifel niedertrinken wollte. Was nicht funktionieren würde, wie Laura aus eigener leidvoller Erfahrung wusste. »Joshua hat die ganze Welt bereist. Ich kenne England und Madeira. Ich habe keine Ausbildung … Ach, es passt einfach nicht.«

»Es gibt einen schönen Sinnspruch über Ausreden«, überlegte Laura laut. »Gib mir eine Minute, dann fällt er mir ein.«

»Eine faule Ausrede verringert das Gewicht aller guten Gründe, die man schon vorgebracht hat.« Grace zwinkerte ihr zu. »Das ist von Jonathan Swift.«

Laura lag der Spruch auf der Zunge. »Nein, den meinte ich nicht, ich dachte an ein irisches Sprichwort: ›Ausreden sind etwas, das Frauen schneller zur Hand haben als ihre Schürze.‹«

»Woher hast du das denn?« Vor Lachen prustete Grace etwas Rotwein über den Tisch, den sie sofort hektisch mit ihrem weißen Taschentuch aufwischte. »Deine Mutter?«

»Meine Großmutter.« Ihre Großmutter war ein wandelndes Sprichwörter-Lexikon gewesen, und hatte es sich nicht nehmen lassen, bei jeder Gelegenheit eine Weisheit zum Besten

zu geben. »Wir haben mit Freunden immer Wetten abgeschlossen, dass Großmama Irene garantiert zu allem einen Spruch parat hat – und meist haben wir gewonnen.«
»Du meinst also, ich solle mein Glück versuchen?«, kehrte Grace zum Thema zurück. Noch immer wischte sie mit dem schönen Spitzentaschentuch über den Tisch. »Erst eine Rundumerneuerung und dann …«
»Ran an den Mann«, antwortete Laura, die merkte, dass der Rotwein Wirkung zeigte. Sie kicherte. Es war lange her, dass sie so entspannt mit jemandem geredet hatte. »Oder möchtest du hören, was Irene dazu zu sagen hätte?«
»Besser nicht!« Grace hob gespielt abwehrend die Hände. »Ich weiß nicht, ob ich das heute noch verkrafte.«
»Morgen fahren wir nach Funchal. Da suchen wir dir einen besseren Friseur, und wir kleiden dich neu ein«, schmiedete Laura bereits Pläne. »Und dann fährst du nach Tristyans Manor oder London oder wohin auch immer und überraschst deinen Architekten mit der neuen Grace.«

Am nächsten Morgen fuhren sie gemeinsam mit Joana zum Markt nach Funchal. Die plauderte fröhlich vor sich hin, was Laura die Zeit gab, wach zu werden und sich Madeiras Hauptstadt anzusehen. Auch hier entfaltete sich eine Farbintensität – gelbe Busse und gelbe Taxis wetteiferten mit den blühenden Bäumen und Büschen um Lauras Aufmerksamkeit.
»Schau nur.« Mit dem Finger deutete Grace auf eine Allee von Jacarandabäumen, schwer von lilafarbenen Blüten. »Was für eine Pracht.«
»Seid ihr zum Blumenfest noch hier?«, fragte Joana. Sie konnte gleichzeitig reden und Auto fahren – jedenfalls hoffte Laura, dass sie das konnte. »Viele Touristen, aber es lohnt sich.«

»Vielleicht«, antworteten Laura und Grace im Chor und lächelten sich an.
»Gebt mir Bescheid«, sagte Joana, bevor sie scharf abbremste und den Wagen nach rechts riss, um in eine Parklücke zu stoßen. »Na, wenn das kein gutes Omen ist. Wir treffen uns gegen Mittag wieder hier, okay?«
Gemeinsam begaben sie sich auf den Markt. Joana ging zielstrebig voran, während Laura und Grace noch versuchten, sich zu orientieren. Lauras erster Eindruck von dem berühmten Markt in Funchal war ohrenbetäubender Lärm. Die Vielzahl der Menschen, die sich durch die engen Gassen schoben und dabei in den unterschiedlichsten Sprachen redeten, erzeugten ein unendliches Gemurmel. Dazwischen erklangen immer wieder einzelne hohe Töne, die Laura nicht zuordnen konnte. Erst, als sie bei den Vogelhändlern angekommen waren, erkannte sie die Ursache: in unzähligen Käfigen hockten eng aneinandergedrängt Enten- und Gänseküken. Weil ihnen die armen Tierchen leidtaten, gingen Laura und Grace schnell weiter, ehe sie der Versuchung erlagen, ein paar Küken zu kaufen, um wenigstens ihnen die Freiheit zu schenken.
Immer wieder blieben Laura und Grace staunend stehen, um das Obst und Gemüse in den leuchtendsten Farben zu bewundern. Die Händler hatten ihre Waren so kunstvoll drapiert, dass es beinahe schade war, etwas zu kaufen und die Kunstwerke zu zerstören.
»Wollen wir noch einen *bica* trinken?«, fragte Joana, die ihnen mit Tüten beladen entgegenkam. »Ich habe alles, was ich brauche.«
»Gern.« Obwohl sie der Markt faszinierte, war Laura froh, den Geräuschen und Gerüchen zu entkommen. »Irgendwohin, wo es ruhiger ist.«

Nachdem sie die Tüten im Auto verstaut hatten, suchten sie sich ein Café in einer Seitenstraße, wo der Lärm des Marktes nur noch wie ein entferntes Wetterleuchten wirkte. Laura und Joana entschieden sich für den *bica,* die madeirische Version eines Espressos, während Grace sich einen Tee bestellte.

»Ich habe meiner Großmutter von euch erzählt«, begann Joana unvermittelt. »Sie möchte euch gern kennenlernen und könnte euch von der traurigen Frau erzählen.«

Überrascht wechselten Laura und Grace einen Blick.

»Danke«, sagte Laura schließlich, unschlüssig, ob sie wirklich mehr über das Schicksal der Blumenmalerin erfahren wollte. Noch mehr Traurigkeit konnte sie in ihrem Leben wirklich nicht verkraften.

Vielleicht sollte sie Grace zum Friseur begleiten, um sich abzulenken und auf andere Gedanken zu kommen.

Kapitel 22

Tristyans Manor 1929

»Ich will es von ihm hören.« Amelia erschrak darüber, wie hoch und schrill ihre Stimme klang. Wenn sie nicht aufpasste, würden ihre Mutter und ihre Schwester sie für verrückt erklären und sie wegsperren lassen. In eine der schrecklichen Einrichtungen, in denen die armen Menschen vor sich hin vegetierten. Ohne Aussicht, jemals die Freiheit oder ihren Verstand wiederzuerlangen. »Zachary soll mir ins Gesicht sagen, dass er Bethany liebt und nicht mich.«

Wäre sie Bethany gewesen, hätte sie jetzt mit dem Fuß aufgestampft. Nicht zum ersten Mal beneidete Amelia ihre Stiefschwester um deren Temperament, das alle – Familie wie Dienstboten – mit einem Lächeln hingenommen hatten.

»Holt Zachary – sofort«, brachte Amelia unter Aufbietung aller Kräfte hervor, immer noch hielt sie die Hände zu Fäusten geballt und erschrak selbst vor der Kraft des Zorns, der in ihr gärte. Nur zu gern wäre sie zu der Anrichte aus Mahagoniholz gegangen, hätte eine der zierlichen chinesischen Vasen genommen, die Lady Norah in London gekauft hatte, und zu Boden geworfen. Dann die nächste, die nächste und noch eine, bis das honigfarbene Parkett des Salons mit zartweißen Scherben übersät gewesen wäre.

Man musste ihr den Gedanken nahezu ansehen können, dachte Amelia nach einem Blick auf die erschrockenen Gesichter ihrer Stiefmutter und ihrer Stiefschwester. Erstaunlich, wie schnell offen gezeigte Gefühle das Klima im Raum verändert hatten.

Nachdem Amelia auf Tristyans Manor angekommen war, hatte der Butler sie wie eine Bittstellerin in den kleinen Salon geführt. Dort hatten Lady Norah und Bethany lange auf sich warten lassen, ohne dass Amelia Tee und Erfrischungen serviert worden waren. Sicher hatte Lady Norah damit erreichen wollen, dass Amelia sich klein und unbedeutend fühlte. Stattdessen wurde Amelia von Minute zu Minute wütender; wütender auf ihre Stiefmutter, die es wagte, sie dermaßen ungerecht zu behandeln, nachdem sie Amelias Liebe hintertrieben hatte.

Als Lady Norah endlich in den Salon getreten war, war Bethany ihr stehenden Fußes gefolgt, natürlich, um die Folgen ihrer Intrige in jeder Facette genießen zu können.

»Es ist also wahr«, hatte Lady Norah kühl gesagt, während sie Amelias Bauch betrachtete. »Ich wollte nicht glauben, was mir Freunde aus Paris schrieben.«

»Ja, es ist wahr«, hatte Amelia zurückgefaucht. »Ebenso wahr ist, dass Zachary der Vater ist. Ja, der Zachary, den Bethany heiraten will. Ihr müsst die Feier absagen.«

Vieles hatte Amelia erwartet, aber nicht, dass ihr die beiden lauthals ins Gesicht lachten.

»Mein Zachary ...« Bewusst betonte Bethany jedes Wort, was Amelia mit einem eisigen Lächeln quittierte. Ihre Stiefschwester konnte ihr keine Angst mehr einjagen, jetzt nicht mehr.

Schließlich hatte Amelia nichts zu verlieren. »Er hat mir von euch erzählt. Von dem kurzen Augenblick der Leidenschaft auf Madeira. Ich habe ihm verziehen.«

»Er. Ist. Der. Vater. Meines. Kindes«, antwortete Amelia, jedes Wort betonend. Konnte oder wollte Bethany nicht verstehen, was das bedeutete? Wie konnte sie einen Mann heiraten wollen, der mit ihrer Stiefschwester ein Kind gezeugt hatte. »Ich will mit ihm sprechen. Sofort!«

Nachdem Lady Norah ihr eine abschlägige Antwort erteilt hatte, ließ Amelia ihrem Zorn freien Lauf und hatte vehement verlangt, Zachary zu sehen, so dass sie Mutter und Schwester sichtlich verunsichert hatte.

Lady Norah flüsterte Bethany etwas zu. Mit einem letzten geringschätzigen Blick auf Amelia raffte diese ihre Röcke und eilte aus der Bibliothek. Wie zwei Kampfhähne standen sich Amelia und Lady Norah gegenüber und maßen sich mit ihren Blicken. Keine von ihnen schien bereit nachzugeben. Keine von ihnen schien bereit, den ersten Schritt zu tun, das erste Wort der Versöhnung zu sprechen. Endlich drehte sich Lady Norah um, ging ein paar Schritte zur Seite, um sich auf das Sofa zu setzen, das mit rostfarbenem Chintz bezogen war. Amelia nutzte die Gelegenheit und schaute sich im Salon um, der bereits für die Hochzeitsfeierlichkeiten geschmückt war. Ein Stich durchfuhr sie. Nur unter Aufbietung aller Selbstbeherrschung konnte sie einen Aufschrei unterdrücken, als sie die lange Tafel sah, bedeckt mit einem blütenweißen Tischtuch und überladen mit Geschenkpäckchen, die im Vorfeld der Hochzeit eingetroffen waren.

Eingehüllt in buntes Papier, mit Schleifen umwickelt, warteten sie auf das glückliche Paar. Das müssten meine Geschenke sein, dachte Amelia, während sie gegen Tränen anblinzelte.

Edelstes Porzellan, feinste Kristallgläser, schön gebundene Bücher – all das hätte sie sich zur Hochzeit gewünscht. In ihrem Pariser Exil hatte sie sich ausgemalt, wie sie und ihr geliebter Zachary noch in der Hochzeitsnacht die ersten Päckchen öffnen würden, neugierig deren Inhalt ans Licht zögen, immer wieder unterbrochen von innigen Küssen, die das Versprechen einer wundervollen Nacht in sich bargen. Nun also würde all dies Bethany gehören, falls es Amelia nicht gelänge, Zachary zu überzeugen. Sehnsuchtsvoll schaute sie zur Tür, lauschte, ob sich Schritte dem Salon näherten.
Endlich ging die Tür auf. Nur das Wissen, dass Lady Norah sie beobachtete, hielt Amelia davon ab, zur Tür zu laufen, um sich in Zacharys Arme zu stürzen. Als Erste trat Bethany ein, die ein siegessicheres Lächeln zur Schau trug, gefolgt von … Amelia hatte die Luft angehalten, die sie nun mit einem Ausdruck von Enttäuschung ausstieß.
»Amelia.« Hinter Bethany trat ihr Vater in den Salon, erblasste, als er Amelias Zustand sah und kam nach kurzem Zögern mit großen Schritten auf Amelia zu. Lord Percy wirkte erschöpft. Gealtert und müde. Automatisch streckte Amelia die Hand aus und strich ihrem Vater über den Arm.
»Vater.«
»Amelia«, wiederholte Lord Percy und wich ihrem Blick aus. »Was tust du hier? Morgen soll die Hochzeit stattfinden. Willst du uns alle ins Unglück stürzen?«
»Schlimm genug, dass du deinen guten Ruf verspielt hast«, zischte Lady Norah. Ihre Stiefmutter bedachte Amelias deutlich sichtbaren Bauch mit einem Ausdruck voller Verachtung und Ekel. »Zieh nicht unsere Familie mit hinein. Wenn du die Hochzeit deiner Schwester verhinderst, verlieren wir Tristyans Manor.«

Amelia ballte in ohnmächtiger Wut die Fäuste. Es hatte keinen Sinn. Es hatte einfach keinen Sinn. Lady Norah würde niemals verstehen, was Amelia und Zachary verband. Ihre Stiefmutter interessierte sich nur für den guten Leumund der Familie. Alles würde Lady Norah geben, um einen Skandal zu verhindern. Niemals würde sie verstehen, dass Liebe wichtiger war als der gute Ruf.

Ihr Vater? Amelia schaute Lord Percy an. Sie liebte ihren Vater, aber inzwischen war sie alt genug, um zu begreifen, dass Lord Percy niemals Partei für sie ergreifen würde. Ihr Vater war nicht stark genug, sich gegen seine Ehefrau zu stellen.

Also blieb Amelia nur eine Möglichkeit. Die schlimmste aller Möglichkeiten, aber für ihre Liebe zu Zachary war sie bereit, den steinigen Weg zu gehen und sich vor ihrer Stiefschwester in den Staub zu werfen. Mit wachen Augen beobachtete Bethany den Streit, an dem sie die Schuld trug. Warum hatte sie ihre Finger nicht von Amelias Geliebtem lassen können? An Bethanys gute Seite zu appellieren, hätte wenig Sinn. Das wusste Amelia nur zu genau. Fieberhaft überlegte sie, wie sie ihre Stiefschwester dazu bringen konnte, die Hochzeit abzusagen. Endlich kam ihr der erlösende Gedanke.

»Willst du wirklich den Mann heiraten, dessen Kind ich trage?«, wandte sie sich an ihre Schwester. Amelia bemühte sich, ihre Stimme ruhig zu halten. Sich weder den Triumph anmerken zu lassen, noch die Angst zu spüren, die sie während der ganzen Reise begleitet hatte. »Ich hätte nicht gedacht, dass du so bescheiden bist.«

»Was soll das heißen?«, herrschte Bethany sie an. Sie fixierte Amelia mit ihren eisblauen Augen. Wie ein Falke, der sich auf sein Opfer konzentrierte. »Was meinst du damit?«

»Nun, ich war mir sicher, dass du dich nie mit einem Mann zufriedengibst, für den du nur zweite Wahl bist«, setzte Amelia zu ihrem vernichtenden Stoß an. Niemals würde Bethanys Eitelkeit so etwas zulassen. »Mit dem Kind hat Zachary bewiesen, dass er mich liebt.«

Bethanys Reaktion überraschte Amelia und traf sie völlig unvorbereitet. Ihre Schwester lachte lauthals. So laut, dass Lord Percy zusammenzuckte und Lady Norah missbilligend den Kopf schüttelte.

»Ein Kind hat wenig mit Liebe zu tun, Schwesterlein«, spottete Bethany. »Jede Kuh auf der Weide kann das.«

Bethanys Augen wurden hart. »Zachary wollte immer nur mich, aber er fürchtete, dass ich ihn ablehne. Du warst die zweite Wahl.«

»Nein, nein«, flüsterte Amelia. Das konnte nicht sein. Zachary liebte sie. Das hatte er doch so oft gesagt. Auch wenn es sie beinahe umbrachte, es zugeben zu müssen – etwas an Bethanys Worten klang aufrichtig. Warum sollte ihre Schwester lügen?

Im Bewusstsein ihres Sieges kam Bethany lachend auf Amelia zu und stellte sich vor sie, die Hände in die Hüften gestemmt wie ein Fischweib auf dem Markt. Amelia schluckte. Dieses Mal würde sie nicht nachgeben. Dieses Mal würde sie Bethany bezwingen, schwor sie sich, und drängte mühsam die Stimme des Zweifels zurück.

»Es ist wie immer, liebe Schwester.« Bethany strich sich durchs Haar, in der Gewissheit, dass sich die Aufmerksamkeit aller in der Bibliothek auf sie richtete. »Ich habe das bekommen, was du haben wolltest. Wie immer. Zachary gehört mir. So wie Princess am Ende mir gehörte. Also geh und verkriech dich in Paris mit dem Kind deiner Schande. Als Gast will ich dich nicht auf meiner Hochzeit sehen.«

Mit diesen Worten, von denen jedes einzelne auf Amelia einstach wie ein Messer, drehte sich Bethany um und verließ hocherhobenen Hauptes den Salon. Amelia schaute ihr mit brennenden Augen nach, bis der Schreck sie überwältigte und sie in eine tiefe Schwärze fiel.

»Amelia. Kind«, hörte sie die besorgte Stimme ihres Vaters wie aus weiter Ferne. »Norah, so tu doch was.«

Stechender Kampferduft stieg Amelia in die Nase, so dass sie den Kopf zur Seite drehte, sobald sie ihr Bewusstsein wiedererlangt hatte. Sie öffnete die Augen und sah sich direkt ihrer Stiefmutter gegenüber.

»Ich werde Tee holen lassen.« Kopfschüttelnd, um zu zeigen, wie wenig Lady Norah von Amelias Auftritt hielt, verließ ihre Stiefmutter den Raum.

»Vater«, flüsterte Amelia, flehte mit Stimme und Blick. »Bitte, Vater, das darfst du nicht zulassen. Ich habe einen Fehler begangen, aber …«

»Ich wünschte, ich könnte dir helfen. Ich wünschte, ich könnte mehr für dich tun.« Fasziniert beobachtete Amelia, wie ihr Vater seine Finger in immer neuen Figuren ineinander verschränkte. Ihm fehlte der Mut, ihr in die Augen zu sehen. »Es tut mir so leid, aber …«

»Aber was?«, begehrte Amelia das erste Mal in ihrem Leben gegen ihren geliebten Vater auf. Hier und heute konnte sie keine Rücksicht auf ihn nehmen, konnte seine Gefühle nicht schonen, ihn nicht aus der Verantwortung entlassen. Schließlich ging es um ihr Lebensglück. Um ihr Glück und das ihres ungeborenen Kindes. »Vater, du musst die Hochzeit aufhalten. Du willst doch nicht, dass dein erstes Enkelkind ohne seinen Vater aufwachsen muss, nur weil Bethany immer wieder ihren Kopf durchsetzen muss.«

»Deine Mutter und –«

»Sie ist nicht meine Mutter«, unterbrach Amelia ihren Vater. Die Jahre, in denen sie zurückgesteckt hatte, in denen sie sich um des lieben Friedens willen alles hatte gefallen lassen, sollten endlich der Vergangenheit angehören. »Meine Mutter hätte niemals zugelassen, dass Bethany mir den Mann, den ich liebe, stiehlt und mein Kind zu einem Bastard macht.«

Lord Percy zuckte zusammen, als ob sie ihn mit einer Peitsche geschlagen hätte. Dann richtete er sich auf. In seinen Augen konnte Amelia lesen, dass sie niemals auf seine Unterstützung hoffen konnte. Sie krallte ihre Fingernägel in die Handflächen, um einer weiteren Ohnmacht zu entgehen. Der Schmerz in ihren Händen nahm dem Schmerz in ihrem Herzen etwas von seiner Stärke.

»Amelia.« Lord Percys Stimme klang barsch. »Deinen Zustand hast du dir allein zuzuschreiben, weil du dich vor der Ehe …«

Ihr Vater schwieg, nicht in der Lage, das Unaussprechliche auszusprechen. Amelia spürte, wie die Röte in ihr Gesicht stieg. Schamesröte. Zornesröte. Nur die Liebe, die sie immer noch für ihren Vater empfand, hielt sie davon ab, dem Zorn nachzugeben. Schweigend schaute sie ihn an, bis er den Blick abwandte. Doch seine Haltung sagte Amelia, dass er nicht nachgeben würde. Ihr Schicksal war besiegelt. Es war schon besiegelt gewesen, als sie Bethanys Brief in Händen gehalten hatte. Ihr blieb nur noch ihr Stolz. Sie würde sich nicht anmerken lassen, wie tief sie der Verrat ihrer Familie traf. Von Lady Norah und Bethany hatte sie nichts anderes erwartet, aber dass Zachary und Lord Percy sich ebenfalls gegen sie verschworen hatten, das traf Amelia bis ins Mark.

Als hätte sie vor der Tür auf diesen Augenblick gewartet, trat Lady Norah in das Zimmer, ließ ihre Blicke von Amelia zu

Lord Percy wandern, ehe sie sich auf das Sofa setzte. Sie wirkte ruhig und gelassen.

»Was haben Lady Norah und du für mich geplant?«, fragte sie ihren Vater mit ersterbender Stimme. Ihr Blick suchte die Bücherreihen ab, suchte nach Hoffnung und Erklärungen, die ihr die Bücher immer gewährt hatten. Doch heute erschienen sie ihr nur als unnütze Zeugen der Phantasie fremder Menschen. Ideen und Gedanken, gedruckt auf tote Bäume, gebunden in die Haut ermordeter Tiere, Worte, die ihr nicht helfen konnten. »Wollt ihr mich verschwinden lassen?«

»Sei nicht so melodramatisch«, erklang Lady Norahs Stimme, beherrscht und kühl, als verhandelte sie über das Menü der Hochzeitsfeier und nicht über Amelias Schicksal. »Wir mussten eine Lösung finden, die unseren guten Ruf nicht beschädigt und dir hilft.«

Amelia wandte sich nicht zu ihrer Stiefmutter um, sondern fixierte ihren Vater, als versuchte sie ein letztes Mal, ihn auf ihre Seite zu ziehen. Doch Lord Percy trat einige Schritte nach links, an die Seite seiner Frau, so dass Amelia nun jegliche Hoffnung verlor, dass sie von ihrem Vater Beistand erfahren könnte.

»Es ist das Beste für dich, wenn du Tristyans Manor verlässt. Dem wirst du wohl zustimmen.« Ihr Vater stieß einen leichten Seufzer aus. Amelia fühlte eine Welle von Scham in sich aufwallen, weil sie und ihr Handeln dazu geführt hatten, dass ihr Vater ein solches Gespräch mit ihr führen musste. Ein Gespräch, das ihm sichtlich unangenehm war. »Wenn du einen Neuanfang wagst.«

»Einen Neuanfang?«, stieß Amelia bitter hervor. Im Gesicht ihres Vaters konnte sie lesen, wie peinlich ihm ihr unangemessener Gefühlsausbruch war. Mit großer Geste deutete sie auf ihren Bauch. »Falls du es noch nicht bemerkt hast, ich bin schwanger. Das könnte einen Neuanfang erschweren.«

»Wir haben uns etwas überlegt«, sagte ihr Vater, ohne Amelias Einwurf zu beachten. Sein schmales, edel geschnittenes Gesicht zeigte keinerlei Regung, doch seine Finger, die sich nervös ineinander verflochten, verrieten ihn. »Deine Mutter und ich. Für deine Zukunft.«

Amelia presste die Lippen zusammen, um nicht wieder damit herauszuplatzen, dass Lady Norah niemals die Stelle ihrer Mutter eingenommen hatte. Mit hocherhobenem Kopf starrte sie Lady Norah und Lord Percy an, reckte den Rücken gerade und atmete tief ein. Was immer ihre Familie ihr auch androhte, Amelia würde ihnen stolz gegenübertreten.

»Du wirst nicht zu Tante Mabel zurückkehren«, führte Lord Percy mit tonloser Stimme weiter aus. Lady Norah und er wechselten einen schnellen Blick, der Amelia in Sorge versetzte, aber sie nickte.

»Ein Boot wird dich nach Madeira bringen.«

Wieder nickte Amelia. Ihr war es egal, wohin ihre Familie sie sandte, solange sie nur von Tristyans Manor fliehen konnte. Keinen Tag länger würde sie es ertragen, hier zu bleiben. Unvorstellbar für sie, Zeugin zu werden, wie ihr geliebter Zachary Bethany das Jawort gab. Obwohl es sich anfühlte, als hätte man ihr das Herz aus dem Leib gerissen, musste sie wohl anerkennen, dass Zachary sie hatte fallenlassen, so, wie es Lady Norah prophezeit hatte. Amelia hätte nicht sagen können, was schlimmer schmerzte, Zacharys Verrat oder die Gewissheit, dass ihre Stiefmutter recht behalten hatte.

»Du wirst dort …«, mischte sich Lady Norah ein, auf deren Gesicht sich der Triumph über ihren Sieg abzeichnete. Amelia hätte schwören können, dass der Plan einzig und allein auf ihr Betreiben hin entstanden war. Lord Percy hatte sich nur – wie so oft – der Meinung seiner Ehefrau unterworfen. Lady Norah schüttelte sich, als wäre es ihr unangenehm, die Worte auch nur in den Mund zu nehmen. »… es dort bekommen.«

Mein Kind. Es ist mein Kind, wollte Amelia schreien, aber sie nickte nur. Bisher unterschieden sich die Planungen ihrer Eltern nicht sehr von ihren Wünschen.

»Von dort aus wirst du zu den Forsters nach Amerika reisen. Mabel wird dort auf dich warten. Sie hat sich dazu bereit erklärt.«

Amelia schluckte. Mit der Verbannung hatte sie gerechnet, aber sie hatte gehofft, dass sie mit Tante Mabel in Paris leben dürfte. Niemals hätte sie erwartet, dass ihre Eltern sie zu amerikanischen Freunden schicken würden. Menschen, die Amelia nur einmal in ihrem Leben gesehen hatte, als diese eine Europareise unternommen hatten. Obwohl, so sagte ihr eine innere Stimme, sie sich hätte denken können, dass ihre Familie sie möglichst weit weg schaffen würde, damit sie und ihr Kind der Sünde nicht unverhofft von Bekannten entdeckt werden könnten. Immerhin ein englischsprachiges Land. Ein bitteres Lächeln zog über ihr Gesicht.

»Nach einem Jahr kannst du zurückkehren. Wir werden dann einen Mann für dich finden.« Lord Percy nickte huldvoll, als gewährte er ihr eine große Gnade.

Amelia glaubte, sich verhört zu haben. Ihr Vater gewährte ihr die Gnade der Rückkehr. Was hatte er Lady Norah versprechen müssen, dass die verlorene Tochter nicht auf ewig in die Verbannung geschickt wurde? Erst da erkannte sie die verborgene Bedeutung seiner Worte.

Mit trockener Kehle stieß sie hervor: »Mein Kind. Was wird aus meinem Kind?«
»Du gibst es selbstverständlich weg.« Wieder antwortete Lady Norah anstelle ihres Ehemanns. »Was hast du denn gedacht?«
»Vater?« Hilfesuchend stolperte Amelia auf Lord Percy zu, griff nach dessen Hand, aber er zog sie weg. »Vater, bitte.«
»Amelia.« So barsch hatte ihr Vater noch nie mit ihr gesprochen. »Selbst du musst erkennen, dass Norahs Vorschlag die einzig mögliche Lösung ist.«
Amelia verschlug es die Sprache. Wer war dieser Mann, der so herzlos über das Schicksal ihres Kindes entschied? Wo war ihr liebevoller Vater geblieben? Wie war es Lady Norah nur gelungen, einen solchen Sinneswandel bei Lord Percy zu bewirken? Amelia griff sich an ihr Herz.
»Nein. Nein. Nein. Nein«, flüsterte sie. Immer nur das eine Wort. »Nein. Nimm mir mein Kind nicht. Ich bleibe in Amerika, aber bitte Vater, bitte, lass mir mein Kind.«
Lord Percy wich ihrem Blick aus, während er monoton weitersprach.
»Deine Mutter und deine Schwester werden zu deiner Niederkunft anreisen. Sie werden sich um alles Weitere kümmern.«
»Nein!«, schrie Amelia gequält auf. »Bitte nicht. Vater. Bitte nicht. Lady Norah …« In ihrer Verzweiflung wandte sie sich an ihre Stiefmutter, die keinerlei Regung zeigte.
»Es ist beschlossen.« Lord Percy drehte sich zu Amelia um. Er hob die Hand, als ob er sie berühren wollte. Ein Schatten glitt über sein Gesicht, dessen Züge sich verhärteten. Ihr Vater reichte seiner Ehefrau den Arm, nickte Amelia zu und verließ den Salon, ohne sich noch einmal umzuwenden.

Zu Tode erschrocken blieb Amelia zurück. Ihr Blick fiel durch die hohen Fenster in den festlich geschmückten Garten. Tränen überströmten ihr Gesicht. Sie hielt ihre Hände schützend vor ihren Bauch. Sie musste fliehen. Sie musste sich und ihr Kind retten. Koste es, was es wolle. Niemals würde sie sich von ihrem Kind trennen.

Kapitel 23

Tristyans Manor 1945

»Ich habe doch versprochen, dass wir uns wiedersehen werden, Lady Emma Galveston.«

Emma drehte sich um, als sie die spöttische Stimme hinter sich vernahm. Ihr Herz schlug so laut, dass auch er es hören müsste. Aber das störte sie nicht. Er war zurück. Endlich war er zurückgekehrt. So wie er es versprochen hatte. Jeden Tag war sie zu ihrem geheimen Treffpunkt an der Pferdeweide gegangen und hatte auf ihn gewartet.

»Charlie!« Mit einem Jubelschrei stürzte sich Emma in seine Arme und bedeckte sein Gesicht mit kleinen, schnellen Küssen. »Liebster. Ich habe dich so vermisst.«

»Und ich dich erst.« Charlie schob sie ein Stückchen von sich weg und betrachtete Emma, als wollte er sich ihren Anblick für immer einprägen. »Jeder Tag in London ohne dich schien unendlich lang und noch trübsinniger zu sein.«

»Hattest du Erfolg?« Emma hielt den Atem an, während sie auf seine Antwort wartete. Ihr Leben, ihr Glück hing von seinem Erfolg ab. »Bitte, spann mich nicht länger auf die Folter.«

»Für dich würde ich alles riskieren. Das weißt du hoffentlich.« Sein Blick war so voller Liebe, dass Emma die Tränen kamen. Womit nur hatte sie diese tiefe Zuneigung verdient? Mit Schamesröte erinnerte sie sich an die ersten Treffen mit dem Geliebten, an denen sie ihn von oben herab behandelt hatte. Aber Charlie Watson wäre nicht der Mann, den sie schließlich zu lieben gelernt hatte, hätte er sich von ihren Allüren abschrecken lassen. Beharrlich und mit einer guten Portion Londoner Unverschämtheit hatte er um sie geworben, bis sie endlich den wunderbaren und einzigartigen Mann hinter der Fassade aus Frechheit und Armut erkannt hatte. Unermüdlich hatte er um sie gekämpft und sich von ihrer Kratzbürstigkeit nicht abschrecken lassen. Bei der Erinnerung an ihren ersten Kuss lächelte Emma.

»Du hast mich eben das erste Mal Charlie genannt.« Emma hatte damals geglaubt, Freude in seiner Stimme zu hören.

»Das war ein Versehen.« Emma hatte die Unterlippe vorgeschoben, was sie geärgert hatte, weil sie sicher wie ein schmollendes Kind ausgesehen hatte. Irgendwie war es dem Vaccie immer wieder gelungen, dass sie sich dumm vorgekommen war. Jedes Mal hatte sie sich geschworen, ihn nicht wiederzusehen. Jedes Mal hatten sie ihre Spaziergänge wieder zur Koppel geführt, wo er auf sie gewartet hatte. »Charlie ist ein dummer Name.«

»Emma ist ein schöner Name.«

»Machst du dich über mich lustig?« Mit zusammengekniffenen Augen hatte sie ihn drohend angeschaut, aber er hatte nur gelacht.

»Das würde ich nie wagen, Lady Emma Galveston.«

»Was würdest du denn wagen, Charlie Watson?« Ohne zu blinzeln, hatte sie ihm in die Augen gestarrt. »Wie mutig bist du?«

»Wie mutig bist du, Lady Emma?« Rauh hatte seine Stimme geklungen, als er sein Gesicht ihrem genähert hatte, bis sie die Augen geschlossen hatte, wohl wissend, was er tun würde.

Als er sie geküsst hatte, wusste sie, dass ihm ihr Herz gehörte. Für jetzt und für immer.

Die wenigen gestohlenen Stunden, die Emma mit Charlie auf den Pferdekoppeln bei Tristyans Manor verbracht hatte, gehörten zu den glücklichsten Erinnerungen ihres Lebens, obwohl sie stets in Furcht vor Entdeckung gewesen war. Nicht auszudenken, wenn ihre Mutter erfahren hätte, dass die Erbin Tristyans Manors einem armen Jungen aus dem Londoner East End ihr Herz geschenkt hatte.

Als Charlie – gemeinsam mit den anderen Evakuierten – wieder nach London zurückkehren musste, drohte Emmas Herz zu zerbrechen. Sie wollte ihn begleiten, wollte gemeinsam mit ihm in der großen Stadt ihr Glück suchen, aber Charlie war klug und vorausschauend genug, Emma zur Geduld zu raten.

Jeden seiner Briefe, die er ans Postamt richtete, damit Lady Bethany ihrer Liebe nicht auf die Spur kam, hatte sie so oft gelesen, dass sie sie auswendig kannte. Aber sie waren nur ein kläglicher Ersatz für die Wärme seiner Haut, die Sanftheit seiner Küsse und die Stärke seiner Liebe, mit der er Emma umfangen hielt. Sie vermisste seine Stimme, deren Tonarten von hellem Spott bis hin zu dunklen Liebesschwüren reichten. Sie vermisste das Gefühl, in seinen Armen geborgen zu sein und jedem Angriff widerstehen zu können. Sie vermisste es, mit ihren Fingern die Linien seines Gesichtes nachzuzeichnen –

die starke Nase, das kräftige Kinn, die Bögen der Augenbrauen über seinen hellen Augen.

Mit jedem Tag der Trennung hatte sich Emma gefühlt, als ob man ihr die Wärme des Sommers genommen hätte. Jeder Tag war ihr erschienen wie ein trüber Herbsttag, dessen grauer Regen alle Farben verblassen ließ und jegliche Hoffnung raubte, dass die Sonne noch einmal scheinen würde. Mit jedem weiteren Tag, der ohne eine Nachricht von Charlie vergangen war, waren Emmas Ängste gewachsen. Was, wenn er in London ein Mädchen gefunden hätte, das besser zu ihm passte als sie? Was, wenn sie für ihn nur eine Liebelei gewesen war, um ihm den langweiligen Aufenthalt auf dem Land erträglich zu machen? Was, wenn ihre Mutter doch etwas erfahren hatte und Charlie mit Geld abgespeist hatte, damit er Emma niemals wiedersehen würde?

Wie hatte sie das Ende des Krieges, von dem alle redeten, herbeigesehnt, damit endlich wieder Alltag eintreten würde und sie mit dem Zug nach London reisen könnte. Nach London, dort wo Charlie auf sie wartete. Nur seine Briefe gaben ihrem Leben auf Tristyans Manor noch einen Sinn. Seine Briefe, die viel zu selten eintrafen.

Zwischen jedem Schreiben waren Emmas Sorgen und Unsicherheiten gewachsen, nur um zu vergehen wie Morgentau in der aufsteigenden Sonne, wenn ihr Ausflug zum Postamt endlich die erlösenden Zeilen brachte. Charlie schrieb Briefe voller Sehnsucht und Liebesgeflüster, aber auch voller kleiner Anekdoten aus seinem Londoner Alltag, die Emma das Gefühl vermittelten, dass sie gemeinsam mit ihm durch die zerbombten Straßen der großen Stadt lief, auf der Suche nach dem Lebensnotwendigen.

Ihre Briefe kamen ihr immer klein und langweilig vor. Schließlich passierte nicht viel auf Tristyans Manor. Selbst vom Ende

des furchtbaren Krieges hatten ihre Mutter und sie etwas später als alle anderen erfahren – erst, als sich jemand aus dem Dorf aufmachte, um Lady Bethany davon zu berichten. Viel hatte sich nicht verändert. Nur, dass die Männer langsam nach Perranporth zurückkamen und der Alltag wieder einkehrte.
Nicht alle Männer hatten den Krieg überlebt. Nur zu gut erinnerte sich Emma an das Telegramm, das im Mai 1940 eingetroffen war. Lady Bethany hatte es regungslos gelesen und nichts in ihren Gesichtszügen hatte Emma auf ihre Worte vorbereiten können.
»Dein Vater ist gefallen«, hatte sie so ruhig gesagt, als spräche sie vom Wetter. »An der Maas. Wie so viele von der Royal Air Force.«
Auch wenn Emma nur wenige Erinnerungen an ihren Vater hatte, da er die meiste Zeit des Jahres in London verbracht hatte und nur zu Weihnachten und zur Eröffnung der Jagdsaison nach Tristyans Manor gekommen war, hatte sie die Nachricht seines Todes tief getroffen. Nun war sie ganz allein mit ihrer Mutter, war der erste Gedanke gewesen, der ihr durch den Kopf geschossen war. Gleich darauf hatte sie sich geschämt, weil sie nicht mehr Trauer aufbringen konnte. Später hörte sie, dass man ihren Vater einen Helden nannte, was sie ein wenig stolz machte. Ob er in Tristyans Manor geblieben wäre, wenn er den Großen Krieg überlebt hätte, fragte sie sich manchmal? Oder wäre es ihm ergangen wie so vielen Überlebenden, die an Leib und Seele verwundet aus dem Krieg zurückgekehrt waren und Schwierigkeiten hatten, ihren Platz im Frieden zu finden. Lady Bethany hatte es sich zur Aufgabe gemacht, ihren früheren Dienstboten wieder Lohn und Brot und auch ein Heim auf Tristyans Manor zu geben, auch wenn sie – wie der Gärtner, der ein Bein verloren hatte – nicht mehr hundertprozentig ihre

Aufgaben erfüllen konnten. Dies war eines der wenigen Male, wo Emma mit ihrer Mutter einer Meinung war. Mehr noch, sie war stolz auf Lady Bethany, die ihrer Verantwortung in Friedenszeiten besser nachkam als während des Krieges.
Emma war so stolz auf ihre Mutter, dass sie von einem schlechten Gewissen geplagt wurde, weil sie nur zu gut wusste, dass Lady Bethany rein gar nichts von Emmas Plänen halten würde. Eine Weile hatte Emma geschwankt, ob sie sich ihrer Mutter nicht doch anvertrauen sollte. Vielleicht hatte sie Lady Bethany bisher falsch eingeschätzt und sich von deren vorgeblicher Kühle abschrecken lassen. Aber nein – eine gute Tat ihrer Mutter konnte Emma nicht darüber hinwegtäuschen, dass sie siebzehn unglückliche Jahre auf Tristyans Manor verbracht hatte. Jahre, in denen sie sich dumm und unglücklich und – am schlimmsten von allem – ungeliebt gefühlt hatte. Erst durch Charlie Watson hatte Emma gelernt, dass sie ein Mensch war, der es wert war, geliebt zu werden. Vielleicht liebte sie ihn deshalb mit jeder Faser ihrer Seele – nein, sie liebte ihn, weil er Charlie Watson und der richtige Mann für sie war. Der Mann, für den sie alles aufgeben würde, mit dem sie ein neues, ein besseres Leben beginnen würde.
»Einen Penny für deine Gedanken!« Charlie küsste sie auf den Mund. »Du hattest wieder den traumverlorenen Blick.«
»Nichts Besonderes«, wehrte sie ab und senkte den Kopf, weil sie fürchtete, dass er ihr die Sorgen ansehen könnte. »Ich … also … es …«
»Du hast Angst vor der eigenen Traute bekommen?« Sanft legte er ihr zwei Finger unters Kinn und hob ihren Kopf an, bis sie ihm in die Augen sehen musste. »Es ist nicht schlimm. Ich … ich könnte es verstehen. Du hast mehr zu verlieren als ich.«

»Nein!« Emma schüttelte heftig den Kopf. Sie fühlte sich ertappt, durchschaut in ihren Ängstlichkeiten und kleinlichen Befürchtungen. »Ich würde dich nie aufgeben.«
»Emma, ich liebe dich so sehr, dass ich warten kann. Auch wenn es noch Jahre sind, bis du endlich volljährig bist«, sagte Charlie mit einer tiefen Ernsthaftigkeit, und Emmas Herz tat einen Sprung. Er bot ihr eine große Chance – warum sollte sie die Gelegenheit nicht nutzen? Warum nicht alles gewinnen – Charlie und Tristyans Manor?
»Du hältst mich also für so wankelmütig?« Emma löste sich aus Charlies Armen, trat zwei Schritte zurück und stemmte die Hände in die Hüften. »Charlie Watson. Ich bin enttäuscht von dir.«
»Oh Emma, wenn du dich nur sehen könntest.« Charlie begann lauthals zu lachen und streckte die Arme nach ihr aus.
Emma, empört darüber, dass er ihren Zorn belustigend fand, lief vor ihm davon. Noch immer lachend lief ihr Charlie hinterher, bis sein Lachen plötzlich in ein Husten überging, dessen heiseres Bellen Emma einen Schreck versetzte. Er blieb stehen, beugte sich nach vorn und stützte die Hände auf den Oberschenkeln ab, während er nach Atem rang. Sofort eilte Emma an seine Seite.
»Geht es dir nicht gut, Liebster?« Emmas Hand flog an ihr Herz, dessen Schläge sich erhöhten. »Bitte sag, was hast du?«
»Nur eine Erkältung.« Charlie räusperte sich immer noch nach Atem ringend. Trotzdem lächelte er sie an. »Im Londoner Nebel ist der Husten schlimmer geworden. Hier werde ich ihn bestimmt bald loswerden.«
Emma musterte ihn prüfend, aber er schien davon überzeugt zu sein, dass sein Husten nichts Schlimmeres zu bedeuten hatte. Aber sie würde auf jeden Fall darauf bestehen, dass er

einen Arzt aufsuchte, wenn sie ihr Ziel erst einmal erreicht hatten. Emma lächelte. Auch wenn sie sich ein wenig fürchtete, so fühlte sie sich auch wie die Heldin in einer Geschichte und konnte es kaum erwarten, ihren Plan endlich in die Tat umzusetzen.

»Ich habe Schmuck«, sagte sie zu Charlie. »Den mir meine Mutter zu Geburtstagen und zu Weihnachten geschenkt hat. Den können wir versetzen. Er wird hoffentlich einiges einbringen.«

»Ich will nicht, dass du deinen Schmuck opferst«, beharrte er eigensinnig. Schon so oft hatten sie über diesen Punkt gestritten, und Emma war es langsam leid, dass er sich so uneinsichtig zeigte. »Ich habe in London genug für die Reise verdient. Die Zugfahrt ist nicht teuer, und wenn wir sparsam leben, kommen wir eine Weile aus.«

»Ach Liebster«, antwortete Emma und verwünschte den Stolz des Arbeiters, der es nicht zuließ, dass Charlie Geld von ihr annahm. »Wir brauchen genug Geld für einundzwanzig Tage. Für eine Wohnung und Essen.«

Sein unglückliches Gesicht verriet ihr nur zu deutlich, dass es ihm trotz aller Bemühungen nicht gelungen war, eine richtig große Summe in London aufzutreiben. Sie stampfte mit dem Fuß auf den Boden. Mochte er sie doch für eine verwöhnte Prinzessin halten, aber sie war nicht bereit, ihren Plan aufzugeben, nur weil Mr. Charles Watson sich seinen Stolz bewahren wollte.

»Die Ketten und Ringe bedeuten mir gar nichts. Das solltest du wissen. Was meins ist, ist auch deins.«

»Ich weiß, aber …« Er strich sich mit der Hand die dunklen Strähnen aus der Stirn. Ihm war ein Streit mit ihr genauso unangenehm wie ihr, aber gleichzeitig konnte er wohl nicht

aus seiner Haut. »Ein Mann muss für seine Frau sorgen können.«
»Das kannst du doch immer noch, Darling«, antwortete Emma mit einem Lächeln. Charlies Widerstand schien bereits zu schrumpfen. Es bedurfte sicher nur noch einiger weniger wohlgesetzter Worte. »Aber erst müssen wir doch die Möglichkeit schaffen, dass du für mich sorgen kannst.«
»Lady Emma Galveston.« Charlie runzelte die Stirn, halb spielerisch, halb ernst gemeint. »Meinst du wirklich, ich merke nicht, was du vorhast …«
»Nein.« Emma schmiegte sich in seine Arme und atmete seinen Duft ein. Zigarettenrauch, Rasierwasser und etwas, das sie immer mit ihm verbinden würde, sein eigener Geruch, den sie liebte. »Dafür bist du zu klug, das weiß ich doch.«
Wieder lachte er laut auf. Emmas Körper spannte sich an, während sie auf das trockene Husten wartete. Als es ausblieb, entspannte sie sich wieder und küsste ihn voller Zärtlichkeit.
»Heute Nacht um zwei Uhr hole ich dich ab«, flüsterte Charlie, während er ihre Haare streichelte. »Dann sind wir früh genug in Perranporth, um den Zug zu erreichen. Bist du sicher, dass du dich fortstehlen kannst, ohne dass jemand etwas merkt?«
Nun war es an Emma, siegesgewiss zu lächeln. »Ich habe es in den letzten Wochen wieder und wieder geprobt. Niemand wird wach, wenn ich mich durchs Haus schleiche.«
»Wird deine Mutter uns suchen lassen?«
»Ich werde ihr einen Brief schreiben, dass ich nach London gehe, um dort mein Glück zu finden.« Emma hatte sich alle Schritte gut überlegt, vieles verworfen und schließlich den absolut sicheren Plan für ihre Zukunft entwickelt. »Wenn sie jemanden hinter uns herschickt, wird sie an der falschen Stelle suchen.«

»Meinst du nicht, sie ist klug genug, um die Wahrheit zu erkennen?« Charlie hatte Lady Bethany nur einmal durch einen dummen Zufall getroffen, und Emma erinnerte sich nur ungern daran, wie herrisch und arrogant ihre Mutter ihm gegenüber aufgetreten war. »Schließlich sind wir nicht die Ersten mit so einem Plan.«

Charlie fröstelte, was sicher der Erinnerung an Emmas Mutter geschuldet war, aber auch dem Wind, der über die Klippen fegte und das Versprechen des nahenden Herbstes in sich trug. Seine Jacke war viel zu dünn und besser für jemanden geeignet, der den ganzen Tag in einem geheizten Büro saß, als für jemanden, der von seiner Hände Arbeit leben musste wie Charlie. Wenn sie den Schmuck endlich zur Pfandleihe getragen hätte, würde sie ihm als Erstes einen warmen Mantel aus guter Wolle kaufen, nahm sich Emma vor.

»Ich weiß, aber sie hält mich sicher nicht für einfallsreich genug, um mit dir zu fliehen. Ich bin mir sicher, sie weiß nichts von uns.« Geschickt hatte Emma in den letzten Wochen viele falsche Fährten ausgelegt, so dass ihre Mutter glauben musste, dass ihre Tochter durchbrennen wollte, um ihr Glück am Theater zu versuchen. »Vertrau mir.«

»Und du bist immer noch sicher, dass du all das hier aufgeben willst?« Charlie machte eine weit ausholende Bewegung mit den Armen, die die Klippen, Tristyans Manor, die Pferdekoppeln und die Gärten einschloss. »Für mich?«

»Für niemand anderen als dich.« Emma beugte sich vor und küsste ihn auf die Nasenspitze. »Jetzt bekommst du wohl kalte Füße? Nun, wo es ernst werden könnte.«

»Auf keinen Fall, Lady Emma Galveston.« Charlie hielt sie fest und küsste ihr Haar. »Nie war mir etwas so wichtig wie unser Plan.«

»Ich muss zurück.« Emma erwiderte seinen Kuss und noch einen und noch einen. »Ich muss noch packen. Für unsere große Reise.«
»Ich werde die Stunden und Minuten zählen.« Charlie winkte ihr nach.
Auf dem Weg zurück ins Herrenhaus summte Emma leise die Melodie von George W. Byng vor sich hin. Ihre Gedanken drehten sich immer nur um eines: »Gretna Green. Gretna Green. Mein Liebster und ich fahren nach Gretna Green.«

Kapitel 24

Tristyans Manor 1929

Lady Norah winkte Louise, ihre Zofe, heran und zog sich in ihr Schlafzimmer zurück. Das Abendessen, das Lord Percy und sie wieder einmal in ungemütlichem Schweigen hinter sich gebracht hatten, hinterließ einen bitteren Nachgeschmack, obwohl die Speisen – wie stets – von erlesener Qualität gewesen waren. Selbst der vorzügliche Wein, von dem Lady Norah vor unterdrücktem Zorn zu viel getrunken hatte, hatte ihre Stimmung nicht aufhellen können. Lord Percys Weigerung, sich dem drohenden finanziellen Desaster zu stellen und seinen Schwiegersohn um Hilfe zu bitten, verärgerte Lady Norah zutiefst. Es beschämte sie, dass sie sich als Frau mit finanziellen Dingen abgeben musste, weil ihr Ehemann dazu weder willens noch in der Lage war. Selbst die Frühlingssonne, die ihren geliebten Garten heute in ein sanftes Licht getaucht hatte, vermochte Lady Norah nicht zu besänftigen. Was nützte ihr die Blütenpracht, wenn sie das Herrenhaus verlieren würden? Wenn sie sich nicht um alles kümmerte.

Sie und Bethany. Wie es ihrer Tochter wohl auf der Hochzeitsreise erging?
»Lassen Sie mir ein Glas warme Milch bringen«, wies Lady Norah ihre Zofe an. Vielleicht würde sie das beruhigen und ihr den ersehnten Schlaf bringen. Zu viele Nächte hatte sie wachgelegen, vor Sorge, dass die Familie Tristyans Manor verlieren würde. Es erschien ihr wie ein Wunder, dass ihre Tochter einen Mann wie Zachary Galveston hatte gewinnen können. Jetzt musste sie Bethany nur noch davon überzeugen, das Vermögen ihres Ehemanns für Tristyans Manor auszugeben. Ob ihr das gelingen würde? Ein leiser Zweifel schlich sich in Lady Norahs Gedanken. Bethany war kein Mensch, die altruistisch handelte – sie würde Tristyans Manor nur helfen, wenn es ihr etwas nützte.
Lady Norah rieb sich mit Daumen und Zeigefinger die Augen. Sie spürte Kopfschmerzen aufsteigen. Hier würde keine warme Milch helfen. Vielleicht ein Sherry? Aber sie wollte nicht, dass ihre Zofe ihr das Getränk brachte und damit den Dienstboten Anlass zu Klatsch und Tratsch böte.
Nachdem Louises geschickte Finger ihr aus dem unbequemen Kleid geholfen und ihre Frisur gelöst hatten, entließ Lady Norah das Mädchen. Nun saß sie vor dem Spiegel, bürstete durch ihre brünetten Haare und musterte sich kritisch. Für ihr Alter hatte sie sich gut gehalten. Ihre feinen Züge entsprachen weitgehend dem Schönheitsideal, wie es in ihren Kreisen angestrebt wurde. Ihre grauen Augen standen eine Idee zu weit auseinander, aber dafür war ihre Nase schmal, gerade und beinahe elegant zu nennen. Lady Norah lächelte. Ein bitteres Lächeln. Was nützte ihr die Schönheit, wenn sie die Liebe ihres Mannes niemals gewinnen würde?
Sie hatte es vor der Hochzeit bereits gewusst. Jeder in ihrer Familie hatte gewusst, dass Lord Percy Norahs Schwester

Amelia bedingungslos liebte und ihren zu frühen Tod niemals verwinden würde. Aber Norah, so jung und so überaus naiv, hatte Percy bereits verehrt, als er mit ihrer Schwester verlobt gewesen war. Für Norah war es eine Fügung des Schicksals gewesen, dass Amelia bei der Geburt ihrer Tochter gestorben war. Nur einer Tochter, keines Erben, den Tristyans Manor benötigte.

Da erschien es nur passend, dass Norah an die Stelle ihrer älteren Schwester trat, der kleinen Amelia eine gute Mutter und dem Witwer eine liebevolle Frau wurde. Percy, gebrochen vom Kummer und starr vor Trauer, hatte sich dem Familienwillen unterworfen und Norah geheiratet. Was sie ihm zugutehalten musste, war, dass er aus seinen Gefühlen nie einen Hehl gemacht hatte. Bevor sie die Einzelheiten der Hochzeitsfeier besprochen hatten, hatte Lord Percy zu Norah gesagt: »Es ist keine Liebesheirat, sondern eine Vernunftehe. Das weißt du.« Sie hatte genickt und sich im Stillen gedacht, dass er sich schon in sie verlieben würde, wenn sie erst einmal das Leben auf Tristyans Manor teilten. Sie liebte ihn genug für zwei, und auf Dauer würde er sich ihrem Charme, von dem ganz London nach ihrem Debüt geschwärmt hatte, nicht entziehen können. Als hätte er ihre Gedanken, die sie aus heutiger Sicht nur naiv und selbstherrlich nennen konnte, gelesen, hatte Lord Percy weiter ausgeführt: »Du bist jung. Wenn du lieber auf den Richtigen warten möchtest …«

»Nein.« Norah war sich sicher gewesen. Neben ihrer jugendlichen Schwärmerei für den stattlichen Lord Percy wünschte sie sich nichts mehr als Herrin von Tristyans Manor zu sein, einem Herrenhaus, dessen einzigartige Gärten und exponierte Lage in der Nähe der Klippen ihm einen Zauber gaben, dem Norah bei ihrem ersten Besuch erlegen war.

Inzwischen allerdings hatte sie lernen müssen, dass zu einer glücklichen Ehe immer zwei Menschen gehörten und dass ein Anwesen wie Tristyans Manor sich schnell zu einer Belastung entwickeln konnte. Der Unterhalt dafür hatte bereits den Großteil ihres Vermögens verschlungen, und Percys Erfindungen und Börsenspekulationen hatten das ohnehin kleine Vermögen noch weiter schmelzen lassen.
Lady Norah schloss die Augen. Sie warf die silberne Haarbürste mit dem eingravierten Monogramm NL, ein Geschenk ihrer stolzen Eltern zur Hochzeit, mit Schwung gegen die Wand. Dann atmete sie tief durch. Nein, sie wollte sich ihre hoffnungsvolle Stimmung, die sie dank der erfolgreichen Verheiratung ihrer Lieblingstochter durch die letzten Tage getragen hatte, durch düstere Blicke auf Fehler in ihrer Vergangenheit nicht verderben lassen. Morgen würde Bethany aus den Flitterwochen zurückkehren. Lady Norah hatte ihre Tochter förmlich zu einem Tee eingeladen, um zu erfahren, wie Bethany der Kontinent gefallen hatte. So hieß es vorgeblich. Doch in Wahrheit wollte Lady Norah natürlich wissen, ob die Ehe mit Zachary Galveston alle Erwartungen erfüllte, die sie – und auch ihre Tochter – in sie gesetzt hatten. Schließlich hatten sie einiges riskiert und hart dafür kämpfen müssen, dass Zachary sich für die richtige Lanston-Tochter entschied.
Lady Norah verzog das Gesicht zu einer Grimasse, als sie an Amelias unerwartetes Auftauchen kurz vor der Hochzeit dachte. So etwas konnte sich auch nur ihre Stieftochter einfallen lassen. Dumm genug, sich einem Mann vor der Ehe hinzugeben. Noch dümmer, ein Kind zu erwarten. Nicht auszudenken, wenn Percy sich auf die Seite seiner ältesten Tochter geschlagen hätte.

Ein Klopfen an der Tür trug dazu bei, dass Lady Norah ihre Gedanken von allem Pech abwandte und sich einer freudigen Zukunft zuwandte. Tristyans Manor war durch die Heirat gerettet, Bethany hatte ihren Willen bekommen und für Amelia war auch eine Lösung gefunden. Ihr Leben könnte kaum besser sein. Und einer vergeblichen Liebe nachzuhängen schickte sich nicht für eine Lady ihres Formats.

»Mutter.« Bethany trat hinaus in den Garten, wo Lady Norah sie erwartete, geschützt durch einen riesigen weißen Sonnenschirm. Bethanys Gesicht war bleich. Schatten zeichneten sich unter ihren Augen ab und ließen sie größer und beinahe violett wirken. Die hellen, beinahe goldfarbenen Haare waren achtlos hochgesteckt. Einzelne Strähnen hatten sich aus der Frisur gelöst. Bethany strich sie sich mit kleinen, hastigen Bewegungen zurück. Die Hände der jungen Frau zitterten. Mit ersterbender Stimme wiederholte sie: »Mutter.«
»Bethany?« Lady Norah betrachtete ihre Tochter und suchte nach Erklärungen. Lag es an den Nachwehen der Hochzeit? An dem plötzlichen Besuch von Amelia, die – Lady Norah hätte es lieber vermieden, daran erinnert zu werden – schwanger vom Bräutigam war. Oder musste das Mädchen das Gleiche erdulden wie sie? Eine lieblose Ehe, die nur für die Kinder und das herrschaftliche Anwesen weitergeführt wurde. »Contenance, mein Kind.«
»Mutter!« Bethany griff nach Lady Norahs Arm und krallte ihre Finger ins Fleisch. Mit mehr Kraft, als man dem zarten Persönchen zutrauen würde, schob sie ihre Mutter zu der weißen Bank, die im Schatten einer hochgewachsenen Hecke stand. »Ich … ich … ich kann nicht mehr mit Zachary leben.«

»Kind.« Lady Norah griff sich an ihr Herz. Womit hatte sie dieses Schicksal verdient? Die älteste Tochter entehrt und nun die jüngere, ihre Bethany, der sie jeden Wunsch von den Augen abgelesen hatte, auf dem besten Weg, die Familie Lanston zum Gespött der Gesellschaft zu machen. Was es sie auch kosten würde, Lady Norah würde verhindern, dass der ohnehin angeschlagene Ruf ihrer Familie endgültig dem Ruin anheimfiele. »Was ist geschehen?«

Insgeheim hoffte sie auf ein winziges Missverständnis, wie es unter jungen Liebenden so häufig vorkam, doch ein Blick auf ihre zitternde und vollkommen aufgelöste Tochter ließ diese Hoffnung im Wind verwehen. Was immer auch zwischen Bethany und Zachary vorgefallen war, es musste tiefer reichen als nur der Streit darum, ob man das Wochenende in London oder lieber auf dem Lande verbrachte.

»Ich ... ich kann nicht darüber reden.« Jedes Wort schien Bethany zu schmerzen. Sie hatte die schlanken Finger ineinander verschränkt, als ob sie durch diese Geste Halt und Kraft finden könnte. »Es ist so widerwärtig. So unglaublich ekelerregend ...«

»Bethany!« Lady Norah wendete den Blick von ihrer Tochter ab und starrte nach vorn. Von der Bank aus hatte man einen wundervollen Blick auf den perfekt getrimmten Rasen, die Bäume und das Flüsschen, das sich durch das Grün schlängelte. Eine steinerne Brücke, die ihr viel zu groß für den Fluss erschien, spann sich in einem Halbrund von einem Ufer zum anderen. Mit einem kleinen Seufzer riss Lady Norah sich von dem wundervollen Anblick los, um sich ihrer Tochter zuzuwenden. »So ist es nun einmal. Die körperliche Seite gehört für Männer zur Ehe dazu.«

»Nein!« So laut stieß Bethany das Wort hervor, dass sich die Vögel aus den Bäumen erhoben und in einem Schwarm da-

vonflogen. »Nein! Ich werde niemals erdulden, dass sich Zachary mir noch einmal nähert. Eher sterbe ich.«
Warum musste das Mädchen nur so melodramatisch sein? Wieder spürte Lady Norah Kopfschmerzen aufziehen wie ein Unwetter, das einen Frühlingstag verdirbt.
»Körperliche Liebe ist der Preis, den wir Frauen für eine Ehe zu zahlen haben«, sagte sie zu ihrer Tochter, die sie aus panisch geweiteten Augen anstarrte. Nein, so kam Lady Norah nicht weiter. Nach kurzer Überlegung wechselte sie die Strategie. »Kind. Ich … Glaube mir, ich kann nur zu gut nachvollziehen, wie es dir geht, aber …«
»Mutter! Bitte, bitte zwing mich nicht, zwing mich nicht …« Bethanys Stimme erstarb. Aus dem Augenwinkel konnte Lady Norah erkennen, dass ihre Tochter schauderte. Bethany löste die Finger voneinander und rieb sich mit den Händen die Oberarme, obwohl nur ein sanfter Wind ihre Haut streichelte.
»Lieber möchte ich sterben. Es ist so entwürdigend. Ich ertrage es nicht noch einmal, seine Hände auf mir zu spüren … das Gewicht seines Körpers.«
Abwehrend hob Lady Norah die Hände. Keinesfalls wollte sie ein weiteres Wort hören. Kannte ihre Tochter denn gar keinen Anstand mehr? Oder – ein leises Schuldgefühl schlich sich ein – war das Mädchen so verzweifelt, dass sie jegliche Contenance vergaß? Lady Norah presste zwei Finger an die Augenbraue, während sie fieberhaft nach einer Lösung suchte. Sie sah sich an einem Scheideweg, der auf jeden Fall ins Verderben führen würde. Entweder ließe sie ihre Tochter in ihr Unglück laufen, oder sie verlöre ihr geliebtes Tristyans Manor. Was wog schwerer?
»Bethany. Der Skandal.« Lady Norah seufzte leise. Sie schaute ihre Tochter an. Was konnte sie sagen, um den Ekel zu mil-

dern, mit dem Bethany so deutlich haderte. »Wir verlieren Tristyans Manor, wenn du die Ehe löst.«

»Nicht wir.« Bethany klang bitter, als sie die Worte hervorstieß. »Du, Vater und Clifford, ihr verliert Tristyans Manor. Ich bin nur die Zuchtstute, die ihr Zachary angeboten habt, um unser Anwesen zu retten.«

»Bethany! Mäßige dich«, sagte Lady Norah eisig. Niemals hätte sie geglaubt, dass sich ihre Tochter derartig im Ton vergriffe. »Ich bin mir sicher, es wird sich eine Lösung finden. Eine Bedienstete vielleicht. Oder eine Mistress. Damit wärst du von allem körperlichen Unbill befreit, nur …«

Lady Norah legte eine Hand an die Stirn und erschauerte unter der ersten Welle der Migräne. Den heutigen Abend würde sie auf ihrem Zimmer verbringen müssen, die schweren Vorhänge zugezogen. Im Dunkeln würde sie liegen müssen, mit einem kühlen Tuch auf der Stirn. Weil ihre Tochter in ihrer Hochzeitsnacht gelernt hatte, dass die Liebe zwischen Mann und Frau nicht so romantisch war, wie es ihr die Romane erzählen wollten. Hätte sie Bethany besser auf das vorbereiten müssen, was sie in der Ehe erwartete?

»Nur?« Bethany war aufgesprungen und lief mit hektischen kleinen Schritten über den sauber geharkten Kiesweg. Ihre Füße traten Steinchen auf den gepflegten Rasen. »Was verlangst du noch alles von mir, Mutter?«

»Ein Kind. Wir brauchen ein Kind.« Niemals hätte Lady Norah gedacht, dass sie derartige Unterhaltungen führen müsste. Niemals hatte sie ihre Mutter mit derartigen Fragen behelligt. Was hatte sie falsch gemacht, dass ihre Töchter so wenig bereit waren, ihren Aufgaben im Leben nachzukommen? »Einen Erben. Meinetwegen auch ein Mädchen. Für Hill Abbey und möglicherweise für Tristyans Manor.«

»Warum? Erst kommt Clifford und dann Amelia.« Bethany blieb stehen und stampfte mit dem Fuß auf. So, wie sie es immer getan hatte. Schon bald, nachdem es laufen konnte, hatte das engelsgleiche kleine Mädchen einen Trotz entwickelt, den keine Gouvernante bändigen konnte. Lady Norah hatte stets die Hoffnung gehegt, dass Bethany sich mit den Jahren beruhigen würde, aber … »Warum soll ich ein Kind bekommen, wenn ich Tristyans Manor nicht bekomme. Ich bleibe bei meinem Mann, wenn …«

Bethanys Blick wurde hart, und Lady Norah lief ein Schauder über den Rücken. Vielleicht hätte sie ihrer Tochter früher Grenzen aufzeigen müssen. Vielleicht hätte sie sich stärker um die Erziehung der Kinder kümmern sollen, so wie es die neumodischen Zeitschriften forderten. Nein, sie hatte nur das Beste für ihre Kinder gewollt. Sehr qualifizierte Gouvernanten mit ausgezeichneten Referenzen, Hauslehrer, die ihr von den besten Häusern empfohlen worden waren. Nein, an ihr konnte es nicht liegen. Sicher war es Percys Schuld, dass ihre beiden Ältesten so missraten waren. Lady Norah zuckte mit den Schultern. Müßig, sich weiter darüber Gedanken zu machen. Sie stand vor einer Krise und musste diese bewältigen. Auf eine Weise bewältigen, dass kein Schatten auf den makellosen Ruf der Familie Lanston fiel.

»Bethany.« Lady Norah legte eine Spur von Drohung in ihre Stimme. Sie hoffte inniglich, dass es nicht mehr bedurfte, um ihre Tochter zur Vernunft zu bringen. Bethany würde es nicht wagen, die frevelhaften Gedanken auszusprechen, die in ihren Worten mitgeklungen hatten. »Kind. Wir finden eine Lösung, die dir gefällt und uns allen zusagt.«

»Eine Lösung wie die für Amelia.« Bethany verzog die Lippen zu einem spöttischen Grinsen. Ihre Augen funkelten, und in ihre Wangen war Farbe zurückgekehrt. »Willst du mich auch verbannen, Mutter?«

»Deine Schwester trägt schwer an ihrer Schuld. Wenn wir zuließen, dass ihr Fehler unsere Familie ruiniert …« Lady Norah wagte es nicht, den Gedanken zu Ende zu führen. Schlimm genug, dass sie die Saison in London nicht besuchen konnten. Aber dies ließ sich immer noch mit dem Hinweis darauf kaschieren, dass den zarten Mädchen die Stadtluft nicht bekäme. Von den Adligen Cornwalls erwartete man nicht, dass sie ihre Töchter vorstellten wie der Londoner Adel. Lady Norah wusste nur zu gut, dass die gehobenen Londoner Kreise spöttisch auf die Landadligen herabsahen, auch wenn jeder sie um ihre Herrenhäuser und die wunderbaren Gärten beneidete. Eine uneheliche Mutterschaft jedoch war kaum mit den Konventionen zu vereinbaren. Aber sollte je herauskommen, dass der Vater des Kindes der Ehemann der jüngeren Schwester war – nicht auszudenken. Der Skandal würde die Lanstons und damit alles, wofür Lady Norah ihr Leben lang gearbeitet hatte, für immer aus der guten Gesellschaft verstoßen. Nein, niemals würde sie das zulassen. Beschwörend sprach sie auf ihre Tochter ein. »Bethany, du bist das klügste und stärkste meiner Kinder. Wir beide müssen gemeinsam Tristyans Manor retten.«

»Ja, Mutter.« Bethany strich sich das hellblaue Kleid glatt, das so gut mit der Farbe ihrer Augen harmonierte, sie allerdings auch kühl erscheinen ließ. Zum ersten Mal kam Lady Norah beim Anblick ihrer Tochter das Märchen des dänischen Dichters in den Sinn, das ihr als Kind Angst eingejagt hatte. *Die Schneekönigin.* »Ich helfe dir, den Ruf unserer Familie zu wahren und Tristyans Manor zu halten. Aber alles hat seinen Preis.«

»Der wäre?«, fragte Lady Norah atemlos. Die Scheidung. Sicher würde Bethany die Scheidung verlangen. Natürlich wurde heutzutage niemand mehr offen für eine Scheidung angefeindet. Aber eine Ehe, die nach vollzogener Hochzeitsnacht und nach wenigen Tagen Bestand in einer Auflösung endete, würde Gesprächsstoff für Monate, wenn nicht Jahre bieten und damit der Familie unendlichen Schaden zufügen. »Was willst du?«

»Tristyans Manor. Ich wollte es immer schon haben. Es gehört mir. Clifford kann Hill Abbey bekommen, den Stammsitz von Zacharys Familie. Ich mag es nicht.« Die Schnelligkeit und Sicherheit, mit der Bethany die Worte ausstieß, weckten in Lady Norah den Verdacht, dass ihre Tochter diesen Plan bereits seit längerem mit sich herumtrug und nur auf eine Gelegenheit gewartet hatte, endlich ihr Ziel zu erreichen. »Dann bleibe ich bei Zachary. Aber ich werde nicht mehr das Bett mit ihm teilen.«

»Nur mit einem Erben würde ich dafür sorgen, dass du Tristyans Manor erhältst.« Ein feines Lächeln glitt über Lady Norahs Gesicht. Ein Lächeln, das sie gut kannte, weil sie es lange vor dem Spiegel geübt hatte. In ihr würde ihre intrigante Tochter ihre Meisterin finden, das war gewiss. »Sobald du ein Kind hast, werde ich dafür sorgen, dass dein Vater dir das Haus überschreibt. Es liegt also an dir.«

»Nicht nur.« Wieder erhob sich Bethany. Im Licht der Sonne strahlten ihre Haare und schimmerten wie ein Heiligenschein. Nichts war weniger für ihre Tochter passend, dachte Lady Norah. »Ich weiß einen Weg, wie ich zu einem Kind und Tristyans Manor zu einem Erben kommt. Zu einem Erben, mit dem auch Zachary einverstanden sein muss.«

Kapitel 25

Madeira 2012

»Haben Sie Lust, heute mit mir in den Jardim Tropical zu fahren?« Unerwartet stand Matthew Nelson nach über einer Woche wieder vor der Tür. Für ihn schien es selbstverständlich zu sein, dass Laura sich über ein Wiedersehen freute. »Ich möchte Fotos von den Blumen dort machen.«
»Danke«, antwortete sie kühl. Auch wenn der Mann ihr geholfen hatte, Twisty zu retten, machte das seine schroffe Art und seine beinahe arrogante Selbstsicherheit nicht wett. »Aber ich habe keine Zeit. Ich habe Besuch bekommen.«
»Meinetwegen brauchst du nicht hierzubleiben«, ertönte Grace' Stimme aus der Küche. »Ich wollte heute ein bisschen ins Dorf gehen. Das kann ich gut allein.«
Danke, dass du mir in den Rücken fällst, dachte Laura, und ihr blieb nichts anderes übrig, als gute Miene zum bösen Spiel zu machen und Matthew Nelson anzulächeln.
»Anscheinend habe ich doch Zeit. Einen Moment, ich hole nur meine Tasche.« Laura eilte in die Küche, warf einen Blick in

die Spiegel im Flur, richtete sich die Haare und griff nach ihrer Tasche.

»Erzählst du mir heute Abend, wer das ist?« Auf Grace' Gesicht lag ein breites Lächeln.

Laura nickte nur. Sie fühlte sich nicht ganz wohl damit, dass Grace Matthew kennengelernt hatte. Was würde ihre Großtante von ihr denken? Vorgestern war Laura wegen Fabians Tod weinend zusammengebrochen, heute wurde sie von einem attraktiven Mann abgeholt.

»Komm doch mit«, sagte sie spontan. Innerlich schüttelte sie den Kopf über sich. Als ob sie eine Anstandsdame bräuchte. Manchmal fühlte sie sich noch unglaublich verheiratet. Durch ihre Ehe hatte sie das Flirten verlernt und fühlte sich eher unbehaglich, wenn ein Mann offensichtlich sein Interesse bekundete.

»Irgendwie habe ich das Gefühl, dass ich damit nicht auf große Begeisterung stoßen würde.« Grace schmunzelte. Sie schien Lauras Gedanken intuitiv nachvollziehen zu können. »Aber ich kann ihn mir ja mal anschauen, wenn du möchtest.« Bevor Laura antworten konnte, war ihre Großtante schon zur Tür gegangen und hatte sich Matthew Nelson vorgestellt. Laura holte tief Luft und ließ noch einen Moment verstreichen, bis sie ebenfalls zur Tür ging. Zu ihrer Überraschung sprachen Matthew und Grace miteinander, als ob sie sich schon lange kennen würden.

»Ich bin dann so weit«, sagte sie und ärgerte sich, dass ihre Stimme so spitz klang.

Sie würde doch nicht auf Grace eifersüchtig sein? Schließlich kannte Laura Matthew kaum. Bisher hatte er sich auch nicht von seiner besten Seite gezeigt. Wie um sie vom Gegenteil zu überzeugen, kam der kleine Kater aus dem Haus stolziert und

schmiss sich an Matthews Bein, als wäre er ein lange vermisster Verwandter. Hatten denn alle außer ihr einen Narren an dem Mann gefressen?
»Oh hallo.« Matthew hob den Kater hoch. Der Schwarzgraue schnurrte, lauter, als Laura es jemals von ihm gehört hatte. »Na, du hast dich ja schon ganz schön herausgemacht.«
»Gute Pflege und viel Futter«, sagte Laura trocken. Verräter, dachte sie, aber der Kater war für Telepathie nicht empfänglich und kuschelte sich an Matthew Nelson. »Wenig Dankbarkeit.«
»Eine Katze halt.« Kam es Laura nur so vor, oder grinste Matthew wirklich siegessicher? »Wollen wir? Auf Wiedersehen, Mrs. Mainer. Nett, Sie kennenzulernen.«
Laura konnte sich ein Lächeln nicht verkneifen, als sie ihn etwas förmlich reden hörte. Ihre Tante schien so eine Wirkung auf Menschen zu haben. Grace wirkte ein wenig wie aus einer anderen Zeit.
»Was haben Ihre Recherchen über die Briefeschreiberin ergeben?«, fragte Matthew. Laura wunderte sich, dass er sich dafür interessierte. »Ist es die Blumenmalerin?«
»Ja, eine verschollene Urgroßtante oder Urgroßcousine von mir.« Laura zuckte mit den Schultern. »Ich kann mir diese Verwandtschaftsverhältnisse nicht merken. Amelia war die Schwester meiner Urgroßmutter Diane und Grace' Großmutter Bethany. Also, was ist sie dann für mich?«
»Das klingt wie eines der Rätsel aus Zeitungen, bei denen ich immer schlecht abschneide«, antwortete Matthew mit einem Lächeln. »Bleiben wir bei Urgroßtante. Das klingt vernünftig und einfach.«
Nach einem kurzen Moment des Überlegens sagte Laura dann: »Ich habe im Kaufladen von Ihrer Frau gehört.«

»Inês«, stieß Matthew hervor. Er schaute weiter stur geradeaus auf die Straße, aber es kam Laura so vor, als würden seine Hände das Lenkrad fester umklammern. »Die Frau sollte sich um ihre eigenen Angelegenheiten kümmern.«

»Entschuldigung. Ich … ich hätte es nicht ansprechen sollen.« Laura ärgerte sich über sich selbst. Es war, als ob sie es darauf anlegte, Matthew zu vertreiben. »Ich gebe sonst nichts auf Tratsch …«

»Schon gut.« Matthew schaute sie kurz an. »Irgendwann hätte ich es Ihnen schon erzählt, weil …«

»Ich kann warten. Waren Sie schon öfter im Botanischen Garten?«

»Sie müssen nicht das Thema wechseln.« Matthew lächelte, was seine Miene gleich freundlicher erscheinen ließ. »Ich erzähle Ihnen nachher bei einem Tee davon – einverstanden?«

»Okay. Was macht Ihr Buchprojekt?«, fragte Laura. »Ich würde gern mehr darüber erfahren.«

»Später.« Er wandte sich ihr zu und lächelte. »Jetzt lassen Sie uns die Insel genießen.«

Nach kurzer Fahrt fuhr Matthew an den Straßenrand, um ein paar Fotos zu schießen. Auch Laura stieg aus. Im sanften Licht der Frühlingssonne präsentierte sich die Blumeninsel von ihrer schönsten Seite. Leuchtend hoben sich die roten Dächer der weißgetünchten Häuser vor dem kräftigen Grün der Farne und Palmen und dem Steingrau der Felsen ab, die aus dem tiefblauen Meer ragten. Die Schaumkronen der Wellen wirkten, als ob sie mit einem Pinsel voll weißer Farbe gezogen worden waren. Etwas entfernt brach sich das Meer an einer Felswand. Gischt spritzte hoch und verbreitete einen feinen Nebel.

»Können wir näher ans Meer heranfahren?«, fragte Laura. Sie beobachtete, wie sich eine Welle aufbaute und an den grauen

Felsen brach. Für sie gab es nichts Beruhigenderes als die Majestät des Meeres, vor der ihr alles andere klein und unbedeutend erschien.
»Ich … ich bin nicht gern am Wasser.« Matthews Gesicht wirkte düster und unnahbar. »Ich würde Ihnen lieber das Landesinnere zeigen.«
Laura nickte, schloss die Augen und atmete tief ein. Sanft streichelte der Wind ihr Haar. Zum ersten Mal seit langer Zeit fühlte sie sich befreit.
»Wenn Sie so weit sind, können wir weiterfahren«, sagte Matthew freundlich. »Wenn Sie Zeit haben, nehmen wir den langen Weg.«
»Das würde mich sehr freuen.« Sie lächelte, genoss diesen Augenblick, den sie immer mit der Blumeninsel verbinden würde, aus vollen Zügen.
Langsam fuhr Matthew über die schmalen, kurvigen Straßen durch Schluchten, in denen einige Bäume sich gegen die Hänge stemmten und Wind und Wetter trotzten. Die terrassenförmig angeordneten Felder mit den kleinen Steinmauern, die ihnen Festigkeit gaben, gaben der Insel ihr eigenes, unverwechselbares Aussehen. Das Grau der Felssteine, aus denen die Mauern zusammengesetzt waren, hob sich vom Grün der Felder deutlich ab.
Ihr Weg führte sie an einer schmalen Brücke vorbei, die sich über ein Flusstal spannte. Laura musste schlucken. Ihre steinerne Umfassung war nicht einmal kniehoch. Nur die Felsen trennten das Auto vom tiefen Abgrund. Wie lange würde es dauern, bis sie die Höhenangst bewältigte, die sie seit Fabians Tod in ihren Klauen hielt?
»Müssen wir da entlangfahren?« Ihre Stimme klang schwach, aber sie bemühte sich, sich ihre Angst nicht anmerken zu lassen.

»Ich wollte Ihnen noch einen Wasserfall zeigen.« Matthew lächelte. »Der Anblick lohnt sich wirklich.«
Laura schluckte, war jedoch bereit, ihm zu vertrauen. Nur dass ihre Handflächen sich feucht anfühlten, konnte sie nicht verhindern. Sie schloss die Augen, als der Wagen auf die Brücke fuhr.
»Sie können wieder gucken.« Obwohl sie aufmerksam hinhörte, konnte Laura keinen Spott in seiner Stimme entdecken, was sie mit einem Lächeln quittierte. »Dort ist der Wasserfall.«
Matthew hielt den Wagen an. Laura und er stiegen aus, um das Naturschauspiel aus nächster Nähe zu beobachten. Nahezu senkrecht stürzte das Wasser in die Tiefe.
»Unglaublich.« Laura wandte sich Matthew zu. »Das ist sogar die Brücke wert.«
Neben ihr huschte eine der kleinen dunkelgrauen Eidechsen, deren Farbe sie perfekt tarnte, aus den Felsen an Lauras Fuß vorbei. Obwohl sie sich inzwischen an die Tiere gewöhnt haben sollte, stieß sie einen Schrei aus.
»Haben Sie Angst vor Eidechsen?« Matthew wirkte überrascht.
»Nein, ich mag es nur nicht, erschreckt zu werden«, versuchte Laura zu erklären. »Außerdem fürchte ich immer, auf eine von ihnen zu treten, wenn sie so überraschend auftauchen.«
»Lassen Sie uns weiterfahren.«
Mit sicherer Hand lenkte Matthew den Wagen in ein kleines Dorf, dessen schmale Gassen im Schatten der Häuser lagen. Hier hielten sie an, um einen Kaffee zu trinken. Laura entdeckte einen kurzbeinigen cremefarbenen Hund, der auf dem Rücken lag, alle viere von sich streckte und den Bauch der Sonne entgegenreckte. Nicht weit davon entfernt badeten ein

paar Tauben in einer Pfütze. Friedlich warteten die Vögel, bis jeder von ihnen an die Reihe kam, um sich zu erfrischen. Heute wirkt alles wie verzaubert, dachte Laura mit einem Lächeln. In vertrautem Schweigen genossen Matthew und sie die Schönheit der Landschaft, bis sie den Jardim Tropical erreichten.

»Danke«, sagte Laura, als sie ausstieg. Jedes weitere Wort erschien ihr zu viel, hätte die Nähe, die zwischen ihnen entstanden war, nur zerstört. Ob Matthew das auch spürte, oder lag es nur an ihrer Einsamkeit?

»Wollen wir gemeinsam gehen?«, fragte er. »Allerdings werde ich oft stehen bleiben, um mich den Blumen zu widmen und sie aus allen Perspektiven zu fotografieren.«

»Das macht nichts. Ich habe Zeit.«

Zu Lauras Überraschung waren nur wenige Menschen im tropischen Garten, der sie an einen Märchenwald erinnerte. Zwischen Palmen, Ginster und gewaltigen Farnen zogen sich langgestreckte Wege, an deren Seiten sich immer wieder neue Pflanzen zeigten, mit denen sich Matthew ausgiebig beschäftigte.

Schließlich führte ihr Weg sie an den See, der tiefblau den Mittelpunkt des Gartens bildete. Ein künstlicher Wasserfall sorgte an einer Stelle für Bewegung und warf das Wasser des Sees auf, der sonst blank wie ein Spiegel lag.

»Wie wunderschön es hier ist«, flüsterte Laura. »So ruhig, dass man sich kaum zu reden traut. Wie in einer Kirche.«

Erstaunt sah Matthew sie an. »Ja, das finde ich auch. Komm, ich zeige dir meinen Lieblingsplatz.«

Inzwischen hatte er zum vertrauten Du gewechselt, was sich für Laura richtig anfühlte. Neugierig folgte sie Matthew, der zielstrebig den Wegen folgte, bis sie eine Grotte erreichten. Göttinnen und Götter bewachten die Felsenhöhle. Majestätisch zog ein Schwanenpaar seine Runden. Der Jardim Tropical wirkte auf Laura wie das verwunschene Paradies aus alten Märchen. Plötzlich durchbrach ein Schrei die Stille. Erschrocken schauten sich Laura und Matthew um und begannen gleichzeitig zu lachen. Hinter ihnen näherte sich ein Pfau mit grazilen Schritten. Ab und zu blieb der Vogel stehen und kreischte.

»So ein schöner Vogel und so eine hässliche Stimme«, sagte Matthew. »Obwohl auch Schwäne keine wirklich schöne Stimme haben.«

»Schade, dass ich nicht malen kann«, sprach Laura ihre Gedanken laut aus. »So wie Amelia. In ihren Bildern fängt sie die Seele der Blumen ein.«

»Das versuche ich auch mit meinen Fotos, aber ich muss zugeben, ihre Tiefe erreiche ich nicht. Sie muss eine bemerkenswerte Künstlerin gewesen sein.«

»Es ist wirklich peinlich, dass ich kaum etwas über sie weiß. Obwohl mich ihr Buch und ihre Bilder von der ersten Sekunde an fasziniert haben und ich darüber zur Gartengestaltung kam«, gestand Laura. »Und die Briefe, die ich gefunden habe, haben Grace und mich völlig überrascht. Wir hoffen, dass Joanas Großmutter etwas Licht ins Dunkel bringen kann.«

»Joana ist eine tolle Frau. Ich wünschte, jemand würde auch Licht ins Dunkel meiner Geschichte bringen.«

»Du sprichst von Inês?«, fragte Laura leise.

Der Name reichte, um den Zauber zu zerstören, der den Nachmittag eingehüllt hatte. Mit Inês kehrte auch die Frage zurück, wie viel Wahrheit die Anschuldigungen enthielten.«

»Lass uns einen Tee trinken. Dann erzähle ich dir die Geschichte.« Er zwinkerte ihr zu. »Weil du so tapfer mitgelaufen bist, lade ich dich ins Reid's ein.«

Trotz seiner vorgespielt guten Laune senkte sich das Schweigen wie eine dunkle Wolke über sie und drohte, die Schönheit des Tages zu verdunkeln. Der Weg zum Auto und dann zum Reid's Palace erschien Laura unter der Last ihres Schweigens unendlich weit. Kurzfristig überlegte sie, Matthew zu bitten, sie lieber nach Ponta do Pargo zurückzufahren, weil sie nicht wusste, ob sie sein Geheimnis wirklich ertragen würde. Geheimnisse von Männern führten nach Lauras Erfahrung nur dazu, Frauen weh zu tun und noch mehr Leid nach sich zu ziehen.

Endlich hatten sie das Luxushotel erreicht. Die pastellfarbige Fassade, über der der Namenszug in schlichten, geraden Buchstaben stand, war nicht dazu gedacht, Aufmerksamkeit zu erregen. Man kannte das Reid's in Funchal. Zielsicher führte Matthew Laura auf die wunderschöne Terrasse, deren geschwungene Bögen an den maurischen Stil Granadas erinnerten, den sie sehr schätzte. Wäre ihre Stimmung nicht so düster, hätte sie die Schönheit dieses Ortes sicher besser zu würdigen gewusst. Leider sah man von der wunderschönen Terrasse auch die Bausünden, die mit dem Aufkommen des Tourismus einhergingen. Mehrstöckige Hotels, die wie Fremdkörper wirkten. Glücklicherweise verdeckten die hochgewachsenen Palmen die meisten der Hochhaushotels, aber selbst mit viel Phantasie konnte sich Laura nicht vorstellen, wie der Ort wohl ausgesehen hatte, als Amelia hier ihre Sommerfrische verbracht hatte. Selbst die Berge wirkten, als ob sie sich für die weißen, hässlichen Gebäude schämten, die sich vor ihrer majestätischen Kulisse aufbauten. Wann haben Architekten es verlernt, Hotels wie das Reid's zu bauen, und stattdessen seelenlose Einheitsklötze an die schönsten Orte der Welt gesetzt, fragte sich Laura.

Matthew bestellte High Tea für sie beide, obwohl auch er nicht so aussah, als ob er hungrig wäre. Während sie warteten, versuchte Laura sich über ihre Gefühle klarzuwerden. Immer wieder wanderten ihre Gedanken zu Fabian, der wie ein Schatten den hellen Tag verdunkelte, wie auch Matthews Frau, deren Geschichte sie nun hoffentlich erfahren würde. Endlich brachte der elegant gekleidete Kellner zwei Kannen Tee und zwei silberne Etageren, auf denen Sandwiches, Scones und winzige Kuchen so geschmackvoll dekoriert waren, dass Laura langsam Appetit bekam.

»Bitte.« Matthew goss ihr Tee ein und deutete auf die Leckereien. Er wirkte angespannt, als ob er nicht über seine Frau reden wollte.

»Danke. Du musst mir nichts erzählen.«

»Meine Frau.« Matthew setzte sich und streckte seine langen Beine aus. Er schaute Laura an. »Jetzt bedauere ich, dass ich nicht mehr rauche.«

»Ich vermisse es auch noch. Manchmal träume ich davon und wache glücklich auf.« Auch Laura streckte sich. Es tat gut, eine Pause einzulegen. Sie mussten etliche Kilometer durch den Garten gelaufen sein.

»Meine Frau ist verschwunden.« Jetzt sah er sie nicht mehr an, sondern schaute auf seine schlanken Hände, die die Teetasse umschlossen hielten, als ob sie sich daran wärmen wollten. »Während unseres Urlaubs. Wir hatten einen heftigen Streit. Ich knallte die Tür hinter mir zu und ging, um einen klaren Kopf zu bekommen. Als ich zurückkam …«

Er schwieg. Vorsichtig legte Laura ihre Hand auf seinen Unterarm. Nur zu gut konnte sie seine Gefühle nachvollziehen. Schuld, gepaart mit Entsetzen. Später würde sie Matthew von Fabian erzählen. Jetzt war nicht die Zeit dafür.

Wieder schaute er sie an, nur kurz. »Sie war einfach verschwunden. Alle ihre Sachen waren noch da, so, als ob sie nur kurz aus dem Haus gegangen wäre. So wie ich, aber …«

»Ich bestelle noch einen Tee. Für dich auch?« Nachdem sie den ganzen Tag zusammen verbracht hatten, kam ihr das Du ohne zu stolpern über die Lippen.

»Ja, gerne.«

Nachdem sie ihre Bestellung aufgegeben hatten, redete Matthew weiter. Dieses Mal stockte er nicht, als ob er froh wäre, sich endlich alles von der Seele zu reden.

»Erst machte ich mir keine Sorgen. Cloe sah sich gern im Mittelpunkt eines Dramas. Als sie am nächsten Morgen jedoch nicht zurückgekommen war, ging ich zur Polizei. Man fand ihre Kleidung an den Klippen. Selbstmord, hieß es. Oder ein Unfall, weil die Unterströmung dort stark ist. Aber Cloe war eine kluge Schwimmerin. Und warum sollte sie sich umbringen? Wegen eines Streits …«

Er hielt einen Moment inne und sah Laura an. In seinen Augen entdeckte sie so viel Qual und Trauer, dass es ihr ins Herz schnitt, und sie wünschte, sie könnte ihm helfen.

»Bald tauchten die ersten Gerüchte auf. Über eine Ehekrise. Eine Lebensversicherung.« Er verzog das Gesicht. »Die es nicht gibt. Aber das ist den Tratschweibern natürlich egal.«

»Bist du deshalb hier, weil du hoffst, dass sie wiederkommt?«, fragte Laura. Sie wunderte sich selbst, wie wichtig ihr seine Antwort war. Sie kannte den Mann doch kaum, und wenn sie sich sahen, schaffte er es, sie mit wenigen Worten in Rage zu bringen. Aber er hatte auch eine andere Seite, eine Seite, die sie sehr ansprach. Matthew war jemand, der sich ebenso wie Laura um verwaiste Katzenbabys kümmerte, sich in die Schönheit einer Flamingoblume oder einer Orchideenblüte

versenken konnte, und dem man anmerkte, dass er die Höhen und Tiefen des Lebens kannte.
Matthew schaute sie schweigend an und verzog den Mund zu einem schiefen Lächeln. Laura konnte nicht anders, als das Lächeln zu erwidern. Zu deutlich sah sie ihm an, dass er über ihre Frage nachdachte, noch etwas, das sie an Matthew schätzte. Er nahm sie und ihre Fragen ernst und überlegte gründlich, bevor er antwortete.
»Das kann ich nicht sagen.« Mit den Fingern strich er sich durch die Haare, bis sie strubblig abstanden. »Das schwankt, je nach Tagesform. Manchmal vermisse ich sie und wünsche es mir. An anderen Tagen bin ich wütend.«
Laura nickte. Matthew ahnte nicht, wie gut sie ihn verstand. Nach Fabians Unfall waren ihre Gefühle Achterbahn gefahren und hatten die gesamte Klaviatur von Wut über Traurigkeit bis hin zu unendlicher Sehnsucht gespielt. Nur die Schuld war geblieben, manchmal in den Hintergrund getreten, aber immer bereit, sich bei der ersten sich bietenden Gelegenheit in den Vordergrund zu schieben. In wenigen Worten erzählte sie Matthew von Fabians Unfall. Mitfühlend legte er seine Hand auf ihre.
»Am schlimmsten sind die Schuldgefühle und die Was-wäre-wenn-Fragen«, sagte Laura abschließend. »Ich habe mich tagelang, wochenlang damit gequält. Wenn ich keinen Streit angefangen hätte, wenn er nicht das Auto genommen hätte, wenn ich ihn nicht mit Vorwürfen überschüttet hätte …«
»Ja, Ähnliches habe ich mich auch gefragt, aber …« Matthew schwieg einen Moment. Er drückte Lauras Hand. »Inzwischen meine ich, dass es nahezu vermessen ist, so zu denken. Die Welt dreht sich nicht nur um mich, oder?«
Mit gerunzelter Stirn sah ihn Laura an. Was wollte er damit sagen? Hatte er etwa kein Wort von dem verstanden, was sie

gesagt hatte? Sie öffnete ihm ihr Herz, und er speiste sie mit Plattitüden ab. Nachdem ihr erster Zorn verraucht war, dachte sie über seine Worte nach. Es war etwas Wahres daran. Wieso war sie so sicher, dass es ausgerechnet ihre Verantwortung war, dass Fabian einen tödlichen Unfall erlitten hatte? Auf eine seltsam-traurige Art erleichterte sie der Gedanke. Laura musste schlucken, als sie gegen Tränen ankämpfte.

»Wir sollten das Thema wechseln. Von den Nachbartischen bekomme ich schon böse Blicke zugeworfen, weil ich eine schöne Frau zum Weinen bringe.«

Zu ihrer Überraschung musste Laura lachen. Erleichterung durchströmte sie, und sie war Matthew dankbar, dass es ihm gelungen war, genau das Richtige zu sagen.

»Lass uns zurück nach Ponta do Pargo fahren.«

Sie standen auf. Als Matthew sie in seine Arme zog und ihr einen Kuss gab, wehrte sie sich im ersten Moment überrascht. Doch dann erwiderte sie den Kuss aus vollem Herzen. Es war mehr als Freundschaft oder eine geteilte bittere Erfahrung, die sie mit Matthew verband. Vom ersten Augenblick an hatte sie sich zu dem Mann hingezogen gefühlt, sich jedoch gegen ihre Gefühle gewehrt. Aus einem Schuldgefühl Fabian gegenüber, aus der Angst heraus, erneut verletzt zu werden. Aber – das hatte ihr der heutige Tag gezeigt – Matthew war ein anderer Mensch als Fabian und, wichtiger noch, sie war inzwischen bereit, wieder einen Mann und den Gedanken an Liebe in ihrem Leben zuzulassen.

Kapitel 26

Madeira 1929

Ihr hättet nicht kommen müssen.« Amelia bemühte sich nicht einmal um Freundlichkeit. Sie fühlte sich durch die Anwesenheit ihrer Stiefmutter und ihrer Stiefschwester gestört und fürchtete, dass ihre ungeborene Tochter unter ihren negativen Gedanken leiden würde. Aber Tee hatte sie ihrer Familie angeboten, einfach, weil sich das so gehörte. »Wie ich es euch geschrieben habe.«

»Keine Frau sollte allein sein, wenn sie ihr Kind zur Welt bringt«, säuselte Bethany, was Amelias Misstrauen nur weiterschürte.

Die Falschheit in ihrer Stimme trieb Amelia die Zornesröte ins Gesicht, aber für das Seelenheil ihrer Tochter atmete sie tief durch und versuchte, sich zu beruhigen.

»Ich wäre nicht allein, wenn du mir nicht den Vater meines Kindes genommen hättest«, konnte Amelia sich trotz aller guten Vorsätze nicht verkneifen zu erwidern. »Wie geht es Zachary? Macht er dich glücklich?«

Zu ihrer Überraschung zuckte Bethany zusammen, als hätte Amelia sie geschlagen. Sollte die Ehe der beiden etwa nicht glücklich sein? Bevor Amelia ein weiteres Wort sagen konnte, fuhr ihre Stiefmutter ihnen in die Parade.
»Mädchen!«
Wie oft hatte sie Lady Norah dieses Wort in genau diesem Tonfall sagen hören. Immer, wenn Bethany und Amelia sich über etwas gestritten hatten. Ihrer Mutter gelang es, mit diesem einen Wort mehr auszudrücken, als es jede Strafpredigt von Nannys und Gouvernanten je erreicht hätte. Als Kinder hatten sie dieses Wort mehr gefürchtet als alle Drohungen, die seitens der Dienstboten ausgestoßen worden waren.
Obwohl sie nun beide erwachsen waren und Bethany bereits verheiratet war, wirkte das Zauberwort noch immer. Amelia und Bethany blickten betreten zu Boden. Für einen Augenblick herrschte unbehagliches Schweigen in der kleinen Küche. Die Kälte, die auf Tristyans Manor herrschte, schien mit Bethany und Lady Norah nach Madeira gereist zu sein und nun Einzug in Amelias Häuschen gehalten zu haben, dem einzigen Ort, an dem sie sich bisher behütet gefühlt hatte.
Sie verwünschte ihre Abhängigkeit von den Eltern und wünschte sich sehnsüchtig, dass sie eine Möglichkeit fände, Geld zu verdienen – so unvorstellbar dies für ihre Stiefmutter auch sein mochte –, um endlich ihr eigenes Leben leben zu können. Aber noch musste sich Amelia den Wünschen Lady Norahs beugen, da ihr nicht einmal das Häuschen gehörte, sondern sie nur dank ihrer Eltern, die sie für den Rest der Welt unsichtbar werden lassen wollten, hier leben durfte.
»Amelia.« Lady Norah wischte mit ihren eleganten grauen Handschuhen über einen Stuhl, bevor sie darauf Platz nahm. »Wir sind nicht hier, um zu streiten. Wir wollen dir helfen.

Eine Geburt ist nicht so einfach, wie du es dir vielleicht vorstellst.«

»Ich habe hier Freunde, die mir helfen können«, beharrte Amelia. Sie ärgerte sich, dass ihre Stimme bockig klang, weil sie ihren Willen unbedingt durchsetzen wollte, obwohl sie es besser wissen sollte, dass es keinen Erfolg zeitigen würde. Etwas versöhnlicher fuhr sie fort: »Eine Hebamme kann mir sicher besser beistehen.«

»Ach Amelia.« Lady Norah seufzte, während Bethany die Augen verdrehte. »Ich kann deinen Zorn verstehen, aber du musst ebenfalls verstehen, dass es nicht um dich oder um Bethany ging, sondern um –«

»Ich weiß schon. Um Tristyans Manor«, sagte Amelia und erschrak über die Bitterkeit in ihrer Stimme. Eine Bitterkeit, die sie in den letzten Wochen und Monaten versteckt hatte, um ihr Kind nicht damit zu belasten. Aber hier und heute, im Angesicht von Lady Norah und Bethany, konnte sie ihre Gefühle nicht zügeln. Sie wollten ausbrechen wie wilde Pferde, die man in eine Koppel getrieben hatte. »Immer dreht sich alles nur um Tristyans Manor. Mein Glück und das meines Kindes ist nicht wichtig.«

»Bethany, würdest du uns bitte allein lassen.« Mit einer Handbewegung schickte Lady Norah ihre Tochter hinaus. Mit einem Lächeln nahm Amelia zur Kenntnis, wie sehr sich Bethany darüber ärgerte.

Lady Norah nahm einen Schluck Tee und schaute Amelia an, die etwas von ihrer Bitterkeit auf dem Gesicht ihrer Stiefmutter gespiegelt sah.

»Auch mein Glück war nicht so wichtig wie Tristyans Manor und die Familie.« Nach diesen Worten strich Lady Norah sich über die Stirn, als ob es jemals eine Haarsträhne wagen würde, sich aus ihrer perfekten Frisur zu lösen. »Ich musste deinen Vater heiraten, der mich nicht liebte, und mich um dich kümmern. Weil Tristyans Manor eine Hausherrin brauchte und du eine Mutter. Was ich mir wünschte, hat niemanden gekümmert.«

Amelia blickte verlegen zu Boden. Niemals hätte sie von ihrer stets beherrscht wirkenden Stiefmutter ein derart offenes Eingeständnis von Unglück und Gefühlen erwartet. Wenn Lady Norah so sehr unter ihrer arrangierten Ehe gelitten hatte – was Amelia einen Stich versetzte, weil sie nicht glauben wollte, dass jemand mit ihrem Vater unglücklich sein konnte –, wenn also Lady Norahs Ehe so freudlos gewesen war, warum hatte sie dann Amelia nicht zur Seite gestanden?

»Auch wenn du es nicht glauben wirst, kann ich dir versichern, dass Bethany die Richtige für Zachary Galveston ist«, fuhr Lady Norah fort, als hätte sie Amelias Gedanken gelesen. »Er braucht eine Frau, die ihn führen kann und ihm Grenzen setzt. Du wärst zu sanft für einen Mann wie ihn. Glaube mir.«

Erneut spürte Amelia, dass mehr in den Worten mitschwang, als Lady Norah jemals zugeben würde. Sie erinnerte sich an das, was ihre Tante über Zachary gesagt hatte. Erinnerte sich an die Zofe oder das Hausmädchen, die er geschwängert haben sollte. Erinnerte sich an seinen schmählichen Verrat, den er ohne Skrupel an ihr begangen hatte. Vielleicht war es besser, dass ihre Tochter ohne einen Vater aufwuchs. Einen Vater, der sie nicht gewollt und sich nicht einmal für sie interessiert hatte.

»Er liebt mich. Ich trage das Kind unserer Liebe unter meinem Herzen«, widersprach Amelia dennoch. Es wäre an ihr gewesen, die Entscheidung zu treffen, dass Zachary nicht der richtige Mann gewesen wäre. Unmut überwältigte sie und drohte, alle freundlichen Gefühle ihrer Stiefmutter gegenüber zu ersticken. »Warum sollte Bethany die bessere Wahl sein?«

Verzweifelt versuchte sie zu verbergen, wie sehr Lady Norahs Worte sie getroffen hatten. Sie konnte und wollte nicht glauben, dass ihre intrigante Schwester Zachary glücklich machen würde. Aber sie hätte auch niemals gedacht, dass Zacharys Liebesschwüre das Papier nicht wert waren, auf dem er sie geschrieben hatte. Mühsam hatte sie sich in den letzten Wochen jeden Gedanken an ihn und seine Lügen verboten. Wollte sie jetzt wirklich an alte Wunden rühren?

»Nein, sag es mir nicht«, revidierte sie ihre Frage. Amelia seufzte. Es war so gekommen, wie sie es befürchtet hatte: Die Ankunft ihrer Familie hatte die Ruhe und den Frieden im Haus auf der Blumeninsel zerstört. Lady Norah und Bethany brachten offene Fragen und Erinnerungen mit sich, die Amelia lieber dem Vergessen anheimgegeben hätte.

»Wann ist es so weit?« Lady Norah musterte Amelias Bauch, und selbst das weiteste Kleid, das sie auf Tante Mabels Order hin hatte nähen lassen, spannte mittlerweile.

»Die Hebamme aus Ponta do Pargo ist sich sicher, dass es nur noch drei oder vier Tage dauern wird, bis meine Tochter zur Welt kommt.«

»Wieso bist du eigentlich so sicher, dass es ein Mädchen wird?«

»Eine Mutter spürt das, oder nicht?« Die Frage ihrer Stiefmutter säte Zweifel in Amelias Herz. Vielleicht hatte sie sich nur eingebildet, dass ihr Kind eine Tochter würde. Vielleicht hatte die Einsamkeit der Nächte im Haus am Leuchtturm ihr etwas vorgegaukelt, was im Licht des Tages keinen Bestand hatte? Sie sprang über ihren Schatten und fragte Lady Norah: »Wusstest du, dass Clifford ein Junge wird?«

Lady Norah schwieg, und Amelia fürchtete, dass sie ihr zu nahe getreten war. Sie rührte in ihrem Tee, um die Stille zu überbrücken, die in der Küche hing wie die dunklen Wolken eines drohenden Sommergewitters.

»Nein, ich wusste es nicht«, antwortete Lady Norah schließlich. Sie schaute Amelia an und lächelte etwas. Ihr Gesicht wirkte auf einmal weicher und jünger, beinahe liebenswert. Mit dieser Seite ihrer Stiefmutter hätte Amelia Freundschaft schließen können. Wie schade, dass Lady Norah diese Sanftheit so lange verborgen hatte.

Zu lange, wie Amelia erkennen musste. Zu viel war geschehen, als dass Amelia in Lady Norah mehr hätte sehen wollen als die Frau, die ihr Vater geheiratet hatte. Selbst die Mutterschaft würde den Abgrund, den die gemeinsame Zeit zwischen ihnen aufgerissen hatte, nicht überbrücken können. Ein seltsames Gefühl von Traurigkeit über das, was hätte sein können, beschlich Amelia.

»Bethany und ich haben uns um einen guten Arzt gekümmert.« Schlagartig war die Lady Norah, die Amelia kannte und fürchtete, zurückgekehrt und riss alles an sich. »Eine Dorfhebamme kann dich bei Komplikationen nicht ausreichend unterstützen.«

»Nein«, begehrte Amelia auf. »Ich vertraue der Frau. Mehr als einem Mann, den ich nicht kenne.«

»Amelia.« Nur ein Wort, gesprochen in einem Ton, der jede Diskussion abschloss. »Vertrau mir. Ich weiß, was gut für dich ist.«

»Warum interessierst du dich für meine Tochter?« Obwohl Amelia wusste, dass sie nur verlieren konnte, begann sie mit aller Kraft zu kämpfen. »Willst du sicher sein, dass ich sie weggebe, so wie Vater und du es wünschen?«

»Ich bin hier, um dir beizustehen.«

»Du willst mir mein Kind rauben. Ich gebe es nicht her. Niemals.« Amelia sprang auf und schwankte. Schmerz durchzuckte sie. Ihre Tochter trat sie, als ob sie erklären wollte, dass sie mit den lauten Worten nicht einverstanden war. »Bitte, Mutter, nimm mir mein Kind nicht.«

Bethany, die polternd in die Küche kam, enthob Lady Norah einer Antwort. Sie brachte einige Zweige der gelb blühenden Trompetenblume, ein paar Stengel des blau blühenden Natternkopfs und einen Armvoll Sternjasmin mit, dessen weiße Blüten Amelia an winzige Windmühlen erinnerten, und sah sich suchend um. Der süßliche Geruch des Jasmins breitete sich in der Küche aus, was Amelia den Atem verschlug. Sie spürte Magensäure aufsteigen, wohl ihrem Zorn geschuldet; wieder einmal meinte ihre Familie besser zu wissen, was gut für sie sei.

»Warte, ich hole eine Vase.« Amelia hielt sich den Bauch, während sie in dem Schränkchen kramte. Aus dem Augenwinkel sah sie, wie Lady Norah und Bethany einen Blick wechselten, den Amelia nicht deuten konnte.

»Ein Junge hat mir die Blumen gegeben. Für die Blumenmalerin.« Spöttisch zog Bethany die Augenbrauen hoch. »Kannst du mir sagen, was das bedeuten soll?«

Ohne ihre Schwester eines Blickes zu würdigen, nahm Amelia die Blumen und arrangierte sie liebevoll in der Vase.

»Ihr wohnt sicher im Reid's?«, fragte sie dann, als wäre es normal, Konversation zu betreiben, obwohl die Anwesenheit der beiden bedeutete, dass man ihr das Kind wegnehmen würde.

»Bethany wird sich ein Zimmer in Ponta do Pargo nehmen. Ich werde hier wohnen.« Lady Norah fragte nicht einmal nach Amelias Meinung. »Es gibt ein zweites Schlafzimmer, nicht wahr?«

»Ja, aber keine Haushälterin«, antwortete Amelia mit boshafter Freude. Niemals würde ihre Stiefmutter sich so weit erniedrigen, dass sie die Hausarbeit selbst erledigte. Damit war deren schöner Plan wohl zum Scheitern verurteilt.

»Wir werden eine Frau aus dem Dorf finden, die sich ein wenig Geld verdienen möchte.«

Amelia musste erkennen, dass Lady Norah – und vielleicht auch Bethany – wirklich alle Eventualitäten bedacht hatten. Sie fühlte sich erschöpft und zu müde, um gegen die geballte Macht der beiden anzukämpfen. Nicht heute. Sie würde ihre ganze Kraft benötigen, wenn ihre Tochter geboren war. Auf keinen Fall würde Amelia zulassen, dass Lady Norah ihr das Kind wegnahm und es einem ungewissen Schicksal überließ. Fieberhaft überlegte sie, wie sie am geschicktesten mit der Bedrohung umgehen könnte.

»Gut. Ich kenne ein oder zwei Frauen, die mir ihre Hilfe angeboten haben.« Amelia bemühte sich um ein Lächeln, auch wenn ihr eher nach Weinen zumute war. »Ich nenne euch die Namen, und ihr könnt mit ihnen sprechen.«

Sie würde sich den Wünschen ihrer Familie so lange fügen, bis sie ihre Tochter im Arm hielt. Dann – darüber war sich Amelia klarer als über alles andere in ihrem Leben – würde sie die Kraft finden, sich über Lady Norah und Bethany hinwegzusetzen.

Kapitel 27

Madeira 2012

»Ich wollte dich besuchen. Damit du nach drei Wochen Inseldasein nicht vereinsamst.« Der Klang von Hannahs Stimme am Telefon weckte Lauras Aufmerksamkeit. Es hörte sich an, als ob ihre Schwester etwas vor ihr verbergen wollte. An sich hätte es Hannah besser wissen müssen. Die Schwestern kannten einander zu gut, als dass sie versuchten, die Tatsachen zu beschönigen.

»Hast du Zeit?«

»Zeit schon, aber keinen Platz.« Laura plauderte drauflos, während sich in ihrem Hinterkopf die Fragen drehten wie ein Kettenkarussell. Was hatte ihre Schwester nur in Aufregung versetzt? War etwas mit ihren Eltern? »Großtante Grace ist überraschend zu Besuch gekommen. Ist irgendetwas?«

»Die kann noch reisen?« Sofort nutzte Hannah die Gelegenheit, Lauras Frage nicht beantworten zu müssen, sondern das Thema zu wechseln. Noch ein Grund mehr für Laura, misstrauisch zu werden. »Wie alt ist sie? Achtzig, neunzig?«

»Quatsch.« Lauras Lachen klang künstlich, und sie fürchtete, dass Hannah das auch spüren würde. Wann hatten sie das letzte Mal versucht, so um den heißen Brei zu reden, überlegte Laura, während sie automatisch antwortete: »Grace ist Mitte sechzig.«
»Sie wohnt bei dir?«
»Hier gibt es zwei Schlafzimmer.«
»Ich könnte mir ein Hotelzimmer nehmen.«
Schon wieder ein leichtes Zögern. Laura hatte in der Zwischenzeit ein flaues Gefühl im Magen. Hannah war sonst geradeheraus und nahm kein Blatt vor den Mund.
»Sag mal, ist etwas mit den Eltern?«
»Nein, nein, alles wie immer.« Selbst über das Telefon konnte Laura wahrnehmen, dass Hannah den Kopf schüttelte. Voller Unverständnis für die Eskapaden ihrer Eltern. »Im Moment weilen sie noch auf Papua-Neuguinea.«
Laura sagte nichts, konnte sich jedoch eines Lächelns nicht erwehren. Ihre Schwester, für die ein Urlaub nur dann ein Urlaub war, wenn er mindestens die Besteigung des Kilimandscharo oder eine Rucksacktour durch die australische Wüste beinhaltete, konnte sich stundenlang darüber auslassen, dass ihre Eltern im Urlaub in exotische Länder reisten.
»Ich freue mich auf deinen Besuch, aber …«, sagte Laura dann zögerlich. Wenn etwas so wichtig war, dass Hannah dafür extra nach Madeira kommen wollte, wäre es vielleicht besser, nicht zu insistieren, sondern abzuwarten. »Wann kommst du an?«
»Ich habe zwei Flüge herausgesucht. Entweder morgen Nachmittag oder übermorgen Mittag. Was passt dir besser?«
So schnell. Dann musste es etwas wirklich Bedeutsames sein. Normalerweise unterlag Hannahs Leben einem engen Zeitplan, der ihr kaum Raum für spontane Kurzbesuche ließ.
»Komm doch morgen. Wie lange kannst du bleiben?«

»Zwei, drei Tage. Ich freu mich. Tschüss.«
Nachdem sie das Telefonat beendet hatten, stand Laura noch eine Weile mit dem Handy in der Hand in der Küche und fragte sich, was Hannah ihr wohl so Wichtiges zu sagen hatte. Ob sie von Fabian wusste? Das schien Laura am naheliegendsten, aber nein … Selbst Laura hatte nur durch einen dummen Zufall davon erfahren.
»Meine Schwester kommt zu Besuch«, sagte sie zu Grace. »Ihr habt euch auch lange nicht gesehen, oder?«
»Ja, einige Monate. Das wird ja eine richtige Familienzusammenführung.« Grace musterte Laura prüfend. »Gibt es einen Grund für den Überraschungsbesuch, oder will sie nur einen Abstecher nach Madeira machen?«
»Hannah hat nichts gesagt«, antwortete Laura nach kurzem Nachdenken. Gedankenverloren streichelte sie Twisty, der laut miauend verlangt hatte, dass sie ihn auf den Arm nahm. In den vergangenen Tagen hatte sie Grace so gut kennengelernt, dass sie sie nicht mit Halbwahrheiten abspeisen wollte. »Aber es klang so, als ob sie mir etwas Wichtiges zu sagen hätte … und nicht wüsste, wie sie es anfangen sollte.«
»Dann überlege ich mir besser etwas für morgen Abend, damit ihr in Ruhe miteinander reden könnt.« Grace zwinkerte Laura zu. »Vielleicht ist dein Matthew ja so freundlich, mir etwas von der Blumeninsel zu zeigen.«

»Gut, dich zu sehen.« Laura umarmte ihre Schwester, die sie fest an sich drückte. »Schön, dass du vorbeikommen konntest.«
»Gut siehst du aus. Die kurzen Haare stehen dir.« In einer typischen Geste legte Hannah den Kopf schief. »Hättest du schon viel früher machen sollen.«

»Das sagst du nur, weil wir jetzt wie Zwillinge aussehen«, wehrte Laura ab. Bevor sie ihre Schwester wiedergesehen hatte, hatte sie nicht bemerkt, dass sie nun nahezu die gleiche Frisur trugen. Nur dass Hannah blond war, während Lauras Haare durch den Kurzhaarschnitt sehr dunkel wirkten. »Ich habe dir ein Zimmer in einer kleinen Pension bei uns in der Nähe gebucht. Oder willst du ins Reid's?«

»Ist schon okay. Was für eine Landung. Echt spektakulär.« Hannah warf sich ihren Rucksack über die Schulter und sah sich suchend in der Halle des Flughafens um. »Ist Grace mitgekommen?«

»Grace wollte uns erst etwas gemeinsame Zeit lassen«, sagte Laura leichthin und beobachtete Hannah, suchte nach verräterischen Anzeichen, die ihr einen Hinweis gaben, was ihre Schwester ihr verschweigen mochte.

Aber Hannah wirkte auf den ersten Blick so wie immer. Energiegeladen, sportlich und stets in Bewegung. Hätte Laura sie nicht so gut gekannt, wäre ihr wahrscheinlich nicht aufgefallen, dass sie unruhiger wirkte als sonst, dass sie jeglichen Blickkontakt mied und demonstrativ versuchte, Smalltalk zu machen.

»Wie kommt ihr miteinander klar? Also, ich könnte das ja nicht. Mit einer alten Tante zusammenzuwohnen.«

»So alt ist Grace ja auch wieder nicht«, verteidigte Laura ihre Großtante. Sie blieb stehen und schaute Hannah an, nicht geduldig genug, um über das Offensichtliche weiter zu schweigen. »Weshalb bist du hier? Nicht, dass ich mich nicht freue, aber …«

»Kann ich erst einmal ankommen und auspacken?« Hannah sah Laura nicht in die Augen, als sie der Frage auswich. Mit Schwung stellte sie ihren Rucksack auf die Erde und suchte darin herum, als ob sich dort Antworten fänden. »Ich brauche einen Kaffee und eine Dusche. Nicht unbedingt in der Reihenfolge.«

»Gut. Das Auto steht ein bisschen weiter weg. Willst du also erst einen Kaffee?«, fragte Laura mit trockener Stimme. Ihr Herz schlug schneller. Ihre Handflächen fühlten sich feucht an, was nicht nur an der Hitze lag. Kaum waren sie aus dem klimatisierten Flughafen getreten, traf sie die schwüle Wärme des außergewöhnlich warmen Mainachmittags mit Wucht. An den letzten beiden Tagen hatte es immer wieder kurz geregnet, was allerdings keine Abkühlung mit sich gebracht hatte.

»Nein danke. Eher nicht. Ich möchte erst das Zimmer sehen und auspacken.« Hannah zuckte mit den Schultern, wie Laura aus dem Augenwinkel bemerkte. »Gibt es in Ponta do Pargo ein Café? Wie weit ist es überhaupt bis dahin?«

»Etwa eine Stunde. Ja, es gibt ein Restaurant. Die haben sehr leckeren Fisch dort«, sagte Laura mit Stolz. Innerlich schüttelte sie den Kopf darüber, weil sie versuchen wollte, ihre Schwester von der Insel zu überzeugen. Für jemanden, der so abenteuerlustig wie Hannah war, bot Madeira nicht allzu viele Herausforderungen.

»Morgen würde ich gern eine Levada-Wanderung machen«, sagte ihre Schwester, als ob sie Lauras Gedanken gelesen hätte. »Magst du mitkommen?«

»Eigentlich …«, begann Laura. Dann stockte sie. Lange hatte sie überlegt, ob sie Matthew ihrer Schwester vorstellen sollte. Oh nein, wie altmodisch sich das anhörte. Als ob sie im vorletzten Jahrhundert lebte. Warum zögerte sie ein Treffen der beiden hinaus? Fürchtete sie, dass Hannah Matthew nicht mögen würde? Oder – schlimmer noch – erwartete sie Vorwürfe, dass sie so bald nach Fabians Tod eine neue Liebe gefunden hatte? War Matthew überhaupt eine neue Liebe oder nur ein Urlaubsflirt? Laura mochte sich gar nicht ausmalen, was ihre Schwester wohl dazu sagen würde, dass Matthews Frau verschwunden war und er bei einigen Menschen auf der Blumeninsel als Mörder galt.

»Okay, lass uns morgen wandern gehen«, sagte Laura. Je nachdem, wie sich der Abend entwickelte, könnte sie ihrer Schwester ja immer noch von Matthew erzählen. »Dann kann ich dir von meinem Projekt berichten.«

»Projekt?« Hannah öffnete die Autotür und warf den Rucksack schwungvoll auf den Rücksitz. »Ich kann mich nicht daran gewöhnen, dass das Lenkrad auf der falschen Seite ist.«

»Willst du fahren?«

»Ich bin zu müde.« Hannah grinste breit. »Nachher würde ich noch auf der falschen Seite landen. Also, was ist das für ein Projekt?«

»Morgen. Sonst haben wir uns womöglich bald nichts mehr zu sagen, nachdem du ja beharrlich ausweichst. Wo fährst du als Nächstes hin?«

Ihre Schwester arbeitete als Ingenieurin in der Entwicklungshilfe und hatte sich auf Projekte spezialisiert, die mit Wasser zu tun hatten, soweit es Laura verstanden hatte. Hannahs technisches Fachvokabular überforderte sie.

»Nach Kenia.« Hannah gähnte. Sie hatte die Augen geschlossen, wie Laura nach einem kurzen Seitenblick bemerkte. »Ich freu mich drauf, aber ab und zu denke selbst ich ans Sesshaftwerden.«

»Du? Das kann ich mir kaum vorstellen.«

»Doch. Bei meinem letzten Job war ich die Älteste. Da fühlt man sich seltsam, kann ich dir sagen.« Hannah gähnte wieder. »Ist es okay, wenn ich ein Nickerchen mache?«

»Kein Problem.«
Laura konzentrierte sich aufs Fahren und warf nur ab und zu einen Blick auf den Nebensitz, wo ihre Schwester aus dem Stand heraus eingeschlafen war. Das ging mit dem Job einher, hatte Hannah Laura erklärt. Wenn man so viel unterwegs war, musste man lernen, immer und überall schlafen zu können. Dieses Mal jedoch kam es Laura so vor, als nützte ihre Schwester den Schlaf als Fluchtmöglichkeit, um Lauras Fragen zu entgehen.
»Wir sind da.« Vorsichtig tippte Laura ihrer Schwester auf die Schulter.
»Okay. Ich brauche nur ein paar Minuten.« Von einem Moment zum anderen war Hannah hellwach, griff nach ihrem Rucksack und öffnete die Tür. »Oder willst du mit hineinkommen?«
»Ich warte.« Laura wollte ihr die Zeit der Ruhe gönnen und benötigte selbst ein paar Minuten, um sich zu überlegen, wie sie mit einer Hiobsbotschaft umgehen würde. Gestern Nacht hatte sie sich schlaflos von einer Seite auf die andere gewälzt, bis sie zu der Erkenntnis gekommen war, dass Hannah durch einen dummen Zufall von Fabians … Nein, verbot sich Laura erneut das Wort, das so schmerzte. Auch damit würde Laura zurechtkommen müssen.
»So, meinetwegen können wir jetzt etwas essen gehen.« Schneller, als Laura erwartet hatte, war Hannah zurück, trug ein knallrotes T-Shirt, dessen Farbe perfekt zu den Turnschuhen passte, die unter der ausgeblichenen Jeans hervorschauten. »Oder muss ich mich schick machen?«
»Passt schon.«
»Sisi hat auf der Insel ein halbes Jahr gelebt«, versuchte Laura, ein harmloses Gesprächsthema zu finden. »Wir können uns morgen eine Gedenkstatue ansehen, wenn du magst.«

»Wie kommst du darauf?« Hannah schaute Laura an, in einer Mischung aus Erstaunen und Entrüstung. »Ich und Sisi?«
»Na ja.« Nun konnte sich Laura ein Grinsen nicht mehr verkneifen. »Ich erinnere mich an etliche Weihnachtsfeste, an denen du und Mum erst *Der kleine Lord* und dann die *Sisi*-Filme angesehen habt.«
Die Eltern ihrer Mutter waren aus Österreich emigriert, was sich in Mehlspeisen und einer Verehrung der Kaiserin Elisabeth niederschlug, die Hannah geerbt hatte. Laura hingegen war vor den Filmen immer geflüchtet. Auch dem kleinen Lord Fauntleroy hatte sie nicht allzu viel abgewinnen können.
»Warum kannst du nicht einfach den Schleier des Vergessens darüberlegen?«, fragte Hannah gespielt böse. »Ich erinnere dich ja auch nicht an deine Jugendsünden.«
Auf dem Weg ins Restaurant plauderten sie weiter über Belanglosigkeiten, obwohl Laura mehrere Vorstöße unternahm, von ihrer Schwester endlich zu erfahren, was dieser so auf der Seele brannte. Aber Hannah wehrte stets ab oder wechselte das Thema, bis Laura aufgab.
Der Kellner erkannte Laura, die hier schon mehrmals mit Grace gegessen hatte, und führte sie an einen Tisch, von dem aus sie aufs Meer blicken konnten.
»Was empfiehlst du?« Hannah runzelte die Stirn, während sie die Speisekarte las.
»Nimm den *Espada*. Der ist wunderbar frisch.« Laura tippte auf die Stelle der Speisekarte. »Und hier wird er traditionell serviert. Gebraten, mit Bananen.«
»Was ist das?«
»Ein Fisch. Ich glaube, er heißt auch schwarzer Degenfisch.« Laura hatte erst gestern einen Espada auf dem Markt gesehen. »Ein Tiefseefisch. Sieht gefährlich aus mit riesigen Augen und

spitzen Zähnen. Aber als Filet zubereitet, schmeckt er sehr lecker.«

Hannah wirkte nicht ganz überzeugt. »Sicherheitshalber bestelle ich einen Salat dazu. Fisch mit Bananen …«

Sie schüttelte sich bei der Vorstellung.

»Wollen wir eine Flasche Wein dazu nehmen? Und als Aperitif einen *poncha?*«, fragte Laura und blätterte durch die Speisekarte. »Oder willst du lieber Wasser?«

»Wasser und Wein. Und eine Erklärung, was ein Poncha ist.«

»Das Nationalgetränk. Jedenfalls für Touristen«, antwortete Laura. »Zuckerrohrschnaps, Honig und Zitronensaft. Das vermittelt einem wirklich ein Urlaubsgefühl.«

»Gut, dann mache ich heute ein paar neue Erfahrungen.« Hannah klappte die Speisekarte zu. »Wie lebt es sich mit Großtante Grace?«

»Wenn du magst, können wir uns gleich an den Leuchtturm setzen und den Sonnenuntergang ansehen«, schlug Laura nach dem Essen vor und lächelte. »Viel mehr Sehenswürdigkeiten hat der Ort leider nicht zu bieten.«

»Klingt gut. Jetzt einen Espresso.«

»Der nennt sich hier Bica.« Laura winkte den Kellner heran und bestellte Kaffee für sie beide.

»Also, nun aber raus mit der Sprache. Was verbirgst du vor mir?«, fragte Laura und lehnte sich zurück. Sie trank einen Schluck des Kaffees und schaute ihre Schwester auffordernd an. »Jetzt hast du mich lange genug auf die Folter gespannt, findest du nicht?«

»Lass uns bezahlen und irgendwohin gehen, wo wir alleine sind.« Hannah schaute in ihre Tasse, und ihre Stimme klang so ernst, wie Laura es selten erlebt hatte.

In einer spontanen Geste legte sich Laura die Hand auf ihr Herz. In ihrer Phantasie überschlugen sich die schlechten Nachrichten: Todesfälle, schwere Krankheiten, eine Scheidung ihrer Eltern … Sie musste blass geworden sein, weil Hannah beschwichtigend die Hand hob.

»Entschuldige. Ich wollte dich nicht in Panik versetzen, aber …«

»Zahlen, bitte«, winkte Laura den Kellner herbei, der sie fragend ansah. In seinem Blick konnte Laura lesen, dass sie wirklich elend aussehen musste. Sie bemühte sich um ein Lächeln. »Ich übernehme die Rechnung.«

»Danke für die Einladung«, rettete sich Hannah in Förmlichkeit.

»Einen schönen Abend«, wünschte der Kellner und lächelte ihnen zu.

»Und Ihnen einen schönen Feierabend«, antwortete Laura mit einem etwas verunglückten Lächeln.

»Wir können zu Fuß gehen. Es ist nicht weit.« Nachdem Hannah mit einem Nicken zugestimmt hatte, ging Laura schweigend neben ihrer Schwester her, bis sie den Leuchtturm erreicht hatten. Sie setzten sich etwas abseits ins Gras und sahen zu, wie die Sonne im Meer versank. Normalerweise hätte diese Farbenpracht Laura begeistert, aber heute nahm sie das spektakuläre Schauspiel kaum wahr. Am liebsten hätte sie die Worte aus ihrer Schwester herausgeschüttelt, nur mühsam geduldete sie sich, bis Hannah endlich das Wort ergriff.

»Als ich Fabians Zimmer aufgeräumt habe, bin ich auf etwas gestoßen …« Hannah schaute stur geradeaus. »Ich … also … ich weiß nicht, wie ich's sagen soll.«

»Fabian hatte eine Affäre. Ich wusste davon«, sagte Laura und leckte sich die trockenen Lippen. Also hatte sie mit ihren Befürchtungen richtiggelegen. »Das war der Anlass für unseren Streit. An dem Abend, als …«

»Du wusstest es?«, unterbrach Hannah sie ungläubig. »Und du … du hast nichts gesagt!«

»Ich ahnte es. Es war wie in einem schlechten Film.« Laura zuckte mit den Schultern. Inzwischen war so viel Zeit vergangen, dass sie über die leidige Angelegenheit reden konnte, ohne das Gefühl zu haben, dass sie gleich das Abendessen von sich geben müsste. Aber verzeihen konnte sie ihm noch lange nicht. »Ständig Überstunden. Dienstreisen. Das volle Programm.«

Hannah schwieg. Auch Laura wusste nichts mehr zu sagen. Die Gemengelage ihrer Gefühle konnte sie sich nicht einmal selbst erklären. Wie hätte sie sie da ihrer Schwester nahebringen können? Den Zorn, als sie – ebenfalls wie in einem schlechten Film – die Rechnung gefunden hatte, mit dem Lippenstiftabdruck eines Kusses. Die Hilflosigkeit, der Unglauben, dass so etwas gerade ihr passieren musste. Die Trauer, dass Fabian, dem sie vertraut hatte, sie hintergangen hatte. Die Angst vor der Zukunft – ohne ihn. Auch wenn die Zeit der überbordenden Leidenschaft längst vorbei gewesen war, so hatte Fabian in all ihren Zukunftsplänen eine zentrale Rolle gespielt. Sie hatte sich gefühlt, als hätte er ihr den Boden unter den Füßen weggerissen. All das hatte sie ihm im Streit vorgeworfen, hatte ihn nicht zu Wort kommen lassen, bis er wütend seine Jacke genommen hatte und weggefahren war. In den Tod.

»Warum hast du dann so furchtbar getrauert?«, fragte Hannah nach einer längeren Zeit des Schweigens. Fragend schaute sie Laura an. »Ich wäre an deiner Stelle unglaublich wütend gewesen. Was für ein mieser Kerl.«

»War ich auch. Aber …« Mit einem Seufzer versuchte Laura, ihre Gefühle zu ergründen. »Wir hatten viele gute Jahre. Fabian hat mir hoch und heilig versprochen, dass es vorbei wäre. Ich habe nicht nachgegeben. Er ist gegangen und dann …«
»Weißt du, wer sie war?«
»Nein. Ich will es auch nicht wissen. Es würde nichts ändern.« Obwohl sich Laura inzwischen mehrfach gefragt hatte, ob sie die andere Frau gekannt hatte, ob ihre Rivalin auf Fabians Beerdigung gewesen war, wie es ihr wohl ergangen war, nachdem Fabian den Unfall hatte. Sicher hätte sie mit ein wenig Aufwand das Rätsel lösen können, aber warum sich selbst und einer anderen Frau Schmerz zufügen?
Wieder schwiegen sie und sahen auf das Meer. Flirrend gelb hing die Sonne vor einem beinahe ockerfarbenen Himmel, bevor sie hinter einer schmalen Wolke verschwand.
»Wir sollten gehen, bevor es ganz dunkel wird«, sagte Laura schließlich. Sie stand auf.
»Hey, ich hätte mir die Reise hierher sparen können, wenn du mir vorher von Fabians Affäre erzählt hättest.« Obwohl ihre Schwester sich bemühte, leichthin zu klingen, erkannte sie die Schärfe in Hannahs Stimme. »Ich dachte, wir stünden uns näher.«
»Das ist nichts, worüber man gern redet. Vor allem nicht nach Fabians Tod.« Laura hoffte, dass Hannah sie verstehen würde. Das Letzte, was sie jetzt wollte, war ein Streit mit ihrer Schwester. »Wer weiß, wann wir uns sonst gesehen hätten. Danke für alles.«
»Schon okay.« Hannah gab Laura einen Kuss auf die Wange. »Außerdem tut's mir gut, mal rauszukommen. Aber die Levada-Wanderung schuldest du mir.«

Kapitel 28

Madeira, Haus am Leuchtturm, 1929

Es ist das Vernünftigste.« Wie immer blieb Lady Norah selbst in der hitzigsten Debatte beherrscht. Wie konnte ihre Stiefmutter nur so eisig sein und das Schicksal von Amelias ungeborenem Kind nur nach Vernunftkriterien beurteilen? Zählte die Liebe einer Mutter zu ihrem Kind etwa gar nichts? Hatte sie als Mutter überhaupt keine Mitspracherechte? Warum nur hatte sich ihr Vater von Lady Norah dazu überreden lassen, derart unmenschlich zu handeln?

»Es ist das Einfachste für euch«, stieß Amelia zwischen den Zähnen hervor. In ohnmächtiger Wut ballte sie die Hände zu Fäusten, wohl wissend, dass ihr kaum Handlungsmöglichkeiten blieben. Ihr fehlten Mittel und Wege, sich gegen ihre Familie zur Wehr zu setzen. Und Zachary, auf den sie alle Hoffnungen gesetzt hatte, hatte sie betrogen und verlassen. Nein! Egal, was es sie kosten würde, Amelia würde niemals zulassen, dass sich ihr Kind verlassen fühlte. »Aber es ist *mein* Kind und *mein* Leben.«

»Wie stellst du dir dein Leben vor?«, fragte Lady Norah, das schöne Gesicht starr wie eine Maske. Amelia konnte daran nicht ablesen, was ihre Stiefmutter dachte. »Wo willst du leben? Willst du von der Hände Arbeit leben? Glaubst du, jemand stellt eine Gouvernante mit einem unehelichen Kind ein?«

Im Angesicht der geballten Macht der Fragen ihrer Mutter verließ Amelia der Mut. Nur zu gut wusste sie, dass Lady Norah im Recht war. Niemand würde eine gefallene Tochter aus gutem Hause einstellen. Jedenfalls nicht für eine der Aufgaben, die Amelia überhaupt nur anbieten konnte. Ihre Erziehung war nicht darauf ausgelegt gewesen, dass sie arbeiten müsste, sondern sollte sie zu einer guten Gastgeberin, Ehefrau und Mutter machen. Vielleicht könnte sie sich für einen Hungerlohn als ungelernte Arbeiterin in einer der Londoner Fabriken durchschlagen, aber wer würde sich um ihre Tochter kümmern, wenn sie zehn Stunden am Tag an einer Maschine stünde?

»Ich … ich werde einen Weg …«, begann Amelia, aber dann durchzuckte ein messerscharfer Schmerz ihren Körper, und sie konnte nur noch laut aufstöhnen.

»Amelia?« Lady Norah war aufgesprungen. »Ist es so weit? Kommt das Kind?«

»Ich weiß es nicht«, gab Amelia stöhnend zur Antwort, während sie sich in Schmerzen krümmte. »Es ist mein erstes Kind.«

Vorsichtig zog Lady Norah Amelia hoch und führte sie ins Schlafzimmer. Zweimal mussten sie auf dem kurzen Weg anhalten, weil Amelia nach Luft ringen musste. Niemals zuvor hatte sie einen solchen Schmerz erlebt wie den, der ihren Körper schüttelte. Amelia sackte in sich zusammen. Nur dem schnellen Zugreifen ihrer Stiefmutter blieb es geschuldet, dass sie nicht zu Boden fiel. Lady Norah umfasste Amelia und zog sie mehr oder weniger durch den Flur.

Endlich hatten sie das Schlafzimmer erreicht. Aufseufzend ließ sich Amelia auf das Bett fallen. Zu ihrem Erstaunen war der Schmerz auf einmal verflogen, und sie konnte wieder freier atmen. Wenn das eine Wehe gewesen war, konnte sie nur hoffen und beten, dass sich die Geburt schnell vollzöge. Stundenlang diese Pein aushalten zu müssen – allein der Gedanke versetzte sie bereits in Agonie.

»Ich hole den Arzt.« Besorgnis zeichnete sich auf Lady Norahs Gesicht ab. »Ich muss dich so lange allein lassen. Der Schmerz … er … er gehört dazu. Die Wehen werden bald schneller aufeinanderfolgen.«

»Ich weiß.« Amelia hatte die Hebamme nach der Geburt gefragt. Danach hatte sie mehrere Nächte schlecht geschlafen und sich vor dem Geburtstermin gefürchtet. Die gutgemeinten Worte, dass Amelia die Schmerzen vergessen würde, sobald sie ihr Kind erst im Arm hielte, hatten Amelia nicht zu trösten vermocht. Nun hatte sie erleben müssen, dass die Beschreibungen der Hebamme den Schmerzen der Wehen nicht einmal annähernd gerecht wurden. Die Vorstellung, dem allein gegenüberzustehen, versetzte Amelia in Panik. »Bitte bleib. Lass mich nicht allein.«

Unerwartet beugte sich Lady Norah zu ihr herab, strich ihr das schweißfeuchte Haar aus der Stirn und gab ihr einen Kuss. »Ich bin gleich wieder zurück. Es tut mir leid, aber du brauchst einen Arzt.«

Bevor sie antworten konnte, durchzog eine weitere Wehe Amelias Körper. Wieder brach ihr der Schweiß aus, der in einem dünnen Rinnsal ihre Wange hinabfloss. Vor Schmerzen biss sich Amelia auf die Innenseite der Wange. Der metallische Geschmack von Blut füllte ihren Mund, und sie musste würgen. Lady Norah reichte ihr die Waschschüssel, in die Amelia das Blut spuckte.

»Du schaffst das.« Ihre Stiefmutter nickte Amelia zu und verließ das Zimmer.

Allein mit sich und ihren Gedanken versuchte Amelia, sich etwas aufzurichten. Es schien ihr, dass die Wehen im Sitzen besser zu ertragen waren als im Liegen. Sie sandte ein Stoßgebet gen Himmel, dass die Wehen nicht zwei Tage dauern würden, wie Bethanys Geburt. Obwohl Amelia damals noch ein Kind gewesen war, erinnerte sie sich sehr gut an den Tag. Lady Norah war in ihren Räumen geblieben. Der Arzt war gekommen, von einem aufgelösten Lord Percy herbeibefohlen. Die gesamte Dienerschaft war wie auf Zehenspitzen durch Tristyans Manor geschlichen. Ab und zu hatte Amelia sie einzelne Worte murmeln gehört, die sie nicht alle verstehen konnte. Von einer schweren Geburt war die Rede gewesen. Dass das erste Kind immer schwierig wäre. Oh nein, warum musste sie gerade jetzt daran denken?

Wieder keuchte sie auf, als eine weitere Wehe sie traf. Selbst das Wissen, dass Frauen seit Jahrhunderten Kinder geboren hatten, konnte ihr nicht helfen. Sie sehnte sich nach jemandem, der ihre Hand hielt und beruhigend auf sie einsprach. Ihre Unterlippe begann zu zittern, und Amelia weinte leise Tränen. Selbst Bethany hätte sie jetzt gern bei sich gehabt. Nachdem der Schmerz der Wehe verebbt war, lauschte Amelia. Die Stille des Hauses, die sie so sehr geliebt hatte, wirkte heute beängstigend.

Die Angst zu sterben, kroch in Amelia hoch, bis sie alle anderen Gedanken zu ersticken drohte. Die Freude auf ihre Tochter wich einer blanken Panik, die sich erst milderte, als Lady Norah und Bethany mit dem Arzt ins Zimmer traten. Amelia kannte den Mann nicht. Er wirkte konzentriert, aber auch etwas mitleidslos auf Amelia. Lag es an seinen engstehenden, hellen Augen, aus denen er sie beobachtete wie ein Insekt? Sie fühlte sich schutzlos und war versucht, die Decke über sich zu ziehen, obwohl sie wusste, dass er sie untersuchen musste. Warum nur hatte Lady Norah auf diesem Arzt bestanden und sich nicht einmal dazu überreden lassen, die Hebamme, der Amelia vertraute, hinzuziehen?

Lady Norah half Amelia, sich für die Untersuchung vorzubereiten. Amelia drehte den Kopf zur Seite, so sehr spürte sie Scham darüber, dass ein Fremder ihren Körper auf diese Weise untersuchte. Doch bereits die nächste Wehe verdrängte alle Scham, und Amelia wünschte nur noch, dass der Schmerz endlich aufhörte.

Während der Arzt sie untersuchte, grummelte er etwas vor sich hin, das Amelia unter der Glocke der auf- und abschwellenden Qualen nur dumpf wahrnahm. »Erstaunlich weit für eine Erstgeburt«, hörte sie und hoffte, dass es ein gutes Zeichen war.

Zwischen zwei Wehen stützte sie sich auf Ellbogen und Unterarme, um dem Arzt in die Augen sehen zu können. Seltsam, er wich ihrem Blick aus.

»Wird es noch lange dauern?«

»Es dauert, so lange es dauert«, antwortete er. Dann wandte er sich ab und suchte etwas in seiner schwarzen Tasche. Er holte eine Art Maske hervor, die mit einem Schlauch verbunden war. Obwohl eine Wehe Amelia schüttelte, blieb sie halbaufgerichtet sitzen und beobachtete den Mann misstrauisch. »Was ist das?«, stieß sie keuchend hervor.

»Trichlormethan«, antwortete er, schaute Amelia an und lächelte. Arrogant, wie sie fand.
Amelia war sich sicher, dass er bewusst dieses Wort benutzte, in der Gewissheit, dass niemand außer ihm es verstehen würde. Mit jeder Minute, die der Mediziner hier verbrachte, wurde er ihr unsympathischer. Aber gleichzeitig war ihr nur zu bewusst, dass ihr keine Wahl blieb. Wenn sie die Geburt überleben wollte und ihre Tochter in die Arme schließen wollte, musste sie sich diesem Mann anvertrauen. Obwohl alles in ihr sich sträubte, musste sie ihm freundlich gegenübertreten.
»Entschuldigung, ich kenne das nicht«, sagte sie. Jedes einzelne Wort presste sie zwischen den Lippen hervor. Sollte er doch seine Genugtuung erhalten.
»Umgangssprachlich kennen Sie es als Chloroform. Ein Mittel, das die Geburt erleichtert.«
»Kein Betäubungsmittel«, stieß Amelia hervor. Auch wenn die Schmerzen bis ins Unerträgliche wuchsen, konnte sie sich nicht vorstellen, ohne Bewusstsein zu sein, wenn ihre Tochter das Licht der Welt erblickte. »Ich … ich kann es ertragen.«
»Firlefanz.« Mehr waren ihre Wünsche dem Arzt nicht wert. »Was für Queen Victoria gut war, ist wohl auch gut genug für Sie. Halten Sie still.«
Von den Wehen völlig erschöpft, konnte sich Amelia nur wenig wehren, als ihr der Mann die Maske aufs Gesicht stülpte. Panisch rang sie nach Luft und atmete etwas ein, das stechend süßlich roch. Sie wendete den Kopf nach rechts und links, versuchte, die Luft anzuhalten, aber musste sich letztlich geschlagen geben. Langsam dämmerte ihr Bewusstsein davon und mit ihm die Schmerzen.
Kurz bevor sie endgültig in einen ohnmachtsähnlichen Schlaf glitt, hörte Amelia die kalte Stimme des Arztes sagen: »Sie

hatten gesagt, dass sie schwierig sei. Aber das ist wohl etwas milde formuliert. Ich verlange einen Aufschlag.«
Wofür, fragte sie sich, bevor ihre Sinne schwanden.

Als sie erwachte, fühlte sich Amelias Mund trocken an. Sie wusste nicht, wo sie sich befand, und konnte die Augen nicht öffnen. Wie aus weiter Ferne, gedämpft durch ein Kissen oder einen Vorhang, hörte sie Stimmen, die sich stritten.
»Das können wir nicht tun. Sie ist deine Schwester.«
»Willst du den Skandal?«
»Kind, wie kannst du …«
»Psst, ich glaube, sie ist wach. Ich gehe jetzt.«
Amelia meinte, das Wimmern eines Kindes zu hören, aber im Dämmer des Betäubungsmittels war sie nicht sicher, ob es nicht der Wind war, der um das Haus strich. Sie schüttelte den Kopf, um der Benommenheit Herr zu werden. Die schrecklichen Schmerzen waren glücklicherweise vorbei, aber nun spannten ihre Brüste. Wo war ihre Tochter?
Endlich gelang es Amelia, die Augen zu öffnen. Nach mehrmaligem Blinzeln konnte sie Lady Norah erkennen, die im Türrahmen stand und Amelia anschaute. Etwas im Blick ihrer Mutter versetzte Amelia in Angst, und sie warf die Benommenheit von sich wie eine verschmutzte Decke.
»Mein Kind«, krächzte sie, erschrocken über den Klang ihrer Stimme. Sie räusperte sich, um ihren Worten mehr Kraft zu verleihen. »Wo ist mein Kind?«
Lady Norah trat neben das Bett und legte Amelia ihre kühle Hand auf die Stirn. Als ihre Stiefmutter den Mund öffnete, zog sich Amelias Herz zusammen. Abwehrend hob sie die Hände. Sie wollte nicht hören, was Lady Norah sagen würde. Der Blick, mit dem ihre Mutter sie bedachte, sprach Bände.

Amelia begann zu zittern. Sie stieß einen Schrei aus, der das kleine Zimmer erfüllte.

»Deine Tochter ist tot geboren. Es … es tut mir leid.« Das kalte schöne Gesicht ihrer Mutter wirkte noch statuenhafter als sonst. Als ob Lady Norah ihre Gefühle in einen Kerker aus Beherrschung und guter Erziehung gesperrt hatte, aus dem sie niemals entkommen könnten. »Du … du kannst noch Kinder bekommen, hat der Arzt gesagt.«

Der Arzt. Wo war er? Wo war – Amelia schluchzte auf – die Leiche ihres Kindes? Sie wollte ihre Tochter sehen, wollte sich mit eigenen Augen davon überzeugen, dass ihr Kind nicht lebte. Amelia spürte einen unendlichen Schmerz. Sie schloss die Augen und wünschte sich, in einer dunklen Ohnmacht zu vergehen, doch ihr Körper weigerte sich, dem stattzugeben. Als sie die Tränen überwältigten, öffnete sie die Augen.

»Ich … bitte, ich möchte mein Kind sehen. War es ein Mädchen?« Obwohl jedes Wort wie ein Messerstich schmerzte, musste sie die Frage stellen. Solange sie ihr totes Kind nicht in den Armen gehalten hatte, würde sie ewig hoffen, dass es noch lebte.

»Deine Tochter.« Lady Norah schluckte sichtlich. »Sie war missgestaltet. Wir haben den Arzt gebeten, sich um alles zu kümmern.«

»Wie heißt er?« Amelia versuchte, sich aufzurichten. Nur unter größten Anstrengungen gelang es ihr, sich aufzusetzen. Zum ersten Mal seit langem konnte sie ihre Füße wieder sehen. Erneut strömten Tränen über ihre Wangen. Als sie aufstehen wollte, knickten ihre Knie ein, und sie rutschte am Bett entlang zu Boden. Dort blieb sie liegen und schlug in ohnmächtiger Wut und Verzweiflung mit den Fäusten auf den Boden, bis ihre Hände schmerzten.

»Sag mir seinen Namen. Ich will mit ihm reden«, stieß sie zwischen Schluchzern hervor. »Egal, wie sie aussieht, ich will mich von meiner Tochter verabschieden.«

»Nein.« Lady Norah schüttelte den Kopf. Sie legte ihre Hand auf Amelias Schulter. Amelia konnte die Anspannung ihrer Stiefmutter förmlich spüren. »Der Arzt sagte, es wäre am besten, wenn du alles vergisst.«

»Wo ist Bethany?« Dunkel erinnerte sich Amelia, die Stimme ihrer Schwester gehört zu haben. »Wo ist Bethany?«

»Sie holt die Hebamme. Es ... es gibt Frauenangelegenheiten, die du wissen musst. Vorkehrungen, die nach einer Geburt zu treffen sind.«

Amelia brauchte ihre Stiefmutter nicht zu sehen, um zu bemerken, wie unangenehm ihr dieses Gespräch war. Alles, was mit dem Körper zu tun hatte, fiel für Lady Norah in das Reich des Schweigens. Umso höher wertschätzte Amelia, dass ihre Mutter ihr zur Seite stand.

»Danke«, flüsterte sie. Ihre Stimme klang so schwach, wie Amelia sich fühlte. Mühsam zog sie sich am Laken hoch. Nur mit Lady Norahs Hilfe schaffte Amelia es, sich wieder ins Bett zu legen. Sie zog sich die Decke über das Gesicht. Von einer Welt, in die ihre Tochter tot geboren worden war, wollte sie nichts mehr hören und sehen.

»Miss Lanston.«

Jemand nannte ihren Namen und rüttelte an ihrer Schulter. Amelia stieß die Hand zur Seite und wickelte die Decke fester um sich. Immer wieder hörte sie ihren Namen, bis Amelia nachgab. Sie schob den Kopf unter der Decke hervor und blickte in das freundliche Gesicht der Hebamme. Das Mitgefühl auf dem von Falten durchzogenen Gesicht ließen Amelia wieder die Tränen in die Augen schießen.

»Miss Lanston. Es tut mir so leid.«

»Danke.« Mehr als dieses eine Wort konnte Amelia nicht herausbringen. Für sie gab es nichts mehr, was sich zu sagen lohnte. Ihre Kehle schmerzte.

»Ich weiß, dass es schwer ist …«

»Woher wollen Sie das wissen?« Harsch platzten die Worte aus Amelias Mund.

»Kind, Sie sind nicht die erste Frau, die ihr Baby verloren hat.« Deutlich zeichnete sich Leid auf dem Gesicht der Geburtshelferin ab, so deutlich, dass Amelia Worte der Entschuldigung murmelte.

Seltsamerweise brachten die ruhige Gewissheit und das selbstsichere Auftreten der Hebamme Amelia so etwas wie Frieden. Obwohl es sie nicht trösten konnte, vermittelte ihr das Wissen, dass auch die Geburtshelferin ein Kind begraben hatte, das Gefühl, mit ihrem Schmerz nicht allein zu sein.

»Wie kann man das überleben?«, stellte Amelia die eine Frage, die sie seit ihrem Aufwachen beschäftigte. »Wie kann man weiterleben?«

»Der Schmerz wird weniger, aber die Erinnerung bleibt.« Ein Schatten zog über das Gesicht der Hebamme. »Aber jetzt müssen wir uns erst mit dem Körper befassen und darauf vertrauen, dass sich die Seele selbst heilen kann.«

Während sie den Instruktionen der Geburtshelferin folgte, wanderten Amelias Gedanken wieder zu ihrer Tochter. Warum hatte sie zugelassen, dass der Arzt sie betäubte? Wenn sie bei Bewusstsein gewesen wäre, hätte sie wenigstens erfahren, wie ihre Tochter ausgesehen, ob sie vielleicht sogar schon Haare gehabt hatte? Traurigkeit schnürte Amelias Kehle zu. Sie hob die Hand zum Mund, um das Schluchzen aufzuhalten, aber der Schmerz war stärker als sie. Wie um sich zu verbergen, legte sie die Hand vor ihr Gesicht und weinte ihre Trauer heraus.

Ohne ein Wort zu sagen, nahm die Hebamme Amelia in die Arme, strich ihr tröstend über den Rücken und murmelte beruhigende Worte, die Amelia nicht verstehen konnte, aber deren Sinn sie erfasste. Amelia fühlte sich beschützt genug, um ihren Gefühlen freien Lauf zu lassen.

»Wo ist meine Mutter?«, fragte sie schließlich, nachdem sie ihre Fassung wiedererlangt hatte. Warum musste sie den Trost einer Fremden beanspruchen, wenn ihre Familie doch extra hergereist war, um Amelia während der Geburt beizustehen? »Und wo ist meine Schwester?«

»Ihre Schwester hat mir Bescheid gegeben.« Die Hebamme zögerte einen Augenblick, als ob sie ihre Worte sorgfältig abwägen müsste. Amelia nickte ihr zu. Was konnte schlimmer sein, als sein Kind zu verlieren. »Dann sind Ihre Mutter und Ihre Schwester abgereist. Nach Funchal.«

Obwohl sie diese Nachricht erwartete hatte, traf sie Amelia wie ein Schlag ins Gesicht. Nein, das konnte nicht sein. Selbst Bethany und Lady Norah mussten so viel Herz besitzen, dass sie Amelia in ihrer schwersten Stunde nicht alleinließen. Amelia war so geschockt, dass sie nach Atem ringen musste. Nach dem Schrecken jedoch folgte die Wut, eine kalte schneidende Wut.

»Ich werde sie nie wiedersehen.« Mit eiskalter Stimme sprach sie diesen Schwur aus. »Ich werde in meinem ganzen Leben nie mehr nach Tristyans Manor zurückkehren. Ich habe keine Familie mehr.«

Kapitel 29

Madeira 2012

»Das ist meine Großmutter Teresa«, stellte Joana die Frau vor, die in der Stube in einem geblümten Sessel saß und eine braungestreifte Decke über den Knien ausgebreitet hatte. Es war später Nachmittag, und das Licht der sinkenden Sonne, das durch das Fenster hereinschien, verlieh dem Haar der alten Dame einen seidigen Schimmer. »Großmama, das sind Laura und Grace, von denen ich dir erzählt habe. Sie wohnen im Haus der traurigen Frauen.«

»Ich kenne Sie.« Die auf den ersten Blick zerbrechlich wirkende Frau musterte Grace aus altershellen Augen. Ihre schneeweißen Haare lagen in Wellen um den schmalen Kopf, was ihr das Aussehen eines kleinen Vogels gab. »Sie ähneln Ihrer Mutter sehr.«

»Sie kannten meine Mutter?«, fragte Grace mit leiser Stimme. Ihr Gesicht zeigte keine Regung, aber inzwischen kannte Laura ihre Großtante so gut, dass sie deren Anspannung spürte. Obwohl Emma vor mehr als fünfzig Jahren verschwunden

war, schmerzte es Grace immer noch, dass ihre Mutter sie auf Tristyans Manor zurückgelassen hatte. Wahrscheinlich begleitete einen ein solcher Schmerz sein Leben lang, vermutete Laura. Mal trat er zurück, bis er wie ein altes Foto verblasst war, dann aber geschah etwas, das die Erinnerung aufwühlte und die intensiven Farben wieder zum Vorschein brachte. Jedenfalls ging es ihr mit Fabian und der Erinnerung an ihn so.
Joanas Großmutter nickte. »Eine schöne Frau, aber immer von Traurigkeit umgeben. Wie die Blumenmalerin, die erste Liebe meines Joãos. Er dachte, ich wüsste nichts davon.«
Ein feines Lächeln erhellte ihr Gesicht und schlug sich in den Falten und Fältchen nieder.
»Kannten Sie die Frau auch, die dort gewohnt hat?«, fragte Laura, um Grace noch einen Augenblick der Besinnung zu gönnen. »Wir haben Amelias Briefe gefunden. An ihr Kind.«
»Eine schlimme Geschichte.« Das Lächeln verschwand und ließ Joanas Großmutter erschöpft aussehen. Sie beschattete die Augen mit der Hand, als spräche sie nur ungern darüber. »Aber nein, ich kannte die Frau kaum. Ich habe sie nur ab und zu gesehen, wenn sie spazieren ging, um Blumen zu sammeln. Bis ihr Körper für weite Spaziergänge zu schwer wurde. Da hat mein João ihr dann Pflanzen gebracht, die sie malen konnte.«
»Wissen Sie von dem Kind?« Wieder war es Laura, die die Frage stellte. Nach einem kurzen Blick auf Grace hatte sie erkannt, dass ihre Großtante so aufgewühlt war, dass sie kaum sprechen konnte. »War es ein Mädchen? Haben Amelia und ihre Tochter hier lange gelebt?«
Laura schoss die Fragen so schnell hintereinander ab, weil die Sorge vor dem, was Joanas Großmutter ihnen sagen würde, mit jeder Minute wuchs. Teresa hielt den Blick gesenkt, knete-

te ihre Hände, als müsste sie um jedes Wort ringen, als fände sie keine Formulierung, die den Schrecken abmildern könnte. Sie schaute Laura kurz an, bevor sie ihren Blick auf Grace ruhen ließ.

»Das Kind kam tot zur Welt.« Mitgefühl zeichnete sich auf dem Gesicht von Joanas Großmutter ab. Die alte Frau trank einen Schluck Wein, bevor sie weitersprach. »Aber etwas stimmte dort nicht. Was João so verwunderte, dass er sich noch Jahrzehnte später daran erinnerte, war …«

Ein starker Husten schüttelte Teresa. Joana sprang auf, um in der Küche zu verschwinden. Mit einem Glas Wasser kehrte sie zurück. Ihre Großmutter trank und nickte.

»Danke, mein Kind.« Die alte Frau räusperte sich. »Entschuldigt, ich bin erschöpft.«

Laura schaute auf ihre Hände, die sie ineinander verschränkt hielt, um sich ihre Ungeduld nicht anmerken zu lassen. Scham stieg in ihr auf. Ohne die Hilfe der alten Frau hätten Grace und sie niemals erfahren, dass Amelias Kind die Geburt nicht überlebt hatte. Aber trotzdem nagte die Neugier an Laura. Was war so ungewöhnlich, dass João es nicht hatte vergessen können?

»Soll ich dich ins Bett bringen?«, fragte Joana. Sie legte ihrer Großmutter liebevoll den Arm um die Schulter.

Die Geschichte Amelia Lanstons hatte so lange Zeit im Verborgenen gelegen, da konnte sie auch noch ein oder zwei Tage länger ruhen. »Wir können morgen wiederkommen.«

»Nein, nein.« Wieder hustete die alte Frau, trank einen Schluck Wasser und schaute mit wachen Augen in die Runde. »Eine Geschichte muss zu Ende erzählt werden.«

»Danke«, flüsterte Grace, die ersten Worte, die sie seit ihrer Ankunft sprach. Noch immer hielt sie den Blick auf ihre Hän-

de gesenkt, die sie wie in einem Gebet gefaltet hielt. Ab und zu zuckte ein Muskel an Grace' Augenlid.
Voller Sorge sah Laura ihre Großtante an. Grace wirkte vollkommen erschüttert, mehr als es Laura erwartet hätte. Schließlich war Amelia nur eine entfernte Verwandte, versuchte sich Laura einzureden, aber es misslang. Auch sie war Amelia durch die Briefe sehr nahe gekommen, so nahe, dass sie regelrecht das Gefühl hatte, sie würde noch unter ihnen sein. Ob Grace eine besondere Erinnerung mit Amelia verband? Sie musste ihre Großtante später fragen, ob sie Amelia je kennengelernt hatte. Das würde erklären, warum sie so betroffen war.
»Mutter und Schwester reisten bereits am Tag nach der Geburt ab«, fuhr Joanas Großmutter fort. »João konnte das nicht verstehen. Wie konnten sie die arme Amelia nach dem furchtbaren Schicksalsschlag nur alleinlassen?«
Neben Laura sog Grace scharf die Luft ein. Laura konnte nur vermuten, was ihre Großtante durchlebte. Noch eine Mutter, die ihre Tochter im Stich gelassen hatte. Was für eine unglückliche Familie. Inzwischen konnte Laura immer besser verstehen, dass sich ihr Vater von dem Lanston-Clan, »dessen Reste auf Tristyans Manor residierten«, wie er es nannte, überwiegend ferngehalten hatte. Wer weiß, was ihr Vater James in seiner Kindheit und Jugend erlebt hatte. Wenn das Amelia-Projekt beendet ist, mit Dad über die Lanston-Frauen reden, notierte sich Laura im Kopf. Aber das hatte noch Zeit.
»Amelia – ist sie auf der Insel geblieben?«, fragte sie Teresa, weil sie immer noch nach einer Erklärung für die Briefe suchte. Wenn jemand sie schon versteckte, warum an dieser unzugänglichen Stelle?
»Nein. Sie verließ Madeira wenige Wochen nach ihrer Familie, aber …« Wieder schüttelte ein krampfartiger Husten den

zerbrechlich wirkenden Körper der alten Frau. Joana und Laura sprangen gleichzeitig auf, setzten sich aber wieder hin, nachdem Teresa sie mit einer Handbewegung abgewehrt hatte. »Aber zu Joãos Überraschung sollte sie Jahre später noch einmal zurückkehren.«

»Wann?« Laura biss sich vor Aufregung auf die Unterlippe. Hatte Amelia noch mehr Briefe geschrieben oder – was für eine wunderbare Vorstellung – noch ein Buch über die Blumen Madeiras verfasst? Wie schön es wäre, wenn Grace und sie noch Skizzen oder Bilder entdecken würden. Es würde Laura traurig machen, wenn Amelia nur unglückliche Erinnerungen mit Madeira verbunden hätte. Nein, das konnte nicht sein. Schließlich war das Buch über die Blumen Madeiras Mitte der 1930er Jahre veröffentlicht worden, lange nachdem die arme Amelia auf Madeira ihr Kind verloren hatte.

»Acht oder neun Jahre später also besuchte sie die Insel noch einmal. João hat sie gesehen. Zusammen mit Olive, die mal Zimmermädchen im Reid's war. Er hat sich immer gefragt, was die beiden Frauen wohl miteinander zu tun haben.« Die alte Frau hob die Hand, als Geste, dass sie nun zu müde war, um weiterzureden. »Eine Geschichte für einen anderen Tag. Ich muss mich nun wirklich ausruhen.«

»Danke, dass Sie uns das erzählt haben«, sagte Laura schließlich. Sie fand nicht die richtigen Worte, um ihren Gefühlen Ausdruck zu verleihen. Sie war Joanas Großmutter wirklich dankbar, aber gleichzeitig plagte sie die Ungeduld, weil sie nicht erfahren hatte, wann und warum Amelia zurückgekommen war. Laura überwand die Zurückhaltung, die Erziehung und Höflichkeit ihr auferlegten. »Dürfen wir noch einmal wiederkommen?«

»Ich freue mich stets über Besuch. Einen schönen Abend noch.«

»Ihnen eine gute Nacht und vielen Dank«, sagte Grace mit belegter Stimme. Sie wechselte einen Blick mit Laura und sah dann auf ihre Hände. Automatisch zupften ihre Finger an einem kleinen Hautfetzen, der von ihrem Daumennagel abstand. Laura hätte Grace gern davon abgehalten, aber im Augenblick erschien es ihr klüger, ihre Großtante nicht anzusprechen, sondern sie ihren Gedanken nachhängen zu lassen.

Während Joana ihre Großmutter zu Bett brachte, schaute sich Laura in dem Wohnzimmer um. Sie stellte sich vor die Wand, an der eine Galerie von Familienfotos hing. Gestellt wirkende Porträts, die von alten sepiabraunen bis hin zu neuen Farbfotos reichten. Daneben Bilder von großen Familienereignissen. Eine zarte junge Frau in einem überbordenden Brautkleid mit einem Schleier, der um sie und ihren attraktiven Bräutigam im dunklen Anzug drapiert war. Das frisch verheiratete Paar schaute sehr ernst in die Kamera, wohl um der Bedeutung des feierlichen Anlasses gerecht zu werden. Laura trat noch einen Schritt näher heran. Jetzt meinte sie, das Gesicht der Frau erkennen zu können. Die schmale Nase und die klaren Augen waren eindeutige Beweise – Teresa. Dann musste der Mann neben ihr wohl João sein. Schade, dass Fotos so wenig über Menschen verrieten. Aber nun, da Laura João erkannt hatte, konnte sie ihm dank der Fotos durch die Zeit folgen. Mit den Jahren hatte er an Statur gewonnen, aber an Haaren verloren. Das letzte Bild zeigte ihn ergraut, das Gesicht von tiefen Falten durchzogen, wie er in dem buntgemusterten Sessel saß, in dem ihnen Teresa heute gegenübergesessen hatte, und sich auf einen Stock stützte. João blickte nicht in die Kamera, sondern zu jemandem, der nicht auf dem Foto war. Laura lächelte. Von allen Bildern, die die Wand zierten, wirkte dieser Schnapp-

schuss am lebendigsten. Er brachte ihr João nahe und damit irgendwie auch Amelia, die den jungen João bezaubert hatte.
»Mögt ihr noch etwas trinken, oder soll ich euch nach Hause fahren?«
Laura drehte sich zu Joana um, die leise ins Zimmer zurückgekommen war. Ihr schlechtes Gewissen meldete sich.
»Wie geht es deiner Großmutter? Waren wir zu lange hier?«
»Nein.« Mit einem Lächeln schüttelte Joana den Kopf. »Teresa war heute munter wie lange nicht mehr. Ich glaube, sie lebt auf, wenn sie von alten Zeiten erzählen kann.«
»Ich möchte nichts mehr trinken. Danke.« Laura drehte sich zu Grace um. »Wollen wir uns nach Hause fahren lassen?«
»Wollen wir nicht die paar Schritte gehen?«, fragte ihre Großtante mit brüchiger Stimme. Sie schaute Laura und Joana an und wirkte, als wäre sie aus einem Traum erwacht. Einem düsteren Traum, der sie die ganze Zeit über gefangen gehalten hatte. »Ich … ich könnte die Ablenkung gut brauchen.«
Laura nickte. »Der Mond ist hell genug. Danke fürs Angebot, Joana. Also, gute Nacht dann.«
Im weichen Licht des Mondscheins, das sie den schmalen Weg bis zum Haus am Leuchtturm deutlich sehen ließ, gingen Laura und Grace still nebeneinander und hingen ihren Gedanken nach. So, wie sie vor ein paar Tagen schweigend mit Hannah diesen Weg entlanggegangen war. Nach zwei schweißtreibenden Levada-Wanderungen hatte Hannah Laura schließlich verziehen, dass sie ihr nichts von Fabians Affäre erzählt hatte. Mit Hannah war es einfach gewesen, auch schwierige Fragen anzusprechen. Grace hingegen – Laura wagte es nicht, ihre Großtante anzusprechen, die in sich gekehrt wirkte.
»Was für eine traurige Geschichte«, brach Grace schließlich das Schweigen. Vieles, das ungesagt blieb, schwang in den

Worten mit. Die unrühmliche Rolle ihrer Großmutter, die ihre Schwester einfach im Stich gelassen hatte, sparte Grace wohl lieber aus. »Wusstest du von Amelia? Von ihrer Fehlgeburt?«

»Ich kannte sie nur als Autorin des Blumenbuches. Von ihrem Leben weiß ich nur das, was wir gemeinsam herausgefunden haben. Kanntest du sie persönlich?«

Auch Lauras Gedanken kreisten immer noch um Amelias Schicksal. Nachdem sie die Briefe gefunden hatte, hatte Laura bereits geahnt, dass Amelias Geschichte nicht glücklich ausgehen konnte. Was für einen Grund hätte sie sonst gehabt, die Briefe bei den Klippen zu verstecken, anstatt sie ihrem Kind zu geben. Aber Laura hatte die ganze Zeit auf eine harmlose, vielleicht sogar anekdotische Erklärung gehofft. Dass Amelia sich geirrt und einen Sohn geboren hatte, dem sie natürlich ihre hingebungsvollen Briefe an eine Tochter nicht überreichen konnte. Dass das Kind tot zur Welt gekommen war, das hatte Laura sich nicht vorstellen können oder wollen.

Ihr fiel es schwer sich auszumalen, dass die Frau, die ein so trauriges Schicksal erlitten hatte, dieselbe war, deren Blumenbilder sie vom ersten Augenblick an verzaubert hatten. Vielleicht stimmte es ja, dass große Kunst aus großem Leid geboren wurde.

»Bitte entschuldige.« Laura war so in ihren Grübeleien versunken, dass sie nur die zweite Hälfte von Grace' Antwort hörte.

»Ich habe sie nie kennengelernt. Meine Großmutter hat erst auf dem Sterbebett von ihrer Stiefschwester gesprochen«, wiederholte Grace mit brüchiger Stimme. »Amelia und Bethany schienen sich nicht besonders gemocht zu haben.«

»Was hat Bethany erwähnt?« Bisher hatte Laura nicht daran gedacht, dass Grace ja eine Generation älter war als sie und

Amelia damit deutlich näherstehen könnte. »Meine Urgroßmutter Diane hat uns so gut wie nie aus ihrem Leben erzählt. Unser Teil der Familie hielt nur wenig von Tristyans Manor und Familientradition.«

»Vielleicht sind sie der klügere Teil«, murmelte Grace, so leise, dass Laura sie kaum verstehen konnte. »Tristyans Manor hat seinen Bewohnern nur wenig Glück gebracht.«

»Weißt du, was aus Amelia geworden ist?«, versuchte Laura, Grace von ihrer Traurigkeit abzulenken. »Ist sie nach Cornwall zurückgekehrt?«

»Ich weiß es nicht. Es ist, als ob sie im Dunkel der Zeit verschwunden wäre.« Grace seufzte. »Ich hatte gehofft, dass Amelia mit ihrer Tochter glücklich wird. So liebevolle Briefe ... Eine Frau, die sich so sehr auf ihr Kind freute.«

Laura legte ihrer Großtante die Hand auf den Arm. Wie hatte sie nur vergessen können, dass Grace von ihrer Mutter verlassen worden war. Obwohl sie ihre Großtante inzwischen schätzen gelernt hatte und sie beinahe als Freundin betrachtete, wagte sie es noch nicht, Grace weiter nach Emma zu fragen. Selbst mit viel Phantasie konnte sich Laura nur schwer vorstellen, was Grace empfinden musste, wenn sie Amelias Briefe las, aus denen so viel Liebe zu ihrem ungeborenen Kind sprach. Was für ein Abend, der von so viel Traurigkeit durchdrungen war. Kein Wunder, dass Joana das Häuschen das Haus der traurigen Frauen nannte. Ob es jemals Glück gesehen hatte?

Kapitel 30

Madeira 1955

»Schläft unsere Kleine?« Charlie Watson erhob sich halb aus dem Bett, um Emma ansehen zu können.

Obwohl sie versuchte, sich ihre Sorgen nicht anmerken zu lassen, entfuhr Emma ein Schreckensschrei, als die letzten Sonnenstrahlen auf sein abgemagertes Gesicht fielen und es wie einen Totenschädel aussehen ließen.

»Ja, ja, Grace geht es gut«, antwortete sie schnell und hoffte, damit die Situation zu überspielen. Aber ihr Charlie kannte sie gut. Zu gut, um ihm etwas vorzumachen.

Er lächelte Emma an. Mit seinem typischen Charlie-Lächeln, das sie so sehr liebte und das auch die schreckliche Krankheit nicht zerstören konnte. »So schlimm sehe ich also aus.«

»Ja, so schlimm siehst du aus.« Emma bemühte sich ebenfalls um ein Lächeln, obwohl ihr nach Weinen zumute war. Haltlos, ohne Rücksicht auf Scham oder Erziehung; sich einfach den Tränen hingeben und alle anderen Gefühle davon wegwaschen lassen. Aber sie musste stark sein. Für Charlie. Für Grace. Für die beiden

Menschen, die ihr mehr bedeuteten als alles andere auf der Welt. Obwohl ihr Leben in den letzten Jahren nicht immer leicht gewesen war und ihre kleine Familie oft kaum gewusst hatte, wie sie über die Runden kommen sollte, wollte Emma nicht einen Tag missen. Noch weniger wollte sie zu ihrem Leben als verhätschelte, aber ungeliebte Erbin eines Herrenhauses zurückkehren.

»Ich ... ich kann mir ein Leben ohne dich nicht vorstellen.« Das schlechte Gewissen überfiel Emma, weil sie ihren todkranken Mann mit ihren Sorgen behelligte, aber wem hätte sie sich sonst anvertrauen können? Ihrer kleinen Tochter etwa, die mit der Kindern eigenen Hellsicht bereits schon mehr von Charlies Schicksal ahnte, als Emma es für sie wünschte. »Charlie, bitte bleib bei mir.«

Schon, als sie die Worte aussprach, schämte sich Emma dafür. Musste sie nicht stark sein, um ihm seine letzten Tage zu erleichtern? Nein, dachte sie nach einigen Momenten des Überlegens. Nein, das musste sie nicht. Charlie kannte sie gut genug, um sie auch für ihre Schwächen zu lieben.

»Komm.« Er rutschte unter sichtbaren Anstrengungen ein Stück zur Seite, damit sie sich an ihn kuscheln konnte.

Emma schmiegte sich an ihn, ohne sich ihre Erschütterung anmerken zu lassen, wie ausgezehrt sich sein Körper anfühlte. Schweigend lagen sie nebeneinander, genossen die Nähe des anderen und wussten doch beide, dass sie den drängenden Fragen nicht mehr lange ausweichen konnten. Endlich brach er das Schweigen.

»Versprich mir, dass du nach Tristyans Manor zurückkehrst, wenn ...«, begann Charlie, als ob er Emmas Gedanken über Tristyans Manor gelesen hätte.

»Bitte, sprich es nicht aus.« Nervös kaute Emma auf ihrer Unterlippe, bis sie Blut schmeckte. Sie wollte weder an seinen Tod

denken noch daran, was aus Grace und ihr werden würde. »Was man ausspricht, wird wahr.«
»Gut, aber nur, wenn du es mir trotzdem versprichst.« Obwohl jedes Wort ihm sichtbar schwerfiel, beharrte Charlie auf seinem Ziel. »Bitte.«
Das Pfeifen, das in seinem Atem mitschwang, schmerzte Emma zutiefst, und sie wünschte nichts sehnlicher, als sein Leid zu lindern. Aber selbst der Arzt, den sie gerufen und der ihre letzten Ersparnisse gekostet hatte, konnte ihnen keine Hoffnung mehr geben. Es war nur eine Frage von Tagen, bis die Lungenkrankheit Charlie Watson besiegen würde. Charlie hatte bereits mehrfach versucht, mit Emma über die Zeit nach seinem Tod zu sprechen, aber abergläubisch vermied sie jeden Gedanken daran. Aber ihr Ehemann war nicht bereit, Emma weiterhin entkommen zu lassen. Dafür war Charlie zu verantwortungsbewusst und sorgte sich zu sehr um sie und Grace, etwas, das Emma stets an ihm geliebt hatte, was sie nun allerdings verfluchte.
»Wir … du … du kennst meine Mutter nicht.« Emma zitterte bei dem Gedanken daran, Lady Bethany gegenübertreten zu müssen. Charlie schlang seine Arme noch fester um sie, was sie tröstlicher empfand als jedes Wort. »Ich habe schon befürchtet, dass sie uns hier aufsucht, aber sie ist zu stolz.«
»Genauso stolz wie du, Emma Watson, frühere Lady Emma Galveston«, flüsterte Charlie in ihr Ohr. Sein melodisches Lachen nahm den Worten die Spitze. »Ich möchte sicher sein, dass meine beiden Frauen gut versorgt sind.«
»Ich kann für uns sorgen.« Emma wand sich aus Charlies Armen und drehte sich um, bis sie ihm ins Gesicht sehen konnte. »Das weißt du.«
»Ich bin stolz auf dich, aber …« Ein Schatten zog über sein Gesicht, ein Schatten, geboren aus dem Wissen um Emmas

Grenzen und dem Wunsch, ihr nicht noch mehr Schmerzen zuzufügen. »Denk an Grace. Ich möchte, dass es ihr gutgeht.«
»Auf Tristyans Manor würde sie nur unglücklich werden«, widersprach Emma vehement. Mit leiser Stimme setzte sie hinzu. »So wie ich.«
Bevor Charlie antworten konnte, erschütterte ihn ein Hustenanfall. Emma sprang auf und holte ein Glas Wasser. Sie half ihrem Mann, sich aufzurichten, und schüttelte das Kissen auf, damit er sich besser anlehnen konnte. Der rasselnde Husten quälte Charlies Körper. Emma hob die Hand zum Mund und biss in den Fingerknöchel, um den Schrei zu unterdrücken, den Charlies Elend in ihr aufsteigen ließ. Warum nur musste ihr wunderbarer Ehemann so furchtbar leiden? Erst hatten sie beide gedacht, dass die Auszehrung während der Kriegsjahre und die schlechte Luft Londons Charlies Lungen angegriffen hatten, doch selbst auf Madeira war sein Husten niemals ganz verschwunden. Nie würde Emma den Tag vergessen, an dem ein freundlich aussehender Arzt das Todesurteil verkündet hatte.
Der Doktor war mit Emma vor die Tür des kleinen Hauses getreten, hatte verlegen seine runden Brillengläser geputzt und sie schließlich kurzsichtig angeblinzelt. »Es tut mir leid.« Mehr hatte der Arzt nicht sagen müssen.
Allein der Gedanke, Charlie zu verlieren, hatte gereicht, um Emma in eine tiefe Ohnmacht zu schicken. Sie erinnerte sich nur zu gut an die erschreckte Miene des Mediziners, der sie aufgefangen hatte. Obwohl der Arzt ihr geraten hatte, Charlie die Wahrheit zu verschweigen, brachte Emma es nicht über sich, ihn anzulügen. Sie kannte Charlie gut genug, um zu wissen, dass er lieber mit einer bitteren Wahrheit als mit einer freundlich gemeinten Lüge leben könnte. Außerdem hatte sie

sich beim besten Willen nicht vorstellen können, wie sie ihre Gefühle verheimlichen sollte.

»Du warst allein auf Tristyans Manor«, unterbrach Charlie ihren Ausflug in die Vergangenheit. »Grace hätte dich an ihrer Seite. Gemeinsam könntet ihr auch deiner Mutter Paroli bieten.«

Nein, nein, wollte Emma ihm entgegnen. Niemand kann sich Bethany entgegenstellen. Ihre Gedanken wanderten zu ihrem Vater, zu den wenigen Malen, da er versucht hatte, Emma gegenüber Lady Bethany zu verteidigen. Aber er war zu schwach gewesen und hatte sich bald danach in das Londoner Stadthaus in Mayfair zurückgezogen. Wenn schon ihr Ehemann Zachary Lady Bethany nicht gewachsen gewesen war, wie sollte es da Emma sein?

Ich bin nicht stark genug, um Grace vor meiner Mutter zu schützen. Aber sie konnte Charlie diese Worte nicht sagen. Nicht jetzt. Nicht hier. Das war das Kreuz, das sie allein tragen musste. Die Angst vor ihrer Mutter. Die furchtbare Gewissheit, dass Lady Bethany Grace ebenso zerstören würde, wie sie Emma zerstört hatte.

»Versprich es mir«, bat Charlie erneut. Er schaute Emma so bittend an, dass sie es nicht übers Herz brachte, ihm seinen letzten Wunsch abzuschlagen.

So bitter es auch schmeckte, sie musste ihm zustimmen. Nur mit größter Mühe und dank freundlicher Menschen in Ponta do Pargo, die ihnen Obst und Gemüse schenkten, hatten sie mehr schlecht als recht auf der Blumeninsel leben können. Emmas Bilder, die sie an Touristen verkaufte, brachten nur wenig ein. Nicht, weil die Bilder nichts taugten, nein, weil sie ihre Gemälde schlecht verkaufen konnte. Es erschien ihr falsch, ihre Bilder mit einem Preisschild zu versehen und ihnen damit den Zauber zu nehmen. Wie sollte sie den Wert eines Gemäldes festlegen – diese Frage raubte ihr jedes Mal den Verstand und führte dazu, dass Emma nur sehr zaghaft eine geringe Summe nannte, wenn jemand Interesse an einem ihrer Bilder zeigte. Die Käufer schienen ihre Skrupel zu spüren und handelten sie jedes Mal von dem ohnehin viel zu geringen Preis herunter. Erschwerend kam hinzu, dass Emma nur wenig Zeit fand, sich ihren Bildern zu widmen. Die Pflege eines schwerkranken Ehemanns und die Sorge um ihre kleine Tochter standen stets im Mittelpunkt ihres Denkens. Aber das größte Problem war, dass Emma nichts Halbfertiges aus der Hand geben konnte. Andere Maler, die ihre Werke an Touristen verkauften, machten sich weniger Mühe als Emma und nahmen mehr Geld ein. Bei manchen von ihnen hegte sie gar den Verdacht, dass sie den Touristen absichtlich unfertige Bilder verkauften und sich über deren Geschmack lustig machten. Manches Mal, wenn sie nach einem langen Nachmittag in Funchal nach Hause kam, die Mappe immer noch voller Bilder, hätte sich Emma mehr Härte und Bauernschläue gewünscht.

»Nein, du bist richtig, so wie du bist«, hatte Charlie ihr widersprochen und sie in die Arme genommen, als sie ihm an einem der tristen Nachmittage ihr Leid geklagt hatte. »Ich liebe dich für das, was du bist. Und du solltest dich auch dafür lieben. Oder willst du etwa behaupten, ich hätte einen schlechten Geschmack?«

»Für dich und für Grace werde ich nach Tristyans Manor zurückkehren«, sagte Emma schließlich, obwohl sie jedes Wort in der Kehle schmerzte. Sie schluckte, trank ein Glas Wasser, aber der bittere Geschmack, der ihr Nachgeben begleitete, ließ sich nicht so einfach wegspülen. »Aber bitte, bei allem, was uns lieb ist, verlange nicht, dass ich sofort nach … nach …«

»Nach meinem Tod«, ergänzte Charlie mit sanfter Stimme und zog Emma wieder zu sich heran. »Emma, Liebes, bitte lass uns nicht die letzten Tage und Stunden damit vergeuden, meine Krankheit zu leugnen.«

Emma konnte nur nicken. Jedes Wort, das sie hätte sagen wollen, hätte die Schleusen zu ihren Tränen geöffnet.

»Emma, ich liebe dich, und ich weiß, wie viel ich von dir verlange, aber …« Sein Gesicht so gequält zu sehen, schmerzte sie. »Für Grace müssen wir beide stark sein. Ich … ich kann ruhiger sterben, wenn ich euch gut versorgt weiß.«

Wie konnte er nur so über seinen Tod reden? Warum hatte sie nicht seine Stärke, sie, die nicht dem langsamen Sterben ins Auge sehen musste? Vor Scham und Schuld senkte Emma den Kopf. Sie war einen so wunderbaren Mann wie Charlie nicht wert gewesen, und da erschien es ihr nur gerecht, dass ihr das Schicksal ihren Ehemann so schnell wieder nahm.

»Emma, nein.« Mit zwei Fingern hob er ihr Kinn, bis sie ihm in die Augen sehen musste. Vor Tränen konnte sie sein Gesicht kaum erkennen. »Emma, du bist liebenswert. Du verdienst nur Gutes und Glück.«

»Woher weißt du immer, was ich denke?«

»Emma Watson, ich kenne dich lange genug.«

Wie konnte es nur sein, dass er trotz der Schmerzen und der Todesangst, die er zu verbergen versuchte – auch sie kannte ihn gut genug –, immer noch zu Scherzen bereit war? Würde sie die gleiche Stärke wie Charlie aufbringen, wenn ihre Rollen vertauscht wären? Oder würde sie nur an sich denken können?

»Charlie Watson, du kannst sagen, was du willst, aber ich habe dich nicht verdient«, flüsterte sie schließlich, nachdem sie genug Kraft gesammelt hatte, damit ihre Stimme nicht mehr zitterte. Aber sie musste sagen, was noch zu sagen war. »Ich werde Grace nach Tristyans Manor bringen, aber gestehe mir etwas Zeit zu.«

»So viel Zeit, wie du brauchst, mein Herz.«

Bevor Emma antworten konnte, öffnete sich die Tür mit dem typischen Knarren. Grace, die ihren Kuschelhund im Arm trug, stand im Türrahmen, gähnte leise und rieb sich mit den Fäusten den Schlaf aus den Augen.

»Ich kann nicht schlafen«, klagte sie, obwohl sich auf ihrer Wange deutlich die Spuren des Kissens abzeichneten und ihr Gesicht die leichte Röte trug, die von tiefem Schlaf zeugte. »Ich kann nicht allein schlafen«, präzisierte sie, wie es ihre Art war.

Emma und Charlie tauschten einen Blick voller Verständnis und Liebe. Für den einen kostbaren Augenblick waren alle Schmerzen und Sorgen vergessen.

»Komm her, mein Schatz.« Emma setzte sich auf und breitete ihre Arme aus. Sie zog Grace an sich, atmete den Duft ihrer schlaftrunkenen Tochter ein und schwor sich, dass sie ihr Kind niemals verlassen würde. »Du kannst heute bei uns schlafen.«

Kapitel 31

Madeira 2012

Vor einer Woche war Grace ins Taxi gestiegen. Laura konnte noch nicht glauben, dass ihre Großtante nach Tristyans Manor zurückgekehrt war. Noch weniger konnte sie glauben, wie sehr sie sich an Grace gewöhnt hatte, an ihre abendlichen Gespräche, an die Freundschaft, die langsam zwischen ihnen gewachsen war und letztlich dazu geführt hatte, dass Grace den Mut gefunden hatte, Joshua Austen ihre Gefühle zu offenbaren. Bereits jetzt vermisste Laura Grace' ruhige Stimme, die sie zum Frühstück gerufen hatte. Laura schnupperte. Der Maiglöckchengeruch des Parfüms ihrer Großtante hing noch immer in der Luft, als ob diese gleich zur Tür hereinkommen würde.

»Laura, ich habe es mir überlegt. Ich bleibe noch«, könnte Grace sagen. »Ich möchte noch etwas Zeit mit dir auf Madeira verbringen.«

Nein, nach dem kurzen Anruf vor ein paar Tagen wusste Laura, dass Grace sicher in Cornwall angekommen war und sich auf ein Treffen mit dem Mann vorbereitete, in den sie sich verliebt hatte. Wie schön, dass das Haus auf der Blumeninsel, das Zeuge vieler bitterer Schicksalsschläge gewesen war, ihnen beiden Glück gebracht hatte. In den nächsten Tagen wollte Laura Joanas Großmutter besuchen und ihr die Geschichte der unglücklichen Frauen erzählen, die gehofft hatten, hier einen Neuanfang zu finden und sich doch wieder in alten, leidvollen Verstrickungen verfangen hatten.

Laura freute sich darauf, Joana und Teresa berichten zu können, dass die Zeit des Unglücks für die Frauen der Lanston-Familie nun zu Ende gegangen war, dass das Haus seinem Namen »Haus der traurigen Frauen« nicht mehr gerecht würde. Dank Grace und ihr waren Glück und erfüllte Liebe eingezogen. Ein Lächeln zog über Lauras Gesicht, als sie an Matthew dachte, der kurz nach dem Frühstück gegangen war. Obwohl sie Grace vermisste, hatte deren Abreise es für Laura und Matthew einfacher gemacht, sich zu lieben. Heute Abend würde sie ihn wiedersehen. Am Nachmittag würde er über die Insel fahren und nach Blumen suchen, die er für das Buch fotografieren konnte. Laura freute sich schon darauf, gemeinsam mit ihm die Bilder anzusehen und die schönsten für ihr Projekt – wie sie es im Stillen nannte – herauszusuchen.

Aber jetzt stand erst einmal Hausarbeit auf dem Programm, bevor sie sich wieder der Geschichte der Lanston-Frauen widmen konnte. Wie traurig, dass Amelia ihr Kind verloren hatte. Jeder Brief, den Laura und Grace gelesen hatten, war erfüllt von Vorfreude und Liebe gewesen. Was hatte Amelia wohl getan, nachdem sie die furchtbare Nachricht erhalten hatte? Laura befürchtete das Schlimmste. Schließlich hatten ihre Eltern nie von einer Verwandten namens Amelia gesprochen. Andererseits hatten ihre Eltern nicht viel davon gehalten, Familienstammbäume zu entwickeln und Kontakte auch noch zu den entferntesten Verwandten zu pflegen.

»Nur weil man zufällig den gleichen Namen trägt oder längst verstorbene Vorfahren gemeinsam hat, muss man nicht gleiche Interessen und Ziele im Leben verfolgen«, lautete der Tenor von Lauras Eltern. »Freunde kann man sich aussuchen, Familie muss man ertragen.«

Laura stellte Tassen und Teller in die steinerne Spüle und ließ heißes Wasser einlaufen. Beim Spülen schaute sie aus dem Fenster. Ihre Gedanken schweiften immer wieder ab und kreisten um die Frage, welches Schicksal Amelia wohl ereilt hatte. Laura war so mit sich beschäftigt, dass sie die Frau, die zielsicher auf ihr Haus zukam, erst auf den zweiten Blick bemerkte. Laura kniff die Augen zusammen, um die Gestalt besser sehen zu können, die sich langsam näherte.

Eine hochgewachsene Frau, deren dunkle, beinahe rabenschwarze Haare im Wind wehten wie die Mähne eines edlen Vollblüters. Laura lächelte über den Vergleich, der ihr spontan in den Sinn gekommen war, weil er so passend schien. Alles an der Fremden erinnerte an ein hochgezüchtetes Rennpferd: ihre schmalen, langen Glieder, die mühsam gezügelte Energie, die in ihren Bewegungen lag und die Art, wie sie ab und zu den Kopf hochwarf, als könnte sie es nicht erwarten, endlich in Aktion zu treten. Sicher eine Touristin, die sich auf dem Weg zum Leuchtturm verirrt hatte. Immer wieder kam es vor, dass jemand die falsche Abzweigung nahm und bei Laura landete, anstatt bei dem strahlend weißen Leuchtturm. Für diese Fälle hatten sich Laura und Grace ein paar Landkarten von der Touristeninformation geholt, mit denen sie die verirrten Touristen versorgten.

Laura trocknete ihre Hände am Geschirrtuch ab, kramte in der Schublade nach der dünnen Broschüre und trat vor die Tür.

Sie überschattete die Augen mit der linken Hand. Inzwischen war die Fremde so nah herangekommen, dass Laura ihr Gesicht deutlich sehen konnte. Ein ausdrucksstarkes Gesicht, nicht schön im klassischen Sinn, aber auf eine unverwechselbar starke Weise anziehend und einzigartig. Eine lange, schmale Nase, große Augen und ein übergroßer Mund zogen Lauras Blick auf sich. Die Frau wirkte energisch und kraftvoll. Alles an ihr strahlte Selbstbewusstsein und Stärke aus. Ihr Gesicht erinnerte Laura an die dunklen Gemälde in den schweren Rahmen, die sie einst auf Tristyans Manor gesehen hatte. Porträts von Lords und Ladys, die vor Jahrzehnten oder Jahrhunderten in dem Herrenhaus gelebt hatten. Nur die Fältchen um die Augen und die Mundwinkel verrieten, dass die Frau wohl etwas älter als Laura sein mochte. Ruhig war die Fremde stehen geblieben und wartete, bis Laura sie ansprach.
»Kann ich Ihnen helfen?« Laura bemühte sich, die Frau nicht zu auffällig zu betrachten. Aber sie hatte das vage Gefühl, dass sie sie kannte, und das ließ ihr keine Ruhe. »Wollen Sie nach Ponta do Pargo? Der Weg zum Leuchtturm ist eine Abzweigung weiter.«
»Nein, ich bin hier hoffentlich richtig.« Die Stimme passte perfekt zu der Fremden. Dunkel, tief, geheimnisvoll. Sie musterte Laura, als wüsste sie etwas, von dem Laura noch nichts ahnte. Überlegen und von oben herab. »Ich bin Cloe Baker, Matthews Frau. Joana sagte mir, dass ich ihn hier möglicherweise finden könnte.«
Später sollte Laura diesen Augenblick als »aus der Zeit gefallen« erinnern. Von dem Moment an, als die Fremde sich als Matthews Frau vorgestellt hatte, schien sich die Zeit auszudehnen und tropfend zu vergehen wie auf einem Gemälde von Dalí. Gleichzeitig rasten die Sekunden und Minuten dahin wie

in einem der alten Cartoons, die Laura als Kind so gern gesehen hatte. Sie fühlte sich, als hätte Cloe Baker ihr die schlanken Finger um den Hals gelegt, langsam und grausam die Atemluft raubend. Unbewusst stolperte Laura zwei Schritte zurück, näher an die Sicherheit ihres Hauses heran. Nur unter Aufbietung aller Willenskraft gelang es ihr, die Hände nicht abwehrend zu heben.

Du musst etwas sagen. Es ist unhöflich, diese Frau einfach vor der Tür stehen zu lassen wie einen ungebetenen Vertreter, ging es ihr durch den Kopf. Laura drehte den Stadtplan in ihren Händen und kam sich plötzlich naiv und albern vor, wie sie hier vor Matthews Ehefrau stand, die Schürze noch umgebunden und eine Touristenbroschüre in den Händen haltend. Cloe Baker hingegen wirkte elegant in ihrem schlichten schwarzen Leinenkleid mit perfekt dazu passender Handtasche und Sandaletten. Matthews Frau – nur mühsam konnte Laura diese Worte denken – sah aus, als ob sie ein Shooting für Sommermode plante. Wie hatte Laura nur auf die Idee kommen können, dass die Frau eine verirrte Touristin war. Viel zu zielstrebig war sie auf ihr Haus zugekommen.

»Matthew ist nach Funchal gefahren. In den Botanischen Garten. Ich weiß nicht, wann er zurückkommt. Wenn Sie hier auf ihn warten möchten«, brachte Laura schließlich hervor. Die Kraft, ihren Namen zu nennen oder zu sagen, welchen Stellenwert sie in Matthews Leben einnahm, brachte sie nicht auf. Ob Joana Chloe wohl bereits davon in Kenntnis gesetzt hatte, dass ihr Ehemann eine Freundin hatte? Laura wurde übel, und sie hätte die Frau gern vertrieben, aber ihre gute Erziehung blieb stärker. »Kommen Sie doch herein, ich habe Tee aufgesetzt.«

»Nein danke.« Das Lächeln, das Cloe Bakers Worte begleitete, zeigte Laura nur zu deutlich, dass Matthews Frau von ihrer

Beziehung wusste und diesen Augenblick auskostete wie einen seltenen Wein. In ihrem Blick meinte Laura Schadenfreude zu erkennen, Schadenfreude darüber, sie regelrecht erschüttert zu haben. »Bitte sagen Sie Matt doch, dass ich zu Hause auf ihn warte. In unserem Zuhause. Dort, wo er hingehört.«

Ohne auf Lauras Antwort zu warten, drehte sich Cloe Baker um und ließ Laura stehen wie ein Schulmädchen, dem gerade ein Tadel erteilt worden war. Mit weit ausholenden Schritten ging sie den schmalen Weg zurück bis zu ihrem Auto, einem schnittigen Zweisitzer, wie Laura nicht umhin konnte zu bemerken. Etwas anderes hätte sie sich für Matthews Frau auch nicht vorstellen können. Am Wagen angekommen, blieb Cloe Baker stehen und drehte sich zu Laura um. Grüßend hob sie die Hand, was Laura automatisch erwiderte. Dafür hätte sie sich einen Augenblick später treten mögen, vor allem, weil sie meinte, dass der Wind ein lautes Lachen zu ihr herübertrug.

Obwohl sich ihr Verstand immer noch weigerte, das eben Gehörte zu verarbeiten, starrte Laura Cloe Baker nach, ohne zu blinzeln. Sie konnte nur zwei Worte denken, wieder und wieder: Matthews Frau. Erst, nachdem Cloe Baker in einer Staubwolke davongefahren war, setzten Lauras Denkprozesse wieder ein. Seit wann war Matthews Frau wieder auf der Insel? Wo war sie das letzte Jahr über gewesen? Weshalb wusste sie von Laura und Matthew? Warum hatte die Frau ihren Triumph nicht weiter ausgekostet und war geblieben, um hier auf Matthew zu warten?

Doch nur eine Frage zählte und stellte sich wieder und wieder. Was würde Matthew sagen? Ein metallischer Geschmack füllte Lauras Mund. Erst da bemerkte sie, dass sie sich die Lippe blutig gebissen hatte. Sie taumelte zurück ins Haus, stolperte

blindlings in die Küche und goss sich eine Tasse Tee ein. Mit langsamen Bewegungen, als ob die Tasse sonst zerbrechen würde, goss sie Milch dazu. An dem ersten Schluck verbrannte sich Laura den Mund. Beinahe begrüßte sie den stechenden Schmerz, der sie für einen Moment von ihren Gedanken ablenkte. Sie suchte nach einem Glas. Das kühle Wasser tat ihr gut. Für einen Augenblick genoss sie die Ruhe, die mit dem abklingenden Schmerz einherging.
Dann schlug die Enttäuschung mit hinterhältiger Wucht zu, als würde ihr jemand die Faust in den Magen schlagen. Laura sprang auf, rannte zur Spüle und würgte Tee, Wasser und ihr halb verdautes Frühstück heraus. Den sauren Geschmack betäubte sie mit einem weiteren Schluck Tee, den sie auch nicht bei sich behalten konnte. Schweiß trat ihr auf die Stirn, ihr Körper zitterte wie im Fieber. Bevor ihre Beine sie im Stich ließen, sank Laura schwer auf einen Küchenstuhl nieder. Sie kniff sich in den Unterarm, um sich zu vergewissern, dass sie nicht schlecht träumte, sondern dass sie eben wirklich Cloe Baker gegenübergestanden hatte. Matthews Frau.
»Matthews Ehefrau«, flüsterte sie, als könnte sie damit den Schrecken bannen, der sie in Aufruhr gebracht hatte. »Warum muss sie gerade jetzt auftauchen?«
Immer wieder schob sich das Bild einer siegessicheren Cloe Baker, wie sie neben ihrem schnittigen Sportwagen stand, vor Lauras geistiges Auge. Nicht im Entferntesten hatte sie geahnt, dass Matthews Frau so eindrucksvoll wäre. Fieberhaft überlegte sie hin und her, was sie über Cloe Baker wusste. Matthew hatte kaum von ihr gesprochen. Nur an dem Nachmittag im Botanischen Garten, als er Laura die Wahrheit erzählte gegen all die üblen Gerüchte, die über Cloes Verschwinden auf der Insel kursierten.

Hatte sie nicht immer zwischen ihnen gestanden? Ein Schatten aus der Vergangenheit, der bis in die Gegenwart reichte, sie verdunkelte, so sehr man sich auch bemühte, ihn zu verscheuchen? Weder Matthew noch Laura hatte von Cloe gesprochen – Laura, weil sie ihn nicht an den Schmerz erinnern wollte, weil sie fürchtete, dass er sie verlassen würde, wenn sie von seiner Frau sprach. Ein alter Aberglaube – Unerfreuliches nicht herbeizureden. Nur, dass er in diesem Fall leider versagt hatte. Obwohl Laura geschwiegen und auch Matthew so gut wie nie von Cloe gesprochen hatte, war sie zurückgekehrt.

Wie Matthew es sich immer gewünscht hatte. Auch, wenn er es nie ausgesprochen hatte, waren die Zeichen doch mehr als eindeutig. Warum hatte Laura das nicht gesehen? Nicht sehen wollen? Nach Cloes Verschwinden war Matthew, sooft es ihm möglich war, nach Madeira gereist, um seine Frau zu suchen. Seine Frau, an deren Tod er nie geglaubt hatte. Sonst wäre er doch nicht hierher zurückgekehrt. Im tiefsten Innern seines Herzens hatte Matthew die Hoffnung wohl niemals aufgegeben, Cloe wieder einmal in die Arme schließen zu können.

Mit dieser Erkenntnis kam erneut die Übelkeit. Laura drehte sich zum Spülbecken und spuckte das Wasser, das sie gerade getrunken hatte, aus. Sie würgte und würgte, bis nur noch Galle aus ihrem Magen stieg. Selbst, als sie mit Tee gegurgelt hatte, schmeckte Laura noch Galle, bitter wie die Erkenntnis, dass sie Matthew verloren hatte.

Mit zitternden Händen säuberte Laura das Spülbecken, versuchte, sich ganz darauf zu konzentrieren und ihre Gedanken von allem anderen abzuwenden. Umsonst. Immer wieder sah sie die aparte Frau vor sich, deren selbstsichere Ausstrahlung Laura hatte verstummen lassen. Immer wieder hörte sie die

Worte *Er wird dich verlassen!* in ihrem Kopf, so lange, bis sie ihren Tränen freien Lauf ließ.

»Nein, er wird mich nicht verlassen«, sagte sie laut zu sich selbst, und ihre Stimme hallte in der einsamen Küche wider. »Nein, das lasse ich nicht zu!«

Immer noch schrubbte sie das Spülbecken, obwohl es inzwischen wieder glänzte, als wäre es Laura nie übel gewesen. Endlich drang ihr die Sinnlosigkeit ihres Handelns ins Bewusstsein. Mit einem zornigen Schrei warf sie den Putzschwamm ins Becken und wandte sich ab. Genug. Zum Weinen und Trauern blieb ihr später noch Zeit.

Laura holte tief Luft, drängte das Schluchzen zurück und suchte nach ihrem Handy. Endlich hatte sie es gefunden. Zweimal fiel es ihr aus den Händen, bis sie endlich die Nummer eintippen konnte. Nach einem weiteren Tränenausbruch führte Laura noch ein zweites Telefonat. Immer noch zitternd und schluchzend ging sie nach oben in ihr Schlafzimmer.

Kapitel 32

Boston, USA, 1938

Verehrte Lady Amelia,
ich weiß nicht, ob ich unnötig die Pferde scheu mache, aber auch meine Frau ist der Ansicht, dass es sich gehört, Ihnen zu schreiben. Um genau zu sein, diktiert sie mir den Brief. Ich habe es ja nicht so mit Worten, wie Sie wissen.

Amelia ließ den Brief sinken. Sie hatte es nicht glauben wollen, als sie die Adresse des Absenders gelesen hatte. Perranporth. Wie lange hatte sie nicht mehr an Tristyans Manor gedacht. Und eben hatte der Postbote diesen Brief gebracht, der auch die Schatten der Vergangenheit mit sich brachte. Fred, der Freund aus Kindertagen. Der Sohn des Stallburschen, den Bethanys Intrige beinahe von Tristyans Manor vertrieben hätte. Was hatte ihn wohl bewogen, ihr zu schreiben? Wie nur hatte er ihre Adresse herausfinden können? Amelia starrte auf das Papier, ohne ein Wort zu erkennen. Sie würde nur Ant-

worten erhalten, wenn sie weiterlas. Aber war sie sicher, dass sie auch wirklich weiterlesen wollte?
Wie gut, dass Lawrence' Arbeit sie in Boston festgehalten hatte, sonst hätte sie das Schreiben erst viel später erhalten. Normalerweise fuhren Amelia und ihr Mann im Juli und August in ihr Sommerhaus nach East Hampton, um der Hitze der Stadt zu entfliehen. Für Amelia die schönste Zeit des Jahres. Nur sie und Lawrence und ihre geliebte Malerei, die in Boston immer viel zu kurz kam.
Doch in diesem Jahr würde sich alles verschieben. Lawrence bearbeitete einen wichtigen Fall, der seine Anwesenheit in den Sommermonaten erforderte. Erst im September würde sie das Meer genießen können und das Licht der herbstlichen Sonne auf den Wellen in ihren Bildern einzufangen versuchen. Amelia musste sich dazu zwingen, ihre Gedanken wieder auf den Brief zu richten, den sie angelesen in ihrer Hand hielt.

Da ich nicht weiß (meine Frau auch nicht), wie wir es Ihnen schonend beibringen können, sagen wir es gerade heraus. Auf Tristyans Manor lebt ein Kind, das Ihnen wie aus dem Gesicht geschnitten ist. Emma, die Tochter Ihrer Schwester. Vorgeblich ein Siebenmonatskind, aber meine Frau hat es als Baby gesehen und gleich gesagt, dass das nie und nimmer stimmen kann.
Vielleicht täuschen wir uns auch, und ich schreibe diesen Brief umsonst, und Sie werden über mich lachen. Aber weil Sie so plötzlich verschwunden sind, und keiner etwas von Ihnen gehört hat, und niemand von Ihrer Familie etwas von dem Kind sagte, da macht man sich so seine Gedanken. Und als wir die Kleine aufwachsen sahen und sie Ihnen von Jahr zu Jahr ähnlicher sah, da hat meine

Frau gesagt, dass wir Ihnen schreiben müssen. Wir mussten erst warten, bis mein Vater nicht mehr auf Tristyans Manor arbeitete, und dann hat es lange gebraucht, bis wir Ihre Adresse herausgefunden haben, weil …

Amelia ließ sich auf den dunkelblauen Ohrensessel sinken, in dem Lawrence jeden Abend saß und die Tageszeitung las. Ihre Hand, die den Brief hielt, verkrampfte sich und ballte sich um das Papier. Konnte das sein? Konnte das wirklich wahr sein? Nein. Amelia wollte sich nicht vorstellen, dass ihre Mutter und ihre Schwester eine derart üble Intrige gegen sie gesponnen hatten. Warum auch hätte Bethany ihr das Kind wegnehmen sollen? Reichte es nicht, dass ihre Schwester ihr den Mann weggenommen hatte? Zachary. Um Himmels willen, der Mann hatte sie doch einmal geliebt! Wie konnte er sich nur an einer derartig perfiden Charade beteiligen? Was war er nur für ein Mensch, dass er Amelia nicht nur einfach hatte fallenlassen, sondern auch noch tatenlos zugesehen hatte, wie man ihr die Tochter raubte?

Zutiefst erschüttert stand Amelia auf, legte den Brief auf den Couchtisch und ging in die großzügig eingerichtete Küche. Dunkles Holz, weil Lawrence dunkles Holz mochte. Ihr war es egal, welche Farbe die Schränke und Tische hatten. Schließlich war die Küche das Reich der Köchin Florence, und Amelia hielt sich nur selten darin auf. Eigentlich nur, um der Köchin Anweisungen zu geben, was sie zum Dinner wünschte.

Unsicher blieb Amelia in der Mitte des Raumes stehen und blickte auf die geschlossenen Schranktüren. Wo hatte Florence wohl den Tee stehen? Ziellos öffnete Amelia eine Schranktür. Töpfe. Die nächste. Mehl. Zucker. Salz. Kein Tee. Die dritte. Gewürze. Gute Güte, brauchten sie wirklich dermaßen viele Gewürze? Die vierte. Pfannen. Hatte Florence überhaupt eine Ordnung in der Küche, oder warf sie einfach alles wahllos in einen Schrank? Amelia fühlte Scham in sich aufsteigen. Sie tat Florence unrecht, beschäftigte sich mit belanglosen Fragen, nur um sich von dem verhängnisvollen Brief abzulenken. Immer noch kein Tee. Tränen traten ihr in die Augen und rollten ihre Wangen hinab. Sie öffnete eine Schublade, hoffte, dort ein Taschentuch zu finden. Nein, hier bewahrte Florence das Besteck auf. Amelia schniefte und fühlte sich einen Augenblick lang versucht, sich die Nase am Ärmel ihrer weißen Bluse abzuwischen. Ihre Mutter würde in Ohnmacht fallen, wenn sie so etwas sähe. Lady Norah. Wie lange hatte Amelia nicht mehr an ihre Familie gedacht, hatte die Lanstons und Tristyans Manor hinter sich gelassen und hier in Boston einen Neuanfang gewagt.

»Mrs. Plath?« Amelia hatte Florence nicht kommen hören und wandte sich erschreckt um. In der Tür stand die Köchin, zwei braune Tüten mit Lebensmitteln auf den Armen. In Florence' Gesicht konnte Amelia Verwunderung und Sorge erkennen. »Kann ich etwas für Sie tun?«

»Danke, Florence. Einen Tee bitte.« Amelia wandte sich ab und ging zurück in das elegante Wohnzimmer. »Ich … ich habe einen Brief mit schlechten Nachrichten erhalten.«

Ich amerikanisiere immer mehr, dachte sie mit einem Kopfschütteln. Niemand auf Tristyans Manor wäre auf die Idee gekommen, den Dienstboten eine Erklärung für das eigene Handeln zu geben. Aber hier in Amerika pflegte man einen weniger distanzierten Umgang mit dem Personal. Amelia schien mehr von der amerikanischen Lebensart übernommen zu haben, als es ihr bewusst gewesen war.

Sie setzte sich wieder in Lawrence' Sessel, der ihr ein Gefühl von Sicherheit vermittelte, und nahm das Schreiben wieder in die Hand. Sie holte tief Luft, schluckte die Angst hinunter und las an der Stelle weiter, wo sie eben ein unbändiger Durst nach Tee überkommen hatte. Nach einem weichen Assam, exakt zwei Minuten gezogen. Mit einem Hauch frischer Milch und etwas Zucker.

Als ob sie Amelias Wunsch gespürt hätte, klopfte Florence in diesem Augenblick an die Tür und trug ein Tablett mit einer Kanne und einer zarten weißen Tasse mit Goldrand herein. Daneben standen Milchkännchen und Zuckerdose. Florence hatte es sich nicht nehmen lassen, auf einem Teller eine Auswahl selbstgebackener Brownies und Muffins zusammenzustellen.

»Wird Zeit, dass wir wieder ein Mädchen kriegen«, grummelte die Köchin, während sie das Tablett auf dem Tischchen abstellte. »Wenn Sie noch etwas wünschen, sagen Sie Bescheid.«

In einem unterschieden sich Dienstboten in England und Amerika nicht. Sie achteten pingelig genau darauf, dass sie nur die Arbeiten übertragen bekamen und erledigten, die ihrer Meinung nach zu ihren Aufgaben gehörten. Florence sah sich als Herrin der Küche und fand es unter ihrer Würde, dass sie servieren musste. Denn das Dienstmädchen war mit einem jungen Mann durchgebrannt, der ihr die Ehe versprochen hatte. Ein hübsches, etwas albernes Ding war sie gewesen, und Amelia hoffte für sie, dass der junge Mann sein Versprechen einlösen würde. Nicht so wie Zachary. Wieder traten Amelia Tränen in die Augen, und sie war kurz davor, Fred dafür zu verfluchen, dass er ihre Ruhe gestört hatte. Mit einer Nachricht, die sie kaum glauben konnte. Amelia stellte die Teetasse ab und holte noch einmal tief Luft. Gestärkt widmete sie sich den letzten Zeilen.

Es hat so lange gebraucht, bis wir Ihre Adresse gefunden haben, weil wir Ihre Familie ja nicht fragen konnten. Und weil Sie Ihren Namen geändert haben, na ja, daher hat es etwas gedauert.
Liebe Lady Amelia, Sie waren immer so gut zu uns, und es erschien mir wie ein Frevel, wenn ich Ihnen das nicht mitteilen würde. Und wenn Sie die kleine Emma sehen, werden Sie verstehen, was ich meine.
Meine Frau und meine Eltern senden herzliche Grüße.
Hochachtungsvoll,
Ihr Fred Ryan

Emma. Sie hätte ihr Kind nicht Emma getauft, sondern Eliza, nach dem Zweitnamen ihrer Tante Mabel. Emma. Sie hatte eine Tochter namens Emma. Sie musste nach Tristyans Manor reisen, um endlich, endlich ihr Kind in die Arme zu schließen. Oder Fred hatte sich geirrt, und sie würde sinnlos das Meer überqueren, alte Wunden aufreißen, nur um zu erkennen, dass Emma Bethanys Tochter war.
Und Lawrence? Sie hatte ihm niemals von Zachary, dem Haus am Leuchtturm und ihrem Kind erzählt. Sicher, sie hatte ihm von ihrer Familie berichten müssen und von Tristyans Manor, aber Lawrence hielt nicht viel vom Adel und hatte daher wenig Interesse gezeigt, ihre Familie kennenzulernen. Er hatte sich damit zufriedengegeben, dass sie sich mit ihren Eltern zerstritten hatte, und hatte niemals verlangt, gemeinsam mit ihr nach Cornwall zu reisen. Wie so viele Amerikaner richtete Lawrence seine Sinne auf die Gegenwart und die Zukunft und hielt wenig davon, sich mit der Vergangenheit zu beschäftigen.
Gedankenverloren griff Amelia nach einem Muffin und nahm einen Bissen von dem süßen Gebäck. Amelia erinnerte sich

nur zu gut daran, als man ihr das erste Mal Muffins serviert hatte. Sie war etwas verwundert gewesen, dass die Amerikaner das flache britische Hefegebäck kannten. Aber schließlich handelte es sich ja um eine ehemalige Kolonie. Umso größer war ihr Erstaunen, als man ihr kleine runde Kuchen anbot und diese Muffins nannte.

Als eine amerikanische Freundin ihr bei anderer Gelegenheit einen Brownie servierte, hatte Amelia zu lachen begonnen, was die Freundin verärgert hatte, bis Amelia das Missverständnis klären konnte.

»In England nennen wir kleine Feen Brownies. Wie die Heinzelmännchen sind es gute Hausgeister, die Dienste für einen erledigen, wenn man sie darum bittet.« Amelia lächelte, als sie über die Geschichte des kleinen Volkes nachdachte, die ihr ihre Nanny immer vorgelesen hatte. Nachdem die Gouvernante davon erfahren hatte, hatte Miss Roselily alle Märchen sofort verboten. Sie hatte rein gar nichts davon gehalten, die Phantasie ihrer Schützlinge zu fördern, und deshalb Fabeln und Sagen strikt abgelehnt. »Brownies bekommen Süßigkeiten oder eine Schale Milch für ihre Hilfe.«

»Aha«, hatte die Freundin geantwortet und Amelia mit diesem Blick bedacht, den sie inzwischen zur Genüge kannte. Den freundlichen, aber etwas herablassenden Blick, mit dem Amerikaner auf die – in ihren Augen – seltsamen Sitten und Gebräuche Englands antworteten. An manchen Tagen fühlte sich Amelia wie ein exotisches Tier, das man vorführte, aber niemals verstehen könnte.

Nur bei Lawrence fühlte sie sich geborgen. Ihn störte es nicht, wenn sie britisch sprach oder dachte. Er fürchtete sich nicht vor den Unterschieden, sondern pflegte sie. Vor wenigen Tagen hatte er sie in ein Filmtheater ausgeführt, um gemeinsam

mit ihr *Shall We Dance* zu sehen. Als das Lied *Let's Call the Whole Thing Off* begann, flüsterte Lawrence Amelia ins Ohr: »Das sollte unser Lied sein, Darling.«
Auf dem Nachhauseweg hatten sie gemeinsam lauthals im Auto gesungen: »You like to-may-toes and I like to-mah-toes.« Nie hatte Amelia sich glücklicher gefühlt. Nur kurz war der Gedanke aufgetaucht, was Lady Norah wohl denken würde, wenn sie sie sehen könnte, wie sie lautstark einen Gassenhauer sang? Sie hatte ihrer Familie nicht von der Heirat berichtet. Nur Tante Mabel hatte sie geschrieben und ihr Fotos von der Hochzeitsfeier geschickt. Mabel hatte Amelia und Lawrence auch schon einmal besucht, aber wusste nur wenige Neuigkeiten aus Tristyans Manor zu berichten. Nach Mabels Tod war das letzte Band zu Amelias altem Leben zerschnitten.
Amelia war sich sicher gewesen, Tristyans Manor und ihre Familie für immer hinter sich gelassen zu haben. Die strikten Regeln, die strengen Vorgaben, die Freudlosigkeit, die dunkle Erinnerung an Zacharys Treulosigkeit und Bethanys Verrat, die lange Zeit der Trauer um ihre geliebte Tochter. Sie hatte Lawrence nichts davon erzählen wollen, weil sie selbst nicht mehr daran denken wollte. Mit dem Tod ihrer Tochter war auch die alte Amelia gestorben. Sie erinnerte sich kaum an die Zeit danach. Ein halbes Jahr ihres Lebens hatte sie wie in Trance verbracht, wieder und wieder gehofft, dass sie nur einen Alptraum durchlitt und nach dem Aufwachen ihre Tochter in die Arme schließen könnte. Nur langsam war sie aus der Trauer ins Leben zurückgekehrt. In Boston hatte sie begonnen zu leben. Unter dem Namen Amelia Woolf hatte sie eine Stelle als Sekretärin angenommen und begonnen, ihre Blumenbilder an Verlage zu senden.

So hatte sie Lawrence kennengelernt. Er war ein Freund des Verlegers, der sich für die Blumen Madeiras begeistert hatte. Auf einer Cocktailparty, die Amelia nur auf ausdrücklichen Wunsch ihres Verlegers besucht hatte, hatte sie den zwanzig Jahre älteren Lawrence getroffen, der sich ebenso fehl am Platze in der Runde zu fühlen schien wie sie. Über Blumen waren sie ins Gespräch gekommen, was zu einer Verabredung führte und zu einer weiteren und noch einer, bis er sie schließlich um ihre Hand gebeten hatte. Seit sechs Jahren waren sie nun schon glücklich verheiratet. Warum also musste die Vergangenheit sie einholen?

Ihre Tochter! Mit zitternden Fingern goss sich Amelia Tee nach. Emma. Neun Jahre musste das Mädchen jetzt sein. Neun Jahre, in denen es Bethany für seine Mutter gehalten hatte. Konnte Amelia es verantworten, nach neun Jahren plötzlich aufzutauchen und ihre Mutterschaft einzufordern? Wäre es nicht das Beste für Emma, Lawrence und Amelia, wenn sie den Brief nahm und ihn im Kamin verbrannte? Seinen Inhalt vergaß und Schweigen über ihre Vergangenheit und ihre Tochter bewahrte? Sie müsste Lawrence nicht enttäuschen, müsste ihr Leben, das sie so schätzte, nicht aufgeben für eine Tochter, die sie nicht einmal erkennen würde. Eine Tochter, die von Bethany und Zachary erzogen worden war. Ein Kind, das sicher zutiefst unglücklich wäre, wenn sie es seiner gewohnten Umgebung entriss und mit sich nach Boston schleifte.

Ja, alles kluge und durchdachte Überlegungen, die sie anstellte. Alles zutreffend und wahr, aber … Amelia trank einen Schluck Tee. Ihre Hand zitterte nicht mehr. Ihr Verstand konnte an klugen Argumenten hervorzaubern, was er wollte. Ihr Herz kannte nur einen Gedanken: Ihre Tochter lebte. Nichts sonst zählte.

Kapitel 33

Tristyans Manor 2012

Ihre Ladyschaft.«

»Danke, Middleford. Ich bin gleich so weit.« Mit einem Lächeln schüttelte Grace den Kopf, um das Déjà-vu-Erlebnis zu vertreiben, das sie hatte, als Middleford in die Bibliothek getreten war. Außerdem fühlte sie wieder diese Unsicherheit, von der Grace geglaubt hatte, sie längst überwunden zu haben. Laura würde sicher lachen, wenn sie sie so sehen könnte. Nervös an ihrer Nagelhaut zupfend, mit trockener Kehle und feuchten Händen.

Was kann ich schon verlieren?, wiederholte Grace wieder und wieder wie ein Mantra, während sie durch den Flur zum Salon ging. Schlimmstenfalls überfalle ich den armen Sir Joshua Austen mit einem Ansinnen, das ihm gänzlich unpassend erscheint. Seine gute Erziehung wird verhindern, dass er mich brüskiert. Wir werden auseinandergehen, als ob ich die peinlichen Worte niemals gesagt hätte, und falls wir uns jemals wiedersehen, werden wir uns leise daran erinnern,

aber niemals darüber sprechen. Ein Hoch der britischen Erziehung.
Aber was wäre, wenn Sir Joshua nicht peinlich berührt wäre, sondern … Grace blieb stehen. Suchend irrte ihr Blick durch den Flur, bis er endlich an einem dunklen Bilderrahmen hängenblieb. Toi, toi, toi – sie klopfte auf Holz, um die Gedanken zu bannen, die ein Unglück hervorrufen könnten. Obwohl sie alles mehrmals mit Laura besprochen hatte, erschienen Grace ihre Pläne auf einmal nicht mehr durchdacht. In dem kleinen Haus auf der Blumeninsel, unter der Sonne Madeiras, waren ihr alle Überlegungen sinnvoll und richtig vorgekommen. Aber hier und heute, im Nieselregen Cornwalls, umgeben vom kalten Gemäuer Tristyans Manors wirkte Grace' Vorhaben wie eine Hasardeurstat, geboren aus Einsamkeit und Verzweiflung.
Nein! Grace klopfte noch einmal auf Holz, bevor sie weiterging. Sie mochte einsam sein, aber sie war nicht verzweifelt. Ihre Gefühle für Joshua Austen waren weder aus Traurigkeit geboren noch aus einer Panik heraus entstanden, allein alt werden zu müssen, sondern hatten Grace überrascht. Sie waren echt und so stark, dass sie auch überleben würde, falls er sie nicht erwiderte. Egal, wie peinlich dies für sie wäre. Kurz vor dem Salon blieb Grace stehen, um tief Luft zu holen. Um Himmels willen, sie lebte schließlich nicht mehr im neunzehnten Jahrhundert. Heutzutage hatten Frauen das Recht, Männern ihre Liebe zu erklären, ohne dass sie dafür geächtet wurden. Ein Kichern stieg in ihr auf – Grace Mainer, die Geächtete von Tristyans Manor.
Immer noch giggelnd öffnete sie die Tür zum Salon, was ihr einen überraschten Blick von Joshua Austen einbrachte. Der Architekt stand vor einem Bild, das Grace' Ururgroßvater

zeigte, und hatte sich zu ihr umgedreht, als sie eingetreten war.
»Sir Joshua«, bemühte sich Grace um Ernsthaftigkeit. »Vielen Dank, dass Sie gekommen sind.«
»Lady Mainer. Ich danke für die Einladung.«
Nachdem sie einander die Hände geschüttelt hatten, stellte sich Grace neben ihn, atmete seinen Geruch ein und suchte nach einem unverfänglichen Thema.
»Sehen Sie hier«, deutete sie auf einen Riss in der Leinwand. »Mein Vorfahre stand im Bürgerkrieg auf der falschen Seite und sein wutentbrannter Vater hat das Bild aus dem Rahmen schneiden lassen …«
»… und als die falsche Seite gewonnen hat, hat der kluge Vater den Schaden wohl repariert?«, schlussfolgerte Joshua Austen. »Gut, wenn man so flexibel ist.«
Grace musste sich keine Antwort überlegen, weil in diesem Augenblick Middleford mit Tee und Sandwiches eintrat.
»Darf ich Ihnen etwas anbieten?«, fragte Grace. »Keine Gurkensandwiches, wenn ich mich recht erinnere.«
Als ob sie das vergessen hätte. Als ob sie irgendetwas aus ihren Gesprächen vergessen hätte.
»Danke.« Ein erfreutes Lächeln erhellte sein Gesicht.
Grace' Herz schlug schneller. Warum musste sich eine Frau ihres Alters nur verlieben? Bevor sie Joshua Austen kennengelernt hatte, war Grace fest davon ausgegangen, dass mit dem Alter Ruhe und Gelassenheit – wenn schon nicht Weisheit – einhergingen. Herzklopfen und sehnsuchtsvolle Gedanken hatte sie keinesfalls mit dem Ruhestand verbunden. Als wäre das allein nicht schon schlimm genug, hatte sie erkennen müssen, dass ihr jegliche Fähigkeit zum Flirten fehlte. Sie beherrschte die Regeln des komplizierten Spiels, mit dem Frauen

Männern ihr Interesse signalisierten, einfach nicht. Ihren Ehemann hatte Lady Bethany mehr oder weniger für Grace ausgesucht und auch die Verhandlungen – ein treffenderes Wort ließ sich nicht finden – mit Norman übernommen. Grace' einzige Aufgaben waren es gewesen, vor dem Altar passabel auszusehen und laut und vernehmlich ja zu sagen.

»Lady Mainer?«

Erschrocken schaute Grace auf. Seinem Gesichtsausdruck nach zu urteilen, hatte Joshua Austen sie bereits mehrfach angesprochen.

»Entschuldigen Sie, meine Gedanken sind heute in Wanderlaune.« Grace straffte den Rücken. Wenn du es nicht wenigstens versucht hast, wirst du dich den Rest deines Lebens fragen, ob du nicht eine Chance gehabt hättest – das hatte ihr Laura zum Abschied mit auf den Weg gegeben. Und Grace angedroht, sie jeden Abend anzurufen, bis diese sich endlich mit Joshua Austen verabredete. »Ich …«

»Ja?«

Obwohl sie ihre Rede mehrfach vor dem Spiegel geprobt hatte – und gehofft hatte, dass niemand von der Dienerschaft lauschte –, fühlte sich Grace diesem Gespräch immer noch nicht gewachsen. Ach, sie musste ja auch nicht mit der Tür ins Haus fallen, sondern konnte sich erst einmal auf ein Terrain begeben, dass ihr sicher erschien, bevor sie begann, den unerforschten Dschungel menschlicher Beziehungen zu erkunden.

»Ich wollte mich für meinen abrupten Aufbruch neulich entschuldigen.« Grace trank einen Schluck Tee. »Wie Sie sich vorstellen können, fällt es mir sehr schwer anzuerkennen, dass meine Mittel nicht ausreichen.«

Wie oft hatte Lady Bethany ihr eingebleut, dass man über Geld nicht sprach, aber selbst ihre Großmutter hätte anerken-

nen müssen, dass Tristyans Manor inzwischen einen Zustand erreicht hatte, in dem man auf Konventionen keine Rücksicht mehr nehmen konnte.
»Wie ich bereits sagte ...«, antwortete Joshua Austen mit sanfter Stimme. Grace konnte sich kaum auf seine Worte konzentrieren, da er ihr eine Hand auf den Unterarm gelegt hatte. »... über mein Honorar können wir gern verhandeln. Mein Interesse an Tristyans Manor und seiner Geschichte ... Ich ... für mich ...«
Erstaunt sah sie auf. Täuschte sie sich, oder war der weltgewandte Architekt ähnlich nervös wie sie? Grace meinte, dass seine Finger, deren Wärme sie durch die leichte Seidenbluse spürte, zitterten.
»So großzügig Ihr Angebot ist, das ich wirklich zu schätzen weiß ...« In einer Geste der Verzweiflung hob sie beide Hände und ärgerte sich, weil Joshua Austen seine Hand löste. »Selbst wenn Sie ganz verzichteten, was ich nicht wünsche, wäre es nur ein Tropfen auf den heißen Stein.«
»Ja.« Bedauernd sah er sie an. Eine Haarsträhne fiel ihm in die Stirn. Nur mit Mühe konnte sich Grace zurückhalten und sie nicht zurückstreichen, so gern sie das auch getan hätte. »Diese alten Häuser sind wie wir alten Menschen. Es knarzt an allen Ecken und Enden.«
»Was für ein schönes Kompliment. Danke sehr.«
»Oh nein. Entschuldigen Sie. So ... so habe ich das nicht gemeint. Oh, verzeihen Sie.«
Sosehr Grace Joshua Austens Versuche, sich aus der Affäre zu ziehen, auch genoss, sowenig wollte sie, dass er sich unnötig lange winden musste.
»Nein. Bitte. Ich wollte Sie nur aufziehen.«
»Danke.«

Schweigen folgte seinen Worten. Ein Schweigen, für das sich Grace schämte. Hätte sie nur ihren Mund gehalten, so wie Lady Bethany es ihr beigebracht hatte, dann hätte sie weder Joshua Austen noch sich selbst in Verlegenheit gebracht.
»Ich könnte es mir nie verzeihen …«, begann er, während sie gleichzeitig »Ich möchte Ihnen etwas beichten …« sagte.
Überrascht schwiegen sie beide und schauten sich an. Er brach zuerst in ein Lachen aus, so mitreißend, dass Grace nicht an sich halten konnte. Gemeinsam lachten sie die Spannung weg, die sich zwischen ihnen aufgebaut hatte.
»Bitte, Sie zuerst«, brachte Grace unter Gekicher heraus und wischte sich die Lachtränen aus den Augenwinkeln. »Sie sind der Gast.«
Kurz widmete sie sich der Frage, ob der Salon, in dem sie Joshua Austen empfangen hatte, wohl jemals zuvor Zeuge einer derart ausgelassenen Fröhlichkeit gewesen war.
»Ich könnte es mir nicht verzeihen, Sie zu verärgern.« Schlagartig wirkte Joshua Austen wieder ernsthaft. »Ich … also … ich habe nicht nur wegen Tristyans Manor angeboten, mein Honorar zu verhandeln.«
Er senkte den Blick zu Boden, als fürchtete er, schon zu viel verraten zu haben. Ein Gefühl liebevoller Wärme durchflutete Grace, als sie den weltgewandten Architekten so nervös wie einen Schuljungen vor sich sah. Anscheinend war sie nicht die Einzige, die die Regeln des Spiels zwischen Männern und Frauen nicht einwandfrei beherrschte. Grace überlegte, wie eine kluge Antwort aussehen könnte.
»Bleib du selbst und ehrlich«, hatte Laura ihr geraten, als Grace sie um Tipps gebeten hatte, wie sie am geschicktesten flirtete. »Ich fürchte, alles andere würde gekünstelt wirken. Außerdem finde ich dich liebenswert, so wie du bist.«

Obwohl Grace fürchtete, dass es bessere Strategien geben mochte, warf sie alle Vorbehalte über Bord und entschied sich für Ehrlichkeit.
»Glauben Sie mir, ich habe nächtelang gerechnet in der Hoffnung, einen Weg zu finden, der …« Sie holte tief Luft. » … der es mir ermöglicht, Sie wiederzusehen.«
Sichtlich überrascht hob er den Kopf und lächelte sie an, was sein Gesicht in Grace' Augen unwiderstehlich aussehen ließ. Nein, sie konnte es nicht glauben, dass dieser charmante Mann sich für sie interessierte. Obwohl Laura ihr wiederholt versichert hatte, dass sie mit der neuen Frisur und der modischeren Kleidung um Jahre verjüngt wirkte. Joshua Austen hatte sicher nur höflich sein wollen. Als er aufsprang und sie aus dem Sessel hochzog, um sie in die Arme zu schließen, musste Grace zugeben, dass sie mit ihrer Einschätzung vollkommen falsch gelegen hatte. Als er sie küsste, schob sie endlich alle Fragen und Zweifel beiseite und ließ zu, dass ihre Gefühle sie überwältigten. Grace schloss die Augen und gab sich ganz dem Kuss hin. Und dem nächsten. Und dem nächsten. Nie geahnte Empfindungen durchfluteten ihren Körper. So also konnte sich die Liebe anfühlen. Wie ein Ozean, in dem man ertrinken konnte. Wie eine gewaltige Woge, gegen die man nicht ankämpfen, sondern von der man sich nur mitreißen lassen konnte, in der Hoffnung, irgendwann von ihr getragen zu werden.
Als ein Klopfen an der Tür zum Salon erklang, fuhren Grace und Joshua auseinander wie zwei Teenager, die ertappt worden waren. Lächelnd tauschten sie einen Blick. Grace hob die Hände an die Wangen, die sich glühend heiß anfühlten, und drehte sich zur Tür.
»Ihre Ladyschaft.« Middleford schaute sie missbilligend an, und Joshua und sie brachen in lautes Lachen aus. »Ein Anruf für Sie. Ein Ferngespräch.«

So, wie der Butler es aussprach, schien ein Ferngespräch etwas Unangemessenes zu sein, etwas, mit dem man sich normalerweise auf Tristyans Manor nicht beschäftigte. Vor diesem Mann hatte sie einmal einen Heidenrespekt gehabt. Kaum zu glauben.

»Danke, Middleford. Ich bin sofort da.« Grace wartete, bis der Butler – dessen ganze Haltung mittlerweile von Missbilligung sprach – die Tür hinter sich geschlossen hatte. Sie hauchte Joshua einen Kuss auf die Wange. »Ich würde mich freuen, wenn du noch hier bist, wenn ich mein Telefonat beendet habe.«

»Worauf du dich verlassen kannst«, antwortete er, bevor er sie in seine Arme zog und küsste, dass ihr die Luft wegblieb.

»Ich … ich muss ans Telefon.« Nur ungern löste sich Grace aus Joshuas Armen, aber sie wagte es nicht, noch länger im Salon zu bleiben, und Joshua noch einmal Middlefords despektierlichen Blicken auszusetzen. »Aber ich komme so schnell wie möglich zurück.«

»Nur einen Augenblick noch.« Joshua schaute sie ernst an, und Grace' Herz wurde schwer. Sicher würde er ihr jetzt erklären, dass er nur an einer flüchtigen Affäre interessiert war, dass ein Mann seiner gesellschaftlichen Stellung es sich nicht leisten konnte, sich an eine ältere Frau zu binden. »Grace, ich möchte, dass du weißt, dass …«

»Ja?« Nervös verschränkte Grace ihre Hände ineinander. Sie fürchtete sich vor dem, was er sagen würde, wollte das Telefonat vorschieben, aber gleichzeitig wollte sie sich der Wahrheit stellen, um endlich alle Illusionen zu verlieren. »Ja?«, wiederholte sie mit leiser Stimme.

»Ich meine es ernst.« Er lächelte und betrachtete sie fragend. »Vom ersten Moment an.«

»Ich doch auch«, jubelte sie. Ihr Herz schlug schneller, und sie fühlte sich, als ob sie durch den Salon tanzen wollte, um allen zu zeigen, wie glücklich sie war. Stattdessen jedoch sagte sie. »Aber jetzt kann ich den Anrufer nicht länger warten lassen. Sonst wird Middleford uns noch in Schimpf und Schande von Tristyans Manor verjagen.«

Kapitel 34

Atlantik, an Bord eines Schiffes, 1938
Tristyans Manor 1938

Noch immer war weder Hafen noch Land in Sicht. Keine kleinen Fischerboote, die anzeigten, dass sie sich England näherten. Keine Möwen, die ersten Vorboten der Häfen, die ihren Dampfer hungrig umkreisten. Amelia stand seit einiger Zeit an Deck und starrte über das Wasser, voller Ungeduld, endlich Plymouth zu erreichen. Doch die Zeit wollte einfach nicht verstreichen. Je näher sie ihrer Heimat kam, desto langsamer schien das Schiff zu werden. Ungeduldig trommelten ihre Finger auf das weiße Holz der Brüstung. Ihr blieb nichts anderes als warten; ihre Koffer, die sie gleich heute Morgen nach dem Frühstück gepackt hatte, standen in der Kabine bereit. Amelia hatte die Enge dort nicht mehr ausgehalten und war an Deck gegangen, um den Horizont zu beobachten, was jedoch ihre Nervosität eher gesteigert als gemildert hatte.

Mehrfach hatten sie Mitreisende angesprochen und mit ihr über das Wetter oder ihren Englandaufenthalt reden wollen, aber Amelia war zu angespannt, um sich mit Smalltalk aufzu-

halten. So höflich es ihr möglich war, hatte sie jedes Gespräch im Keim erstickt, um ihren Blick erneut suchend über das Meer zu senden.
Sie dachte nur an ihre Tochter, malte sich wieder und wieder aus, wie Emma wohl aussehen würde. Ob das Mädchen sich zu einer eigenen kleinen Persönlichkeit entwickelt hatte? Würde Emma ihr ähneln, oder hatte Bethany das Kind zu einer Kopie ihrer selbst erzogen? Würde Amelia ihre Tochter ohne Vorbehalte lieben können, wenn sie Bethany ähnlich war? Sie musste nicht lange überlegen. Ja, aus vollem Herzen. Emma würde immer ihre Tochter sein, selbst wenn sie Bethanys Manieriertheit übernommen hätte.
Nur die Sorge, Lady Norah gegenübertreten zu müssen, trübte Amelias Freude. Und natürlich die Anspannung, Zachary wiederzusehen. So lange hatte sie nicht mehr an den Mann gedacht, den sie als ihre erste große Liebe angesehen hatte. Ja, und lange hatte sie um diese vermeintlich große Liebe getrauert. Nicht so sehr wie um ihre tot geglaubte Tochter, aber dennoch hatte sie einen tiefen Schmerz über Zacharys Verrat gefühlt. Nie wieder wollte sie einem Mann vertrauen, hatte sie sich in jenen dunklen Stunden geschworen, als sie gemeinsam mit Tante Mabel nach New York gereist war, halb wahnsinnig vor Kummer, weil sie ihr Kind verloren hatte, geplagt von einem Körper, der sich an es erinnerte und es nähren wollte.
Dankbar dachte sie an Mabel, die leider vor zwei Jahren überraschend einem Herzinfarkt erlegen war. Tante Mabel war die einzige Familie gewesen, die Amelia geblieben war. Sie hatte keinerlei Nachrichten von Tristyans Manor bekommen wollen, nicht einmal, als ihr Vater schwer erkrankt war. Auch Lord Percy hatte sie verraten und ihrem Schicksal überlassen.
Zorn drohte Amelia zu überwältigen. Zorn auf Lady Norah,

die gemeinsam mit Bethany diese grausame Lüge eingefädelt hatte. Zorn auf Zachary und Lord Percy, die nichts dazu beigetragen hatten, Amelia zu ihrer Tochter zu verhelfen. Nur ein Dienstbote hatte Ehrgefühl gezeigt und ihr die Wahrheit berichtet.

Keine Minute zu viel würde sie auf Tristyans Manor verbringen, schwor sich Amelia. Sie würde ihre Tochter nehmen, Bethany und Lady Norah zur Rechenschaft zwingen und sich so bald wie möglich auf den Weg zurück nach Hause begeben. Nach Boston. Zu Lawrence. Amelia biss nervös auf ihre Unterlippe, als sie an ihren Ehemann dachte. Vielleicht hätte sie es Lawrence doch sagen sollen? Aber Amelia hatte nur einen Gedanken fassen können. Sie musste zu ihrer Tochter eilen und konnte keinen Tag länger warten. Alles andere erschien ihr nebensächlich.

»Ich muss zu meiner Familie. Ein … ein Unglücksfall«, hatte sie Lawrence angelogen. Sie hatte sich nicht in der Lage gefühlt, ihm die komplizierte Angelegenheit mit Bethany und Zachary und ihrer Tochter zu erklären. Sie musste darauf vertrauen, dass Lawrence sie genug liebte, um Emma als seine Tochter anzunehmen, wenn sie gemeinsam mit ihr nach Boston zurückkehrte. Falls Emma mit ihr gehen würde … Nein, diesen Gedanken wollte Amelia nicht weiterdenken. In ihren Phantasien hatte sich Emma stets in die Arme ihrer wahren Mutter gestürzt und war mehr als erleichtert gewesen, den düsteren Mauern Tristyans Manors zu entkommen. Auch Amelia hatte Tristyans Manor nicht einen Tag vermisst, nachdem sie ihr neues Leben in der neuen Welt begonnen hatte. Nur ab und zu hatte sie an die Gärten gedacht, an deren Schönheit, oder an die Gewächshäuser mit all den exotischen Pflanzen, die sie so geliebt hatte. Erstaunlicherweise hatte

Amelia einige Dienstboten vermisst, die Blumen und ihre Tiere, aber weder ihr Vater noch ihre Stieffamilie fehlte ihr. Nur ab und zu bedauerte sie Clifford und Diane, die noch Kinder gewesen waren, als Amelia verschwand. Ob die beiden sich an sie erinnerten? Ob sie inzwischen wie ihre Mutter und ihre Schwester geworden waren? Arrogant und selbstherrlich, ohne Rücksicht auf die Gefühle anderer Menschen.

»Ist es nicht erstaunlich, wie schnell wir den Ozean überquert haben?«, fragte eine Stimme neben ihr. Freundlich, aber bestimmt.

Amelia schreckte aus ihren Gedanken auf. Automatisch nickte sie dem Mann zu, einem Professor aus Harvard, mit dem sie häufiger den Dinnertisch geteilt hatte. Er interessierte sich für die Spuren der keltischen Vergangenheit, die an so vielen Orten in Cornwall zu finden waren. Nachdem Amelia ihm von Tristyans Manor erzählt hatte, hatte er ihre Gegenwart häufiger gesucht, um sie über das Herrenhaus auszufragen. »Ein Anwesen, das nach der Tristan-und-Isolde-Sage heißt, soso«, hatte der Professor in sich hineingemurmelt und sich durch den Bart gestrichen. »Wie kamen ihre Vorfahren nur auf die Idee?«

Zu seiner Enttäuschung hatte Amelia passen müssen, ihm jedoch versprochen, ihre Eltern danach zu fragen. Als ob sie nichts Besseres zu tun hätte. Aber sie hatte es nicht übers Herz gebracht, den Mann zu enttäuschen, der sich so sehr für König Artus und Camelot begeisterte.

»Ja«, antwortete sie ihm. »Obwohl mir die Reise sehr lang vorkam.«

»Das liegt an dem Geschwindigkeitsrausch unserer Zeit«, dozierte er. »Uns kann es nicht schnell genug gehen. Wenn Sie bedenken, wie lange man früher unterwegs war. Die Pilgerväter, die 1620 mit der Mayflower von Plymouth aus aufbrachen, benötigten …«

Den Rest seines Vortrags blendete Amelia aus. Sie richtete ihre Gedanken erneut auf ihre Tochter, malte sich wieder und wieder ihr erstes Zusammentreffen mit Emma aus. So oft hatte sie die Szene bereits im Kopf durchgespielt, dass Amelia genau wusste, was sie sagen und wie sie ihrer Tochter begegnen würde. Alles, was sie Emma nicht sagen konnte, würden ihr die Briefe erklären, die immer noch im Geheimfach des Sekretärs in ihrem Haus auf Madeira warteten. Amelia hatte es damals nicht übers Herz gebracht, die Briefe zu verbrennen, aber sie hatte sie auch nicht mit in ihr neues Leben nehmen wollen. Zu sehr hatte der Verlust ihres Kindes geschmerzt.

»Hätte es im letzten Jahr nicht das Unglück von Lakehurst gegeben, wären wir sicher mit einem Zeppelin gereist, meinen Sie nicht?«

So unvermutet angesprochen, musste Amelia ihre Gedanken sammeln und auf die Frage des Professors richten.

»Wahrscheinlich«, sagte sie, um etwas Zeit zu gewinnen. »Aber bereits vor der Katastrophe waren mir Zeppeline unheimlich. Der Mensch ist nicht zum Fliegen geboren, denken Sie nicht?«

»Ihre Namensschwester hat uns etwas anderes bewiesen.«

»Entschuldigung?« Erst nach kurzem Überlegen begriff Amelia, auf wen ihr Gegenüber angespielt hatte. »Ach, Sie meinen Amelia Earhart.«

»Ja, eine Dame, der meine Bewunderung gilt. Schließlich hat sie als erste Frau den Transatlantik per Flugzeug überquert.«

»Und wohin hat sie ihr Mut geführt?«, konnte sich Amelia nicht verkneifen zu sagen. Zu oft hatte sie sich von amerikanischen Freunden über die Heldentaten der unerschrockenen Luftfahrtpionierin erzählen lassen müssen und war sich selbst feige und bieder vorgekommen. »Sie ist verschollen.«

»Ja.« Der Professor nickte behäbig mit dem Kopf. »Das vergangene Jahr war kein gutes für die Luftfahrt. Das Verschwinden von Amelia Earhart und die Hindenburg-Katastrophe.«

»Da sind Schiffe doch sicherer«, lenkte Amelia ein und hoffte, dass ihr der Professor nun nicht noch einen Vortrag über die Titanic halten würde.

»Sie geben mir Bescheid, wenn Sie etwas über die Geschichte Ihres Hauses herausfinden?«, bat er sie stattdessen. Der Mann, dessen Namen sie sich einfach nicht merken konnte, hatte die Brille abgenommen und fuhr mit seinem Taschentuch über die Gläser. Er blinzelte sie kurzsichtig an, was bei Amelia zu einem schlechten Gewissen führte, weil sie ihm nicht zugehört hatte. »Hier, bevor ich es vergesse, meine Karte.«

»Ich werde mich auf jeden Fall bei Ihnen melden.« Amelia nickte ihm zu, während sie seine Visitenkarte in ihre Handtasche steckte. »Dort, sehen Sie.«

Endlich tauchte der Hafen von Plymouth auf. Möwen umkreisten das Schiff. Ihr Kreischen erfüllte die Luft, die anders roch, je näher sie der Stadt kamen. In den Geruch von Salzwasser mischte sich der Gestank nach verrottenden Algen und Dieselöl.

»Ah, der Duft der Zivilisation«, sagte der Professor. »Wir sollten uns langsam bereit für den Ausstieg machen.«

Amelia sah ihm noch einen Augenblick lang nach, wie er leicht schwankend über das Deck ging. Dann begab sie sich auf den Weg in ihre Kabine.

In der letzten Nacht hatte sie schlecht geschlafen und war immer wieder aus düsteren Träumen erwacht. Vielleicht wäre es doch klüger gewesen, gemeinsam mit Lawrence ihrer Mutter und ihrer Schwester gegenüberzutreten. Nein. Amelia ballte die Hände zu Fäusten. Sie würde sich vor Lady Norah und Bethany nicht mehr fürchten. Dieses Mal würden ihre Stiefmutter und ihre Stiefschwester sie nicht besiegen.

Mit sicherer Hand steuerte Amelia den Mietwagen über die schmalen Straßen Cornwalls. Nach einer kurzen Phase der Unsicherheit hatte sie sich schnell an das Linksfahren gewöhnt. Nur wenigen Automobilen war sie bisher begegnet, ganz anders als in Boston, wo die Zahl der Wagen täglich zu wachsen schien. Sie hatte lange überlegt, ob sie nicht lieber mit dem Zug fahren sollte, aber die Ungeduld und der Wunsch, endlich Emma kennenzulernen, hatten sie sich anders entscheiden lassen. Auch auf die Gefahr hin, dass der Weg nach Tristyans Manor nicht automobiltauglich wäre. Im Notfall würde sie den Mietwagen im Dorf stehen lassen und den Weg bis nach Tristyans Manor zu Fuß gehen. Nur noch wenige Meilen und sie hätte Perranporth erreicht. Sie atmete aus, fuhr etwas langsamer und nahm sich Zeit, die Landschaft zu betrachten.
Grün. Amelia konnte sich nicht sattsehen an diesem Grün, das sie zu beruhigen schien. Jetzt, da sie sich wieder ihrer Heimat näherte, bemerkte sie erst, wie sehr sie Cornwall vermisst hatte. Die sattgrünen Weiden mit den Schafen und Rindern, das vielschichtige Grün der Wälder und das dunkle Grün der Hecken, die die Felder abteilten. Selbst die grauen Wolken, die mit Juliregen drohten, konnten Amelia die Freude an ihrer Heimat nicht nehmen. Dennoch konnte sie nicht vergessen, warum sie die weite Schiffsreise auf sich genommen hatte. Warum sie ihren Ehemann angelogen hatte. Für ihre Tochter.

Für Emma. Der Gedanke an sie ließ Amelia das Gaspedal durchtreten. Meile um Meile führte sie das Automobil näher an ihr Kind heran.

Plötzlich zitterten Amelias Hände. Sie fuhr an die Seite und hielt an. Die Gewissheit, die sie während der gesamten Seereise getragen hatte, drohte sich aufzulösen wie Nebelschwaden in der Sonne, je näher sie Tristyans Manor kam. Wie hatte sie nur so überstürzt handeln können? Was sollte Emma von ihr denken, wenn sie plötzlich vor ihr auftauchte und behauptete, ihre richtige Mutter zu sein? Würde das Mädchen es ertragen, dass ihr bisheriges Leben auf einer Lüge aufbaute, einer schrecklichen Intrige, die ihre vermeintliche Mutter gemeinsam mit ihrer vermeintlichen Großmutter gesponnen hatte? Bei aller Liebe, was war Amelia bereit, ihrer armen Tochter anzutun? War sie wirklich besser als Bethany und Lady Norah? Amelia schluckte.

Würde ihre Tochter ihr wirklich strahlend in die Arme fallen, sobald sich Amelia ihr offenbarte? Konnte sie es dem Mädchen zumuten, von einem Tag auf den anderen vor den Trümmern ihres Lebens zu stehen? Wie hatte sie sich gefühlt, als sie den Brief von Fred gelesen hatte. Die Zeilen, die alles in Frage gestellt und gleichzeitig die schönste und schlimmste aller Nachrichten beinhaltet hatten. Die schönste – ihre Tochter lebte. Die schlimmste – Emma hatte neun Jahre lang mit einer Lüge gelebt.

Tränen rannen Amelias Wangen herab, als sie daran dachte, wie viel ihr vom Leben ihrer Tochter entgangen war. Der erste Zahn, der Augenblick, als die Kleine laufen lernte, das erste Wort: Mama, das wohl Bethany gegolten hatte. Mit der Hand wischte sich Amelia die Tränen weg. Dafür war jetzt weder die Zeit noch der Ort. Sie musste stark bleiben und für das Glück ihrer Tochter kämpfen. Nervös öffnete sie ihre Handtasche und zog mit zitternden Fingern den Brief hervor. Vorsichtig, als wäre es ein antikes Dokument, faltete sie das Stück Papier auseinander und las die Worte, die sie längst auswendig kannte.

Obwohl sich Fred sichtlich bemüht hatte, Amelia möglichst viel Kummer zu ersparen, hatte er nicht lügen können. Emma kannte nur eine Wahrheit. Schweren Herzens musste Amelia akzeptieren, dass ihre Tochter Bethany für ihre Mutter hielt. So schwer es ihr fallen würde, erst musste sie mit Bethany und Lady Norah sprechen und gemeinsam mit ihnen einen Plan entwickeln, wie sie dem Mädchen die Wahrheit am schonendsten beibrachten. Amelia konnte nur hoffen und beten, dass sich ihre Familie nicht sträuben, sondern – geplagt von einem schlechten Gewissen – endlich das Richtige tun würde. Sie holte tief Luft, bevor sie ihren Weg durch die idyllische Landschaft ihrer Heimat fortsetzte.

Kapitel 35

Cornwall 2012

Ein Sonnenstrahl durchbrach das Grau der Wolken und tauchte die Landschaft von Somerset in ein sanftes Licht, das selbst der unglücklichen Laura ein Lächeln auf das Gesicht zaubern konnte. Sie lenkte den Wagen an den Straßenrand und hielt an, um sich in Ruhe umzusehen. Trotz der Traurigkeit, die sie seit ihrer überstürzten Abreise aus Madeira begleitete, fühlte sich ihr Herz etwas leichter an, als Laura ihren Blick über die sanften Hügel wandern ließ. Vor dem hellgrauen Regenhimmel wirkten die Weiden saftig grün und kraftvoll. Dunkelgrüne Hecken grenzten die einzelnen Parzellen voneinander ab, so dass sie wie ein Schachbrett wirkten. Ein Schachbrett für Riesen. Die Wolkenschatten wanderten langsam und behäbig über die Landschaft, was ihr etwas Geheimnisvolles gab. Bei Sonnenschein wirkte Somerset lieblich und sanft, erinnerte sich Laura an ihre Kindheit. Aber bei Regen gewann die Landschaft eine Tiefe und Stärke, die mehr Lauras Naturell entsprach.

Trotzdem freute sie sich darüber, dass die Wolkendecke aufgebrochen war, und die Tönung des Himmels langsam von einem hellen Grau zu einem lichten Blau wechselte. Vielleicht sollte sie den Sonnenstrahl als ein gutes Omen werten. Als Zeichen dafür, dass sie nach Hause zurückkehren sollte, dass die Jahre des Reisens für sie vorbei waren.

Ihre Eltern würden sich sicher freuen, wenn Laura – und wäre es auch nur für eine begrenzte Zeit – wieder bei ihnen einzog. Sie hatten das Familienhaus behalten und sich nicht, wie viele ihrer Freunde, für ein kleineres Heim entschieden, nachdem die Kinder ausgezogen waren. Laura wusste, dass ihr Jugendzimmer noch auf sie wartete. Selbst die Poster der Bands, für die sie als Teenager geschwärmt hatte, hingen noch an den Wänden – Zeitzeugen furchtbarer Frisuren und seltsamer Kleidungsstile.

Oh nein. Lauras Lächeln vertiefte sich. Vielleicht wollte sie wieder in England leben, aber auf keinen Fall in Ely. Inzwischen empfand sie ihre Heimatstadt als klein und beengt, sosehr Laura das Hübsche und Übersichtliche an Ely auch schätzte. Ganz zu schweigen davon, dass es weder ihrer Mutter noch ihr gut bekäme, wenn sie wieder zusammenwohnten. Aber es blieb ein gutes Gefühl zu wissen, dass sie noch ein Zuhause hatte. Trotzdem hatte sie sich dafür entschieden, nach Tristyans Manor zu fahren, als sie die Flucht ergriffen hatte. Lauras Mutter kannte sie zu gut und würde sofort erkennen, dass etwas nicht stimmte. Sicher würde sie auf ihre sanfte Art keine Ruhe geben, bis Laura ihr alles erzählt hätte. Und dazu fühlte sich Laura einfach nicht in der Lage. Schon bei dem Gedanken daran, ihrer Mutter von Fabians Betrug und Matthew zu erzählen, spürte Laura ein flaues Gefühl im Magen. Zu ihrem Glück bereisten ihre Eltern immer noch Papua-Neuguinea, so dass sie nicht böse sein konnten, dass es Laura zu Grace zog und nicht nach Ely.

»Was meinst du? Würde dir Somerset gefallen?«, wandte sie sich zu Oliver Twist um. Er blinzelte sie nur einmal an, bevor er die Augen schloss und leise schnarchend weiterschlief.

An ihrem Findelkater wäre Lauras Flucht beinahe gescheitert. Erst hatte sich Twisty nicht finden lassen, dann hatte er sich vehement geweigert, in den Katzenkorb zu klettern, den Laura mit einem alten Pullover ausgestattet hatte. Drei tiefe Kratzer hatte er ihr verpasst, bis sie ihn endlich eingefangen hatte. Auch beim Tierarzt hatte er sich von seiner schlimmsten Seite präsentiert. Fauchend und spuckend verweigerte er sich Untersuchung und Spritze, bis ihn zwei Helferinnen in ein Handtuch gewickelt hatten. Den Flug hatte er glücklicherweise im Dämmerschlaf überstanden. Doch als sie den Katzenkorb auf den Rücksitz des Mietwagens gestellt hatte, hatte sich Twisty mit einem »Mierp« zurückgemeldet, sich umgedreht, ihr sein Hinterteil zugedreht und so gezeigt, dass er noch lebte, aber wütend auf sie war.

Um seinetwillen sollte sie sich beeilen, Tristyans Manor zu erreichen, obwohl sie gern noch etwas Zeit zum Nachdenken gehabt hätte. Die Rückkehr von Cloe Baker stellte Lauras gesamte Zukunftsplanungen in Frage. Nein, nicht die Rückkehr von Cloe, sondern Matthews Reaktion. Laura hatte ihn mit fliegenden Fingern angerufen, kurz nachdem Cloe gegangen war. Erst hatte sie nur seine Mailbox dran, und dann war Cloe am Handy gewesen.

»Hallo? Wer ist dort?«, hatte Cloe mit ihrer rauchigen Stimme gefragt, was Laura so eingeschüchtert hatte, dass sie ihr Telefon fallen ließ.

Zu allem Überfluss war Laura auch noch Inês über den Weg gelaufen, als sie sich von Joana verabschieden wollte.

»Sie ist wieder zurück«, hatte Inês gesagt, wobei sie Laura aus Argusaugen beobachtet hatte. »Ein schönes Paar, Cloe und ihr Matthew, nicht wahr?«
Getroffen bis ins Mark hatte Laura ihre Sachen gepackt. Sie war wieder einmal davongelaufen. Aber was blieb ihr übrig? Jetzt, da sie ihr Leben wieder allein bewältigen musste. Sie fühlte sich, als ob sich ein Berg neuer Aufgaben vor ihr auftat, den sie, ziemlich angeschlagen, bewältigen musste. Im Kopf erstellte Laura daher eine Liste, was sie in nächster Zeit zu tun hatte: Eltern besuchen. Alte Kontakte aufleben lassen. Sich eine Wohnung in England suchen. Die Wohnung in Deutschland verkaufen. Obwohl sie das Geld nicht brauchte. Dank Fabians Lebensversicherung musste sie sich in nächster Zeit um Geld keine Sorgen machen.
Kopfschüttelnd stieg sie ins Auto und ließ den Motor an. Warum plante sie schon wieder? Sie musste sich ja weder hier noch heute entscheiden. Erst einmal würde sie Grace besuchen, ihrer Tante das Herz ausschütten, sich die Wunden lecken und langsam beginnen, Überlegungen für ihre Zukunft anzustellen. Sie startete das Auto und fädelte sich in den Verkehr ein.
Laura hatte sich nach ihrer Ankunft auf dem Flughafen spontan dafür entschieden, mit dem Wagen von London aus nach Tristyans Manor zu fahren. In Deutschland war sie nur selten Auto gefahren. Es wollte ihr einfach nicht gelingen, sich an das Fahren auf der falschen Seite zu gewöhnen. Daher hatte sie sich mit Bus und Bahn fortbewegt oder hatte ihr Fahrrad genutzt. Dank gut ausgebauter Radwege war es nicht tragisch gewesen, wenn sie wieder einmal die Seiten verwechselt hatte.
Als sie die Schlüssel für den Mietwagen erhielt, zögerte sie kurz und fragte sich, ob es wirklich eine gute Idee war, sich mit

dem Auto auf den Weg zu machen. Nein, sie konnte es. Früher hatte sie die Unabhängigkeit genossen, die ihr Führerschein mit sich brachte. Doch in Deutschland hatte sie darauf verzichtet. Wie sehr ihr diese Freiheit gefehlt hatte, merkte Laura erst, nachdem sie sicher aus London herausgekommen war. Selbst die engen Straßen Somersets und Devons hatte sie nach anfänglichen Unsicherheiten, sobald ihr ein Auto entgegenkam, gut bewältigt.

Spontan hatte sich Laura für die längere Strecke durch Dartmoor entschieden. Zu lange war sie nicht mehr in ihrer Heimat gewesen, und Grace erwartete sie erst im Laufe des Tages. Eine Woge von Dankbarkeit überwältigte Laura, als sie sich erinnerte, dass Grace gestern nicht gefragt hatte, warum sie sie so überstürzt besuchen wollte. Stattdessen hatte ihr ihre Tante versichert, dass sie auf Tristyans Manor stets willkommen wäre. Trotzdem zögerte Laura ihre Anreise noch etwas hinaus. Erst musste sie ein wenig Ruhe in ihre Gedanken bringen. Sonst würde sie Grace bereits bei der Begrüßung weinend um den Hals fallen. Also plante Laura eine längere Fahrt, die sie durch eine Teatime unterbrechen würde, um voll und ganz das Gefühl zu bekommen, wieder zu Hause zu sein. Vorausgesetzt natürlich, Twisty spielte mit.

Sie liebte den Wechsel der Landschaften, die mit der Route durch Somerset und Devon verbunden war, und konnte es kaum erwarten, die karge Moorlandschaft und die rauhen, windumtosten Hügel Dartmoors mit ihrem spärlichen Grasbewuchs zu sehen. Natürlich begann es erneut zu regnen, als Laura endlich den Dartmoor-Nationalpark erreicht hatte. Wie passend für ihre Stimmung, dachte sie. Das dumpfe Geräusch des Regens, der auf das Autodach trommelte, weckte erneut die Zweifel, die sie seit ihrer Abreise begleiteten. War sie zu schnell aufgebrochen? Hätte sie Matthew nicht die Gelegenheit geben müssen, ihr seine Sicht der Dinge zu schildern? Vielleicht – der Gedanke brachte einen süßen Schmerz mit sich –, vielleicht hätte Matthew sich ja für sie entschieden, wenn sie ihm die Wahl gelassen hätte. Bestimmt hätte er das! Laura stieß ein Schnauben aus. Man musste schon naiv oder sehr verliebt sein, um auch nur ansatzweise zu glauben, dass ein Mann sich für Laura entschiede, wenn Cloe die Alternative war. So bitter es sich auch anfühlte, Laura musste schlicht und ergreifend zugeben, dass Matthews Frau sie zutiefst beeindruckt, nein: eingeschüchtert, hatte. Wie alle Verliebten war Laura zwar neugierig auf die Frau gewesen, mit der Matthew gelebt hatte, aber sie hatte sich nicht viele Gedanken über sie gemacht.

Jetzt, da ihr Zeit zum Nachdenken blieb, viel zu viel Zeit, fielen Laura all die Kleinigkeiten ein, die sie nicht wahrgenommen hatte oder nicht hatte wahrnehmen wollen. Nirgendwo hatte Matthew Bilder von Cloe stehen gehabt. Laura hatte angenommen, dass er alle Fotos aus Rücksicht auf sie entfernt hatte, aber vielleicht hatte er nicht gewollt, dass sie wusste, wie Cloe aussah. Andererseits hätte sie es auch höchst ungewöhnlich gefunden, wenn er eine Fotogalerie in dem Ferienhäuschen aufgereiht hätte.

Müßig – Laura schlug mit beiden Händen aufs Lenkrad –, es war und blieb müßig, sich wieder und wieder im Kreis zu drehen. Schließlich würde sie Matthew nie wiedersehen, jedenfalls nicht, wenn sie es verhindern könnte. Seine Anrufe hatte sie abgelehnt und alle SMS ungelesen gelöscht, obwohl die Neugier sie beinahe dazu getrieben hätte, einen Blick darauf zu werfen. Aber die Vorstellung, auf diese Weise zu erfahren, dass Matthew für immer und ewig mit Cloe leben wollte, er-

schien Laura so abgeschmackt, dass sie tief Luft geholt und die Nachricht unausweichlich gelöscht hatte.
Du hast einen Fehler gemacht. Du hast einen Fehler gemacht. Du hast einen Fehler gemacht, trommelte der Rhythmus des Regens. So lange, bis Laura es nicht mehr ertragen konnte und erneut an den Straßenrand fuhr. Sie ließ den Kopf auf das Lenkrad sinken. Wenn es ihr nicht bald gelänge, ihre Fassung wiederzugewinnen, konnte sie auf keinen Fall zu Grace fahren. Gestern noch war ihr die Flucht von Madeira als das einzig Richtige erschienen; heute fragte sie sich, ob sie nicht mit Matthew hätte reden sollen. Doch immer wieder schob sich das Bild von Cloe vor Lauras inneres Auge. Cloe, die so selbstsicher und elegant den Weg zu Lauras Haus entlanggeschritten war wie ein Model auf dem Catwalk. Schon seit ihrem überstürzten Aufbruch versuchte sich Laura immer und immer wieder daran zu erinnern, was Matthew über Cloe erzählt hatte. Aber sie konnte sich nur wenig ins Gedächtnis rufen. Hatte Matthew wirklich so wenig über seine Frau gesprochen, oder hatte sie nichts über ihre Vorgängerin hören wollen?
Sie musste raus, sich bewegen, im Auto wurde es ihr zu eng. Nach einem prüfenden Blick auf den inzwischen friedlich schnarchenden Kater traf Laura ihre Entscheidung. Obwohl der Wind heulte und der Regen aufs Autodach niederprasselte, stieg sie aus.
Wind und Regen peitschten ihr ins Gesicht, während sie eine Herde von Dartmoor-Ponys beobachtete, die stoisch dem Wetter trotzten. Stark und rauh wie die Landschaft waren die Pferde. Selbst die beiden Fohlen, hochbeinig und hager, stellten sich den Naturgewalten entgegen, nicht bereit, sich unterkriegen zu lassen. Obwohl sie wusste, dass die wilden Ponys vor ihr davonlaufen würden, rannte Laura auf die Pferde zu,

rutschte auf regenfeuchten Steinen aus, konnte sich knapp fangen und lief weiter. Schneller und schneller. Die Leitstute der Herde, eine außergewöhnlich gezeichnete Rappstute mit weißen Strähnen in Schweif und Mähne, fiel in einen leichten Trab, und die anderen Pferde folgten ihr. Laura rannte weiter, den Ponys hinterher, bis ihr die Luft ausging. Heftig atmend blieb sie stehen. Fühlte sich stark und frei, bereit, sich ihrer Zukunft zu stellen. Hoffnungsvoll blickte sie den Ponys nach, die hinter einem der Hügel verschwanden.

Warum nur hatte sie das Reiten aufgegeben, als sie in Deutschland lebte? Seitdem sie vier Jahre alt gewesen war, hatte sie immer ein Pflegepony, später ein Pflegepferd gehabt, und ein eigenes Pferd war immer ihr Traum gewesen, den sie sich einmal erfüllen wollte. Aber nach der Hochzeit und dem Umzug nach Deutschland hatte sie das Reiten aufgegeben, weil es Fabian für zu gefährlich gehalten hatte. Nachdem ihr dieser Gedanke gekommen war, blieb Laura stehen. Sie spürte den Regen kaum, der sie durchnässte. Plötzlich fiel es ihr auf, wie viel sie für Fabian aufgegeben hatte.

Ihre Familie, die sie zurückgelassen und viel zu selten gesehen hatte, weil Fabian immer so viel gearbeitet hatte und seine Urlaube nicht im regnerischen England verbringen wollte. Ihre alten Freunde, zu denen sie am Anfang noch per Mail oder Telefon Kontakt gehalten hatte, aber bald durch Fabians Freunde – auf dessen Wunsch – ersetzt hatte. Ihre Arbeit, die sie liebte, hatte sie immer weiter eingeschränkt, damit sie Fabian auf seinen Auslandsreisen begleiten konnte. Schleichend hatte sie sich verändert – in eine Richtung, die sie vor der Ehe sicher abgelehnt hätte. Warum nur? Und warum – diese Frage stellte für Laura das größte Rätsel dar – wäre es ihr nie in den Sinn gekommen, dass sie sich aufgegeben hatte?

»Du bist nicht mehr die Frau, in die ich mich verliebt habe«, hatte Fabian ihr an dem Tag entgegengehalten, als sie ihn mit seiner Affäre konfrontiert hatte. »Ich habe jemanden gesucht, der so ist, wie du einmal warst.«
Damals hatte sie seine Worte für eine Ausrede gehalten, für eine halbherzige Entschuldigung, um seinen Betrug zu erklären, aber heute … Fabian hatte recht gehabt. Sie hatte sich durch die Beziehung verändert, weil sie dachte, dass sie Fabians Wünschen gerecht werden müsste, damit sie glücklich würden. Und weil sie immer nur Kleinigkeiten änderte, die sich irgendwann aufsummierten, so lange, bis sie sich selbst nicht wiedererkannte. Vielleicht war es besser für sie, dass Cloe zu Matthew zurückgekehrt war, überlegte Laura, obwohl der Gedanke, ihn nie mehr wiederzusehen, schmerzte.
Außerdem war es unfair von ihr, Fabian und Matthew zu vergleichen. In den wenigen Wochen, die sie mit Matthew verbracht hatte, hatte dieser nie versucht, sie zu ändern. Aber auch Fabian hatte Laura am Anfang ihrer Beziehung so geliebt, wie sie war. Der Versuch, aus ihr eine andere zu machen, setzte erst ein, als sie beide nach Deutschland gezogen waren. Warum hatte sie sich nicht gewehrt? Warum hatte sie nachgegeben, warum sich selbst verleugnet?
Langsam schlenderte Laura zum Wagen zurück, immer noch in Gedanken versunken. Je länger sie nachgrübelte, desto deutlicher bildete sich eine Erklärung heraus. Sie hatte nicht scheitern wollen. Sie hatte trotz aller Zweifel und allen Unbehagens an der Beziehung mit Fabian festhalten wollen, um nicht diejenigen zu bestätigen, die sie gewarnt hatten, so schnell – überstürzt hatte ihre Mutter es genannt – den Bund der Ehe zu schließen. Vielleicht hätte sie ja Fabian nicht einmal geheiratet, wenn ihre Eltern nicht so skeptisch gewesen

wären. Aber so hatte sich Laura auf einmal in der Position befunden, entweder ihren Eltern recht zu geben oder einen Mann zu heiraten, den sie kaum kannte. Nachdem sie ihre Entscheidung getroffen hatte, hielt sie daran fest. Auch wenn es ihr im Nachhinein betrachtet nicht klug erschien. Wie viel Schmerz hätte sie sich erspart, wenn sie den Mut gefunden hätte, anders zu handeln?

War sie gerade dabei, diesen Fehler erneut zu begehen? Sie hatte gestern eine Entscheidung getroffen, die falsch sein mochte, aber es war ihre Entscheidung gewesen, und sie musste und würde mit den Konsequenzen leben. Aber – auch das war ihr klargeworden – sie musste etwas finden, womit sie sich ablenken konnte. Sonst würde sie auf Tristyans Manor mit nichts anderem beschäftigt sein, als immer wieder um die Frage zu kreisen, ob sie nicht um Matthew hätte kämpfen sollen. Aber sie brachte es nicht über sich, einer Frau den Mann zu nehmen. Nur zu gut erinnerte sich Laura an die bitteren Gefühle, an die Enttäuschung, die Wut und die Ohnmacht, die sie überfallen hatten, nachdem sie von Fabians Affäre erfahren hatte. Auf keinen Fall wollte sie die Seite wechseln und die Rolle der Geliebten übernehmen.

Deutlich ruhiger, weil sie nun endlich Klarheit in ihre Gedanken gebracht hatte, stieg Laura ins Auto und machte sich auf den Weg nach Tristyans Manor. Mit der neugewonnenen Gelassenheit gelang es ihr, sich auf das Wiedersehen mit Grace zu freuen und Neugier zu entwickeln, ob das Herrenhaus noch so mächtig auf sie wirken würde, wie sie es als Kind und Jugendliche empfunden hatte.

»Wir haben ja noch uns beide«, sagte sie zu Oliver Twist. Ob sie dem Kater etwas zu essen geben sollte? Ob er mal hinausmusste? Laura warf einen prüfenden Blick in den Rückspiegel.

Twisty hatte sich erneut gedreht, so dass seine kleine Nase am Gitter des Katzenkorbs lag. Sein Bauch hob sich rhythmisch, und er hielt die hellgrünen Augen geschlossen.

»Wir sind bald da«, versprach Laura ihrem Kater, der sie keiner Antwort würdigte. »So weit ist es schon, ich unterhalte mich mit einer Katze.«

Laura lächelte sich im Spiegel zu, bevor sie ihre Aufmerksamkeit wieder auf die Straße konzentrierte. Inzwischen hatte die Landschaft wieder gewechselt und wies die typischen Merkmale Cornwalls auf. Der Regen hatte die vertrauten Mauern aus Schiefersteinen dunkelgrau gefärbt. Aber die lilafarbenen und weißen Blüten der Glyzinien, die den Schiefer an vielen Stellen durchbrachen, bargen selbst im stärksten Regen das Versprechen, dass Sonnenschein wartete. Auch dies betrachtete Laura als ein gutes Omen.

Endlich tauchte das beeindruckende Herrenhaus vor ihr auf. Was mochte es für ein Gefühl gewesen sein, in diesem imposanten Gebäude aufzuwachsen? Selbst mit viel Phantasie konnte sich Laura nicht vorstellen, wie Grace' Kindheit und Jugend hier verlaufen waren. Die Größe des Hauses hatte sie und ihre Geschwister damals eingeschüchtert. Von den Gemälden und Kostbarkeiten ganz zu schweigen, zwischen denen sie sich bei den wenigen Familienfeiern, auf die sie eingeladen waren, äußerst vorsichtig bewegt hatten – argwöhnisch beäugt von Lady Bethany.

Der Butler öffnete sofort, nachdem Laura die Klingel betätigt hatte. Ob er schon hinter der Tür gewartet hatte?

»Guten Tag, Middleford.« Sie nickte ihm zu. Mit der Würde seines Amtes schaute der Butler sie an. Laura war froh, dass sie Twisty sicherheitshalber noch im Auto gelassen hatte. »Lady Mainer erwartet mich.«

»Mrs. Marc.« Middleford wirkte keineswegs überrascht, sie zu sehen. Wahrscheinlich hatte ihn Grace vorher informiert. Vielleicht gehörte es aber auch zur Grundausbildung eines Butlers, keine Miene zu verziehen. »Bitte folgen Sie mir. Ich werde Lady Mainer sofort Bescheid geben.«

Middleford führte Laura in eines der vielen Zimmer. Den roten Salon, wenn sie sich richtig erinnerte. Sie fröstelte, weil der Raum nicht beheizt war und sie an ein Museum erinnerte. Kalt und leblos. Nicht gut für ihre Stimmung. Jetzt hätte sie gern den Kater bei sich gehabt. Seine Wärme und Lebendigkeit hätten dem Raum gutgetan. Als die Tür aufging, zuckte Laura zusammen.

»Ich bin's nur.« Fröhlich lächelnd kam Grace in den Raum, und es fühlte sich plötzlich so an, als hätte jemand das Licht angeknipst. »Wie schön, dass du hier bist.«

»Du ... du siehst phantastisch aus.« Staunend musterte Laura ihre Großtante. Der Kurzhaarschnitt, zu dem Laura Grace auf Madeira überredet hatte, war von einer guten Friseurin wunderbar nachgeschnitten worden. Das elegante weinrote Kleid mit dem V-Ausschnitt leuchtete mit den Tapeten an den Wänden um die Wette. Nur die warmen Augen und das Lächeln erinnerten noch an die etwas farblos gekleidete Frau, die Laura auf Madeira kennengelernt hatte. »Ich gehe mal davon aus, dass Joshua und du ...«

»Ich erzähle dir nachher alles in Ruhe.« Grace umarmte Laura. »Komm erst einmal an.«

»Danke. Ich habe dir einen Vogel von der Blumeninsel mitgebracht.« Lächelnd überreichte Laura ihrer Großtante das flache Päckchen, das sie in ihrer Handtasche versteckt hatte. »Zur Erinnerung an unsere Zeit in dem Haus am Leuchtturm.«

»Einen Vogel.« Grace hob überrascht eine Augenbraue. »Danke. Hat Twisty nicht versucht, ihn zu fressen?«

Mit geschickten Fingern öffnete sie das Papier, bis sie die weiße Fliese mit dem bunten Muster in der Hand hielt. Ihre Augen leuchteten auf.

»Oh, wie schön! Ein … wie heißen diese Steine?«

»*Azulejos*«, antwortete Laura und freute sich, dass ihr Mitbringsel Grace' Gefallen fand. Mühsam unterdrückte sie ein Gähnen. »Entschuldige, ich würde mich gern frischmachen und Twisty sein neues Übergangszuhause zeigen. Du hast doch nichts dagegen, dass ich ihn mitgebracht habe?«

»Nein, ich habe mich auf euch beide gefreut. Joshua auch.«

Ein Lächeln erhellte Grace' Gesicht, als sie seinen Namen aussprach. Dann verdunkelten sich ihre Augen. »Hast du mit Matthew gesprochen?«

»Ich … ich kann nicht.« Laura biss sich auf die Unterlippe, um die Tränen zurückzuhalten. »Du hast seine Frau nicht gesehen.«

Schweigend umarmte Grace sie erneut. »Du und dein Kater, ihr seid hier herzlich willkommen. So lange ihr wollt.«

Kapitel 36

Tristyans Manor 1938

Amelia bog in die Allee ein, die zu Tristyans Manor führte. Es musste ein typischer englischer Sommer gewesen sein, so kräftig grün wie die Bäume aussahen. Ein Sommer, wie sie so viele in ihrer Kindheit und Jugend erlebt hatte. Ihr Herz fühlte sich schwer an. In ihr kämpften widerstreitende Gefühle um die Oberhand, je mehr sie sich ihrem Elternhaus näherte. Die Freude, endlich ihre Tochter zu sehen, wurde getrübt durch die Sorge vor einem Treffen mit ihrer Mutter und ihrer Schwester. Dazu kam noch das schlechte Gewissen, weil sie nur das Grab ihres Vaters besuchen konnte. Seitdem er sie nach Madeira verbannt hatte, hatte Amelia sich geweigert, mit Lord Percy zu sprechen. Von seinem Tod vor drei Jahren hatte sie nur über Tante Mabel erfahren. Schon damals hatte es Amelia bedauert, ihrem Vater nicht vergeben zu haben, weil ihr Zorn auf ihn es nicht zuließ.

Bethany oder Lady Norah zu verzeihen hingegen kam für sie nicht in Frage. Die beiden hatten Amelias und auch Emmas

Leben zerstört, um ihren Zielen zu folgen, die sich um nichts als gesellschaftliche Anerkennung und die Wahrung der Familientraditionen drehten. Über Tante Mabel hatte Amelia auch erfahren, dass sich die böse Tat für Bethany ausgezahlt hatte. Zachary und sie waren die Besitzer von Tristyans Manor geworden und hatten Clifford von seinem Erbe verdrängt. Vor ihr tauchte das Tor auf, hinter dem ein heller Kiesweg zum Herrenhaus führte. Amelia musste erneut an den Straßenrand fahren, weil ihre Gefühle sie zu überwältigen drohten. Wieder zitterten ihre Finger, nun allerdings vor Wut. Sosehr sie sich das Treffen mit Emma in den schillernsten Farben ausgemalt hatte, sowenig wollte sie Lady Norah und Bethany begegnen. Der Hass auf Mutter und Schwester war noch so glühend wie an dem Tag, an dem ihr Freds Brief die Wahrheit eröffnet hatte. Nein, um ihrer Tochter willen musste sie die Contenance wahren.

Amelia atmete tief ein und aus, um sich zu beruhigen. Obwohl sie schon so lange in Amerika lebte und ein gutes Leben führte, hatte der Anblick von Tristyans Manor ausgereicht, um sie wieder in die Vergangenheit zu versetzen. Unsicherheit wallte in ihr auf. Wie hatte sie nur so naiv sein können, sich einfach auf das nächstbeste Schiff zu begeben und nach Cornwall zu reisen. Sie hatte nichts gegen ihre Schwester in der Hand. Amelia schüttelte den Kopf über ihre Dummheit. Nicht einmal einen Anwalt hatte sie konsultiert, um herauszufinden, wie die Chancen standen, ihre Tochter zu bekommen.

Nein! Mit beiden Händen schlug Amelia auf das Lenkrad. Dies war zu wichtig, als dass sie es zulassen wollte, dass alte Ängste sie überwältigten. Koste es, was es wolle, sie würde ihre Tochter aus den Fängen von Lady Norah und Bethany befreien. Und Zachary, fragte eine Stimme in ihrem Hinterkopf. Was ist mit dem Mann, der dich verraten hat? Amelia horchte in sich hinein und lächelte. Zachary war ihr egal; er hatte keinerlei Bedeutung mehr in ihrem Leben und löste auch keinerlei Gefühle mehr aus. Wenn überhaupt, dann dachte sie mit Verwunderung an ihn, daran, dass sie sich in einen derart schwachen Mann verliebt hatte, der die Chuzpe besaß, sich nicht an seine Versprechen zu erinnern, geschweige denn, sie zu halten.

Sie startete den Wagen erneut und fuhr durch das geöffnete schmiedeeiserne Tor. Tristyans Manor sah noch genauso aus wie an dem Tag, an dem sie es verlassen hatte. Auf Amelia wirkte das Herrenhaus kalt und arrogant, ein Beispiel von Reichtum und Baukunst, aber ohne Leben und Liebe und Lachen. Sie hielt den Wagen an, atmete noch einmal tief durch und stieg aus.

Sofort nach dem Klingeln öffnete ihr Hawkins die Tür.

»Lady Amelia.« Der Butler ließ sich keinerlei Überraschung anmerken, sondern begrüßte sie, als ob sie von einem kurzen Ausflug nach London zurückgekehrt war und nicht nach zehn Jahren das erste Mal wieder Tristyans Manor besuchte. »Einen Augenblick. Ich werde Lady Bethany unterrichten.«

In Amelia stieg ein nervöses Kichern auf. Zu gut erinnerte sie sich daran, wie Fred und Rose sich immer über Hawkins' extrem gewählte Sprechweise amüsiert hatten. Sie wartete und sah sich in der Eingangshalle um. Nichts hatte sich in den letzten Jahren verändert. Noch immer standen die griechischen Statuen wie stumme Wächter an den Türen. Schön und kalt wie Bethany. Alles hier wirkte exquisit und erlesen, aber nicht so, als ob hier glückliche Menschen lebten. Selbst die Bilder an den Wänden, mit den bedeutenden Vorfahren, die es in den unterschiedlichen Kriegen zu Ruhm und Ehre gebracht hatten, schienen missbilligend auf Amelia herabzuschauen.

Plötzlich unterbrach ein helles Lachen die Stille des Tages. Amelias Herz tat einen Sprung. Ein Kinderlachen. Hatte sie es sich nur eingebildet, weil sie sich so sehr wünschte, ihre Tochter in die Arme zu schließen, oder spielte im Garten wirklich ein Kind? Wie magisch angezogen öffnete Amelia die große Flügeltür, die in den Besuchersalon führte, durchquerte den Raum mit großen Schritten und öffnete die Tür zum Garten. Ihre Hände flogen zu ihrem Mund, die Finger bewegten sich, als ob sie ein eigenes Leben hätten, und ihre Augen füllten sich mit Tränen.

»Nein, Maisie. So geht das nicht«, sagte das kleine Mädchen bestimmt. Sie deutete auf den Rasen, wo das Dienstmädchen ein Cricketspiel aufbaute. »Wenn ich meinen Cousin schlagen will, muss hier alles perfekt aufgebaut sein.«

»Gut, Miss Emma. Wo wollen Sie es hinhaben?« Das Dienstmädchen hielt ein Tor in der Hand und sah sich suchend um. Unter ihrer Haube hatten sich vorwitzige dunkle Locken hervorgestohlen und gaben ihr den Anschein von Übermut. Auch ihr Lachen trug dazu bei, dass man das Dienstmädchen sofort mochte.

Amelia lächelte unter Tränen. Auch Maisie hatte sich in den letzten Jahren nicht verändert. Noch immer wirkte sie wie ein sanfter Sommerregen, der alles zum Blühen und Gedeihen brachte. Amelia wagte es kaum, das Kind in dem hellen Kleid anzusehen, das den Cricketschläger mit großer Ernsthaftigkeit schwang. Zu sehr fürchtete sie, dass ihre Gefühle sie überwältigen könnten. Emma war groß für ihr Alter; mit schlanken, langen Gliedmaßen erinnerte sie an die Schlaksigkeit ihres Vaters. Aber das mittelbraune Haar, das sich in Wellen über ihren Rücken ergoss, erinnerte Amelia an sie selbst.

Als sie näher trat, drehte das Mädchen sich zu ihr um und musterte sie aus blaugrünen Augen. Hätte es noch eines Beweises bedurft, dass dieses Kind ihre Tochter war, so war Amelia sich jetzt sicher, dass sie Emma gegenüberstand. Es war so, als blickte sie in einen Spiegel, der sie in die Vergangenheit geführt hatte. Vor Überraschung stieß sie laut die Luft aus, was das Mädchen zum Kichern anregte und die Aufmerksamkeit des Dienstmädchens weckte.

»Lady Amelia!«, rief Maisie aus. Freudestrahlend kam sie auf Amelia zu, die Arme ausgestreckt, als ob sie sie umarmen wollte. Kurz bevor sie Amelia erreicht hatte, fielen Maisie wohl Hawkins' Vorschriften wieder ein, und sie knickste.

»Maisie!« Amelia zog das Mädchen hoch und umarmte sie. Sie hatte so lange im liberalen Boston gelebt, dass es ihr widersinnig schien, eine Freundin aus früherer Zeit nicht entsprechend zu begrüßen. »Ich freue mich, dich zu sehen.«

Die ganze Zeit jedoch war sich Amelia der Gegenwart ihrer Tochter nur zu bewusst, aber alle wunderbaren Sätze, die sie sich zurechtgelegt hatte, alle Wortwechsel, die sie sich vorgestellt hatte, waren davongeweht. Nichts erschien ihr in dem Moment angemessen.

»Guten Tag. Ich heiße Emma Galveston, und Sie?«, enthob ihre Tochter sie schließlich der Verlegenheit, den Anfang machen zu müssen.

Amelia ging in die Knie, um ihrer Tochter in die Augen sehen zu können, wobei sie die frappierende Ähnlichkeit erneut irritierte. An Maisies leisem Aufschrei konnte sie erkennen, dass sie nicht die Einzige war, der dies auffiel.

»Guten Tag. Mein Name ist Amelia Plath. Ich bin …« Sie stockte. Sollte sie ihre Tochter jetzt gleich mit der Wahrheit überfallen? Nein. Es erschien ihr klüger, erst einmal Bekanntschaft mit Emma zu schließen und ihr näherzukommen, bevor sie derart gewichtige Worte sagte. »Ich bin eine Verwandte aus Amerika.«

»Spielt man Cricket in Amerika?«, fragte Emma mit der sicheren Art von Kindern, die sich nicht über plötzlich auftauchende Tanten wunderten, sondern sich mit den Fragen beschäftigten, die ihnen wichtig erschienen. »Wie weit ist es nach Amerika?«

Emma überlegte einen Moment und sprach dann in verschwörerischem Flüsterton weiter. »Ich sollte das wissen, aber Geographie ist nicht mein Lieblingsfach.«

»Meins auch nicht«, flüsterte Amelia ebenso verschwörerisch. »Cricket …

Sie fand ihre Tochter entzückend und hätte sie am liebsten in die Arme genommen. Aber noch wagte sie es nicht. Aber ihr fiel ein Mühlstein vom Herzen, dass Emma so ein fröhliches und freundliches Kind war, das auf den ersten Blick keinen Charakterzug ihrer vermeintlichen Mutter trug.

»Amelia!«, hörte sie in diesem Augenblick Bethanys Stimme hinter sich, als ob ihre Schwester Amelias Gedanken gelesen hätte.

Amelia drehte sich um und sah ihrer Stiefschwester entgegen. Bethany war noch immer schön. Sie wirkte kaum älter als an dem Tag, an dem Amelia sie das letzte Mal gesehen hatte. Dem bitteren Tag im Haus auf der Blumeninsel, als Bethany und Lady Norah Amelia belogen hatten und sie mit ihrer Trauer alleingelassen hatten. Forschend musterte Amelia die feinen Gesichtszüge ihrer Schwester. Nichts ließ erkennen, dass

Bethany ein schlechtes Gewissen hatte, obwohl sie ahnen musste, was Amelia nach zehn Jahren wieder nach Tristyans Manor geführt hatte.

»Bethany«, antwortete Amelia und nickte ihrer Schwester zu. Sie würde vor ihrer Tochter keinen Streit beginnen. »Ich möchte mit dir reden.«

»Komm doch mit in den Salon. Mutter wartet dort mit Tee auf uns«, sagte Bethany, als ob sie Amelias Besuch bereits erwartet hätte. »Emma, bitte vergiss nicht, dich zum Dinner umzuziehen.«

»Ja, Mutter.« Emma lächelte.

Was mochte sich hinter der formvollendeten Höflichkeit ihrer Schwester verbergen, fragte sich Amelia, um sich davon abzulenken, wie sehr es schmerzte, dass ihre Tochter Bethany Mutter genannt hatte.

Auf dem Weg in den Salon schaute Bethany stur geradeaus. Sie richtete kein persönliches Wort an Amelia und fragte sie auch nicht, wie es ihr ergangen war. Amelia war das nur recht. So blieb ihr Zeit, sich innerlich auf die Begegnung mit ihrer Stiefmutter vorzubereiten und sich zurechtzulegen, was sie Lady Norah und Bethany sagen wollte. Zu Amelias Überraschung war der glühende Hass, den sie noch im Auto verspürt hatte, einer kühlen Kalkulation gewichen, seitdem sie ihre Tochter das erste Mal gesehen hatte. Sie wollte keine Genugtuung oder Rache, für das, was ihre Mutter und ihre Schwester ihr angetan hatten. Sie wollte nur ihre Tochter, sie in die Arme schließen und gemeinsam mit ihr in die Zukunft sehen.

»Lady Norah.« Amelia war die Spielchen und Regeln leid. Ohne weiter nachzudenken, platzte sie heraus. »Emma ist meine Tochter, die ihr mir auf Madeira gestohlen habt.«

So viele Fragen hatten sich Amelia gestellt, nachdem sie den Brief von Fred erhalten hatte. Am meisten hatte ihr die Frage nach dem Warum zu schaffen gemacht. Warum hatten ihre Mutter und ihre Schwester ihr so etwas Grausames angetan? Doch jetzt, in der Kühle des eleganten Salons, erschienen Amelia die Antworten belanglos. Sie wollte nichts mehr über Bethanys Motive wissen, sondern wollte nur Emma nehmen und so schnell wie möglich aus diesem kalten und leblosen Haus fliehen.

»Ja, sie ist deine Tochter.« Bethany fletschte die Zähne wie eine Hündin, die einen Knochen verteidigte. Oder gar ihr Junges beschützte, fragte sich Amelia. Vielleicht hatte sie ihre Stiefschwester unterschätzt, und Bethany war doch der Liebe fähig. Immerhin hatte sie sich neun Jahre um Emma gekümmert und ihre Sache gut gemacht, soweit Amelia dies nach dem viel zu kurzen Gespräch mit dem Mädchen feststellen konnte.

Amelia schaute Bethany an, die Hände zu Fäusten geballt, aber sie beherrschte sich. Sie wollte keinen Streit. Sie wollte nur mit ihrer Tochter gemeinsam nach Amerika gehen, um dort unabhängig von Tristyans Manor zu leben.

»Ich werde es ihr sagen und sie mit nach Boston nehmen.« Amelia sprach ruhig, obwohl ihre Stimme zu versagen drohte. Wenn sie jetzt Schwäche zeigte, würde sie gegen Bethany nicht bestehen können. »Ihr wollt doch sicher keinen Skandal hervorrufen, oder?«

Aus dem Augenwinkel sah Amelia ihre Stiefmutter zusammenzucken, als sie die Drohung aussprach. Noch immer schien ein makelloser Ruf Lady Norah das Wichtigste zu sein. Warum aber lächelte ihre Stiefschwester so siegesgewiss?

»Wenn du es Emma sagst, tötest du sie«, sagte Bethany leichthin, als wollte sie Amelias unausgesprochene Frage beantworten.
Lady Norah stieß ein seltsames Keuchen aus und tastete nach dem Sessel, neben dem sie stand. Schwer ließ sie sich in die Polster fallen, ihr Gesicht bleich wie der Bezug.
»Was?« Amelia vergaß alle Regeln des Anstands und der Höflichkeit. Sie musste sich verhört haben. »Was soll das heißen?«
»Emma. Meine … deine Tochter ist ein schwerkrankes Kind.« Bethany schaute zu Boden, so dass Amelia ihren Gesichtsausdruck nicht deuten konnte. Ihr Gesicht verzog sich leicht. »Ein Erbe ihres Vaters.«
Nein, das konnte nicht sein. Nicht ihre Tochter. Amelia hatte doch vor kurzem noch mit dem Mädchen gesprochen, und es schien gesund und fröhlich zu sein. Ein wenig blass vielleicht, aber …
»Zachary? Wo ist er?«, fragte Amelia, um ihre Gedanken von der tödlichen Angst, die ihr Herz umkrampfte, abzulenken. »Ich will mit ihm reden.«
»Mein Mann …« Bethany betonte die Worte. »Mein Mann verbringt den Sommer in unserem Stadthaus in Mayfair. Er lebt nahezu ausschließlich in London. Aber Zachary könnte dir auch nichts anderes sagen.«
Keinerlei Regung ließ sich auf dem schönen Gesicht ihrer Schwester ablesen, als sie Amelia die Hiobsbotschaft überbrachte.
»Was … was hat Emma?«, flüsterte Amelia. Sie kämpfte gegen die Tränen an, die Bethanys Worte hervorgerufen hatten. Emma. Ihre Tochter – dem Sterben nahe. Amelia musste einen Aufschrei unterdrücken. Ihre Knie gaben nach, und sie sank

auf einen Stuhl. Einen Moment nur die Augen schließen und zu Atem kommen. »Wie schlimm steht es um sie?«
»Eine Herzschwäche. Von der Galveston-Seite«, sagte Bethany mit flacher Stimme. »Eine Tante von Zachary und mehrere Cousins sind daran gestorben.«
»Aber … aber«, flüchtete Amelia sich in das Naheliegende. »Ich habe mit Emma gesprochen. Sie wirkte nicht krank. Nicht herzkrank. Ihre Lippen haben eine normale Farbe.«
»Das ist das Perfide an der Krankheit«, führte Bethany aus. Für Amelia hörte es sich beinahe so an, als ob es ihrer Schwester Freude bereitete, ihr mit jedem Wort Schmerz zu bereiten. »Nur Ärzte können sie erkennen. Man kann sie nicht heilen, nur den Krankheitsverlauf verzögern.«
Amelia schwieg. Sie blickte sich im Salon um, betrachtete eingehend die Muster auf den Tapeten, die schweren, dunklen Vorhänge und die Gemälde in den goldenen Rahmen. Nichts und niemand hatte sie auf diesen Schrecken vorbereiten können. Mit so vielem hatte sie gerechnet: mit einer Tochter, die sie ablehnte; mit einer Schwester, die ihr das Mädchen verweigern würde; aber doch niemals mit einer tödlichen Krankheit.
Einen Augenblick lang fragte sich Amelia, ob das wieder eine von Bethanys Intrigen wäre, aber sie schämte sich sofort für diesen Gedanken. Selbst Bethany wäre niemals so gemein, dass sie eine derartige Lüge ausspräche. Prüfend musterte Amelia ihre Schwester. Auf Bethanys Gesicht zeichnete sich ehrliche Besorgnis ab. Angst um das Kind, das sie ihre Tochter nannte, obwohl sie es Amelia gestohlen hatte.
»Wie ist die Prognose?«, fragte Amelia schließlich. Innerlich fühlte sie sich wie tot. Ausgebrannt und leer. Sie verfluchte das Schicksal, das sie erst zu ihrer geliebten Tochter geführt

hatte, nur um sie ihr gleich wieder zu entreißen. »Wie schlimm ist es? Sag schon.«

»Wenn man jede Aufregung von ihr fernhält, kann Emma dreißig, vierzig Jahre alt werden. Aber schon die kleinste Irritation kann ihr Herz dazu bringen, nicht weiterzuschlagen.«

Die Tür schlug hinter Lady Norah zu, die aufgestanden und aus dem Salon gegangen war. Nun waren nur noch sie beide hier und mussten über Emmas Schicksal verhandeln. Aber konnte sie überhaupt noch etwas verhandeln, fragte sich Amelia. Niemals würde sie ihrer Tochter die Wahrheit erzählen können. Niemals würde sie Emma mit sich nehmen und als ihr Kind aufziehen können. Alles würde – um des Lebens ihrer Tochter willen – bleiben müssen, wie es ist. Die bittere Wahrheit überfiel Amelia mit einer solchen Heftigkeit, dass sie den Kopf auf den Tisch fallen ließ und in Tränen ausbrach. Ihre Tochter war schwerkrank und würde sie niemals nach Amerika begleiten. Zu Amelias Erschrecken mischte sich Bitterkeit in die Traurigkeit: Wieder einmal würde Bethany den Sieg davontragen.

Immerhin hatte Amelia ihre Tochter sehen und mit ihr sprechen können, wenn auch nur kurz. Mit voller Wucht traf sie die Erkenntnis, dass dieses kurze Gespräch das einzige bleiben würde, das sie mit ihrem Kind führen würde. Nein! Nein! Amelia richtete sich auf, wischte sich die Tränen ab und wandte sich Bethany zu. Ihre Schwester blickte sie mit maskenhaft starrem Gesicht an. Kein Gefühl war dort zu lesen. Weder Bedauern über Emmas Krankheit noch Mitgefühl für Amelias Tränen.

»Wäre es zu viel Aufregung, wenn ich ein paar Tage hierbliebe, um Emma kennenzulernen?«, flüsterte Amelia. Sie hasste es, ihrer Schwester als Bittstellerin gegenübertreten zu müssen, aber für ihre Tochter würde sie alles tun. »Erlaubst du das? Bitte.«

Bethany schwieg. Amelia meinte zu erkennen, dass für einen kurzen Moment ein triumphierendes Lächeln über deren Gesicht zog. Amelia sprang auf, ging zu ihr und nahm Bethanys Hände. »Bitte. Ich flehe dich an.«

»Also gut.« Hoheitsvoll nickte Bethany Amelia zu. Sie entzog ihr die Hände mit einer Geste, als ob Amelia Schmutz und Krankheit mit sich tragen würde. »Du kannst bleiben. Drei Tage. Und kein Wort zu Emma über ihre Krankheit oder deine Rolle in ihrem Leben. Oder du musst mit ihrem Tod leben.«

Kapitel 37

Tristyans Manor 2012

»Ich habe etwas Interessantes über den Namen des Hauses herausgefunden, als ich mich mit der Restaurierung beschäftigte.« Joshua schaute sie mit einem Blick voller Liebe an, und Grace schlug die Augen nieder, damit er ihr ihre aufgewühlten Gefühle nicht ansah. »Eine spannende Geschichte.«

»Meine Großmutter sagte immer, dass es nach Tristan heißt. Aus dem Tristan-und-Isolde-Mythos.« Ein Schauder lief Grace über den Rücken. Sie hatte Liebesgeschichten, die tragisch ausgingen, noch nie gemocht. Nur Verrat und Enttäuschungen. »Schließlich ist die Tintagel, die Burg dieser Legende, nicht weit entfernt.«

»Das habe ich auch erst gedacht.« Joshua nahm ihre Hand und drückte sie. Er wirkte ernst, und Grace musste schlucken. Beinahe fürchtete sie sich vor dem, was er ihr sagen wollte. »Hast du dich nie gewundert, warum euer Landsitz nach einer Artus-Geschichte benannt war?«

»Ich habe mir nie Gedanken darüber gemacht«, musste Grace mit einem Achselzucken zugeben. Sie wusste, dass es viele Familien gab, für die Ahnenforschung von großer Bedeutung war. Aber für sie war Tristyans Manor erst ein Märchenschloss und dann ein Ort der Einsamkeit und Traurigkeit gewesen, so dass sie wenig Interesse verspürte, mehr darüber zu erfahren.

»Alte Häuser haben doch die seltsamsten Namen. Antony, Castle Drogo oder Lamb House. Warum also nicht Tristyans?«

»Das habe ich auch gedacht, bis ich auf die Berichte eines amerikanischen Professors gestoßen bin, der 1938 zur Erforschung der Herrenhäuser hierher nach Cornwall gereist war.« Joshua lächelte und küsste sie. Es schien ihm großes Vergnügen zu bereiten, die Spannung noch etwas auszudehnen. »Dein Urahn, der Tristyans Manor gebaut hat, war ein großer Verfechter der cornischen Sprache.«

»Bitte keinen ausführlichen Vortrag«, bat Grace. Mit einem Lächeln milderte sie ihre Worte ab. »Ich liebe dich und deine Begeisterung für alte Häuser, aber …«

»Ich weiß, ich weiß.« Joshua hob entschuldigend die Hände. Er zwinkerte ihr zu. »Sobald es um mein Lieblingsthema geht, beginne ich zu dozieren. Ich halte mich kurz, versprochen.«

Zur Antwort gab ihm Grace einen schnellen Kuss. Sie wollte ihm nur einen schnellen Kuss geben, aber Joshua zog sie in seine Arme und küsste sie voller Leidenschaft. Hoffentlich sieht Middleford mich nicht, ging Grace unpassenderweise durch den Kopf. Ihr Lachen platzte in den Kuss und irritierte Joshua.

»Entschuldige.« Immer noch atemlos setzte sie sich auf. »Nur ein dummer Gedanke. Bitte, erzähl weiter.«

»Also, ich habe mich gefragt, warum dein Vorfahre nicht Tristans cornischen Namen gewählt hatte.«

»Stimmt. Klingt logisch.« Langsam war Grace' Neugier geweckt.

»Nach viel Recherche, von der ich dir die Details erspare, lag die Lösung ganz nah.« Joshua legte eine Kunstpause ein, um sich Grace' Aufmerksamkeit zu vergewissern. »Ich hätte es einfach übersetzen müssen.«

»Was bedeutet Tristyans?«

»Traurigkeit.« Joshua lächelte, aber Grace bemerkte, dass er sie aufmerksam ansah.

Einen Moment lang spürte sie gar nichts. Sie wusste nicht, ob sie lachen oder weinen sollte. Was für eine Ironie! Wie auf Zelluloid zogen die langen, einsamen Tage ihrer Kindheit an Grace vorbei. Die durchweinten Nächte, in denen sie sich wieder und wieder gefragt hatte, welchen Fehler sie begangen hatte, der ihre Mutter vertrieben hatte. Wenn es je ein Haus verdient hatte, traurig genannt zu werden, dann Tristyans Manor. Sie war so sehr in ihren Erinnerungen versunken, dass sie Joshuas Frage erst wahrnahm, als er sie wiederholte.

»Möchtest du die Geschichte dahinter hören?« Wieder sah er sie mit diesem intensiven, fragenden Blick an, der bis auf den Grund von Grace' Seele vorzudringen schien. »Oder soll ich sie lieber nicht erzählen?«

Grace lehnte sich zurück und suchte nach einer Antwort. Wollte sie die Geschichte des Hauses erfahren, das für sie nie ein Heim gewesen war und von dem sie sich dennoch nur schweren Herzens trennen wollte? Oder war es besser, die Vergangenheit ruhen zu lassen und gemeinsam mit Joshua in die Zukunft zu blicken?

»Ja«, sagte sie schließlich zu ihrer Verwunderung. »Ja, ich möchte wissen, was es mit einem derart unglückbringenden Namen auf sich hat.«

Joshua nahm ihre Hand, zog sie sanft zu seinem Mund und gab einen zarten Kuss auf die Innenfläche. »Dein Vorfahre hat das Haus für seine Ehefrau bauen lassen. Als Dank für ihre Schwangerschaft und den erwarteten Erben.«

Er schwieg und schien eigenen Gedanken nachzuhängen. Auch Grace schwieg, obwohl sie bereits ahnte, wie die Geschichte ausgehen würde.

»Frau und Kind haben die Geburt nicht überlebt.« Joshua runzelte die Stirn. Für Grace sah es so aus, als ob er etwas vor ihr verbergen wollte. Er sah auf. Sie nickte ihm zu. Solange Joshua bei ihr war, würde sie sich vor nichts fürchten. Niemals wieder. »In einer alten Quelle wird berichtet, dass der Hausherr dem Wahnsinn anheimgefallen ist und wie ein Geist in seinem Haus lebte.«

»Aber warum hat keiner der Erben das Haus umbenannt?« Grace schüttelte sich. Sie rieb sich die bloßen Arme, um gegen die Kälte anzukommen, die auf einmal durch die Bibliothek zog. Selbst mit viel Empathie wollte es ihr nicht gelingen, die Menschen zu verstehen, die in einem Haus lebten, das »Traurigkeit« hieß.

»Vielleicht gab es eine Klausel im Testament, vielleicht waren sie der cornischen Sprache nicht mächtig, vielleicht war es ihnen egal.« Joshua hob die Hand in einer Geste des Nichtwissens. »Wir werden es wohl niemals herausfinden.«

»Noch ein Geheimnis.« Grace sog die Luft ein. Inzwischen konnte sie es kaum noch erwarten, Tristyans Manor zu verkaufen und gemeinsam mit Joshua ein neues Leben zu beginnen.

»Ich weiß, dass du eine Entscheidung getroffen hast«, begann er sehr vorsichtig. »Aber willst du wirklich nicht erfahren, was für eine Geschichte deine Großmutter und ihre verschollene Schwester verbindet?«

»Nein.« Grace schüttelte den Kopf. Sie wurde wütend. Warum musste nun auch Joshua davon anfangen. Schlimm genug, dass

Laura seit ihrer Ankunft das Thema auch wieder aufs Tapet gebracht hatte. »Ich möchte nichts mehr von Amelia hören.«
Warum konnten Joshua und Laura nicht verstehen, dass die tragische Geschichte Amelias, die ihr geliebtes Kind bei der Geburt verloren hatte, Grace ständig daran erinnerte, dass ihre Mutter sie verlassen hatte. Und schlimmer noch, dass Grace Emma verraten hatte, weil Bethany es von ihr verlangt hatte. Jedes Mal, wenn Joshua oder Laura von Amelia sprachen, fühlte sich Grace, als ob alte Wunden aufrissen, die sie längst vernarbt geglaubt hatte.
»Liebes, du hast alles Recht der Welt, dir zu wünschen, dass die Vergangenheit ruht …«
»Aber …« Grace musste lächeln. So gut kannte sie ihn bereits, dass sie ahnte, dass Joshua so schnell nicht aufgeben würde. »Es kommt doch sicher ein Aber, oder etwa nicht?«
Er erwiderte ihr Lächeln, und einen Augenblick verbrachten sie in dem angenehmen Schweigen, das liebende Paare eint.
»Ja, es gibt ein Aber.« Joshua nickte. »Ich akzeptiere, dass du nicht zurückschauen willst, aber ich bin zu neugierig …«
Wieder hingen sie schweigend ihren Gedanken nach. Für Grace jedoch hatte sich ein Misston in das Schweigen geschlichen. Sie fühlte sich von Joshua gedrängt. Gedrängt zu einer Entscheidung, die sie nicht treffen wollte. Nein, die sie bereits getroffen hatte. Vor Enttäuschung begann sie auf ihre Unterlippe zu beißen. Sie hatte erwartet, dass er sie genügend respektierte und ihre Entscheidung nicht in Frage stellte. »Ich verlange nicht, dass du dich mit Amelias Geschichte beschäftigst«, sagte Joshua sanft. »Aber gib mir bitte die Erlaubnis, dass ich noch etwas recherchiere. Bitte.«
Grace zögerte. Hin- und hergerissen zwischen dem Wunsch, endlich Tristyans Manor und ihre Familie hinter sich zu las-

sen, und ihrer Unfähigkeit, Joshua eine Bitte abzuschlagen. Und einer Spur Neugier. Wie hatte Amelia es nur geschafft, trotz ihres tragischen Verlusts so wunderbare Bilder malen zu können? Hatte ihre verschollene Großtante ein glückliches Leben führen können oder hatte der Schmerz ihres verlorenen Kindes alles überschattet, so wie der Weggang Emmas stets einen Schatten über Grace' Leben geworfen hatte.

Vielleicht war es gut, dass Norman und sie kein Kind bekommen hatten. Möglicherweise hätte sie es auch verlassen. Oder verraten. So wie sie ihre Mutter verraten hatte. Grace begann zu zittern. Sie öffnete den Mund, um Joshua zu bitten, nicht weiter etwas von ihr zu fordern, was sie nicht geben konnte, doch ihrer Kehle entrang sich nur ein Schluchzen, dessen Verzweiflung selbst Grace erschütterte.

Sofort war Joshua neben ihr und zog sie sanft in seine Arme. Er hielt sie fest und bedeckte ihr Haar mit Küssen.

»Liebes, ich wollte dich nicht verletzen«, flüsterte er. »Verzeih mir. Bitte. Vergiss meine Frage.«

Gefangen in ihrer Traurigkeit spürte Grace dennoch die Wärme in seiner Stimme. Zum ersten Mal in ihrem Leben fühlte sie sich geborgen, so beschützt, dass sie sich der bitteren Wahrheit stellen konnte, die sie schon vor Jahren tief in ihrem Inneren verschlossen hatte. Jeden Gedanken an ihren Verrat hatte sie sich verboten und damit auch jede Erinnerung an ihre Mutter. Sie schluchzte auf, sammelte sich und begann zu sprechen, bevor die Angst ihr wieder den Mund verbieten konnte.

»Ich habe meine Mutter verraten«, stieß sie mit rauher Stimme hervor. Sie hielt die Augen geschlossen und klammerte sich mit aller Kraft an Joshua. »Weil meine Großmutter es von mir forderte, weil ich nicht stark genug war, mich zu widersetzen.«

Joshua sagte nichts. Er strich ihr über die Schultern. Sie lehnte sich an ihn, atmete seinen Duft ein und genoss das Gefühl von Sicherheit und Liebe.

»Jeden Brief, den Emma mir schrieb, hielt mir meine Großmutter ungeöffnet entgegen. Mit einem bösen Lächeln.«

Grace schauderte. Nur zu gut erinnerte sie sich an das Ritual, das Lady Bethany ihr bei jeder Nachricht von Emma aufgezwungen hatte. Ein Jahr lang – ein scheinbar unendliches Jahr lang hatte Lady Bethany Grace jeden Monat in den roten Salon rufen lassen. Den Raum, der selbst im Sommer so kühl war, dass die Bediensteten dort jeden Morgen ein Feuer im Kamin anzünden mussten. Jedes Mal hatte sich Grace vorgenommen, dieses Mal nicht nachzugeben, sondern sich ihrer Großmutter zu widersetzen. Jedes Mal wieder hatte sie versagt und sich selbst gehasst. Und ihre Mutter gehasst, die sie mit Lady Bethany alleingelassen hatte und sie deshalb überhaupt erst in die Lage gebracht hatte, sich entscheiden zu müssen. Lady Bethany zu hassen hatte Grace nicht gewagt. Obwohl sie noch ein Kind gewesen war, hatte sie instinktiv gespürt, dass sie es nur auf Tristyans Manor aushalten würde, wenn sie Lady Bethany hinnahm wie eine Naturkatastrophe. Wie einen Sturm oder eine Sintflut, der man nicht ausweichen, sondern die man nur ertragen konnte, im Wissen, dass sie irgendwann enden würde.

»Und dann?« Joshua streichelte Grace zärtlich übers Haar. Dann nahm sie all ihren Mut zusammen und stellte sich ihren Erinnerungen.

»Lady Bethany zeigte mir den Brief. ›Von ihr‹, pflegte sie zu sagen. Nachdem meine Mutter geflohen war, nannte sie Lady Bethany nicht einmal mehr bei ihrem Namen.« Grace benetzte ihre trockenen Lippen mit der Zunge. Ihre Kehle fühlte sich wie zugeschnürt an. Würde Joshua sie noch lieben, wenn er all das wusste? »›Willst du eine Lanston sein oder nicht?‹, fragte sie mich dann.«

»O guter Gott«, stieß Joshua hervor. Er strich sich mit der Hand übers Gesicht, ohne noch mehr zu sagen.

»Ich wünschte mir nichts mehr, als eine Nachricht von meiner Mutter zu erhalten, aber ich wusste genau …« Grace holte tief Luft. Später, in den wenigen Momenten, in denen sie es sich gestattete, an ihre Kindheit zu denken, hatte sich Grace gefragt, was wohl geschehen wäre, wenn sie mutiger gewesen wäre. »Ich wusste nur zu gut, dass Lady Bethany mich für die Schwäche verachten würde, wenn ich den Brief nähme.«

Sie schwieg, um sich zu sammeln. Es fiel ihr schwer, die Gefühle und Erinnerungen in Worte zu fassen, die ausdrücken konnten, was sie damals gedacht und gefürchtet hatte.

»Ich wünschte mir nichts so sehr wie eine Erklärung meiner Mutter, warum sie mich verlassen hatte.« Grace schluckte. Wie nur sollte sie sagen, was sie getan hatte? »Aber … aber ich fürchtete, dass Lady Bethany mich in ein Waisenhaus brächte, wenn ich sie enttäuschte.«

Nur zu gut erinnerte sich Grace an die Angst davor, Tristyans Manor verlassen zu müssen. Auch wenn es nie ein wirkliches Heim für sie gewesen war, fürchtete sie das Leben in einem Kinderheim noch mehr. Es fühlte sich wie eine existenzielle Bedrohung an. Würde Joshua verstehen können, warum sich Grace gegen ihre Mutter entscheiden musste, auch wenn sie jedes Mal das Gefühl gehabt hatte, dass sie ihr Herz Stück für Stück verkaufte.

»Ich bedauere, dass sie schon tot ist«, sagte Joshua schließlich mit einer so harten Stimme, dass es Grace kalt den Rücken herunterlief. Diese Seite an ihm kannte sie nicht. »So kann ich

Lady Bethany nicht mehr sagen, was ich von ihr halte. Wie konnte sie nur?«

»Ich habe versucht, mir zu erklären, dass sie nur so handelte, weil meine Mutter sie zwei Mal verlassen hatte«, sagte Grace. Sie räusperte sich und kämpfte gegen die Panik an, die in ihr hochstieg. Es war zu früh gewesen, Joshua davon zu erzählen. Sie hätte weiter schweigen sollen. Sie blickte zu Boden. »Es ist nicht so schlimm. Es ... es ist schon so lange her.«

»Nein.« Joshua legte seine Hände an ihre Wangen und schaute ihr liebevoll in die Augen. »Es ist lange her, aber es ist furchtbar. Und grausam. Und niederträchtig. Niemand hat das Recht, einem Kind so etwas anzutun. Dafür gibt es keine Entschuldigung.«

Grace spürte die Tränen, die ihre Wangen herunterliefen. Sie versuchte, etwas zu sagen, aber konnte kein Wort herausbringen. Zu sehr schmerzten die Erinnerungen, zu lange waren die Tränen ungeweint. Selbst als Lady Bethany die Briefe den Flammen des Kaminfeuers übergeben hatte, hatte Grace nicht geweint, sondern ihre Großmutter mit unbewegtem Gesicht angestarrt. Tränen hatte sie sich nur in der Einsamkeit ihres Zimmers gestattet.

»Komm her.« Joshua zog sie wieder an sich. Er hielt sie fest und murmelte beruhigende Laute, wie zu einem Kind. Grace weinte so heftig, dass sich ihr Körper schüttelte. Was wohl Lady Bethany sagen würde, wenn sie ihre Enkelin so sehen könnte.

Endlich konnte Grace wieder atmen. Sie fühlte sich befreit und ruhiger als je zuvor. Ihre Schuld einzugestehen hatte die Dämonen der Vergangenheit gezähmt und nicht entfesselt, wie sie befürchtet hatte.

»Ich habe immer gedacht, es wäre meine Schuld, dass Emma verschwunden ist. Wenn ich ihre Briefe gelesen hätte ... Wenn ich mich Lady Bethany entgegengestellt hätte ...«

»Auf keinen Fall. Du warst ein Kind und hattest keine Wahl.« Joshua sprach mit tiefem Ernst. Er schob sie wieder ein wenig zurück, bis sie einander in die Augen sehen konnten. »Ich wage nicht, mir auch nur ansatzweise vorzustellen, was diese schrecklichen Stunden für dich bedeutet haben. Aber gib dir bitte keine Schuld.«

Grace nickte. Ihre Gedanken wanderten. Von Lady Bethany zu Lady Amelia, die ihrem Kind Briefe voller Liebe geschrieben hatte. Briefe, wie sie Emma sicher auch geschrieben hatte. Wenn sie schon nichts über das Schicksal ihrer Mutter hatte herausfinden können, so würde sie ihre Vergangenheit vielleicht dann ganz hinter sich lassen können, wenn sie endlich das Geheimnis ihrer Großtante lüftete. Grace holte tief Luft.

»Nimm dir Zeit mit deiner Recherche, bis wir Tristyans Manor verlassen«, sagte sie schließlich. »Danach möchte ich nichts mehr von meiner Familie hören. Ich möchte alles vergessen und neu anfangen. Bitte.«

Kapitel 38

London 2012

Hast du Lust, heute mit mir nach London zu fahren?«, fragte Joshua unvermittelt. Wie Laura war er kein Morgenmensch, und meist verbrachten sie ihr spätes Frühstück in einhelligem Schweigen, während Grace bereits im Haus oder im Garten werkelte.

Laura schaute von ihrem Teller auf, auf dem sie gebackene Bohnen und Rührei von einer Seite zur anderen geschoben hatte. Sie verspürte keinen richtigen Hunger. Heute Nacht hatte sie wieder von Matthew geträumt. In ihrem Traum war es tiefste Nacht gewesen, und er war vor ihr hergelaufen, in Richtung auf die Steilküste zu, wo sie sich das erste Mal getroffen hatten, und sie war sicher gewesen, dass er über den Rand der Klippen stürzen würde, wenn sie ihn nicht aufhielte. Laura hatte versucht, Matthew mit Rufen zu warnen, aber sie hatte kein Wort herausbringen können und ohnmächtig zusehen müssen, wie Matthew näher und näher auf den tödlichen Abgrund zulief. In ihrem Traum hatte sie ihre Beine nicht bewegen können, als steckte sie in Treibsand oder dem Moor fest. Schweißgebadet war Laura aufgewacht, und die Bilder der Nacht spukten immer noch in ihrem Kopf herum.

»Sorry«, sagte sie mit einem entschuldigenden Lächeln. Sie hatte nur London gehört, alles andere war in ihrem schlaftrunkenen Kopf untergegangen. »Ich war mit den Gedanken gerade nicht hier. Schlechte Träume, und Twisty wollte unbedingt um Punkt vier Uhr vierunddreißig sein Frühstück.«

»Für das Kerlchen ist es sicher nicht leicht, sich an Tristyans Manor zu gewöhnen. Schließlich kannte er nur ein kleines Haus.« Wie die meisten Menschen hatte sich auch Joshua sofort in Twisty verliebt, was dem Kater nicht guttat, da er nun noch herrischer auftrat. »Also: Hast du Lust, mit mir nach London zu fahren? Wir könnten heute am späten Abend wieder zurück sein.«

»Danke, aber du brauchst dir keine Beschäftigung für mich auszudenken. Ich komm schon klar.« Laura bemühte sich, leichthin zu klingen, aber der Schrecken des Traums wollte sie nicht loslassen. Nach dem Aufwachen hatte sie Tränen auf den Wangen gespürt. Nie zuvor hatte sie sich so sehr nach Matthews Wärme und Gegenwart gesehnt wie in diesem Moment. »Langsam muss ich mir überlegen, wie mein Leben weitergehen soll. Ich wollte ein paar frühere Kunden anrufen …«

»Oh, so altruistisch bin ich nicht. Ich muss sowieso mal wieder in meinem Büro vorbeischauen, und ich habe eine Spur gefunden, der ich nachgehen möchte.«

»Eine Spur?« Trotz Sorgen und Müdigkeit wurde Lauras Aufmerksamkeit geweckt. Manchmal erschien es ihr, dass sie sich verzweifelt daran klammerte, mehr über Amelia zu erfahren, um sich von ihrer unglücklichen Liebe abzulenken. »Von Amelia?«

»Erinnerst du dich an diese Olive, die Joanas Großmutter erwähnt hat? Grace hat mir von eurem Besuch bei der alten Dame erzählt, weil sie dieses Gespräch damals so aufgewühlt hatte. Der Name in Verbindung mit Madeira ließ mich nicht los, aber ich habe eine Weile gebraucht, um dahinterzukommen.« Joshua rieb sich nachdenklich mit zwei Fingern über den Nasenrücken. Lächelnd schüttelte er den Kopf. »Gestern ist mir endlich eingefallen, wer sie ist.«
»Ja, ich weiß. Willst du Olive suchen? Sie müsste doch – lass mich rechnen – bestimmt hundert Jahre alt sein.« Laura runzelte die Stirn. »Selbst wenn sie noch leben sollte, kann sie sich wahrscheinlich kaum noch an etwas erinnern, das vor so langer Zeit geschehen ist, oder?«
Obwohl es ja hieß, dass sich alte Menschen besser an ihre Kindheit erinnern konnten, als an Dinge, die nur fünf oder zehn Jahre zurücklagen.
»Olive lebt nicht mehr, leider.«
Jetzt verstand Laura gar nichts mehr. Warum wollte Joshua den Weg nach London auf sich nehmen, wenn ihre Zeitzeugin ohnehin nicht mehr lebte? Wollte er sich vergewissern, dass sie wirklich in einer Sackgasse steckten? Oder war er inzwischen so verzweifelt, dass er jedem Strohhalm nachrannte, der nur ansatzweise eine neue Erkenntnis versprach. Alles aus Liebe zu Grace? Doch Grace wollte die Familiengeschichte am liebsten vergessen. Was also motivierte Joshua, gegen ihren ausdrücklichen Willen weiterzusuchen? Für Laura war Amelias Geheimnis ein probates Mittel, ihre Gedanken von Matthew und Cloe abzulenken. Joshua hingegen schien vollkommen fasziniert von Tristyans Manor und den Geheimnissen, die das alte Gemäuer so lange verborgen hielt. Vielleicht waren gute Architekten so.

»Aber?«, fragte Laura nur, weil ihr alle anderen Fragen zu persönlich erschienen. »Warum willst du mich dann nach London entführen?«
»Die Frau, die Amelia als Olive kennenlernte, ist als Olivia Langtree berühmt geworden, eine der großen Londoner Bühnenschauspielerinnen.« Joshua freute sich über seinen Überraschungscoup. Ob Grace sich auch so gefreut hatte, als er ihr davon berichtet hatte? »Es gibt ein kleines, privates Museum, das einer ihrer größten Fans eingerichtet hat und das erst vor einem Monat der Öffentlichkeit zugänglich gemacht wurde. Wir haben heute Nachmittag einen Termin. Natürlich nur, wenn du mitkommen möchtest.«
»Na klar. Wann geht's los?« Die Hoffnung, wieder ein Puzzleteil zu finden, verdrängte den Schatten ihres Alptraums, und leider auch alle Vorbehalte. Laura fühlte sich mit einem Mal lebendiger und energiegeladener als zuvor. »Ich kann in zehn Minuten fertig sein.«

»Wow. Was für eine Überraschung. Damit … also damit habe ich überhaupt nicht gerechnet«, sagte Laura auf der Rückfahrt von London, mehr zu sich als zu Joshua. Sie versuchte, durch das halblaute Reden ihre Gedanken zu ordnen. Ihre Gedanken, die in Aufruhr geraten waren durch das, was sie in dem hübschen kleinen Museum erfahren hatten. »Aber ich verstehe es immer noch nicht … so viele neue Fragen.«
Sie stieß einen Seufzer aus.
»Wie eine russische Puppe, nicht wahr?«, sagte Joshua, der ebenso in Gedanken versunken wirkte. »Jede Frage, die man beantwortet hat, führt zu neuen Fragen.«
Laura nickte zustimmend. Obwohl sie heute etwas Unglaubliches erfahren hatten, blieb Wichtiges aus Amelias Leben

weiterhin hinter einem Schleier verborgen. Dabei hatte der Nachmittag so vielversprechend begonnen. Eine vom Alter gebeugte Dame hatte sie in das Museum gelassen und ihnen alle Briefe und Dokumente zur Verfügung gestellt, die sie sich nur wünschen konnten. Obwohl sie beide vom bunten Leben der Olivia Langtree fasziniert waren, hatten sie sich auf die Zeit um 1938 konzentriert, weil sie hofften, Hinweise auf Amelias Besuch auf Madeira zu finden. Nach langer ergebnisloser Suche, nur unterbrochen durch eine Tasse Tee, die sie zusammen mit der alte Dame getrunken hatten, wollte Laura schon frustriert aufgeben, als Joshua auf einen Tagebucheintrag stieß.

»Heute wäre es wohl ein Blog«, sagte er mit leiser Ironie. »Stell dir vor, wenn jemand in hundert Jahren unsere Geheimnisse erforschen will, dann muss sich der arme Mensch durch Blogs und PC-Dateien graben. Wie viel schöner sind doch Briefe und Tagebücher.«

»Wenn es dann noch Computer gibt«, antwortete Laura. »Mach es bitte nicht so spannend.«

Mit einem Lächeln begann Joshua vorzulesen.

Madeira. Das Reid's. Da werden alte Erinnerungen wach. Vor neun Jahren bin ich hier weggegangen und hatte mir geschworen, erst wieder zurückzukommen, wenn ich mir eine Suite leisten kann.

»So interessant Olivias Leben auch ist, bitte lass uns weiterblättern, bis wir endlich etwas über Amelia finden.« Nach einem Blick auf die Uhr war Lauras Ungeduld gewachsen. Ihnen blieb nicht einmal mehr eine Stunde, bis das Museum seine Türen schließen würde.

»Na gut, aber Olivia ist ein eigenes Projekt wert. Eine tolle Frau.« Nach diesem Kommentar blätterte Joshua vorsichtig durch die Seiten. Das Papier sah brüchig aus und roch muffig. Ob man es wohl konservieren und für die Nachwelt retten konnte?

Heute habe ich Amelia Lanston getroffen, die Frau, die mir in London die Türen öffnete und plötzlich verschwunden war. Für uns beide war das Wiedersehen überraschend, aber Amelia schien mit ihren Gedanken woanders zu sein. Erst wollte sie nicht mit der Sprache rausrücken, aber dann erzählte sie mir eine schier unglaubliche Geschichte. Aber der Reihe nach …
Ich bekam einen Riesenschreck, als ich Amelia erkannte. Sie sah aus, als ob sie Nächte nicht geschlafen hätte. Aber obwohl ich sie mehrfach fragte, wollte Amelia mir nicht sagen, was sie bedrückte. Sie bat mich nur, ihr behilflich zu sein, eine Kassette mit Briefen zu verstecken. Auf meine Frage, warum sie die Papiere nicht in einem Banksafe aufbewahren wollte, erntete ich einen so waidwunden Blick, dass ich lieber meine Klappe hielt.

»Sie hat schon einen sehr eigenen Stil, diese Dame.« Joshua konnte sich eines Schmunzelns nicht erwehren. »Olivia hatte sich wohl immer um eine umfassende Bildung bemüht, wie sie irgendwo geschrieben hat, aber sie konnte ihre Herkunft aus dem Londoner East End einfach nicht verleugnen.« Joshua warf Laura einen Blick zu, rückte seine Brille zurecht und widmete sich wieder dem Tagebuch.

Also kletterte ich unter Todesverachtung die Klippen am Leuchtturm hinunter und versteckte die Kassette in ei-

ner Felsspalte. »Da wird sie keiner mehr finden«, rief ich Amelia noch zu. Amelia antwortete nur, dass sie mit ihrer Vergangenheit endlich abschließen müsste, um in Amerika glücklich zu werden. Als ich dann noch meinte, dass sie die Briefe dann ja wohl besser verbrannt hätte, erntete ich wieder so einen Blick und sagte dann besser nix mehr.

Nachdem die Briefe versteckt waren, hat Amelia mir die ganze Malaise erzählt. Der Mann, für den ich sie damals so hübsch gemacht habe, hat ihr ein Kind angehängt und dann ihre Schwester geheiratet. Der Schuft!

Aber damit nicht genug. Ihre Schwester hat Amelia das Kind weggenommen und als ihr eigenes ausgegeben. Damit sie das Herrenhaus erbt. Wie kann man nur so gemein sein?

Früher, als ich mich noch als Zimmermädchen abrackern musste, dachte ich immer, dass die Leute, die im Reid's wohnen, doch keine Probleme haben. Jedenfalls nicht solche wie unsereins. Seitdem ich Amelia heute gesehen hab, bin ich froh, dass ich mich nur mit meinem Leben herumschlagen musste. Ich wünsche und hoffe, dass sie in Amerika ihren Frieden findet.

Wenn ich je nach Boston komme, soll ich sie besuchen. Ihr Mann muss eine große Nummer sein. Ein Anwalt. Lawrence Plath. Muss ich mir aufschreiben, falls ich je über den großen Teich fahre.

Der Broadway, das wär's doch!

Eine kleine Weile sahen sich Laura und Joshua nur schweigend an. Laura schien es, als versuchten sie beide durch ihr Schweigen ungeschehen zu machen, was sie da eben erfahren hatten.

»Dann ist Amelia also Grace' Großmutter«, flüsterte Laura schließlich. Sie wagte es nicht, Joshua anzusehen, aus Furcht, in seinem Gesicht Spuren der Schuld zu entdecken, die sie fühlte. Grace hatte nicht gewollt, dass Laura und Joshua an der Vergangenheit rührten, und nun hatten sie ein Geheimnis gelüftet, das Grace' Leben auf den Kopf stellen würde. »Wollen wir ihr das wirklich sagen?«

»Meinst du nicht, dass Grace in ihrem Leben schon viel zu viel belogen wurde?« Auch Joshua sah Laura nicht an, sondern blätterte vorsichtig weiter und ließ seinen Blick über die vergilbten Seiten wandern. Sanft klappte er das Tagebuch zu und legte es vorsichtig auf den Stapel der anderen Dokumente. »Das erklärt möglicherweise, warum Lady Bethany so lieblos war.«

»Aber warum hat Amelia Emma im Stich gelassen?«, begehrte Laura auf. »Warum hat sie ihre Tochter nicht mit sich nach Amerika genommen?«

Laura konnte und wollte nicht glauben, dass Amelia so hartherzig gewesen war, dass sie ihr Lebensglück auf dem Rücken ihrer Tochter aufgebaut hatte. Zu gut erinnerte sie sich an die liebevollen Briefe.

»Immerhin wissen wir nun, wo Amelia lebte und dass sie verheiratet war. Und wir kennen Namen und Beruf ihres Ehemanns«, sagte Joshua. »Also können wir herausfinden, ob sie Kinder und Enkel in Amerika hat.«

»Vielleicht sollten wir einfach einen Schlussstrich unter die Suche ziehen.« Laura kämpfte gegen eine tiefe Enttäuschung an, die sich in ihr ausbreitete. Sollte die von ihr verehrte Blumenmalerin wirklich so einfach ihr Kind zurückgelassen haben, um in Amerika einen Neuanfang zu wagen, unbelastet von allem. »Wenn Amelia hätte gefunden werden wollen, hätte sie sich bei Emma oder Grace melden können.«

»Lass uns nach Tristyans Manor fahren, um Grace alles zu erzählen«, sagte Joshua schließlich. »Soll sie entscheiden, ob sie mehr über ihre Großmutter erfahren will.

Die Rückfahrt hatte Laura die Gelegenheit gegeben, ihre Gedanken zu sortieren. Sie schwankte zwischen dem Wunsch, das letzte Geheimnis zu lüften und herauszufinden, was aus Amelia in Amerika geworden war, und der Sorge, dass Joshua und sie nur mehr Informationen finden würden, die Amelia entzaubern würden.

»Vielleicht …«, formulierte Laura die Zweifel, die sie schon den ganzen Rückweg von London über begleiteten. »Vielleicht sollten wir es einfach hinnehmen, dass sich nicht alle Geheimnisse der Vergangenheit herausfinden lassen. So, wie Grace es sich wünscht.«

»Sag's doch einfach.« Joshua wandte sich ihr kurz zu, bevor er seinen Blick wieder auf die Straße richtete. »Du meinst, ich sollte Grace beistehen und nicht gegen ihren Willen agieren.«

»Hm«, konnte Laura nur antworten. Sie spürte, wie ihr Hals rot anlief. Wahrscheinlich glühten auch ihre Wangen, weil es ihr peinlich war, dass Joshua sie so leicht durchschaut hatte.

»Glaube mir, ich habe lange überlegt, ob ich nicht so handele wie einer diesen besserwisserischen Männer, die …« Er strich sich mit der Hand durch's Haar. »Diese Männer, die glauben zu wissen, was für ihre Frau gut ist. Ich kann mir kaum vorstellen, was Grace durchgemacht hat …«

Er schwieg einen Moment und schaute versonnen auf die Straße. »Und jetzt das hier – das muss ihr den Boden unter den Füßen wegziehen. Ihr ganzes Leben baut auf einer Lüge auf. Aber, so wie ich Grace kenne, wird sie irgendwann wissen wollen, was wirklich geschehen ist.« Ein Lächeln erhellte Jo-

shuas Gesicht. »Deshalb suche ich weiter. Für den Augenblick, wenn sie die Wahrheit erfahren will.«
Ein Stich von Eifersucht, für den sie sich sofort schämte, durchzuckte Laura. Was für ein Glück ihre Großtante hatte, diesen wunderbaren Mann getroffen zu haben, der sie so innig liebte. Vielleicht sollte Joshua allein Grace die Wahrheit beibringen. Nein, Laura trug ebenso Verantwortung für das, was ihre Neugier ihnen eingebracht hatte.
Schweigend erreichten sie Tristyans Manor, schweigend gingen sie den Weg vom Parkplatz zum Haus und schweigend suchten sie Grace in der Bibliothek auf. Grace saß in ihrem Lieblingssessel, die Beine hochgezogen, ein Buch aufgeschlagen im Schoß, und schaute ihnen entgegen, als wüsste sie, dass Laura und Joshua ihr eine Nachricht überbringen würden, die ihr Leben in Frage stellen sollte.
Laura fühlte einen Kloß im Hals, als sie ihre Großtante so schmal und gefasst in dem großen Sessel sah. Warum nur hatte sie keine Ruhe geben können?
»Grace, Darling«, begann Joshua, aber dann verließen ihn die Worte. Hilfesuchend schaute er Laura an, die ebenfalls nicht wusste, wie man das, was sie erfahren hatten, in freundliche Worte kleiden sollte.
»Darling, es tut mir leid.« Joshua trat zu Grace und nahm ihre Hände. »Wir haben herausgefunden, dass Lady Bethany nicht deine Großmutter war.«
»Wie bitte?« Erschrocken zog Grace ihre Hand vor den Mund und starrte Joshua aus großen Augen an. »Nein, das kann nicht sein.«
»Doch.« Jetzt fand auch Laura den Mut, die Wahrheit auszusprechen. »Emma war Amelias Kind, ihre geliebte Tochter, der sie diese liebevollen Briefe geschrieben hat.«

»Aber …« Grace stieß einen Seufzer aus, schien sich erst einmal sammeln zu müssen. »Aber … aber wo ist Amelia geblieben?«

»In Boston. Sie hat einen Anwalt geheiratet.« Joshua streichelte Grace' Hände, als könnte er dadurch die Bitterkeit abmildern, die seine Worte hervorrufen mussten. »Mehr wissen wir leider auch noch nicht.«

»Amerika? Sie hat ihre Tochter verlassen, um in Amerika zu leben?« Grace rang sichtlich um Fassung. »So, wie meine Mutter mich verlassen hat … um … um wo auch immer zu leben …«

Kapitel 39

Tristyans Manor 1956

Grace, mein Liebes,
noch nie ist mir etwas so schwergefallen.

Wieder tropfte eine Träne auf das zartblaue Briefpapier und verwischte die Buchstaben der Worte, die Emma mühsam formuliert hatte, weil sie nicht wusste, wie sie ihrer Tochter ihren Entschluss erklären sollte. Wieder und wieder fragte sie sich, ob ihre Entscheidung nicht die falsche war, ob sie sich nicht von Angst und Hass leiten und zu einem Schritt verführen ließ, der sie nur weiter ins Unglück führen würde. Redete sie sich ihren Entschluss nicht nur schön, wenn sie ihn damit begründete, dass sie diesen Schritt nur für Grace unternahm, dass es um das Schicksal ihrer Tochter ging und ihr keine andere Möglichkeit blieb.

Emma legte den Füllfederhalter zur Seite, stand auf und trat ans Fenster. Von dort aus hatte sie einen schönen Blick über die Gärten von Tristyans Manor und die Wiesen und den

Wald, die sich dahinter erstreckten. Aber lieber hätte sie das Meer gesehen, die Klippen erahnt, die das Land vom Ozean trennten. Aber Bethany hatte Emma und Grace – sicher mit Absicht – auf die meerabgewandte Seite des Hauses verbannt. Weil sie wusste, wie sehr Emma das Meer liebte.

Bethany. Die Frau, von der sie immer geglaubt hatte, dass sie ihre Mutter wäre. Nur zu gut erinnerte sich Emma an den Schrecken, an den wachsenden Unglauben, mit dem sie den Brief gelesen hatte, den sie in Bethanys Sekretär gefunden hatte. Durch einen unglaublichen Zufall gefunden hatte. Erneut spürte sie die Wut aufsteigen, mit der sie das Schreiben gelesen hatte. Von Zeile zu Zeile, von Wort zu Wort war ihr Groll gewachsen, bis Emma nur noch zu Bethany gehen, ihr den Brief unter die stets höhnisch blickenden Augen halten und sehen wollte, wie der Hohn der Angst wich. Aber Emma war dem ersten Impuls nicht gefolgt, sondern hatte sich mit geballten Fäusten dazu gezwungen, durchzuatmen und abzuwägen, was sie am geschicktesten tun sollte.

Nein! An den Zorn ihrer vermeintlichen Mutter gegenüber durfte sie jetzt nicht denken. Jetzt galt es, die richtigen Worte zu finden. Worte voller Liebe und Vertrauen und Hoffnung. Worte, die Grace über die nächsten Tage und Wochen tragen sollten, bis Emma wieder zu ihr zurückkehren würde, um sie ein für alle Mal aus Bethanys Fängen zu befreien. In diesen Brief musste Emma alles legen, was sie für ihre Tochter empfand. All die Liebe, die sie für Grace aufbrachte und mit der sie hoffte, ihr den Vater zu ersetzen. Ach Charlie, dachte Emma – wie so oft. Ach mein Liebster, warum hast du uns nur verlassen? Gemeinsam hätten wir uns allem Unbill stellen können. Ohne dich fühle ich mich unfertig und einsam, trotz unserer wundervollen Tochter.

Grace, mein Liebes,
bitte, Du musst mir glauben, dass ich für uns beide gehen musste. Ich liebe Dich mehr als mein Leben und wünschte, ich hätte Dich mitnehmen können.
Ich wünschte, ich hätte bleiben können.
Aber es war meine letzte Chance, meine Mutter zu finden …

Nein! Auch dieser Brief, auch diese verzweifelten Worte sagten nicht das aus, was Emma auf der Seele brannte. Warum nur fiel es ihr so schwer, ihrer Tochter zu erklären, dass sie sie verlassen würde? Emma stieß ein verächtliches Lachen aus. Sie sprang auf, um mit großen Schritten das Zimmer zu durchmessen, um ihre Gedanken zu ordnen.
Was wäre sie auch für eine Mutter, fiele es ihr leicht, ihre Tochter zurückzulassen? Nicht nur zurückzulassen, sondern bei ihr zurückzulassen. Bei Bethany. Bethany, der Lügnerin. Bethany, der Kinderdiebin. Sie wäre eine Mutter wie ihre Mutter, wie Amelia, an die sie sich nur dunkel erinnerte. Nein, rief Emma sich ins Gedächtnis. Amelia hatte sie nicht freiwillig zurückgelassen, wie sie nach und nach erfahren hatte. Amelia war ebenfalls ein Opfer von Bethanys Lügen gewesen. Wie viel Leben hatte diese gefühllose Frau zerstört, in deren Obhut sie ihre Tochter zurückließ. Zurücklassen musste.
Emma taumelte und tastete mit der Hand nach dem Sofa. Ihr schwindelte bei dem Gedanken, wie eiskalt ihre vermeintliche Mutter gewesen war. Nicht nur, dass sie der eigenen Schwester das Kind geraubt hatte. Nein, sie hatte sich in all den Jahren nicht einmal verraten. Nicht einmal, als …
Ja, hier war er – der Ansatzpunkt für ihre Erklärung an Grace. Emma lächelte. Ihre wunderbare Tochter war so ein verständi-

ges Kind. Ihr könnte sie die Wahrheit schreiben und darauf vertrauen, dass Grace auf sie warten würde. Ja. Für Grace musste sie handeln und Tristyans Manor so schnell wie möglich verlassen. Jeder Tag, den ihre Tochter weiter unter Bethanys Fuchtel stehen müsste, wäre ein Tag zu viel. Ja. Sie würde Grace erklären, dass sie beide ein Opfer bringen müssten. Nur noch dieses eine Opfer, und dann bräche endlich ein goldenes Zeitalter für sie an. Gestärkt setzte sie sich wieder an den schmalen Sekretär aus dunklem Nussbaumholz.

Grace, mein Liebes,
ich habe eine große Neuigkeit für Dich. Glaube mir, auch ich hatte nicht die leiseste Ahnung. Setz dich, mein Schatz. Es ist nicht einfach, das alles zu begreifen.
Lady Bethany ist nicht deine Großmutter und nicht meine Mutter. Sie hat uns alle, dich und mich und meine wirkliche Mutter, betrogen und getäuscht, wie es ihre Art ist.

Nein! Das konnte sie nicht schreiben. Nicht, wenn sie Grace wirklich auf Tristyans Manor lassen würde. Sie konnte dem Kind nicht die Wahrheit sagen, wenn sie es gleichzeitig Lady Bethanys Klauen überließ. Fieberhaft spielte Emma erneut alle Möglichkeiten durch, aber es gab keinen anderen Weg. Ihr blieb einfach zu wenig Zeit, um einen anderen Plan zu entwickeln. Sie musste schnell handeln. Schnell, bevor … Emma schüttelte den Kopf, weil sie nicht wieder zu den düsteren Gedanken zurückkehren wollte, die sie seit ihrem Besuch in London plagten. Nein, sie musste an ihre Zukunft denken, an ein besseres Leben für Grace.
Auch wenn das bedeutete, dass sie ihre Tochter zurücklassen musste, um ihr ein besseres Zuhause, ein Heim bieten zu kön-

nen. Nicht ihr Zorn auf Lady Bethany sollte sich in ihren Worten wiederfinden, sondern ihre Liebe zu Grace und der Wunsch, ihrer Tochter ein besseres, ein liebevolleres Leben schenken zu können. Auf jeden Fall würde sie verhindern, dass Grace unter Bethanys Ägide aufwüchse und sich stets wertlos und nicht liebenswert fühlte, so wie es Emma ergangen war, bis sie zu ihrem Glück Charles Watson getroffen hatte.

Emma stand auf, zog sich die Schuhe aus und öffnete vorsichtig die Tür, die in Grace' Zimmer führte. Auf Zehenspitzen schlich sie in den Raum. Wie ein Feenlicht fiel ein Mondstrahl durch eine Lücke im Vorhang und hüllte Grace' Gesicht in seinen sanften Schimmer. Emma drohte in Tränen auszubrechen, so gerührt war sie beim Anblick ihrer Tochter. Allein der Gedanke, tage- oder gar wochenlang ohne Grace zu sein, schmerzte so sehr, dass es Emma fast das Herz zerriss. Bisher waren ihre Tochter und sie noch nie voneinander getrennt gewesen. Nachdem Grace und sie allein zurückgeblieben waren, hatte Emma ihrer Tochter und auch sich selbst hoch und heilig versprochen, dass sie stets füreinander da sein würden, dass sie einander Felsen in der Brandung des Lebens wären. Und nun war es Emma selbst, die ihre Tochter verlassen würde.

Vorsichtig beugte sich Emma vor und hauchte Grace einen Kuss auf die Stirn. Als ihre Kleine lächelte, schluchzte Emma laut auf und hob rasch die Hand vor den Mund. Nein, sie durfte nicht schwach werden. Sie musste stark sein und den kurzzeitigen Schmerz ertragen, immer im Sinn behalten, was Grace und sie gewinnen konnten. Es war ja beileibe nicht so, als hätte Emma nicht bemerkt, was die Zeit auf Tristyans Manor ihrer Tochter angetan hatte. Aus dem fröhlichen Wildfang war eine kleine Leisetreterin geworden, stets auf der Hut und bemüht,

nichts zu tun, was den Spott ihrer Großmutter heraufbeschwören würde. Nein, das durfte nicht weiter geschehen. Emma hatte Charlie versprochen, dass ihre Tochter glücklich werden würde, dass Grace alle Chancen offenstehen sollten. Eine starke Frau sollte Grace werden, nicht ein ängstliches Kind bleiben, das stets tat, was seine Großmutter ihm befahl.
Obwohl sie es Charlie versprochen hatte, hatte Emma den Zeitpunkt hinausgezögert, bis sie mit ihrer Tochter nach Tristyans Manor gereist war. Sicher, das Geld war stets knapp gewesen, aber Grace und sie brauchten nicht viel. Sie waren einander genug und lebten glücklich und frei in dem Häuschen auf Madeira. Bis zu dem Tag, an dem das Schicksal erneut zugeschlagen hatte. Emma hatte erst nicht glauben wollen, was der Arzt ihr mitgeteilt hatte, aber schließlich hatte sie sich fügen müssen. Ob Charlie etwas geahnt hatte? Warum sonst hätte er so vehement darauf bestanden, dass Emma mit Grace zusammen nach Cornwall reiste?
Also hatte Emma schweren Herzens einen Brief an Lady Bethany geschrieben, allerdings ohne ihrer Mutter die Wahrheit zu sagen. Wie erwartet, hatte Lady Bethany ihren Sieg ausgekostet und von Emma gefordert, dass Charlie niemals wieder erwähnt werden sollte. Und Lady Bethany war nur bereit gewesen, Emma und Grace auf Tristyans Manor aufzunehmen, wenn sich beide wie Ladys benehmen würden, wobei selbstverständlich sie festlegte, was ladylike wäre. Für Grace hatte Emma allem zugestimmt und war nach Tristyans Manor zurückgekehrt. Hier hatte sie sich bemüht, ihrer Tochter hinter den kühlen Mauern ein behagliches Heim zu schaffen. Womit sie gescheitert war, wie Emma zugeben musste. Selbst Emmas Liebe konnte Grace nicht vor Bethanys Hohn und harschen Worten bewahren. Also musste Emma für ihre Toch-

ter kämpfen, musste eine Möglichkeit finden, Grace von Tristyans Manor wegzubringen und von ihrer Fröhlichkeit zu retten, was zu retten war. Musste einen Weg bahnen für die Zeit, die folgte. Gestärkt durch das Wissen, dass sie eine richtige Entscheidung getroffen hatte, auch wenn diese sich falsch anfühlte, tapste Emma auf Zehenspitzen zurück in ihr Zimmer und setzte sich erneut an den Schreibtisch.

Grace, mein Liebes,
fürchte Dich nicht. Wenn Du aufwachst, werde ich schon auf dem Weg in ein großes Abenteuer sein. Ein Abenteuer, das nur für Dich und mich bestimmt ist. Du darfst allerdings mit niemandem darüber sprechen … Psst!
Mein Schatz, wie in einem Deiner geliebten Märchen wird sich unser Leben verändern. Ich will Dir nicht zu viel verraten, damit …

Wie konnte sie die folgenden Worte nur schreiben, ohne ihre Tochter zu verletzen? Nein, Grace war klug genug, zwischen den Zeilen lesen zu können. Und dennoch. Es widerstrebte Emma zutiefst, Geheimnisse vor ihrer Tochter zu haben, so wie ihre angebliche Mutter sie stets vor ihr gehabt hatte. Mit Schwung strich sie den letzten Satz aus.

Grace, mein Herz, ich habe meine wirkliche Mutter gefunden. Lady Bethany ist in Wahrheit meine Tante. Meine wahre, meine einzige Mutter und Deine Großmutter heißt Amelia.
Ich erinnere mich an sie. Als ich in Deinem Alter war, kam sie nach Tristyans Manor und blieb für eine kurze Zeit. Hätte ich damals nur die Wahrheit geahnt.

Wieder ließ Emma den Füllfederhalter sinken. Aber wie hätte sie als Kind die Wahrheit erahnen sollen? Tante Amelia, wie Lady Norah und Bethany sie vorgestellt hatten, war nur kurze Zeit geblieben und nach einem lautstarken Streit wieder abgereist. Emma erinnerte sich dennoch an die traurigen Augen ihrer angeblichen Tante, mit denen diese sie angesehen hatte. Wie feinstes Porzellan hatte Amelia sie behandelt, als ob sie zierlich und zerbrechlich wäre. Damals hatte Emma geglaubt, auch ihre Tante wollte sie zu einem Püppchen erziehen, das stets brav und mit gesenktem Blick auf dem Stuhl saß und nur sprach, wenn es angesprochen wurde, und auch sonst blass und folgsam blieb. Jetzt wusste sie es besser.

Amelia lebt in Amerika. Dort werde ich sie suchen und gemeinsam mit ihr zurückkehren und Dich mitnehmen. Ich möchte Amelia finden, bevor ich zu krank werde … Ach mein Herz, ich weiß, wie schwer es für Dich sein wird, dass ich Dich allein lasse, dass ich ohne Abschied von Dir gehe. Wenn Du erwachsen bist, wirst Du verstehen, dass ich allein reisen musste. So lange muss ich Dich bitten, mir …

Eine Träne tropfte auf das Briefpapier und drohte, die Worte verschwimmen zu lassen. Mit der linken strich Emma die Tränen weg, während sie mit der rechten Hand einen Zipfel ihrer Bluse nahm, um das Papier vorsichtig trocken zu tupfen. Ihr erster Impuls war es, den Brief ebenso wie seine Vorgänger in den Papierkorb wandern zu lassen, aber dann hielt sie inne, bevor sie das Papier zerknüllen konnte. Warum nicht? Grace durfte ruhig sehen, wie bewegt ihre Mutter gewesen war, als sie ihr den Abschiedsbrief geschrieben hatte.

… mir zu vertrauen.
Mein Schatz, Du weißt, wie sehr ich Dich vermissen werde. Ich konnte nicht einmal den Mut aufbringen, mich von Dir zu verabschieden. Wohl wissend, dass ich niemals die Kraft haben würde, Dich zu verlassen, wenn Du mich aus schönen blauen traurigen Augen ansehen würdest.
Glaube mir, mein Liebes, ich vermisse Dich jetzt schon, und jeden Schritt, der mich von Dir entfernt, werde ich schmerzhaft spüren. Aber dafür wird die Freude umso größer sein, wenn ich zu Dir zurückkehre.
Denk an den Tag, an dem Deine echte Großmutter und ich Dich mit uns nehmen werden.
Ich werde jeden Abend zu den Sternen sehen und Dir einen Gruß schicken. Vergiss es nicht und schau hinauf in den Himmel. Denk an mich, wenn ich über das Meer reise, um unser Glück zu finden.
Grace, mein Schatz, ich liebe Dich.
Deine Mum

Emma drückte das Schreiben an ihr Herz und hauchte einen Kuss auf das Papier, bevor sie den Brief in einen Umschlag steckte. Mit Schwung schrieb sie Grace' Namen auf die Vorderseite; die Rückseite versiegelte sie mit einem weiteren Kuss. Schweren Herzens stand Emma auf, packte nur das Notwendigste in einen Koffer, den sie bereits vor einigen Tagen heimlich vom Dachboden geholt hatte. Trotz ihres Grolls wagte sie es immer noch nicht, Bethany gegenüberzutreten. Emma ballte die Hände zu Fäusten und verwünschte ihre Schwäche. Wie gern wäre sie zu ihrer falschen Mutter gegangen, hätte ihr Vorhaltungen gemacht und sie mit dem Brief und dessen Inhalt konfrontiert. Aber zu lange hatte sie in Angst vor dem bitteren Spott gelebt, den Bethany über sie ergießen konnte. Zu lange hatte sich Emma vor Bethanys beißenden Worten gefürchtet, die härter trafen als jede körperliche Züchtigung.

Auch wenn sie wünschte, eine stärkere, eine bessere Frau zu sein, musste Emma anerkennen, dass sie niemals den Mut fände, Tristyans Manor bei Tageslicht zu verlassen. Ihr blieb nur, wie schon einmal in ihrem Leben, die heimliche Flucht in der Dunkelheit der Nacht. Verstohlen wie ein Dieb. Doch dieses Mal würde sie im Triumph zurückkehren und nicht als Bittstellerin, wie das letzte Mal. Gemeinsam mit Amelia würde sie Bethany, die Kinderdiebin, von Tristyans Manor verjagen, um hier gemeinsam mit Grace glücklich zu sein bis an ihr Lebensende. Lachend schüttelte Emma den Kopf. Warum nur dachte sie in Märchenbildern? Fürchtete sie, dass Bethany letztlich doch wieder mit Lügen und Intrigen siegen würde? Nein! Dieses Mal nicht. Für Grace war Emma bereit, alles zu geben.

Erneut schlich sie auf Zehenspitzen ins Zimmer ihrer Tochter und setzte sich an deren Bett. Grace seufzte leise im Schlaf, als spürte sie, dass ihre Mutter sie verlassen wollte. Emmas Herz wurde schwer. Wieder zerrte die Ungewissheit an ihr. Wäre es nicht besser, bei ihrer Tochter zu bleiben, in der Zeit, die ihnen noch gemeinsam blieb? Warum hoffte Emma darauf, dass Amelia das Kind mehr lieben würde, als es Bethany je möglich gewesen war?

Aber – und dieser Gedanke hielt Emma aufrecht – Amelia hatte Emma das Haus auf der Blumeninsel geschenkt, wie Bethany Emma an ihrem sechzehnten Geburtstag zähneknirschend mitgeteilt hatte. Wie naiv sie gewesen war, dachte Emma im

Nachhinein. Sie hatte dieses großzügige Geschenk einfach hingenommen und sich darüber gefreut, dass es Charlie, Grace und ihr als Zuflucht gedient hatte. Charlie. Wie anders wäre ihr Leben verlaufen, wenn Charlie noch da wäre, um sie zu beschützen, so wie er sie immer beschützt hatte. Mit tränenumflorten Augen schaute Emma ihre Tochter an, in deren Zügen sie täglich etwas von Charlie entdeckte. Sehr vorsichtig beugte Emma sich zu Grace hinunter und küsste sie. Grace gähnte im Schlaf und drehte ihrer Mutter den Rücken zu.

Vorsichtig, um ihre Tochter nicht zu wecken, legte Emma den Brief auf den Nachttisch neben Grace' Bett. So würde die Kleine ihn am Morgen entdecken, sobald sie die Augen aufschlug. Und wenn das Stubenmädchen, das jeden Morgen die Asche aus dem Kamin entfernte, ins Zimmer kommen würde, noch bevor Grace erwachte? Nein, versuchte Emma sich zu beruhigen. Keines der Mädchen würde es wagen, einen Brief an sich zu nehmen, der an Grace adressiert war.

»Ich liebe dich, mein Kleines«, flüsterte Emma, bevor sie einen letzten Blick auf ihre schlafende Tochter und den Brief warf. Mit einem leisen Seufzer nahm sie den Koffer in die rechte Hand, die Schuhe in die linke und schlich sich auf Zehenspitzen durch die Flure von Tristyans Manor, stets lauschend, ob auch niemand von den Dienstboten oder – schlimmer noch – Bethany ihr Verschwinden bemerkte.

Kapitel 40

Tristyans Manor 2012

Wer weiß, vielleicht hast du ja reiche Verwandte in Amerika – wünschen wir uns das nicht alle?«, fragte Laura leichthin. Sie wollte etwas sagen, das Grace' Erschütterung abmildern könnte. Beim besten Willen konnte sich Laura nicht vorstellen, was für einen Sturm der Gefühle ihre Großtante jetzt durchstehen musste. Zu erfahren, dass ihre Großmutter ihr eigenes Kind genauso verlassen hatte wie ihre Mutter. »Reiche Verwandte – das könnte die Rettung für Tristyans Manor sein. Willst du dem nicht nachgehen?«

»Nein.« Grace schüttelte den Kopf. Sie presste die Lippen so fest aufeinander, dass sie beinahe weiß wirkten. »Ich habe mich entschieden. Tristyans Manor war für mich nie ein echtes Zuhause.«

»Aber …« Laura schwieg einen Augenblick. Grace so aufgewühlt zu sehen, erschreckte sie. »Willst du gar nichts über deinen Stiefgroßvater und deine wahre Großmutter erfahren? Amelia, die Frau, von der das wunderschöne Blumenbuch ist …«

Mehr wagte Laura nicht zu sagen. Ein Blick in Grace' bleiches Gesicht belehrte sie eines Besseren. Grace sah aus, als hätte ihr jemand alle Lebenskraft geraubt. Nur dank Joshua, der sie stützte und fest umschlungen hielt, schien sich Grace aufrechthalten zu können.

»Nein«, antwortete Grace scharf und holte tief Luft. In ihren Augen glitzerten Tränen, was für die stets beherrscht wirkende Grace ein Zeichen höchster Aufregung war. »Nein, ich glaube nicht.«

Laura konnte erkennen, wie schwer es ihrer Großtante fiel, die Fassung zu wahren. Sanft legte sie Grace ihre Hand auf den Arm. Obwohl sie sonst nicht um Worte verlegen war, wollte ihr kein Trost einfallen. Nichts, was Laura sagen konnte, würde dem gerecht, was Grace gerade eben von Joshua und ihr erfahren hatte. Obwohl – Bitterkeit erfüllte Laura – sie mit Fabian auch auf eine harte Weise hatte lernen müssen, was es bedeutete, wenn sich das sicher geglaubte Leben als Lüge entpuppte. Wie es sich anfühlte, betrogen worden zu sein. Es half nichts, den Kopf in den Sand zu stecken und zu hoffen, dass sich alles in Wohlgefallen auflöste. Auch wenn sie mit Matthew gerade Ähnliches erlebte und sie ihn noch immer vermisste, war es Lauras Erfahrungen nach besser, sich allem zu stellen, um es für sich abschließen zu können. Unangenehme Wahrheiten hatten die unangenehme Angewohnheit, dass sie nie ganz verschwanden, sondern unter der Oberfläche lauerten und auf eine Chance warteten, zurückzuschlagen und Schmerzen zu bereiten.

»Ich weiß nur zu gut, dass es manchmal schlimmer wird, wenn sich ein Verdacht erhärtet«, sagte Laura daher leise. Einerseits konnte sie nur zu gut verstehen, dass ihre Großtante am liebsten alles vergessen wollte, was sie gemeinsam herausgefunden hatten. Andererseits war Laura kein Mensch, der offene Fragen stehenlassen konnte. Vor Problemen davonzulaufen – nun, das hingegen beherrschte sie bestens. »Ich weiß auch, vergangen ist vergangen, aber …«

Grace schaute Laura schweigend an. So eindringlich, dass Laura sich fühlte, als wäre sie ungefragt in Grace' Privatsphäre eingedrungen. Laura spürte einen Anflug von Groll – hatte sie Grace nicht alles erzählt, was sie bedrückt hatte? Gehörte es nicht zu einer sich entwickelnden Freundschaft, dass beide Seiten etwas voneinander preisgaben? Sofort schämte sich Laura für diese Gedanken. Sicher, Fabians Betrug hatte sie tief getroffen, aber – das musste sie eingestehen – er war nur ein Teil ihres Lebens gewesen. Ein wichtiger Teil, ohne Zweifel, aber ihre Ehe hatte nicht ihr ganzes Leben geprägt. Grace hingegen musste sich der Tatsache stellen, dass ihr gesamtes Leben auf Lug und Trug aufgebaut war, dass die Frau, bei der sie aufwuchs, eine Kinderdiebin gewesen war. Wie konnte jemand nur zu so etwas Schrecklichem fähig sein? Und es dann auch noch der eigenen Schwester anzutun?

»Nein«, wiederholte Grace. »Meine Großmutter ist und bleibt Bethany. So … so ungern ich das zugebe, sie war die einzige Großmutter, die ich je kannte. Sie hat meine Mutter nicht im Stich gelassen … Allerdings hat das Emma nicht davon abgehalten, genauso davonzulaufen wie ihre Mutter vorher.«

Sie presste die Lippen fest aufeinander, als wollte sie kein weiteres Wort sagen. Joshua schaute Laura an und schüttelte den Kopf. Besorgnis zeichnete sich auf seinem markanten Gesicht ab.

»Es muss einen Grund geben, warum Amelia deine Mutter nicht nach Amerika geholt hat.« Laura konnte und wollte nicht glauben, dass die Frau, die diese Briefe voller Sehnsucht geschrieben hatte, ihr Kind einfach vergessen hatte. Obwohl sie Grace schützen wollte, konnte Laura nicht einfach nachgeben. »Und deine Mutter hatte bestimmt auch einen Grund. Soll ich ... weitersuchen?«

»Nein!«, antwortete Grace. Ein Muskel an ihrem Mundwinkel zuckte. Was für ein Vulkan aus Wut und Enttäuschung musste unter ihrer vorgeblich beherrschten Oberfläche schlummern. »Was vergangen ist, ist vergangen.« Grace verschränkte die Arme vor der Brust und reckte das Kinn in die Höhe, als wollte sie ihren Worten Nachdruck verleihen.

Eine Woge der Zuneigung überkam Laura, wie sie ihre Großtante da so stehen sah, bereit zu kämpfen und sich selbst angesichts all dessen, was sie erfahren hatte, nicht unterkriegen zu lassen.

Sie schwieg einen Augenblick, um nachzudenken, ob sie Grace' Wunsch nicht nachkommen sollte. Schließlich war es Grace' Leben und deren Geschichte, so dass es sich nicht gehörte, sich einfach über deren Wünsche hinwegzusetzen. Aber – wie Laura zu ihrer Überraschung erkennen musste – sie selbst war noch lange nicht so weit, dass sie Amelia aufgeben wollte. Seitdem sie das erste Mal das Buch ihrer unbekannten Vorfahrin in die Hände bekommen hatte, hielt es sie in seinem Bann ... Hatte sogar nach einem ihrer ersten Gartendesignprojekte darüber nachgedacht, in Anlehnung an Amelias *Die Blumen Madeiras* selbst ein Buch herauszubringen, dann jedoch Fabian kennengelernt und die Idee verworfen ...

Und dann Amelias Briefe an ihre ungeborene Tochter – Schreiben voller Leidenschaft und Sehnsucht, gefühlvoller als Laura es je erwartet hätte. Nein, sie konnte und wollte nicht glauben, dass diese Frau ihr Kind im Stich gelassen hatte. Etwas in Laura wollte einfach keine Ruhe geben, eine Stimme, die ständig wiederholte, dass Amelia niemals ihre Tochter aufgegeben hätte, nachdem sie von ihr erfahren hatte. Mochte noch so viel Zeit vergangen sein, eine so starke Liebe, wie Amelia sie für ihr Kind empfunden hatte, erlosch nicht einfach so.

Aber gleichzeitig schätzte und mochte Laura Grace zu sehr, als dass sie ihrer Tante etwas aufzwingen wollte, was diese strikt ablehnte.

»Es tut mir leid, aber ich kann Amelia nicht ruhen lassen.« Laura musterte Grace, die ihren Blick stumm erwiderte und ihre Arme noch stärker verschränkte, als wollte sie einen Schutzwall um sich herumziehen. Enttäuschung zeichnete sich deutlich auf ihrem Gesicht ab. »Ich … ich war schon immer auf eine Weise von Amelia fasziniert, die ich mir selbst nie richtig erklären konnte. Und jetzt, wo ich so viel über diese Frau erfahren habe, ihre Lebensgeschichte …«

Warum nur wollte es ihr einfach nicht gelingen, ihre Gedanken und Gefühle so in Worte zu kleiden, dass Grace sie einfach verstehen musste? Selbst für Lauras Ohren klang ihre Erklärung dürftig. Grace sagte weiterhin kein Wort. Das Schweigen zwischen ihnen wurde langsam unbehaglich, bildete eine Mauer, die sie trennte. Etwas an Grace' Haltung sagte Laura, dass sie auf keinen Fall den ersten Schritt gehen würde. So freundlich und sanft Grace sonst war, wenn es um ihre Großmutter ging, schien sie eine Entscheidung getroffen zu haben, von der sie nicht abweichen wollte.

»Die Suche nach Amelia ist alles, was mir geblieben ist«, sprach Laura schließlich die traurige Wahrheit aus, die sie vor Grace – und auch vor sich selbst – hatte verbergen wollen. Sie schluckte. »Matthew wird mit Cloe leben. Du wirst hoffentlich mit Joshua glücklich und ich …«

Als sie in Madeira angekommen war und erfahren hatte, dass Amelia ebenfalls im Haus am Leuchtturm gewohnt hatte, war Laura das ebenso als ein Wink des Schicksals erschienen wie ihr Zusammentreffen mit Matthew, der die Pflanzenwelt der Insel fotografieren sollte. Auch wenn Matthew und sie nicht zueinandergefunden hatten, so betrachtete Laura das alles weiterhin als Zeichen, dass sie sich mit dem Leben der Blumenmalerin beschäftigen sollte.
Laura kämpfte gegen die Tränen an, konnte ein Schluchzen jedoch nicht unterdrücken. Natürlich freute sie sich für ihre Tante, aber trotzdem schmerzte es, Grace und Joshua in trauter Zweisamkeit zu sehen und daran erinnert zu werden, was sie verloren hatte.
»Oh Laura. Ich …« Grace nahm Laura in die Arme. Mit leiser Stimme sagte sie: »Entschuldige, ich hätte daran denken sollen.«
»Schon gut«, antwortete Laura und schniefte. Sie löste sich aus Grace' tröstlicher Umarmung, um nach einem Taschentuch zu suchen. »Ich … also … nicht dass du meinst, ich gönne dir dein Glück nicht, aber …«
»Laura.« Grace klang ernsthaft ärgerlich. »Das würde ich dir nie unterstellen. Aber ich habe einfach nicht bedacht, wie Joshua und ich auf dich wirken müssen.«
Laura konnte nur nicken. Jedes Wort hätte wieder zu Tränen geführt.
»Der Egoismus von Liebenden, fürchte ich«, setzte Grace mit einem Lächeln hinzu.
»Ach verflucht, warum muss das Leben so kompliziert sein?« Jetzt, wo sie endlich über ihr Unglück reden konnte, fühlte sich Laura erstaunlicherweise gleich besser. Alle Versuche, Matthew aus ihren Gedanken zu verbannen, hatten nur dazu

geführt, dass sie sich wieder und wieder gefragt hatte, wie es den beiden wohl ging. Laura hatte sich vorgestellt, wie Matthew Cloe küsste, wie seine Hände über deren schlanken Körper wanderten, wie sie sich gemeinsam darüber freuten, dass sie einander nun endlich wieder in den Armen halten konnten, und alles andere darüber vergaßen. Matthews Anrufe hatte Laura ignoriert, weil sie sicher war, dass er sich nur entschuldigen und ihr erklären wollte, was sie auf keinen Fall hören wollte. Zu sehr hätte sie sich an Fabian erinnert gefühlt, der ebenfalls nach Rechtfertigungen gesucht hatte, warum er gehandelt hatte, wie er gehandelt hatte. Nein, wenn sie ehrlich war, hatte Fabian sogar versucht, ihr die Schuld in die Schuhe zu schieben, dass er sich auf eine Affäre eingelassen hatte.
»Was machen wir jetzt?« Grace legte in ihrer typischen Art den Kopf schief. »Ich … Ich weiß es nicht. Ich will dir Amelia nicht nehmen, aber ich will auch nichts mehr über sie wissen.«
Jetzt war es an Laura, ihre Großtante schweigend anzuschauen. Auch ihr fiel keine Lösung ein, die sie beide glücklich machen könnte. Warum nur war das Schicksal so launisch und hatte ihr Amelias Geschichte und Grace' Freundschaft geschenkt, nur damit sie sich zwischen beiden entscheiden musste?
»Grace, Darling, gib uns Neugierigen einfach ein paar Tage Zeit«, sagte Joshua sanft. Mit seiner Linken strich er Grace über die Wange, eine Geste voller Liebe, die Laura schlucken ließ. »Wir behalten alles für uns, was wir herausfinden. Es sei denn, du willst es wissen …«
Joshua war also auf ihrer Seite. Damit verbesserten sich ihre Chancen. Dankbar nickte Laura ihm zu. Doch dann überkam sie das schlechte Gewissen, so elend und verloren, wie Grace da vor ihr stand. Es musste doch einen Weg geben, Amelias letztes Geheimnis zu lüften, ohne Grace noch mehr zu verletzen.

»Könntest du damit leben, dass nur Joshua und ich uns auf Spurensuche begeben?«, fragte Laura schließlich und bemühte sich, sich ihre Aufregung nicht anmerken zu lassen. »Wir würden dich nicht mit hineinziehen.«
»Ach Laura«, antwortete Grace. Sie schüttelte den Kopf. »Ich bin doch schon viel stärker involviert, als ich es je wollte. Wie stellst du dir das vor? Wie soll ich die Augen verschließen, wenn ich euch beide auf Schnitzeljagd sehe?«
»Du hast recht«, musste Laura zugeben. »Ich habe nicht nachgedacht.«
Grace schwieg einen Moment. Schließlich drückte sie Joshuas Hand, holte tief Luft und traf ihre Entscheidung. »Schon viel zu lange schiebe ich es vor mir her, die Zimmer meiner Großmu… Lady Bethanys Zimmer auszumisten und aufzuräumen«, sagte sie mit feinem Lächeln. »Da könnt ihr euch nützlich machen und gleichzeitig eurem Forscherdrang frönen.«
»Danke«, war alles, was Laura mit einem Kloß im Hals sagen konnte.

Laura lächelte. »Also, wo fangen wir an? Ganz klassisch auf dem Dachboden?«
»Um Himmels willen.« Joshua hob in einer gespielten Geste des Schreckens theatralisch die Hände in die Höhe, und Laura musste aus vollem Herzen lachen. Das Zusammensein mit ihm und die gemeinsame Suche nach den letzten Geheimnissen, die Tristyans Manor verbarg, taten ihr gut. »Warst du schon einmal da oben. Ich bin mir sicher, da lagern Dinge aus der Zeit der Rosenkriege. Wenn wir da je hochmüssen, enden wir als Schlossgespenster.«
Er hob die Arme und gab vor, mit Ketten zu rasseln.

»Also nehmen wir uns alle Schreibtische vor und suchen nach dem Brief oder Testament oder Tagebuch in dem Geheimfach, das vor uns noch niemand entdeckt hat.«

»Schön wär's, aber Grace hat mir erzählt, dass sie Bethanys Schreibtisch nach deren Tod bereits gründlich durchsucht und nichts gefunden hat.«

»Also – kein Geheimfach?«

»Wahrscheinlich eher nicht.«

»Also – der zweite Klassiker – die geheimnisvolle Hutschachtel im Schrank.«

»Wenn es nur ein Schrank wäre.« Joshua gab ein gespieltes Stöhnen von sich. »Lady Bethany war eine große Sammlerin. Drei Schränke, vier Kommoden und eine Anrichte. Such dir etwas aus. Da hinten sind die Kartons für Oxfam.«

»Ich nehme die Schränke und hoffe auf edle Ballkleider.«

Voller Elan faltete Laura fünf Kartons, in die sie die abgelegten Kleider von Lady Bethany packen wollte, um sie zu spenden. Sie öffnete den ersten Schrank und prallte zurück. Mit einer Mischung aus Grausen und Faszination betrachtete sie die vielen Kleider, die sorgfältig nach Farben sortiert auf den Bügeln hingen. Ob Bethany ihre Garderobe selbst sortiert hatte oder ob es wohl die Aufgabe einer Zofe gewesen war, die Kleider in der richtigen Reihenfolge aufzuhängen?

Als sie näher an den Schrank herantrat, musste Laura niesen. Der Geruch nach Lavendel und Mottenkugeln kitzelte ihre Nase. Trotzdem hob sie das erste Kleid, ein schlichtes Hemdblusenkleid aus beigefarbener Seide, vorsichtig vom Bügel und legte es zusammen. Hoffentlich würde sich eine Liebhaberin für das schöne Teil finden, das aussah wie neu. Zum Abschied strich Laura die kühle Seide glatt, bevor sie das Kleid vorsichtig in den Karton legte.

Inzwischen hatte Laura bereits den dritten Karton zur Hälfte gefüllt. Langsam lichtete sich die Kleiderpracht, so dass sie nach Briefen oder Tagebüchern suchen konnte. Zu ihrer Enttäuschung fand Laura weder Schuhkartons noch Hutschachteln im Schrank. Auch das intensive Abklopfen der Rückwand brachte kein Geheimversteck zum Vorschein. Sie streckte sich und drehte sich zu Joshua um, der ebenfalls mehrere Kartons gefüllt hatte.

»Im ersten Schrank waren nur Kleider«, sagte sie zu Joshua. »Hattest du mehr Erfolg?«

»Wenn du Angora- und Kaschmir-Twin-Sets als Erfolg ansiehst, dann ja.« Joshua deutete auf drei Kisten, die er an die Wand gestapelt hatte. »Keine Geheimnisse, nur akkurat zusammengelegte Kleidung. Und Mottenkugeln.«

»Lass uns einen Tee trinken, bevor wir uns die weiteren Schränke vornehmen«, schlug Laura vor.

»Nix. Erst die Arbeit, dann das Vergnügen.« Joshua lächelte.

»Ohne Tee kann ich nicht arbeiten«, protestierte sie daher scherzhaft.

»Habt ihr schon etwas gefunden?« Als ob sie ihr Geplänkel gehört hatte, kam Grace mit einem Tablett herein. Neben einer Kanne Tee und drei Tassen lagen verführerisch duftende Scones, die so warm waren, dass Dampf von ihnen aufstieg.

»Nur Kleider und Twin-Sets«, antwortete Laura leichthin, da sie die Anspannung auf Grace' Gesicht deutlich sehen konnte. »Keine geheimen Papiere.«

Obwohl sie sich bemühte, ihre Erleichterung zu verbergen, konnte Grace nicht verhehlen, dass Lauras Worte sie entlasteten. Und wieder überkam Laura ein schlechtes Gewissen. Sie beruhigte sich damit, dass es ja möglicherweise eine positive Nachricht gäbe.

»Danke für den Tee. Er kam zur rechten Zeit. Noch mehr Twin-Sets in Beige und ich hätte mich aus dem Fenster stürzen müssen.« Joshua küsste Grace auf die Wange.
An der Art, wie er Grace über den Rücken strich, erkannte Laura, dass auch er sich Sorgen machte. In einträchtigem Schweigen genossen sie ihre Teatime.
»Ich weiß nicht, ob ich euch Erfolg wünschen soll«, sagte Grace zum Abschied. »Ich weiß es wirklich nicht.«
Nachdem sie gegangen war, hing eine unbehagliche Stille im Raum.
»Heimlich hege ich die Hoffnung, dass wir noch etwas Gutes über Bethany herausfinden«, sagte Joshua schließlich. Er wirkte bedrückt und sprach sehr leise, beinahe wie zu sich selbst. »Das wünsche ich mir für Grace. Schließlich ist sie bei ihr aufgewachsen.«
Laura nickte. Auch sie wünschte sich, dass Grace' angebliche Großmutter wenigstens irgendwo eine nette Seite verborgen hatte, damit Grace eine gute Erinnerung an Tristyans Manor mit sich nehmen konnte.
»Also, lass uns weitersuchen.« Sie zwinkerte Joshua zu. »Soll ich die Unterwäsche übernehmen?«
»Ich bin ein emanzipierter Mann. Keine Sorge. Liebestöter rauben mir nicht die Illusion, dass ihr Frauen zarte Geschöpfe seid.«
»Schön, dann bleiben mir die Ballkleider.« Mit diesen Worten machte Laura sich wieder an die Arbeit. Der zweite Schrank, deutlich größer als der erste, platzte schier vor Abendkleidern, Pelzstolas und Pelzmänteln. Laura schüttelte sich. Sie konnte nicht verstehen, wie es jemandem gefallen konnte, getötete Tiere zu tragen.
»Laura, kannst du mir mal helfen, bitte?«, hörte sie Joshua

rufen. Froh, dass sie den Pelzen und dem Staub entkommen konnte, stand Laura auf und streckte sich.

Im Nebenraum kniete Joshua vor der Kommode und versuchte, die oberste Schublade herauszuziehen. Er ruckelte, aber etwas schien sich verkantet zu haben, so dass die Schublade stecken blieb.

»Was soll ich tun?« Laura ließ sich ebenfalls auf die Knie nieder und schaute die Schublade an.

»Drück mal bitte hier dagegen.« Joshua deutete auf die Seite. »Irgendetwas stimmt mit der Länge der Schublade nicht. Aber das verdammte Ding klemmt.«

Mit gemeinsamen Anstrengungen gelang es ihnen, die Schublade herauszuziehen. Als das Holzteil vor ihnen lag, erkannten sie, dass die Schublade deutlich kürzer war als die beiden anderen, die Joshua auf dem Boden abgelegt hatte. Laura und Joshua wechselten einen Blick.

»Wollen wir wirklich?« Jetzt überkamen Laura plötzlich Skrupel. Was wäre, wenn sie etwas herausfänden, was Grace nur noch mehr weh tun würde? Aber gab es wirklich Schlimmeres, als von der eigenen Mutter verlassen zu werden und bei einer Kinderdiebin aufzuwachsen?

»Wir müssen es Grace ja nicht sagen.« Joshuas Gedanken schienen sich auf ähnlichen Pfaden zu bewegen. »Wirklich?«, fragte Laura mit einem schiefen Lächeln. Sie konnten Grace vielleicht die Wahrheit verheimlichen, aber sie würden doch nicht so kurz vor dem Ziel noch aufgeben. »Los, lass uns nachsehen.«

Joshua griff in die Kommode und zog eine Holzkassette heraus, etwa so groß wie eine Schmuckkassette. Aufgeregt knetete Laura ihre Unterlippe mit den Zähnen, während sie zusah, wie Joshua den Schlüssel langsam drehte. Meine Güte, warum

dauert das so lange, dachte sie nervös. Endlich sprang der Deckel auf. Wieder wechselten sie einen Blick.
Briefe. Gebündelt und mit einer Schleife zusammengehalten.
»Möchtest du?« Joshua sah Laura an.
Anstatt zu antworten, nahm sie das Bündel vorsichtig heraus, löste die Schleife und schaute sich den obersten Brief genauer an.
»Er … er ist für Grace«, flüsterte Laura. »Von ihrer Mutter.«
Behutsam griff Joshua nach dem zweiten Brief.
»Der auch.« Auf ihren Gesichtern zeichnete sich Verwirrung ab. Wie konnte das sein? Bethany hatte doch alle Briefe von Emma verbrannt, wie Grace erzählt hatte. »Er ist aus New York.«
»Sie sehen gelesen aus.« Laura drehte den Brief in ihrer Hand. Der Umschlag wirkte alt und brüchig, vor allem jedoch abgegriffen, so, als ob ihn jemand immer wieder geöffnet hätte. »Wir sollten sie Grace geben.«
»Schnell, gib sie ihr, bevor ich mich nicht mehr beherrschen kann.« Laura wirkte angespannt. Starke Gefühle kämpften in ihr. Die Neugier, was Emma wohl geschrieben hatte, lag im Kampf mit dem Wunsch, Grace' Vertrauen nicht zu missbrauchen. »Und lass uns hoffen, dass Grace sie nicht verbrennt.«
Vorsichtig nahm sie das Bündel in die Hand, um wenigstens anhand der Umschläge etwas zu erfahren.
»Kannst du die Daten entziffern?«, fragte Joshua. »In welchem Zeitraum hat Emma Grace geschrieben?«
»Seltsam.« Laura kniff die Augen zusammen, um die verblasste Stempelfarbe lesen zu können. »Zwölf Tage lang jeden Tag einen Brief … und dann nichts mehr. Vielleicht hat Bethany alle weiteren vernichtet. Oder woanders versteckt.«

»Und der hier?« Joshua deutete auf den dreizehnten Brief, dessen Papier und Farbe ihn deutlich hervorhoben. »Was ist mit dem?«

»Kein Absender.« Laura warf einen letzten sehnsüchtigen Blick auf das Bündel, ehe sie es Joshua gab. »Hier, bring es bitte zu Grace, bevor ich es mir anders überlege.«

Kapitel 41

East Hampton, Long Island, 1938

Ein Brief ihrer Stiefmutter. Inzwischen hatte Amelia das Schreiben bestimmt zehnmal hin und her gewendet, ohne den Mut gefunden zu haben, es zu öffnen.

Nach ihrem überstürzten Aufbruch von Tristyans Manor – einem heftigen Streit mit ihrer Schwester geschuldet – hatte Amelia sich erneut geschworen, alle Brücken hinter sich abzubrechen und niemals wieder Kontakt mit ihrer Familie aufzunehmen. Auch wenn es ihr das Herz gebrochen hatte, ihre Tochter bei Bethany und Lady Norah aufwachsen zu lassen. In den wenigen Tagen, die Amelia mit Emma verbracht hatte, hatte sie eine tiefe Liebe zu dem Mädchen entwickelt, das alle Erwartungen, die Amelia an ihre Tochter gestellt hatte, eingelöst hatte. Nur die Sorge, dem gesundheitlich angeschlagenen Mädchen einen schweren, möglicherweise tödlichen Schaden zuzufügen, hatte Amelia davon abgehalten, sich ihrer Tochter zu offenbaren, sosehr sie es sich auch gewünscht hatte.

Nach dem überhasteten Aufbruch war Amelia so verletzt und durcheinander gewesen, dass sie Lawrence angerufen hatte, um ihm alles zu beichten, doch ihr Mann war nicht zu erreichen gewesen. Die Rückreise hatte Amelia Zeit gegeben, sich wieder zu fassen. Warum sollte sie ihren Ehemann mit einer längst vergangenen und vergessenen Liebschaft überraschen, wenn sie doch ihre Tochter nie wiedersehen würde? Verzweifelt hatte Amelia wieder und wieder ihre Möglichkeiten im Kopf durchgespielt, aber ihr wollte keine Lösung einfallen. Bethany hatte alle Trümpfe in der Hand. Und das Leben ihrer Tochter zu riskieren, kam für Amelia einfach nicht in Frage. Immerhin – mit diesem Gedanken versuchte sie sich seit Tagen zu trösten – hatte sie ihre Tochter besuchen können, hatte sich davon überzeugen können, dass es Emma gutging.
Amelia hatte sich Emma nicht als Mutter offenbaren können, gleichzeitig vermochte es Amelia nicht, sich dem Mädchen nur als Tante vorzustellen und schweigend zu ertragen, wie Emma, ihre Emma, Bethany »Mutter« nannte. Noch weniger konnte Amelia Bethanys triumphierenden Blick aushalten, wenn sich Emma bemühte, alles zu tun, um ihrer vermeintlichen Mutter zu gefallen. Am Tag ihrer Abreise hatte Amelia Bethany ihren Zorn und ihre Trauer entgegengeschleudert und geschworen, nie wieder einen Fuß nach Tristyans Manor zu setzen, auch wenn das bedeutete, dass sie ihre Tochter niemals wiedersehen würde. Damit Emma sie nicht ganz vergäße, hatte Amelia ihrer Tochter das Haus auf der Blumeninsel geschenkt. Sie hatte einen Vertrag bei einem Notar aufsetzen lassen, der ihrer Tochter das Haus an deren sechzehntem Geburtstag überließ. Verbunden mit der Auflage, dass das Haus nicht verkauft werden dürfte, sondern stets an die Töchter vererbt werden würde.

Auf diesem Weg wollte Amelia ihrer Tochter und deren Töchtern eine Zuflucht geben, so wie es das Haus für sie gewesen war, auch wenn es der Ort ihres tiefsten Unglücks geworden war. Und vielleicht – so hoffte Amelia – würde eine ihrer Nachfahrinnen einmal die Briefe finden, die sie an Emma geschrieben und in der Nähe des Hauses versteckt hatte. Sie hatte keine andere Möglichkeit gesehen: Im Haus wollte sie die Schreiben nicht lassen, da sie fürchtete, dass Bethany sie finden könnte. Mit nach Boston konnte sie die Briefe nicht nehmen, ohne sich der Gefahr auszusetzen, dass Lawrence von ihnen erführe und sie ihm alles erklären müsste. Dazu fühlte sich Amelia einfach nicht imstande. Wie sollte sie einem robusten und pragmatischen Amerikaner erklären, dass ihre eigene Schwester ihr die Tochter geraubt und als ihr eigenes Kind ausgegeben hatte? Wie sollte sie jemandem, dessen Familie eine fröhliche und laute Gruppe war, die gern und viel Zeit miteinander verbrachte, verständlich machen, was für Winkelzüge und Verpflichtungen, Sitten und Konventionen ihr Leben bestimmt hatten? Nein, so schwer es ihr fiel und so hart es sie ankam, diese Last musste sie allein tragen.
Auf dem Weg in ihr Sommerhaus nach East Hampton war sie versucht gewesen, Lawrence die ganze traurige Geschichte zu erzählen, aber er wirkte angespannt, weil sein wichtiger Fall sich immer mehr in die Länge zog, so dass es Amelia vorzog, ihre Geheimnisse für sich zu behalten und stattdessen ihrem Ehemann einen unbeschwerten Urlaub zu bieten. Auch die Vorfreude darauf, wieder Zeit und Ruhe für ihre Malerei zu finden, trug dazu bei, dass Amelia langsam zur Ruhe kam. In Boston ließen ihr die vielfältigen Verpflichtungen aus Ehrenämtern, Dinnerpartys und Führung eines Haushalts kaum Zeit, sich ihren Bildern zu widmen. Viel zu selten fand sie die

Muße, sich in das Atelier zurückzuziehen, das Lawrence für sie hatte bauen lassen. In den Hamptons jedoch war Amelia frei von allen gesellschaftlichen Verpflichtungen und verbrachte Stunden am Strand und in den Dünen, bemüht, die unterschiedlichen Blautöne des Meeres in ihren Bildern einzufangen.
Leider hatte das Wetter ihnen einen Strich durch die Rechnung gemacht. Andauernde Regenfälle hatten ihnen nur wenig Gelegenheit für lange Strandspaziergänge oder ausgedehnte Malnachmittage gelassen, so dass Lawrence heute früh nach Westhampton gefahren war, um ihnen wenigstens etwas Unterhaltung zu organisieren, wie er geheimnistuerisch angemerkt hatte. Amelia hatte inzwischen schon wiederholt aus dem Fenster gesehen, ob er nicht bald zurückkehrte, da der Himmel sich immer weiter zuzog, als ob ein Unwetter drohte. Wenn das Wetter so bliebe, würden sie ihren Ausflug nach Montauk, zum Leuchtturm, wohl wieder aufschieben müssen. Doch statt ihres Ehemanns hatte sie nur den Postboten angetroffen, der ihr den Brief reichte, der mit Verspätung aus Boston angekommen war. Und nun, nachdem sie sich schweren Herzens damit abgefunden hatte, den Lebensweg ihrer Tochter nicht mehr zu begleiten, war der Brief von Lady Norah in ihre fragile Ruhe geplatzt und hatte die alten Wunden erneut aufgebrochen. Niemals hätte Amelia damit gerechnet, dass ihre Stiefmutter sich bei ihr melden würde. Schon allein wegen der Vorwürfe, mit denen Amelia Lady Norah überschüttet hatte, bevor sie Tristyans Manor verlassen hatte. Sollte ihre Stiefmutter etwa geläutert sein und sich bei Amelia für all das entschuldigen, was sie ihr angetan hatte? Nein, Lady Norah war keine Frau, die um Verzeihung bitten würde, mochte ihr Handeln auch noch so verwerflich sein. Wahrscheinlich diente

der Brief nur dazu, Amelia mit den altbekannten Vorwürfen zu überschütten, weil diese Schande über die Familie gebracht hatte. Sollte sie das Schreiben öffnen oder es ungeöffnet verbrennen?

Amelia seufzte. Warum nur zwang ihre Stiefmutter sie, sich erneut mit Tristyans Manor zu beschäftigen? Schlimm genug, dass sie ihre Tochter nur sehen durfte, ohne dem Kind die Wahrheit erzählen zu können. Mit jedem Tag, den sie auf Tristyans Manor verbracht hatte, war es Amelia schwerergefallen, Emma zu belügen. Jeder Blick aus den Augen ihrer Tochter war Amelia wie ein stummer Vorwurf erschienen, auch wenn das Mädchen das sicher nicht beabsichtigt hatte. Jedes Mal, wenn Bethany etwas Liebloses zu Emma gesagt hatte, wäre Amelia am liebsten aufgesprungen, um ihrem Kind zur Seite zu springen. Drei Tage hatte sie sich zügeln können, aber am vierten Tag hatte sie Bethany zur Rede gestellt, woraufhin ihre Schwester sie des Hauses verwiesen hatte. Immer wieder hatte Amelia die Fahrt nach Portsmouth unterbrechen müssen, weil sie ihre Tränen nicht mehr zurückhalten konnte. Kurzentschlossen war sie abgereist, hatte einen Umweg über Madeira gemacht, um das Haus dort ihrer Tochter zu vererben. Und um die Briefe zu verstecken. Zu ihrer Überraschung hatte sie dabei Unterstützung von Olive erhalten, die Amelia beinahe nicht wiedererkannt hatte. Inzwischen war das einstige Zimmermädchen in London zu einer berühmten Schauspielerin geworden, die es sich nicht nehmen ließ, die Sommerfrische auf Madeira zu verbringen. Im Reid's Palace selbstverständlich. Aber selbst das Haus auf der Blumeninsel barg zu viele traurige Erinnerungen, und Amelia wollte nicht lange bleiben.

Die Schiffsreise zurück nach Amerika hatte sie wie in Trance überstanden. Als sie in New York angekommen war, hatte sie

schweren Herzens den Entschluss gefasst, ihre Tochter zu vergessen. Wenn sie Emma wirklich liebte, musste sie sich das Kind aus dem Herzen reißen.
Und nun ein Brief von Lady Norah. Amelia wendete das Schreiben ein letztes Mal in ihrer Hand. Mit einem Seufzer legte sie es auf ihren Schreibtisch. Was immer Lady Norah ihr auch zu sagen hatte, es konnte sicher bis heute Nachmittag warten. Doch die Neugier ließ ihr keine Ruhe, und ein paar Minuten später fuhr der Brieföffner scharf durch das Papier, zerriss den Umschlag, weil Amelia in ihrer Ungeduld zu hastig war. Endlich fielen zwei Bögen hellvioletten Papiers heraus.

Amelia,
noch nie ist mir ein Schreiben so schwergefallen wie dieses.
Ich habe in den letzten neun Jahren versucht, mir einzureden, dass ich damals richtig entschieden habe und dass es für alle Seiten besser war, dass Emma auf Tristyans Manor aufwächst und alle Vorzüge genießen kann, die ihr unsere Familie bietet. Ich habe versucht, meine Entscheidung damit zu rechtfertigen, dass es auch für Dich besser war. Dass Du mit einem unehelichen Kind niemals Dein Glück in Amerika gefunden hättest.
Alles schön und gut. Aber als ich Dich und Deine Tochter zusammen gesehen habe, musste ich erkennen, dass ich ein großes Unrecht begangen habe. Nichts kann die Liebe einer Mutter ersetzen, auch kein noch so reiches Haus. Ich habe mich schuldig gemacht. Und ich habe noch mehr Schuld auf mich geladen, weil ich Bethanys Lügen nicht richtiggestellt habe.

Amelia ließ ihre Hand sinken. Vor ihr auf dem Tisch lag das zweite Blatt des Briefes, elegantes fliederfarbenes Briefpapier mit dem eingeprägten Wappen der Lanstons. Niemals zuvor hatte etwas in ihr so viel Angst und gleichzeitig so viel Hoffnung geweckt. Amelias Finger zitterten, als sie die zweite Seite aufnahm und die blassblaue Schrift, elegant und schnörkellos wie Lady Norah selbst, überflog.

Es tut mir sehr leid, Amelia, dass ich zu schwach und zu feige war, Dir die Wahrheit zu sagen. Aber trotz all ihrer Fehler bleibt Bethany meine Tochter …
Ich brachte es nicht übers Herz, sie vor Deinen Augen als Lügnerin dastehen zu lassen. Aber nach Deiner Abreise konnte ich nicht mehr schlafen. Meine Schuld verfolgt mich wie ein Gespenst. Ich fühle mein Alter und will nicht mit dieser Last auf den Schultern meinem Schöpfer entgegentreten.
Du ahnst sicher bereits, was ich Dir sagen will: Emma ist nicht krank. Bethany hat erneut gelogen, um Deine Tochter zu behalten. Es gibt keine Entschuldigung für sie. Es gibt keine Entschuldigung für mich.
Ich kann Dich nur um Verzeihung bitten, und darum, mir zu vertrauen, dass ich in gutem Glauben handelte.
Amelia, wir waren uns nie nahe, aber ich hoffe, dass Du mir glaubst, dass ich nicht nur an Bethany und mich dachte, als ich damals die verhängnisvolle Entscheidung getroffen habe.
Selbstverständlich werde ich alles in meiner Macht Stehende tun, um Dir zu Deiner Tochter zu verhelfen.
Sei gegrüßt von
Lady Norah

Der Brief fiel Amelia aus der Hand. Bethany! Eine Woge aus Hass auf ihre Schwester überwältigte Amelia. Zum ersten Mal in ihrem Leben verstand sie, warum Menschen zu Mördern wurden. Sie hätte für nichts garantieren können, wenn ihr ihre Schwester gegenübergestanden hätte. Schlimm genug, dass Bethany ihr die Tochter nach der Geburt geraubt hatte, aber dass sie die Grausamkeit besessen hatte, eine weitere infame Lüge folgen zu lassen, war an Bösartigkeit nicht mehr zu überbieten. Bethany hatte ihr lächelnd in die Augen sehen können, obwohl sie merken musste, wie sehr Amelia unter der Unwahrheit gelitten hatte.

Nach Tristyans Manor! Sie musste sich sofort auf den Weg nach Tristyans Manor begeben. Amelia sprang auf und lief in ihr Zimmer. Ohne nachzudenken, zerrte sie den Koffer aus dem Schrank und warf ihn aufs Bett. Wahllos zog sie Kleider, Unterwäsche, Seidenstrümpfe, Jacken, Pullover und Röcke aus dem Schrank. Sie hielt einen Augenblick inne, um das Chaos zu betrachten, das sie in kürzester Zeit angerichtet hatte. Amelia schluchzte auf. Sie setzte sich zwischen ihre Kleidungsstücke und weinte die Tränen, die sie sich in den letzten Wochen verboten hatte.

Um sich abzulenken, ging sie ins Wohnzimmer und schaltete das Radio ein. Anstatt der erhofften Musik hörte sie Meldungen über Roosevelts Bemühungen, die Depression zu beenden, von der auch Lawrence so viel sprach. Erneut beschwor der Sprecher die Sorge vor einem drohenden Krieg in Europa, was Amelias Herz panisch schlagen ließ. Sie musste so schnell wie möglich nach Tristyans Manor, um ihre Tochter in Sicherheit zu bringen.

Einzig der Wetterbericht versprach Positives. Der angekündigte Sturm schien sich vor der Küste aufzulösen, wie schon so oft. Das Sprichwort *Hurricanes don't come to New England* schien auch in diesem so krisengeschüttelten Jahr Geltung zu behalten.

Wieder lief Amelia ins Schlafzimmer, um wahllos Kleidungsstücke in den Koffer zu werfen, bis sie die Sinnlosigkeit ihres Tuns erkannte. Nein. Wenn sie wieder überstürzt aufbräche, gäbe sie Bethany nur wieder die Gelegenheit, sich eine weitere hinterhältige Intrige auszudenken. Nein, dieses Mal musste sie klüger vorgehen und – Amelia holte tief Luft – endlich Lawrence einweihen. Bisher hatte sie ihrem Ehemann die Wahrheit vorenthalten, weil sie davon ausgegangen war, Emma nie wiederzusehen. Doch jetzt …

Einen Augenblick lang wurde Amelias Herz schwer. Sie liebte und vertraute Lawrence, dem sie es verdankte, wieder ihre Lebensfreude gefunden zu haben, aber liebte er sie genug, um ihr zu verzeihen, dass sie ihm ein uneheliches Kind verschwiegen hatte? Wo ihnen der sehnlichste Wunsch eines eigenen Kindes versagt geblieben war. Obwohl sich Amelia sicher war, dass Lawrence sie liebte, konnte sie nicht sagen, wie er auf den unerwarteten Schatten der Vergangenheit reagieren und sein Leben verändern würde. Sicher, Lawrence hatte sich immer Kinder gewünscht, aber ob er ein Kuckuckskind lieben könnte?

Bilder zogen vor ihrem inneren Auge auf. Lawrence und sie gemeinsam im Kino, das er so liebte. Lawrence, der sie mit einem unerwarteten Geschenk überraschte und sich freute wie ein Schuljunge, wie gut ihm die Überraschung gelungen war. Lawrence' Blick, mit dem er sie betrachtete, wenn er meinte, dass sie es nicht bemerkte. Wenn eines in ihrem Leben gewiss war, dann die Liebe ihres Ehemanns zu ihr. Sicher wäre Lawrence enttäuscht, weil sie ihm ihre Vergangenheit verschwiegen hatte, aber er würde alles unternehmen, damit sie glücklich würde.

Erneut kamen Amelia die Tränen, dieses Mal jedoch vor Freude. Mit Lawrence' Hilfe würde es ihr gelingen, Bethany zu besiegen und Emma für sich zu gewinnen. Amelia konnte es kaum erwarten, dass er nach Hause kam. Um die Zeit zu überbrücken, hängte sie ihre Sachen zurück in den Schrank, las den Brief wohl noch ein Dutzend Mal und schrieb kurzentschlossen eine Antwort. Erst fiel es ihr ausnehmend schwer, die richtigen Worte zu finden, doch dann flossen sie ihr aus der Feder, voller Freude und Liebe. Schnell suchte sie einen Umschlag, schrieb Emmas Namen und Adresse darauf, ehe sie die beiden dünnen Blätter knickte und einsteckte. Da sie in ihrem Sekretär keine Briefmarke finden konnte, legte sie den Brief und einige Münzen auf die Anrichte im Flur, damit das Hausmädchen ihn fände und versandte.

Nachdem sie diese Aufgabe erledigt hatte, überlegte Amelia erneut, wie sie ihrem Ehemann die verwickelte Geschichte erklären sollte. Endlich hörte sie, wie sich der Schlüssel im Schloss der Haustür drehte, sprang auf und lief Lawrence entgegen.

Erstaunt schaute er sie an und gab ihr einen Kuss, bevor er Hut und Mantel an die Garderobe hängte.

»Möchtest du einen Drink?«, fragte Amelia. Sie musste ihre Hände beschäftigen, um sie nicht zu ringen und dadurch ihre Nervosität zu verraten.

»Vor dem Essen?« Lawrence legte fragend den Kopf schief. »Dann kann ich nicht mehr Auto fahren.«

»Ich … ich muss mit dir reden.« Amelia knetete ihre Finger. Sie wagte es nicht, Lawrence anzusehen. »Es … es ist sehr wichtig.«

»Kann es noch zwei Stunden warten?«

Überrascht hob sie den Kopf. Was hatte diese Frage zu bedeuten? Was konnte so wichtig sein, dass er ihr Gespräch verschieben sollte.

Lawrence lächelte, sichtlich stolz über seine Überraschung: »Ich habe Kinokarten für uns. Eine Matinée in Westhampton Beach. Wir beide haben uns ein wenig Abwechslung verdient, nicht wahr.«

Sein Blick war liebevoll und arglos, und Amelia brachte es nicht über sich, auf dem Gespräch zu beharren. Sie hatte ihm ihr Geheimnis so lange verschwiegen, dass zwei Stunden mehr oder weniger nichts ändern würden. So redete sie sich ein, obwohl sie wusste, dass ihr diese zwei Stunden Aufschub wie ein Geschenk erschienen. Während sie auf ihn gewartet hatte, hatte sie wieder und wieder überlegt, wie sie Lawrence erklären sollte, dass sie eine Tochter namens Emma hatte, die in Cornwall lebte und nicht einmal ahnte, dass Amelia ihre Mutter war. Jedes Wort schien ihr unpassend. Jeder Beginn der Geschichte falsch, weil er wichtige andere Stränge vernachlässigte. Denn über eines war sie sich klargeworden: Sie würde Zeit benötigen, um Lawrence alles – und vor allem ihr Schweigen – erklären zu können. Zeit und eine gute Stimmung seinerseits. Wenn sie ihm die Matinée vorenthielte, wäre er sicher enttäuscht – kein guter Anfang für eine Beichte. Nun, dann würde sie eben noch ein wenig warten.

»Soll das Wetter nicht schlechter werden?«, fragte Amelia, um etwas zu sagen.

»Im Radio haben sie nichts davon gesagt.« Lawrence schüttelte den Kopf. »Dann würden sie die Matinée doch sicher ausfallen lassen.«

Ein Blick auf sein Gesicht überzeugte Amelia. Ihr Ehemann freute sich wie ein kleiner Junge auf den Film. Sie und Lawrence und ihre Tochter würden noch ihr Leben lang Zeit miteinander verbringen können.

Kapitel 42

New England 1956

Grace, mein Liebes,
Du fehlst mir. Jeden Tag. Jede Stunde. Jede Minute. Ich denke stets an Dich und wünschte, Du könntest bei mir sein.

»Emma. Der Arzt ist jetzt da.«
Ungehalten über die Störung hob Emma den Kopf. Beschämt über ihre Ungerechtigkeit bemühte sie sich um ein Lächeln. Die Nonnen waren stets freundlich zu ihr, obwohl sie sicher keine einfache Patientin war. »Danke, Schwester Clarissa. In einer Minute bin ich so weit.«
Emma schraubte den Füllfederhalter zu und legte ihn gemeinsam mit dem Brief auf den schmalen Nachttisch, der neben ihrem Bett stand. Schlicht und einfach war beides, so wie der gesamte Raum sehr karg war. Weißgetünchte Wände, die von Alter und Sonnenlicht ausgeblichen und vergilbt waren. Nur ein Holzkreuz diente als Schmuck und Blickfang. Ein Zimmer,

in dem Menschen nur eine kurze Zeit verbrachten. Kein Raum, in dem jemand länger gewohnt und ihm ein Gesicht und eine Ausstrahlung gegeben hatte. Was wohl Lady Bethany davon halten würde, dass das Schicksal Emma schließlich an diesen Ort verschlagen hatte. Bevor sie sich tiefer mit diesem Gedanken beschäftigen konnte, öffnete sich die weißgestrichene Holztür und der junge Arzt kam herein.

»Wie geht es Ihnen heute?«, fragte er, sichtlich bemüht, zuversichtlich zu schauen. Sein rundes Gesicht, auf dem einige vergessene dunkle Bartstoppeln darauf hinwiesen, dass er sich heute Morgen in Eile rasiert hatte, war in Emmas Augen kaum geeignet, freundliche Lügen zu tragen. Auch heute gelang es ihm nicht, Emma zu täuschen. Sie war sich der Schwere ihrer Krankheit nur zu bewusst. Magenkrebs. Einen inoperablen Tumor hatte bereits der Spezialist in London diagnostiziert, den sie heimlich aufgesucht hatte, nachdem Grace und sie nach Tristyans Manor gekommen waren, und von Metastasen in Lunge und Leber gesprochen. Mehr Details hatte Emma nicht hören wollen, sondern ihn nur gebeten, ihr die Wahrheit zu sagen.

Ihr war nicht mehr viel Zeit geblieben. Zeit, die sie nutzen wollte, um ihre wirkliche Mutter zu finden, damit diese Grace ein liebevolleres Heim bieten würde, als es das Kind auf Tristyans Manor je finden würde. Diese Gewissheit hatte Emma überstürzt aus Cornwall abreisen und sich kopflos in die Suche nach ihrer Mutter stürzen lassen. Das Ergebnis ihrer Bemühungen hatte sie nicht erahnen können. Nachdem Emma vom Schicksal ihrer Mutter erfahren hatte, hatte sie alle Energie verlassen. Ihr blieb nur noch die Kraft, sich zum Sterben in dieses Krankenhaus zurückzuziehen. Nur noch wenige Tage blieben ihr, bevor sie sich der schrecklichen Krankheit ergeben

musste. Sie hatte ihre Tochter Hals über Kopf verlassen, um ihr eine bessere Zukunft zu bieten, was sich als Trugschluss erwiesen hatte.
Dieses Wissen machte es Emma noch schwerer, die richtigen Worte zu finden, mit denen sie sich von ihrer Tochter verabschieden wollte. Der Gedanke, dass sie Grace nie wiedersehen würde, dass sie ihre Tochter nie wieder in ihre Arme schließen könnte, schmerzte Emma mehr als das Wissen, dass ihr nur noch wenig Zeit blieb. Mit dem Tod konnte sie sich abfinden, mit der Ungewissheit über Grace' Schicksal nicht. Warum nur hatte ihre Tochter bisher auf keinen Brief geantwortet? Jeden Tag, seitdem sie Tristyans Manor verlassen hatte, hatte Emma ihrer Tochter geschrieben, ohne jedoch eine Antwort zu erhalten. Erst hatte sich Emma Grace' Schweigen damit erklärt, dass die Post einfach eine Weile unterwegs war, dann hatten die ersten Zweifel nach ihr gegriffen, die mit jedem Tag gewachsen waren, bis Emma anerkennen musste, dass ihre Tochter stumm bleiben würde. Für Emma gab es nur eine Erklärung: Bethany musste etwas damit zu tun haben – so, wie sie es befürchtet hatte. Von allein würde Grace niemals so handeln. Niemals würde ihre Tochter sich zurückziehen und Emma im Unklaren lassen, wie es ihr ging.
Schließlich war Emma in ihrer Verzweiflung darauf verfallen, Telegramme nach Tristyans Manor zu senden, die ebenfalls keine Antwort fanden. Anrufen konnte sie dort nicht, weil Lady Bethany sich weigerte, sich ein Telefon ins Haus zu holen, dessen schrilles Geklingele ihre Ohren beleidigte. In ihrer Not hatte Emma den Kaufmannsladen in Perranporth angerufen und die Besitzerin, die sich an sie erinnerte, gebeten, eine Nachricht nach Tristyans Manor zu überbringen. Zwei Tage später hatte Emma nachgefragt. Nein, das Kind habe sie nicht

sehen können, hatte die Ladeninhaberin mit ruhiger Stimme gesagt, aber dem Butler hätte sie eindringlich klargemacht, wie wichtig ihre Nachricht wäre. Da hatte Emma den Gedanken aufgeben müssen, dass sie an Lady Bethany und den Dienstboten vorbei Kontakt zu ihrer Tochter aufnehmen könnte. Also blieb ihr nichts anderes übrig, als in stoischer Verzweiflung jeden Tag einen Brief zu schreiben, auch wenn es ihr von Tag zu Tag schwererfiel.

»Wie geht es Ihnen?«, wiederholte der Arzt. Sorge malte sich auf seinem kindlichen Gesicht ab. Er wirkte viel zu jung, um sich mit Leben und Sterben zu beschäftigen. »Wirkt das Morphium?«

»Danke, ich habe keine Schmerzen mehr.« Emma bemühte sich, ihre Gedanken zu sammeln. Aber immer wieder drifteten diese ab, beschäftigten sich mit der Frage, wie es ihrem Kind wohl ginge. Die Unsicherheit, ob es Grace auf Tristyans Manor gut hatte, raubte Emma die Ruhe und die Kraft, die sie benötigte, um gegen die Schmerzen anzukämpfen. Das Morphium tat sein Übriges, um ihre Konzentration zu stören. Immer wieder dämmerte sie in einen Halbschlaf hinüber, aus dem sie erschöpft und verwirrt erwachte. Gestern hatte sie einige Minuten gebraucht, um überhaupt zu erkennen, wo sie sich befand.

»Ich schreibe einen Brief an meine Tochter.« Ihre Kehle fühlte sich wund und rauh an, und das Sprechen fiel ihr schwer. Wie lange war es her, dass sie den Schlauch hatte schlucken müssen? Allein die Erinnerung daran führte bereits zu Übelkeit. Mit ihrer Hand, die so ausgezehrt war, dass sie beinahe durchscheinend wirkte, griff Emma nach der des Arztes. »Bitte, sorgen Sie dafür, dass Grace ihn erhält.«

»Das werde ich.« Er senkte den Blick. Sein volles dunkles Haar erinnerte Emma an Charlie, was ein Lächeln hervorrief. Ver-

wundert schaute der Arzt sie an. »Ich kann ja wenig genug für Sie tun.«
Bevor sie ihm antworten konnte, durchzog eine Schmerzenswoge ihren Körper. Schlimmer als bei der Geburt schnitt sie der Schmerz. Emma keuchte und fiel zurück auf das Kissen. Panisch rang sie nach Luft. Husten schüttelte ihren mageren Körper, gefolgt von einer weiteren Schmerzwelle. Obwohl sie sich der Krankheit nicht beugen wollte, stieß Emma einen lauten Schmerzensschrei aus und krümmte sich zusammen.
»Schwester, schnell!« Wie durch Watte hörte sie die Stimme des Arztes, die sich panisch überschlug. »Schwester, ich brauche Morphium.«
Kurz spürte sie die Kühle des Desinfektionsmittels in ihrer Armbeuge, gefolgt von dem sanften Stich der Spritze. Ich muss meinen Brief noch beenden, lautete ihr letzter Gedanke, dann versank sie in eine friedliche Dunkelheit, in der der Schmerz sie nicht erreichen konnte.

Als Emma aus der Dunkelheit wieder auftauchte, schien bereits der Mond durch das kleine Fenster und tauchte ihr Zimmer in ein silbriges Licht. Feenlicht, hatte Charlie dieses milde Leuchten immer genannt. Charlie. Wie sehr sie ihn immer noch vermisste. Wie sehr sie sich wünschte, dass er bei ihr wäre und ihr in dieser schweren Zeit zur Seite stünde. Ihr Mann wacht über sie und erwartet sie an einem besseren Ort, hatte Schwester Clarissa wiederholt zu Emma gesagt. Ich wünschte, ich könnte daran glauben, hatte Emma geantwortet. Was für eine wunderbare Vorstellung, dass es einen Ort gäbe, an dem Charlie und sie gemeinsam lebten und darauf warteten, dass eines Tages auch Grace zu ihnen käme.
Grace.

Der Gedanke an ihre Tochter holte Emma zurück aus der milden Sanftheit, die mit dem Morphium einherging. Sie musste noch etwas Wichtiges erledigen. Nur was? Suchend blickte sich Emma um.
Auf dem Nachttisch stand ein Tablett mit Tee, Brot und Käse. Durstig griff Emma nach der Tasse und trank gierig, obwohl der Tee kalt war und bitter schmeckte. Brot und Käse ließ sie unberührt. Allein bei dem Gedanken an Essen drehte sich ihr der Magen um. Nur der Durst wollte nicht vergehen. Der Durst und das drängende Gefühl, etwas Wichtiges noch nicht beendet zu haben. Emma setzte sich weiter auf und schüttelte den Kopf, um ihre Benommenheit zu vertreiben. Suchend schaute sie sich erneut im Zimmer um und bemühte sich, sich zu konzentrieren.
Endlich fiel ihr Blick auf den dunklen Holztisch, der sich als dunkler Schatten vor der weißen Wand abzeichnete. Emma kniff die Augen zusammen. Ja, sie hatte sich nicht geirrt: Hellblau leuchtete das Luftpostpapier auf dem dunklen Holz. Mühsam setzte sie sich auf. Schwindel erfasste sie, und sie schwankte. Nur durch ihren starken Willen gelang es ihr, ihren widerspenstigen Körper dazu zu zwingen, aufrecht zu bleiben. Kalt spürte sie das Linoleum des Fußbodens unter ihren bloßen Füßen. Angenehm kühl. Emma stützte sich mit den Händen am Bett ab und stand auf. Ihre Beine, schwach durch das lange Liegen, konnten sie nicht tragen. Mit lautem Poltern fiel sie zu Boden. Schmerz durchzuckte ihren Ellenbogen, den sie sich am Bett angeschlagen hatte. Tränen traten ihr in die Augen. Nicht wegen des Schmerzes, sondern vor Enttäuschung, dass es ihr nicht gelingen wollte, an Grace' Brief zu gelangen. Sie schluchzte laut auf, lag zusammengerollt wie ein Tier auf dem Linoleum und ließ ihren Tränen freien Lauf.

»Emma.« Eine sanfte Berührung an der Schulter begleitete das Wort. Schwester Paula kniete neben ihr. Unter Tränen schaute Emma in das hagere Gesicht, das unter der schwarzen Haube seltsam farblos wirkte. Nur die durchdringend blauen Augen fielen einem sofort auf. Augen, in denen Emma nun Besorgnis und Erschrecken las. »Warten Sie, ich helfe Ihnen auf.«

»Danke.«

Wie sehr sie es hasste, so hilflos und stets auf die Unterstützung der Schwestern angewiesen zu sein. Warum nur musste ihr Körper sie derart im Stich lassen? Wie ein Sack fühlte sie sich, kaum in der Lage, selbst mit Hilfe der Nonne in das Bett zu kommen. Endlich lag sie wieder halb aufgerichtet in den Kissen, gestärkt durch ein Glas Wasser.

»Bitte. Der Brief. Ich … ich muss ihn zu Ende bringen.«

»Sie sollten sich ausruhen.« Sorgenvoll musterte die Schwester Emma. Ihre gestärkte Tracht raschelte leicht. Wie gut Emma dieses Geräusch inzwischen kannte. »Den Brief können Sie morgen früh noch schreiben.«

Emma schüttelte den Kopf. »Ich weiß nicht, ob mir noch so viel Zeit bleibt. Bitte.«

»Sagen Sie doch nicht so etwas.« Die Nonne schürzte missbilligend die Lippen, was Emma keines Kommentars würdigte. Sie beide wussten, dass ihr nur noch wenige Tage, vielleicht sogar nur Stunden vergönnt waren. Warum also so tun, als ob ein Wunder möglich wäre. Den Glauben an Wunder hatte Emma an dem Tag verloren, an dem ihr der Arzt auf Madeira die Diagnose Magenkrebs mitgeteilt hatte. Nur wenige Wochen, nachdem Charlie gestorben war. Nur ein winziger Funken Hoffnung war ihr geblieben – vielleicht könnte ein Londoner Arzt ihr helfen. Ihr nächster Gedanke hatte Grace gegolten. Obwohl sich alles in Emma dagegen sträubte, hatte sie nur einen Ausweg gesehen – die Rückkehr nach Tristyans Manor. Damit Grace ein Zuhause hätte, nachdem ihre Mutter gestorben war. Doch schon nach wenigen Wochen hatte Emma ihren Fehler erkannt. Niemals würde Tristyans Manor ein Zuhause sein. Nicht, solange Lady Bethany dort herrschte.

Als ein glücklicher Zufall Emma auf die Spur ihrer Geschichte gebracht hatte und sie von Amelia erfuhr, hatte sie wieder Hoffnung geschöpft. Aus dem Brief, den Amelia ihr geschrieben und Bethany – wie hätte es anders sein können – ihr vorenthalten hatte, hatte so viel Liebe und Sehnsucht gesprochen, dass Emma bereit war, alles zu riskieren und ihr Glück in Amerika zu versuchen.

Vergebens.

Statt ihre Mutter zu finden, hatte sie hier nur erfahren, dass ihre Krankheit weiter fortgeschritten war, als es der Arzt in London erkannt hatte. Sofort nach der furchtbaren Diagnose hatte Emma eine Schiffspassage oder einen Flug zurück nach England buchen wollen, um bei ihrer Tochter zu sein, doch der Arzt hatte ihr die Reise verboten. Ihr Körper war zu geschwächt, um sich diesen Strapazen auszusetzen. Erst hatte Emma das nicht glauben können, fühlte sie sich doch mehr oder weniger gesund. Etwas schwach, viel zu müde, aber doch nicht so krank, dass sie ihre Tochter nicht sehen konnte. Das war, kurz bevor die Schmerzen eingesetzt hatten.

Mit eindringlicher Stimme und eindrücklichen Worten hatte der Arzt ihr ins Gewissen geredet, bis Emma nachgegeben hatte und ins Hospital gegangen war. Dorthin, wo ihr nichts anderes blieb, als die Schmerzen zu ertragen, während sie auf den Tod wartete. Und Briefe an ihre Tochter schrieb.

Jeden Morgen, wenn die Schwestern ihr das Frühstück brachten, das sie kaum anrührte, lautete ihre erste Frage: »Ist heute ein Schreiben für mich gekommen?«
Jeden Morgen brach es ihr das Herz, wenn die Nonne bedauernd den Kopf schüttelte. Beinahe taten Emma die Schwestern leid, die ihr jeden Morgen wieder die gleiche Botschaft überbringen mussten. Im Laufe des Tages fand sie ständig neue Erklärungen, warum Grace ihr noch nicht geantwortet hatte. Briefe, die verloren gingen; Postsäcke, die im Atlantik versanken, Zeit, die ihre Tochter benötigte, um sich damit auseinanderzusetzen, dass sie ihre Mutter nie mehr wiedersehen würde. Kurz bevor sie abends ihre Augen schloss, nahm sich Emma fest vor, am nächsten Morgen nicht nach einer Antwort von Grace zu fragen, sondern einfach abzuwarten, was der Tag ihr brächte. Doch jeden Morgen, sobald sich die Tür öffnete, erwachte sie und stellte sich nur eine Frage: »Ist heute ein Schreiben für mich gekommen?«
Trotz der Enttäuschung, die sie jeden Tag mit der Wucht eines Faustschlags traf und ihr den ohnehin geringen Appetit gänzlich raubte, trotz all der bitteren Gefühle zweifelte Emma jedoch nicht eine Minute an ihrer Tochter. So gewiss, wie die Sonne jeden Tag aufging, so gewiss würde Grace ihr schreiben, sobald sie einen Brief erhielt. Nach langem Überlegen – und sie hatte mehr Zeit als ihr lieb war, ihren Gedanken nachzuhängen – war Emma zu dem Schluss gekommen, dass es nur einen Grund geben könnte, warum Grace ihr nicht antwortete.
Bethany.
Bethany, die vorgegeben hatte, Emmas Mutter zu sein. Bethany, die ihrer eigenen Schwester das Kind genommen und sie von Tristyans Manor vertrieben hatte. Bethany, deren Hohn

und Spott Emma ebenfalls vertrieben hatte. Bethany, in deren Obhut sie Grace zurückgelassen hatte. Eine derart skrupellose Frau wie Bethany würde nicht zögern, Grace die Briefe ihrer Mutter vorzuenthalten. Nachdem ihre Überlegungen an diesem Punkt angelangt waren, blieb ihr nur noch eine Möglichkeit. Obwohl sie sich jedes Wort abringen musste, hatte sie vor drei Tagen einen Brief an die Frau geschrieben, die sie beinahe ihr Leben lang für ihre Mutter gehalten hatte. In wenigen, dürren Worten, niemals hinreichend, ihren Gefühlen Ausdruck zu verleihen, hatte Emma Bethany von ihrem nahenden Tod berichtet und diese gebeten, Grace sanft davon in Kenntnis zu setzen. Eindringlich hatte Emma gefleht, dass Bethany Grace einen Abschiedsbrief schreiben ließ, wenn schon nicht für Emmas Wohl, dann doch für das von Grace. Auch auf diesen Brief hatte sie keine Antwort erhalten.

Grace, mein Herz, ich wünschte, Dein Vater und ich hätten Deinen Weg länger begleiten können. Aber vergiss nie, Charlie und ich haben Dich sehr geliebt. Du warst unsere Sonne, unser Leben und stets in unseren Gedanken.
Heute frage ich mich, warum ich so versessen darauf war, meine Mutter in Amerika zu suchen, anstatt meine letzten Tage mit dir zu verbringen. Aber ich hoffte, dass meine Mutter dich so lieben könnte, wie ich dich liebe.

Das Morphium griff nach Emma und vernebelte ihr Denken. Ihr fiel es zunehmend schwerer, die Augen offen zu halten. Der Füllfederhalter entglitt ihren müden Fingern, das Papier segelte zu Boden, als Emma die Augen schloss.

Das leise Klopfen, bevor Schwester Clarissa eintrat, holte Emma zurück. Die Nonne trug eine Waschschüssel in den Händen und lächelte.

»Heute fragen Sie nicht.« Schwester Clarissa stellte die Waschschüssel auf den Holztisch und nestelte an ihrer Tracht. Emma schaute sie nur an, zu erschöpft, um eine Frage zu stellen. »Heute habe ich einen Brief für Sie.«

Schlagartig war Emma wach und richtete sich auf. Mit zitternden Fingern griff sie danach. Emma konnte einen Aufschrei nicht unterdrücken. Überraschung und Enttäuschung, hatte sie doch die Schrift erkannt, bevor das Papier ihren Fingern entglitten war.

»Bitte sehr.« Schwester Clarissa reichte Emma das Schreiben. Auf ihrem Gesicht ließ sich ablesen, wie erstaunt sie über Emmas Gefühlsausbruch war.

»Danke«, flüsterte Emma. Sie hielt den Brief mit spitzen Fingern, fühlte sich unfähig zu entscheiden, ob sie ihn lesen oder in Stücke reißen sollte.

»Ist er von Ihrer Tochter?« Die Nonne bemühte sich nicht einmal, ihre Neugier zu unterdrücken. Zu sehr hatten die Schwestern alle mit Emma gelitten und gehofft, dass diese noch etwas von ihrem Kind hören würde, bevor sie starb.

»Nein«, antwortete Emma mit gebrochener Stimme. »Von der Frau, die ich mein ganzes Leben lang für meine Mutter gehalten habe.«

Emma drehte den Brief in ihren Händen, ohne ihn zu öffnen. Erst wollte sie Grace die traurige Wahrheit schreiben. Dass ihre Reise umsonst gewesen war, dass sie ihre Mutter nicht gefunden hatte und nun allein sterben musste.

Kapitel 43

Tristyans Manor 2012

Matthew ist da.« Grace schaute Laura nicht an, sondern betrachtete angelegentlich ihre Hände. »Ich habe ihn in die Bibliothek gebeten. Willst du mit ihm reden?«

Laura stieß einen Laut der Überraschung aus. Ihre Finger bebten. Ihre Knie fühlten sich so weich an, wie es in Büchern immer beschrieben wurde. Mit der Hand tastete sie nach dem Bett und ließ sich schwer darauffallen.

»Ich … ich … nein.«

Sie war sich so sicher gewesen, dass sie nie wieder etwas von ihm hören würde, nachdem sie seine Anrufe ignoriert und alle SMS und Mails sofort ungelesen gelöscht hatte. Niemals hätte sie erwartet, dass er sich durch ihr Verhalten dazu aufgefordert fühlen würde, nach Tristyans Manor zu kommen. Sie wollte ihn nicht sehen. Wollte auf keinen Fall von ihm Erklärungen und Rechtfertigungen hören, warum er bei seiner Frau bleiben musste und wie leid ihm alles täte. Gleichzeitig konnte sie es nicht erwarten, ihn wiederzusehen. Warum nur

musste er sie in diese Lage bringen? Warum konnte er sie nicht in Ruhe lassen, damit sie über ihn hinwegkäme? Wie egoistisch von ihm. Nur, damit er sich besser fühlte, musste er ihre Wunden aufreißen.
»Nein!«, sagte sie mit vor Wut erstarkter Stimme. »Nein, ich will ihn nicht sehen. Bitte sag ihm das. Es tut mir leid, dass du meinetwegen solche Umstände hast.«
»Quatsch«, antwortete Grace und schüttelte den Kopf. »Es ist dein Leben, aber ich bin der Meinung, du solltest ihn wenigstens anhören.«
»Ich … ich kann nicht.«
»Hast du mir nicht auf Madeira Vorhaltungen über meinen mangelnden Mut gemacht?« Grace trat ans Bett und strich Laura sanft über die Schulter. »Nun erlaube mir, dass ich dir das Gleiche rate. Hör dir an, was er zu sagen hat. Ich werde dann für dich da sein.«
»Gib mir noch zehn Minuten, bitte.« Laura fühlte sich erleichtert. Grace' Worte hatten ihr mehr oder weniger eine Entscheidung abgenommen, die sie nicht hatte treffen wollen. Außerdem – wie sie voller Bitterkeit erkannte – konnte es kaum schlimmer werden. Alle Versuche, sich von der Trauer um Matthew abzulenken, hatten nur teilweise Erfolg gehabt. Sobald Laura sich einen Augenblick der Ruhe gönnte oder nicht mehr dem Geheimnis der Blumenmalerin nachjagte, tauchte Matthews Bild vor ihrem inneren Auge auf, gefolgt von dem Bild seiner Frau. In den Nächten hatten Laura Träume gequält. Träume, in denen Matthew und Cloe Laura zu ihrer erneuten Hochzeit eingeladen und sogar erwartet hatten, dass Laura die Brautjungfer gab und die Feier bezahlte.
Sie atmete tief ein, betrachtete ihr Gesicht in dem Spiegel, dessen Goldrahmen ihr plötzlich schal und blass erschien. Nur nicht

weinen, obwohl sie die Tränen bereits in ihren Augen schimmern sah. Diese Genugtuung wollte sie ihm nicht gönnen.
Langsam, sehr langsam ging sie die Treppe hinunter, fühlte sich von den Augen der Frauen und Männer verfolgt, die aus dunklen Bildern verächtlich auf sie herabblickten. Endlich hatte sie die Halle durchquert und stand vor der Tür zur Bibliothek. Sie legte die Hand auf die Klinke, als Panik sie durchzuckte. Nein, sie konnte und wollte niemals wieder mit Matthew zusammentreffen. Was hätte sie ihm schon sagen können? Schließlich war es nicht seine Schuld, dass seine Frau wieder aufgetaucht war. Das Schicksal, dessen Sinn für Ironie Laura bewundert hätte, hätte es ihr nicht so einen derben Schlag versetzt, hatte einfach nicht gewollt, dass sie mit Matthew glücklich wurde.
Als sie sich umdrehen wollte, hörte sie sein Lachen. Er scherzte wohl mit Middleford oder dem Dienstmädchen, die ihm auf Grace' Geheiß wahrscheinlich Tee gebracht hatten. In Grace' Welt gab es nichts, was sich mit Hilfe eines guten Tees nicht leichter ertragen ließ.
Zu ihrem Erstaunen versetzte Matthews fröhliches Lachen Laura in Wut. Wie konnte er es wagen, zu scherzen und fröhlich zu sein, während sie unter der erzwungenen Trennung litt. Die Wut gab ihr die Kraft, die Klinke herunterzudrücken und einzutreten.
Matthew sprang auf, als er sie sah. Laura blieb stehen, als wäre sie gegen eine unsichtbare Mauer geprallt. Vieles hatte sie erwartet, aber nicht das. Nicht den Ausdruck unverhüllten Ärgers auf seinem Gesicht, als er sie erkannte. Middleford nickte ihr zu und stahl sich an ihr vorbei aus der Tür.
»Laura!« Matthew blieb stehen, in Reichweite ihrer Hand, die sie nicht auszustrecken wagte, so sehr wütete der Zorn in seinem Gesicht. »Was bildest du dir ein?«

»Ich … Wie bitte?« Beim besten Willen fühlte sie sich nicht in der Lage, die Wörter zu einem vernünftigen Satz zusammenzubinden. Sie hatte Traurigkeit erwartet, vielleicht Schuld, möglicherweise auch Bedauern, aber Zorn? Woher nahm er sich das Recht, auf sie wütend zu sein? Schließlich hatte er sie verlassen.

»Ich habe dich ein Dutzend Mal angerufen, Hunderte von SMS und Mails geschickt.« Matthews Schultern bebten. »Kannst du dir nicht ausmalen, dass ich mir Sorgen gemacht habe?«

»Ich … ich …« Immer noch fand Laura keine Worte. Ihre Erschütterung musste ihr doch anzusehen sein. Seltsam, dachte sie, dass Matthew, der kühle Engländer, so viel mehr Gefühl offenbarte als Fabian. Endlich zeigte Matthew so etwas wie Mitgefühl.

»Entschuldige, ich hätte dich nicht gleich überfallen sollen.« Er deutete auf die Sessel. Seine Wut schien langsam zu verrauchen. »Lass uns hinsetzen, einen Tee trinken und über alles reden.«

Widerstandslos nahm sie seine Einladung an und setzte sich auf den mit blauem Samt bezogenen Sessel. Matthew goss Tee in die Tassen, wobei seine Hände zitterten, wie Laura bemerkte. Sie tranken schweigend, ohne sich anzusehen.

»Es tut mir …«, begann Laura, und gleichzeitig mit ihr sagte Matthew: »Ich hätte nicht …«

Zum ersten Mal sahen sie sich an und lächelten. Matthew machte eine Geste mit der Hand: »Nach dir, bitte.«

»Es tut mir leid«, begann Laura erneut. »Ich … ich war zu feige, um dir zu antworten. Ich wollte nicht hören, dass du dich für Cloe entschieden hast.«

Selbst in ihren Ohren hörte sich ihre Entschuldigung wie eine lahme Ausrede an, obwohl es sich um die Wahrheit handelte.

Allerdings um eine Wahrheit, die man wohl nur schwer jemand anderem verkaufen konnte. Eine Wahrheit, die auf den Erfahrungen einer enttäuschenden Ehe basierte, auf einer Vergangenheit, die es Laura schwermachte, Vertrauen zu jemandem zu fassen.

»Warum warst du dir sicher, dass ich mich über Cloes Rückkehr freue?« Matthew schaute sie direkt an. Verständnislos schüttelte er den Kopf, so dass Laura sich noch dümmer vorkam, als sie es ohnehin schon tat. »Du hättest mich wenigstens fragen können. Bedeute ich dir so wenig?«

»Nein.« Laura fuchtelte vor Aufregung wild mit den Händen und hätte beinahe die Etagere mit den Keksen umgestoßen. »Ich habe Cloe gesehen ... Und ... Sie ist sehr beeindruckend.« Mehr wollte sie nicht sagen. Sie brachte es nicht über sich, Matthew zu gestehen, dass sie sich neben Cloe blass und unscheinbar gefühlt hatte und nur zu gut verstehen konnte, wenn er sie wegen dieser exotischen und selbstbewussten Frau verlassen hätte.

»Ja, das ist sie«, antwortete er mit einem bitteren Lächeln. »Aber ich hätte gedacht, nein, ich war mir sicher, dass du an meine Gefühle für dich glaubst. Warum hast du nicht wenigstens gewartet?«

»Weil ich nicht mehr vertrauen kann.« Laura flüsterte die Worte, weil es ihr so schwerfiel, sie auszusprechen. Sie fühlte sich verletzlich und angreifbar und unsicher. Aber wenn sie Matthew nicht vertraute, was für einen Sinn hatte das Gespräch dann noch? Es war schlimm genug, dass sie einfach weggelaufen war, ohne ihm die Gelegenheit zu geben, seine Sicht der Dinge darzustellen. »Fabian hatte eine Affäre. Deshalb haben wir uns an dem Abend gestritten, als er den Unfall hatte ...«

Matthew stand auf, zog Laura hoch und nahm sie in die Arme. »Das … das tut mir leid.«
»Nein, mir tut es leid. Ich habe mich echt blöd benommen.« Jetzt kämpfte sie doch mit den Tränen. »Aber Cloe, sie wirkte so sicher, dass ihr beide wieder zusammenfinden werdet.«
»Ja, so war sie schon immer.« Nachdem Matthew sich gesetzt hatte, zog er Laura zu sich auf den Schoß. Er hielt sie fest und küsste sanft ihre Stirn. »Cloe schaut nicht, wie die Welt ist, sondern sieht sie so, wie sie sie haben will. Alles, was ihr nicht in den Kram passt, wird ausgeblendet. Wir waren nicht glücklich, bevor sie verschwand. Es gab nichts, an dem wir hätten ansetzen können.«
»Aber?« Laura sah ihm in die Augen. »Warum warst du dann auf Madeira? Ich dachte, du suchst nach ihr.«
»Das habe ich auch, aber …« Matthew fuhr sich mit den Fingern durch die Haare. »Nur, weil ich mich von dem Verdacht frei machen wollte, sie umgebracht zu haben. Weil ich wissen wollte, was mit ihr war. Auch wenn ich sie schon lange nicht mehr liebte, fühlte ich mich für sie verantwortlich.«
Laura schwieg. Matthews Geständnis war beinahe zu viel für sie, vor allem, weil sie sich über ihren Anteil an der unglücklichen Geschichte von Minute zu Minute mehr schämte. Sie hatte genau das getan, was sie Fabian immer vorgeworfen hatte: Sie hatte nicht über das Problem geredet, sondern ihre eigenen Schlüsse gezogen. Und das auch noch aufgrund von fehlerhaften Indizien. Wie hatte sie nur in diese Falle tappen können?
»Es tut mir leid, ich war …«
»Ich war auch nicht besser.« Matthew lächelte schief. »Ich hätte dir vorher alles erzählen sollen, aber ich habe nicht gern über meine Ehe, über Cloe geredet.«

Wieder schwiegen sie beide, aber dieses Mal war es ein einträchtiges Schweigen, ein Schweigen voller Verständnis und Zuversicht, ein Schweigen, auf dem man etwas aufbauen konnte. Laura wünschte sich nichts mehr, als Matthew zu küssen und zu erfahren, ob es eine Zukunft für sie geben könnte. Aber erst musste sie einen Schlussstrich unter die unglückselige Geschichte ziehen.

»Wo war sie? Warum ist Cloe ausgerechnet jetzt wieder aufgetaucht?«, fragte Laura schließlich. Hatte sie schon von ihr gewusst, bevor sie beide sich an jenem schicksalhaften Morgen begegnet waren?

»Sie wollte mich bestrafen.«

»Bestrafen? Wofür?«

»Cloe wünschte sich ein Kind, unbedingt. Sie hoffte wohl, damit unsere Ehe zu retten. Ich wollte beides nicht. Ich wollte die Scheidung.« Matthew seufzte. »Als sie mir von der Schwangerschaft erzählte, war sie bereits im dritten Monat. Sie kannte mich gut genug. Ich wäre nur wegen des Kindes bei ihr geblieben.«

Er schwieg, goss sich noch eine Tasse Tee ein und wirkte, als ob seine Gedanken zurück zu dem Tag wanderten, an dem seine Frau verschwunden war.

»Aber?«, fragte Laura »was ist denn passiert?«

»Cloe hat das Kind verloren. Sie ist gestürzt, bei einer Wanderung. Und hat mir die Schuld gegeben – so wie für alles, was in ihrem Leben schiefging.« Matthew verzog das Gesicht, als ob die Erinnerung immer noch schmerzte. »Als sie aus dem Krankenhaus kam, hat sie mir Vorwürfe gemacht, woraus ein schlimmer Streit entbrannte. Den Rest kennst du.«

»Ja, aber wo war sie? Wo hat sie die ganze Zeit gesteckt?«

»Freunde von Cloe waren mit ihrer Jacht in Funchal. Dort ist sie an Bord gegangen und mit ihnen nach Frankreich gesegelt.

Sie ist in Paris bei Freunden ihrer Eltern untergekommen. Denen hat sie erzählt, dass wir in Scheidung leben. Daher hat niemand nach mir gefragt.«

»Aber die Badesachen. Das Handtuch am Strand.« War sie etwa begriffsstutzig oder fehlte in Matthews Geschichte eine wichtige Information? »Wie geht das mit der Jacht zusammen?«

»Das war ein Teil von Cloes Plan, mich zu bestrafen. Sie wollte nicht einfach nur wortlos untertauchen, damit ich mich schuldig fühlte. Nein, sie wollte dafür sorgen, dass ihr Verschwinden für mich mit vielen Unannehmlichkeiten verbunden war.« Wieder stieß er einen Seufzer aus. »So ist sie eben. Am Anfang fand ich ihre überbordende Art sehr anziehend. Am Ende nur noch anstrengend.«

Laura konnte es kaum glauben. Was für ein Mensch musste man sein, um einfach spurlos zu verschwinden? Nein, schlimmer noch, das eigene Verschwinden zu inszenieren, und zwar so zu inszenieren, dass der eigene Ehemann in einen furchtbaren Verdacht geriet.

»Und jetzt? Ist Cloe nicht furchtbar wütend, dass du eine neue Liebe hast? Fürchtest du nicht ihre Rache?«

Wer wusste schon, was sich Matthews Ehefrau als Nächstes ausdenken würde, um ihren Ehemann und dessen neue Freundin zu bestrafen?

»Nein, sie ist nur zurückgekehrt, weil sie die Scheidung will. Sie hat einen anderen Mann gefunden, ihren Seelenverwandten, wie sie sagt.« Matthew stieß ein bitteres Lachen aus. »Ich wünsche ihm und ihr viel Glück. Das werden sie brauchen.«

»Aber …« Laura schüttelte fassungslos den Kopf. Sie hätte ihre Hand dafür ins Feuer gelegt, dass sie Matthews Frau richtig verstanden hatte. »Aber sie hat mir gesagt, dass sie sich auf einen Neuanfang mit dir freut.«

»Cloe wollte es sich nicht nehmen lassen, mir mein Glück zu nehmen, obwohl sie einen anderen Mann gefunden hat, einen besseren, wie sie nicht müde wurde zu betonen.«

»Also bist du frei.« Lauras Herz jubilierte. Warum nur hatte sie sich selbst unglücklich gemacht, anstatt mit Matthew zu sprechen? Sie spürte eine tiefe Dankbarkeit, dass er nicht aufgegeben hatte, sondern an ihre gemeinsame Zukunft geglaubt hatte. »Ich … ich liebe dich.«

»Ich liebe dich auch.« Endlich zog er sie in einen Kuss, der alle Wunden heilte und ihr eine wunderbare gemeinsame Zukunft versprach. »Aber eines bleibt noch.«

»Ja?« Sein Gesicht wirkte so ernst, dass sich Laura erschrocken ans Herz griff.

Er schob sie von sich, bis sie vor ihm stand. Was hatte das nur zu bedeuten? Bevor sie ihn fragen konnte, nestelte Matthew in den Taschen seiner Jacke und kniete sich vor Laura auf den Boden. Lachend schüttelte sie den Kopf. Das konnte nicht wahr sein, oder?

Matthew öffnete eine kleine schwarze Schmuckschatulle. Ein schmaler goldener Ring mit einem Diamanten blitzte vor dunkelblauem Samt auf. Mit breitem Lächeln hob Matthew die Schachtel hoch und hielt sie Laura entgegen.

»Laura Marc, möchtest du meine Frau werden?«

Kapitel 44

Tristyans Manor 2012

Ungläubig starrte Grace auf das Blatt Papier in ihrer Hand. Sie schüttelte den Kopf, unentschieden, ob sie nun lachen oder weinen sollte. Bereits als Joshua ihr den Stapel Briefe überreicht hatte, hatte Grace' Herz ihr bis zum Hals geschlagen. Eine Weile war sie einfach in ihrem Sessel sitzen geblieben, hatte die Briefe neben sich auf den kleinen mahagonifarbenen Beistelltisch gelegt, dorthin, wo sonst ihr Tee zu stehen pflegte.

»Sie gehören dir«, hatte Joshua gesagt. »Ich bin in Lady Bethanys Zimmer, falls du mich brauchst.«

»Danke.« Mehr hatte Grace nicht zu sagen vermocht. Zu groß war der Schock. Briefe ihrer Mutter. Nach all den Jahren. Briefe, die all die Emotionen aufwühlten, die Grace tief in sich vergraben hatte. So tief, dass sie beinahe selbst geglaubt hatte, dass sie mit dem Verrat ihrer Mutter ihren Frieden geschlossen hatte. Und nun dies. Briefe, die Grace' Leben auf den Kopf zu stellen drohten. Hatte sie nicht endlich Frieden verdient?

Kaum hatte Grace etwas gewagt und Joshua ihre Liebe gestanden, bestrafte sie das Schicksal, indem es ihre Vergangenheit wieder ans Tageslicht zerrte. Wie ein Hund, der alle Blumenbeete durchwühlt, bis er den Knochen findet, den er vor Jahren dort vergraben hat – ungeachtet all der Zerstörung, die sein sinnloses Tun anrichtet. Ja, dachte Grace. Genauso ist es. Das Schicksal ist ein riesiger schwarzer Hund, der mich nicht aus seinen Fängen lassen will.

Grace seufzte. Selbst, wenn sie es sich wünschte, dass es nicht geschehen wäre, aber einen Moment lang war sie sehr wütend auf Joshua und Laura gewesen, die einfach nicht aufgeben wollten. Die so lange nach Antworten gesucht hatten, bis das Schicksal seine Chance ergriffen hatte.

Vorsichtig, als tasteten ihre Finger nach einer Bombe, griff Grace nach dem Stapel. Das dünne Luftpostpapier knisterte leise. Weil ihr immer noch der Mut fehlte, die Briefe zu öffnen, zählte Grace sie durch. Ganz vorsichtig, um das zarte pastellfarbene Papier nicht zu zerstören. Sie sahen aus, als ob sie jemand mehrfach gelesen hätte. Wie konnte das sein? Sie erinnerte sich nur zu gut daran, dass Bethany die Briefe vor ihren Augen verbrannt hatte? Oder war das auch wieder nur eine Intrige der Frau, die sie für ihre Großmutter gehalten hatte?

Grace atmete tief ein. Zwölf, nein, dreizehn Briefe waren es. Abgestempelt in den USA. Hellblaue oder cremefarbene Umschläge mit den US-amerikanischen Farben Weiß, Blau und Rot als Bordüre am Rand. Briefmarken, auf denen stolz die amerikanische Flagge wehte. Grace nahm jeden einzelnen Umschlag in die Hand und studierte ihn, als fände sich dort eine Erklärung, warum die Vergangenheit ihr hässliches Haupt erhob und in Grace' Gegenwart spukte.

Beim sechsten Umschlag hielt sie inne. Das war kein Luftpostbrief. Auf dem Umschlag klebte nicht einmal eine Briefmarke. Die Adresse fehlte. Nur ihr Name war dort zu sehen. Grace schluckte trocken: Sie kannte das Briefpapier. Nur zu gut. Wieso war ein Schreiben ihrer Großmutter zwischen Emmas Briefe geraten? Unschlüssig drehte Grace den blauen Umschlag in ihren Händen. Gab die Liebe zu Joshua ihr genügend Kraft, sich Lady Bethany und der Vergangenheit zu stellen? Tee. Sie brauchte einen Tee, um sich mit derart komplizierten Fragen zu befassen. Nachdem Grace nach Middleford geklingelt hatte, den Tee serviert bekommen und einige Schlucke getrunken hatte, fühlte sie sich gestärkt genug, die Zeilen ihrer Großmutter zu lesen.

Wer wusste es schon – vielleicht hatte Lady Bethany ihr nur detaillierte Anweisungen hinterlassen, wie Grace die Orchideen zu pflegen hätte. Grace gönnte sich ein leises Lachen, bevor sie mit einer hastigen Bewegung den Umschlag aufriss. Mehrere engbeschriebene Bögen fielen heraus. Obwohl Lady Bethany schon einige Jahre tot war, wurden Grace' Handflächen schweißfeucht, als sie die charakteristische Handschrift ihrer Großmutter – nein, ihrer vorgeblichen Großmutter – erkannte. Grace schnupperte. Trotz der langen Zeit haftete ein Hauch von Bethanys Parfüm an den Briefbögen. Oder spielten ihre überreizten Sinne ihr einen Streich?

Grace,
wenn Du diesen Brief gefunden hast, kennst Du auch die Briefe Deiner Mutter. Ich werde dann nicht mehr leben. Sicher hast Du viele Fragen. Im Folgenden will ich versuchen, einige davon zu beantworten.

Grace stieß ein ungläubiges Schnauben aus. Wie typisch für Lady Bethany. Immer hatte sie gewusst, was Grace wohl fühlte oder dachte, allerdings ohne Grace je selbst befragt zu haben. Am liebsten hätte Grace den Brief sofort zerrissen, aber leider lag Lady Bethany mit ihrer Einschätzung richtig: Grace hatte viele Fragen, sehr viele Fragen und brannte nach Antworten.
Mit gesenktem Kopf las sie weiter und spürte, wie sich ihre Nackenhaare aufrichteten. Es fühlte sich beinahe so an, als flüsterte der Geist ihrer vermeintlichen Großmutter ihr die Sätze ins Ohr.

Ich werde mich nicht rechtfertigen oder erklären, so gut solltest Du mich kennen. Aber ich will Dir die Geschichte aus meiner Sicht erzählen. Nachdem Deine Mutter Dich und mich verlassen hatte, wurde mir mit bitterer Erkenntnis bewusst, wie wenig Einfluss Erziehung auf ein Kind hat, wenn man schädliche Einflüsse nicht von ihm fernhält. Deine Mutter war wie ihre Mutter, leicht zu beeinflussen, ein Gefühlsmensch, der nur dem Herzen folgte und nicht über die Folgen nachdachte.
Warum sonst hätte Emma ihr Kind – Dich – zurücklassen sollen, um einem Phantom – meiner Schwester Amelia – nachzujagen.
Nein, bevor Du fragst, ich weiß nichts über Amelias Schicksal. Es hat mich auch nie interessiert. Nachdem meine Schwester überraschend auftauchte und genauso plötzlich wieder verschwand, schrieb sie Emma nur noch einen Brief, ohne über die Konsequenzen nachzudenken, die es für das Kind gehabt hätte.

Lady Bethanys Worte lösten einen Sturm unterschiedlichster Gefühle in Grace aus, so dass es sie nicht mehr auf dem Sessel hielt. Grace legte die Briefbögen zur Seite und sprang auf. Mit hektischen Schritten durchquerte sie die Bibliothek. Mit zitternden Fingern zerrte sie am Kragen ihrer Bluse, die ihr plötzlich zu eng erschien. Ihr Herz raste, und sie meinte ein Stechen in der Seite zu spüren – deutliche Anzeichen eines Herzinfarktes? Keuchend blieb sie stehen und rang nach Luft. Raus, nur raus hier. Weg von Lady Bethanys Worten, die die Wahrheit sagten und doch so falsch klangen und alles verdrehten. Ohne nachzudenken, öffnete Grace die Tür und lief hinaus in den Garten.

Zart legte sich der Nieselregen auf ihr Haar und kühlte ihr erhitztes Gesicht. Erstaunt blieb sie stehen. Sie war so sehr in Lady Bethanys Worte vertieft gewesen, dass sie überhaupt nicht bemerkt hatte, dass der typische Sommerregen eingesetzt hatte. Hoffentlich beruhigt sich das Wetter bis zu unserem Fest wieder, ging es ihr für einen Augenblick durch den Kopf, bis ihr Lady Bethanys Vorwürfe gegenüber Emma wieder vor Augen standen. Tränen mischten sich mit dem Regen. Mit gesenktem Kopf und tränenblind kämpfte sich Grace über die vertrauten Wege, fühlte sich allein und unglücklich wie schon lange nicht mehr. Ebenso plötzlich wie er begonnen hatte, hörte der Regen auf. Nein, etwas daran war seltsam. Grace blieb stehen und stieß gegen jemanden.

»Wenn du schon bei dem Wetter durch den Garten gehen willst, sollte ich dich wenigstens beschirmen.« Joshua stand neben ihr, einen großen schwarzen Stockschirm in der Hand, den er über Grace hielt, so dass die Regentropfen sein Haar langsam dunkel färbten und sich auf seinem Pullover niederschlugen. Er streckte die andere Hand nach ihr aus.

Ihre Gefühle für ihn überwältigten Grace, und mit einem Mal war sie sich vollkommen sicher, dass weder Lady Bethanys noch Emmas Briefe ihr Leben verändern würden. Es lag in ihrer Entscheidung, Joshuas Hand zu ergreifen und sich für die Zukunft zu entscheiden oder weiterhin in der Vergangenheit zu verharren.

»Danke.« Grace lächelte unter Tränen. »Aber komm unter den Schirm, sonst erkältest du dich noch.«

Als hätte er nur auf ihre Aufforderung gewartet, trat Joshua neben sie. Selbst durch den Regen spürte sie seine Wärme und fühlte sich geborgen. Eine Weile standen sie schweigend da.

»Lass uns in die Bibliothek gehen«, sagte Grace schließlich und griff nach Joshuas Hand. »Ich … ich brauche dich, um die Briefe ertragen zu können.«

»So schlimm?«

»Sehr schlimm. Aber vergangen ist vergangen.«

Zurück in der Bibliothek schürte Joshua das Feuer im Kamin. Die Flammen loderten hoch. Der harzige Geruch brennenden Holzes zog durch den Raum. »Für mein Gefühl brauchen wir beide jetzt Wärme und Behaglichkeit.«

Grace konnte nur nicken. Das sanfte Knistern des brennenden Holzes erfüllte den Raum, und Grace rückte etwas näher an den Kamin heran. Joshua holte einen Sessel und das Beistelltischchen heran. Er schaute in die Flammen, während Grace sich weiter Bethanys Brief widmete. Nur unter Aufbietung aller Kräfte widerstand sie dem Impuls, die furchtbaren Worte dem Feuer zu schenken.

Noch heute halte ich es für die einzig richtige Entscheidung, Dir die Briefe Deiner Mutter vorenthalten zu haben. Jedes Schreiben hätte Dich nur durcheinanderge-

bracht und falsche Hoffnungen geweckt, die Dir alle Energie für die wirklich bedeutsamen Angelegenheiten geraubt hätten.

Grace stieß ein zorniges Schnauben aus und legte den Bogen auf das Beistelltischchen. Joshua griff nach ihrer Hand.
»Sie … sie ist unglaublich«, stieß Grace hervor und schüttelte den Kopf. »Unglaublich anmaßend. Sie … sie scheint überhaupt keine Zweifel zu kennen.«
»Darf ich?« Joshua nahm den Brief, nachdem Grace genickt hatte, und überflog die Zeilen. Grace beobachtete ihn voller Spannung, was er wohl dazu sagen würde.
»Sie muss ein unglaublich einsamer Mensch gewesen sein.« Joshuas Worte überraschten Grace. Mehr noch, sie versetzten ihr einen Stich. Wie konnte er es wagen? Wenn Joshua sie liebte, dann … dann musste er auf ihrer Seite stehen.
»Hegst du etwa Mitgefühl für sie?« Grace konnte es nicht glauben. Sollte Joshua ihr etwa in den Rücken fallen? »Bethany hat das Kind ihrer Schwester gestohlen und mir die Mutter genommen. Wie kannst du da Mitleid mit ihr haben?«
»Es ist furchtbar, was Lady Bethany getan hat. Du weißt, dass ich so denke.« Beruhigend legte Joshua ihr seine Hand auf den Arm. »Ich liebe dich und möchte am liebsten … Nun … Vielleicht gegen Lady Bethanys Grabstein treten für all das, was sie dir angetan hat, aber …«
Grace schaute ihn schweigend an. Joshua erwiderte ohne zu zögern ihren Blick. Für einige Augenblicke hing das Schweigen zwischen ihnen wie eine düstere Wolke, aus der sich jederzeit ein Sturzbach ergießen könnte, der ihre Liebe mit sich reißen und nichts zurücklassen würde als Chaos und Zerstörung. Aber nach dem ersten wütenden Impuls spürte sie eine

tiefe, unverbrüchliche Zuneigung zu Joshua. Gerade weil er in der Lage war, Mitgefühl für Bethany aufzubringen, liebte sie ihn umso mehr. Doch bevor sie ihm das sagen konnte, begann Joshua zu sprechen.

»Du hast jedes Recht, wütend zu sein, aber …«

»Aber ich darf mich davon nicht auffressen lassen«, antwortete Grace schließlich. »Ich weiß. Ich war eben nur wütend auf dich, weil …«

»Weil auch du ihre Einsamkeit gespürt hast.« Joshua nahm ihre Hand und küsste die Fingerspitzen. »Deshalb liebe ich dich. Weil du selbst für Lady Bethany Mitgefühl empfindest. Nach all dem Schmerz, den sie dir und deiner Mutter zugefügt hat.«

Grace hob die Hand und legte sie an seine Wange, genoss das Gefühl, als er sich an sie schmiegte und ihr einen Kuss auf die Innenfläche hauchte. Sie reichte ihm den Brief.

»Bitte. Bitte, lies in mir vor.«

Sichtlich erfreut setzte er sich auf, holte mit verschmitztem Lächeln die Lesebrille aus der Jackentasche und begann, Bethanys Brief vorzulesen. Durch seine angenehme Stimme erschienen Grace die Worte auf einmal nicht mehr so verletzend.

Vielleicht wirst Du alt und erwachsen genug sein, wenn Du meinen Brief liest, und verstehen, wie viel Schmerz ich Dir erspart habe.

Hier musste Grace bitter lachen, um ihre Wut und ihren Hass zu zügeln. Ob Lady Bethany wirklich nicht geahnt hatte, wie sehr Grace ihre Mutter vermisst hatte? Wie sehr sie darunter gelitten hatte, dass ihre Mutter sie verlassen hatte? Dass Grace

sich die Schuld dafür gegeben hatte? Wie oft war Grace morgens mit tränennassen Augen aufgewacht, weil sie von Alpträumen gequält wurde, in denen ihr Vater und ihre Mutter vor ihr davonliefen, während Grace ihnen mit ausgestreckten Händen hinterherstolperte, unfähig, Charlie und Emma je zu erreichen.
Joshua hob den Kopf und schaute sie fragend an. Mit einer Geste signalisierte Grace, dass er fortfahren sollte.

Ich werde nicht so etwas Dummes sagen wie: Ich wollte nur das Beste für Dich. Du würdest mir nicht glauben und bei all meinen Fehlern – Heucheln gehörte nie dazu. Ich brauchte Dich, damit ich nicht verlöre, was mir im Leben am wichtigsten war. Das, wofür ich alles auf mich genommen habe: mein Haus, mein wunderschönes Haus. Amelia hat Tristyans Manor nie so geliebt wie ich. Und Deine Mutter … Nun, Emma wollte niemals hier leben. Nicht so wie Du. Sosehr wir uns unterschieden haben, das immerhin hat uns verbunden, Grace. Die Liebe zu unserem Haus.
Ich lege sein Schicksal in Deine Hände.
Bethany Galveston

Nun musste Grace lauthals lachen. »Ist es nicht eine Ironie …?«, fragte sie und lächelte Joshua an. »Oder war es Schicksal, Lady Bethanys Brief gerade heute zu finden?«
»Hätte es etwas geändert, wenn du ihn vorher gelesen hättest?« Er zuckte mit den Schultern. »Hättest du anders entschieden?«
Grace überlegte einen Augenblick. Bereits nachdem Joshua ihr die Worte vorgelesen hatte, hatte sich ihr diese Frage ge-

stellt. Hätte sie anders entschieden, wenn sie Bethanys Brief gekannt hätte?

»Ich … ich weiß es nicht«, sagte sie schließlich. »Ich hätte mich – trotz allem – Bethanys Wünschen verpflichtet gefühlt. Oder ich hätte mich bewusst gegen ihr Legat entschieden. Ich weiß es nicht.«

So oder so, ihre Entscheidung war gefallen und ließ sich nicht mehr rückgängig machen. Daher erschien es müßig, sich weiter mit der Frage zu beschäftigen, was wäre gewesen, wenn?

»Komm.« Grace streckte Joshua ihre Hand entgegen. »Komm. Wir müssen noch einiges für unser Fest vorbereiten.«

Kapitel 45

Tristyans Manor 2012

Wer waren nur all die Menschen, die sich hier im großen Ballsaal versammelt hatten? Zur Abschiedsfeier von Tristyans Manor, die Grace bewusst auf den Jahrestag der Krönung Elisabeths II gelegt hatte – für sie auch der Jahrestag, an dem ihre Mutter sie verlassen hatte, um für sie beide ein besseres Leben zu finden. Wie traurig es war, dass es weder Amelia noch Emma gelungen war, ihrem Schicksal eine bessere Wendung zu geben. Als ob er ihre traurigen Gedanken spürte, drückte Matthew ihre Hand. Laura war froh, dass sie sich nicht allein der Menge stellen musste, die dem alten Gemäuer Leben einhauchte, wie in einem lebenden Bild. Sie erwiderte sein Lächeln.

»Es ist, als ob wir in eine Zeitmaschine gestiegen wären.« Matthew schüttelte den Kopf. Obwohl er sich in seinem schwarzen Anzug nicht ganz wohl zu fühlen schien, sah er stattlich und äußerst attraktiv aus. Das weiße Hemd und die weiße Fliege betonten seine Bräune. Schon mehrere Frauen hatten ihn mit Blicken bedacht, wie Laura mit einem leichten Stich von Eifersucht bemerkte. Nur die moderne Kamera, die um seinen Hals hing, trübte den Eindruck, er wäre ein Lord, der zu einer Jagdgesellschaft nach Tristyans Manor angereist war. Aber er hatte nicht darauf verzichten wollen, von ihrem letzten Abend in dem alten Herrenhaus viele Fotos zu schießen.

»Eine schöne Idee, zum Abschied ein Kostümfest zu geben.« Laura schaute sich mit leuchtenden Augen um. Joshua und Grace hatten sich alle Mühe gegeben, den Saal für ihre Abschiedsfeier in altem Glanz erstrahlen zu lassen. Das Parkett glänzte in einem warmen Honigton, der durch die vielen Kerzen, die in Leuchtern im Raum verteilt waren, weich schimmerte. Die Spiegelwand ließ den ohnehin riesigen Raum mit den vielen Menschen in den schillernden Kleidern noch größer wirken. Niemals zuvor hatte sie Tristyans Manor so elegant und lebendig gesehen. Durch die Fenster konnte Laura in den Garten blicken, den bunte Lichterketten und Fackeln erhellten.

»Wie schön es hier ist«, sagte sie zu Matthew, während sie eine weit ausholende Geste mit dem Arm machte. »Ich weiß nicht, ob ich mich an Grace' Stelle von der ganzen Pracht trennen könnte.«

»Das Haus wird ja nicht abgerissen«, antwortete Matthew mit einem Lächeln. »Es wechselt nur den Besitzer.«

»Ja schon.« Laura gab es auf, ihm verständlich machen zu wollen, was sie auf einmal mit Tristyans Manor verband. Nun, da sie gemeinsam mit Joshua und Grace die Geheimnisse der Lanston-Frauen enthüllt hatte, war das Herrenhaus für Laura nicht mehr nur ein Ort, den sie alle Jubeljahre einmal besucht hatte, sondern es war die Heimat von Amelia und Emma und

Grace, auch von Bethany und Lady Norah, Frauen, denen sie sich nahefühlte. Es kam Laura so vor, als würde sie diese fernen Verwandten verlieren, sobald Grace ausgezogen wäre. Auch das großzügige Versprechen ihrer Großtante, dass sich Laura jedes Buch aus der Bibliothek nehmen durfte, das sie interessierte, konnte den Abschiedsschmerz nicht lindern, obwohl ein Teil von Laura verstehen konnte, dass Grace den Ort verlassen wollte, der ihrer Mutter und ihrer Großmutter so viel Unglück und Schmerz gebracht hatte.

»Einen Penny für deine Gedanken.« Sanft stupste Matthew sie an. »Aber erst, wenn wir etwas gegessen haben.«

Geschickt dirigierte er sie durch die Menge bis hin zum Buffet. An der Längsseite, direkt vor den großen Fenstern, durch die man in die Nacht hinaussehen konnte, hatte man Unmengen von Platten und Schüsseln aufgebaut. Den ganzen Tag über waren Lieferwagen vorgefahren, die Blumengestecke, Tischwäsche, Geschirr und Besteck und schließlich das Essen brachten.

Ein silbrig schimmernder Schwan aus Eis thronte über Braten, Pasteten, Salaten, Desserts und Gebäck. Ein verführerischer Duft ging von den Köstlichkeiten aus, an denen sich die Gäste bereits gütlich getan hatten. Laura hörte ihren Magen knurren.

»Ich habe seit Stunden nichts mehr gegessen«, verteidigte sie sich.

»Wenn du auch so ewig brauchst, um dich zurechtzumachen«, spöttelte er. »Schau mich an. Ich habe nicht einmal zehn Minuten gebraucht und war feierfertig.«

»Deine Frisur ist nicht annähernd so kompliziert wie meine.« Laura bewunderte erneut ihr Spiegelbild. Zuerst hatte sie im Charleston-Look gehen wollen, da sie die kurzen Kleider mit Fransen, die pfiffigen Bobfrisuren und vor allem die verführeri-

schen Zigarettenspitzen mochte, die sie mit der Zeit verband. Nach einem längeren Gespräch mit Grace hatte sich Laura schließlich für eine etwas traditionellere Kleidung und Frisur entschieden. Getreu dem Motto des Abends *Tristyans Manor vor hundert Jahren* trug sie ein weinrotes Abendkleid, das mit silbrig glänzenden Ornamenten durchzogen war, die sich aus unzähligen winzigen Perlen zusammensetzten. Grace hatte ihr das wunderschöne Stück geschenkt. Passend dazu trug Laura eine silberne Kette, die ihren schlanken Hals betonte. Ihre braunen Haare hatte sie – mit Unterstützung einer Friseurin und einer Fülle künstlicher Haarteile – in einer komplizierten Hochsteckfrisur zusammengefasst, die von einem Haarnetz gehalten wurde, in dem ebenfalls Perlen schimmerten. Komplettiert wurde das Outfit durch weiße Handschuhe, die bis über die Ellenbogen reichten. Allerdings plante Laura, die zwar schönen, aber äußerst unpraktischen Dinger bei der nächsten Gelegenheit loszuwerden. Außerdem verdeckten die Handschuhe ihren Diamantring, den sie immer wieder anschauen musste, um sich zu vergewissern, dass sie nicht träumte. Vorsichtig tastete sie mit den Fingern der linken Hand über ihre rechte, um den Diamanten durch den Stoff der Handschuhe hindurch zu spüren.
»Siehst du Grace irgendwo?« Laura stellte sich auf die Zehenspitzen, um ihre Tante in dem Gewimmel zu entdecken. Aber die vielen Gäste erschwerten es ihr, jemanden zu erkennen. Und sie wusste nicht, was Grace tragen würde – sie hatte ein großes Geheimnis aus ihrem Kleid gemacht, was Lauras Neugier angefacht hatte.
»Ich wollte sowieso noch ein paar Bilder machen.« Matthew hob die Kamera ans Auge. »Gut, dass ich das Buffet schon heute Nachmittag fotografiert habe, bevor die hungrigen Horden darüber hergefallen sind.«

Mit einer großen Geste reichte er ihr seinen Arm und gemeinsam schlängelten sie sich durch die Menge der Gäste, die in Gruppen verteilt im Saal standen. Man fühlte sich wie in einem Film. Frauen in Empire-Abendkleidern und Männer in dunklen Anzügen ließen den Ballsaal wie aus einer anderen Zeit wirken.
»Titanic«, platzte Laura schließlich heraus.
»Wie bitte?« Matthew blieb stehen und musterte sie fragend. »Was willst du mir sagen?«
»Das alles hier ...« Wieder holte Laura weit aus und hätte beinahe eine kräftige Frau in einem goldfarbenen Kleid getroffen. »Entschuldigung. Also, das alles hier ... Erinnert es dich nicht an den *Titanic*-Film? Die große Ballszene. Kurz vor der Katastrophe ...«
»Sorry.« Grinsend schüttelte Matthew den Kopf. »Ich bin bei dem Film immer nach der Szene im Auto eingeschlafen.«
»Banause!«, sagte Laura und versetzte ihm einen Knuff. »Ich heirate dich nur, wenn wir gemeinsam den Film anschauen und du bis zum Ende wach bleibst.«
»Puuh«, antwortete Matthew mit einem gespielten Seufzer. »Unter den Umständen weiß ich nicht, ob ich meinen Antrag aufrechterhalten kann.«
»Champagner?« Eine junge Frau, gekleidet im typischen Schwarz-Weiß eines Dienstmädchens von damals, hielt Laura ein Tablett hin und unterbrach ihr Geplänkel.
»Danke, gern.« Matthew reichte Laura ein Glas. »Für dich nehme ich es sogar mit der Titanic auf. Solange es keinen Extended Cut gibt.«
»Auf uns. Auf den Abschied von Tristyans Manor und einen Neuanfang für uns alle«, brachte Laura als Trinkspruch aus.
»Besser hätte ich es nicht sagen können.« Unerwartet waren Grace und Joshua neben ihnen aufgetaucht. Grace hob ihr Champagnerglas. »Auf das, was die Zukunft bringt.«

»Du siehst einfach bezaubernd aus.« Lauras Kompliment kam aus vollem Herzen. »Die Farbe ist wie gemacht für dich.«
Grace trug ein raffiniert geschnittenes dunkelgrünes Kleid, in dessen Stickereien und Perlenverzierungen sich das Licht brach und Grace nahezu glänzen ließ. Eine zierliche Goldkette mit tropfenförmigen Perlen verstärkte den Eindruck schlichter Eleganz. Grace trug ebenfalls lange Handschuhe, allerdings in dem gleichen Grünton wie ihr Kleid. Joshua, der sich – wie alle Männer – für die traditionelle Herrenbekleidung des dunklen Anzugs mit weißem Hemd und weißer Fliege entschieden hatte, passte perfekt zu Grace. Auf seinem Gesicht konnte Laura deutlich ablesen, wie sehr er die Frau an seiner Seite bewunderte.
Grace schien von innen heraus zu leuchten. Der Glanz der Perlen verblasste neben dem Glück, das aus Grace' Augen strahlte. So wie bei jeder Frau, wenn sie sich von dem Mann an ihrer Seite geliebt fühlt. Aber da war noch mehr. Die Anspannung, unter der Grace gestanden hatte, seitdem sie vom Geheimnis ihrer Herkunft erfahren hatte, schien von ihr abgefallen zu sein.
»Ich bin gleich wieder da«, sagte Laura zu Matthew und zog Grace ein Stück zur Seite. Sicher war es unhöflich, die Gastgeberin in Beschlag zu nehmen, aber ihre Neugier ließ ihr keine Wahl. Außerdem hatte sie nur eine winzige Frage, die Grace nicht lange aufhalten würde. »Hast du etwas herausgefunden?«
Grace lächelte Laura an und genoss es sichtlich, die Spannung noch etwas zu halten. »Ich meinte, es hätte bis morgen Zeit, aber Joshua war sich sicher, dass du es gleich erfahren willst.«
Laura konnte kaum glauben, wie sehr sich ihre Großtante verwandelt hatte. Aus der etwas unscheinbaren Lady war eine

strahlende Frau geworden, die mit raumgreifenden Gesten redete und deren Blick immer wieder zu dem geliebten Mann zurückkehrte. Wie schön, dass Grace den Mut gefunden hatte, ihre Liebe zu leben und sich nicht mehr um Konventionen oder – schlimmer noch – die Vorschriften und Regeln ihrer vermeintlichen Großmutter scherte. Amelia wäre sicher glücklich gewesen, dass wenigstens ihre Enkelin – wenn auch erst spät – ihr Lebens- und Liebesglück gefunden hatte. Was Lady Bethany von Grace' Liebe zu einem jüngeren Mann gehalten hätte, wollte Laura sich lieber nicht vorstellen. Aber jetzt stand erst einmal die ersehnte Antwort auf die letzte Frage im Mittelpunkt.

»Ja, da hat er recht«, versicherte Laura. »Ich möchte auf jeden Fall wissen, wie Amelia so liebevolle Briefe schreiben und Emma dann einfach ihrem Schicksal überlassen konnte?«

Diese Frage hatte Laura keine Ruhe gelassen, selbst als Grace sich gesträubt hatte, sich noch weiter mit ihrer Familie zu beschäftigen. Sosehr sich Laura bemüht hatte, sie hatte keine Erklärung finden können, was sie traurig zurückgelassen hatte. Sie wollte nicht glauben, dass Amelia ihre Tochter einfach vergessen hatte. So ein Mensch war Amelia nicht. Nicht die Frau, die so wundervolle, filigrane Blumenbilder gezeichnet und aus deren Briefen so viel Liebe und Sehnsucht gesprochen hatte. So eine Frau musste einen treffenden Grund haben, nicht wieder zu ihrem Kind zurückzukehren.

Hatte Amelia eine neue Familie gründen wollen und daher ihr uneheliches Kind aufgegeben? Das konnte und wollte sie nicht glauben. Die Madeira-Briefe hatten eine andere Sprache gesprochen. Aber es ließ sich nun einmal nicht von der Hand weisen, dass Amelia schließlich nichts anderes gewusst hatte, als ihre Tochter in Tristyans Manor aufwachsen zu lassen und sie ihrer kaltherzigen Schwester zu überlassen. Vielleicht hatte Amelia keine andere Wahl gehabt, als allein in die USA zurückzureisen. Denn obwohl Laura viel über den Beginn des zwanzigsten Jahrhunderts gelesen hatte, konnte sie sich nicht vorstellen, wie es wirklich gewesen war, damals zu leben und – der schlimmste vorstellbare Skandal in Amelias Kreisen – Mutter eines unehelichen Kindes zu sein.

»Joshua hat weitergesucht, nachdem ihr die Briefe meiner Mutter gefunden habt.« Verschwörerisch beugte sich Grace zu Laura, die aus ihren Gedanken auftauchte und Grace zunickte. Joshua winkte ihnen zu. Grace winkte zurück und schenkte ihm ein liebevolles Lächeln. »Er hat Nachforschungen in den USA angestellt. Anstellen lassen. Dank des Internets geht das ja heute alles so viel schneller.«

»Und?« Laura zog die Unterlippe zwischen den Zähnen durch. Jetzt, wo sie so kurz vor der Auflösung des letzten Rätsels stand, merkte sie erst, wie wichtig diese Frage für sie geworden war. Matthew hatte vor wenigen Tagen halb im Spaß, halb ernst angedeutet, dass er den Eindruck hatte, dass sie erst mit der Geschichte von Tristyans Manor abschließen müsste, bevor sie sich völlig und ganz ihrer gemeinsamen Zukunft widmen könnte. Mit einem Lachen hatte Laura abgewehrt und gesagt, dass sie ihr Leben nicht durch Geschehnisse vor beinahe einhundert Jahren bestimmen lassen wollte, aber … Wenn sie ehrlich zu sich war, musste sie Matthew recht geben.

»Und?«, wiederholte sie. »Kennst du jetzt die Erklärung.«

»Ja.« Grace sah Laura an. In ihren Augen schimmerten Tränen. Sie drückte Lauras Hand. »Ich weiß jetzt, warum Amelia niemals zurückkehrte, um meine Mutter zu holen.«

»Ihre Ladyschaft.« Middleford, ebenfalls in einem dunklen Anzug, allerdings mit weißem Hemd und schwarzer Krawat-

te, trat neben Grace und flüsterte ihr etwas zu. »Die Herren vom National Trust würden Sie gern sprechen.«
Laura musste sich ein Lächeln verkneifen. Was würde wohl aus Middleford werden, jetzt, wo Grace und Joshua nach London ziehen würden? Sie konnte sich den stets vornehm wirkenden Mann in keinem anderen Beruf vorstellen. Wenn jemand als Butler geboren war, dann Middleford.
»Laura, entschuldige mich bitte.« Grace hob die Hände.
»Natürlich.« Obwohl Laura zustimmend nickte, war sie enttäuscht, weil sich ihre Neugier noch eine Weile gedulden musste. Immerhin konnte sie aus Grace' fröhlicher Miene ablesen, dass es eine gute Nachricht gewesen war.
»Darf ich zu einem Tanz bitten?« Formvollendet reichte ihr Matthew den Arm und führte sie zur Tanzfläche, auf der sich erst wenige Paare zur Musik drehten. Er hielt seine Hand auf ihrem Rücken, so dass sie seine Wärme durch den dünnen Stoff ihres Kleides spüren konnte. Bald fanden sie einen gemeinsamen Rhythmus und drehten sich zu den Klängen eines Walzers.
»Was wollte Grace? Gibt es Neues von deiner Blumenmalerin?«
»Ja, aber ich muss mich leider gedulden. Grace musste sich um andere Gäste kümmern …« Laura seufzte. »Sie lässt mir alles aufs Zimmer bringen. Am liebsten …«
»Gewähre mir diesen einen Tanz, dann können wir uns unauffällig verabschieden.« Matthew drückte sie etwas näher an sich und zwinkerte ihr zu. »Vielleicht auch zwei Tänze, wenn du deine Neugier so lange zügeln kannst.«
»Wenn du mit mir den ganzen Titanic-Film ansehen wirst, schenke ich dir auch gern drei Tänze.«

Erst Stunden später zog Laura Matthew mit sich davon. Etliche Gäste waren bereits aufgebrochen; nur ein paar Tänzer, zu denen neben Laura und Matthew auch Grace und Joshua gehörten, drehten sich unermüdlich zu den Klängen des Orchesters auf dem honigfarbenen Parkett. Die Musiker hatten inzwischen wohl die zehnte Zugabe gegeben, aber noch waren die verbliebenen Gäste nicht bereit, sie ziehen zu lassen.
Schweren Herzens blieb Laura an der Tür zum Ballsaal stehen, um das Bild noch einmal in sich aufzunehmen. Obwohl etliche der Kerzen bereits heruntergebrannt waren, erhellten immer noch viele Lichter den Raum. Selbst Teller und halbvolle Gläser, die auf den Seitentischen und in einigen Nischen verteilt standen, trübten den Eindruck eines opulenten Festes nur wenig.
»Ob Middleford den Dienstboten schon freigegeben hat?«, fragte Matthew, als ob er Lauras Gedanken gelesen hätte. »Seit Stunden hat niemand mehr aufgeräumt, oder täusche ich mich?«
»Wahrscheinlich feiern sie unten in der Küche ebenfalls ihren Abschied von Tristyans Manor«, vermutete Laura.
»Komm, sonst werde ich noch sentimental.«
Sie erreichten ihr Zimmer. Auf dem Bett, dessen Tagesdecke aufgeschlagen war, lag ein brauner Briefumschlag, direkt neben Lauras Pyjama, den wohl ein Dienstmädchen dorthin gelegt hatte. Twisty hatte es sich auf dem Schlafanzug bequem gemacht, öffnete kurz die Augen, gähnte und schlief weiter, in der Gewissheit, dass Laura ihn nicht vertreiben würde.
Nachdem sie dem Katerchen über den Kopf gestrichen hatte, schleuderte Laura ihre Schuhe in eine Ecke und griff nach dem Umschlag. Enttäuschend, wie schmal das Dossier war, das das letzte Geheimnis lüften sollte.

Sie atmete tief ein. Plötzlich unschlüssig drehte sie den Pappdeckel in ihren Händen. Vielleicht hatte Grace recht damit gehabt, ihr die Informationen vorzuenthalten. Nein, was immer Amelia auch davon abgehalten hatte, nach Tristyans Manor zurückzukehren, es würde Lauras Bewunderung für ihre Vorfahrin nicht ändern. Mit einem Ruck öffnete sie den Aktendeckel und breitete die Zeitungsausschnitte auf der Tagesdecke aus. Kurz schaute sie auf, als sie Matthews Blick spürte. Er saß im Sessel am Kamin, als wüsste er, dass sie allein sein wollte. Eilig flog ihr Blick über die Kopien, sprang von Seite zu Seite, unfähig zu erfassen, was sie dort las.

»Unglaublich.« Laura ließ das Dossier aufs Bett sinken. Ihre Stimme stockte, langsam füllten sich ihre Augen mit Tränen. »Ich hatte mir viele Erklärungen ausgedacht, aber das … das ist einfach unglaublich. Hier, schau selbst.«

Mit zitternden Fingern reichte sie Matthew die Kopie eines Zeitungsausschnitts.

Epilog

Westhampton Beach, Long Island, 1938

Westhampton, 21. September 1938. Mit unglaublicher Wucht donnerte am gestrigen Nachmittag eine Wand aus Wasser durch unsere Stadt. Abgesehen von Häusern und Autos wurden auch Menschen von den Naturgewalten mitgerissen. Der Hurrikan traf Westhampton und Westhampton Beach gänzlich unvorbereitet, so dass allein im Bereich der Dune Road neunundzwanzig Todesopfer zu beklagen sind. Unglaubliche Szenen spielten sich hier ab. Die Gewalt des Sturms spülte die Besucher des Kinos in die Fluten des Atlantiks. Zwanzig Besucher der Matinée und der Filmvorführer fielen dem Hurrikan zum Opfer.
Unter den Toten befinden sich nach unseren Informationen auch der bekannte Bostoner Anwalt Lawrence Plath und seine Frau Amelia.
Die Suche nach Überlebenden hält an. Informationen erhalten Angehörige bei den Hilfsdiensten des Roten Kreuzes oder bei unserer Zeitung.

Anhang

Fakten und Fiktion

Den Sturm, in dem Amelia tragisch zu Tode kam, hat es wirklich gegeben. Der Neuengland-Hurrikan von 1938 (auch: *New England Hurricane of* 1938, *Great New England Hurricane, Long Island Express* oder *The Great Hurricane of* 1938 genannt) ist einer der schlimmsten und stärksten Wirbelstürme, die je die US-amerikanische Ostküste trafen. Etwa achthundert Menschen wurden Opfer des gewaltigen Sturms; siebenundfünfzigtausend Gebäude fielen der Zerstörung anheim. Besonders problematisch war, dass es keinerlei Sturmwarnungen gab, da die Meteorologen davon ausgingen, dass der Hurrikan die Küste nicht erreichen würde, sondern über dem Meer seine Kraft verlieren würde. Allerdings hatten sie nicht bedacht, dass im Vorfeld des Sturms viel Regen gefallen war, der einen Nährboden für den Wirbelsturm darstellte.

Die Geschichte, dass ein Kino durch die Gewalt des Sturms in den Atlantik gespült wurde, hat sich wirklich so zugetragen. Beinahe zwanzig Besucher der Matinée und der Filmvorführer ertranken.

Für das Herrenhaus Tristyans Manor standen die Herrenhäuser *Arlington Court, Trengwainton, Tregothnan* und *Antony House* Pate, die ich 2012 in Cornwall besichtigte. Wer einen Eindruck von der Schönheit der Gebäude bekommen möchte, findet eine Auswahl von Bildern auf meiner Internetseite: www.christianelind.de.

Literaturhinweise

Für all diejenigen, deren Interesse am Leben in Großbritannien und auf Madeira durch diesen Roman geweckt werden konnte und die mehr darüber lesen möchten, empfehle ich eine Auswahl meiner Recherchegrundlagen:

E. R. Chamberlin: Great English Houses. Weidenfeld Nicolson Illustrated 1983

Mark Girouard: Life in the English Country House: A Social and Architectural History. Yale University Press 1978 (Deutsch: Das feine Leben auf dem Lande. Campus 1989)

Hugh Montgomery-Massingberd: Schlösser und Adelssitze in England und Wales. Könemann 2000

Franz-Josef Brüggemeier: Geschichte Großbritanniens im 20. Jahrhundert. C. H. Beck 2010 (Reihe: Europäische Geschichte im 20. Jahrhundert)

Roy Hattersley: Borrowed Time. The Story of Britain Between the Wars. Little Brown Books Group 2007

Richard Overy: The Twilight Years. The Paradox of Britain Between the Wars. Viking Adult 2009

Richard Overy: The Morbid Age. Britain and the Crisis of Civilisation, 1919–1939. Penguin 2010

Martin Pugh: We Danced All Night. A Social History of Britain Between the Wars. Bodley Head 2008

R. A. Scotti: Sudden Sea: The Great Hurricane of 1938. Little Brown and Company 2003

Danksagung

Ich danke

- Natalja Schmidt von der Literaturagentur Schmidt & Abrahams für die Frage, ob ich einen Roman über ein Familiengeheimnis schreiben möchte, für ihren Einsatz und für das offene Ohr bei Krisen sowie Julia Abrahams, die den Handlungsort Madeira ebenso mag wie ich
- Christine Steffen-Reimann von Droemer Knaur dafür, dass sie sich für die Geschichte von Amelia, Grace, Laura und Emma begeistern konnte
- Maja Ilisch und dem Tintenzirkel für hilfreiche Hinweise bei Recherchefragen
- Allen Mitgliedern der Schreibwelt für Unterstützung und Trost bei Krisen und geteilte Freude
- Dem Autorenforum Montsegur, dessen Diskussionen immer wieder neue Erkenntnisse über Genres und den Buchmarkt mit sich bringen
- Matthias Hofinger dafür, dass er mich durch Südengland chauffierte und tausendundein Herrenhaus und noch mehr Gärten besichtigte, ohne sich zu beklagen
- Sabine Lindecke für die erste Rückmeldung aus Leserinnensicht und dafür, dass ich sie immer wieder nach Todesursachen für Figuren fragen kann und eine schnelle und kompetente Antwort erhalte
- Helena Oldenburger vom Fotostudio Objektiv, Kassel, für die schönen Fotos und ihre Geduld mit mir Nicht-gerne-fotografiert-Werdender
- Claudia Siegmann für unsere gemeinsamen Kaffeerunden und den wunderbaren Austausch über das Autorinnenleben

- Andrea Hilgenberg, Leiterin der Jugendbücherei Kassel, für ihre Unterstützung und Begeisterung
- Wie immer den Musekatern, die sich stets in meiner Nähe aufgehalten haben, als ich die Geschichte vom *Haus auf der Blumeninsel* schrieb, und so dafür sorgten, dass ich nicht vereinsame
- Und last but not least der wunderbaren Lektorin Bettina Traub, deren kenntnisreiche Vorschläge und hilfreiche Fragen dem Manuskript guttaten und *Das Haus auf der Blumeninsel* zu einem besseren Buch werden ließen

Blühkalender Madeira

Januar	Korallenbaum, Indischer Goldregen, Kamelie, Bougainville, Agave, Calla, Cymbidium Orchidee, Frauenschuh
Februar	Korallenbaum, Indischer Goldregen, Kamelie, Azalee, Passionsblume, Mimose, Tamariske, Korallenbaum, Calla, Cymbidium Orchidee
März	Korallenbaum, Sternjasmin, Glyzinie, Kamelie, Calla, Natternkopf (Stolz von Madeira), Judasbaum, Azalee, Cymbidium Orchidee
April	Jacarandabaum, Trompetenblume, Sternjasmin, Glyzinie, Agapanthus, Kamelie, Gelbe Trompetenblume
Mai	Jacarandabaum, Flammenbaum, Trompetenblume, Sternjasmin, Glyzinie, Agapanthus, Bleiwurz, Geranie, Flamingoblume, Cymbidium Orchidee
Juni	Jacarandabaum, Flammenbaum, Tipubaum (gelbe Jacaranda), Trompetenblume, Agapanthus, Hortensie, Magnolie, Bleiwurz, Flamingoblume
Juli	Tipubaum (gelbe Jacaranda), Trompetenblume, Agapanthus, Hortensie, Bleiwurz, Hibiskus, Flamingoblume
August	Tipubaum (gelbe Jacaranda), Oleander, Kassie, Goldtrompete, Hortensie, Fuchsie, Hibiskus, Drachenbaum, Flamingoblume
September	Florettseidenbaum, Tulpenbaum, Tipubaum (gelbe Jacaranda), Oleander, Kassie, Goldtrompete, Hortensie, Hibiskus, Belladonnalilie, Trompetenwein, Frangipani, Flamingoblume

Oktober	Florettseidenbaum, Tulpenbaum, Weihnachtsstern, Oleander, Kassie, Goldtrompete, Belladonnalilie, Bleiwurz, Johannisbrotbaum, Flamingoblume
November	Florettseidenbaum, Weihnachtsstern, Oleander, Kassie, Goldtrompete, Aloe, Bougainville, Bleiwurz
Dezember	Weihnachtsstern, Indischer Goldregen, Aloe, Kamelie, Bougainville, Cymbidium Orchidee, Frauenschuh
Ganzjährig	blühen Strelitzien (Paradiesvogelblume), Hibiskus, Bougainville und Stechäpfel

(Quelle: Madeira Island Bulletin April / May 2004; *eigene Übersetzung)*

CARLA FEDERICO

Die Rosen von Montevideo

ROMAN

Montevideo 1843. Der Frankfurter Bankierssohn Albert Gothmann verliebt sich Hals über Kopf in die lebenslustige Rosa, Tochter einer der ältesten spanischen Familien Uruguays. Doch ihre Liebe zwingt sie zum Verzicht auf ihre Heimat, ein Schicksal, das fortan alle Nachfahrinnen ihrer Familie teilen. Sind die Frauen stark genug, um für ihre Leidenschaft zu kämpfen?

KNAUR TASCHENBUCH VERLAG

ANNETTE DUTTON

Der geheimnisvolle Garten

ROMAN

Nach dem Tod ihrer Mutter stößt Natascha in deren Nachlass auf ein verwirrendes Dokument. Ihre Familie soll Aborigine-Vorfahren haben? Neugierig geworden, macht sie sich in Australien auf die Suche nach ihren Wurzeln. Sie ahnt noch nichts von jenem dunklen Geheimnis, das dem Leben der deutschen Auswanderin Helene Junker zu Beginn des 20. Jahrhunderts seinen Stempel aufdrückte – und das auch Nataschas Leben eine entscheidende Wende geben wird …

KNAUR TASCHENBUCH VERLAG

CARMEN LOBATO

Im Land der gefiederten Schlange

ROMAN

Voller Hoffnung wandert die Familie der jungen Katharina in der ersten Hälfte des 19. Jahrhunderts nach Mexiko aus, um sich dort ein neues Leben aufzubauen. Doch Mexiko ist nicht das Land, in dem Milch und Honig fließen, und ihren Verwandten fällt das Einleben schwer. Katharina jedoch ist fasziniert von diesem Land, vor allem von Benito, der sie in die Sagenwelt seiner Vorfahren einführt, in der er noch tief verwurzelt ist. Katharina, die nach Sicherheit und Geborgenheit sucht, beneidet Benito um dieses Zugehörigkeitsgefühl – vor allem, da ein dunkles Geheimnis um ihre Herkunft sie zutiefst verstört …

KNAUR TASCHENBUCH VERLAG

CARMEN LOBATO

Im Tal der träumenden Götter

ROMAN

Mexiko, Ende des 19. Jahrhunderts: Glücklich und zufrieden lebt Katharina mit ihrem Mann und ihren Kindern auf ihrem Landgut. Sie lieben ihre beiden Töchter Josefa und Annavera, die unterschiedlicher nicht sein könnten. Doch stets fühlt sich Josefa zurückgesetzt, glaubt, nicht dazuzugehören. Als sie einem zwielichtigen Großgrundbesitzer begegnet, verfällt sie ihm vom ersten Moment an. Kann Katharina ihre Tochter vor einem folgenschweren Fehler bewahren?

KNAUR TASCHENBUCH VERLAG